조선시대 서학 관련 자료 집성 및 번역·해제 5-2

한국연구재단 토대연구지원사업 총서

조선시대 서학 관련 자료 집성 및 번역·해제 5-2

동국역사문화연구소 편

역주: 배주연, 장정란

경인문화사

▌발간사 ▌

본서는 한국연구재단의 토대연구지원사업에 선정되어 동국대학교 동국역사문화연구소에서 '조선 지식인의 서학연구'라는 주제로 2015년부터 2018년까지 3년에 걸쳐 수행한 작업 결과물이다.

'서학(西學)'은 대항해라는 세계사적 흐름에 의해 동아시아 사회에 등장한 새로운 사상적 조류였다. 유럽 세계와 직접적 접촉이 없었던 조선은 17세기에 들어 중국을 통해 서학을 수용하였다. 서학은 대부분의 조선 지식인들이 신봉하고 있던 유학과는 전혀 다른 것이었다. 조선 지식인들은 처음에는 호기심에 끌려 서학을 접촉했지만 시간이 지나면서 서학에 관심을 갖는 이들이 늘어났다. 18세기 후반에 이르면 서학은 조선 젊은이들 사이에 하나의 유행이 되었다. 이들은 천문·역학을 대표되는 과학적 성과뿐만 아니라 천주교도 받아들였다. 서학의 영향력이 확대되자 정통 유학자들이 척사적 태도를 견지하면서 서학은 사회적·정치적 문제로 비화하였다. 그 결과 서학은 조선후기 사회의 방향성을 결정하는 가장 중요한 변수가 되었다.

중요한 주제인 만큼 서학에 대해서는 그동안 많은 연구가 이루어졌지만 아쉽게도 조선후기 서학을 통괄할 수 있는 작업은 진행되지 못하였다. 이에 동국역사문화연구소에서는 조선후기 서학의 수용 양상을 종합적으로 정리하겠다는 계획 하에 토대연구지원사업에 지원하였는데 운이 좋게도 선정되었다. 본 사업은 크게 ①조선에 수용된 서학서 정리 ②조선 지식인에 의해 편찬된 서학서 정리 ③조선후기 서학 관련 원문 자료 정리라는 세 가지 과제의 수행을 목표로 설정하였고, 3년 동안 차질 없이 작업을 수행하여 이제 그 결과물을 내놓게 되었다.

본서는 많은 분들의 도움과 노력으로 출간될 수 있었다. 우선 본 과제를 선정해주신 심사위원분들께 깊은 감사를 드린다. 많이 부족한 연구계

획서를 높이 평가해주신 것은 의미 있는 결과물을 만들어 학계에 기여할 수 있을 것으로 기대했기 때문이었을 것이다. 연구진은 그러한 기대에 어긋나지 않도록 최선의 노력을 기울였다. 본 연구를 수행하는데 가장 중요한 역할을 한 분들은 역시 전임연구원들이다. 장정란·송요후·배주연 세 분 전임연구원분들은 연구소의 지원이 충분치 못한 환경에서도 헌신적으로 작업을 진행하셨다. 세 분께는 어떤 감사를 드려도 부족하다. 서인범·김혜경·전용훈·원재연·구만옥·박권수 여섯 분의 공동연구원분들께도 깊이 감사드린다. 학계 전문가로 구성된 공동연구원 선생님들은 천주교나 천문·역학 등 까다로운 분야의 작업을 빈틈없이 진행해주셨다. 서인범 선생님의 경우 같은 학과에 재직하고 있다는 죄로 사업 전반을 챙기시느라 많은 고생을 하서 죄송할 따름이다. 이명제·신경미 보조연구원은 각종 복잡한 행정 업무를 처리하는 것은 물론 해제·번역 작업에도 참여하였다. 두 보조연구원이 없었다면 사업의 정상적인 진행은 어려웠을 것이다. 귀찮은 온갖 일을 한결같이 맡아 처리해준 두 사람에게 정말 고마움을 전한다. 이밖에도 감사를 드려야 할 분들이 더 계시다. 이원순·조광·조현범·방상근·서종태·정성희·강민정·임종태·조한건선생님께서는 콜로키움에서 본 사업과 관련된 더 없이 귀한 자문을 해주셨고 서종태 선생님의 경우는 해제 작업까지 맡아주셨다. 특히 고령에도 불구하고 두 시간 동안 쉬지 않고 강의를 해주시던 이원순 선생님의 모습은 잊을 수 없다. 이제는 고인이 되신 선생님의 영전에 삼가 이 책을 바친다. 마지막으로 사업성이 없는 본서의 출간을 맡아주신 경인문화사 한정희 사장님과 본서를 아담하게 꾸며주신 편집부 분들께 감사드린다.

이렇게 많은 분들의 도움과 노력에도 불구하고 본서에 부족한 점이 있다면 그것은 전적으로 연구책임자의 잘못이다. 아무쪼록 본서가 조선후기 서학 연구 나아가 조선후기 사상사 연구에 기여할 수 있기를 기대한다.

연구책임자 노대환

▌일러두기 ▌

1. 수록범위

본 해제집은 3년간 진행된 연구의 결과물이다. 연구는 연도별 주제를 선정하여 진행되었고, 각 연도별 수록범위는 아래와 같다.

〈연차별 연구 주제와 수록 범위〉

연차	주　제	수록범위
1차	조선 지식인과 서학의 만남	17세기 이래 조선에 유입된 한문서학서
2차	조선 지식인의 서학에 대한 대응과 연구	조선후기 작성된 조선 지식인의 서학 연구 관련 문헌
3차	조선 지식인의 서학관련 언설	서학 관련 언설 번역

2. 해제

① 대상 자료에 대한 이해를 위해 서지정보를 개괄적으로 기술하였다.
② 해제자의 이름은 대상 자료의 마지막에 표기하였다.
③ 대상 자료의 내용, 목차, 저자에 대해 설명하고 대상 자료가 가지는 의의 및 영향에 대해 기술하였다.

3. 표기원칙

① 한글 표기를 원칙으로 하되, 필요에 따라 한자나 원어로 표기하였다. 한글과 한자 및 원어를 병기하는 경우 한자나 원어를 소괄호( )에 표기하였다.
② 인물은 이름과 생몰연대를 소괄호( )에 표기하고, 생몰연대를 모를 경우 물음표 ?를 사용하였다.
③ 책은 겹낫표『 』를, 책의 일부로 수록된 글 등에는 홑낫표「 」를 사용하였다.
④ 인용문은 " "를 사용하여 작성하고 들여쓰기를 하였다.
⑤ 기타 일반적인 것은「한글맞춤법 규정」에 따랐다.

4. 기타

① 3년간의 연구는 각 1·2권, 3·4권, 5·6권으로 나누어 수록하였다.
② 연구소 전임연구원의 연구결과물은 1·3·5권에, 공동연구원과 외부 전문가의 결과물은 2·4·6권에 수록하였다.
③ 1·2권은 총서-종교-과학, 3·4권은 논저-논설, 5·6권은 문집-백과전서-연행록으로 분류하고 가나다순에 따라 수록하였다.

| 목차 |

발간사 ｜ 일러두기

※동일한 제목의 책은 저자명을 함께 표기하였다.

연 행 록

『甲寅燕行錄』

「十一日 癸未 晴」[1]

正副使率軍官員譯步往天主寺寺在所館西墻外西洋國人所住處也屋制奇巧難狀而棟梁窓壁皆着彩畫遠見如刻成樹之花藥臺之石砌凸凹分明近視而猶不似畫至以手拔摩然後方知非刻軍官輩歸言之嘖嘖不已余適有頭風之漸不得往見向夕正使來見

【역문】「11일 계미일, 맑음」[2]

정사와 부사가 군관(軍官)과 원역(員譯)들을 데리고 천주사(天主寺: 성당)에 갔다. 천주사는 우리가 묵는 관사의 서쪽 담장 밖에 있으며 서양 사람들이 거주하는 곳이다. 건물을 짓는 방식은 말할 수 없을 정도로 교묘하다. 기둥과 서까래, 창문과 벽에 모두 채색한 그림을 붙여 놓았는데 멀리서 보면 마치 조각한 것 같아서 나무의 꽃과 꽃받침, 누대 돌계단의 요철까지도 분명히 보이고, 가까이 가서 보더라도 그림

* 황자(黃梓, 1689~1756)의 1734년 연행록. 자 자직(子直). 황자는 조선 숙종(肅宗) 영조(英祖) 시기의 문신 학자로 1734 갑인년(영조 10)에는 진주사행(陳奏使行) 서장관(書狀官)으로, 1750 경오년(영조 26)에는 동지부사(冬至副使)로 두 차례에 걸쳐 청나라에 사행하였다. 이 견문을 기록한 기행문집이『갑인연행록(甲寅燕行錄)』과『경오연행록(庚午燕行錄)』이다.
* 『갑인연행록(甲寅燕行錄)』은 1734년 7월 2일부터 11월 20일까지의 기록이다.
* 역문 : 서한석,『국역 갑인연행록』, 세종대왕기념사업회, 2001.
1) 十一日 癸未 : 1734년 9월 11일.
2)『갑인연행록』권3

같지가 않으니 손으로 더듬어서 만져본 뒤에야 겨우 조각이 아니라는 것을 알 수 있다고 한다. 군관들이 구경하고 돌아온 뒤로 조잘조잘 끊임없이 떠들어대는데, 나는 때마침 두풍(頭風)3)이 조금 심해져 가서 보지 못했다. 저녁에 정사가 와서 만났다.

〈주석 : 장정란〉

---

3) 두풍(頭風) : 두통이 낫지 않고 오래 계속되면서 때에 따라 아팠다 멎었다 하는 병증. 한의학대사전 편찬위원회, 『한의학대사전』, 도서출판 정담, 2001 참조.

『甲寅燕行別錄』

「十一日」1)

癸未晴留館聞大鼻㺚子在玉河館西洋國人在天主堂皆官給糧料長在北
京而此外無外國人到京者云所謂天主堂在會同館西墻外糧閣制度極其詭
異丹靑繪畵尤益奇怪而每夕念經梵 聲聒矣

【역문】「11일」2)

십일일. 맑음. 관에 머물렀다. 들자하니 러시아 사람[大鼻㺚子]들은
옥하관(玉河館)에 있고 서양국(西洋國) 사람들은 천주당(天主堂)에 있다.
이들은 모두 관에서 식량을 지급 받으면서 오랫동안 북경에 머무는
데, 이들 외에 북경에 오는 다른 외국인들은 없다고 한다. 소위 천주
당은 회동관(會同館)3)의 서쪽 담장 밖에 있다. 용마루[甍]나 문설주[閤]

---

* 황자(黃梓, 1689~1756)의 1734년 연행록 별록. 자 자직(子直). 황자는 조선 숙종
  (肅宗) 영조(英祖) 시기의 문신 학자로 1734 갑인년(영조 10)에는 진주사행(陳奏使
  行) 서장관(書狀官)으로, 1750 경오년(영조 26)에는 동지부사(冬至副使)로 두 차례
  에 걸쳐 청나라에 사행하였다. 이 견문을 기록한 기행문집이『갑인연행록(甲寅燕
  行錄)』과『경오연행록(庚午燕行錄)』이다.
* 『갑인연행별록』은 1734년 8월 1일부터 12월 17일까지의 기록이다.
* 역문: 신로사,『국역 갑인연행별록』, 세종대왕기념사업회, 2015.
1) 十一日 : 1734년 9월 11일.
2) 『갑인연행별록』권1
3) 회동관 : 회동관(會同館)은 명·청대 중국 북경의 외국사신 숙소로 주로 조선 사
   신들이 머물며 공식 사행 활동을 하던 거점이다. 또한 귀국할 무렵 며칠 동안에
   청 조정의 감시 하에 사행 수행원과 역관들이 중국 상인들과 교역을 행하던 회

등의 제도가 극히 괴상하고 단청에 그린 그림은 더욱 기괴하다. 매일 저녁 경문을 외우는 염불 소리가 귓가에 시끌시끌했다.

〈주석 : 장정란〉

동관 후시(會同館後市) 장소이기도 하다.

『庚子燕行雜識』

「庚子燕行雜識」 上

-(上略)- 西洋畫亦買之

【역문】「경자년 연행에서 알게 된 여러 상식」(상)[1]

-(상략)- 서양화(西洋畫)도 샀다.

＊ 이의현(李宜顯, 1669~1745)의 1720년 연행록. 자 덕재(德哉), 호 도곡(陶谷). 이의 현은 조선 숙종(肅宗) 영조(英祖) 시기의 문신 학자로 1720년(숙종 46) 경종이 즉 위하자 동지사(冬至使) 정사(正使)로 첫 번째, 1732년(영조 8)에는 사은사(謝恩使) 정사(正使)로 두 번째 청나라에 사행하였다. 이때의 견문 기록이 「경자연행잡지 (庚子燕行雜識)」와 「임자연행잡지(壬子燕行雜識)」로 1766년 활자본 32권 16책으 로 간행된 문집 『도곡집(陶谷集)』에 실려 있다.
＊ 「경자연행잡지(庚子燕行雜識)」는 1720년 7월 8일부터 1721년 3월 귀국 복명(復 命)까지의 기록이다.
＊ 역문 : 김창효 등, 『도곡집』, 한국고전번역원 한국문집번역총서, 성신여자대학교 고전연구소·해동경사연구소, 2014~2015.
1) 1720년(숙종 46)에 동지 겸 정조 성절 진하(冬至兼正朝聖節進賀) 정사(正使)로 중 국 사행을 다녀온 기록이다. 「경자연행잡지(庚子燕行雜識)」 上은 『도곡집(陶谷 集)』 권29에 실려 있다.

「庚子燕行雜識」下

-(上略)- 書畫 米元章書一帖 顏魯公書家廟碑一件 徐浩書三藏和尚碑
一件 趙孟頫書張眞人碑一件 董其昌書一件 神宗御畫一簇 西洋國畫一簇
織文畫一張 菘菜畫一張 北極寺庭碑六件 此則撌取 北京太液池 暢春苑
正陽門外市街 最稱壯麗可賞 且太學石鼓 是周時古物 文山廟 亦合一遭
展敬 而使臣不得任自出入 無可奈何 唯天主臺 置西洋國主像 中有日影
方位自鳴鍾等物 頗奇巧可觀 在領賞歸路 易於歷見 而亦因事勢緯繣未果
殊可恨歎 至於望海亭角山寺之未登 尤爲平生一大恨矣

【역문】「경자년 연행에서 알게 된 여러 상식」(하)[2]

-(상략)- 서화(書畫)로는 미원장서(米元章書)[3] 1첩(帖), 안노공서가묘
비(顏魯公書家廟碑)[4] 1건(件), 서호서삼장화상비(徐浩書三藏和尙碑)[5] 1건,
조맹부서장진인비(趙孟頫書張眞人碑)[6] 1건, 동기창서(董其昌書)[7] 1건, 신
종어화(神宗御畫)[8] 1족(簇), 서양국화(西洋國畫)[9] 1족, 직문화(織文畫)[10]

---

2) 『경자연행잡지(庚子燕行雜識)』 下는 『도곡집』 권30에 실려 있다.
3) 미원장서(米元章書) : 중국 북송(北宋)의 서예가이며 화가인 미불(米芾, 1051~
   1107)의 서예작품. 원장(元章)은 미불의 자(字)이다.
4) 안노공서가묘비(顏魯公書家廟碑) : 중국 당(唐)나라의 서예가 안진경(顏眞卿, 709~
   785)의 서예작품. 노군개국공(魯郡開國公)에 봉해졌으므로 안노공(顏魯公)이라
   칭하였다.
5) 서호서삼장화상비(徐浩書三藏和尙碑) : 중국 당(唐)나라의 서예가 서호(徐浩, 703~
   782)의 서예작품.
6) 조맹부서장진인비(趙孟頫書張眞人碑) : 중국 원(元)나라의 서예가이며 화가인 조
   맹부(趙孟頫, 1254~1322)의 서예작품.
7) 동기창서(董其昌書) : 중국 명나라 말기의 문인, 화가 겸 서예가인 동기창(董其
   昌, 1555~1636)의 서예작품.

1장, 숭채화(菘菜畫)[11] 1장, 북극사정비(北極寺庭碑) 6건이다.[12] 이것은 탑본(榻本)한 것이다. 북경의 태액지(太液池)[13]와 창춘원(暢春苑)[14]과 정양문(正陽門)[15] 밖의 시가가 가장 웅장하고 화려하여 볼 만하다. 또 태학의 석고(石鼓)[16]는 바로 주(周) 나라 때의 옛 물건이다. 문산묘(文山廟)도 또한 한번 보고 경의를 표할만 한 것이지만, 사신은 맘대로 출입을 할 수가 없으니, 어쩔 수 없는 일이다. 오직 천주대(天主臺)[17]에는 서양국주(西洋國主)의 상(像)[18]을 놓았고, 그 가운데에 그림자로 방위를 보는 것[19]과 자명종[20] 등의 물건이 있어서 상당히 교묘하여 볼 만하다. 상품을 받고 돌아오는 길에 들러 보기가 쉬웠는데, 역시 사정이 어긋나서 보지 못했으니, 몹시 한탄스러운 일이다. 더욱이 망해정(望海亭)[21]과 각산사(角山寺)[22]에 올라가지 못한 것은 평생의 크나큰

---

8) 신종어화(神宗御畫) : 중국 신종황제(神宗皇帝)의 그림. 어느 왕조의 신종(神宗)인지는 미상.

9) 서양국화(西洋國畫) : 서양화.

10) 직문화(織文畫) : 직물의 문양 그림.

11) 숭채화(菘菜畫) : 배추 그림.

12) 북극사정비(北極寺庭碑) : 북경 북극사(北極寺) 정원에 있는 비석 탁본.

13) 태액지(太液池) : 북경 자금성 서측의 연결된 호수 북해(北海), 중해(中海), 남해(南海)를 합친 명칭. 해(海)는 원(元) 시기부터 쓴 몽골어 해자(海子)로 수역(水域)의 의미이다.

14) 창춘원(暢春園) : 1690년(강희 29)에 현재 북경 해정구(海淀區) 원명원 남쪽, 북경대학 서쪽에 건립한 궁궐 밖 황제의 별장.

15) 정양문(正陽門) : 옛 북경 내성(內城)의 아홉 개 성문 중 남쪽 중앙에 나 있는 남문이며 정문. 속칭 전문(前門)이라고도 하였다.

16) 석고(石鼓) : 북경 태학 안에 있는 주(周)나라 선왕(宣王)이 만들었다는 돌 북 10개.

17) 천주대(天主臺) : 천주당.

18) 서양국주(西洋國主)의 상(像) : 예수 조각상.

19) 그림자로 방위를 보는 것 : 해시계.

20) 자명종 : 정해진 시각에 종이 울리는 시계.

21) 망해정(望海亭) : 중국 하북성(河北省) 산해관(山海關)에 있는 정자.

한이라고 하겠다.

〈주석 : 장정란〉

---

22) 각산사(角山寺) : 중국 하북성(河北省) 산해관(山海關)에서 약 3km 지점의 각산
(角山)에 있는 사찰.

『薊山紀程』

「初二日 壬辰」[1]

-(上略)- 王景文明鑑齋 王山東人也 業造眼鏡 門揭明鑑齋 諸譯中有
與王素知者 王欣接延坐 辦酒饌供之 遂畧與筆談 蓋能文識多氣節者也
椅上有稱音樂水法者 黃金爲器 上有簷而下有底 以水晶十數莖 垂植於下
底 自底開鑰 則音樂出其中 自成調律 而水晶之垂植者 如水上湧 絆絆不
己 而終無上湧之迹 洵異觀也 此乃西洋樂云 字本 書畫 古董 筆墨等鋪
往往歷見 而猶不可扁焉 彼人亦有拜年之例 往來紛紛

　　王生多氣節　見客沽酒來　笑說山東里　春寒早見梅

【역문】「1월 2일 임진일」[2]

-(상략)- 왕경문의 명감재[王景文明鑑齋] - 왕경문은 산동(山東) 사람
으로 안경 만드는 것을 직업으로 하는데, 그의 문에는 '명감재(明鑑齋)'

---

* 이해응(李海應, 1775~1825)의 1803년 연행록. 자 성서(聖瑞), 호 동화(東華). 『계산
　기정(薊山紀程)』은 조선 후기 정조 순조 시기의 문신 이해응이 1803년(순조 3)에
　친우인 동지사(冬至使) 서장관(書狀官) 서장보(徐長輔)를 따라 자제군관(子弟軍官)
　자격으로 청나라에 다녀와 기록한 연행록(燕行錄)으로 계산(薊山)은 연경(燕京)을
　지칭한다. 5권 5책 필사본으로 일반 사행기록과 달리 전체를 일기체(日記體)로 편
　차하고 시(詩) 445수로 묘사하였다.
* 『계산기정(薊山紀程)』은 1803년 10월 21일부터 1804년 2월 1일까지의 기록이다.
* 역문 : 민족문화추진회, 『국역연행록선집』 Ⅷ, 1982.
1) 初二日 壬辰 : 1804년 1월 2일.
2) 『계산기정』 권3, 甲子正月

라는 편액이 걸렸다. 역관 중에 왕경문과 본래 잘 알고 지낸 자가 있었으므로 그는 흔연히 영접해 준 다음, 주찬(酒饌)을 대접하였다. 드디어 그와 약간 필담을 하였는데, 대개 그는 글을 잘 알고 기백이 있는 자였다. 의자 위에는 '음악수법(音樂水法)'이라는 게 있는데, 황금으로 그릇을 만들었다. 그리고 위에는 처마가 있고 아래에는 밑바닥이 있으며 수정(水晶) 10여 줄기를 밑바닥에 드리워 심었다. 밑바닥으로 좇아 자물쇠를 열면 음악이 그 가운데서 나서 스스로 율조(律調)를 이루고, 드리워 심은 수정은 마치 물이 위로 계속 부글부글 솟는 것과 같았으나, 마침내 위로 솟은 흔적이 없었으니, 참으로 기이한 구경거리였다. 그것은 바로 서양(西洋) 악기[3]라고 하였다. 자본(字本)·서화(書畫)·고동(古董 골동품)·필묵(筆墨) 등 점포를 이따금 둘러보았으나 모조리 다 보지는 못하였다. 저들에게도 역시 세배하는 규례가 있어, 어수선하게 오고 가고하였다.

왕생은 기절이 있어	王生多氣節
손님 보고서는 술 받아 오네	見客沽酒來
웃으며 하는 말 산 동쪽 마을엔	笑說山東里
차가운 봄날 매화를 일찍 보노라	春寒早見梅

---

3) 서양(西洋) 악기 : 태엽을 감아 연주되는 음악 완구 오르골(orgel) 인 듯하다.

「二十六日 丙辰」4)

陰風 玉河館留

天主堂 堂在玄武門內東邊 是西洋人所寓處 門墻制度 縹紗臨城 堂內
鋪敍 多有可觀 前此留館時 人多入見 而一自邪學之有禁 遂不得相通

天主堂中客 万里西洋來 見人輒屏跡 白日門不開 巧才逼神造 寶玩如
山堆 何來一種學 竟欲倫綱頹 釋老言猶高 楊墨罪爲魁 志士莫謾憂 眼前
多堪哀 百年驕虜國 正風委草萊

【역문】「26일 병진」5)

흐리고 바람 붐. 옥하관에 머물렀다.

천주당(天主堂) ― 천주당이 현무문(玄武門) 안 동쪽 주변에 있는데 이
는 서양 사람들이 거주하는 곳이다. 문이며 담장 제도는 모두 높다랗
다. 당 내부에 장치한 것이 구경거리가 많다. 앞서 옥하관에 묵을 때
에도 들어가 보는 사람이 많았는데, 한번 사학(邪學 사교)으로 금지된
후부터는 서로 통행하지 못한다.6)

천주당 속에 사는 사람	天主堂中客
만 리 밖 서양에서 왔네	萬里西洋來
사람을 보면 자취를 감추고	見人輒屏跡
대낮에도 문을 열지 않네	白日門不開

---

4) 二十六日 丙辰 : 1804년 1월 26일.
5) 『계산기정』권3, 甲子正月
6) "한번 사학으로 … 통행하지 못한다." : 1801년 신유박해(辛酉迫害) 이후, 조선
   조정에서 연행사신의 천주당 방문을 금지한 것을 말한다.

오묘한 재주 신조에 가깝고	巧才逼神造
보물은 산같이 쌓여 있네	寶玩如山堆
어디서 온 일종의 학설인데	何來一種學
마침내 윤강을 해치는가	竟欲倫綱頹
석가와 노자의 말은 그대로 높고	釋老言猶高
양주와 묵적 죄인의 괴수일세	楊墨罪爲魁
지사여 부질없이 걱정하지 마오	志士莫謾憂
눈앞에는 슬픈 일만 많기도 하네	眼前多堪哀
백 년 동안 오랑캐 나라 되어[7]	百年驕虜國
예의의 풍속 초토에 버려졌네	正風委草萊

〈주석 : 장정란〉

---

7) "백 년 동안 오랑캐가 되어" : 중국 청(淸) 왕조가 이민족 만주족(滿洲族)이 1644
년 건립한 나라인 것을 뜻한다.

『무오연힝녹』

「십구일」1)

-(上略)- 이날 치형이 주송을 조차 텬쥬당을 보고 오다. 텬쥬당은 셔
양국 스룸 머무는 곳이라. 서양국은 셔텬 부드가히 잇는 나라히오, 즁
국의셔 슈만 리 밧기라, 녜로부터 즁국을 통ᄒ는 일이 업더니, 대명 홍
무 초의 비로소 됴공ᄒ고 만력 년간의 셔양국 스룸이 나와 칙녁 민들
기로 흠텬관 벼슬을 쥬어 디″로 나와 살게 ᄒ니, 대저 텬문성상과 츄
보ᄒ야 칙녁 민드는 법은 극히 셰밀ᄒ야 텬디 도슈를 낫″히 의논ᄒ야
셰월 졀후를 틀니게 아니흠이 녯스룸의 밋지 못ᄒᆯ 비 잇고 ᄯ 그 나라
풍속이 ᄀ장 공교ᄒ야 온갖 긔계를 졍묘히 밍그니 대명 션덕 년간의
일즉 왕삼보론 스룸을 보니여 셔양국의 니르러 긔이ᄒᆫ 보비와 이샹ᄒᆫ
긔명을 무슈히 어더 왓ᄂᆫ지라, 그 후 셩화 년간의 됴졍이 ᄌ못 완호를
구ᄒᆯ 시, 닌감 ᄒᆫ 스룸을 보니여 병부의 니르러 왕삼부의 셔양국 가던
노졍긔를 ᄎᆞᄌ니 씨예 항츙이론 스룸이 병부샹셔오, 유대하론 스룸이

---

* 서유문(徐有聞, 1762~1822)의 1798년 연행록. 자 학수(鶴叟). 서유문은 조선 정조
(正祖) 순조(純祖) 시기의 문신 학자로 1798년(정조 22) 삼절연공 겸 사은사(三節
年貢兼謝恩使) 서장관(書狀官)으로 임명되어 사행 후 이듬해에 복명하였다. 이때
의 연행 기행문집이 『무오연힝녹』으로 한문으로 기록한 다른 기행문들과 달리
한글로 쓴 국문본 6책으로 장서각본과 국립중앙도서관본이 있다. 한문본 『무오연
록(戊午燕錄)』은 국문본을 바탕으로 그 중 일부를 뽑아 한역(漢譯)한 것으로 보이
는데 분량은 6분의 1정도이며 잘 정리되어 있지 않다. (김동욱, 『무오연힝녹』 해
제(解題), 한국고전번역원, 1976 참조.)
* 『무오연힝녹』은 1798년 10월 19일부터 1799년 4월 2일까지의 기록이다.
* 역문 : 김동욱, 『무오연힝녹』, 한국고전번역원, 1976.
1) 십구일 : 1799년 1월 19일.

낭즁이 되엿더니 밋 니감이 니르미 항츙이 아젼을 명ᄒᆞ야 고의 드러가 노졍긔를 ᄎᆞ즐 ᄉᆡ 유대히 문득 몬져 들어가 어더 너여 다른 곳의 ᄎᆞᆺ지 못ᄒᆞ게 감초고 나왓ᄂᆞᆫ지라, 아젼이 ᄎᆞᆺ지 못ᄒᆞ거늘 항츙이 아젼을 볼기 쳐 ᄃᆞ시 슈험ᄒᆞ야 이ᄀᆞᆺ치 슈일을 ᄎᆞ즈되 종시 업ᄂᆞᆫ지라, 유대히 모로ᄂᆞᆫ 체ᄒᆞ야 죵시 말을 아니터니 ᄆᆞᄎᆞᆷ 간관이 연ᄒᆞ야 샹쇼ᄒᆞ야 '셔양국의 ᄉᆞ 룸을 보니쇼셔' ᄒᆞ니 ᄯᅩᄒᆞᆫ 노졍을 알 길이 업ᄂᆞᆫ지라, 인ᄒᆞ야 즁디ᄒᆞ엿 더니, 그 후 항츙이 아젼을 불너 힐난ᄒᆞ되 '고 즁의 문셔를 비록 셰셰 ᄒᆞᆫ 거신들 어이 일어실니 잇스리오.' ᄒᆞ여늘 뉴디히 겸히 잇다가 희미 히 우어 ᄀᆞᆯ오디 "왕삼뷔 셔양을 ᄃᆞ녀 도라오미 은젼과 양식을 슈십 만 을 허비ᄒᆞ고 ᄉᆞ룸이 도라오지 못ᄒᆞᆫ 쟤 ᄯᅩᄒᆞᆫ 슈를 모를지라. 비록 보비 를 어드나 국가의 무삼 유익ᄒᆞᆷ이 잇시리오. 이ᄂᆞᆫ 큰 폐단이라, 대신이 맛당이 ᄀᆞᆫ졀이 간ᄒᆞ야 막을 일이니 노졍긔 비록 이시나 ᄯᅩᄒᆞᆫ 맛당히 ᄯᅳ져 ᄇᆞ리미 해롭지 안인지라. 엇지 구ᄐᆞ여 그 이시며 업ᄉᆞᄆᆞᆯ 구ᄒᆞᆨ고져 ᄒᆞᄂᆞ뇨." 츙이 대하의 일을 짐쟉ᄒᆞ고 송연ᄒᆞ야 위의 ᄂᆞ려와 대하의게 두 번 졀ᄒᆞ고 샤례ᄒᆞ야 ᄀᆞᆯ오디 "공의 음덕이 젹지 아니ᄒᆞ니 내 위의 오 라지 아니ᄒᆞ야 맛당히 공의 도라." ᄒᆞ더니 그 후의 과연 병부샹셔의 니 른지라. 이 일을 명ᄉᆞ의 일ᄏᆞ라 지금ᄭᆞ지 젼ᄒᆞ야시니 셔양의 긔물과 보 비 고금의 유명ᄒᆞᆫ 곳이라, 이러무로 대명 이후로 이째ᄭᆞ지 그 사름을 니여와 ᄭᅳᆫ치 아니코 근너ᄂᆞᆫ 쟉품을 주어 후록을 머기고 칙녁 밍길기를 젼혀 맛기니 그 사름이 ᄒᆞᆫ 번 나오면 다시 도라가지 아니ᄒᆞ고 각〃 졔 나라 법으로 집을 지어 ᄯᅩ로 거쳐ᄒᆞ고 즁국 사름과 혼잡지 아니ᄒᆞ니 동셔남북 네 집이 〃셔 일홈을 '텬쥬당'이라 ᄒᆞ니 기둥 셔편의 잇ᄂᆞᆫ 집 이 졔도와 긔물이 더옥 이샹ᄒᆞ고 두 사름이 잇더니 ᄒᆞ나흔 죽언 지 두 히라 ᄒᆞ더라. 치형이 니ᄅᆞ되 "졍양문 알프로 지나 현무문을 향ᄒᆞ야 셩 밋ᄐᆞ로 수리를 힝ᄒᆞ야 먼니 ᄇᆞ라보미 말 업ᄂᆞᆫ 놉흔 집이 공듕의 ᄲᆡ혀 나고 기와 니은 졔양과 집 우히 셰운 긔물이 독도 ᄀᆞᆺ흐며 말도 ᄀᆞᆺᄐᆞ여 형용ᄒᆞᆯ 길이 업고 그림에도 보지 못ᄒᆞ던 졔되라. ᄆᆞᆺ지 아녀도 텬쥬당인 쥴 짐작ᄒᆞᆯ너라. 큰 문의 '칙건텬쥬당' 다ᄉᆞᆺ ᄌᆞ를 ᄡᅥ시니 태샹황 어필이오, 동편으로 ᄯᅩ 젹은 문이 이시니 이 문을 들미 두 편의 치각을 셰오고 남향ᄒᆞ야 십여 쟝 놉흔 집이 이시니 아로삭인 창과 비단 발이 예ᄉᆞ 제도와 ᄃᆞ르고 발을 들고 문을 열미 굴속의 드러가는 것 ᄀᆞᆺ고 사름의 소리 공듕의 맛초이ᄂᆞᆫ지라. 이 곳 텬쥬를 위ᄒᆞᆫ 곳이라. 그 안히 남북으로 여라믄 간이오, 동셔는 오륙 간이라. 텬장과 ᄇᆞ람벽과 간살을 막은 거시 ᄒᆞᆫ 조각 남글 드리지 아니ᄒᆞ고, 젼혀 벽돌노 무어시니 그 안히 궁글고 싀훤ᄒᆞ야 임의 그 이샹ᄒᆞᆫ 제도를 짐작ᄒᆞᆯ 거시오, 북편 벽 우희 당듕ᄒᆞ야 ᄒᆞᆫ 사름의 화샹을 그려시니 계집의 샹이오, 머리를 프러 좌우로 두 가닮을 드리오고 눈을 치ᄠᅥ 하ᄂᆞᆯ을 ᄇᆞ라보니 무ᄒᆞᆫ ᄒᆞᆫ 싱각과 근심ᄒᆞᄂᆞᆫ 거동이라. 이거시 곳 텬쥬라 ᄒᆞᄂᆞᆫ 사름이니 형톄와 의복이 다 공듕의 ᄯᅴ여 셧ᄂᆞᆫ 모양이오, 션 곳의 깁흔 감실 ᄀᆞᆺ트니 쳣 번 볼 제ᄂᆞᆫ 소샹만 여겻더니 갓가이 간 후의 그 그림인 줄을 ᄭᆡ치니 년긔 삼십 셰 남즉ᄒᆞᆫ 계집이오, 어골 빗치 누르고 눈두덩이 심히 거프ᄅᆞ니 이ᄂᆞᆫ 샹히 눈을 칩ᄯᅥ 그러ᄒᆞᆫ가 시부고, 입은 거슨 ᄉᆞ미 너른 긴 옷시로ᄃᆡ 옷주름과 졉히인 거시 요연ᄒᆞ야 움죽일 ᄃᆞᆺᄒᆞ니, 텬하의 이샹 화격이오, 그 알ᄑᆡ 향노를 노코 향을 피오니 향긔 ᄭᅳᆫ치이디 아니코 화샹 셔편 벽 밋트로 큰 탑을 노코 우희 눙 그린 방셕을 ᄭᆞᆯ고 ᄭᅮ민 거시 극히 화려ᄒᆞ니, 뉘 안ᄂᆞᆫ 곳인디?2)

---

2) 한글본에 천주당 관련 기록이 상세한 것과 달리 한문본은 이상 부분까지만 기록되어 있다. 한문본에 실린 천주당 관련 기록은 아래와 같다.

「致亨如子頌觀天主堂而來言曰天主堂西洋國人所在處也國在西天海中數萬里外自古不通中國大明洪武初始爲朝貢萬曆間流入中國以造曆爲業故皇帝賜欽天官以居之大抵天文星象推步之法極爲細密他人所不及其風俗極爲工巧凡百器皿無不精妙大明成德年間遣王三輔得奇寶異器而來自此洋人往來不絕賜厚祿以居之各以其國之法作舍而居不與中國渾雜云 ○自玄武門望見高堂聳出於雲外而無岑樓褭於其上者如公宅如未畵猶不得不問可知爲天主堂大門書勅建天主堂五字乾隆御筆也小門內有彩閣南向有十餘間高雕窓繡簾極爲絕妙 捲簾開戶如入窟室人聲自空中出此卽天主處南竝十餘間東西五六間墻壁皆不用木只以壁石等之其內空敞 北壁堂中畵一女子像散髮垂二岐開眼向上而望天有無限思想憂愁之態 卽天主之人 形體衣服 皆浮在空中 立處如深深龕室 年紀三十餘

황뎨나 안즐 배오, 샹인의 안즐 곳이 아닐너라. 동셔 벽의 각 〃 여러 믄 화샹을 그려시되 다 머리털을 느리치고 댱삼 ᄀᆞᆺᄐᆞᆫ 옷슬 닙어시니 이ᄂᆞᆫ 셔양국 의복 졔된가 시부고, 혹 아희 안흔 모양을 그려시되 아희 눈을 지릅써 놀나ᄂᆞᆫ 형샹이라, 부인이 어로만져 근심ᄒᆞᄂᆞᆫ 낫치오, 늙은 ᄉᆞ나희 겁늬여 손을 묵거 무어슬 비ᄂᆞᆫ 거동이며, ᄯᅩ 부인이 병든 아희를 구완ᄒᆞᄂᆞᆫ 모양이로ᄃᆡ, 우희 ᄒᆞᆫ 흰 새 놀개를 버리고 부리로 흰 거ᄅᆞᆯ 쑴어 부인의 니마의 ᄶᅩ이며, 텬쟝의ᄂᆞᆫ ᄉᆞ방으로 구름이 에워시되 어린 아희들이 구름 속으로 머리를 내여 보ᄂᆞᆫ 거시 그 수를 혜지 못ᄒᆞ며, 혹 쟝ᄎᆞᆺ ᄯᅥ러지ᄂᆞᆫ 거동이라. 노인이 손바닥으로 하ᄂᆞᆯ을 향ᄒᆞ야 바드려 ᄒᆞᄂᆞᆫ 톄ᄒᆞ니 인물의 졍신이 두어 간을 물너셔 보면 아모리 보와도 그림으로 알 길이 업ᄉᆞ니 기괴 황홀ᄒᆞ야 오ᄅᆡ 셔시미 ᄆᆞᄋᆞᆷ이 셧긔워 됴치 아니터라. 알픠 ᄒᆞᆫ 사ᄅᆞᆷ이 인도ᄒᆞ니 그 안희 별노 사ᄅᆞᆷ이 왕늬 업스되 알플 지나ᄂᆞᆫ 쟈ᄂᆞᆫ 믄득 ᄒᆞᆫ 무릅흘 ᄭᅮᆯ고 지나며, 쳣 번 구경흘 젹부터 셔편 벽 밋퇴 ᄒᆞᆫ 되놈이 ᄒᆞᆫ 다리를 ᄭᅮᆯ고 눈을 감아 숨소리 업시 안져시니 무ᄉᆞᆷ 의신줄 모올너라. 남편으로 벽을 의지ᄒᆞ야 놉흔 누각을 ᄆᆡᆼ글고 치식 ᄉᆞ다ᄃᆞ리를 ᄯᅩᄒᆞᆫ 벽으로 ᄲᅡ하 올으게 ᄒᆞ야시며, 난간 안흐로 긔이ᄒᆞᆫ 악긔를 버려시니, 이ᄂᆞᆫ 셔양 사ᄅᆞᆷ의 ᄆᆡᆼ근 거시라. 틀을 움즈기고 믈쑥을 트러 졀노 풍뉴 소ᄅᆡ를 늬게 ᄒᆞᆫ 거시러라. 누의 ᄂᆞ려 북으로 도라가매 ᄯᅩᄒᆞᆫ 집을 졍히 ᄭᅮ미고 벽의 화샹을 ᄭᅮ며시며 벽 밋트로 긴 탁ᄌᆞ를 노코 우희 관과 의복을 노하시니 셔양 사ᄅᆞᆷ의 졍 외올 쎡 닙ᄂᆞᆫ 의복이라. 옷슨 검고 누른 빗치 댱삼 ᄀᆞᆺ치 ᄆᆡᆼ글고 관은 거믄 비단으로 모진 관이러라. 셔흐로 ᄒᆞᆫ 치 집을 드러가니, 북 벽 밋히 큰 탑을 노코 알히 세 ᄲᅡᆼ 교위를 베풀고 그 알히 죠고만 그ᄅᆞ시 등겨를 담아 각 〃 노하시니, 이ᄂᆞᆫ 춤을 밧게 ᄒᆞᆫ 거시오, 좌우 벽의 쳡 〃 ᄒᆞᆫ 누각과 셰쇄ᄒᆞᆫ 즙물을 그려시되 이편 벽 밋히셔 져편 벽을 ᄇᆞ라본즉 그림은 간 곳이

面黃而眼 皆甚靑黑 所着者 廣袖長衣前有香爐焚香西壁下置大榻上有畵龍方席不知何 許人在其上.」.

업고 홀연 무수훈 문호와 은영훈 쟝원이 별노 인간의 숨겨시며 ᄇ람벽의 건 거시며 샹 우희 베픈 거시 다 진즛 거시오, 그림인 줄 ᄭᆡᄃᆺ디 못ᄒ여, 갓가히 볼 제ᄂᆞᆫ 벽 우희 두 줄 거믄 획을 샹 업시 흐리온 모양이러니, 무릅더셔 보면 글지 왕연ᄒ야 ᄌ획이 분명ᄒ니 텬하의 긔이훈 지죄러라. 이 집 알프로 ᄯᅩ 훈 치 집이 〃시니 이ᄂᆞᆫ 칙과 의긔를 ᄣᅡ훈 곳이라. 칙은 비단갑을 밍그라 ᄉ면의 탁ᄌᆞ를 노코 ᄊᆞ하시되, 다 셔양 글지라 무슴 칙인 줄 모르며 의긔ᄂᆞᆫ 다여슬 노하시되 쇠로 틀을 밍글고 둥근 형톄를 그 안히 구을게 ᄒ여시니 다 하ᄂᆞᆯ 도슐을 측양ᄒ야 보게 훈 거시라. 우희 삼원 이십팔슈와 온갖 셩신을 합이히 그리고, 쥬셕 골희를 그 우희 셰워시되 동셔로 임의로 돌니고, 남북은 각 〃 곳은 쇠를 벗틔여 치노디 못ᄒ게 ᄒ여시니 훈 골희ᄂᆞᆫ 일홈이 젹되니 하ᄂᆞᆯ 가온디를 니르미오, 훈 골희ᄂᆞᆫ 황되니 일월 ᄃᆞᆫ니ᄂᆞᆫ 길을 니르미라. 여러 그르시 다 각 〃 대쇠 이시나 거의 다 훈 제양이러라. 셔양 사룸은 ᄋᆈ시 나와 보ᄂᆞᆫ 일이 업더니 도라올 ᄯᅦ의 텬쥬 위훈 집의셔 무슴 경 넑ᄂᆞᆫ 소ᄅᆡ 나거ᄂᆞᆯ 문을 여러 보니, 앗가 보던 관과 옷슬 닙고 북벽 밋트로 도라ᄃᆞᆫ니며 무슴 소ᄅᆡ ᄒ니, 키 젹고 얼골이 거무며 인물이 심히 모질어 뵈더라. 셩은 탕개라 ᄒ고 일홈은 긔록디 못ᄒ며, 근ᄂᆞᆫ 아국 사룸이 이곳의 가ᄂᆞᆫ 일이 업ᄉᆞᆫ디라. 밋 아국 사룸이 니르매 직흰 재 무러 ᄀᆞᆯ오디, '이곳의 ᄃᆞᆫ니믈 디국의셔 금훈다 ᄒ더니 엇디 왓ᄂᆞ뇨.' ᄒ니, 뉘 젼훈 말인지 몰오되, 극히 고히ᄒ더라. 공지 ᄀᆞᆯ ᄋᆞ샤디 '말이 튱셩되고 밋브며 힝실이 돗탑고 공경ᄒ면 비록 만믹 지방이라도 가히 힝ᄒ리라.' ᄒ시고 뉴하혜 니르디 '저ᄂᆞᆫ 제오 나ᄂᆞᆫ 내니 제 엇디 내게 더러히오.' ᄒ니, 텬쥬당을 구경 아니미 ᄯᅩ훈 고히훈 의ᄉᆡ라." ᄒ야 치형이 보고 와 웃더라.

【역문】「19일」3)

-(상략)- 이날 치형(致亨)이 자송(子頌)을 좇아 천주당(天主堂)을 보고 오다. 천주당은 서양국(西洋國) 사람 머무는 곳이라. 서양국은 서쪽 하늘 바닷가에 있는 나라요, 중국에서 수만 리 밖이라, 예부터 중국을 통하는 일이 없더니, 대명(大明) 홍무(洪武)4) 초에 비로소 조공(朝貢)하고 만력(萬曆)5) 연간에 서양국 사람이 나와 책력(冊曆)을 만들기로 흠천관(欽天官)6) 벼슬을 주어 대대로 나와 살게 하니, 대체로 천문성상(天文星象)과 천체의 운행을 관측하여 책력 만드는 법은 극히 세밀하여 천지 도수(天地度數)를 낱낱이 의논하여 세월 절후(歲月節候)를 틀리게 아니함이 옛사람이 미치지 못할 바가 있고, 또 그 나라 풍속이 가장 공교(工巧)하여 온갖 기계(機械)를 정묘하게 만드니, 대명 선덕(宣德)7) 연간에 일찍이 왕삼보(王三輔)8)란 사람을 보내어 서양에 이르러 기이한 보배와 이상한 기명(器皿)을 무수히 얻어 왔는지라, 그 후 성화(成化)9) 연간에 조정이 자못 완호(玩好)를 구할 때, 내감(內監) 한 사람을 보내어 병부(兵部)에 이르러 왕삼보의 서양국에 갔던 노정기(路程記)를 찾으니, 그때에 항충이란 사람이 병부 상서(兵部尙書)요, 유대하10)란 사람이 낭중(郎中)이 되었더니, 내감(內監)이 이르자 항충이 아전에게

---

3) 『무오연힝녹』, 己未 正月
4) 홍무(洪武) : 명 태조(太祖)의 연호. 1368~1398년간.
5) 만력(萬曆) : 명 신종(神宗)의 연호. 1573~1619년간.
6) 흠천관 : 천문대.
7) 선덕(宣德) : 명 선종(宣宗)의 연호. 1426~1435년간.
8) 왕삼보(王三輔) : 미상.
9) 성화(成化) : 명 헌종(憲宗)의 연호. 1465~1487년간.
10) 유대하(劉大夏, 1436~1516) : 유대하는 명 중기의 문관 대신(大臣). 백성을 위하는 관리로서의 소임을 다하여 왕서(王恕), 마문승(馬文升)과 더불어 '홍치삼군자(弘治三君子)'로 칭송받았다. 한국인문고전연구소, 『중국인물사전』 참조.

명령하여 고(庫)에 들어가 노정기(路程記)를 찾을 때, 유대하가 먼저 들어가 얻어 내어 다른 곳에 찾지 못하게 감추고 나왔는지라, 아전이 찾지 못하거늘, 항충이 아전을 볼기쳐 다시 수험(搜驗)하여 이같이 수일을 찾되 끝내 없는지라, 유대하 모르는 체하여 굳이 말을 않더니, 마침 간관(諫官)이 계속하여 상소(上疏)하여 '서양국에 사람을 보내소서.' 하니, 또한 노정(路程)을 알 길이 없어서 중지하였더니, 그 후 항충이 아전을 불러 비난하여 묻기를, '고중(庫中)의 문서(文書)를 비록 잘고 작은 것인들 어이 잃었을 리 있으리요.' 하거늘, 유대하가 곁에 있다가 빙그레 웃으며 말하기를, "왕삼보가 서양을 다녀 돌아오는데, 은전(銀錢)과 양식(糧食) 수 십 만을 허비하고, 사람이 돌아오지 못한 자가 또한 무수한지라. 비록 보배를 얻으나 국가(國家)에 무슨 유익함이 있으리오. 이는 큰 폐단이라, 대신(大臣)이 마땅히 간절히 말하여 막을 일이니, 노정기(路程記) 비록 있으나, 또한 마땅히 찢어 버림이 해롭지 않은지라, 어찌 구태여 그 있고 없음을 구핵(究覈)코자 하느뇨." 항충이 유대하의 일을 짐작하고 송연(竦然)하여 자리에 내려와 유대하에게 두 번 절하고 사례하여 말하기를, "공(公)의 음덕(陰德)이 적지 아니하니 내 자리에 오래지 않아 마땅히 공(公)이 돌아오리라."하더니, 과연 병부 상서(兵部尙書)에 이른지라. 이 일은 명사(明史)에 지금까지 전해지고 있으니, 서양의 기물(奇物)과 보배 고금에 유명한 곳이라, 이러므로 대명 이후로 이때까지 그 사람을 불러들여 끊지 않고, 근래는 작품(爵品)을 주어 후한 녹봉을 먹이고, 책력(冊曆) 만들기를 온전히 맡기니, 그 사람이 한 번 나오면 돌아가지 않고, 각각 제 나라 법으로 집을 지어 따로 거처하고 중국 사람과 뒤섞이지 않으니, 동서남북에 집이 있어 이름을 '천주당(天主堂)'이라 하니, 그중 서편에 있는 집이 제도(制度)와 기물(器物)이 더욱 이상하고, 두 사람이 있더니, 하나는 죽은 지 두 해라 하더라. 치형이 말하기를, "정양문(正陽門) 앞으로 지나 현무문(玄武門)을 향하여 성(城) 밑으로 수 리(里)를 가서 멀리 바라보면, 용마루 없는 높은 집이 공중에 빼어나고 기와 이은 모양과 집 위에 세운 기물(器物)이 항아리 같기도 하며 말 같기도 하여 형용할 길이 없고 그림에서도 보지 못하던 제도러라. 묻지 않아도 천주당인 줄 짐작할러라. 큰 문(門)에 '칙건천주당(勅建天主堂)'이란 다섯 자를 썼으니, 태상황(太上皇) 어필(御筆)이요,[11] 동편으로 또 작은 문이 있으니, 이 문을 들어가면 두 편에 채색한 누각을 세우고 남향(南向)하여 10여 장 높은 집이 있으니, 아로새긴 창(窓)과 비단 발[簾]이 보통의 모양과 다르고, 발을 들고 문을 열면 굴속에 들어가는 것 같고, 사람의 소리 공중에 퍼지는지라. 이 곧 천주(天主)를 위하는 곳이라. 그 안이 남북으로 여남은 칸이요, 동서는 5, 6칸이라. 천장과 바람벽과 칸살을 막은 것이 한 조각 나무를 드리지 아니하고, 온전히 벽돌로 쌓았으니, 그 안이 둥글고 시원하여 이미 그 이상한 제도를 짐작할 것이요, 북편 벽 위 한가운데에 한 사람의 화상(畫像)을 그렸으니 계집의 상이요, 머리를 풀어 좌우로 두 가닥을 드리우고 눈을 치떠 하늘을 바라보니, 무한(無限)한 생각과 근심하는 거동이라. 이것이 곧 천주(天主)라 하는 사람이니[12], 형체와 의복이 다 공중에 띄워 섰는 모양이요, 선 곳이 깊은 감실(龕室) 같으니, 처음 볼 때는 소상(塑像)으로 여겼더니, 가까이 간 후에 그림인 줄을 깨치니, 나이가 30세 남짓한 계집이요, 얼굴빛이 누르고 눈두덩이 심히 검푸르니, 이는 항상 눈을 치떠 그러한가 싶고, 입은 것은 소매 넓은 긴 옷이로되 옷주름과 섶을 이은 것이 요연(瞭

---

11) 태상황(太上皇) 어필(御筆) : 명말 청초 북경에 건립된 4개 성당 중 북당(北堂)에 걸린 어필 명문으로 태상황은 강희제(康熙帝)이다. 예수회 선교사 드 퐁타네(Jean de Fontaney, 洪若翰, 1643~1710)가 키니네로 강희제의 학질을 고쳐주고 하사받은 부지에 1703년 성당을 완공하자 강희제가 '칙건천주당(勅建天主堂)'을 써 준 것이다.

12) "이것이 … 사람이니" : 예수의 초상화.

然)하여 움직일 듯하니, 천하에 이상한 화풍이요, 그 앞에 향로(香爐)를 놓고 향(香)을 피우니 향기 그치지 않고, 화상 서편 벽 밑으로 큰 의자를 놓고 위에 용(龍)을 그린 방석을 깔고 꾸민 것이 극히 화려하니, 누가 앉는 곳인지? 황제(皇帝)나 앉을 곳이요, 평민이 앉을 곳이 아닐러라. 동서 벽에 각각 여남은 화상을 그렸으되 다 머리털을 늘이고 장삼(長衫) 같은 옷을 입었으니, 이는 서양국 의복 제도인가 싶고, 혹 아이 안은 모양을 그렸으되, 아이가 눈을 치올려 떠서 놀라는 형상이라, 부인(婦人)이 어루만져 근심하는 빛이요,13) 늙은 사나이 겁내어 손을 묶어 무엇을 비는 거동(擧動)이며, 또 부인이 병든 아이를 돌봐주는 모양이로되, 위에 흰 새 한 마리가 날개를 벌리고 부리로 흰 것을 뿜어14) 부인 이마에 쏘이며, 천상(天上)에는 사방으로 구름이 에웠으되 어린아이들이 구름 속으로 머리를 내어 보는 것이 그 수를 세지 못하게 많으며, 혹 장차 떨어지는 거동이라.15) 노인이 손바닥으로 하늘을 향하여 받으려 하는 체하니, 인물(人物)의 정신(精神)이 두어 칸을 물러서서 보면 아무리 보아도 그림으로 알 길이 없으니, 기괴(奇怪) 황홀(恍惚)하여, 오래 섰으니 마음이 언짢아 좋지 않더라. 앞에 한 사람이 인도(引導)하니, 그 안에 별로 사람이 왕래 없으되, 앞을 지나는 자 문득 한 무릎을 꿇고 지나며, 첫 번 구경할 때부터 서편 벽 밑에 한 되놈이 한 다리를 꿇고 눈을 감아 숨소리 없이 앉았으니16), 무슨 뜻인 줄 모를러라. 남쪽으로 벽을 의지하여 높은 누각(樓閣)을 만들고 채색(彩色) 사다리를 또한 벽으로 쌓아 오르게 하였으며, 난간 안으로 기이

---

13) "혹 아이 안은 … 근심하는 빛이요" : 성모 마리아와 아기 예수 그림.
14) "또 부인이 … 흰 것을 뿜어" : 성부(聖父)·성자(聖子)·성신(聖神)의 삼위일체(三位一體) 교리 중 비둘기로 형상화 시킨 성신 그림.
15) "부인 이마에 쏘이며 … 떨어지는 거동이라." : 하늘의 수많은 천사들을 묘사한 그림.
16) "첫 번 구경할 때부터 … 앉았으니" : 무릎 꿇고 장궤하여 기도하는 모습.

한 악기(樂器)를 벌였으니, 이는 서양 사람이 만든 것이라. 틀을 움직이고 말뚝을 틀어 절로 음악 소리를 내개 한 것이러라. 누각에서 내려와 북으로 돌아가니 또 집을 하나 깨끗이 꾸미고 벽에 화상을 꾸몄으며, 벽 밑으로 긴 탁자를 놓고, 위에 관(冠)과 의복을 놓았으니, 서양사람이 경(京)에 올 적 입는 의복이라. 옷은 검고 누런빛이 장삼(長衫)같이 만들고, 관(冠)은 검은 비단으로 모난 관이러라. 서로 한 채 집을들어가니, 북쪽 벽 밑에 큰 탑을 놓고, 아래 세 쌍 의자를 베풀고, 그아래 조그만 그릇에 등겨를 담아 각각 놓았으니, 이는 침을 뱉게 한것이요, 좌우벽(左右壁)에 첩첩(疊疊)한 누각(樓閣)과 자잘한 집기를 그렸으되, 이편 벽 밑에서 저편 벽을 바라보니 그림은 간 곳이 없고 갑자기 무수한 출입문과 은은히 빛나는 장원(莊園)이 따로이 인간에 생겼으며, 바람벽에 건 것이며 상 위에 베푼 것이 다 진짜 같고, 그림인줄 깨닫지 못하여, 가까이 보면 벽 위에 두 줄 검은 획(劃)을 규칙 없이 흐르게 한 모양이더니, 물러서서 보면 글자가 완연하여 글자의 획이 분명하니 천하에 기이한 재주러라. 이 집 앞으로 또 한 채 집이 있으니, 이는 책(冊)과 의기(儀器)를 쌓은 곳이라. 책은 비단 갑을 만들어사면에 탁자를 놓고 쌓았으되, 다 서양 글자라 무슨 책인 줄 모르며, 의기(儀器)17)는 대여섯을 놓았으되, 쇠로 틀을 만들고 둥근 형체(形體)를 그 안에 구르게 하였으니, 다 하늘 각도를 측량(測量)하여 보게 한것이라. 위에 삼원(三垣)18)이십팔수(二十八宿)19)의 온갖 별을 잘 갖추

---

17) 의기(儀器) : 천체(天體) 운행을 측정하는 혼천의(渾天儀).
18) 삼원(三垣) : 성좌(星座)의 명칭으로 태미(太微), 자미(紫微), 천시(天市).
19) 이십팔수(二十八宿) : 해와 달과 여러 혹성(惑星)의 소재를 밝히기 위해 만든 28개의 별자리. 동·서·남·북 4방으로 분포된 성좌의 명칭은, 동(東)에 각(角)·항(亢)·저(氐)·방(房)·심(心)·미(尾)·기(箕), 서(西)에 규(奎)·누(婁)·위(胃)·묘(昴)·필(畢)·자(觜)·삼(參), 남(南)에 정(井)·귀(鬼)·유(柳)·성(星)·장(張)·익(翼)·진(軫), 북(北)에 두(斗)·우(牛)·여(女)·허(虛)·위(危)·실(室)·벽(壁) 등이다.

어 그리고, 주석(朱錫) 고리를 그 위에 세웠으되 동서로 마음대로 돌리고, 남북은 각각 곧은 쇠를 버티어 치놀지 못하게 하였으니, 한 고리는 이름이 적도(赤道)니 하늘 가운데를 이름이요, 한 고리는 황도(黃道)니 해와 달이 다니는 길을 이름이라. 여러 그릇이 다 각각 대소가 있으나 거의 다 한 모양이러라. 서양 사람은 끝내 나와 보는 일이 없더니, 돌아올 때에 천주(天主) 위하는 집에서 무슨 경(經) 읽는 소리가 나거늘 문을 열어 보니, 아까 보던 관(冠)과 옷을 입고 북벽(北壁) 밑으로 돌아다니며 무슨 소리 하니, 키 작고 얼굴이 검으며 인물(人物)이 매우 모질어 뵈더라. 성(姓)은 탕개라 하고 이름은 기록치 못하며, 근래는 우리나라 사람이 이곳에 가는 일이 없는지라, 우리나라 사람이 이르자 지키는 자가 묻기를, '이곳에 다님을 귀국(貴國)에서 금한다 하더니 어찌 왔느뇨?' 하니, 누가 전하는 말인지 모르되, 극히 괴이하더라. 공자(孔子)가 가라사대, '말이 충성되고 미더우며 행실이 도탑고 공경하면 비록 만맥(蠻貊) 지방이라도 가히 가리라.' 하시고, 유하혜(柳下惠)[20]가 이르되, '저는 저요 나는 나니 제가 어찌 내게 더러우리요.' 하니, 천주당을 구경 않음이 또한 괴이한 의사라." 하여 치형이 보고 와서 웃더라.

〈주석 : 장정란〉

---

20) 유하혜(柳下惠, 기원전 720~621 추정) : 유하혜는 춘추시대 노(魯)나라 관리로 도(道)와 지조를 지켜 모범을 보인 현자(賢者).

『北轅錄』

「初八日」

初八日 戊申 晴暖 留北京 家君 朝進駱粥 又進飣半盂 同正副使出 余
與 ■ ■¹⁾子謙從. 過玉河東巖 出東安門大街 循宮墻而行 折入小閣口 至
東天主堂 入有臺 高可三四丈圓樑如偃弓 長廡似伏鼈 南面開一虹門 入
方柱圓楣 或縱或橫 非石非甎 而不用一木 從虹門北壁 畫多少女像 其中
一女 散髮袒臂 此所謂天主也 蒜眼煞有精彩 其始入也 望之若怒 馬頭輩
或有却步者 東西畫無數女人抱嬰兒之狀 芸芸如動 至於錦帷之高塞甎 砌
之成方 眞贋尤不可辨 距數步而視 猶不知爲畫 以手摩挲 驗其無物 而後
始辨 ■ ■古人以畫爲七分 而此九分 非溢美也 或云 用陰陽畫傳神 故望
之活潑若動云 畫者誰 西洋人也 其爲室深而奧 左右皆有翼廡 廡必有額
東西窓牖 又極明朗 天板有扁 曰 眞元 曰 萬有 曰 無始 曰 無終此處無

---

* 『북원록』은 조선 후기의 문신 이의봉(李義鳳, 1733~1801)이 자제군관의 신분으
로 부친 이휘중과 함께 사행길에 오르면서 출발에서부터 도착까지 전 일정을
일자별로 기록한 책이다. 당시 사행의 정사는 홍계희(洪啟禧, 1703~1771), 부사
는 조영진(趙榮進, 1703~1775), 서장관은 이휘중이었다. 외가는 달성 서씨로 외
숙인 서명선과 서명응, 고종 사촌인 서호수 등의 영향으로 선대 연행을 미리 체
험할 수 있었다. 이의봉은 초명이 이상봉(李商鳳)으로 본관은 전주(全州), 자는 백상
(伯祥), 호는 나은(懶隱)이다. 저서로 『산천지(山川志)』, 『나은예어(懶隱囈語)』, 『고
금석림』 등이 있다. 국문본 『셔원녹』이 함께 전하며, 국문본은 한문본이 나온
직후에 필사되었다.
* (국역) 『북원록』 2, 세종대왕기념사업회, 2016.
1) 『북원록』에는 중간에 지워진 인명이 종종 보이는데 이는 당시 사행의 정사인 홍
계희(洪啟禧)와 그의 자제군관 자격으로 수행한 이봉환(李鳳煥)이 나중에 역모에
연루되어 죽었기에 이를 기휘한 것이다.

官員以守護 惟四五隷人守之 西洋人則在西天主堂云 堂前後 俱有長廊
廊必有室 室已下鑰 從門隙覷視 滿壁畫圖 俱係神品 入一室 案上積星曆
圖 傍置水晶器 制樣奇巧諦視之 乃造成者也 按天主 卽所謂造物主宰 如
吾儒所謂貴紳也 西人不尙三教 唯尊天主 一飮一喙 皆以爲天主之賜 以
尊奉之若帝王 愛戴之如父母 其徒艾儒略之言曰 造物主 生我人類於世
也 如進之大庭中 令饗豊醴 又娛歌舞之樂也 嘗試仰觀天象 而有日月五
星列宿之麗 卽天似室盧 列象似魂寶之飾垣壁者然 俯察地形 而有山川草
木之羅列芬芳 則猶劇戲之當場者然 其他空中飛鳥 江海潛鱗 地上百穀果
實 則集五齊八珍之薦列几筵者然 然則造物主之恩 厚亦極矣 胡爲乎人每
日用 不知若將謂固然宜然 而曾莫究其所以然也 夫唯造物主之新化無量
是故五方萬國之奇詭不窮 倘一轉念思厥所由 返本還原 經固不遠 區區之
愚 良有見于此爾 所願共戴天履地者 旣幸宅是庭 饗是醴 觀是樂 回而遡
流源 循末求本言 念創設萬有一大主宰 而喟然昭事之是惕 則厄言會粹庶
其不胎說鈴之誚乎 若曰 翼間翼見 始以炫耀耳目 則儒略何人 而敢於學
海名區 呈此伎倆 是又玩物喪志之甚者也 云云 覽已出街

【역문】「초팔일」2)

1월 8일(무신) 맑고 따뜻하다. 북경에 머물렀다. 아버지께 아침으로
낙죽(駱粥)3)을 올리고 밥 반 공기를 드렸다. 정·부사와 함께 나가니
내가 유성, 자겸과 함께 좇아 옥하(玉河) 동편 언덕을 지나 동안대가
(東安大街)4)로 나왔다. 궁을 둘러싼 담장을 따라 가다가, 작은 골목 어

---

2)『북원록』卷2
3) 낙죽(駱粥) : 쌀가루와 우유를 넣고 끓인 죽을 말한다.
4) 동안대가(東安大街) : 동장안가(東長安街)를 말한다.

귀로 꺾어 들어가 동천주당(東天主堂)에 이르렀다. 들어가 보니 그곳의 높이가 3, 4장이요 둥근 들보가 활처럼 휜 듯하고 긴 집은 자라가 엎드린 듯하였다. 남쪽의 한 무지개 문을 열었는데 모난 기둥과 둥근 도리가 혹 바로 있기도 하고 혹 비껴 있기도 하였다. 돌도 아니고 벽돌도 아닌데 그렇다고 나무를 쓴 것도 아니었다. 무지개 문을 통해 들어가니 북편 벽에 여러 여인상을 그려 놓았다. 그중 한 여인이 머리를 풀고 팔을 엇매었는데 이 여인이 이른바 '천주(天主)'였다. 쏘아보는 듯한 눈에는 자못 정채가 있었다. 비로소 들어가 바라보니 마치 노기를 띤 듯하였다. 마두배(馬頭輩)들 중에는 혹 뒷걸음질 치는 이도 있었다. 동편과 서편에는 무수한 여인들이 어린 아이들을 안고 있는 형상을 그려 놓았는데, 하나하나가 마치 움직이는 듯하였다. 심지어 비단 휘장을 걷어 올리거나, 벽돌 계단을 모나게 이루어 놓은 것은 진짜인지 가짜인지 분별할 수가 없었다. 몇 걸음 떨어져서 보면 오히려 그림인 줄 알지 못하다가 손으로 만져 아무 것도 없다는 것을 확인한 후에야 비로소 분별되었다. 유성이 말하기를, "옛 사람은 그림이 7분(七分) 흡사한 것이라 여겼는데, 이는 거의 9분(九分)이나 흡사하니 과분한 칭찬이 아닐 것이다."라 하였다. 어떤 이는 말하기를, "음양(陰陽)을 사용해서 대상의 정신을 그려내기에 멀리서 보면 살아있는 듯 생동감이 넘친다. 이는 서양국 사람이 그린 것이다."라 하였다. 그 집은 깊숙하게 만들어졌는데, 좌우에 다 익랑[翼廊]이 있고 익랑에는 반드시 편액이 있으며 동서의 창문이 또 극히 투명하고 밝았다. 천판(天板)[5]에 편액하기를, '진원(眞元)', '만유(萬有)', '무시(無始)', '무종(無終)'이라 하였다. 이곳에는 지키는 관원이 없고, 오직 하인 4, 5인이 지키며 서양 사람은 서천주당에 있다고 한다. 대(臺) 앞뒤에 모두 긴 월랑이 있고 월

---

5) 천판(天板) : 가구 또는 집안의 천장을 이루는 널을 가리킨다.

랑에는 반드시 집이 있었는데, 이미 잠겨있었다. 문틈으로부터 엿보니 벽을 가득 채운 그림들이 모두 신품(神品)이었다. 한 집으로 들어가니 책상 위에 〈성력도(星歷圖)〉를 놓고 곁에 수정 그릇을 놓았는데 만든 모양이 기이하고 정교하였다. 자세히 보니 이는 진짜 수정이 아니라 모두 만든 것이었다. 대개 천주는 이른바 조물의 주재(主宰)니 우리 유가에서 말하는 귀신이다. 서양 사람이 삼교를 숭상하지 않고 오직 천주를 높여 한 번 마시며 한 번 먹는 것이 다 천주가 주는 것이라 하면서 높이고 받들기를 제 왕처럼 하고, 아끼고 소중하게 떠받들기를 부모처럼 한다. 그 무리 가운데 애유략(艾儒略)[6]은 이렇게 말하였다.[7] 조물주가 우리 인류를 세상에 냄에 큰 뜰 가운데로 나와 풍성한 잔치를 먹이고, 또 가무로 즐겁게 해 주는 것과 같다. 일찍이 천상(天象)을 올려 보았는데 일월과 오성(五星), 열수(例宿)의 아름다움이 있어 하늘은 집 같고 별이 벌여 있는 형상은 진귀한 보화로 담을 꾸민 듯하였다. 굽어서 지형을 살피니 산천과 초목이 벌여 있어 꽃다운 즉, 각종 공연과 놀이가 그 터를 만난 듯하였다. 그 밖의 공중의 나는 새, 강과 바다 속에 있는 물고기와 땅 위에 백곡(百穀)과 과실(果實), 5가지의 술[五齊]과 팔진미(八珍味)가 안석과 자리에 늘어선 듯하였다. 그러하니 조물주의 두터운 은혜가 또한 지극하다. 그러나 어째서 사람들은 날마다 쓰면서도 알지 못 하고 진실로 마땅하다 말하면서 그 이유를 궁구할 줄을 알지 못하는가. 대저 조물주의 신통한 조화는 한량없다. 때문에 오방만국(五方萬國)의 기궤(奇詭)함이 끝이 없는 것이다. 그런데 만일 한번 생각을 돌려서 그 이유를 궁구하면 그 본원으로 돌아오는 지름길은 결코 멀지 않으리니 구구한 어리석음으로도 진실로 이를 볼

---

6) 애유략(艾儒略) : 이탈리아 선교사 줄리오 알레니(Giulio Aleni, 1582~1649).

7) 이하 인용하는 말은 애유략이 저술한 『직방외기』의 자서(自序) 중 일부를 초록한 것이다.

수 있을 따름이다. 함께 하늘을 이고 땅을 밟는 자로서 원하는 바는, 이미 다행히 이 뜰에 집을 짓고 이 잔치를 흠향하며 이 즐거움을 본 것으로 말미암아 흐름을 거슬러가서 근원을 궁구하고 끝을 좇아 근본을 구하는 것이다. 만물을 창조한 주재자의 뜻을 생각하며 밝게 하늘을 섬기는 두려움으로 삼가 행한다면 이치에 앞뒤가 맞지 않는 말들을 끌어 모아 번지르르한 이야기를 늘어놓는다는 책망이야 면치 않겠는가? 만약 '괴이한 소문과 괴이한 소견으로 이목을 현황케 하였다'라고 말한다면, 이 애유략은 어떤 사람이기에 감히 학문의 성대함으로 이름난 곳에서 이처럼 보잘 것 없는 재주를 바치려하였겠는가? 이 또한 완물상지(玩物喪志)8)가 심한 사람과 마찬가지인 셈이 되어버릴 것이다.

---

8) 완물상지(玩物喪志) : 쓸데없는 물건을 가지고 노는 데 팔려 소중한 자기의 본심이나 본뜻을 잃어버린다는 뜻이다.

「二十三日」

二十三日癸亥晴 留北京 家君蚤駱粥一盂 又進朝飯少勝余暨金君聯鑣
至西天主堂. 正門有額曰 勑建天主堂 翼門有扁曰天門曆法永久可傳 下
馬而入閽者沮之贈淸心五六丸始許之 進至堂圓樑雕甍一如東天主堂制
堂前竪兩碣一康熙年間 所樹者也 欲觀堂內而門閉不可入 又與淸心三四
丸 始啓 雙牖牖內東西 皆設五虹門 門內各有小室 四壁繪多少散髮女人
像 此天主神也 其在北壁第一層之像 尤活動有精彩 又其上畫無數兒 其
下畫多少女 從前左右懸水晶燈燎燈 四周爲曲枝各含白燭 滿壁神像皆有
額號而不能書記 記者 曰 降生救世眞主 曰 無始無終先作形聲眞主宰 曰
宣仁宣義聿昭拯濟大權衡 曰 佐斯舍佑民神功首出 曰 聖神工化 曰 聖保
神師道統名師 東行首鐸 南壁門楣上作行樓 其上竪鍍鈏長筒之大如椽者
四十餘詢之曰樂具 欲就見卽不聽請聞聽 又不許無紙扇可賂計窮 將出有
一童子 自西夾門出 余同金君將入防之 又甚固 慮有困境還出

【역문】「이십삼일」9)

1월 23일(계해) 맑다. 북경에 머물렀다. 아버지께서 아침 일찍 낙죽
한 그릇을 드시고 아침진지는 조금 낫게 드셨다. 나는 김군과 함께 나
란히 말을 몰고 서천주당에 이르렀다. 정문에 편액하기를, '칙건천주
당(勑建天主堂)'이라 하였고 익문(翼門)에는 '천문역법을 영구히 전하도
다.[天門曆法 永久可傳]'라는 편액이 있었다. 말에서 내려 들어가니 문지
기가 막아섰는데, 청심환 5, 6개를 주자 비로소 허락하였다. 나아가
당에 이르자 둥근 들보에 조각한 용마루가 동천주당의 제도와 똑같았

---

9) 『북원록』 卷4

다. 당 앞에는 두 비석을 세웠는데 하나는 강희 연간에 세운 것이다. 당 안을 보고 싶었으나 문이 닫혀 들어갈 수 없었다. 또 청심환 3, 4개를 주자 비로소 두 창[牖]을 열어주었다. 창의 안쪽 동서로는 모두 무지개문 5개를 세웠고 문 안쪽엔 각기 작은 방이 있는데 사방 벽에는 몇몇 산발한 여인의 모습을 그렸으니 이것이 천주신(天主神)이다. 그 북쪽 벽 1층에 있는 여인상은 더욱 생동감 있고 정채로웠다. 또 그 위엔 수많은 아이들을 그리고 그 아래엔 몇몇의 여인을 그렸다. 앞쪽 좌우엔 수정등을 달고 사방에는 등을 둘러 굽은 가지처럼 만들었는데 각각 흰 초가 들어 있었다. 온 벽의 신상에는 모두 액호(額號)가 있었는데 모두 다 기억할 수는 없었다. 기억나는 것은 '강생하여 세상을 구원할 진실한 주[降生救世眞主]', '처음도 끝도 없으며 형태와 소리를 먼저 지은 진실한 주[無始無終, 先作形聲眞主宰]', '어질고 옳음을 널리 펴서 구원을 밝히는 큰 저울이 되길 바람[宣仁宣義聿昭拯濟大權衡]', '백성들 돕기로는 신의 공업이 으뜸[佐斯舍佑民神功首出]', '성신(聖神)의 공업과 조화[聖神工化]', '성신이 신사(神師)를 보우하사 도가 명사(名師)로 전해지네.[聖保神師道統名師]'였다. 동편 수탁(首鐸)[10]이 있는 곳으로 갔는데, 남쪽 벽에는 문미가 있고 위에는 행루(行樓, 이동이 가능한 누각형태의 구조물)를 만들고 그 위에는 크기가 서까래만한 납을 입힌 긴 통 40여 개를 세웠는데, 물으니 악기라고 답해주었다. 가서 보고 싶었지만 들어주지 않았고 소리를 듣고자 청하였지만 그것도 허락하지 않았다. 뇌물로 줄 만한 종이나 부채가 없어서 하는 수 없이 나가려 하는데, 어떤 사내아이가 서쪽 협문에서 나오기에 내가 김군과 함께 들어가려니 또 매우 굳게 막아섰다. 곤경에 처할까 염려되어 도로 나왔다.

---

10) 수탁(首鐸) : 교구장을 의미한다.

「二十七日」

-(上略)- 仍馳至西天主堂 正副使列椅坐於中堂 虛其一 家君坐焉 西
洋二人 又列椅對坐 鶴髮厖眉 長身碧瞳 少無烟火界人氣味 雖穿清人服
與帽而未掩也 坐上頭者 曰 劉松岭 字喬年 尤秀者也 堂內滿壁圖畫 活
潑逼眞 而宛馬回首之形雙犬相顧之狀 尤入神 揭榜曰氣和聲淸 西士徐日
昇所題也 少焉 進一大卓 列鷄卵圓餠一器長餠一器木瓜糕山裡紅糕各一
器小梨一器 三使前盧一刀一匙 匙以錫鑄 張手形 而柄用象牙 劉橾刀 以
井字割山裡紅糕 又割鷄卵餠 擧匙揷木瓜糕 三使啜罷 余單又餕其餘 木
瓜糕 爽而就 果異味也 家君欲令筆代舌 刘辭曰 不會漢字 請以重舌 遂
令邊譯憲傳語曰 西來今幾年 曰 二十二年 曰 �古此來 而或有旋歸故國
者乎 曰 未也 一渡東洋 輒埋骨燕山 曰 挈眷否 曰 竝與幇子不來 何眷之
有 惟吾二人而已 此所謂出家也 曰 西洋距此爲幾里路 曰 五萬餘里 曰
西洋國地方犳幾許 曰 西洋非國號 猶中州諸國之通稱東洋 西洋有三十國
矣曰 西洋也有統領諸國之君 如中州之天子者否 曰 未也 只各自爲君而
己 曰 君淫何處來曰 熱爾瑪尼亞國人也 請觀遠鏡 呼幇子 荷而出之 長
可八尺 圓不過一握有半 用四稜木空其中 每尺餘環鐵片 上下端附以鏡
乃夜驗星宿之具也 擧以雙手 向屋脊視之 遊動不之疊 刘云 盖揭諸機 遂
引入小門 門內有二層閣 額第一層 曰 欽若 第二層 垂紅箔 閣前樹雙柱
柱上橫雕藻圓木 遂揭遠鏡於上 又用兩木交撑之 劉先覘之 推出上頭 頭
出二寸有奇 曰 可以觀矣 乃以次覘之 天主殿屋脊雕瓦 近在目下 毫髮不
爽 眞奇寶也 若以此登法藏寺彌陀塔上 上頭皇居之壯 不必足踏身踐而後
可領會也 劉云 西洋有百尺鏡 仰觀星漢 則不差毫釐 此亦向日而視 猶驗
日中之坎黑 而方積雲蔽日 使貴大人不得觀 可恨也 又引至觀象臺 臺庀
四方 方各殷間 外甃以石 內鋪以甎 高過二人 設石梯十餘級 而屈曲盤折
便於登降 前有一屋子 劉用長木 拍其南簷而捲之 天光徘徊 可以通望 又

從前後捲之如南 宛然無屋空架 當中樹兩柱 柱上橫一木 木上揭一把遠鏡
劉又先覘而後却步立曰 可以觀 遂闔一眼覘之 鏡面用鐵係於金 一係竪而
三係橫 此所以窺測星宿躔次之具也 又其對壁縣之時鏡 當中坊圖鏡 鏡中
挿小針 環四周列十二辰 而不以字以畵 畵以一二三四爲別 以琉璃覆其上
面 針自轉動 適時指辰 視其底 有樧括 隨環而轉 叮嚀有聲雖大小不同
其制樣 則一如中和殿庭老璫所佣之物矣 又至天主堂請觀西樂 劉與其伴
有所云云 其人卽登行樓 已而螺角簫管 鼓缶琴笛聲送奏豆鳴 淸濁高低
雜然聒耳 畧似我國之軍樂 請觀樂器 劉引余至右夾室 升十層梯 又升九
層梯 始登樓上 樓北壁方三層 第一層 立圓筒之鍍鉛者 八十七個 其大如
椽 長短不齊 箇箇有小孔 第二層 鋪角牌二十七個 第三層 又鋪角牌十數
個 左六七步爲小室坎 其中用革附木 如草屋狀 以足樓之則入捨之則出
若風爐之開闔 一人以指按角牌 則一人以足踏風爐 而樂作矣 余使之止
遂按第一牌 樂聲雄壯 如吹大螺 第二 第三 至第九 第八 以次輕淸 至第
十九 二十 則細而長 宛然玉笛寥亮之響 第二十六 二十七 則淸極而微
又按下層十牌 亦以次淸濁不齊 蓋以高低長短 節八音而行八風者也 又一
齋按上下牌 宮商佚奏 律呂合度 眞奇寶也 及撤樂也 合鐵於傍 則雖按牌
樂無聲矣 至小室革包 隨其闔闢 風自坎中出沒 聲若轉輪 可謂透天機而
奪造化 看來令人神奪 劉又携吾儕至樓 過石梯七級 循木梯八級 上懸七
鐘鐘以次漸小 前者最大 後者最小 大鐘之傍 高懸一桴 小鐘之後 作小龕
揭小扉 內作機械 如我國紡車樣 中懸樛鐵 鐵自轉運 不少息 用細鐵索
一頭綴之七鐘 一頭綴之樛鐵 龕之後 卽空地也 用大絙四五條 條端各懸
一石塊 貫龕頂而垂之地 此所謂自鳴鐘也 劉言 申時不遠 少焉 鐘自鳴矣
已而 樛鐵不轉 龕內機械左轉甚疾 轉已 有小桴自上而來擊第七最小鐘
七次擊已 又有桴擊第一最大鐘 數次擊已 樛鐵又轉運如故 亦異觀也 自
中堂至欽若樓 其間有小門 有一禽 大如鳧而頭較身小 首與尾短 頂長而
喙曲 肉鼻有二条 一垂之頸 一垂之頷 而能縮能伸 毛羽則黑白相間 如我

國所謂鷹鷄 見人惱怒 逆羽張尾 其大如小鵰 血聚鼻上 紅色益鮮 此所謂
洋之雄也 又有一禽 大如鴨而首尾長 羽毛短朱冠最小 只在喙端 聲如野
鴨者 洋鷄之雌也 皆西洋亞墨利加州白露國所産 有稍白者 灰色者 有青
天色者 生有鼻肉 而開屛其羽毛 如孔雀 生子之後 不甚愛養 循人照管
方得存活云 又有二大狗 皆以鐵索係其項 防其噬人 而猶見人吠而進 此
北産也 公署及諸王家皆畜之 又至一小室 室內推積律曆書 余曰 天學初
函 曾讀過幾遍 劉不會 顧謂邊譯幾何原本乎 余曰 非也 曰 今乃創聞 何
由讀過 室之庭除 有二甓井 用圓石覆其上 兩井之間竪兩柱 柱上橫一木
木上懸一圓環 環端以大繩貫其中 繩各係織柳小瓢 浮之井 汲水者挐其繩
則左瓢汲左井 右瓢汲右井 右出則左入 左出則右入 其繩挐也 亦不用力
而惟持環柄轉之 凡事之入妙 類如此 時適喉渴 以一淸換冷茶一盂啜之 三
使出劉與諸人送至門 余曰 何不以渾天儀示之乎 答曰 人如是紛沓 安能盡
日後茷頌惠然 則吾無隱乎公曰 雖欲復來 閽者阻之 奈何 劉卽呼守門者
指余謂曰 此公如或臨門 循火告余 揖而入余亦揖而出 還館 -(下略)-

【역문】「이십칠일」11)

-(상략)- 이내 말을 달려 서천주당에 이르렀다. 정사와 부사가 중당
(中堂)에서 의자를 나란히 하고 앉아 있었는데 한 자리를 비워 아버지
께서 앉으셨다. 서양인 두 명도 의자를 나란히 하고 마주 앉아 있는
데, 하얗게 센 머리에 눈썹이 풍부하며 큰 키에 푸른 눈동자였다. 속
세 사람의 기미가 조금도 없었다. 비록 청나라의 옷을 입고 모자를 썼
지만 그 기운을 가리지는 못하였다. 앞쪽에 앉은 이는 유송령(劉松
齡)12)이라 하며 자는 교년(喬年)으로 더욱 수려하였다. 당 안은 벽에

---

11) 『북원록』 卷4

그림이 가득하였는데 살아있는 듯 핍진해 보였다. 완마(宛馬)13)가 머리를 돌리는 모습과 개 2마리가 서로 돌아보는 모습은 더욱더 입신의 경지였다. 편액을 걸어 놓았는데 '기화성청(氣和聲淸)'라 하였으니 서양 선비 서일승(徐日昇)14)이 쓴 것이었다. 조금 있다가 큰 탁자 하나를 들였는데 계란 원병(鷄卵圓餠) 한 그릇, 기다란 떡[長餠]한 그릇, 모과고(木瓜糕) 한 그릇, 산리홍고(山裡紅糕) 한 그릇, 작은 배[小梨]그릇 하나가 차려져 있었다. 삼사 앞에는 칼 하나와 숟가락 하나씩을 놓아 드렸다. 숟가락은 주석으로 만들었고 손가락을 펴 놓은 모양이었으며 자루는 상아였다. 유송령이 칼을 쥐고 산리홍고를 우물 정(井) 자 모양으로 잘랐고, 계란 떡도 자르고 숟가락은 모과고에 꽂아두었다. 삼사가 다 드시자 우리들이 남은 것을 먹어보았는데, 모과고는 맛이 상큼하면서도 먹기에 편해 과연 기이한 맛이었다. 아버지께서 말을 대신해 붓으로 쓰라고 명하려 하자, 유송령이 사양하며 말하였다. "한자를 알지 못해 통역을 청합니다." 라고 하여, 이에 역관 변헌을 시켜 말을 전하도록 하였다. "서쪽에서 북경으로 오신 지는 몇 년이나 되었습니까?" "22년 되었습니다." "예전부터 여기에 와서 혹 고국으로 돌아간 사람이 있습니까?" "없습니다. 한 번 동양으로 건너오면 연경에 뼈를 묻습니다." "가솔을 데리고 왔습니까?" "몸종도 데리고 오지 않는데, 어떻게 가솔을 데리고 오겠습니까? 오직 저희 두 사람 뿐이니, 이른바

---

12) 유송령(劉松齡) : 유고슬라비아 출신의 예수회 선교사인 할레르슈타인(Hallerstein, Augustin von. 1703~1771)이다. 1739년 건륭제(乾隆帝)의 명으로 북경에서 천문역산서(天文曆算書)의 편찬에 참여하였다. 1746년 흠천감(欽天監) 감정(監正)이 되어 천문역산서의 편찬을 책임 맡았다.
13) 완마(宛馬) : 고대 서역의 대완국(大宛國)에서 생산되던 명마를 말한다. 훗날 북방에서 생산되는 좋은 말에 대한 범칭으로 쓰였다. 대완마라고도 칭한다.
14) 서일승(徐日昇) : 포르투갈 출신의 예수회 선교사 토마스 페레이라(Tomás Pereira, 1645~1708)로 청나라 강희제 때 중국으로 들어와 활동하였다.

출가(出家)한 것이지요.” “서양은 이곳에서 거리가 얼마나 됩니까?” “5만여 리입니다.” “서양국은 영토가 대략 얼마나 됩니까?” “서양은 나라의 이름이 아니니, 중국 일대의 여러 나라들을 동양이라고 통칭하는 것과 같습니다. 서양에는 30개의 나라가 있습니다.” “서양에도 중국 일대를 거느리는 천자(天子)처럼 여러 나라를 거느리는 임금이 있습니까?” “없습니다. 단지 자기 나라에서만 임금 노릇을 합니다.” “그대는 어느 나라에서 오셨습니까?” “열이마니아국(熱爾瑪尼亞國)사람입니다.” 원경(遠鏡) 보기를 청하자, 유송령이 심부름꾼을 불러 메고 오게 하였다. 원경은 길이가 8척이고 둘레는 한 줌 남짓 되는 곳마다 철편(鐵片)을 둘렀다. 위아래의 끝부분에는 거울을 붙였으니, 이는 밤에 별자리를 관측하는 기구였다. 나는 두 손으로 들고 용마루를 향해 들여다보았으나 흔들거려 움직이며 고정되지가 않았다. 유송령이 말하기를, “어째서 기구 위에 걸치지 않습니까?”라고 하였다. 이에 작은 문으로 이끌고 들어갔는데, 문 안에 2층 누각이 있었다. 1층의 편액에 ‘흠약(欽若)’이라고 쓰여 있었고 2층에는 붉은 발을 드리워 놓았다. 누각 앞에 기둥 두 개를 세워 놓았으며, 기둥 위에는 마름 무늬를 조각한 둥근 나무를 가로놓았다. 마침내 원경을 그 위에 걸쳐놓고 또 두 개의 나무를 엇갈려 놓아 지탱하게 하였다. 유송령이 먼저 들여다보고 윗부분을 더 빼내자 윗부분이 2촌 가량이 더 나왔다. 그가 말하기를, “이제 볼 수 있습니다.”라고 하여 사람들이 차례대로 들여다보았다. 내가 보니 천주전 용마루의 무늬를 새긴 기와가 눈 아래 있는 듯 가까이 있고 털끝만큼도 차이가 없었으니, 정말로 기이한 보배였다. 만약 이것을 가지고 법장사[15]의 미타탑 위에 오른다면 그 위에서 황제 처소의 장관을 굳이 직접 가지 않더라도 환히 볼 수 있을 것 같았다. 유

---

15) 법장사 : 『연행일기』, 『열하일기』 등의 기록을 종합해보면 법장사는 북경 천단 동쪽에 위치해 있으며, 절 가운데 탑이 이미 보인다고 하였다.

송령이 말하였다. "서양에는 길이가 100척이 되는 원경이 있는데, 이것으로 별을 보면 조금도 착오가 없습니다. 이것 또한 태양을 향해 보면 태양 속에 있는 흑점[坎黑]을 볼 수 있는데, 지금은 짙은 구름이 해를 가려 대인께 보여드릴 수 없으니 안타깝습니다." 또 관상대로 인도하였는데, 관상대는 정방형으로 각 방위마다 몇 칸이 되었다. 바깥은 돌로 쌓아올렸고 안은 벽돌을 깔아 놓았는데, 높이는 2사람 키를 넘었다. 돌계단 10여 개를 놓되 굽이굽이 돌아가게 되어 있어 오르내리기에 편리하도록 하였다. 앞에 건물 하나가 있었는데 유송령이 긴 나무로 그 건물의 남쪽 처마를 쳐서 걷어 올렸더니 하늘이 환하게 드러나 두루 조망할 수 있었다. 또 아까 남쪽 처마를 걷은 것처럼 앞뒤를 따라서 처마를 걷어 올리자 완연히 건물이 없는 빈 시렁이 되었다. 가운데에 기둥 두 개를 세워 놓았고 기둥 뒤에는 나무 하나를 걸쳐놓았다. 나무 위에 원경 한 자루가 걸려 있었는데 유송령이 또 먼저 들여다본 후에 뒤로 물러서며 이제 볼 수 있다고 하였다. 이에 한쪽 눈을 감고 들여다보니 거울 표면에 철사로 분금(分金)[16]하였는데, 세로로 한 줄, 가로로 세 줄이 있었다. 이것은 별자리와 궤도를 관측하는 기구였다. 또 마주한 벽에는 시경(時鏡)을 걸어 놓았는데, 가운데에 동그란 거울을 붙여 놓았고 거울에다가 작은 침을 끼워놓았으며, 네 방향으로 돌아가며 12진(辰)을 늘어놓았다. 글자나 그림으로 표시하지 않고 1·2·3·4로 획을 그어 구별을 하고 유리로 그 윗면을 덮었다. 침은 저절로 움직여 때맞추어 시각을 가리켰다. 그 밑을 보니 기계장치가 있었는데 주위를 따라 돌아가면서 째깍째깍 소리를 냈다. 비록 크고 작은 차

---

16) 분금(分金) : 감여가(堪輿家)들이 60갑자로 오행(五行)을 분배하고 다시 각기 그 반을 나누어 120방위를 나눈다. 예를 들면 갑자(甲子)는 일금(一金)으로써 2로 나뉘고, 병자(丙子)는 일수(一水)로써 2로 나누는 류이다. 오행의 가장 첫 번째가 금(金)이므로, '분금(分金)'이라 칭하는 것이다.

이가 있지만 만든 모양은 중화전 뜰에서 노당(老璫)이 찼던 시계와 같은 것이었다. 또 천주당에 이르러 서양의 음악을 청하니, 유송령이 동료에게 뭐라고 이야기하자 그 사람이 곧바로 행루(行樓)로 올라갔다. 얼마 후에 나각(螺角)과 소관(蕭管) 소리에 질장구를 두드리며 거문고와 피리를 부는 소리가 번갈아 났다. 청탁(淸濁)과 고저(高低)가 서로 섞여 시끄럽게 울려 퍼졌는데, 대체로 우리나라의 군악과 흡사하였다. 악기를 보자고 청하니 유송령이 나를 오른쪽의 협실로 데리고 가서 10층의 사다리를 오르고, 또 9층의 사다리를 오르고 나서 비로소 누각 위에 올랐다. 누각의 북쪽 벽이 3층으로 나뉘어져 있는데, 첫 번째 층에는 납을 바른 원통을 세운 것이 87개였다. 그 크기는 서까래만 하였는데 길이가 일정치 않고 하나하나 조그만 구멍이 뚫려 있었다. 두 번째 층에는 건반[角牌]27개가 늘어져 있었고 세 번째 층에도 건반 10여 개가 있었다. 왼쪽으로 예닐곱 걸음쯤 되는 곳에 작은 방이 있었고 그 안에 가죽에다 나무를 댄 모습이 초옥(草屋)의 모습과 흡사한 것을 두었는데 발로 밟으면 들어가고 발을 떼면 나왔으니, 풍로가 여닫히는 것과 같았다. 한 사람이 손가락으로 건반을 누르고 다른 한 사람이 발로 풍로를 밟자 음악 소리가 났다. 내가 그것을 멈추게 하고, 첫 번째 건반을 누르자 큰 나각을 부는 듯 한 웅장한 소리가 났다. 2번째와 3번째부터 8번째 9번째 건반을 누르자 차례대로 가볍고 맑은 소리가 났다. 19번째와 20번째 건반을 누르니 가늘고 길게 이어지는 소리가 완연히 옥피리의 맑은 소리였다. 26번째와 27번째 건반을 누르니 지극히 맑으면서 가는 소리가 났다. 또 아래층의 건반 10개를 눌러보니, 역시 차례대로 청탁이 다른 소리가 났다. 대체로 음의 고저와 장단으로 8음(八音)을 조절하고 8풍(八風)을 일으키는 것이었다. 또 위아래의 건반을 일제히 누르자 궁상(窮商)이 번갈아 연주되어 율려(律呂)의 법도에 부합되었으니, 참으로 진기한 보배였다. 연주를 끝내고 곁에 있는 첨대를 합쳐두자 비록 건반을 누른다 하더라도 음악 소리가 나지 않았다. 작은 방의 가죽 부대[韋包]가 여닫히는 것에 따라서 바람이 구멍 속에서 나왔다 들어갔다 하는데 소리가 마치 구르는 것 같아서 천기를 꿰뚫고 조화를 빼앗았다고 할 만하여, 보고 있노라니 넋이 빠지는 듯하였다. 유송령이 또 우리 일행을 이끌어 작은 누각으로 갔다. 돌계단 7개를 지나고 나무 사다리 여덟 개를 지났더니, 위에 종 7개가 달려 있었는데 종은 차례대로 점점 작아졌다. 앞의 것이 가장 컸고, 뒤의 것이 가장 작았다. 큰 종의 곁에는 북채 하나가 높이 걸려 있었고, 작은 종의 뒤에는 조그만 감실을 만들었는데 작은 문을 매달고 안에 기계를 설치하여 우리나라 방거(紡車·물레)의 모양 같았다. 가운데는 굽은 쇠를 걸어두었는데, 쇠가 스스로 움직이며 잠시도 쉬지 않았다. 가는 쇠줄을 써서 한쪽에 7개의 종을 매달아 놓았고, 한쪽은 굽은 쇠에 매어져 있었다. 감실의 뒤쪽은 빈 곳이었다. 큰 끈 네댓 가닥을 사용하였으며 가닥 끝에는 각기 돌 한 덩어리를 달아 놓았는데 이것이 감실의 꼭대기를 꿰뚫으며 땅바닥까지 드리워져 있었다. 이것이 바로 자명종(自鳴鐘)이라는 것이었다. 유송령이 말하였다. "신시가 멀지 않았으니 조금 후에 종이 스스로 울 것입니다." 조금 있다가 굽은 쇠가 돌지 않더니 감실 내부의 기계가 왼쪽으로 매우 빨리 회전하였다. 회전이 끝나자 작은 북채가 위에서 내려와 일곱 번째에 있는 가장 작은 종을 일곱 번 치고 치기를 마치자 또 북채가 첫 번째의 가장 큰 종을 몇 차례 쳤고, 치기를 멈추자 굽은 쇠가 또 전처럼 움직였으니, 이 또한 뛰어난 구경거리였다. 중당에서 흠약루(欽若樓)에 이르는 중간에 작은 문이 있는데 새 한 마리가 있었다. 크기는 물오리 같지만 머리가 몸에 비해 작았다. 머리와 꼬리는 짧고 정수리는 길었으며, 굽은 부리에 볏[肉鼻]두 개가 달려 있엇다. 하나는 목에 달려 늘어져 있고, 하나는 턱에 달려 있는데 늘어나거나 줄어들기도 하였다. 깃털은 흑백이 섞여 있어서 우리나라의 이른바 매와 비슷하였다. 사람을 보면 화를 내며 깃털과 꼬리를 활짝 폈는데 그 크기가 작은 솔개만 하였다. 피가 볏에 모여 있어 붉은 색이 더욱 선명해 보였으니 이것이 이른바 서양 닭의 수컷이었다. 또 다른 새가 있었는데 크기는 오리 만하였고 머리와 꼬리가 길며 깃털은 짧았다. 아주 작은 붉은 벼슬이 부리 끝에 달려 있었고 소리가 들오리 같았으니 이것은 서양 닭의 암컷이었다. 이들은 모두 서양 아묵리가주(亞墨利加州) 백로국(白露國)에서 나는 동물이다. 색깔이 조금 흰 것, 회색, 푸른색인 것도 있으며 태어날 때부터 볏이 있고 공작처럼 그 깃털을 폈다가 오므릴 수도 있다. 새끼를 낳은 후 아끼며 기르지 않기 때문에 사람이 보살펴 주어야 살 수 있다고 한다. 또 커다란 개 2마리가 있었는데 모두 쇠줄로 목을 묶어서 사람을 물지 못하게 하였다. 그런데도 사람만 보면 짖어대면서 다가오려 하였다. 이는 북쪽 지방에서 나며 관공서나 제왕의 집에서 다들 기른다고 한다. 또 작은 방에 이르렀는데, 방 안에는 율력(律曆)에 관련된 서적이 쌓여 있었다. 내가 "일찍이 『천학초함(天學初函)』[17]을 몇 차례 읽었습니다."라고 하니 유송령이 내 말을 알아듣지 못하고 곁에 있던 역관 변헌을 돌아보며 묻기를, "『기하원본(幾何原本)』이라구요?"라 하였다. 나는 아니라고 하면서 "이는 지금 처음 듣는데 어떻게 읽어볼 수 있었겠습니까?"라고 하였다. 방을 지나 섬돌의 아래로 가니 벽돌로 쌓은 우물이 2개 있었는데, 둥근 돌로 그 위를 덮어 두었다. 두 우물 사이에 기둥 2개를 세워 놓았고 기둥 위에 나무 하나를 걸쳐

---

17) 『천학초함(天學初函)』: 명나라 말기의 이지조(李之藻, 1565~1630)가 편찬한 학술총서로 총 52권이다. 이지조는 자가 진지(振之)이며 호는 양암거사(涼庵居士)로 절강(浙江) 인화(仁和) 사람이다. 과학자로서 천문, 역법, 수학에 뛰어났다. 『천학초함』은 천학(天學) 즉, 서학이 중국에 전래된 초기, 예수회 신부였던 이마두(利瑪竇, Matteo Ricci, 1552~1610)가 한문으로 저술한 서적들을 모은 총서이다.

놓았다. 나무 위에 둥그런 고리 하나를 걸어 놓았고 고리 끝에는 굵은 끈으로 그 가운데를 꿰어두었다. 끈의 양쪽 끝에는 각각 버드나무로 짠 작은 바가지를 달아서 우물에 띄워 두었다. 물을 뜨는 자가 그 끈을 잡고, 왼쪽의 바가지로는 왼쪽 우물물을 뜨고, 오른쪽의 바가지로는 오른쪽 우물물을 떴다. 오른쪽이 나오면 왼쪽이 들어가고, 왼쪽이 나오면 오른쪽이 들어갔으며, 물을 뜨는데 끈을 잡고 힘을 들이지 않고서 고리의 자루를 잡고 돌리기만 하였다. 무릇 일의 교묘함이 대체로 이와 같았다. 마침 목이 말라서 청심환 하나로 맑은 냉차 한 사발과 바꿔서 마셨다. 삼사께서 나가자, 유송령과 여러 사람들이 문까지 나와 전송하였다. 내가 묻기를, "어째서 혼천의는 보여 주시지 않는지요?"라 하니, 유송령이 대답하였다. "사람이 많아 이처럼 분답한데 어찌 다 보여드릴 수 있겠습니까? 나중에 오시면 내가 공에게는 숨김이 없을 것입니다."라고 하였다. 내가 "비록 다시 오고자 해도 문지기가 막는다면 어찌합니까?"라고 하자, 유송령이 즉시 문지기를 불러 나를 가리키고 말하기를, "이분이 오시면 급히 나에게 알리게."라 하더니 읍하고 들어갔다. 나 또한 읍하고 나와 관소로 돌아왔다. -(하략)-

「六日」

-(上略)- 遂至西天主堂閽者又阻之踞床良久閽者請入入中閣劉正松齡迎揖讓門而入延至中堂堂揭額曰和氣聲清傍有小字曰雍正三十九年月日賜徐日昇前日打話之堂也又扁左右楹曰琴愛靜時彈雲從高處望主客對椅而坐三啜茶罷余書曰尊候何似向蒙示渾天簡平儀之敎所以再叩門屛劉讀過一遍答以語可謂話不同不可知余曰滿腔多少懷脉脉不能言劉招一書記來與之筆呼而書之曰請敎來過幾次曰入京僕乃李商鳳敢問尊姓名書記曰這大人姓劉名松齡賤姓徐名承恩卽明相國徐光啟七世孫曰世守先子之學乎曰未能未能曰尊先相公明於數學與西士利瑪竇及復闡揭多所著述愚也讀其書想其人若朝暮遇之今幸得見相公之雲仍也天學初函應在貴葉可以示余否曰不識曰初函首題幾何原本曰唯有天問略句段儀而已曰西洋號私仙界道理地方人物風謠蓋爲俺詳說之劉曰同在天高地厚之中亦不相大異耳其中智愚亦有不同曰古人云百里不同風千里不同俗今東西相距幾萬里其間豈無奇間異蹟之可述者至於智愚不同氣質固之也曰貴處亦有坤輿圖否此便詳悉如論治國平天下大同小異但五倫之中夫婦一倫獨守其正終無娶妾之道所奉敬者唯一造化天地人物之主其餘邪神不恭敬曰若不娶妾則男爲女守貞若女子之夫死不嫁者然歟曰夫死女可再嫁猶之妻子死夫可娶也但妻生時不可娶妾猶之夫在不得再嫁耳余贈之五形管劉受言叩謝簡簡開甲而視之余曰飯聞尊公精於數理之蘊每欲得接容先竊見一豹之班而行事有期暇日無多深所歎恨尊必知人前後命與數幸爲僕籌之則東歸有所不忘者曰咱們不信命數緣命稟有生之初非人能揣度也曰好簡話曰歸國亦有船到中國來否曰只有一帶鴨綠水一葦可杭西洋渡幾里海路曰約五六萬里鴨綠水出海口否曰原出白頭山曰四方多是海請敎陸地上有水道出海之河否曰還東土皆海也唯自義州距北京左夾渤海而來直路則唯有一衣帶水而已曰天學初函在貴藏否曰在敝國欽天監曰知道有幾多大幾多本曰約數

十本西洋亦尊尚孔夫子否曰亦尊敬曰斤佛乎曰斤曰西洋與東洋大小如何
曰東洋也有多少地方西洋一然曰西洋有三十餘國云爲治之道如何其名山
大川珍禽異獸必多可觀可聞者曰現今有九個國王山川與中國相同至于禽
獸西洋所有中國亦間有無者中國西洋一然一卒自外入有所云云劉卽起身
而出徐君曰聞三大人方來大人且去用飯有罪有罪余曰九國之名君亦記有
否曰其名都是西音絶無意義可解唯西洋能解之曰君居那邊將欲與西士講
究曆學而來乎曰賤本江南人但因大人們用寫書啟幷進上摺子之類故在此
耳曰摺子何物曰上皇上奏本也曰此亦官邪與書辨尊卑如何曰書辨在欽天
監衙門內此係賤役我在此係窃先生之職耳曰西士中有工於傳神者乎有姓
郎的有艾的俱在皇上裡頭老爺幾多貴庚了曰二十九敢問尊齡曰虛度了三
十七歲耳曰日用彝倫莫非事也曷謂虛度曰名不成業不就特讀幾句死書而
已曰心性內也名業外也其成與就自有分量至於古人千言萬語莫非活潑潑
地何可謂之死書曰尊大人幾時到此曰領賞歸路曰吾儕偶爾萍逢對榻娓娓
亦係奇遇曰果然果然請問尊公大人幾時在到此地曰未可期曰此地素稱名
勝地有幾處曰在此曰久未見所奇曰仙鄉在江南何州何縣曰松江府上海縣
距京都三千五百里曰君能遍踏洞庭岳陽之勝乎曰未曾未曾曰足下親黨中
克述先相國曆法者有幾個人曰寒宗念書科甲者有十幾人能講習天文者沒
有曰尊亦業八股否曰考試幾次未得進學尊公大人今日必駕到否劉大人在
家恭候曰不久當駕到曰三位大人都來抑獨尊公一位也曰三大人一位當來
臨余與徐生出至外堂堂左右有額曰密合天行盡善盡美又扁琴愛靜時彈雲
從高處望之句東壁貼天象圖西壁貼坤輿圖如地形地震山岳海潮海動江河
人物風俗各方生産莫不備載或爲圖或爲說康熙甲寅西士南懷仁回利瑪竇
艾儒略高一志能三拔援諸子所嘗論辨者發揮之其說非凌擴前人所未發至
於職方外紀皆係異聞以下不榮以爲格物致知之一大端 -(中略)- 與徐君指
點圖畫之妙辨論方與之大劉老自內而出付以坤輿圖說二冊曰請學過天文
否曰士生斯世微而天象顯而彝倫莫非吾人分內事但■邦人孜孜於聖賢經

傳或有發前人所未發者而至於天象曆數則糟粕而已俺亦有意未能焉方欲
購得新書東歸細究所未究是素志而恐無明者爲之指南今幸得攀高人未能
一叩關鍵其將茹恨而歸耳劉曰洪大人於三大人爲何許人曰吾三大人之同
僚也老爺在燕邸居何官而月俸爲幾許離鄉萬里能無邊鶴重反之願歟曰係
欽天監監正食三品俸離鄉萬里原欲引人入教有一帮子自外告曰高麗三大
人臨門矣余卽起身而出劉亦躡後迎入中堂對椅而坐家君命小子書示曰向
者多人忽擾未能從容故雖聞近少暇日而不速再來者一見肩睫決非煙火界
人東歸隔日拔忙叩扉尊府亦知此意半餉倒傾幸甚劉又命徐生以書對曰心
中願得大人多住幾日多見幾次甚屬歡喜曰日昨正副使有所奉贈之物而僕
則一欲更攀清儀仍爲面帮欲兹始以若干紙扇携呈些畧可愧以壯紙一束別
扇二把大淸心九二九爲禮劉受言藏之叩謝不已余曰郎大人三尊位何間到
此堂曰郎大人不能來這堂常在圓明范曰三尊中所寫得意畫吾大人欲得一
腕曰常見裡面畫外面一幅沒有家君曰銀河非大地河海之精乃衆星所聚精
光之如水者此乃貴國人所傳天象也果如是說則先儒所稱水精者非耶曰天
河本係小星所聚如有至好千里鏡使能辨之曰小星之環天體其狀如帶者何
象耶天漢之中間歧而復合者又何象也曰此卽命爲天河曰周天三百六十五
度四分度之一天之一度爲地之二百里如是分之則十度不過二千五里零百
度不過二萬五千里零則周天之下不過七八萬里自極南之國至極北之地似
當爲四五萬里自倭國距西洋又不知爲幾萬里此說將何適從曰天周三百六
十五度地亦如之度二百里天上度越高越大仍誦南懷仁之言曰地周三百六
十五度每度二百五十里其周圍實獨有九萬里令地爲方四面爲一面應得二
萬二千五百里人居一面地平之上其二萬二千五百里之內幷宜見之乃今目
力所及大略能見三百里卽于最高山上未有能見四五百里者則地之圓体突
起于中能遮兩界故也適紙乏劉呼僮出數張乃我國大好紙也曰然則地之周
不過六萬餘里可乎曰地一周三百六十度一度二百里則地一周七萬多里所
以舊說每度二百五十里稱一周共九萬里曰此去西洋五六萬里又去日本三

萬有餘里然則一周地有餘矣曰西國一直到中國不過三萬里因饒灣子故遠
耳曰此去日本直到不過二萬有餘里又去西國不過三萬有餘里若如貴國言
則幾乎已周地矣不可曰東西絶遠矣劉卽起身而入取方輿圖一軸而來擧手
指之甚悉一軸可五六十張而天下五大洲盡入其自中國以至黑人回子日本
西建其地方道里山川人物莫不筆載而尤詳於西洋我東則附之中國幅圓內
而不別立圖其圖回子人物形容衣裳傳七分神其他地方人物雖不可驗推此
可知其不爽矣山川地名皆以西字題之字形方而橫橫而堅極整齊精細又以
五色縱橫圖上此所謂經緯線也余曰有以漢字題地名者乎曰無有仍示南懷
仁坤輿圖略曰夫地與海本是圓形而合爲一球居天球之中誠如鷄子黃在青
內有謂地爲方者乃語其定而不移之性非語其形體也天旣包地則彼此相應
故天有南北二極地亦有之天分三百六十度地亦周之天中有亦道自赤道而
南二十三度半爲南道赤道而北二十三度半爲北道按中國在赤道之北日行
赤道則晝夜平行南道則晝短行北道則晝長故天球有晝夜平圈列於中晝短
夜長二圈列於南北以著日行之界地球亦設三圈對於下焉但天包地外爲甚
大其度廣地處天中爲甚小其度挾差異者耳查淂直行北方者每路二百五十
里覺北極出高一度南極入低一度直行南方者每路二百五十覺北極出高一
度北極入低一度南極出高一度則不特審地形果圓而並徵地之每一度廣二
百五十里則地之東西南北覺一週有九萬里實數也是南北與東西數相等而
不容異也夫地厚二萬八千六百三十六里零百分里之三十六分上下四旁皆
生齒所居渾淪一球原無上下蓋在天之內何瞻非天總六合內凡足所貯卽爲
下凡首所向卽爲上其專以身之所居分上下者未然也且予自大西浮海入中
國至晝夜平線已見南北二極皆在平地略無高低道轉而南道大浪山已見南
極出地三十五度則大浪山與中上下相爲對待矣而吾彼時只仰天在上未視
之在下也故謂地形圓而週圍皆生齒者信然矣以天勢分山海自北而南爲五
帶一在晝長晝短二圈之間其地甚熱帶近日輪故也二在北極圈之內三在南
極圈之內此二處地居甚冷帶遠日輪故也四在北極晝長二圈之間五在南極

畫短二圈之間此二地皆謂之正帶不甚冷熱日輪不遠不近故也又以地勢分
輿地爲五大州各州之界當以五色別之令其便覽各圈爲平反圈爲線耳欲知
其形必須相合連東西二海爲一岸可也其經緯線本宜每度畫之今且惟每十
度爲一方二免雜亂依是可分置各國于其所天下之緯自畫夜平線爲中而起
上數至北極下數至南極天下之經自順天府起爲初度至三百六十度復相接
焉試加察得福島離中線以上二十八度離順天府以東二百十五度則安之於
所也凡地在中線以上至北極則實爲北方在凡中線以下則實爲南方焉又用
緯線以著各極出地幾何蓋地離畫夜平線度數與極出地度數相等但在南方
則著南極出地之數在北方則著北極出地之數也假如視京師隔中線以北四
十度則知京師北極高四十度也視大浪山隔中線以南三十五度則知大浪山
南極高三十五度也凡同緯之地其極出地數同則四季寒暑同態焉若兩處離
中線度數相同但一離于南一離于北其四季並畫夜刻數均同惟時相反此之
夏爲彼之冬耳其長畫長夜離中愈遠則其長愈多余爲式以記于圖邊每五度
其畫夜長何如則東西上下隔中線數一則蓋可通用焉用經線以定兩處相離
幾何辰也蓋日輪一日作一周則每辰行三十度兩處相離三十度並謂差一辰
假如山西太原府列在于三百五十經度而則意蘭島列于三百二十五經度彼
此相去三十度則相差一辰故凡太原爲午則意蘭島爲巳其餘倣此焉設差六
辰則兩處畫夜相反焉如所離中線度數又同差南北則兩地人對足低反行假
如河南開封府離中線以北三十四度又南亞墨利加之內近銀河之地如趙路
亞斯等離中線以南三十四度而列于一百七十七度彼此相去一百八十度卽
六辰則彼此相對反足底行矣從此可曉同經線處並同辰而同時見日月蝕焉
夫地圖所定各方之經緯度多歷年世愈久而愈準蓋其定法以測驗爲主當其
始天下諸太半國地海島不可更僕前無記錄之事不知海外之復有此大地否
也近今二百年來大西洋諸國名士航海通遊天下週圍無所不到凡各地依曆
學諸法測天以定本地經緯度是以萬國地名輿圖大備如此其六合之之及山
川江河湖海島嶼原無名稱凡初歷其地者多以前古聖人之名名之以爲別識

而定其道里云余曰蒙諭詳悉深荷鄭重儀器之可以觀者又無隱乎余劉卽起
身而入取渾天球而來斲木爲圜圜大似西瓜空其中貫之機以便轉動其上刻
星宿躔度黃赤道及南北極出入地度數極其詳悉家君顧小子有所論難劉在
傍聽已顧語李譯寅德曰公子然能領會矣已而默茶又以鷄卵方圓餅山裡紅
糕進之家君家君以其餘分之諸人啜罷余曰簡平儀璿璣玉衡盍觀余劉曰俱
在觀星臺若要見須與禮部大人說便見矣曰禮部似慳一觀曰然余以別箋二
把爲禮謝坤與誌之贈也劉以黃道總星圖二本水墨羽獵二本金綾花紙二張
小刻刀一柄柄用黃錫刃甚銳利中附小釘如意屈伸舍則藏刃於柄奇殊製也
又吸毒石二個狀如燕石而小苦瓜一顆小如栗甜之甚苦以是進之家君及余
家君受而謝之還綾花與刻刀曰此兩物物也與書畫藥石不同不敢受劉含笑
謂李譯曰好箇好箇只取書畫藥石而已余問苦瓜療何疾曰已癨亂嘔吐曰吸
毒石用法可聞歟劉入取三張卷子來題曰吸毒石原由用法其書曰小西洋有
一種毒蛇其頭內生一石如扁豆仁大能拔除各種毒氣此生成之吸毒石也土
人將此石搥碎同本蛇之肉及本地之土搗末和勻造成一石式如圍碁子乃造
成之吸毒石也凡走獸及諸虫各有本性所喜之氣味養其本體猶草木各吸本
體之所需以養其本體者然夫毒虫之類本性喜食諸毒氣以滋養其生幷爲兵
甲以護衛其身免他物之害如馬之有蹄牛之有角虎狼獅象之有瓜牙長鼻以
扞敵焉若諸毒虫無毒味養具體猶牛馬無芻粟養其身則性命必不能保存矣
故毒味實爲毒虫本性所喜所需者可用法以驗之蓋土內雜入諸毒物料又將
毒蛇之肉先以法去毒後將此無毒之蛇肉入於毒料之土內則蛇肉必盡吸本
土諸毒全萃于本肉之內此明徵其本性所喜所需者也今吸毒石所以有吸毒
之能力者乃因石所由成之質與毒蛇之性情相同故耳夫毒虫之類無筭各品
形質俱有本性之惡氣故亦各有本虫以消其惡氣如禽獸有飢蝨草木花卉隨
本體之虫土木各蛇蝎蜈蚣蝦蟆等各氣行有蜘蛛蝗蚊等皆爲以除各物之毒
氣並養諸虫之本體總所以利益保存人類愈顯造物主之愛人節制調和各品
之物順其性以完全寰宇之美好云爾又曰此石能治蛇蝎蜈蚣毒虫傷齒並治

癰疽一切腫毒惡瘡其效甚速若遇此患卽將吸毒石置于傷齒處及癰疽惡瘡之上此石便能吸抜其毒緊粘不脫俟將毒吸盡時方自離解是時急持吸毒石浸于乳汁之內浸至略變綠色爲度後將此石取出以清水洗淨抹乾收貯以待後用其所浸之乳汁旣有毒在內須掘地傾掩免傷人物如傷毒急瘡毒或未盡仍置吸毒石吸抜之其法如前若吸毒石離解不粘是其毒已盡患可徐痊乳汁須預備半鐘爲要或人乳或牛乳俱可倘是時無乳汁可浸或浸之梢遲則此石受傷後不堪用矣此亦南懷仁所識也家君告別而出余亦後劉送至大門外顧謂李譯曰孔子報最字之義明白報明白徐生又牽衣告別贈以小清二丸而歸余與劉正語半日時時而揚烟傳之鼻端蓋用羊角爲小盒狀如袖中天盛藥末於中臭甚峻烈斤近鼻輒嚏利於通氣西人常用此法食息不休卓下置唾具一室無一點塵埃按皇朝人陳留所著五雜組西南海外諸蕃馬八兒俱藍二國最大而最遠自泉州至其國約十萬里元時曾一通之而來朝貢計其所得不足償所費之百一也國朝西蕃天方默德郍最遠蓋玄奘取經之地相傳佛國也其經三十六藏三千六百餘卷其書有篆草楷三法今西洋諸國多用之又有天主國更在佛國之西其人通文理儒雅與中國無別有利瑪竇者自其國來經佛國而東四年方至廣東界其教崇奉天主譯猶儒之孔子釋之釋迦也其書有天主實義洼洼與儒教互相發明而於佛老一切虛無若空之說皆深詆之迺揚之類耳利瑪竇常言彼佛教者窃吾天主之教而加輪回報應之說以惑世者也吾教一無所事只是欲人爲善而已善則登天主惡則墮地獄永無懺度永無輪回亦不須面壁苦行離人出家日用修行莫非修善也余甚喜其說爲近於儒而勸世較爲親切不似釋氏動以怳惚支離之說愚駭庸俗也天主像乃一女子身形狀甚異若古所稱人首龍身者與人言恂恂有禮詞辯扣之不竭異域中亦可謂有人也已後竟卒京師云

【역문】「육일」18)

-(상략)- 드디어 서천주당(西天主堂)에 이르렀는데, 문지기가 또 가로막아 한참 동안 평상에 앉아 있었다. 문지기가 들어오기를 청하여 가운데 문으로 들어가니 흠천감정(欽天監正) 유송령(劉松齡)이 맞이하여 읍하고는 문으로 양보하며 들어가 중당(中堂)으로 이끌었다. 당에는 편액이 걸려 있었는데, '화기성청(和氣聲淸)'이라 쓰여 있었다. 옆에 작은 글자로 "옹정(雍正) 39년 월일 서일승(徐日昇)에게 하사한다.〔雍正三十九年月日, 賜徐日昇〕."라고 적혀 있었는데, 전에 이야기를 나누던 방이었다. 또 좌우 기둥에 편액을 달아

거문고는 고요한 때를 아껴 연주하고 / 琴愛靜時彈

구름은 높은 곳에서 바라본다네 / 雲從高處望

라 써 놓았다. 주인과 손님이 의자를 마주하고 앉아 차 3잔을 마시고 나서, 내가 글을 써서 물었다. "존후(尊候)가 어떠신지요? 지난번에 혼천의(渾天儀)19)와 간평의(簡平儀)20)의 가르침을 입었기에 이에 다시 찾아오게 되었습니다." 유송령이 한 번 읽어보고는 대답하였다. "말로는 할 수 있는데 언어가 달라 알 수가 없을 겁니다." 내가 말하였다. "가

---

18) 『북원록』 卷5
19) 혼천의(渾天儀) : 천체의 운행과 그 위치를 측정하여 천문시계의 구실을 하였던 기구로 선기옥형(璇璣玉衡), 혼의(渾儀)라고도 한다. 고대 중국의 우주관이던 혼천설에 기초를 두어 BC 2세기경 중국에서 처음으로 만들었다. 한국에서는 대략 삼국 시대 후기에서 통일신라 시대와 고려 시대에 만들어 사용되었을 것으로 추정된다.
20) 간평의(簡平儀) : 명나라 말에 이탈리아 선교사인 사바틴 데 우르시스(熊三拔, Sabbathino de Ursis, 1575~1620)가 편찬한 『간평의설(簡平儀說)』에 따라 제작된 천문관측기구이다.

습 속에는 회포가 많은데 말로 다 표현할 수 없습니다." 유송령이 서기 한 사람을 불러와 그에게 붓을 주고 부르는 대로 쓰게 하였다. "가르침을 청합니다. 이곳에 몇 번 오셨습니까?" "북경에 처음 왔습니다. 저는 이상봉(李商鳳)입니다. 여러분의 성명을 감히 묻겠습니다." 서기가 대답하였다. "이 대인(大人)의 성은 유(劉)이며 이름은 송령(松齡)입니다. 제 성은 서(徐)이며 이름은 승은(承恩)인데, 명나라 재상 서광계(徐光啓)21)의 7대손입니다." "대대로 선조의 학문을 지켜오셨습니까?" "그렇지 못합니다. 그렇지 못합니다." "선상공(先相公)께서는 수학에 밝아 서양 선비 이마두(利馬竇)22)와 이치를 밝히고 드러내며 저술한 바가 많습니다. 저 또한 그 책을 읽어보았기 에 그 사람을 떠올리니 마치 아침저녁으로 만나는 것 같습니다. 지금 다행히도 상공의 후손[雲仍23)]을 만나볼 수 있게 되었습니다. 『천학초함(天學初函)』24)이 귀하의 서안(書案)에 있을 텐데 제게 보여 줄 수 있으신지요?" "잘 모르겠습니다." "『천학초함』의 수제(首題 첫 머리 제목)가 기하원본(幾何原本)이지요?" "『천문략(天問略)』과 『구고의(句段儀)』가 있을 뿐입니다." "서양의 학술에서 말하는 선계(仙界)와 도리(道理), 지방(地方) 인물(人物), 풍요

---

21) 서광계(徐光啓) : 중국 명나라 말기의 정치가, 학자로 자는 자선(子先), 호는 현호(玄扈)이며, 시호는 문정(文定)이다. 상해(上海) 출생으로 1604년 진사가 된 후 순조롭게 승진하여 1628년에는 예부좌시랑(禮部左侍郎), 이어서 상서(尙書)를 거쳐 1632년 대학사(大學士)가 되었으나 재임 중에 사망하였다. 예수회에 입교하여 마태오 리치에게 천문, 역산, 지리, 수학, 수리(水利), 무기 등의 서양과학을 배웠다. 『기하원본』, 『농정전서』, 『숭정역서』 등을 번역 또는 저술하고, 대포, 철포를 사용하는 서양 전술의 채용을 진언했다. 그가 건설한 서가회(徐家匯)의 천주교당은 그의 사후에도 중국 예수회의 중심이 되었다.

22) 이마두(利瑪竇) : 이탈리아 출신의 예수회 선교사 마태오 리치(Matteo Ricci)이다.

23) 후손[雲仍] : 8대손인 운손(雲孫)과 7대손인 잉손(仍孫)을 아울러 이르는 말이다.

24) 『천학초함(天學初函)』 : 명나라 말에 이지조(李之藻)가 편집한 학술총서이다. 총 53권이며 천학(天學), 즉 가톨릭교가 중국에 전래된 비교적 초기의 예수회 신부들이 한문으로 저술한 글을 모아놓았다.

(風謠) 등에 대해서 저를 위해 상세히 설명해 주십시오." 유송령이 말하였다. "모두가 높은 하늘과 넓은 대지 가운데 사는 처지이니 또한 서로 큰 차이가 없습니다. 그 가운데 지혜로움과 어리석음이 또한 다르겠지요." "고인이 이르기를, '백 리 떨어진 곳은 풍(風)이 다르고, 천 리 떨어진 곳은 속(俗)이 다르다.'고 하였습니다. 지금 동서(東西) 간의 거리가 몇 만 리나 되는데, 그 사이에 기이한 이야기와 사적이 없겠습니까? 지혜로움과 어리석음이 다름에 있어서는 기질에 구애받아서 이겠지요." "귀하가 계신 곳에도 〈곤여도(坤輿圖)〉가 있습니까? 이것은 더 상세하겠지만, 나라를 다스리고 천하를 평안하게 하는 도리를 논하자면 대동소이합니다. 다만 오륜 가운데 부부 윤리 하나는 오직 그 바름을 지킬 뿐이니 끝내 첩을 취하는 도리는 없습니다. 공경하고 받드는 것은 오직 천지와 만물을 만든 창조주(創造主) 하나일 뿐이고, 나머지 삿된 신들은 공경하지 않습니다." "만일 첩을 취하지 않는다면 남자도 여자를 위해 정절을 지켜 마치 여자가 남편이 죽으면 재가(再嫁)하지 않는 것처럼 하는 것입니까?" "남편이 죽으면 아내도 재가할 수 있습니다. 이는 아내가 죽으면 남편이 재취할 수 있는 것과 같습니다. 다만 아내가 살아있을 때 첩을 얻을 수 없는 것은 남편이 살아 있을 때 재가할 수 없는 것과 같을 따름입니다." 내가 동관(彤管) 다섯 자루를 주자, 유송령이 받고는 고맙다고 말하며 일일이 포장을 열어 살펴보았다. 내가 말하였다. "존공(尊公)께서 수리(數理)의 지식에 정통하다는 말을 물리도록 듣고 매양 그 모습을 접하며 표범 가죽의 무늬 하나라도 엿보고자[25] 하였습니다. 그러나 일정을 수행함에 기한이 있

---

25) 표범 ~ 엿보고자 : 대롱의 작은 구멍을 통해 본 표범의 무늬라는 뜻으로, 식견이 적은 것을 비유하는 말이다. 진(晉)나라 왕헌지(王獻之)가 소년 시절에 도박을 지켜보다가 옆에서 훈수를 두자, 어른들이 "대롱으로 표범을 보고는 그 반점 하나만을 보는 식이다.[管中窺豹, 見一斑.]"라고 비웃었던 고사에서 나왔다.

고 한가한 날은 많지 않아 깊이 한탄하는 바입니다. 존공께서는 필시 인간 전후의 명수(命數)를 아실 테니 다행히 저를 위해 헤아려 주시면 우리나라로 돌아간 뒤에도 잊지 못 할 것입니다." 그가 대답하였다. "우리들은 명수를 믿지 않습니다. 명을 부여받아 생을 영위하게 된 시초의 연유에 대해서는 사람이 헤아릴 수 있는 바가 아닙니다." "좋은 말씀입니다." "귀국에서도 배를 타고 중국으로 오는 것입니까?" "단지 압록강 한 줄기 가 있는데 조그만 거룻배로도 건널 수 있습니다. 서양은 몇 리나 되는 바닷길을 건너야 합니까?" "대략 5, 6만 리 됩니다. 압록강은 해구(海口)에 있습니까?" "백두산 정상에서 발원합니다." "사방이 대부분 바다일 텐데, 청컨대 가르침을 주시면 합니다. 육지에서 수로로 바다까지 흘러나가는 하천이 있는지 알려줄 수 있습니까?" "우리나라를 두르고 있는 것은 모두 바다입니다. 의주로부터 북경까지 도달할 때 왼편으로 발해(渤海)를 끼고 곧장 육지로 오게 되어 있는데, 오직 옷의 띠와 같은 강 한 줄기가 있을 뿐입니다." "『천학초함』을 귀하께서도 소장하고 계신지요?" "우리나라의 흠천감에 있습니다." "알겠습니다. 얼마나 많으며, 몇 권으로 되어 있는지요?" "대략 수십 권이 됩니다. 서양에서도 공자를 존경합니까?" "서양 역시 존경하고 있습니다." "부처는 배척합니까?" "배척합니다." "서양은 동양에 비해 그 크기가 어떻습니까?" "동양 또한 많은 지방이 있는데, 서양도 마찬가지입니다." "서양에 30여 개의 나라가 있다고 하는데, 다스리는 방도는 어떠합니까? 그곳에도 명산대천(名山大川)과 진귀한 금수(禽獸)들은 필시 보고 들을 만한 것이 많겠지요?" "지금은 아홉 명의 국왕이 있고, 산천은 중국과 서로 같습니다. 금수에 있어서는 서양에만 있고 중국에 간혹 없는 것이 있는데, 이는 중국과 서양이 마찬가지입니다." 병졸 한

『세설신어(世說新語)』「방정(方正)」에 이러한 내용이 보인다.

명이 밖에서부터 들어와 무어라고 이야기하니 유송령이 즉시 몸을 일으켜 나갔다. 서군(徐君)이 말하였다. "삼대인(三大人)께서 바야흐로 오신다고 들었습니다. 우리 대인께서 또한 가셨으니, 대접함에 있어 미안하고 또 미안합니다." 내가 말하였다. "아홉 개 나라 이름난 군주를 또한 기록한 것이 있습니까?" "그 이름은 모두 서양 음(音)으로 되어 있어 뜻으로는 결코 이해할 수 없고, 서양인만이 그것을 알 수 있습니다." "당신은 어디서 거주합니까? 장차 서양 선비들과 함께 역학을 익히고 연구하려고 온 것입니까?" "저는 본래 강남사람입니다. 다만 대인들이 서계(書啓)를 쓰거나 접자(摺子)26)를 진상하는 류의 일에 필요하여 여기에 있는 것일 뿐입니다." "접자는 무엇입니까?" "황제께 올리는 주본(奏本)입니다." "이 또한 관직입니까? 서판(書辦)27)과 견주어 볼 때 존비(尊卑)가 어떠합니까?" "서판은 흠천감 아문 안에 있는데, 이는 천한 직역에 속합니다. 저는 여기에 속하면서 그저 선생의 일만 할 뿐입니다." "서양 선비 가운데 초상화[傳神]에 능한 사람이 있습니까?" "성이 낭(郎)인 사람28)과 애(艾)인 사람29)이 있는데 모두 황상이 계신

---

26) 접자(摺子) : 원문에는 '접자(摺字)'로 오기(誤記)되어 있어 '접자(摺子)'로 바로 잡는다. 접자는 주접(奏摺)으로서 명·청 양대에 관리들이 황제에게 공적인 일을 아뢰던 문서이다. 접본(摺本)을 이용하여 선사(繕寫)하였으므로 '주접(奏摺)' 혹은 '접자(摺子)'라 칭한 것이다.

27) 서판(書辦) : 문서를 처리하는 하급 관리를 말한다. 이후 문서(文書), 한묵(翰墨)을 관장하는 사람을 널리 일컫는 명칭이 되었다. 우리나라에서는 주로 서역(書役) 혹은 서기(書記)로 칭하였는데, 관아의 출납 회계 등의 잡역에서 사서 편찬의 잡무까지 담당하였다.

28) 성이 낭(郎)인 사람 : 낭세령(郎世寧, 1688~1766)을 말한다. 낭세령은 이탈리아 출신의 선교사이자 중국 화가이다. 본명은 주세페 카스틸리오네(Giuseppe Castiglione)로 1707년에 예수회에 입회한 후 1715년 중국에 파견되었다. 강희, 옹정, 건륭의 3대에 걸쳐 궁정화가를 맡아 활동하였다.

29) 애(艾)인 사람 : 보헤미아 출신 선교사 애계몽(艾啓蒙)으로, 본명은 시켈타르트(Jgnatius Sickeltart, 1708~1780)이다. 1745년 선교사로 중국에 와서 낭세령에게

곳에 있습니다. 귀하께서는 나이가 어떻게 되십니까?" "29세입니다. 귀하의 나이를 감히 여쭤보겠습니다." "헛되이 세월만 보내다가 37세가 되었습니다." "일상에서 떳떳한 도리로 일삼지 않는 것이 없는데 어찌 헛되이 세월을 보냈다고 하십니까?" "이름을 이루지 못하고 일을 성취하지 못하였으며, 다만 몇 구절의 죽어버린 글을 읽을 따름입니다." "심성(心性)은 안에 있는 것이요, 명업(名業)은 밖에 있는 것으로, 그 성취에는 절로 분수가 있는 것입니다. 옛 사람의 천언만어(千言萬語)에 이르러서는 생동하지 아니함이 없는데, 어째서 죽어버린 글이라고 합니까?" "대인께서는 언제 이곳에 오십니까?" "영상의 예식 후 돌아오는 중이십니다." "우리들이 우연히 만나 책상을 마주하고 즐겁게 이야기를 나누었으니, 또한 기이한 만남이라 하겠군요." "과연 그렇습니다. 과연 그렇습니다." "존공의 대인께서는 언제 이곳에 다시 오실지요?" "기약할 수 없습니다." "이곳에 평소 명승지로 일컬어지는 곳이 몇 곳이나 있습니까? 여기에 있은 지 오래되었지만 훌륭한 곳을 보지 못하였습니다." "귀하의 고향이 강남의 어느 주(州) 어느 현(縣)입니까?" "송강부(松江府) 상해현(上海縣)으로 북경에서 3,500리 떨어져 있습니다." "귀하께서는 동정호(洞庭湖)나 악양(岳陽)의 명승지를 두루 구경하셨는지 요?" "아직 못하였습니다. 아직 못하였습니다." "귀하의 친족들 중 선상국(先相國)의 역법을 능히 계승한 자는 몇 명이나 됩니까?" "한미한 가문에서 책을 읽어, 과거에 급제한 이들이 10여 명 있는데, 천문을 강습할 수 있는 자는 없습니다." "그대 또한 팔고문(八股文)[30)]을 공부하십니까?" "몇 차례 시험은 쳤지만, 진학(進學)은 못하였

그림을 배우며 이후 궁정 직업화가인 내정공봉(內廷供奉)이 되었다.

30) 팔고문(八股文) : 문체의 이름이다. 명·청 양대에서 관리 등용 시험의 논문으로 채택된 문체로서 결구(結句)는 대구법에 의해서 여덟으로 나누어진다. 기고(起股)·허고(虛股)·중고(中股)·후고(後股)가 각각 대구를 이루면서 마치 8개의 기

습니다. 존공의 대인께서는 반드시 오시는 것입니까? 유대인(劉大人)
께서 집에서 삼가 기다리고 계십니다." "오래지 않아 오실 것입니다."
"대인 세 분께서 모두 오시는 것입니까? 아니면 그대의 부친 한 분만
오시는 것입니까?" "삼대인 한 분만 오실 것입니다." 나는 서생(徐生 서
승은)과 함께 외당(外堂)으로 나갔는데 당의 좌우에 편액 하기를, "하
늘의 운행에 빈틈없이 부합하니[密合天行], 선을 다하고 아름다움을 다
하였다.[盡善盡美]."라 하였다. 또 거문고는 고요한 때를 아껴 연주하고
[琴愛靜時彈] 구름은 높은 곳에서 바라본다네.[雲從高處望] 라는 구절로
편액하였다. 동쪽 벽에는 〈천상도(天象圖)〉가 붙어 있고, 서쪽 벽에는
〈곤여도(坤輿圖)〉가 붙어 있었다. 지형(地形)·지진(地震)·산악(山岳)·해
조(海潮)·해동(海動)·강하(江河)·인물·풍속과 각 지방의 산물이 갖춰져
있지 않음이 없었는데 어떤 것은 그림으로 되어 있고 어떤 것은 이야
기로 되어 있었다. 강희(康照) 갑인년에 서양 선비 남회인(南懷仁)[31]이
이마두·애유략(艾儒略)·고일지(高一志)[32]·웅삼발(熊三拔) 등 여러 사람
이 일찍이 논변하였던 것에 근거하여 발휘하였으니 그 설은 단지 앞
시대 사람들이 드러내지 못한 바를 새롭게 확충시켰을 뿐만 아니라,
『직방외기(職方外紀)』에 이르기까지 기이한 이야기를 모두 수록해 놓
았다. 지금 그 개괄을 기록하여 이로써 격물치지(格物致知)의 한 큰 단
서로 삼고자 한다. -(중략)- 서군과 함께 도화(圖畵)의 교묘함을 가리
켜 가며 대지[方輿]의 광대함을 변론하고 있는데, 유노인(劉老人)이 안
에서 나와 『곤여도설』 두 책을 주면서 말하였다. "천문의 이치를 배워

등을 세운 것 같다고 하여 팔고문(八股文)이라는 명칭이 생겼다.
31) 남회인(南懷仁) : 벨기에 출신 예수회 선교사 페르디난트 페르비스트(Ferdinand
Verbiest, 1623~1688).
32) 고일지(高一志) : 이탈리아 출신 예수회 선교사 알폰소 바뇨니(Alfonso Vagnone,
1568~1640), 다른 이름은 왕풍숙(王豐肅)이며, 자는 측성(則聖)이다.

보지 않겠습니까?" 내가 말하였다. "선비가 이 세상에 태어나 은미한 것으로는 천상(天象)과 드러난 것으로는 이륜(彝倫)이 우리들의 본분에 속한 일 아님이 없습니다. 다만 우리나라 사람들은 성현의 경전에 부지런히 힘쓰며 때로는 이 전의 사람들이 드러내지 못한 것을 드러낸 적도 있습니다. 그렇지만 천상과 역수(曆數)에 있어서는 진면목을 추구하지 못하고 껍데기만 익혔을 뿐입니다. 저 또한 뜻은 있지만 할 수 없었습니다. 지금 새로운 서적을 구매할 수 있다면 우리나라에 돌아가서 미처 궁구하지 못하였던 바를 자세히 궁구하고 싶습니다. 이는 평소의 뜻이나 다만 지남(指南)이 될 만한 현명한 자가 없을까 걱정되었습니다. 이제 다행히 고귀한 분을 만났는데 그 핵심을 깨우치지 못한다면 돌아가서도 여한이 될 것입니다." 유송령이 말하였다. "홍대인(洪大人)은 삼대인과 어떤 관계입니까?" 내가 말하였다. "우리 삼대인의 동료입니다. 어르신께서는 연경에서 어떤 관직에 있으며, 한 달 녹봉은 얼마나 됩니까? 고향과 만 리나 떨어진 곳에 있으면서 요학(遼鶴)의 다시 돌아가고픈 바람[遼鶴重反之願][33]은 없습니까?" 라고 하자 유송령이 말하였다. "흠천감 감정(監正)으로 있으며 3품의 녹봉을 받습니다. 고향과 만 리 나 떨어진 곳에 온 이유는 사람들의 입교(入敎)를 인도하고자 해서입니다." 이때 심부름꾼 하나가 밖에서 와서 아뢰었다. "고려의 삼대인이 문에 도착해 있습니다." 라고 하였다. 나는 곧바로 몸을 일으켜 나갔고, 유송령 또한 뒤따라 나와 중당(中堂)으로 맞이해 들이고 의자를 마주하여 앉았다. 아버지께서 내게 글로 써 보이

---

33) 요학(遼鶴)의 다시 돌아가고픈 바람[遼鶴重反之願] : 요동 사람 정령위(丁令威)가 고향을 떠난 지 천 년 만에 학을 타고 돌아와 보니, 성곽은 옛날과 같은데 아는 사람은 하나도 없어, 공중을 배회하며 탄식하다가 떠나갔다는 전설이 있다. 『수신후기(搜神後記)』에 이와 같은 내용이 보인다. 여기서는 고향으로 돌아가고 싶은 마음을 비유한 것이다.

라 명하며 말하였다. "지난번에는 많은 사람들로 번잡하고 겨를이 없어 조용히 대할 수 없었습니다. 때문에 요즈음 한가한 날이 없다고 들었지만 청하지 않아도 다시 오게 된 것은 한번 모습을 대하고 결코 속세의 사람이 아니라 여겼기 때문입니다. 우리나라로 돌아갈 날을 앞두고 바쁜 틈을 내 방문한 것 인데, 존공께서 이런 뜻을 살피시고 반나절이나 기다리셨다고 하니 참으로 다행입니다."라고 하자, 유송령 또한 서생(徐生)을 시켜 글로 써 대답하였다. "마음속에 원하던 바입니다. 대인께서 며칠 머무는 동안에 몇 차례 볼 수 있어 매우 기쁩니다." "지난번에 정사와 부사께 선물을 주신 것이 있는데, 저는 다시 한번 맑은 모습을 보고 예물을 드리고자 하여 이제야 종이부채[紙扇] 약간을 바칠 뿐인데, 변변치 못한 것이라 부끄럽습니다. 장지(壯紙) 1묶음[束], 별선(別扇) 2자루, 대청심환(大淸心丸) 2알을 예물로 드립니다." 유송령이 받아서 간직하며 머리를 조아리며 계속해서 사례하였다. 내가 말하기를, "낭대인(郞大人)을 비롯한 세 분은 언제 이 천주당에 오십니까?"라고 하자, 유송령이 대답하기를, "낭대인은 이곳에 올 수 없으니 늘 원명원(圓明園)에 있습니다."라 하였다. 내가 말하였다. "세 분께서 그리신 득의작(得意作)은 우리 대인께서 한번 완상하고자 하시며 '늘 이면(裡面)을 보게 되니, 외면(外面)을 그린 그림이 한 폭도 없다.'고 하셨습니다." 아버지께서 말씀하셨다. "은하(銀河)가 대지와 하해(河海)의 정기가 아니라 뭇별들이 모여 물처럼 맑은 빛을 띤다는 것이 귀국 사람들이 전하는 천상(天象)입니다. 과연 이 설과 같다면 선유께서 물의 정기[水精]라고 한 것이 틀렸습니까?" 유송령이 대답하였다. "천하(天河)는 본래 작은 별들이 모인 것이니, 만일 매우 좋은 천리경(千里鏡)이 있다면 바로 분별할 수 있습니다." "작은 별이 천체(天體)를 두르고 있다면 그 모습은 띠[帶]와 같을 것 인데, 어떤 형상입니까? 천한(天漢)의 가운데가 갈라졌다가 다시 합쳐지는 것이 있는데, 이는 또 어떤 형상입니까?" "이는 '천하(天河)'라고 명명하는 것입니다." "하늘의 둘레는 365와 4분의 1도인데, 하늘의 1도는 대지의 200리가 됩니다. 이와 같이 나누면 10도는 2,500리에 불과하고, 100도는 25,000리에 불과하며, 온 하늘 아래 있는 것은 7, 8만 리에 불과합니다. 가장 남쪽에 있는 나라로부터 가장 북쪽에 있는 지역까지는 아마도 의당 4, 5만 리가 될 것입니다. 왜국(倭國)에서 서양까지의 거리 또한 몇 만 리가 될지 모르는데 이 말은 장차 어떤 것을 따라야 합니까?" "하늘의 둘레는 360도이고, 대지 또한 마찬가지입니다. 1도가 200리 이며 천상의 도수는 높을수록 더욱 커집니다." 라고 하더니, 남회인의 말을 외워서 말하였다. "대지의 둘레는 360도이고, 매 도(度) 마다 250리이므로 그 둘레는 실제로 단지 9만 리가 됩니다. 대지를 네모지게 나누어 4면을 1면으로 삼으면 응당 2만 2,500리가 됩니다. 사람은 한 면의 지평(地平) 위에 거하고 있으니, 그것은 2만 2,500리의 안에서 마땅히 보여야 합니다. 그런데 지금 시력이 미치는 바가 대략 300리를 볼 수 있으므로 가장 높은 산 위 에서도 4, 5백리를 볼 수 있는 이는 없습니다. 그것은 곧 지구의 둥근 부분이 가운데에서 우뚝 솟아 양계(兩界)를 막고 있기 때문입니다." 마침 종이가 떨어져 유송령이 시동(侍童)을 불러 몇 장을 꺼내게 하였는데, 바로 우리나라의 크고 좋은 종이였다. "그렇다면 대지의 둘레는 6만여 리에 불과한 것이 가능합니까?" "대지의 둘레는 360도이고 1도는 200리이니, 대지의 전체 둘레는 7만 여 리가 됩니다. 이 때문에 옛 학설에서는 매 도마다 250리이고 전체 둘레가 모두 9만 리라고 한 것입니다." "여기에서 서양까지의 거리가 5, 6만 리이고 또 일본과의 거리가 3만 여 리이니, 그렇다면 전체 대지의 둘레가 되고도 남습니다." "서양에서 곧바로 중국에 이르면 3만 리에 불과한데, 만(灣)이 많기 때문에 먼 것일 뿐입니다." "여기에서 일본과의 거리가 곧바로 가면 2, 3만여 리에 불과하고, 또 서양까지의 거리가 3만여 리가 됩니다. 만일 귀국에서 말하는 것과 같다면 이미 거의 대지를 한 바퀴 돈 것이 됩니다. 그러니 동양과 서양이 아주 멀리 떨어져 있다고 말할 수 없을 것입니다." 유송령이 즉시 몸을 일으켜 들어가더니 〈방여도(方輿圖)〉 1축(軸)을 가지고 와서는 손을 들어 매우 상세히 가리켜 보였는데, 〈방여도〉 1축 안에 천하 오대주(五大洲)가 다 들어 있었다. 중국으로부터 흑인(黑人), 회자(回子), 일본, 서달(西㺚)34)에 이르기까지 각 지방의 도리(道里), 산천, 인물이 모두 기재되지 않은 것이 없었는데 특히 서양에 대해서는 자세하였다. 우리나라는 중국의 폭원(幅圓) 안에 덧붙여져 있었으며, 따로 지도를 그리지 않았다. 그 지도에 회자국의 인물을 그려서 옷차림을 형용함에 있어 7분(分)이나 흡사한 모습이었으니 그 밖의 지역 인물 또한 비록 징험해 볼 수는 없지만 이로 미루어 어긋나지 않을 것이라는 점을 알 수 있었다. 산천의 지명은 모두 서양 글자로 쓰여 있었는데 글자의 모습은 네모지면서 가로로 썼는데 가로로 써가다가 세로로 쓴 것도 있었으며 아주 가지런하면서도 정밀하고 세세하였다. 또 오색(五色)의 선이 지도 위에 종횡으로 그어져 있는데, 이는 이른바 '경위선(經緯線)'이라고 하는 것이다. 내가 말하기를, "한자로 지명을 적은 것이 있습니까?" 그가 "없소."라 하면서 다시 남회인의 〈곤여도〉를 보여주었는데, 대략 다음과 같이 적혀 있었다. 대저 대지와 바다는 본래 둥근 형상으로 합해져 하나의 구(球)를 이루며 천구(天球)의 가운데 있으니, 진실로 계란 노른자가 푸른 껍질 안에 들어있는 것과 같다. 대지가 네모나다고 말하는 이가 있었는데 이는 곧 그것이 일정한 곳에 있으면서 이동하지 않는 성질을 말한 것이지 그 형체를 말한 것이 아니다. 하늘이 이미 대지를 싸안고 있으니 피차가 서로 조응한다. 때문에 하늘에 남북의 2극(極)이 있고 대지

---

34) 서달(西㺚) : '해서달자(海西㺚子)'로 만주(滿洲)의 송화강(松花江) 중상류에 사는 여진족을 말한다.

에도 그것이 있다. 하늘은 360도로 나뉘며 대지 또한 그와 같다. 하늘 안에는 적도(赤道)가 있으며, 적도로부터 남쪽으로 23도 반(半)이 남도 (南道)가 되고 적도로부터 북쪽으로 23도 반이 북도(北道)가 된다. 중국을 살펴보면 적도의 북쪽에 있다. 태양이 적도를 운행하면 낮과 밤의 길이가 같고, 남도를 운행하면 낮이 짧으며, 북도를 운행하면 낮이 길다. 그러므로 천구에는 낮과 밤의 길이가 같은 권역(圈域)이 있다. 중간에 배열 된 곳에는 낮이 짧고 밤이 긴 두 개의 권역이 있다. 남북으로 배열된 곳에는 태양이 운행하는 경계(經界)를 드러내 보인다. 지구에도 또한 세 개의 권역이 있어 천구의 아래에서 이에 대응 한다. 다만 하늘은 대지 밖에서 둘러싸고 있는 것이 매우 광대하기에 그 도수가 넓은 것이고, 대지는 하늘 안에서의 처한 곳이 매우 작기 때문에 그 도수가 협소하니, 이것이 그 차이일 따름이다. 북방으로 곧장 가는 자는 행로(行路)의 250리마다 북극이 1도씩 높아지고 남극이 1도 씩 낮아지는 것을 깨닫게 되는 것을 알 수 있다. 남방으로 곧장 가는 자는 행로의 250리마다 북극이 1도씩 낮아지고 남극이 1도씩 높아지는 것을 발견하게 됨을 알 수 있다. 이렇게 하면 지구의 모습이 과연 둥근지를 특별히 살펴보지 않아도 알 수 있고, 아울러 대지의 매 1도의 넓이가 250리라는 것을 징험할 수 있는 것이다. 그런즉 지구의 동서남북을 각기 일주(一周)함 에 9만 리는 실수(實數)가 된다. 이는 남북과 동서가 그 수가 서로 같으니 차이를 허용치 않는다. 대저 대지의 두께는 2만 8,636리와 100분의 36분이며, 상하와 사방에 모두 사람들이 살고 있다. 혼륜(渾淪 사물의 분별이 뚜렷하지 않은 상태)한 하나의 구체(球體)로 원래 상하가 없으니, 대개 하늘 안에 어느 곳을 쳐다본들 하늘이 아니겠는가. 육합(六合) 안을 통틀어 무릇 발이 딛고 있는 바가 아래가 되고, 머리가 향하고 있는 바가 위가 된다. 오로지 자기 몸이 있는 곳으로 상하를 나누면 안 되는 것이다. 또 내가 태서(太西)로부터 바다에 떠서 중국에 들어왔는데, 낮과 밤의 길이가 같아지는 지점에 이르러 이미 남북의 두 극을 보았는데 모두가 평지에 있어 대략 높고 낮음이 없었다. 길을 돌아 남쪽으로 향해 대랑산(大郞山)을 지나는데, 이미 남극이 지상에서 35도가 나와 있는 것이 보였다. 그러하니 대랑산과 중국은 상하에서 서로 대 칭이 되는 것이다. 그런데 나는 그때 단지 위에 있는 하늘을 올려다 볼 뿐이고 그 아래에 있는 것은 볼 수 없었다. 그런 까닭에 대지의 형체는 둥글며 이 둘레에 모두 사람이 살고 있다는 말은 믿을 만하였다. 하늘의 형세로 산과 바다를 나누어 보면 북쪽에서 남쪽으로 다섯 지대가 있다. 첫째는 낮이 길고 낮이 짧은 두 권역의 사이에 위치하는데, 그곳은 매우 더운 지대이니 태양이 가까이 있기 때문이다. 둘째는 북극권(北極圈)의 안에 있고, 셋째는 남극권(南極圈)의 안에 있다. 이 두 지역은 매우 추운 지대이니 태양이 멀리 있기 때문이다. 넷째는 북극의 낮이 긴 두 권역 사이에 있고, 다섯째는 남극의 낮이 짧은 두 권역 사이에 있다. 이 두 지역을 '정대(正帶)[35]'라고 하는데, 매우 춥거나 덥지 않으니 태양이 멀리 있지도 가까이 있지도 않기 때문이다. 또 대지의 형세로 땅을 나누어 보면 오대주가 되는데, 각 주의 경계를 오색으로 구별하여 보기에 편리하도록 하였다. 각각의 나라가 매우 많아 이루 다 말할 수가 없으며, 원래는 마땅히 둥근 구체로 만들어야 도판을 넣기가 불편하기에 어쩔 수 없이 둥근 원을 고쳐 평평하게 하였으며 도리어 권역을 선으로 표시하였을 따름이다. 그 형세를 알고자 하면 반드시 서로 합해 동서 두 바다를 이어 하나로 보아야 한다. 그 경위선은 본래 매 도마다 구획해야 하는데, 지금 오직 10도로 일방(一方)을 삼아 어지럽게 섞이는 것을 피하였으니 이에 의거해 그 장소에 각 나라를 나누어 배치해 둘 수 있는 것

---

35) 정대(正帶) : 줄리오 알레니의 『직방외기』에서는 정대(正帶)에 해당하는 지역을 '온대(溫帶)'로 표현하였다.

이다. 천하의 위도는 낮과 밤이 같은 곳을 중앙으로 삼고 그것은 기점으로 위로는 헤아려 북극에 이르고 아래로는 헤아려 남국에 이른다. 천하의 경도는 순천부(順天府)[36]를 기점으로 삼아 1도에서 365도에 이르면 다시 서로 이어진다. 시험 삼아 복도(福島)[37]를 살펴보면 중선(中線)에서 위쪽으로 28도 떨어져 있고, 순천부에서는 동쪽으로 250도 떨어져 있는 곳이 그곳에 해당 된다. 무릇 중선 위쪽으로 북극에 이르는 지역은 실제로 북방에 해당하고, 중선 이하에 있는 지역은 실제로 남방에 해당한다. 또 위선(緯線)을 사용해 각 극지방에서 얼마만큼 지상으로 나왔는지를 표시한다. 대개 지역이 낮과 밤이 같은 선상에 있는 곳의 도수는 극지방이 지상에서 나온 만큼의 도수와 서로 같다. 다만 남방에서는 남극에서 지상으로 나온 도수를 표시하고, 북방에서는 북극에서 지상으로 나온 도수를 표시한다. 가령 경사(京師)를 살펴보면 중선 이북에서 40도 떨어져 있으면 경사는 북위(北緯) 40도임을 알 수 있다. 대랑산을 살펴보면 중선(中線) 이남에서 35도 떨어져 있으니 대랑산은 남위(南緯) 35도임을 알 수 있다. 대저 동일한 위도의 지역은 그 양극에서 지상으로 나온 도수가 같기에 사계절과 추위와 더위가 같은 양태인 것이다. 만약 두 지역이 중선에서 떨어진 도수가 서로 같으나 하나는 남쪽, 하나는 북쪽에 위치한다면 사계절과 낮과 밤의 각수(刻數)는 모두 같으면서도 오직 시(時)는 도리어 반대라 이곳의 여름

---

36) 순천부(順天府) : 명나라 초기에 북경(北京) 일대를 통치하기 위하여 설치했던 관부. 태종 영락제(永樂帝)는 이때 순천부를 국경으로 삼아 서울을 금릉(金陵)에서 이곳으로 옮기고, 유명한 자금성(紫禁城)을 축조하였다.

37) 복도(福島) : 아프리카의 서북쪽 대서양 연안에 있는 카나리아(Canarias)섬을 말한다. 당시에는 이 섬을 경도의 시작점인 0도로 하여 동쪽에서 서쪽으로 360도로 나누었다. 그런데 근대에 이르러 지리학자들은 영국의 그리니치 천문대를 경도의 시작점으로 삼아 동쪽과 서쪽을 각각 180도로 나누었다. 줄리오 알레니의 『직방외기』에도 "복도(福島 카나리아섬)를 지나가는 자오선을 시작으로 삼았다.[以過福島子午規爲始.]"라는 기록이 있다.

이 저곳의 겨울이 될 것이다. 낮이 길거나 밤이 긴 것은 중도에서 멀리 떨어질수록 더욱 길게 된다. 내가 지도 옆에 매 5도마다 밤낮의 길이가 어떻게 되는지를 표시하였으니, 동서와 상하로 중선에서 1도 떨어진 곳은 모두 통용할 수 있다. 경선(經線)을 사용해 서로 떨어진 지역이 몇 시인지를 표시하였다. 대개 태양이 하루에 한번 씩 돌아 매 시마다 30도를 가니, 서로 30도 떨어진 두 곳은 모두 1시가 차이 남을 말해준다. 가령 산서(山西) 태원부(太原府)는 경도(經度) 355도에 위치하며, 칙의란도(則意蘭島)는 325도에 위치하고 있다. 피차 30도 떨어져 있기에 서로 1시가 차이가 나니, 태원부가 오시(午時)이면 칙의란도는 사시(巳時)가 된다. 나머지 지역도 이와 비슷하다. 설사 6시가 차이 나면 두 곳은 밤과 낮이 서로 반대가 되는 것이다. 중선에서 떨어진 도수 또한 차이가 같다. 남북으로 차이가 난다면 두 지역 사람들은 발바닥을 마주하며 반대로 걷게 된다. 만일 하남(河南) 개봉부(開封府)는 중선 이북으로 34도 떨어져 있는데, 남아묵리가(南亞墨利加) 안의 은하(銀河)[38]에 가까운 지역으로 조로아사(趙路亞斯) 등과 같은 곳은 중선이 남으로 34도 떨어져있다. 그리고 경도로는 177도에 위치하여 피차 서로 180도 떨어져 있어 6시 가 차이가 나니 (밤낮이) 서로 반대가 되며 발바닥을 마주 대하며 걷게 되는 것이다. 이로부터 동일한 경선에 위치한 지역은 시간이 같으며 일식이나 월식을 같은 시각에 봄을 잘 알 수 있다. 대저 지도에서 정한 각 지역의 경도와 위도는 세월을 오래 겪은 것으로 시간이 지날수록 더욱 법도에 맞았다. 대개 그 법도를 정함에는 측험(測驗)을 위주로 하였으며 그 처음에는 천하의 태평한 여러 나라의 바다 섬의 위치를 바꿀 수가 없었다. 나의 이전에는 기록한

---

38) 은하(銀河) : 마태오 리치의 『만국전도(萬國全圖)』에는 아르헨티나에 있는 라플라타(La Plata) 강을 은하(銀河)로 표기하였다. 강물에 밀려온 모래에 은(銀) 함유량이 많아서 붙여진 이름이다.

일이 없었기에 바다 밖에도 이러한 대지가 있는지를 알지 못하였다. 근래 200년 이래로 대서양 여러 나라의 명사들이 바닷길을 다니고 천하를 주유(周遊)하면서 주위에 이르지 않은 바가 없다. 무릇 각지에서 역법(曆法)에 의거해 천문을 측정해서 그 지역의 경도와 위도를 정하였기에 만국의 지명과 지도가 이처럼 크게 갖추어지게 되었다. 육합(六合) 안의 모든 지역과 산천, 강하(江河), 호해(湖海), 도서(島嶼) 중 본래 명칭이 없는 것은 무릇 처음 그곳을 지난 사람이 대부분 옛 성인의 이름으로 이름을 지어 표지를 삼고 그 도리(道理)를 정하였다. 내가 말하기를, "상세하게 깨우쳐 주시니 매우 감사드립니다. 의기(儀器) 중 볼만한 것으로 제게 보여주시지 않은 것이 있는지요?"라고 하자, 유송령이 즉시 몸을 일으켜 안으로 들어가더니 혼천구(渾天球)를 가지고 왔다. 나무를 깎아 둥근 덩어리를 만들었는데 크기는 수박 만하였고 가운데를 비워놓고 그 안에 기기를 꿰어 회전하는데 편리 하게 되어 있었다. 그 위에 별자리의 운행 도수, 황도(黃道)와 적도(赤道) 및 남북극(南北極)이 지면에 출입하는 도수가 새겨져 있었는데, 매우 자세하였다. 아버지께서 나를 돌아보며 이러니저러니 따져보고 있는데 유송령이 옆에 있으면서 다 듣고는 역관 이인덕(李寅德)을 돌아보며 말하였다. "공자(公子)께서 매우 총명합니다." 조금 있다가 차를 마셨는데, 또 둥글고 계란으로 만든 네모지고 둥근 떡[方圓餅]과 산리홍고(山裡紅糕)를 아버지께 올렸다. 아버지께서 남은 것을 여러 사람에게 나누어주셨다. 다 먹고 나서 내가 말하기를, "간평의(簡平儀)와 선기옥형(璇璣玉衡)[39]은 어찌 제게 보여주지 않습니까?" 라고 하자, 유송령이 말하였

---

39) 선기옥형(璿璣玉衡) : '선기옥형(璇璣玉衡)'이라고도 한다. 태양과 달, 오행성(금성, 목성, 수성, 화성, 토성) 및 28수(宿) 등의 천지 운행을 관측하고 사계절, 24절기의 기상 변동을 예측하는 천체 관측기로 흔히 혼천의라고도 한다. 선기옥형이라는 말은 『서경』「요전(舜典)」에 실려 있는데, "옥으로 만든 혼천의를 살

다. "이는 모두 관성대(觀星臺)에 있으니, 만약 보고자 한다면 반드시 예부(禮部)의 대인께 말해야 볼 수 있습니다." 내가 "예부에서는 한번 보여주는 것에 인색한 것 같습니다."라고 하자, 유송령이 "그렇습니다."라고 하였다. 나는 별선(別扇) 두 자루로 〈곤여지〉를 준 것에 사례하였다. 유송령이 〈황도총성도(黃道總星圖)〉, 〈수묵우렵(水墨羽獵)〉 2 본, 금릉화지(金綾花紙) 2장 작은 각도(刻刀) 한 자루를 주었다. 칼자루는 누런 주석으로 만들었고 칼날이 매우 예리하였으며, 중간에 작은 못이 부착되어 있어 마음대로 굽혔다 폈다 할 수 있었다. 쓰지 않을 때에는 자루 속에 칼날을 감추어 둘 수 있었으니, 매우 특이한 제작법이었다. 또 흡독석(吸毒石)[40] 두 개는 모양이 작은 연석(燕石)[41] 비슷하였으며, 고과(苦瓜) 한 개는 밤처럼 작았는데 핥아보니 매우 쓴 맛이

피시어, 해와 달과 다섯 개 별의 운행을 바로잡으시고[在璿璣玉衡 以齊七政]"라 하여 선기옥형이 순 임금이 사용하던 천문 관측기구임을 명시하였다. 이에 대해 공영달(孔穎達)은 "한나라 이후 혼천의(渾天儀)라 칭한 것은 바로 이것이다. [漢世以來謂之渾天儀者是也]"라 설명하였다.

40) 흡독석(吸毒石) : 청나라 학옥린(郝玉麟)의 『광여통지(廣東通志)』「여지략(輿地略)」에 "흡독석은 서양(西洋) 어느 섬에 있는 독사의 머릿속에 있는 돌이다. 크기는 편두(扁豆)만 하며 일체의 종독(腫毒)을 빨아들일 수 있는데, 등창[發背] 또한 치료할 수 있다.[吸毒石 乃西洋島中毒蛇腦中石也 大如扁豆 能吸一切腫毒 即發背亦可治]"라고 하였다. 또한 청나라 기윤(紀昀)의 『열미초당필기(閱薇草堂筆記)』「난양소하록(灤陽消夏錄)」에 "어린 종 옥보(玉保)가 일찍이 골짜기로 들어가 잃어버린 양을 쫓았는데, 크기가 기둥만 한 뱀이 높은 바위 정상에 똬리를 틀고 있는 것을 보았다…군졸 오도린(鄔圖麟)이 말하기를, '이 뱀은 맹독을 지니고 있으나 그 머리 부분에 해독하는 기능이 있어 이를 흡독석이라 부릅니다.'라 하였다.[小奴玉保嘗入谷追亡羊 見大蛇巨如柱 盤於高崗之頂 …軍吏鄔圖麟因言 此蛇至毒 而其角能解毒 即所謂吸毒石也]"는 내용이 나온다.

41) 연석(燕石) : 중국 연산에서 나는 일종의 옥처럼 생긴 돌을 말한다. 『산해경(山海經)』「북산경(北山經)」에 "북쪽 120리 되는 곳을 '연산(燕山)'이라 하는데 영석(嬰石)이 많이 난다.[北百二十里 曰燕山 多嬰石]"라 하였는데, 진나라 곽박(郭璞)이 주(注)를 달기를, "돌이 옥과 같아 아름다운 결과 색채를 띠고 있으니 이른바 '연석'이라는 것이다.[言石似玉 有符彩嬰帶 所謂燕石者]"

낳는데, 이를 아버지와 나에게 주었다. 아버지께서 받으며 사례하고, 금릉화지와 각도는 돌려주며 말하기를, "이 두 물건은 서화나 약석(藥石)과는 같은 물건이 아니니 감히 받을 수 없습니다."라고 하자, 유송령이 웃음을 머금고 역관 이인덕에게 말하였다. "좋습니다. 좋습니다. 서화와 약석만 가져가시지요." 내가 고과는 어떤 병을 낫게 하는 것이냐고 묻자, 그가 "곽란(癨亂)과 구토를 그치게 합니다."라고 하였다. 내가 "흡독석의 용법을 들려주실 수 있는지요?"라고 하자 유송령이 들어가 두루마리 3장을 가지고 나왔는데 제목에 '흡독석원유용법(吸毒石原由用法)'이라 되어 있고 다음과 같이 적혀 있었다. 소서양(小西洋)에 독사 한 종류가 있는데, 그 머릿속에 돌 하나가 난다. 크기가 편두인(扁豆仁)[42]만하며 각종 독기를 뽑아 제거할 수 있는데, 이것이 자연적으로 생성된 흡독석이다. 토착민들은 이 돌을 가져다가 본래 독사의 살과 본토(本土)의 흙과 함께 빻아 가루로 만들고 균일하게 섞어서 돌하나를 만든다. 그 모양이 마치 바둑돌과 같이 생겼는데 이것이 만들어진 흡독석이다. 무릇 달리는 짐승이나 모든 벌레가 각기 그 본성에 좋아하는 기미(氣味)가 있어 그 본체를 기르니, 이는 마치 초목이 각기 그 본체에서 필요로 하는 것을 빨아들여 본체를 기르는 것과 같다. 그러나 무릇 독충 같은 류는 그 본성이 갖은 독기를 즐겨 먹으며 이로써 그 몸을 기르며 딱딱한 껍데기를 만들어 아울러 그 몸을 보호하며 다른 동물의 해를 면한다. 말에게 발굽이 있으며 소에게 뿔이 있고 호랑이와 늑대, 사자와 코끼리에게 각각 발톱과 어금니 긴 코가 있으니 모두 이것으로 적을 막는 것이다, 만약 여러 독충이 독미(毒味)가 없어 그 몸을 기르지 못 하면, 이는 소나 말이 여물이 없어 그 몸을 기르지 못함과 같다. 그러면 필시 성명(性命)을 보존할 수 없게 되는 것이다.

---

42) 편두인(扁豆仁) : 한약재로 쓰이는 넝쿨 콩의 일종이다.

그러므로 실로 독미는 독충의 본성이 좋아하며 필요로 하는 것으로 그 용법을 가지고 징험할 수가 있다. 대개 흙 속에 여러 독물(毒物) 재료를 섞어두고 또 독사 의 살에서 먼저 그 독기를 제거한 연후에 이 독기가 없는 독사의 살을 독재료가 있는 흙 속에 넣어둔다. 그러면 독사의 살이 반드시 본래 흙의 여러 독기를 빨아들여 자신의 살 속에 모조리 모아두게 되니, 이는 그 본성이 좋아하고 필요로 하는 것을 분명히 증명해 주는 것이다. 지금 흡독석이 독을 빨아들이는 능력을 지니게 된 이유는 곧 이 돌이 원래 생성된 바탕이 독사의 성정과 서로 같기 때문이다. 대저 독충 같은 류는 갖가지 형질을 따질 것 없이 모두 본성의 악기(惡氣)를 지니고 있다. 이 때문에 곤충마다 제각기 그 악기를 제거할 수 있음은 마치 금수(禽獸)에게 굶주린 이[蝨]가 있는 것과 같다. 초목과 화훼에도 본체의 곤충이 따르고, 토목(土木)에도 각기 뱀[蛇], 전갈[蝎], 지네[蜈蚣], 두꺼비[蝦蟆] 등의 악기(惡氣)가 행하니, 거미[蜘蛛], 풍뎅이[蝗], 모기[蚊] 등도 모두 각기 그 사물의 독기를 제거함이 있는 것이다. 아울러 여러 곤충이 본체를 양육함은 모두가 자신의 보존에 이로움이 되기 때문이다. 인류는 더 욱 영달하여 조물주가 인류를 사랑해서 여러 품물을 절제하고 조화하였기에, 그 본성을 따름으로써 이 세상의 아름다움을 완전하게 할 수 있는 것이다. 또 다음과 같이 이른다. 이 돌은 뱀이나 전갈, 지네 등 독충에 물려 상한 곳을 치료할 수 있고 또 큰 종기[癰疽]와 모든 헐어서 생긴 독[腫毒], 악성 부스럼 [惡瘡]을 치료하는 데 그 효과가 몹시 빠르다. 만일 이러한 병에 걸리게 되면 바로 이 흡독석을 가져다 물린 상처 부위나 종기, 악성 부스럼이 난 위에 놓기만 하면, 이 돌이 능히 그 독을 빨아낸다. 만일 끈끈해서 잘 떨어지지 않을 때는 독기를 모두 빨아낼 때까지 기다리면 저절로 떨어지게 된다. 이때 빨리 이 흡독석을 가져다가 유즙(乳汁) 속에 담가 약간 푸른빛으로 변하도록 내버려 둔 후에 이 돌을 꺼내서 맑은 물로 깨끗이 닦아서 잘 말려 보관해 두면 나중에 쓸 수 있다. 그 돌을 담갔던 유즙에는 이미 독기가 그 안에 있으므로 반드시 땅을 파고 묻어서 사람이 피해를 입는 일을 피해야 한다. 만일 물린 곳의 독기나 부스럼 독기가 혹 가시지 않으면 계속해서 흡독석을 올려두고 독기를 빨아내야 하는데 그 방법은 전과 같다. 만일 흡독석이 떨어져서 잘 붙지 않으면 이는 그 독기가 이미 다 가신 것이니, 병이 서서히 나을 것이다. 유즙은 반드시 반 종지쯤 필요에 따라 미리 준비해야하며 사람의 젖이나 소의 젖 모두 좋다. 혹시 이때에 담글만한 유즙이 없거나 혹 담그는 것이 조금 만 지체되어도 이 돌은 손상되어 후에 사용할 수 없다. 이 또한 남회인이 기록한 것이다. 아버지께서 작별을 고하고 나오자 나 또한 뒤따랐다. 유송령이 대문 밖에까지 이르러 전송하며 역관 이 인덕을 돌아보며 말하기를 "공자께서 자의(字義)를 아주 잘 이해합니다. 아주 잘 이해합니다."라고 하였다. 서생 또한 옷자락을 끌어당기며 작별을 고하기에 작은 청심환 두 개를 주 고 돌아왔다. 내가 유송령과 더불어 딱 반나절 가량 이야기를 나누었는데, 때때로 코끝에 연기를 날리며 쏘이곤 하였다. 대개 양각(羊角)으로 만든 작은 합(盒)으로 수중천(袖中天)처럼 생겼으며, 그 안에 약초 가루를 담아 두었는데 향기가 매우 강렬하였다. 코 근처에 대면 금방 재채기가 나와 기를 통하게 하는데 이로웠다. 서양 사람들은 늘 이 방법을 사용해서 먹거나 쉴 때도 그만두지 않았다. 탁자 아래에는 타구(唾具 가래나 침을 뱉는 그릇)를 놓아 두어 온 방에는 먼지 한 점이 없었다. 명나라 사람이 지은 『오잡조(五雜組)』[43]를 살펴보면 다음과 같다. 서남해 밖의 여러 번국(蕃國) 중 마팔아(馬八兒)[44]와 구람(俱藍) 두 나라가 가장

---

43) 『오잡조(五雜組)』: 명나라 사조제(謝肇淛)가 지은 16권의 수필집이다. 전체를 천(天)·지(地)·인(人)·물(物)·사(事)의 5부로 나누고, 자연현상·인사(人事) 현상 등의 넓은 범위에 걸쳐서 저자의 견문과 의견을 항목별로 정리한 것이다.

크고 가장 멀리 있다. 천주(泉州)에서부터 그 나라에 이르기까지는 대략 10만 리인데 원나라 때 일찍이 한번 통하고 와서 조공하였는데 그 얻은 바를 헤아리면 허비한 바의 100분의 1도 보상하지 못한다. 국조(國朝)에서는 서번(西蕃), 천방(天方)45), 묵덕나(默德郍)46)가 가장 먼데 대개 현장(玄奘)이 불경을 가지고 온 곳으로 불국(佛國)이라 전해진다. 그 불경은 36장 3,600여 권 인데 그 글에는 전서(篆書), 초서(草書), 해서(楷書) 등 세 가지 서법이 있으니 지금 서양 여러 나라에서 그것을 많이 사용한다. 또 천주국(天主國)이 있는데 바로 불국의 서쪽에 위치해 있다. 그곳 사람들은 문리(文理)에 통달하고 기품이 있으며 우아하여[儒雅] 중국과 다름이 없다. 이마두(利瑪竇)라는 자가 있는데 그 나라에서부터 불국을 거쳐 동쪽으로 와서 4년 만에 광동 지역에 이르렀다. 그는 천주를 높이 받드는 것을 가르쳤는데 이 또한 유자(儒者)들이 공자를 받들고 불자(佛者)들이 석가(釋迦)를 받드는 것과 같았다. 그의 책 중에 『천주실의(天主實義)』47)가 있는데 종종 유교와 더불어 서로 깨달아 밝혀주었지만 불교와 노자(老子)의 일체 허무한 말에 대해서는 모두 심하게 비난하였다. 이는 양주(揚朱)의 도(道)를 피하는 것과 비

---

44) 마팔아(馬八兒) : 마아바르는 동남 인도의 코로만델(Coromandel) 해안에 위치한 해안도시 마하발리푸람(Mahābalipuram)의 옛 이름이다. '마아바르'는 아랍어로 '도강처(渡江處)'나 '도해처(渡海處)'란 뜻을 가지고 있다. 1290년대에 이곳을 방문한 마르코 폴로는 『동방견문록』에서 마아바르는 당시 흔히 '대인도(大印度)'로 불렸다고 기록하고 있다. 이곳이 인도에서 가장 좋은 곳이고 세상에서 가장 부유한 지방이라는 뜻이다.
45) 천방(天方) : 천방은 이슬람교의 발상지인 메카를 지칭한다. 그러나 종종 아라비아를 통칭하여 쓰기도 한다.
46) 묵덕나(默德郍) : 묵덕나는 사우디아라비아 헤자즈 지방에 있는 내륙도시 메디나(Medina)를 칭하는 것이다. 아랍어로는 알마디나(al‐Madinah)라고 한다. 이슬람교 성지이며, 메카 북쪽 약 340km 지점에 있다.
47) 천주실의(天主實義) : 예수회 소속 이탈리아 신부 마태오 리치(Matteo Ricci)가 한문으로 저술한 천주교 교리서이다.

숫할 따름이다. 이마두가 항상 말하기를, 저 불교라는 것은 "우리 천주의 가르침을 훔쳐서 윤회설(輪迴說)과 보응설(報應說)을 보태고 그것으로 세상을 현혹시킨다. 우리 가르침은 이러한 일이 하나도 없고 단지 사람을 선하게 만들려 할 따름이다. 선하면 천주에 오르게 되고 악하면 지옥으로 떨어진다. 영원히 참회가 없으면 영원히 윤회도 없다. 또한 반드시 벽을 마주 하고 고행하지 않아도 되며 사람들을 떠나 출가하지 하지 않아도 된다. 날마다 선을 수행하지 않음이 없다. 나는 그 말씀이 유가에 가까워 세상이 조금 더 친절하게 되기를 권면함이, 석가가 황홀하고 지리멸렬한 말로써 마음을 움직이는 것과 다르다는 점을 매우 기쁘게 생각한다. 나는 용렬한 풍속에 놀랐는데 천주상(天主象)은 곧 여자의 몸으로서, 모습이 매우 이상하여 마치 옛날에 사람의 머리에 용의 몸을 하였다는 것과 다름없었다. 그 사람과 이야기를 해보니 진실하며 예의가 있었고 언변은 끊임없이 '이역(異域)에도 인물이 있구나.'라고 여길 만하였다. 그 이후 결국 북경에서 생을 마쳤다고 한다.

〈주석 : 배주연〉

『燕轅直指』

「二十二日」

晴　留館

食後　與正副使及諸人　或雇車或騎馬　過正陽門　未至宣武門　路傍有一座大屋　制甚奇巧　問是西天主堂　又行數百步　過時憲局　轉至象房　別有天主堂記，時憲局記，象房記　仍出宣武門　路經琉璃廠　少憩冊肆點茶　別有琉璃廠記　轉往岳王廟　廚房備進薏苡　療飢後周觀廟中　別有岳王廟記　由正陽門入　還館所

【역문】 「22일」[1)]

맑음. 관에 머물렀다. 식후에 정사와 부사 및 여러 사람과 더불어 수레를 빌려 타거나 혹은 말을 타고서 정양문(正陽門)을 지나 선무문(宣武門)을 채 못 가서였다. 길가에 한 채의 큰 집이 있었는데, 제도가

---

* 『연원직지』는 조선 후기 문신 김경선(金景善, 1788~1853)이 1832년(순조 32) 6월부터 이듬해 4월까지 동지사겸사은사의 서장관으로 청나라에 다녀온 사행기록(使行記錄)으로, 6권 6책으로 되어 있다. 당시 사행의 정사는 서경보(徐耕輔), 부사는 윤치겸(尹致謙)이었다. 김경선의 본관은 청풍(淸風), 자는 여행(汝行)으로, 1830년(순조 30) 진천현감으로 정시 문과에 병과로 급제하였다. 1839년(헌종 5) 이조참의가 되고, 1841년 대사성에 취임하였다. 1843년에 전라도관찰사, 1850년에는 우참찬이 되었는데, 이때 진주사(陳奏使)로서 청나라에 다녀와 1853년 판의금부사가 되었다. 시호는 정문(貞文)이다.
* 역문 : 『국역 연행록 선집』, 민족문화추진회, 1976.
1) 22일 : 『연원직지』 권3, 留館錄 上, 壬辰年 十二月에 수록. 1832년 12월 22일.

매우 기이하고 교묘하였다. 물어보니, 이것은 서천주당(西天主堂)이었
다. 또 수백 보를 가서 시헌국(時憲局)을 지나 상방(象房)에 이르렀다.
따로 천주당기(天主堂記), 시헌국기(時憲局記), 상방기(象房記)가 있다.
그대로 선무문을 나와 유리창(琉璃廠)을 경유하여 조금 쉬면서 서점에
서 차를 들었다. 따로 유리창기(琉璃廠記)가 있다. 악왕묘(岳王廟)에 가
서 주방(廚房)에서 율무를 내어 놓기에 요기한 후 묘(廟) 안을 두루 돌
아보고 따로 악왕묘기(岳王廟記)가 있다. 정양문을 거쳐 관소로 돌아
왔다.

「西天主堂記」

天主堂 卽洋人所館 乾隆時 賜額通微佳境堂 舊有四 而南北二堂 今無
之 只有東西二堂 西卽此也 明萬曆二十九年二月 天津監稅馬堂 進西洋
人利瑪竇方物及天主之像 禮部言大西洋不載會典 其眞僞不可知 宜量給
衣冠 令還本土 勿得潛住京師 不報 西洋之通中國 自此始 以其精於治曆
且其推測諸器 多奇巧 自明至今 館接之不絶 以其國之制 爲屋而居之 蓋
天主者 未知指何處而言 而其術絶浮僞 貴誠信 昭事上帝爲宗旨 忠孝慈
愛爲工 務遷善改過爲入門 生死大事 有備無患爲究竟 自謂溯本窮源之學
然立志偏高 爲說偏巧 不知反歸於矯天誣人悖義傷倫之科 其始入之初 中
國人亦有學其學者 乾隆時 始禁之 使其人不許出館云 宸垣識畧曰 西洋
利瑪竇 自歐羅巴航海九萬里 入中國 崇奉天主 其堂制狹以深實 正面向
外 而宛若側面 其頂如中國捲棚 而覆以瓦 正面止啓一門 窓則設於東西
兩壁之巔 北壁供耶蘇像 驟看若搏塑 遍察乃繪畫耳 鼻隆起 儼然如生人
夾堂左右 有兩甎樓 左貯天琴 日向午則樓門自開 琴乃作聲 移時聲止 樓
卽閉矣 右聖母堂 供瑪作亞 作少女 耶蘇之母 像 抱一小兒 其衣服無縫
自頂被于身 其所印書冊 以白紅一面 反覆印之 字皆傍行 其書裝法 如宋
板式 外以漆革護之 用金屈戌鉤絡 其所製器 有簡平儀, 龍尾車, 沙漏遠
鏡, 候鍾, 天琴之屬云 稼記曰 曾聞申之淳言 隨洪禹鼎 見天主臺 門內有
臺 其高三四丈 臺南面開一虹門 入其中 北壁掛一像 其人散髮袒臂 持大
珠 面如生 其上有天地眞主四字及敬天二字 卽皇帝筆 左右壁 各掛一像
其貌皆似北壁者 虹門左右石面 周廻書十二方位 中挿鐵針 所以看日影者
也 其上懸大小鍾 鍾各有撅 在中央者最高而大 渾天儀在其上 虹門左旁
又有一虹門 門上亦書十二方位 門之內立四薄板爲門 粉其面而畫之 守者
以竹杖分開兩板 藏於左右壁 其內又有二層朱門而上二扉 下四扉 次第開
之 中有物如柱如橡如竹者 簇立無數 大小不一 而皆以金銀雜塗 其上橫

置一鐵板 其一邊鑽穴無數 一邊如扇形 俄見日影到其方位 臺上大小鍾
各打四聲 中央大鍾打六聲 此是自鳴鍾 不足爲異 所怪者 鍾聲纔止 東邊
虹門內 忽有一陣風聲 如轉衆輪 繼而樂作 笙簧絲竹之聲 不知自何處出
律呂合度 宮商成調 通官輩言此中華之樂 良久而止 又出他聲 其聲如朝
叅時所聽 通官輩云此今之樂 良久而止 復出他聲 其聲急促 通官輩云此
蒙古之樂 亦良久而止 樂聲旣盡 六板門皆自還閉 此西洋國使臣徐日昇所
作云 欲一見 而聞近有禁 故遂過之云 湛記曰 西俗有天主學 明算數 工
奇器 測候如神 妙於曆象 漢唐以來所未有也 利瑪竇死後 航海而東者 常
不絕 中國亦奇其人 而資其術 好事者往往兼尚其學 康熙末 來者益衆 帝
乃採其術 爲數理精蘊書 以授欽天監 實爲曆象源奧 乃建四堂于城中 以
處其人 號曰 由是西學始盛 談天者皆祖其術 蓋虞夏之衰 羲和失職 其術
無傳於世 自漢以下 鮮于妄人 洛下閎, 張衡, 唐一行之徒 相與變通之 號
爲精密 然如歲差之法 亦終不得其說 則由妄想億中 而求之不以其道也
今西洋之法 本之以籌數 叅之以儀器 度萬形 窺萬象 凡天下之遠近高深
巨細輕重 擧集目前 如指諸掌 則謂漢唐所未有者 非妄也 康熙以來 東使
赴燕京 或至堂求見 則洋人必欣然引接 使遍觀堂中異畫神像及奇器 仍以
洋產珍異饋之 爲使者利其賄 喜其異觀 歲以爲常 惟東俗驕傲尚夸詐 待
之多不以禮 或受其饋而無以報 又從行無識者 往往吸烟唾涕於堂中 摩弄
器玩 以拂其潔性 近年以來 洋人益厭之 求見必拒 見亦不以情接之 苟不
先之以誠禮 不可以動其心 乃以壯紙二束 扇子三把 眞墨三笏 淸心丸三
箇 修書以送於洋人劉松齡 鮑友官兩人 翌日由正陽門 循城而西 行數里
望見無梁高屋 制作神異 已不覺聳瞻 至門 門甚高大 門東有甎墻 高可二
丈 穿墻爲門 門半啓 望其外 樓閣欄楯重重 意其有異觀 詳察之 乃畫也
西入門 有客堂 南其戶 垂錦簾 入戶 堂可六間 下鋪甎 東壁畫 蓋天星象
也 西壁畫 天下輿地也 中堂而設椅 東西各三 皆榴檀文木 上鋪錦褥 又
從堂北門而入 階庭軒暢 庭北有堂益高 粧飾不甚眩曜 惟精巧如神 兩壁

畫 樓閣人物 皆設眞彩 樓閣中虛 凹凸相叅 人物浮動如生 尤工於遠勢
若川谷顯晦 烟雲明滅 至於遠天空界 皆施正色 環顧懷然 不覺其非眞也
蓋聞洋畫之妙 不惟巧思之過人 有裁割比例之法 專出於籌術也 畫中人皆
被髮 衣大袖 眼光炯然 宮室器用 俱中國所未見 意皆洋制也 堂北張單疊
畫屛 水墨山水 筆法極高雅 左右又設椅各三 中置獨脚高卓 下爲十字之
跗 上圓如荷葉 髹采可鑑 椅傍各置小柳器 以盛稻穗 爲唾壺也 少間 劉
鮑二人掀簾而入 深目晴光 宛是畫裏人也 皆剃頭衣帽 爲淸制 偕行由北
門入 又有階庭 花樹蔚然 循階而東 再入門 東有高屋穹然 結撗皆用甎甓
卽路上所瞻也 廣爲數十間 高可五六丈 制作瑰麗 不可以言傳 北壁設一
像 亦被髮 顏如婦人 有憂色 所謂天主也 前設長卓 卓上有一冊 覆以黃
帕 乃爲皇上祈福之辭 觀其意 若有藉重也 傍列彝鼎珍怪以供之 如烏銅
之香爐 綠磁之花壺 琉璃水晶之器 珊瑚之樹 各樣翦綵之花 錯落瑰奇 莫
可名狀 環壁皆畫天主遺跡 西洋故事 其帷帳器物 隔數步而望之 竟不信
其爲畫也 上層列數十眞像 皆天主以後凡洋人之承統者及傳道于中國者
利瑪竇湯若望之徒也 南爲樓 樓上設樂器 爲木櫃方丈餘 中排鐵筒數十
筒有大小有長短 皆中律呂 櫃傍橫出小楬子 如筒之數 西十餘步 亦有木
撗 兩間有暗穴 以通風路 西撗上有皮囊 可容數石 以重板結囊口 板有柄
加于撗傍橫木 一人按柄而擧 板囊飽而氣充於中 蓋底有風戶 隨以開閉
捨柄而板重 壓囊而不能下者 風戶已閉 而氣無所泄也 氣無所泄 則隨風
路而噴薄于鐵筒矣 筒底有孔 將以受氣 而別有物以閉之 則囊常飽 氣無
泄 而筒亦無聲矣 筒孔之開閉機 係於傍楬 乃以手指 輕按其楬而筒聲發
矣 惟筒與楬 各有其屬 按其最上而大筒之孔 開以受氣 其聲雄渾如吹螺
角 則黃鍾之重濁也 按其最下而小筒之孔 開以受氣 其聲微細如呼笙管
則應鍾之輕淸也 諸楬之相應 筒律之叅差 皆倣此 蓋取笙簧之制而大之
借氣機而不費人之呼吸 亦西洋之制也 余請一聽其曲 劉以指按楬而發聲
以示其法 余仍就而按之 察其聲 與玄琴楪律 畧相合 始知玄琴設楪 雖爲

東方陋制 其盈縮分律 亦有所本也 乃依玄琴腔曲 逐梜按之 暑成一章 劉
稱善 余因就其引風發聲之機而質之 劉曰 說得明白 出門循階而西 見柱
傍懸鐵絲 引係于庭中石柱 南北弦直 問之 爲測中星也 庭南有小閣 上爲
樓 樓北鐵錘垂下 重可數十斤 機輪激轉 錚錚有聲 懸巨鍾 一擊 樓中皆
震 有胡梯 可二丈 天窓僅容一人 劉只許余上去 遂脫笠上樓 見其制甚奇
壯 非小鍾之比 輪之大者 可數十圍有餘 傍懸六小鍾 皆具鎚 所以報刻也
鐵竿橫出樓南外 打大圈 周分時刻 竿頭有物而指之 大暑如此 蓋自鳴鍾
原出於西洋 近已遍於天下 而其機輪之制 隨以增減 互有意義 終不如洋
產之巧 如問時日表之類 大不盈握 重不過銖兩 甚者藏於戒指之中 機輪
細如毫絲 而能應時擊鍾如神 但小者難成而易毀 其不差刻分 永久無傷
實愈大愈好 此樓鍾之善於變通 而爲自鳴之上制也 余問天主之學 與三教
并行于中國 獨吾東方無傳 願聞其暑 劉曰 天主之學 理甚奇奧 不知尊駕
欲知何端 余曰 儒尚五教 佛尚空寂 老尚清靜 願聞天主所尚 答天主之學
教人愛天主 萬有之上 愛人如己 余曰 天主是指上帝耶 抑別有其人耶 答
孔子所云郊祀之禮 所以事上帝也 并非道家所講玉皇上帝 又曰 詩經註
不言上帝天之主宰耶 余曰 竊聞僉位 兼尚測候 五星經緯推步之法 近有
新修乎 答五星經緯 現在步法 還是曆象考成 并未新修 此時暑論宿度諸
法 并未記 余曰 愚不揆僭率 作渾天儀一座 考諸天象 多有違錯 貴堂當
有奇器 願賜一覽 答觀象臺儀器 甚可觀 此中只有平常破物 乃令侍者持
一器來 梢紙甚厚 正圓徑不過一周尺 上畫列宿 兩錫環相結 爲黃赤道 使
之東西遊移 南北極各施直鐵 使不得南北低昂 以測歲差云 余又請見遠鏡
劉顧語侍者 少頃 請出至西廡下鍾樓之北 侍者已設遠鏡 向日置短凳 使
坐而窺望 鏡制青銅爲筒 大如鳥銃之筒 長不過三周尺 兩端各施玻璃 下
爲單柱三足 上有機 爲象限一直角之制 架以鏡筒 其柱之承機 爲二活樞
所以柱常定立 而機之低仰回旋 惟人所使也 柱頭懸墜線 所以定地平也
別有糊紙短筒 長寸許 一頭施玻璃兩層 持以窺天 黯淡如夜色 以施于鏡

筒 坐凳上遊移低仰以向日 眇一目窺之 恰滿筒口 如在淡雲中 正視而目
不瞬 苟有物 毫釐可察 蓋異器也 日中平橫一線 截斷上下 余驚問其故
劉笑曰 此筒中橫線 所以爲地平也 余曰 曾聞日中有三黑子 今無有 何也
劉曰 黑子不止於三 多或至於八 但時有時無 此以日行翻轉如球 此刻適
置其無也 又請見他儀器及問時等鍾 皆言無有 又請見鬧鍾 出示之 外爲
木匣 方尺許 內有錫匣 中藏機輪 轉羊腸而撥其機 則打鍾無數 所以謂之
鬧也 此因曉夜有事 臨夕按時張機 置之枕傍 及時擊鍾 欲其鬧耳而罷睡
也 前刻時刻分度木板 付玻瓈而掩之 二人懷間 各藏日表 時出而考之 日
表者 無鍾而考時 烏銅鏤花爲匣 開匣視之 徑寸之中 俱備機輪之制 二人
皆吸鼻煙 鼻煙者 亦洋產也 貯以玳瑁甲 細米色微赤 撮少許 當鼻孔而吸
之 華人吸草爲烟 故此稱以鼻烟也 京城列肆以賣之 裝以小壺 獨滿人盛
用之 二人皆戴眼鏡 余問西洋鏡 亦以水晶乎 劉曰 水晶不可作鏡 以傷眼
也 我輩皆不用 請見羅經 劉出示一件 針長數寸 周表三百六十度 劉曰
每偏丙方 亦多不均 視天正位 不可恃此 余曰 貴國羅經 聞有三十二位
信乎 劉曰 有分八位者 有分十六位者 有分二十四位者 有分三十二位者
只可用於海舶 余問撫辰儀有無 劉曰 在觀象臺 而不如六儀之簡 今廢不
用云 燕記曰 凡爲畫圖者 畫外而不能畫裏者 勢也 物有窿嵌細大遠近之
勢 而工畫者不過畧用數筆於其間 山或無皴 水或無波 樹或無枝 是所謂
寫意之法也 子美詩曰 堂上不合生楓樹 怪底江山起烟霧 堂上非生樹之地
不合者 理外之事也 烟霧當起於江山 而若於障子 則訝之甚者也 今天主
堂中墻壁藻井之間所畫雲氣人物 有非心智思慮所可測度 亦非言語文字
所可形容 吾目將視之 而有赫赫如電 先奪吾目者 吾惡其將洞吾之膏肓也
吾耳將聽之 而有俯仰轉眄 先屬吾耳者 吾慚其將貫吾之隱蔽也 吾口將言
之 則彼亦將淵默而聲 逼而視之 筆墨麤疏 但其耳目口鼻之際 毛髮腠理
之間 暈而界之 較其毫分 有若呼吸轉動 蓋陰陽向背 而自生顯晦耳 有婦
人側首 膝置五六歲孺子 孺子羸白 兩眼直視 則婦人側首不忍見 在傍侍

御五六人 亦俯視病兒 有慘然回首者 鬼車鳥翅 如蝙蝠墜地宛轉 有一神
將脚踏鳥腹 手擧鐵杵 撞鳥首者 有人首人身 而鳥翼飛者 百體怪奇 不可
方物 左右壁上 雲氣堆積 如盛夏午天 如海上新霽 如洞壑將曙 蓬瀛勃苑
千葩萬朵 映日生暈 遠而望之 則綿邈深邃 杳無窮際 而羣神出沒 百鬼呈
露 披衿拂袂 挨肩疊跡 而忽令近者遠 而淺者深 隱者顯 而蔽者露 各各
離立 皆有憑空御風之勢 蓋雲氣相隔 而使之也 仰觀藻井 則無數嬰兒 跳
蕩彩雲間 累累懸空而下 肌膚溫然 手腕脛節 肥若線絞 驟觀者莫不驚號
錯愕 仰首張手 以承其墜落也云 洋術 今爲兩國禁條 非但不許相接 槩聞
其陰邪之甚 亦不欲目覩而足躡 但其畫法與諸般器物之奇巧者 想堪一觀
而稼湛燕三記 記其所聞見 已備盡形似矣 今雖親見而記之 亦未必過之
况其能如三記所聞見之時 有未可必乎 玆撮其要 爲之記 俾後過此者知此
意 毋以不觀爲缺典也

【역문】「서천주당기(西天主堂記)」2)

　천주당(天主堂)은 곧 서양 사람의 관소이다. 건륭(乾隆) 때에 '통미가
경당(通微佳境堂)'이라는 편액을 하사하였다. 옛날에는 네 채가 있었으
나 남북 두 당은 지금 없어지고 다만 동서 두 당만이 남아 있는데, 서
쪽에 있는 당이 바로 이것이다. 명나라 만력(萬曆) 29년(1601, 선조
34) 2월, 천진(天津) 감세(監稅) 마당(馬堂)이 서양사람 마태오리치의 방
물과 천주의 상을 바쳐 왔다. 예부에서, "대서양(大西洋)은 『대청회전
(大淸會典)』에 실려 있지 않으니, 그 진위(眞僞)를 알 수 없다. 적당히
의복을 주어 본토로 돌아가게 하고 머물게 하지 말라." 하였다는데,
경사에서 보고하지 않았다. 서양이 중국과 교통한 것은 이로부터 시

---

2) 『연원직지』 권3, 留館錄 上, 壬辰年十二月, 二十二日

작되었다 한다. 역서(曆書)의 연구에 정밀하고 또 추측(推測)의 여러 가지 기기(機器)가 대단히 기이하고 교묘하였다. 그러므로 명나라 때부터 지금까지 사관을 주어 대접함이 끊어지지 않았는데, 그 나라의 제도대로 집을 만들어 살게 했다. 대개 천주(天主)란 무엇을 가리켜 말하는 것인지 모른다. 그런데 그 술(術)은 부화와 거짓을 끊고 정성과 믿음을 귀하게 여김으로써 상제(上帝)를 섬기는 것을 종지(宗旨)로, 충효 자애(忠孝慈愛)를 공무(工務)로, 천선 개과(遷善改過)를 입문(入門)으로 삼는다. 생사(生死) 같은 큰일에 대비하여 큰 걱정이 없도록 하는 것을 목표로 삼으면서, 스스로 근본을 찾고 근원을 궁구(窮究)하는 학문이라 한다. 그러나 입지(立志)가 높은 데에 치우치고 말이 교묘한 데에 치우쳐서, 하늘을 속이고 사람을 속이며 의리를 어기고 인륜을 상하게 하는 과목으로 되돌아갈 줄을 모른다. 그것이 처음 중국에 들어올 적에 중국사람 중에도 그 학문을 배우는 자들이 있었는데, 건륭 때에 비로소 금지하여 그 사람들을 관 밖으로 나오지 못하게 하였다 한다. 『신원지략(宸垣識略)』에, "서양의 마태오 리치가 유럽에서 9만 리를 항해하여 중국에 들어와서는 천주를 숭봉(崇奉)하였다. 그 당(堂)의 제도는 좁고 깊은 것으로써 실상(實狀)을 삼고, 정면은 바깥을 향하여 완연히 측면과 같으며, 그 꼭대기는 붕(棚)을 말아 놓은 것과 같은 모양인데 기와를 덮었다. 정면 끝에는 문 하나를 만들어 두었고, 창은 동서의 두 벽 꼭대기에 만들었다. 북쪽 벽에는 예수상[耶蘇像]을 모셨다. 얼른 보니 흙으로 빚은 것 같았는데, 자세히 보니 그린 것으로 귀와 코는 우뚝 솟아 산 사람과 같았다. 협당(夾堂) 좌우에는 두 전루(甄樓)가 있었다. 왼쪽에는 풍금[天琴]을 놓아두었다. 한낮이 되자 다락의 문이 저절로 열리고는 천금이 소리를 냈으며, 조금 지나서 소리가 그치고 다락문이 바로 닫혔다. 오른쪽 성모당(聖母堂)에는 마리아[瑪作亞㑊]라는 소녀 예수[耶蘇]의 어머니 의 상을 모셔 두었다. 상은 한 어린

아이를 안았고, 그 의복은 바느질함이 없이 이마에서부터 온몸을 덮었다. 그곳에 있는 인쇄된 서책은 한 면에 희고 붉은 것으로 반복(反覆)하였으며, 인쇄한 글자는 모두 가로로 썼다. 그 책의 장정한 법은 송나라 판본의 방식과 같이 바깥은 칠한 가죽으로 씌웠으며 금으로 끄트머리를 찍어 갈구리쇠로 묶었다. 그곳의 제기(製器)로는 간평의(簡平儀), 용미거(龍尾車), 사루(沙漏), 원경(遠鏡), 후종(候鐘), 천금(天琴)3) 따위가 있었다." 하였다. 노가재의 『연행일기(燕行日記)』에, "일찍이 신지순(申之淳)의 말을 들으니, '홍우정(洪禹鼎)을 따라가서 천주대(天主臺)를 보았다. 문안에 대(臺)가 있는데, 그 높이는 3, 4길이었다. 대 남쪽에 한 홍예문(虹霓門)이 열려 있어서 그 안에 들어가니, 북쪽 벽에 한 화상이 걸려 있었다. 그 사람은 머리를 풀어헤치고 팔을 벗었으며 손에는 큰 구슬을 쥐었는데, 얼굴은 살아 있는 듯하였다. 그 위에는 「천지진주(天地眞主)」 네 글자 및 경천(敬天) 두 글자가 있었는데 황제가 쓴 것이었다. 좌우의 벽에도 하나의 화상이 걸려 있었는데, 그 모양은 모두 북쪽 벽의 것과 같았다. 홍문의 좌우 석면(石面)에는 둘레에 12방위(方位)가 씌어 있었고 가운데에는 철침(鐵針)이 꽂혀 있었는데, 해 그림자를 보는 것이다. 그 위에는 크고 작은 종이 걸려 있었는데, 종에는 각기 추[搥]가 있었다. 중앙에 있는 것이 가장 높고도 컸다. 혼천의(渾天儀)가 그 위에 있었다. 홍문 왼쪽 가에는 또 홍문 하나가 있었는데, 문 위에는 또한 12방위를 썼다. 문안에는 박판(薄板) 넷을 세워서 문을 만들고, 겉면에 분칠을 하여 그림을 그렸다. 지키는 자가 대나무 지팡이로 여니, 두 판(板)이 좌우 벽 속으로 들어간다. 그 안에는 또 2층의 주문(朱門)이 있었는데 위는 두 짝, 아래는 네 짝이었다.

---

3) 간평의(簡平儀)~천금(天琴) : 간평의는 천체(天體)의 운행을 관측하는 기계, 용미거는 관개하는 기구의 일종, 사루는 모래시계, 원경은 망원경, 후종은 시계의 일종, 천금은 풍금을 말한다.

차례로 그것을 여니, 기둥, 서까래, 대나무 같은 것들이 무수하게 솟아 있었다. 대소(大小)가 한결같지 않았지만 모두 금은을 섞어 칠하였다. 그 위에 철판을 가로로 놓아두었는데, 그 한쪽에는 구멍이 무수하게 나 있었고, 한쪽은 부채 모양과 같았다. 조금 뒤에 보니, 해 그림자가 그 방위에 이르자 크고 작은 종들은 각각 네 번씩 쳐서 소리를 내고 중앙의 큰 종은 여섯 번 쳐서 소리를 낸다. 이것이 자명종(自鳴鐘)이다. 괴이한 것은 종소리가 겨우 그치자, 동쪽 가의 홍문 안에서 갑자기 여러 수레바퀴가 굴러가는 듯한 한 오리의 바람 소리가 나고 계속해서 악기를 연주하여 생황(笙簧), 사죽(絲竹)의 소리가 나는데, 어디서부터 나오는 것인지 알 수가 없었다. 율려(律呂)에 맞고 궁상(宮商)이 조화를 이루었다.[4] 역관들이, 이것을 중화(中華)의 음악이라고 말하였다. 얼마 있다가 그치고, 또 다른 소리가 났는데, 그 소리는 조참(朝參) 때에 듣던 것과 같다. 역관들이 이것은 지금의 음악이라고 말하였다. 얼마 있다가 그치고, 또다시 다른 소리가 났는데, 그 소리는 급박하였다. 역관들이 이것은 몽고(蒙古)의 음악이라고 말하였다. 또한 얼마 있다가 그쳤다. 음악의 소리가 다하자 여섯 판(板)의 문이 모두 저절로 도로 닫혔다. 이것은 서양 나라 사신 서일승(徐日昇)[5]이 만든 것이라.' 하였다. 한 번 보고자 했으나 근래에는 금지한다기에 드디어 지나쳐 왔다." 하였다.

담헌(湛軒)의 『연기(燕記)』에는 다음과 같이 기록하고 있다.[6] 서양

---

4) 율려(律呂)에 맞고 궁상(宮商)이 조화를 이루었다 : 율려는 율의 음과 여의 음으로 곧 음률(音律), 악률(樂律)을 일컫고, 궁상은 5음의 첫째와 둘째를 일컫는데, 여기에서는 음악을 말하는 것이다.

5) 서일승(徐日昇) : 일승은 포르투갈 출신의 예수회 선교사인 토마스 페레이라(Tomas Pereira,1645~1708)의 중국 이름이다.

6) 담헌의 『연기』에는~기록하고 있다 : 홍대용의 『연기』 중 『유포문답(劉鮑問答)』(『담헌서(湛軒書)』 외집 권7)의 내용을 초록한 것이다.

에는 천주학(天主學)이 있다. 산수(算數)에 밝고 기기(奇器)를 만들어 기후를 측량함이 신(神)과 같으며 역상(曆象)의 정묘함은 한당(漢唐) 이래 없던 바였다. 마태오 리치[利瑪竇]가 죽은 후에 항해(航海)하여 동쪽으로 오는 자들이 항상 끊이지 않았으며, 중국사람 또한 그들을 기특하게 여기고 그 기술을 이용하였으며, 호사가(好事家)들은 더러 그들의 학을 겸비하였다. 강희 말년에는 건너오는 자들이 더욱 많아서 황제가 그들의 기술을 수집하여, 『수리정온(數理精蘊)』7)이라는 책을 만들어 흠천감(欽天監)에 내려 주었으니, 실로 역상의 원오(源奧)가 된다. 이에 성안에 네 당(堂)을 세워 그들을 살게 하였으니, 천주당이라 부른다. 이 때문에 서학이 비로소 성해져서 천문(天文)을 담론(談論)하는 자들은 모두 그들의 기술을 조술(祖述)하게 되었다. 대개 우(虞), 하(夏)가 쇠퇴하면서부터 희화(羲和)8)가 직무를 잃게 되어 그 기술이 세상에 전해지지 않았고, 한 나라 이후부터 선우망인(鮮于妄人)9), 낙하굉(洛下閎)10), 장형(張衡)11)과 당 나라 일행(一行)12)의 무리들이 서로 천

---

7) 『수리정온(數理精蘊)』 : 청나라 때 매곡성(梅穀成) 등이 편찬한 총 53권의 수학서. 중국 수학과 유럽 수학을 하나로 융합한 것으로 방대한 내용의 초등수학 백과전서라 할 수 있다. 상편 5권과 하편 40권, 수학용표 8권으로 분류되어 있는데 상편은 『기하원본』·『연산법원본』을 실었고, 하편에는 산술, 대수, 기하의 세 조목으로 나누어 설명했다.

8) 희화(羲和) : 요 임금 때 천문과 역상을 맡은 희씨(羲氏), 화씨(和氏)이다.

9) 선우 망인(鮮于妄人) : 한의 술사(術士)로 재래의 역(曆)을 고쳤다.

10) 낙하 굉(洛下閎) : 전한 무제 때의 인물로 자는 장공(長公). 최초로 혼천의를 만들었으며 태초 원년(BC 104년), 사마천, 당도 등과 함께 태초력(太初曆)을 만들었다. 태초력은 중국에서 사용된 통일된 공식 역법의 효시며 천체력으로의 발달을 가져와 역법의 기준을 제시하였다고 평가 받는다.

11) 장형(張衡) : 후한(後漢) 서악(西鄂) 사람으로 자는 평자(平子)이다. 천문과 역상에 정통하여 혼천의(渾天儀) 및 후풍지동의(候風地動儀)를 만들었고, 『영헌산망론(靈憲算罔論)』·『주역훈고(周易訓詁)』 등을 지었다.

12) 일행(一行) : 당 나라 때의 고승(高僧)으로 역수와 천문의 대가로 개원대연력(開元大衍曆)을 지었으며, 시호는 대혜선사(大慧禪師)이다.

문을 변통(變通)함이 정밀하다고 일컬어졌다. 그러나 세차(歲差)[13]의 법 같은 것은 또한 끝내 그 상세함을 얻지 못하였으니, 바로 망상과 억측으로만 구하고 그 도(道)로써 하지 않았던 것이다. 지금 서양의 법은 수치에 근본하고 의기(儀器)로써 참작하여 온갖 형상(形象)을 헤아리고 살펴본다. 무릇 천하의 원근(遠近), 고저(高低), 부피, 중량을 눈앞에 모아 놓고 마치 손바닥을 가리키듯 하니, 한, 당 이래 없었던 바라 하여도 망녕된 것이 아니다. 강희 이래 우리나라 사신이 연경에 가서 간혹 천주당에 이르러 보기를 청하면, 서양 사람들은 반드시 흔쾌히 맞이하여 천주당 안의 이상한 그림과 신상(神像) 그리고 기기(奇器)들을 두루 보여 주고 이어서 서양에서 나는 진기한 물품들을 주었다. 그리하여 사신 간 자들이 그 주는 물건을 탐내고 그 이상한 구경을 즐거워하여 해마다 찾아가는 것을 상례로 삼았다. 그런데 우리나라 풍속은 교만하여 과장하고 간사함을 숭상하여 대우함에 예를 갖추지 않는 일이 많았고 간혹 물품을 받고서도 보답하지 않았다. 또 따라간 무식한 자들이 종종 천주당 안에서 담배를 피우고 침을 뱉으며 기물을 함부로 만져 그들이 깨끗한 것을 좋아하는 성질을 거스르기도 하였다. 근년 이래 서양 사람들은 우리나라 사람들을 더욱 싫어하여, 보여주기를 청하면 반드시 거절하고 또한 정의(情誼)로 대하지도 않는다. 진실로 정성어린 예의를 앞세우지 않으면 그 마음을 움직일 수가 없다. 이에 장지(壯紙) 2묶음, 부채 3자루, 먹 3갑, 청심환(淸心丸) 3알을 가지고 편지를 써서, 서양사람 유송령(劉松齡)과 포우관(鮑友官) 두 사람에게 보냈다. 다음 날 정양문(正陽門)을 경유하여 성을 따라 서쪽으로 수리를 가니 대들보가 없는 높은 집이 바라보였다. 제작(制作)이 신

---

13) 세차(歲差) : 춘분점(春分點)과 추분점(秋分點)이 해마다 조금씩 틀리는 것이다. 이것은 회귀년(回歸年)과 항성년(恒星年)의 차이, 적경(赤經)과 적위(赤緯)의 변동의 원인이 된다 한다.

기스럽고 특이하여 자신도 모르게 쳐다보았다. 문에 이르니 문이 매우 높고 컸다. 문 동쪽에는 벽돌담이 있었는데, 높이가 두 길 가량 되었다. 담을 뚫어서 문을 만들었는데 문은 반쯤 열렸다. 그 바깥을 바라보니 누각의 난간들이 겹겹이 있었다. 그곳에 달리 볼 것이 있을 것 같아서 자세히 살펴보니 그림이었다. 서쪽으로 문을 들어가니 객당(客堂)이 있었고, 남쪽 창문에는 비단 발[錦簾]이 드리워져 있었다. 안으로 들어가니, 당(堂)은 6칸쯤 되었는데 아래에는 벽돌을 깔았다. 동쪽 벽에는 하늘의 성상(星象)이 그려져 있었고 서쪽 벽에는 천하의 여지도(輿地圖)가 그려져 있었다. 중당(中堂)에는 의자를 동서 각각 3개씩 두었는데, 모두 무늬 있는 석류(石榴) 나무, 박달나무였으며, 위에는 비단 보료를 깔아 두었다. 또 당의 북쪽 문을 따라 들어가니 계단과 뜰이 툭 틔어 있었다. 뜰 북쪽에는 더욱 높은 당이 있는데, 장식은 그다지 현란하지 않았으나 정교함은 신이 만든 것 같았다. 양쪽 벽에는 누각과 인물을 그렸는데 모두 원색의 채색[眞彩]을 써서 그렸다. 누각은 가운데가 비었는데 요철(凹凸)이 서로 알맞고 인물은 산 사람처럼 움직이는 것 같았다. 더욱이 원경(遠景)을 잘 그려 냇물과 골짜기의 나타난 것과 어두운 것, 연기와 구름의 밝은 것과 희미한 것과 먼 하늘과 공중까지 모두 그와 같은 정색(正色)을 썼다. 둘러보니 실제와 거의 다름이 없었다. 대개 들으니, 서양 그림의 오묘함은 교묘한 생각이 뛰어날 뿐만 아니라 재할(裁割), 비례(比例)의 법은 오로지 산술에서 나왔다고 한다. 그림 속의 인물들은 모두 머리털을 늘어뜨리고 큰 소매가 달린 옷을 입었으며 눈빛은 빛났다. 또 궁실(宮室)과 기용(器用)은 모두 중국에서 보지 못한 것이니, 모두가 서양의 제도로 보인다. 당의 북쪽에는 단첩(單疊)의 그림 병풍을 놓아두었고, 산수(山水)를 먹물로 그렸는데 필법(筆法)이 매우 고아(高雅)하였다. 좌우에는 또 의자를 각각 3개씩 놓았고, 그 가운데에는 다리가 하나인 높은 탁자를 놓아두었는데, 밑은 열십(十) 자의 발받침이 되어 있고 위는 연잎처럼 둥글었다. 여기에 칠한 채색이 거울처럼 비칠 듯하나 의자 곁에는 각각 작은 유기(柳器)를 놓고서 왕겨를 담아 두었는데, 이것은 타구(唾具)였다. 조금 뒤에 유송령14)과 포우관15) 두 사람이 발(簾)을 걷고 들어왔는데, 깊이 들어간 눈동자가 맑고 빛남은 완연히 그림 속의 사람과 같았다. 두 사람은 모두 머리를 깎았으나 옷과 모자는 청나라 제품이었다. 북쪽 문을 거쳐서 함께 들어가니 또 뜰이 있는데 꽃나무가 무성하였다. 계단을 따라 동쪽으로 다시 문에 들어가니, 동쪽에 높은 집이 우뚝하게 있었는데 모두 벽돌로 지었다. 이것이 길가에서 바라보이던 집이었다. 너비는 수십 칸이 되었고 높이는 5, 6길이 되었는데, 제작의 화려함은 말로 다 전할 수가 없다. 북쪽 벽에 설치해 둔 한 상(像) 또한 머리털을 늘어뜨리고 얼굴은 부인인 듯 한데 근심스러운 안색을 띠고 있으니, 이른바 천주(天主)이다. 앞에는 긴 탁자를 놓아두었고, 탁자 위에는 누런 보자기를 씌운 책 하나가 있었는데 이것이 황상(皇上)을 위해 복을 비는 말이 들어 있는 것이다. 그 뜻을 살펴보건대 자중(藉重)이 있는 듯하였다. 옆에는 이정(彝鼎)과 같은 진기한 것을 진열하여 두고서 봉공(奉供)하고, 검은 구리 향로, 초록빛 자기(磁器)의 꽃병, 유리(琉璃), 수정(水晶)의 기구(器具), 산호(珊瑚) 나무와 여러 모양의 오색 비단을 잘라 만든 꽃들이 기이하게 뒤섞여 있었는데 뭐라고 형상할 수가

---

14) 유송령(劉松齡, 1703~1771) : 유고슬라비아 출신의 예수회 선교사인 할레슈타인 (Hallerstein, Augustin). 담헌과 교유할 당시 65세로 흠천정감(欽天正監)이었다. 과학 지식을 바탕으로 관상감의 최고 관직을 35세 간 역임하였으며, 그가 제작한 혼천의는 매우 정교한 것으로 평가 받는다.

15) 포우관(鮑友管) : 독일 출신의 예수회 선교사인 안톤 고가이슬(Antoine Gogeisl). 담헌과 교유할 당시 64세로 흠천부감(欽天副監)이었다. 대진현(戴進賢), 유송령 (劉松齡) 등과 함께 『의상고성(儀象考成)』의 편찬에 착수하여 1752년에 완성하였다.

없었다. 벽 둘레에는 모두 천주의 유적(遺跡)과 서양의 고사(故事)를 그렸다. 그 유장(帷帳)과 기물(器物)을 몇 걸음 떨어져서 바라보니 끝내 그림이라고 믿어지지 않았다. 위층에는 수십 개의 진상(眞像)을 진열하였으니, 모두 천주 이후로 서양 사람의 계통을 이은 자 및 중국에 전도(傳道)한 이마두(利瑪竇)16), 탕약망(湯若望)17)의 무리였다. 남쪽은 다락이었다. 다락 위에는 악기를 설치하였는데 사방 한 길쯤 되는 나무 궤짝에 납통(鑞筒) 수십 개를 배열하였다. 통(筒)은 크고 작은 것도 있고, 길고 짧은 것도 있는데 모두 율려(律呂)에 맞았다. 궤짝 옆에는 통의 수만큼 작은 말뚝이 가로로 나와 있었다. 서쪽으로 10여 보 떨어진 곳에도 나무 궤짝이 있었는데, 양쪽 사이에 바람이 통하게 보이지 않는 구멍이 있었다. 서쪽의 나무 궤짝 위에는 몇 섬을 담을 만한 가죽 주머니가 있었는데 무거운 판자로 주머니 입을 묶어 두었고, 판자에는 궤짝 옆의 횡목(橫木)에 이어지는 자루가 있었다. 한 사람이 자루를 눌러 판자를 들면 주머니가 불룩하게 공기가 채워졌다. 그 밑에는 바람구멍이 있는데 판자를 들고 놓음에 따라 열고 닫히게 된다. 자루를 놓으면 판자가 무거워 주머니를 누르는데, 일정한 정도 이하로 내려가지 않는 것은 바람구멍이 이미 닫혀서 공기가 샐 곳이 없기 때문이다. 공기가 샐 곳이 없으면 바람이 들어오는 길을 따라 납통을 뿜어 올려서 소리를 낸다. 통 밑에는 공기를 받아들이는 구멍이 있는데, 따로 닫히게 하는 것이 있다. 그래서 주머니는 늘 부풀어 있고, 공기는 샐 데가 없어서, 통 또한 소리를 내지 않는다. 통 구멍의 개폐기(開閉

---

16) 이마두(利瑪竇, 1552~1610) : 이탈리아 출신 예수회 선교사인 마태오 리치(Matteo Ricci).

17) 탕약망(湯若望, 1591~1661) : 독일 예수회 선교사인 아담 샬(Adam Schall). 1622년 중국에 건너와 명(明), 청(淸) 양조에 벼슬하고 천문, 역법 등을 소개했으며, 망원경 등을 만들었다.

機)는 옆에 있는 말뚝에 달려 있어서, 이에 손가락으로 그 말뚝을 가볍게 누르면 통 소리가 난다. 납통과 말뚝은 각기 붙어 있다. 맨 위의 것을 누르면 큰 통의 구멍이 열리며 공기를 받아 소리가 난다. 그 소리는 나각(螺角)을 부는 것처럼 웅장하니, 황종(黃鐘)[18]의 무겁고 탁한 소리였다. 맨 아래 것을 누르면 작은 통의 구멍이 열리며 공기를 받아 소리가 난다. 그 소리는 생황(笙簧)을 부는 것처럼 가냘프니, 응종(應鐘)[19]의 가볍고 맑은 소리인 것이다. 그 외에 여러 말뚝이 상응(相應)하고 납통의 장단이 고르지 않은 것은 모두 이와 같았다. 아마도 생황의 제도를 취해서 크게 하고 기기(氣機)의 힘을 빌어서 사람의 호흡을 쓰지 않았으니, 역시 서양의 제도였다. 내가 그 곡을 한 번 듣기 청하니, 유송령이 손가락으로 말뚝을 눌러 소리를 내서 그 연주하는 방법을 보여 주었다. 내가 나아가 그가 한 대로 눌러 소리를 살펴보았더니, 거문고[玄琴]의 과율(棵律)과 대략 같았다. 비로소 현금에 과율을 만든 것은 비록 동방의 비루한 제도이긴 하나 영축(盈縮)으로 음률을 나눈 것은 또한 근본되는 바가 있음을 알았다. 이에 현금의 곡조[腔曲]에 따라 말뚝을 좇아 눌러 대략 한 곡을 이루니, 유송령이 잘한다고 칭찬하였다. 나는 바람을 끌어들여 소리를 내는 기계에 대해 질문하였더니, 유송령은 "설명이 명백하다."고 말하였다.

　문을 나와 계단을 따라서 서쪽으로 갔더니, 기둥 옆에 철사를 매달아 뜰 가운데의 돌기둥에 이어 두었는데, 남북의 줄이 팽팽하였다. 무엇이냐고 물었더니, 중성(中星)[20]을 관측하기 위한 것이라고 하였다. 뜰 남쪽에 작은 각(閣)이 있었다. 위에는 다락을 만들고, 누각 북쪽에

---

18) 황종(黃鐘) : 12율(律)의 하나인 양률(陽律)이다.
19) 응종(應鐘) : 12율(律) 가운데 음려(陰呂)의 하나이다.
20) 중성(中星) : 28수(宿) 중 해가 질 때와 돋을 때 하늘 정남쪽에 보이는 혼중성(昏中星), 단중성(旦中星) 같은 별이다.

는 철추(鐵錘)가 아래로 드리워 있었는데 무게가 수십 근은 될 듯하였다. 기륜(機輪)이 급하게 돌면서 쨍그랑하는 소리가 났으며, 매달린 큰 종이 한 번 치자, 다락 안이 모두 울렸다. 2장쯤 되는 사다리가 있고 천장에는 겨우 한 사람이 들어갈 수 있는 창문이 있었다. 유송령이 나에게만 올라가라고 허락하였다. 나는 갓을 벗고 다락에 올라가 보았더니, 그 제도가 대단히 기이하고 웅장하여서 작은 종에 비할 것이 아니었다. 바퀴가 큰 것은 수십 뼘이 넘었다. 옆에는 추가 있는 6개의 작은 종이 매달려 있으니, 시각을 알리는 것이다. 철간(鐵竿)이 다락 남쪽에 가로로 나와 있었고, 그 바깥에는 큰 원(圓)에 두루 시각을 써서 나누어 두었다. 철간 머리에는 바늘 침이 있어서 시각을 가리키고 있었다. 대략 이와 같았다. 아마도 자명종(自鳴鐘)은 원래 서양에서 나와 근래에 이미 천하에 두루 퍼졌지만, 기륜(機輪)의 제도는 증감(增減)에 따라 서로 의의(意義)가 있으나 서양에서 만든 것같이 교묘하지는 않다. 시간과 날짜를 표시하는 따위는 큰 것이라도 손아귀에 차지 않고 무게가 경미(輕微)하고, 아주 작은 것은 가락[戒指]속에 감출만 하다. 기륜이 털이나 실과 같이 가늘지만 때에 맞추어 종을 치는 것은 귀신과 같다. 다만 작은 것은 만들기는 어렵지만 훼손하기는 쉬워서 각분(刻分)도 틀리지 않고 오래도록 상하지 않기로는 실로 큰 것일수록 더욱 좋다. 이 누각의 자명종은 어느 때나 잘 맞으므로 가장 좋은 자명종이 된다. 내가 묻기를, "천주의 학은 삼교(三敎)와 함께 중국에 행해지지만 우리나라에만 전해지지 않았습니다. 그 대략을 듣고 싶습니다." 하니, 유송령이, "천주의 학은 이치가 매우 기이하고 심오합니다. 존가(尊駕)께서는 무엇을 알고자 하는지 모르겠습니다." 하였다. 내가, "유학은 오교(五敎)를 숭상하고, 불교는 공적(空寂)을 숭상하고, 노자(老子)는 청정(淸靜)을 숭상합니다. 천주교에서는 무엇을 숭상하는지 듣고 싶습니다." 하자, 답하기를, "천주의 학은 사람에게 사랑을 가르칩니다. 천주는 만유(萬有)의 상(上)이시며 사람 사랑하기를 자기 몸과 같이 합니다." 하였다. 내가, "천주는 상제를 가리킵니까? 아니면 별도로 그런 사람이 있습니까?" 하니, 답하기를, "공자가 교사(郊社)[21]의 예는 상제를 섬기는 바라고 한 그것이요, 도가에서 말하는 옥황상제(玉皇上帝)는 아닙니다." 하고, 다시, "『시경(詩經)』의 주석에도, 상제는 하늘의 주재자(主宰者)라고 말하지 않았습니까?" 하였다. 내가, "삼가 들으니, 여러분은 오성(五星) 경위(經緯)의 측후와 추보(推步)[22]하는 법을 겸하여 숭상한다고 하니, 근래에 새로 수정한 것입니까?" 하니, 답하기를, "오성의 경위와 현재의 추보법(推步法)은 역시 『역상고성(曆象考成)』이고, 모두 새로 수정한 것은 아닙니다." 하였다. 이때에 수도(宿度)에 대한 여러 가지 법을 대략 논하였으나 모두 기억하지 못한다. 내가, "어리석은 제가 외람되고 경솔하게 혼천의(渾天儀) 하나를 만들면서 하늘의 성상(星象)을 상고하였더니 어긋나고 잘못된 점이 많았습니다. 귀당(貴堂)에는 기묘하고 좋은 기구가 있을 것이니, 한 번 보여 주시겠습니까?" 하니, 답하기를, "관상대(觀象臺)의 의기(儀器)는 매우 볼 만합니다만, 여기에는 보통 것이며 파손된 것만이 있습니다." 하였다. 그리고는 시자(侍者)를 시켜 1개의 기구를 가져오게 하였다. 그것은 배지(褙紙)가 매우 두껍고 반듯하였으며 지름이 1주척(周尺) 정도 되었다. 위에는 펼쳐진 별들이 그려져 있고, 2개의 주석 고리를 서로 연결하여서 황도(黃道)와 적도(赤道)를 만들어 동서로 움직이게 하였으며, 남극과 북극에는 각각 곧은 쇠를 장치하여 남북이 낮거나 높게 되지 않도록 하여 세차(歲差)를 측정한다고 한다. 내가 또 망원경 보기를 청하니, 유송령이 시자를 돌아보며 무슨 말을 건넸다. 조금 있으려니 나가자고 하여서, 서무(西廡) 아래 종루(鐘樓) 북쪽에 이르렀다. 시자

---

21) 교사(郊社) : 교는 하늘을 제사하는 곳이며, 사는 땅을 제사하는 곳이다.
22) 추보(推步) : 천체의 운행을 관측하는 것이다.

가 이미 망원경을 설치하여 두었는데, 해를 향하여 짤막한 등상[橙]을 놓고, 앉아서 들여다보게 하였다. 망원경의 제도는 통을 청동(靑銅)으로 만들었고, 크기가 조총(鳥銃)의 통만 하였으며, 길이는 3주척을 넘지 않았다. 양쪽 끝에는 파리(玻璃)를 끼워 넣었으며, 아래에는 외기둥에 발 셋이 달리게 만들었고 위에는 기계를 두어 형상을 이루었는데, 한 직각(直角)에만 망원경의 통을 가설하였다. 그 기둥 위의 기계에는 2개의 움직이는 추(樞)를 만들어 두었으니, 이 때문에 기둥은 항상 일정하게 서 있지만 기계를 낮추거나 높이거나 돌리는 따위는 사람이 조종하는 대로 된다. 기둥의 끝머리에 선(線)이 드리워져 있으니, 지평(地平)을 정하기 위한 것이다. 길이가 1촌쯤 되는 종이를 바른 짧은 통이 따로 있었는데, 한쪽 끝머리에는 파리를 두 겹으로 붙여 두었다. 이것으로 하늘을 들여다보니 밤과 같이 캄캄하였다. 이것을 망원경 통에다 붙여 놓고 등상에 앉아, 낮추거나 높이면서 해를 향하여 한 눈을 감고 바라보니, 통 안에 가득 차서 마치 엷은 구름 속에 있는 듯하다. 해를 똑바로 보아도 눈이 부시지 않아, 참으로 어떤 물건이라도 그 속에 있으면 호리(毫釐)만 한 것이라도 살필 수가 있으니, 이상한 기계였다. 해 속에 한 선이 가로놓여 위아래를 나누었다. 내가 놀라 그 까닭을 물으니, 유송령이 웃으면서 말했다. "이 통 가운데에 가로로 있는 선은 지평을 잡기 위한 것입니다." "해 속에는 흑점[黑子]이 셋 있다고 일찍이 들었는데, 지금은 없으니 무슨 까닭입니까?" "흑점은 셋만이 아니요, 많을 때는 여덟이 됩니다. 때로는 있기도 하고 때로는 없기도 하니, 이 까닭은 해가 공처럼 돌기 때문입니다. 지금의 시각은 마침 그것이 없을 때입니다." 또 다른 의기(儀器) 및 시간을 알아보는 등의 종을 보고 싶다고 하였더니, 모두 없다고 하였다. 다시 자명종[鬧鐘]을 보자고 하였더니 꺼내서 보여 주었다. 바깥은 방(方)이 1척쯤 되는 목갑(木匣)으로 만들었으며, 안에는 석갑(錫匣)이 있었다. 가운데에는 기계 바퀴가 장치되어 있는데, 태엽[羊腸]이 돌면서 그 기계를 건드리면 수없이 종을 치므로 요종이라 하였다. 이를 이용하여 새벽이나 밤에 일이 있으면 저녁에 시간을 맞추어 기계를 틀어 베개 옆에 놓아둔다. 그 시간이 되면 종이 쳐서 시끄럽게 하므로 잠이 깨게 되는 것이다. 앞에는 시각의 분도(分度)를 새겼는데, 나무 판에 파리(玻璃)를 붙여 가렸다. 두 사람은 품속에 각각 일표(日表)를 넣어 두었다가 때때로 꺼내 살펴본다. 일표라는 것은 종 없이 시간을 알아보는 것인데, 꽃을 새긴 검은 구리로 갑을 만들었다. 갑을 열어 보니, 직경이 1촌쯤되는 속에 갖가지의 기륜(機輪)이 구비되어 있었다. 두 사람이 모두 비연(鼻煙)을 들이마셨다. 비연도 서양에서 나는 것이다. 대모(玳瑁)의 갑에 넣어 둔다. 가는 가루로 된 것으로 색깔은 조금 붉었다. 조금씩 쥐어서 콧구멍에다 대고 들이마신다. 중국 사람들이 흡초(吸草)를 담배[煙]라 부르므로 이것을 비연이라 일컫는다. 경성(京城)의 가게에서 조그마한 병에 넣어서 파는데, 유난히 만주 사람들이 많이 이용한다고 한다. 두 사람이 모두 안경을 끼었다. 내가, "서양의 안경도 수정으로 만들었습니까?" 하니, 유송령이, "수정으로 안경을 만들지 않습니다. 눈을 상하게 하기 때문에 우리들은 쓰지 않습니다." 하였다. 나침판[羅經]을 보자고 하였더니, 유송령이 하나를 보여 주었다. 침(針)의 길이는 두어 치 되고 주위에 360도를 표시하였다.

유송령이, "바늘은 늘 병방(丙方)에만 치우쳐 있고 또한 고르지 않은 적이 많아 하늘의 바른 방위를 보는 데에는 이것을 믿을 수 없습니다." 하였다. 내가, "귀국의 나침판은 32방위가 있다고 들었는데 그렇습니까?" 하고 묻자, 유송령이, "8방위로 나눈 것도 있고, 16방위로 나눈 것도 있으며, 24방위로 나눈 것도 있고, 32방위로 나눈 것도 있는데, 다만 바다의 선박에 사용할 수 있습니다." 하였다.

내가 "무신의(撫辰儀)가 있습니까?" 하고 물었더니 유송령이, "관상대에 있으나 육의(六儀)23)를 사용하는 것보다 간편하지 않기에 지금은 사용하지 않습니다." 하였다. 연암의 『열하일기』에, "무릇 지도를 그리는 자들이 겉만 그리고 속을 그리지 못하는 것은 당연하다. 물체에는 튀어나오고 들어간 곳, 가늘고 굵은 것, 원근(遠近)의 형세가 있다. 그런데 그림을 그리는 자들이 그 사이에다 대략 두어 번 붓을 대는 정도여서, 산에 굴곡이 없거나 물에 물결이 없거나 나무에 가지가 없기도 한다. 이것이 이른바 사의(寫意)24)의 법이다. 두자미 보(杜子美甫)의 시에,

| 마루 위에 산 단풍나무 어인 일인고 | 堂上不合生楓樹 |
| 강과 뫼 속에서 안개 이니 괴이도 하여라 | 怪底江山起煙霧 |

라 하였다. '마루 위'는 나무가 자라는 곳이 아니요, '어인 일인고'란 것은 이치에 맞지 않는 일이다. 안개는 '응당' 강산에 일어나는데 만약 '병풍'에서 일어난다면 의아스러움이 심하다. 지금 천주당 안의 담벽과 천장 사이에 그려진 구름과 인물은 마음과 사려로 헤아려 볼 수가 없고, 언어 문자로도 형용할 수가 없다. 내 눈이 보려고 하면 번개처럼 번쩍거리며 먼저 내 눈을 빼앗는 것이 있었는데, 그것이 나의 가슴 속을 환히 들여다보는 것이 나는 싫었다. 내 귀로 들으려 하면 부앙(俯仰)하고 곁눈질하여 먼저 내 귀에 속삭이는 것이 있었는데, 그것이 내가 감추고 있는 것을 꿰뚫어볼까 나는 부끄러웠다. 내 입이 말하려 하면 저 역시 침묵을 지키다가 소리를 지른 듯하다. 가까이서 보니 필묵(筆墨)이 거칠고 성글었지만, 이목구비(耳目口鼻)의 언저리와 모발과 살갗의 사이가 희미하게 경계를 지었고, 그 터럭만 한 치수도 뚜렷하

---

23) 육의(六儀) : 열두 방위를 분별하는 기계이다.
24) 사의(寫意) : 사물의 정신을 그려 내는 화법이다.

게 하여 호흡하고 움직이는 것 같았다. 대개 이것은 앞뒤가 향하고 등져서 저절로 보이고 보이지 않게 될 뿐이었다. 부인이 머리를 숙이고 무릎에 대여섯 살의 어린이를 앉혔는데, 파리하고 창백한 어린이는 두 눈을 똑바로 보고 있다. 부인은 머리를 숙이고 차마 보지 못하고, 옆에는 시중꾼 5, 6인이 병든 어린이를 내려다보고 있는데, 참혹하여 머리를 돌리는 자도 있었다. 날개가 박쥐같은 귀거조(鬼車鳥)가 땅에 떨어져 뒹구는데, 한 신장(神將)이 발로 새의 배를 밟고 손에 쇠뭉치를 들고 새 머리를 찧고 있는 것도 있으며, 사람의 머리와 몸 등에 새의 날개를 달고 나는 것도 있다. 여러 가지가 기괴하여 무엇이라 할 수 없었다. 좌우의 벽 위에는 구름이 뭉게뭉게 피었다. 한여름 정오의 하늘과 같고 바다 위는 비가 갓 갠 것 같고, 골짜기에 먼동이 트는 것처럼 구름이 뭉게뭉게 피어올라 천만 가지 꽃봉오리가 햇빛에 비쳐 햇무리를 낸다. 멀리 바라보니 아득하여 끝이 없는데 뭇 귀신이 출몰하고 온갖 도깨비가 나타나 옷깃을 풀어헤치고 소매를 떨치며 어깨를 떠밀고 발등을 밟는 듯하였다. 그런데 갑자기 가까운 것은 멀리 보이고 얕은 것은 깊어 보이며 숨은 것은 나타나고 가려진 것은 드러나 각각 떨어져 서 있었는데, 모두 허공에 등을 지고 바람을 모는 형세였다. 아마도 구름이 서로 간격을 두어 그런 것 같았다. 천장을 쳐다보니 무수한 어린아이가 채색 구름 사이에서 멋대로 뛰놀고 있는데, 주렁주렁 공중에 매달려서 내려온다. 살결은 부드럽고 팔목과 발목은 포동포동하여 어떤 줄로 졸라맨 것 같다. 갑자기 구경하던 사람들이 허둥대며 놀라 외치면서 아이들이 떨어지는 것을 받으려고 머리를 치켜들고 손을 벌리지 않은 자가 없었다." 하였다. 서양의 기술은 지금 중국과 우리나라에서 금하고 있어 서로 접촉을 허락하지 않을 뿐만 아니라 음사(陰邪)가 심하다는 말을 듣고는 눈으로 보거나 발로 밟으려고도 하지 않는다. 다만 그 화법(畫法)과 여러 교묘한 기물은 참고

삼아 한 번쯤 보아 두는 것이 무방하다 생각한다. 노가재(老稼齋)의
『연행일기(燕行日記)』, 담헌(湛軒)의 『연기(燕記)』, 연암(燕巖)의 『열하
일기(熱河日記)』등 세 연행기는 견문(見聞)을 기록한 것이 이미 빈틈없
이 갖추고 있는 듯하니, 지금 비록 친히 보고 기록하여도 반드시 이보
다 낫다고 할 수는 없다. 하물며 세 기록을 할 때 견문한 바와 같을지
도 기필하지 못함에랴. 그리하여 그 요점을 추려 기록하니, 뒤에 이곳
을 지나는 사람이 이 뜻을 알아 내가 보지 않은 것을 결점으로 생각하
지 말았으면 한다.

「附東天主堂記」

　　湛記曰　由蒙古館　過玉河橋　循紫禁城而北百餘步　折而東出大路　又北
行里許　復折而東百餘步　道南見屋甍怪奇　堂高七仞　無慮數百間　而有似
鐵鑄土陶　可知其爲西制也　入堂見器皿之奢　遜於西堂　而壁畫之神巧過之
北壁亦有天主像　毛髮森森如生　前有兩人立侍　始入門望見　半壁設彩龕
安三塑像　至其下而摸之　則非龕非塑　乃壁畫也　西壁畫天主遺事　有新死
小兒　橫置于棺上　少婦掩面而啼　其傍四五人　環伏而哭之　眞妖畫也　堂西
有自鳴鍾樓　與西堂之制大同　樓下有日晷石一雙　西出門　有數丈之臺　曰
觀星臺　上建三屋　中屋藏各種儀器　門鎖不可開　穴窓而窺之　略見渾儀遠
鏡等器也　屋霤之南　通穴至簷　廣數寸　掩以銅瓦　如其長　每夜測候　啓而
窺中星云　臺下庭廣十數畝　築甎爲柱　長丈餘　上有十字通穴　遍庭無慮百
數　蓋春夏上施葡萄架　柱傍往往聚土如墳者　葡萄之收藏也　庭東有屋數間
中有井　井上設轆轤　傍施橫齒木　牙輪平轉如磨　壁上有柳罐數十　亦春夏
汲水　以漑葡萄　機輪一轉　數十轆子鱗次上水　人不勞而水遍於溝坎中　瀝
瀝滿庭　每夏熱　濃翠厚陰　如張重幬珠帳　秋熱累累實　爲都下勝賞　釀酒有
西法　香冽絶異　其護養之勤　專爲釀酒云

【역문】「부(附) 동천주당기(東天主堂記)」[25]

　　담헌의 『연기』에, "몽고관(蒙古館)을 경유, 옥하교(玉河橋)를 지나서
자금성(紫禁城)을 따라 북쪽으로 100여 보를 가서 꺾어 동쪽으로 큰길
에 나왔다가, 또 북쪽으로 1리쯤 가서 다시 꺾어 동쪽으로 100여 보쯤
오니 길 남쪽에 집이 보였다. 기와 지붕이 기이하고 당의 높이는 일곱

---

[25] 『연원직지』권3, 留館錄 上, 壬辰年 十二月, 二十二日

길로, 무려 수백 칸이나 되었고 쇠를 녹인 것과 흙을 빚어지은 것 같았으니, 그것이 서양집 제도인 줄 알 수 있었다. 안에 들어가 보니 기물(器物)의 사치스러움은 서당(西堂)만 못했으나 벽화의 신기함과 교묘함은 서당보다 나았다. 북쪽 벽에는 천주상(天主像)이 또한 있었는데 모발이 무성하여 살아 있는 것과 같았다. 앞에는 두 사람이 모시고 서 있었다. 처음 문에 들어와서 바라볼 적에는 벽 중간에 채색 감실(龕室)을 만들어 소상(塑像) 셋을 만든 것으로 알았는데, 그 아래에 가서 만져 보니 감실도 아니요 소상도 아니라 벽화였다. 서쪽 벽에는 천주의 유사(遺事)를 그렸다. 갓 죽은 어린아이가 관(棺) 위에 가로놓여 있고, 젊은 부인이 얼굴을 감싸고 울고 있으며, 그 옆에 4, 5인이 둘러 엎드려 울고 있었다. 참으로 요화(妖畫)였다. 당 서쪽에 자명종루(自鳴鐘樓)가 있었는데 서당(西堂)의 제도와 대략 같았다. 누각 아래에는 해시계[日晷石] 한 쌍이 있었다. 서쪽으로 문을 나오니 두어 길 되는 대(臺)가 있었는데 관성대(觀星臺)라 하였다. 대 위에 집 셋을 세워 놓았다. 가운데 집에 여러 가지 의기들을 저장하여 두었다는데, 문이 잠겨 열 수가 없었다. 그리하여 창틈으로 들여다보니 혼의(渾儀), 망원경 등의 기구(器具)가 대략 보였다. 물받이[屋霤]의 남쪽에 너비가 두어 치 되는 구멍이 처마까지 통해 있었고 구리 기와를 그 길이만큼 덮어 두었다. 밤에 측후(測候)할 때마다 열어서 중성(中星)을 관찰한다고 한다. 대 아래 넓이가 수십 묘(畝) 되는 뜰에는 벽돌을 쌓아 길이가 1장쯤 되는 기둥을 만들어 두었는데, 위에는 열십자로 구멍이 뚫려 있었다. 이런 것이 무려 수백 개가 뜰에 널려 있었으니, 대개 봄여름에는 위로 포도 덩굴이 올라가도록 횃대를 놓아 둔 것이다. 기둥 옆에 군데군데 무덤처럼 흙을 모아 둔 것은 포도를 저장하는 곳이라 한다. 뜰 동쪽에 집이 두어 칸 서 있고 가운데에는 우물이 있었다. 우물 위에 두레박틀을 만들어 두었고, 옆에는 치목(齒木)을 가로질러서 톱니바퀴가 맷돌처럼 고르게 돌아가게 하였다. 벽에는 버드나무 물통이 수십 개나 매달려 있었다. 또한 봄여름에 물을 길어 포도에 대는데, 기계 바퀴가 한 번 돌면 수십 개의 두레박이 차례차례로 물을 끌어올리기 때문에 사람이 노력을 들이지 않고도, 물은 도랑에 고루 퍼져 콸콸거리며 뜰에 가득 차게 된다. 그러므로 여름에 더울 때는 짙은 그늘에 푸른 구슬 장막이 겹겹으로 친 것 같고, 가을에 익을 때면 포도알이 주렁주렁 매달려 실로 도회지 안의 좋은 구경거리가 된다 하였다. 술을 빚는 데도 서양의 법이 있어 냄새와 독하기가 독특하고 심하다. 포도를 힘들여 가꾸는 것은 술을 빚기 위한 것이다." 하였다.

「時憲局記」

　未至宣武門　沿城根西口　有時憲局　卽印曆之所也　明天啓二年建此　名
首善書院　其後禮部尙書徐光啓率西洋人湯若望等　治曆於此　改名曆局　淸
初仍之　令洋人居之　後改今名

【역문】「시헌국기(時憲局記)」26)

　선무문(宣武門) 못 미쳐 성 밑을 따라 서쪽 입구에 시헌국(時憲局)이
있으니, 바로 책력(册曆)을 찍는 곳이다. 명나라 천계(天啓) 2년(1622,
광해군 14)에 이 건물을 세우고 수선서원(首善書院)이라 하였다. 그 후
예부 상서(禮部尙書) 서광계(徐光啓)가 서양사람 아담 샬[湯若望] 등을
데리고 여기에서 역상(曆象)의 일을 보며 이름을 역국(曆局)으로 고쳤
다. 청나라 초기에는 이 이름을 그대로 쓰면서 서양 사람을 거주하게
하였고, 뒤에 지금의 이름으로 고쳤다.

---

26)『연원직지』권3, 留館錄　上, 壬辰年　十二月　二十二日

「鄂羅斯館記」

鄂羅斯館 在玉河館後街乾魚衚衕不過半里許 鄂羅斯 或稱阿羅斯 或稱
俄羅嘶 以其人皆鼻大 故或稱大鼻㓫子 卽蒙古別種也 其國蓋在大漠外絶
域 史無所見 不知在何處 而聞其人自言其國幅員甚大 東西三萬餘里 南
北二萬餘里 東南接琉球, 安南 東北接蒙古 西南接大小西洋 西通流沙之
外 不知爲幾萬里 東距中國爲五萬里云 儻如是 則其大殆數倍於中國矣
意其夸誕之辭 而四至地界 亦未知是否 自古以來 初非朝貢之國 而康熙
時 自來通好 要學漢語漢書 中國以綏遠之義 授館以處之 然嚴其門禁 無
得出入 其來住人員之多少 替歸年限之久速 應有定式 而不可知 然燕市
所買石鏡及鼠皮 多其國所産 然則其來通 似爲交易之利也 館門無扁 門
外周設黑木柵以禁人 我使則歲必入見 輒略閽者 故不難出入 而但下隸輩
每有偸竊之患 故閽者必阻搪 而闖入不已 是誠可悶 自彩鳥鋪歸路 歷入
大門 左右有屋五六間 卽其下人所處云 而寂無一人 惟往往設椅卓而已
又入一門 左右亦有屋六七間 庭北有一座廣廈 而皆空 從西邊一小門入
有廣庭 多植花木 有大犬二, 小犬五六 蓋産於其國 而大犬則見人欲噬
故鐵索維其脚云 庭左右各有屋十餘 亦空 庭南有一無梁高閣 閣制異常
正看側看 四面皆同 下豐上銳 甎築至簷 閣上立數丈金標 高入半空 南北
兩壁 各有四牖 以大琉璃傅之 西壁穿三門 制如虹門 是爲出入之門 而聞
此閣亦稱天主堂 蓋其國與西洋近 亦尚其敎 故傲洋制 而奉安天主之像云
庭北有一帶長屋 屋頗軒敞 以文木沈香紫檀 雕鏤爲飾 床卓器物 皆奇妙
往往安純金佛 小如兒拳 或如栗子 自其本國造來 而年前東隸偸其一佛
故見我人 甚苦下隸之隨入云 四壁環掛大鏡 又掛人物山水樓臺雜畫 畫法
皆逼眞 其畫人物則皆巨鼻碧眼或長鬚 邪毒之氣逼人 蓋鍾其幽陰者爲多
而然歟 每屋輒掛其國帝后之像 帝像則首不加冠 短髮鬈鬆 身上只着紋繡
周衣 而披襜露軆 足着靑襪 后像則頭揷五綵花 身被繡服而跣足 兩間又

有一像 卽所謂天主也 俄有一人 手持鼻烟壺 從右炕出 宛是畫裏人 而長
鬚長身 顔色姸好 衣袴皆爲滿制 但所着之帽 狀如我國耳掩桶而稍小 塗
以黃金 謂是本國帽制也 似是其國貴人之來留者 而稱以德老爺 略與筆談
而以來此未久 不閑漢字 其訓書者 趙姓人 從傍代話 亦僅僅成字 其所謂
訓書 亦可知也 別有筆談錄 卓上有冊數十弓 卽其國書也 字樣如星篆如
梵書 不可解 有使喚者四五人 立於床下 似皆漢人 而供役者也 連勸吸茶
味頗淸冽 少頃 與德也偕往東炕 有赫老爺云者居之 茶罷 請聞自鳴樂 樂
制一如天主堂記所稱 不待吹彈搏拊 而五音六律 自成腔調 蓋是奇技也
樂畢 德也指壁上諸畫曰 此皆赫老爺之筆 而尤長於寫照 於是 正副使皆
請寫照 赫皆應諾 遂至庭南高閣下 正副使與聖申諸人 從西壁虹門入 移
時而還來 述其所見 入其中 左右各有小房 以金鎖堅封 問其中所有 則乃
朔望薦齋於天主時所着法服云 懇其一見 則甚有難色 屢懇然後始出而示
之 冠則如常時所着 而金色尤煒煌 衣亦塗金 而如又字形 似是頭貫穿也
閣中橫設門障 以文木雕成 門前懸三座琉璃大燈 入其門 見東壁上西向掛
天主像 風骨甚淸瘦 渾身赤裸 只以數尺素帛掩臀腿 所着之服制 如我國
平涼子 似是中國所謂藤笠也 方被刑誅 頭部半倒 幾乎落地 又以鐵釘 釘
住兩手於架上 使不得動身 腥血被面 淋淋若眞 宛轉慘毒 令人不忍正視
云 似是西術所謂耶蘇也 閣西有二層樓 上懸大鍾 其傍又有一屋 所排器
物 一如他屋 有勃姓者居之 能通醫技 卓上置人頭骨 似爲厭勝之術也 東
炕有鳩鍾 鍾形如鳩 設機引繩 則鍾鳴如鳩聲 勃也出白粥一器以饋之 味
甚甘淡 與諸人輪嘗而盡 問其材料 則杏仁 似以杏仁作糜 和糖屑而造也
少憩 與德赫勃三人敍別 三人命侍者 又取杏仁粥三器 分餉三使 故各持
來 大抵住其館中者 不過三人 殊可異也

악라사관(鄂羅斯館)은 옥하관 뒷거리인 건어호동(乾魚衚衕) 반리쯤
못 가서 있다. 악라사는 혹 아라사(阿羅斯)라 일컫기도 하고, 혹 아라
시(俄羅嘶)라 일컫기도 하며, 그 사람들은 모두 코가 크므로 혹 대비달
자(大鼻韃子)라고도 하니, 몽고(蒙古)의 별종이다. 그 나라는 큰 사막
바깥의 외딴 지역에 있는 듯하나, 사책에는 보이는 바가 없어 어느 곳
에 있는지 알지 못하겠다. 그런데 그 사람들이 스스로 말하는 것을 들
으니, 그 나라는 지역이 매우 커서 동서가 3만여 리, 남북이 2만여 리
가 된다. 동남쪽에는 유구와 안남(安南)이 접해 있고, 동북쪽에는 몽고
가 접해 있고, 서남쪽에는 크고 작은 서양(西洋)이 접해 있다. 서쪽으
로 통하는 사막의 바깥은 몇 만 리가 되는지 알지 못하며, 동쪽으로
중국과의 거리는 5만 리가 된다 하였다. 참으로 이와 같다면 그 크기
가 거의 중국의 몇 배가 될 것이다. 과장하거나 거짓으로 꾸민 말일
것이며, 사방에 이르는 지역의 경계도 옳은지를 알지 못하겠다. 예부
터 중국에 조공(朝貢)하는 나라는 아니었으나 강희 때에 스스로 친교
(親交)를 맺으러 와서 한어(漢語)와 한서(漢書)를 배우고자 하자, 중국
에서는 먼 지방을 편안케 해 준다는 의리로써 사관(使館)을 주어 그들
을 거처하게 하였다. 그러나 그 문금(門禁)을 엄하게 하여 출입을 할
수 없었고, 그들의 왕래하는 인원의 수와 교대하여 돌아가는 연한(年
限)이 응당 정식이 있지만 알 수가 없다. 그런데 연경의 시장에서 사
가지고 온 석경(石鏡) 및 서피(鼠皮)가 대부분 그 나라 산물이다. 그렇
다면 그들이 와서 친교하는 것은 교역(交易)의 이익을 위함인 듯하다.
사관의 문에는 편액이 없었고, 문 바깥에는 검은 목책을 둘러 쳐서 사
람의 접근을 금하였다. 우리 사신은 해마다 반드시 들어가 보려면 번

---

27) 『연원직지』 권3, 留館錄 上, 壬辰年 十二月, 二十六日

번이 문지기에게 뇌물을 주었기 때문에 출입하는 데에 어렵지 않았으나, 단지 하례들이 매양 도둑질하는 걱정거리가 있었다. 그러므로 문지기가 꼭꼭 가로막아도 함부로 들어감을 그치지 않으니, 참으로 민망한 일이었다. 채조포에서 돌아오는 길에 들어가 보았다. 대문 좌우에는 5, 6칸 되는 집이 있었으니, 하인들이 거처하는 곳이라 한다. 그런데 한 사람도 보이지 않아 적막하였고, 군데군데 의자와 탁자만을 놓아 두었을 뿐이었다. 또 한 문을 들어가니 좌우에는 또한 6, 7칸 되는 집이 있었다. 뜰 북쪽에는 한 채의 넓은 집이 있었는데, 모두 비어 있었다. 서쪽을 따라 한 작은 문을 들어가니 꽃나무를 많이 심어 놓은 넓은 뜰이 있었고, 거기에는 큰 개 두 마리와 작은 개 5, 6마리가 있었다. 개들은 대개 그 나라에서 생산되는 것인데, 큰 개는 사람을 보면 물려고 하기 때문에 쇠줄로 다리를 매어 둔다고 한다. 뜰 좌우에는 각각 10여 채의 집이 있었는데 또한 비어 있었다. 뜰 남쪽에는 대들보가 없는 높은 각(閣) 한 채가 있었다. 각의 제도는 이상하여서 정면으로 보거나 측면으로 보거나 사면이 모두 같았다. 아래는 널찍하고 위는 뾰죽하였으며 벽돌을 쌓아 처마에 닿았다. 각 위에는 두어 장(丈)의 금표(金標)를 세워 두었는데, 높이 공중에 우뚝 솟아 있었다. 남북의 양쪽 벽에는 각각 창 넷이 있었는데 큰 유리를 끼워 놓았다. 서쪽 벽에는 제도가 홍예문(虹霓門)과 같은 문 셋을 뚫어 놓았는데, 이것이 출입하는 문이다. 그런데 이 각을 또한 천주당(天主堂)이라 일컫는다고 한다. 대개 그 나라는 서양과 가까워서 그 교를 숭상하기 때문에 서양의 제도를 모방하여 천주의 상을 봉안한다고 한다. 뜰 북쪽에는 죽 이어진 긴 집이 있었다. 툭 트인 집은 문목(文木), 침향(沈香), 자단(紫檀) 등의 나무로 조각하여 꾸며 놓았고, 탁상(卓床)과 기물(器物)은 모두 기묘하였다. 군데군데 순금의 부처[佛]를 봉안하였는데, 작은 것은 어린아이의 주먹만 하였고 더러 밤톨만 한 것도 있었다. 이것들은 그들 본국에서 만들어 온 것인데, 연전에 우리나라의 하례(下隸)가 부처 하나를 훔쳤기 때문에 우리나라 사람을 보면 하례배들이 따라 들어오는 것을 매우 괴롭게 여긴다고 한다. 네 벽에는 큰 거울을 둘러서 걸어 놓았으며, 또 인물, 산수, 누대(樓臺) 등의 잡화(雜畵)를 걸어 놓았다. 화법(畵法)은 모두 실물에 가까웠다. 인물을 그린 그림은 모두 큰 코에 파란 눈이었으며 간혹 긴 수염을 그린 것도 있었는데, 사독(邪毒)한 기운이 사람을 핍박한다. 아마 음침한 기운을 많이 타고났기 때문에 그런 것일까? 건물마다 그 나라의 황제와 황후의 초상을 걸어 놓았다. 황제의 상은 머리에 관(冠)을 쓰지 않아 짧은 머리가 헝클어져 있었으며, 몸에 수를 놓은 두루마기[周衣]만을 입었는데 풀어헤쳐 몸통을 드러내 놓았으며, 발에 푸른 버선을 신었다. 황후의 상은 머리에 오색(五色)의 꽃을 꽂았으며, 몸에 수놓은 옷을 입었는데 맨발이었다. 두 화상(畵像) 사이에 또 하나의 화상이 있었으니, 이른바 천주였다. 조금 있자, 한 사람이 손에 비연(鼻煙)이 든 통을 쥐고 오른쪽 온돌방을 따라 나왔다. 이 사람은 완연히 그림 속의 사람이었는데, 긴 수염에 큰 키였고 안색은 아름다웠으며 옷은 모두 만주의 제도와 같았다. 다만 쓰고 있는 모자는 모양이 우리나라의 이엄(耳掩)과 같았으나, 통이 약간 작고 황금을 칠하였다. 이것이 그들 본국의 모자 모양이라 한다. 이 사람은 그 나라의 귀인인 것 같았는데 덕 노야(德老爺)라 부른다고 한다. 대략 그와 필담(筆談)을 주고받았다. 이곳에 온 지 오래되지 않아 한자를 익히지 못하여, 글을 가르친다는 조씨(趙氏) 성을 가진 자가 옆에서 대신 말하여 주나 그도 또한 간신히 문자를 만들었으니, 그가 이른바 글을 가르친다는 것이 어느 정도인가를 알 만했다. 따로 필담록(筆談錄)이 있다. 탁자 위에는 책이 수십 권 있었으니, 곧 그 나라의 서적이었다. 글자 모양은 성전(星篆)이나 범서(梵書)와 같았는데 해득할 수 없었다. 심부름꾼 4, 5인이 상 아래에 서 있었는데, 모두 한인으로 일꾼인 듯하였다. 계속 차를 마시라고 권하기에, 차를 마셨더니 맛이 맑고 시원하였다. 조금 있다 덕 노야와 함께 동쪽 온돌방으로 갔더니, 혁 노야(赫老爺)라 하는 자가 거처하고 있었다. 차 마시기가 끝나자, 자명악(自鳴樂) 듣기를 청하였다. 음악은 천주당기(天主堂記)에서 기록한 것과 똑같아서 불거나 타거나 두드리지 않고 5음(音)과 6률(律)이 곡조를 스스로 이루었다. 이것은 기이한 기예이다. 음악이 끝나자, 덕 노야가 벽 위의 여러 그림을 가리키면서, "이것은 모두 혁 노야가 그린 것인데, 초상화를 더욱 잘 그린다." 하였다. 이에 정사와 부사가 모두 초상화 그려 주기를 청하자, 혁 노야는 일일이 응낙하였다. 드디어 뜰 남쪽 높은 각(閣) 아래에 이르렀다. 정사, 부사와 성신(聖申) 등 여러 사람이 서쪽 벽의 홍예문(虹霓門)을 따라 들어가서 조금 있다가 돌아왔다. 그들이 구경한 바를 알려 주기를, "그 안에 들어가니 좌우에 각각 금 자물쇠로 굳게 봉해 둔 작은 방이 있었습니다. 그 안에 무엇이 있느냐고 물으니, '삭망(朔望)에 천주에게 천재(薦齋)할 때에 입는 법복(法服)이 있다.' 하였다. 한 번 보기를 간청하자 매우 난색(難色)을 지었고, 여러 번 간청한 뒤에야 비로소 꺼내 보여 주었습니다. 관은 평상시에 쓰는 것과 같았으나 금빛이 더욱 휘황찬란하였으며, 옷 또한 금을 입혔는데 우(又) 자의 모양과 같았습니다. 이것은 두관천(頭貫穿)인 듯하였습니다. 각 안에는 문목(文木)으로 깎아 만든 문장(門障)을 가로 만들어 두었습니다. 문 앞에는 유리로 된 큰 등 3개를 달아 놓았습니다. 그 문안에 들어가 동쪽 벽 위를 보니, 서쪽을 향하여 천주상을 걸어 두었습니다. 천주의 상은 풍골(風骨)이 매우 청수(淸瘦)하였고, 온몸은 알몸이었는데 단지 두어 자의 흰 비단 자락으로 볼기와 허벅지를 가렸을 뿐이었습니다. 머리에 쓴 것은 제도가 우리나라의 평량자(平涼子)와 같았는데 이것이 중국에서 말하는 등립(藤笠)인 듯하였습니다. 방금 형벌을 당하여 머리 부분이 반이나 수그러져 거의 땅에 떨어질 것 같았습니다. 또 무쇠 못으로 가목(架木) 위에다 두 손을 못질하여 몸을 움직이지 못하게 하였으며, 비린내 나는 피가 온 얼굴을 덮어 정말 뚝뚝 떨어져 죽은 듯하였습니다. 참혹하여 사람으로 하여금 차마 똑바로 바라보지 못하게 하였습니다." 하였다. 이것은 서학에서 말하는 예수이다. 각 서쪽에는 2층의 누각이 있었는데 위에는 큰 종을 달아 놓았다. 그 옆에 또 집 한 채가 있었다. 거기에 배열해 놓은 기물은 다른 집의 것과 한결같았다. 발(勃)이라는 성(姓)을 가진 자가 그곳에 살고 있었는데, 의술(醫術)에 능통하였다. 탁자 위에는 사람의 두골(頭骨)을 놓아 둔 것은 주술(呪術)로 사람을 누르는 술인 듯하였다. 동쪽 온돌방에는 종 모양이 비둘기와 같은 구종(鳩鐘)이 있었다. 기계를 설치해 놓고 줄을 잡아당기면 종소리가 나는데, 마치 비둘기 소리 같았다. 발씨(勃氏)가 흰죽 한 그릇을 가져다주었는데 맛이 매우 달고 담백하였다. 여러 사람과 함께 돌려 가면서 맛보고는 그 재료가 어떤 것이냐고 물으니, 살구씨[杏仁]라 하였다. 살구씨를 가루로 만들어 설탕을 타서 만든 것 같았다. 조금 쉬었다가, 덕 노야, 혁 노야, 발씨 세 사람에게 작별을 고하자, 세 사람이 시자(侍者)에게 또 살구씨를 넣어 끓인 죽 세 그릇을 가져오게 하여 세 사신에게 나누어 드리라 하므로 각각 가지고 왔다. 대저 그들 관소 안에 머무는 자는 이 세 사람에 지나지 않았으니, 유달리 이상한 일이었다.

「利瑪竇墓記」

-(上略)-

利瑪竇墓記 迤向阜成門 門外不遠處 有利瑪墓云 行中有曾見者 言前
立三座石牌樓 左右對蹲石獅子 兆域之周幾三里許 環築雕墻 正方如碁局
蓋萬曆庚戌 賜瑪竇葬地於此 墳高數丈 灰封甎築 形如瓦四出簷 遠望如
未敷大菌 墓後甎築六稜高閣 下豐上銳 三面爲虹門 中空無物 樹碣爲表
曰耶蘇會士利公之墓 左旁小記曰 利先生諱瑪竇 西泰大西洋意大里亞國
人 自幼修眞明 萬曆辛巳 航海 首入中華行敎 庚子來都 庚戌卒 在世五
十九年 在會四十二年云云 右旁又以西洋字刻之 碑左右樹華表 陽起雲龍
碑前又有甎屋 上平如臺 列竪雲龍石柱爲象設 別有香閣 閣前又有石牌樓
石獅子 又有湯若望紀恩碑 墓左右又有百餘塚 皆洋人之死於中國者繼葬
云 -(下略)-

【역문】「이마두묘기(利瑪竇墓記)」[28]

-(상략)-

이마두 묘기 - 부성문(阜成門)을 향해 가면 문밖 멀지 않은 곳에 이
마두(利瑪竇)의 묘가 있다는데, 일행 중에 일찍이 본 자가 있었다. 그
가 말하기를, "앞에 3좌(座)의 석패루(石牌樓)를 세우고 좌우에 석사자
(石獅子)를 마주해서 앉혔다. 묘지의 둘레는 3리쯤 되고, 빙 둘러 아로
새긴 담을 쌓았는데 네모반듯하기가 마치 바둑판 같다. 대개 만력(萬
曆) 경술년(1610, 광해군 2)에 왕명으로 이마두의 장지(葬地)를 여기에
정해 주었다. 봉분의 높이는 두어 길에 회로 봉하고 벽돌로 쌓았는데

---

28) 『연원직지』권5, 留館錄 下, 癸巳 正月, 十六日

모양이 흡사 수키와가 네 귀퉁이로 나온 처마처럼 생겨서 멀리서 바라보면 펴지지 않은 큰 버섯 비슷하다. 묘 뒤에는 벽돌로 여섯 모가 진 높은 정각을 쌓았는데 아래는 퍼지고 위는 뾰족했으며, 세 면에 홍예문(虹霓門)을 만들었는데 가운데는 텅 비어서 아무것도 없다. 비석을 세워, '야소회사 이공지묘(耶蘇會士利公之墓)'라 새기고 왼쪽 옆에는 작은 글씨로 '이 선생(利先生)의 휘(諱)는 마두(瑪竇)요, 서태(西泰) 대서양(大西洋) 의대리아국(意大里亞國) 사람이다. 어릴 적부터 진리를 닦아, 명나라 만력 신사년(1581, 선조 14)에 항해하여 맨 처음 중화(中華)에 들어와 설교하였다. 경자년에 경도로 와 경술년에 졸(卒)하였으니 재세(在世) 59년이요, 야소회(耶蘇會)에 몸담은 지 42년이다.' 하고 기록했으며, 오른쪽 옆에는 서양 글자로 새겼다. 비석 좌우에는 화표주(華表柱)를 세우고 양지 쪽에는 운룡비(雲龍碑)를 세웠다. 앞에 또 벽돌로 쌓은 집이 있는데 위가 평평하여 대(臺)와 같고, 운룡석주(雲龍石柱)를 벌여 세워 상설(象設)을 하였으며, 별도로 향각(香閣)이 있고 향각 앞에는 또 석패루(石牌樓), 석사자(石獅子)와 또 탕약망 기은비(湯若望紀恩碑)가 있다. 그리고 묘 좌우에는 또 100여 개의 무덤이 있는데 모두 서양 사람으로서 중국에서 죽은 자를 연달아 장사한 것이다." 하였다.

-(하략)-

「觀象臺記」

還館所少焉 聖中踵至 言行至城東南隅欽天監前 望有高臺 問知爲觀象
臺 求入不得 蓋登城旣係禁條 而此臺之築 因城而高可窺禁中 且其所有
儀器 皆多是鎭國之重寶 其求見 固妄矣 曾聞監中有渾象簡儀 皆以靑銅
鑄成 其一規之大 可五六把 四圍護以石欄 又有康熙時所製六儀 一天體
儀 二赤道儀衍 三黃道儀 四地平經儀 五地平緯儀 六紀限儀 制皆出於西
洋 比郭守敬舊制 益精且巧 其後又以六儀之繁 更製一儀 以兼六用 而器
物益繁 終不如六儀各用之簡便云

【역문】「관상대기(觀象臺記)」[29]

관소로 돌아와 있는데 얼마 후 성신이 뒤따라 이르러 말하기를, "성
동남 모퉁이 흠천감(欽天監) 앞에 이르러 높은 대(臺)가 바라보이기에
물어서 관상대임을 알고 들어가기를 요구했으나 허락을 얻지 못했
다." 한다. 대개 성에 오르는 일은 이미 금조(禁條)에 관계되거니와, 그
대(臺)는 성을 의지해서 높이 쌓았으므로 궁궐을 엿볼 수 있고, 또 거
기에 있는 의기(儀器)는 대부분 그 나라에서 제일가는 귀중한 보물들
인데, 그가 구경을 요구한 일은 참으로 망녕된 짓이었다. 일찍이 들건
대 흠천감 가운데에 혼상(渾象)과 간의(簡儀)가 있는데, 모두 청동(靑
銅)으로 만들었다고 한다. 그 하나의 크기가 대여섯 뼘쯤 되고 네 둘
레에는 돌난간을 세워 보호했으며, 또 강희(康熙) 적에 만든 6의(儀)가
있는데, 1 천체의(天體儀), 2 적도의(赤道儀), 3 황도의(黃道儀), 4 지평경
의(地平經儀), 5 지평위의(地平緯儀), 6 기한의(紀限儀)이다. 제도가 모두

---

29)『연원직지』 권5, 二月, 初三日

서양(西洋)에서 나온 것으로 곽수경(郭守敬)의 옛 제도에 비해 훨씬 정밀하고 교묘하다. 그 후 또 6의의 번거로움을 피해 다시 1의를 만들어 여섯 가지를 겸하여 쓰게 했는데, 기물(器物)이 너무 복잡해서 결국 6의를 각각 쓰는 것만큼 간편하지 못하다고 한다.

「飮食」

-(上略)- 茶品不一 而黃茶 靑茶爲恒用 其次杳片茶 而普洱最珍貴 然
而亦多假品 浙江菊茶 淸香甚可口 鄂羅館 回子館所見饋者 香味絶異 是
出西洋 其狀如茴香 如東八站茶貴處 以炒米代之 謂之老米茶 -(下略)-

【역문】「음식」30)

-(상략)- 차의 질도 한 가지가 아니다. 일상에 쓰는 것은 황차(黃
茶)·청차(靑茶)이고, 다음은 묘편차(杳片茶)요, 가장 진귀한 것으로는
보이(普洱)인데, 가짜도 많다. 절강(浙江)에서 나는 국차(菊茶)는 맑은
향기가 매우 좋고, 악라관(鄂羅館), 회자관(回子館)에서 대접받은 차는
향미(香味)가 특이했다. 이는 서양(西洋)에서 나는 것인데 모양이 마치
회향(茴香)과 같다. 동팔참(東八站)처럼 차가 귀한 곳에서는 쌀을 볶아
서 대용하기도 하는데 이를 노미차(老米茶)라고 한다. -(하략)-

---

30) 『연원직지』 권6, 留館別錄

「器用」

　-(上略)- 灌田曰龍尾車 龍骨車 恒升車 玉衡車 救火有虹飮，鶴飮之制
戰車有砲車 衝車 火車 俱載西洋奇器圖及康熙所造耕織圖 日用器皿 專
尙磁器 非畫磁則皆烏磁 罕見白磁 其外茶臺 燭臺 酒鍾 酒瓶之類 或用
鍮鑞 而銅錫之器絶罕 蓋私家禁不得用故也 惟寺觀諸器皆銅錫爲之 市鋪
磁器多寶玩 若其數尺壺樽 隱起彩虹色 兩耳雕螭龍 貫之以大金環 光怪
奪目 西洋器皿 內爲銅器 外塗以磁 磁器之巧品也 凡磁器之破毀者 亦皆
不棄 鑽以錐而縫以銀絲 絲不內透 完固不遜全器 其手技之巧如是 洋琴
出自西洋 桐板金絃 聲韵鏗鏘 遠聽則雖若鍾磬 然其太條蕩近噍殺 不及
於琴瑟遠矣 小者十二絃 大者十七絃 -(下略)-

　【역문】「기용」31)

　-(상략)- 논밭에 물을 대는 것에는 용미거(龍尾車)·용골거(龍骨車)·
항승거(恒升車)·옥형거(玉衡車) 등이 있고, 소방거(消防車)에는 홍음거
(虹飮車)·학음거(鶴飮車) 등의 제도가 있으며, 전거(戰車)에는 포거(砲
車)·충거(衝車)·화거(火車) 등이 있는데, 모두 『서양기기도(西洋奇器圖)』
및 강희(康熙 청 성조)가 만든 『경직도(耕織圖)』에 실려 있다. 일용하
는 기명(器皿)은 오로지 자기(磁器)를 숭상하는데, 그림 그린 자기가 아
니면 모두 새까만 자기이다. 백자(白磁)는 별로 보이지 않는다. 이 밖
에 찻잔대, 촛대, 술잔, 술병 같은 것은 혹 유기(鍮器)나 납기(鑞器)도
쓰지만 동기(銅器)나 석기(錫器)는 아주 드무니, 사가(私家)에서 쓰는
것을 금하기 때문이다. 다만 사관(寺觀)에서 쓰는 그릇은 모두 동(銅)

31) 『연원직지』권6, 留館別錄

과 석(錫)으로 되어 있다. 시중 가게에 있는 자기들은 진기한 것들이 많다. 높이가 몇 자씩이나 되는 술 그릇은 무지개 빛깔이 은은히 일어나고 두 귀에 이무기와 용[螭龍]을 새겨 놓았으며, 또 큰 쇠고리를 꿰어 놓아 광채가 사뭇 눈부시다. 서양(西洋)의 기명(器皿)은 속은 동기(銅器)이고 겉은 자기로 발랐는데, 이야말로 자기 가운데의 교묘한 물건이다. 양금(洋琴)은 서양에서 나온 것인데, 오동나무 판자와 쇠줄로 소리가 쟁그랑거린다. 멀리서 들으면 마치 종경(鐘磬) 소리와 같지만 소리가 너무 털털거리니 금이나 비파만은 훨씬 못하다. 작은 것은 12줄, 큰 것은 17줄이다. -(하략)-

「人物謠俗」

　-(上略)- 嗜烟之俗甚於我東　蒙古　回子亦然　惟西洋人吸鼻烟　華人今
多效之　市上所賣烟壺頗盛　而但佩壺者皆滿人也　男子指腕　或有着戒指者
蓋如節酒也　愼言行也　凡有所戒者有此　-(下略)-

【역문】「인물풍속」32)

　-(상략)- 담배를 즐기는 풍속은 우리나라보다 심한데, 몽고와 회자
국(回子國) 역시 마찬가지다. 오직 서양 사람들은 코담배를 좋아하는
데, 중국 사람들도 지금 많이 그를 본받아 시중에는 코담배통의 매매
가 자못 성행하고 있다. 그러나 연호를 차고 다니는 자는 모두 만주
사람이다. -(하략)-

〈배주연〉

---

32) 『연원직지』 권6, 留館別錄

『燕行紀』

「二十五日癸酉」1)

微雨 留南館 聞翁閣學方綱 爲參萬壽賀儀 自盛京來留正陽門外 送柳
檢書得恭 質正渾蓋圖說集箋 翁請借四五日看詳 因問某現在撰春秋四家
朔閏表 以杜元凱所定長曆與一行之說不合 正在互相攷訂 不識徐副使以

---

* 서호수(徐浩修, 1736~1799)의 1790년 연행록. 자 양직(養直). 서호수는 조선 영조 (英祖) 정조(正祖) 시기의 문신이며 조선 천문학을 이끈 실학자로 두 차례 사행 (使行)하였다. 첫 번째는 1776년(정조 1) 진하 겸 사은사(進賀兼謝恩使) 부사(副 使)로, 두 번째는 1790년(정조 14) 청나라 건륭제(乾隆帝) 팔순(八旬) 만수절(萬壽 節, 8월 13일) 진하 겸 사은사 부사로 간 것이다. 이 둘째 번 1790년 사행 기록이 『연행기(燕行紀)』이다. 1790년 연행은 특별한 의미가 있다. 조선후기 연행에서 열 하(熱河)를 간 것은 두 차례로 1780년 박지원(朴趾源)이 갔던 연행과 1790년 서호 수가 갔던 연행이다. 그런데 1790년 연행은 1780년과 달리 북경을 거치지 않고 열하로 곧장 간 다음에 북경으로 가서, 서호수의 1790년 사행길은 조선시대에 있 었던 유일한 사행로인 것이다. 『연행기(燕行紀)』는 4권 2책으로 1790년 5월 27일 정조에게 하직인사를 하는 때로부터 사행을 마치고 정조에게 귀국 보고(復命)를 하는 10월 22일까지의 기록이다. 그런데 이 『연행기』는 사행 2년 후인 1793년(정 조 17)에 서호수가 완성한 『열하기유(熱河紀遊)』에 산삭(刪削)을 가한 수정본이 다. 그리하여 『열하기유』에는 있으나 『연행기』에는 빠진 기록들이 있으며 특히 서학(西學) 관련 내용은 『연행기』에 상당 분량이 누락되어 있다. 이는 1801년 신 유박해(辛酉迫害) 이후 후손들이 서호수의 작품들을 필사하면서 혹시 발생할지 모를 필화를 우려해 서학 관련 기록들을 의도적으로 삭제했을 가능성이 높다. 조 창록, 「학산 서호수와 열하기유 - 18세기 서학사의 수준과 지향」, 『동방학지』, 연 세대학교국학연구원, 2006; 신익철(편), 『연행사와 북경 천주당 : 연행록 소재 북 경 천주당 기사 집성』, 보고사, 2013 참조.
* 『연행기(燕行紀)』는 1790년 5월 27일부터 1790년 10월 22일까지의 기록이다.
* 역문 : 남만성, 『연행기(燕行紀)』, 한국고전번역원, 1976.
1) 二十五日癸酉 : 1790년 8월 25일

某家之說爲是 又問徐公自然見過一行大衍曆 以爲是否 又問某意欲求轉
致徐公將夙日所見春秋朔閏之說 略寫數論見示 以便載於拙著內 余書送
答語曰 西洋新曆與古法絕異 北極有南北之高低 而晝夜反對 時刻有東西
之早晚 而節候相差 此地圓之理也 古謂天差而西 歲差而東 今則曰恒星
東行 古謂日有盈縮損益 月有遲疾損益 今則曰輪有大小 行有高卑 非今
之故爲異於古 實測卽然也 西曆以前 惟郭太史授時曆 最號精密 蓋因其
專主測量 而得羲和賓餞之義也 漢之太初 起數於黃鐘 唐之大衍 起數於
蓍策 原原本本 鋪張縱橫 班史之曆志 唐書之曆議 先儒亟稱之 然朔望不
明 交食不合 竟無益於欽天授時之實 大抵樂與曆 易與曆理 未嘗不貫 而
法自逈殊 決不容傅會而眩耀也 自太初以上 又當疇人子弟 失官分散之時
曆學直茫昧摸索 麟經一部 夫子仍舊史而修之 則所書朔閏 必與天先後
如隱三年二月日食 書干支而不書朔 桓十七年十月日食 書朔而不書干支
蓋日月交會 經緯同度 然後月掩日而日爲之食 未有日食而不在朔者 書干
支則可知其爲朔書朔 則可推其干支 然又例謹嚴而或書或不書者 官失而
夫子因之也 又如僖十五年五月日食 不書干支 又不書朔 左氏以爲官失
而夫子亦因之 元凱之所定 一行之所推 亦不過遷就積年之數 均爲扣盤捫
燭之見而已 如用新曆 求通積法減氣應 溯考往古 則春秋朔望之干支 卽
在于是 不必較優劣於元凱, 一行也 西洋曆指中 有古今交食考 詳載春秋
以來置閏測食之失 欽定曆象考成月離篇 詳著晦朔弦望之所以然 參驗二
書 則似有益於訂正元凱, 一行之誤矣

【역문】「25일 계유일」2)

가랑비가 내림. 남관에 머물렀다. 듣자 하니, 각학(閣學)3) 옹방강(翁

---

2) 『연행기』 권3, 八月

方綱)4)이 만수절5) 하의(賀儀)에 참석하기 위하여 성경(盛京)6)에서 와 정양문(正陽門) 밖에 머무른다고 한다. 검서(檢書) 유득공(柳得恭)7)을 보내어 『혼개도설집전(渾蓋圖說集箋)』8)을 질정해 달라고 하니, 옹(翁)이 4, 5일 동안 빌려서 자세히 보게 해 달라고 청하였다. 그리고 이어 묻기를, "아무개(옹방강 자신을 가리킨다)가 현재 『춘추(春秋)』 사가(四家)9)의 삭윤표(朔閏表)10)를 찬술(撰述)하고 있는데 두원개(杜元凱)11)가 정한 장력(長曆)이 일행(一行)12)의 설(說)과 맞지 않아 서로 고정(攷

---

3) 각학(閣學) : 내각 학사(內閣學士)

4) 옹방강(翁方綱) : 옹방강(1733~1818)은 중국 청(淸) 건륭(乾隆)~가경(嘉慶) 연간의 학자, 서예가. 1752년(건륭 17) 진사로 내각학사에 올랐다. 경학(經學), 역사, 문학에 박식하고 특히 금석학(金石學), 비판(碑版) 등에 정밀한 고증 업적을 남긴 금석학자이다.

5) 만수정 : 황제의 생일. 여기서는 1790년 8월 13일 건륭제의 80세 생일.

6) 성경(盛京) : 중국 요녕성(遼寧省) 심양(瀋陽).

7) 유득공(柳得恭) : 유득공(1748~1807)은 조선 정조 때의 북학파(北學派) 학자로 박제가, 이덕무, 서이수와 함께 '규장각(奎章閣) 4검서(檢書)'의 일인. 문학에 뛰어나 한시사가(漢詩四家)의 한 사람으로 꼽히며, 『발해고(渤海考)』, 『사군지(四郡志)』 등 의미 있는 역사 저술도 남겼다.

8) 혼개도설집전(渾蓋圖說集箋) : 중국 명말의 학자 이지조(李之藻, 1571~1630)가 저술한 『혼개통헌도설(渾蓋通憲圖說)』을 서호수가 해설한 책.

9) 춘추(春秋) 사가(四家) : 중국 역법(曆法)의 대가(大家) 4인. 즉, 부인균(傅仁均)·이순풍(李淳風)·남궁열(南宮說)·일행(一行).

10) 삭윤표(朔閏表) : 천체 운행 관측에 의거해 만든 장구한 천세력(千歲曆).

11) 두원개(杜元凱) : 두예(杜預, 222~284). 서진(西晉)의 문신(文臣), 무신(武臣), 학자. 원개(元凱)는 자(字)이다. 여러 전투에서 전공이 높아 당양현후(當陽縣侯)에 봉해진 정도이다. 전쟁이 없을 때는 경학 연구에 정통했는데, 특히 『춘추(春秋)』에 뛰어나 저서 『춘추좌씨경전집해(春秋左氏經傳集解)』는 후세에 통행하는 『좌전(左傳)』의 주본(注本)이 되었고, 십삼경주소(十三經注疏)에 편입되었다. 그밖에 『춘추석례(春秋釋例)』와 『춘추장력(春秋長曆)』이 있다. 임종욱(편), 『중국역대인명사전』, 2010, 이회문화사 참조.

12) 일행(一行) : 일행(683~727)은 중국 당나라 현종(玄宗) 때 밀교 승려로 중국 천문역법을 개척한 천문학자이다. 724년에 역법 개편을 시작하여 『대연력(大衍

訂)하는 중입니다. 서 부사(徐副使)께서는 어느 설을 옳다고 하시는지요?" 하고, 또 묻기를, "서공(徐公)이 일행의 대연력(大衍曆)13)을 응당 보셨을 것입니다. 옳다고 여기십니까?" 하고, 또 묻기를, "아무개가 보내 드리고자 하오니, 서공(徐公)께서 전에 본 춘추 삭윤설(春秋朔閏說) 중에서 몇 가지 논설을 써서 보여 주어, 졸저(拙著) 속에 싣는 데 도움이 되게 해 주십시오." 한다. 나는 편지를 보내어 이렇게 답하였다. "서양(西洋)의 새 역법(曆法)은 옛 법과는 아주 다릅니다. 북극(北極)에 남북의 고저(高低)가 있어 낮과 밤이 반대(反對)되고, 시각(時刻)에 동서의 조만(早晚)이 있어 절후(節候)가 서로 차이가 나는 것입니다. 이것은 땅이 둥글다는 이치입니다. 옛날에는, 천행(天行)이 일행(日行)보다 빨라서 그 차이만큼 천행이 동으로 지나치고, 월행(月行)이 일행(日行)보다 더뎌서 그 차이만큼 세(歲)가 동으로 당겨진다고 말하였으나, 지금은 항성(恒星)이 동으로 간다고 말합니다. 옛날에는 해[日]에 영축(盈縮)14)의 손익(損益)이 있고, 달[月]에 지질(遲疾)15)의 손익이 있다고 말했으나, 지금은 해와 달에 바퀴의 대소가 있고, 그 궤도(軌道)에도

曆』52권을 완성시켰는데 이 역법에 의한 태음력(太陰曆)이 그의 사후 729년부터 전국에 반포되고 일본에도 전해졌다. 한국사전연구사(편). 『종교학대사전』, 1998 참조.

13) 대연력(大衍曆) : 일행(一行)이 현종의 칙명으로 만든 역(曆). 종래의 역법에 의한 일식 추보(推步) 오류가 나타나자 일행에게 새 역(曆)을 만들게 한 것이다.

14) 영축(盈縮) : 영축은 태양이 케플러(Kepler)의 제2법칙에 따라 천구 상에서의 운행에 빠름과 느림이 생기는 것을 의미하는데, 영(盈)은 시태양(視太陽)이 평균 태양보다 앞서게 운행하는 동안이고, 축(縮)은 시태양이 평균 태양보다 느리게 운행하는 기간을 의미한다. 세종대왕기념사업회, 『한국고전용어사전』, 2001.

15) 지질(遲疾) : 달의 공전(公轉)에서, 근지점(近地點)으로부터 원지점(遠地點)까지는 달이 평균 운동(平均運動)보다 앞서 가기 때문에 이 구간(區間)을 질(疾)이라 하고, 원지점에서 근지점 사이에서는 반대로 달이 평균 운동보다 느리게 가기 때문에 이 구간을 지(遲)라 하며, 이 둘을 통칭해 지질(遲疾)이라고 한다. 세종대왕기념사업회, 『한국고전용어사전』, 2001.

높고 낮음이 있다고 말합니다. 지금 것이 고의로 옛것과 다르게 하는 것이 아니라 실측(實測)해 보니 그러한 것입니다. 서력(西曆) 이전에는 오직 곽 태사(郭太史)[16]의 수시력(授時曆)[17]을 가장 정밀하다고 불렀습니다. 대체로, 그것은 오직 측량(測量)을 주로 하여 희화빈전(羲和賓餞)[18]의 뜻을 알았기 때문입니다. 한(漢) 나라 태초력(太初曆)[19]은 황종(黃鐘)[20]에서 수(數)를 일으켰고, 당 나라의 대연력(大衍曆)은 대연지

---

16) 곽 태사(郭太史) : 곽수경(郭守敬, 1231~1316). 중국 원(元)나라의 천문학자. 1276 년 (세조 13) 황명으로 천문관측소 사천대(司天臺)를 세우고 간의(簡儀)와 앙의 (仰儀), 규표(圭表), 경부(景符) 등 기물을 제작하고 왕순(王恂) 등과『수시력(授 時曆)』을 제정하였다. 1279에는 전국 27곳에 관측소를 설치하고 이듬 해『수시 력』 21권이 완성되자 전국에 반포하였다. 임종욱(편),『중국역대인명사전』, 이회 문화사, 2010 참조.

17) 수시력(授時曆) : 1년을 365.2425일로 정한 대단히 정밀하고 정확한 역법. 1281 년 원나라 허형(許衡), 왕순(王恂), 곽수경(郭守敬) 등에 의해 측정되어 시행된 역법으로 명 왕조에서도 이름만 바뀐 대통력(大統曆)으로 1644년 청 왕조 건국 때까지 약 380년 동안 사용되었다. 허형은 역대 역리(曆理)에 밝고, 왕순은 산 법(算法)에 정통했으며, 곽수경은 관측기계 제작과 천체관측에 탁월하여, 정확 한 관측치에 기초를 두고 창조적 계산법을 쓰며 과거 인습을 일신한 중국역대 가장 우수한 역법이었다. 우리나라에는 고려 충선왕 때 전래되어 그 일부만 사 용되었고, 1442년(세종 24)에 이르러 수시력과 대통력이『칠정산내편(七政算內 篇)』으로 편찬되어 1653년(효종 4) 시헌력(時憲曆)으로 바꾸어 쓸 때까지 사용 되었다. 한국학중앙연구원,『한국민족문화대백과』 참조.

18) 희화빈전(羲和賓餞) : "희씨(羲氏)가 동에서 해 돋는 것을 맞이하고[賓], 화씨(和 氏)가 서녘에서 해와 달이 지는 것을 전송하게[餞] 하였다"는,『서경(書經)』,「요 전(堯典)」에 나오는 고사. 즉 일월의 출몰을 실제로 일월출몰이 있는 곳에서 관 측한다는 뜻으로 쓴 말. 역문 각주 참조.

19) 태초력(太初曆) : 태초력은 기원전 104년 중국 한(漢) 무제(武帝, BC 156~87) 태 초(太初) 원년에 천문역법(天文曆法) 담당 태사령(太史令) 사마천(司馬遷, BC 145~86) 등이 역법 개혁을 주장하여 굉등평(閎鄧平)이 만든 역서(曆書)로, 태초 원년을 역(曆)의 원점(元點)으로 하고, 그 체(體)는 십구년칠윤법(十九年七閏法) 을 사용하고, 1년을 동지에서 시작하여 12등분하였다. 중국 최초의 통일된 공식 역(曆)으로 이로부터 천체력(天體曆)이 발달하며 동양 역법의 표준이 되었다.

20) 황종(黃鐘) : 음률(音律)의 명칭. 동양 음악에서 음률의 기본이 되는 십이율(十二

수(大衍之數),[21] 즉 시책(蓍策 점치는 산대)에서 수(數)를 일으켰으니, 근원을 근원으로 하고, 근본을 근본으로 하여 종횡으로 펴서 벌여 놓은 것입니다. 반고(班固)의 『한서(漢書)』 역지(曆志)와 『당서(唐書)』의 역의(曆議)를 선유(先儒)가 매우 칭찬하였습니다. 그러나 초하루와 보름이 분명치 않으며 교(交)와 식(食)[22]이 맞지 않아서, 마침내 하늘을 공경히 살피어 백성에게 때를 주는 일에 실익(實益)이 없었습니다. 대체로, 악(樂)과 역(曆), 역(易)과 역(曆)의 이치는 하나로 통하지 않은 적이 없지만, 그 법은 아주 다른 것이니, 결코 억지로 갖다 붙여서 현혹(眩惑)하게 만들어서는 안 될 것입니다. 태초(太初) 이상으로부터, 또는 주인(疇人)[23]의 자제가 관직을 잃고 분산한 때를 당하여 역학(曆學)이 확실치 않아져서 인경(麟經)[24]의 일부(一部)를 모색(摸索)하였으며, 부자(夫子)[25]가 구사(舊史)에 따라 그대로 만들었으므로, 여기에 적힌 삭(朔)과 윤(閏)은 반드시 천행(天行)과 더불어 선후(先後)합니다. 가령

律: 六律과 六宮) 가운데 가장 긴 것으로 육률(六律)의 첫째 음이며, 계절로는 11월, 간지는 자(子), 오음(五音)에서는 우(羽)에 해당한다. 세종대왕기념사업회, 『한국고전용어사전』, 2001.

21) 대연지수(大衍之數) : 천지 음양 변화를 추측하는 데 사용하는 수. 역(易)에 있어서 기수(奇數)인 1, 3, 5, 7, 9를 천수(天數)라 하고, 우수(偶數)인 2, 4, 6, 8, 10을 지수(地數)라고 하여, 천지의 수를 합계하면 55가 되는데, 그 대수를 들어 50으로 하고 이것을 대연지수라고 한다. 역문 주석 참조.

22) 교(交)와 식(食) : 일식(日食)과 월식(月食)이 일어나는 현상.

23) 주인(疇人) : 대대로 천문(天文)·역산(曆算)·악률(樂律)을 업으로 계승하는 사람. 주(周) 왕실이 쇠미해지자 배신(陪臣)이 집정(執政)하고 사관(史官)은 시(時)를 기록하지 않고 임금은 삭일(朔日)을 고하지 않게 되며, 주인(疇人) 자제들은 관직을 잃고 분산했다는 뜻. 후세에 주인(疇人)은 오직 역산가(曆算家)만을 일컬었다.

24) 인경(麟經) : 『춘추(春秋)』의 다른 이름. 공자가 『春秋』를 지을 때, 노(魯) 나라 은공(隱公) 원년부터 기록을 시작해서 애공(哀公) 14년 봄 "남쪽에서 기린을 잡았다(南狩獲麟)"로 마쳤으므로 인경(麟經)이라 한다.

25) 부자(夫子) : 공자(孔子)

은공(隱公) 3년 2월의 일식(日食)은 간지(干支)만 적고 삭(朔)을 적지 않았으며, 환공(桓公) 17년 10월의 일식은 삭(朔)만 적고 간지(干支)는 적지 않았습니다. 대체로 일월(日月)이 교회(交會)하는 것은 경(經)과 위(緯)가 도(度)를 같이하는 것입니다. 그런 뒤에, 달이 해[日]를 가려서 일식하는 것입니다. 그러나 일식을 하였다고 해서 삭(朔)이 없는 일은 없는 것이니, 간지를 적으면 그것이 삭(朔)이라는 것을 알 수 있고 삭(朔)을 적으면 그 간지를 미루어 알 수 있습니다. 그러나 문례(文例)는 엄중한 것인데, 어떤 것은 쓰고 어떤 것은 쓰지 않은 것은 관(官)의 실수인 것입니다. 그런데 부자(夫子)가 그대로 따랐습니다. 또, 희공(僖公) 15년 5월의 일식에는 간지도 삭(朔)도 쓰지 않았으니, 좌씨(左氏)가 관(官)의 실수라고 하였습니다. 그런데, 부자(夫子)는 또한 그대로 따랐습니다. 원개(元凱)가 정한 것이나 일행의 추보가 또한 적년지수(積年之數)로 견강부회하여 맞추기를 힘쓴 것에 불과한 것으로서 다 장님 코끼리 만지는 식의 견해에 지나지 않을 뿐입니다. 만약, 새 역법(曆法)을 써서 통적법(通積法)을 찾고 기응(氣應)을 감하여 지나간 옛것을 소급하여 상고한다면 춘추 삭망(春秋朔望)의 간지(干支)가 곧 거기에 있을 것이니, 반드시 원개(元凱), 일행(一行)의 우열(優劣)을 비교할 것은 없습니다. 『서양역지(西洋曆指)』속에 고금(古今)의 교(交), 식(食)의 고증이 있어서 『춘추(春秋)』이래의 윤(閏)을 두는 것과 일식과 월식 측정을 잘못한 것에 대해 기재하였으며, 『흠정역상고성(欽定曆象考成)』[26]의 월리편(月離篇)에는 회(晦)[27], 삭(朔)[28], 현(弦)[29], 망(望)[30]이 그렇게

---

26) 흠정역상고성(欽定曆象考成) : 강희제(康熙帝)의 칙령으로 아담 샬(Adam Schall von Bell, 蕩若望)의 『신법서양역서(新法西洋曆書)』를 저본으로 보완, 정비하여 1723년 상하(上下) 2편. 42권으로 간행된 천문학서. 그 후 1742년 흠천감감정 쾨글러(Kögler, 戴進賢)와 흠천감감부 페레이라(Pereira, 徐懋德)가 「일전월리표(日纏月離表)」를 교정, 해설, 보완하여 『역상고성(曆象考成)』후편이 출간되었다.
27) 회(晦) : 음력 그믐날.

되는 까닭을 밝혔으니, 그 두 가지 책을 참조한다면 원개, 일행의 잘 못을 정정하는 데 유익할 것 같습니다." 하였다.

〈주석 : 장정란〉

---

28) 삭(朔) : 음력 초하루.
29) 현(弦) : 음력 초승.
30) 망(望) : 음력 보름.

『燕行記事』

「聞見雜記」1)

-(上略)- 聞倭人之酒 釀於松桶 埋於地中 三年而後出 故其味甚淡 亦有松臭 雖置炎蒸之地 香洌無減 西洋國所謂葡萄酒 色淸而綠 味如倭酒而亦佳云 -(下略)-

【역문】「문견잡기」2)

-(상략)- 들으니, 왜인(倭人)의 술은 소나무 통에 빚어서 땅속에 묻

---

* 이갑(李坤, 1737~1795)의 1777년 연행록. 이갑은 조선 후기 영조 정조 시기의 문신으로 1777년(정조 1) 10월부터 이듬해 1778년 3월까지 동지 겸 진주사(冬至兼陳奏使) 부사(副使)로 중국에 다녀온 기록이 『연행기사(燕行記事)』다. 『연행기사』는 「기사(記事)」 상·하 2편, 「문견잡기(聞見雜記)」 상·하 2편, 「시(詩)」로 나누어 일기체로 서술하였다. 「기사」는 정유년 기사를 상(上), 무술년 기사를 하(下)로 분류하고, 「문견잡기」는 풍토와 제도에 관한 내용은 상, 지리와 민속에 관한 내용은 하에 기록하였다. 그리고 사행 때 지은 시를 맨 뒤에 붙였다. 이갑은 서양과 서학에 대해 우호적이었는데, 연행록 간행 시기 조선 정국이 천주교를 억압하는 상황이어서 서양 관련 기술 중 의도적으로 삭제된 부분이 있는 것은 아쉬운 점이다. (안소라, 「李坤의 생애와 연행에 대한 一考察 - 燕行記事를 중심으로 - 」, 한국어문학국제학술포럼, 2014 참조.)
* 『연행기사(燕行記事)』는 1777년 7월 27일 사행을 임명받고 정사, 부사, 서장관이 처음 혜민서(惠民署)에 모여 회의한 기록부터 1778년 3월 29일 입궐 복명까지의 기록이다.
* 역문 : 김동주, 이식, 『연행기사』, 한국고전번역원, 1976.
1) 『연행기사(燕行記事)』 중 「聞見雜記」에는 총 102건을 기록하였다. 상편에 실린 외국의 풍토 및 제도에 관한 고찰 중 한 부분이다.
2) 『연행기사』, 聞見雜記 上, 雜記

었다가 3년 뒤에 꺼내기 때문에 맛이 매우 순하고 솔 냄새가 나며, 불같이 찌는 데에 두어도 향기롭고 맑은 것이 감하지 않는다고 한다. 서양(西洋)의 소위 포도주(葡萄酒)는 빛이 맑고 푸르며 맛이 왜주(倭酒)와 같은데, 또한 아름답다고 한다. -(하략)-

「聞見雜記」3)

−(上略)− 西洋人若干 雖隷於欽天監 以修曆法 而其餘則外夷無入仕者
此則仕宦與滿州同 外國雖通物貨 俱有防限操切 而此則商賈互相往來無
間 八旗之制 選任之規 各項差役 一如淸人 而實則其中煞有界限 渠輩亦
各從其類 有若淸漢之終不相混 −(中略)− 西洋國在西南海中 最西於中國
故謂之大西 距中國計程爲九萬里 舟行六萬餘里 至小西天竺國 登岸換舟
行二三月方到中國 大抵自大西航海二三年 始抵小西 若得順風 晝夜兼行
則半載而至 或過大浪山 不得達小西者 必在黑人國 過冬二年始到小西
若陸路則過回回諸國 多深山曠野 樹木塞道 惡獸縱橫 盜賊肆行 言語不
通 其爲艱險 反不如海程 船高爲六七丈 闊亦稱之 而其制堅固 可容千餘
人 亦足以幷載一年所須之資 故五穀六畜 無不俱備 且不懼風浪 惟是慮
淺慮礁慮火而已 各舟皆置舟師 專掌指南車定向 占風計程而行 又有統水
手者三人 俱取通曉曆法天象者 晝考太陽之一度 夜考星宿之高下 瘴霧蔽
日 只記北極之出地 羅經之偏正 浮家泛宅 雖歷屢萬里 少無差池 地産則
五穀六畜 無異中國 日用則以麥爲主 至於蠶絲綿花 各有其時 如絨緞之
類 一疋之直 有或爲一二百金者 以利諾草作布則視綿 更堅且潔 一疋或
至十數金 此所謂西洋布 若壞弊則搗練爲紙 瑩潔耐久 果則葡萄爲上 釀
酒極佳 花則其名玫瑰者最貴 製造則有樂器水火器銅鐵玻瓈等器 而西琴
編簫二種爲妙 編簫則按手之法 與琴略同 但有層層 可以分奏合奏 凡風
雨鳥獸之聲 效之無不曲肖 以歌合之則其音尤爲淸婉 自鳴鍾則行於中國
已久 而其制則輪轉自擊 鏗鏗有聲 可以按候報時 奇器異玩 多不可記
■…■ 服飾則紬緞綾羅 與中國相似 而裁製頗異 雖大西諸國 其制亦各
不同 文官衣服 多用寬長 而當中作衽 不左不右 帽則方圓 各有其式 庶

---

3) 「聞見雜記」하편에 실린 서양 관련 지리 및 민속에 관한 고찰 중 한 부분.

民皆穿短衣 以便於動作 而內服純用白布 換着無常 全愛其潔云 而■…
■■…■其俗道不拾遺 夜不閉戶 或於交易之時 物有相左者則必查明還
送 皆以忠信爲重 有無相濟 不敢飾辭瞞人 以愛人如己爲道 暗偸者斫手
强盜者論死 男則養鬚 女則養髮 男子雖不養髮 稍長略翦去 而亦不盡剃
紀律則雖以德導民 亦有囹圄刑罰 但不用箠楚 而杖徒流等罪 略倣中國之
法 買賣則用本國所鑄之錢 錢有三種 小者以銅 中者以銀 上者以金 皆有
本國之號 凡宴禮則多設音樂以娛耳 俾心志不專在醉飽 大西諸國 皆設養
病院 養病院亦有三 有可醫之病 有不可醫之病 又有不可醫而傳染之病
此三類 各分其所 隨病救護 又爲養孤子與婦人之見黜於夫者 男女幼稚
俱使異處 稍長隨才教之 迨壯願婚者助之 俾無怨女曠夫 第宅之制 與中
國稍異 皆築磚石爲墻 專用沙灰 亦有木柱板壁 蓋所以圖久安而防火患也
至於宮殿則多用輕薄石板 或銅板或鉛板 以瓦蓋之 城池則每城必有敵樓
鳥銃以銅鑄爲佳 城門皆有弔橋矣 嫁娶則男女必待二十歲之後 而當婚雖
問容頦貧富 然必以德性爲主 女粧多賁金銀珠貝以送云 其人自明末始通
中國 來接各省 修道施敎 技藝精巧 占候觀星 尤盡其妙 皇明及淸人 使
之治理曆法 造成兵器 取士則其國中設三學 曰小學中學大學 又有六科考
文之法 彷彿中國科制 蓋其道也 遠於儒釋二氏 而實近於墨氏云 豈其然
耶 貢途則由廣東 厥貢國王像 金剛石 飾金劍 金箔書箱 珊瑚樹 珊瑚珠
琥珀珠 伽倆香 象牙 犀角 乳香 蘇合油 丁香 金銀 乳香 而以其地遠 故
貢期無定云 -(中略)- 荷蘭國在於東南海中 貢期五年一次 貢道由福建 厥
貢珊瑚鏡 織金毯 自鳴鍾 丁香 檀香 琥珀 鳥槍 火石 而舊貢則金銀 甲
鞍 桂皮 花被 褥木 白石畫小車 白小車 胡椒 織金緞 腰刀 羽緞 琉璃燈
琉璃杯 肉豆蔲 葡萄酒 象牙 後皆許免 其外有貢使 則進獻之數無定云
-(下略)-

-(상략)- 서양(西洋) 사람 약간이 흠천감(欽天監)에 예속되어 역법(曆
法)을 맡고 있지만 기타의 외이(外夷)로서 입사(入仕)한 자는 없는데 이
사람들은 만주 사람과 같다. 외국과는 비록 물화를 통하나 모두 한계
와 구속이 있는데 이 사람들은 상고(商賈)가 왕래하며 차별이 없다. 팔
기(八旗)제도5)와 선임(選任)하는 규정과 각항(各項) 차역(差役)도 청인
과 똑같다. 그러나 그중에도 한계는 있다. 이것은 그들이 각기 제 종
류를 따라서 마치 청인과 한인이 끝내 서로 섞이지 못하는 것과 같다.
-(중략)- 서양국(西洋國)은 서남 바다 가운데 있어 중국에서 가장 서쪽
이 되므로 대서(大西)라고 한다. 중국까지의 이정(里程)을 계산하면 9
만 리가 되는데, 배로 6만여 리를 가서 소서천축국(小西天竺國)에 이르
러 육지에 올라 배를 바꿔 타고 2, 3개월을 더 가야 바야흐로 중국에
이른다. 대체로 대서(大西)에서 2, 3년을 항해(航海)하여야 비로소 소서
(小西)에 이르는데, 순풍을 만나 밤낮으로 가면 반 년 만에도 도착한
다. 혹 대랑산(大浪山)6)을 지나다가 소서(小西)에 도달하지 못하는 자
는 반드시 흑인국(黑人國)에서 겨울을 지내고 2년 만에야 비로소 소서

---

4) 『연행기사』, 聞見雜記 下, 雜記

5) 팔기(八旗)제도 : 청(淸) 태조 누르하치(愛新覺羅 努爾哈赤, 1559~1626)가 1600년
   대 초에 설립한 만주족 특유의 군사·행정·사회조직. 초기 팔기는 만주족의 전통
   적 씨족제 행정편의에 의해 나누었으며 1620년대 몽골 군대를 흡수 통합하며 그
   들을 팔기에 포함시키고 후에 중국 한족(漢族) 군대를 팔기군으로 편성하였다.
   각 기는 5잘란[甲喇], 각 잘란은 5니루[牛彔]로 나뉘고 각 니루에는 300명의 장
   정이 속하였다. 병농일치(兵農一致) 및 국민개병(國民皆兵)을 원칙으로 하였다.

6) 대랑산(大浪山) : 아프리카 최남단에 있는 산으로 추정. 최한기(崔漢綺)는 『氣測
   體義』「推測錄」卷二 「推氣測理 地球右旋」에서 "서남양(西南洋)이란 아프리카(利
   未亞)인데, 남쪽으로 대랑산(大浪山), 북쪽으로 지중해(地中海), 동쪽으로 홍해(紅
   海)의 성로릉좌도(聖老楞佐島), 서쪽으로 성 토마스도(聖多黙島)에 이른다.(曰西
   南洋, 卽利未亞, 南至大浪山, 北至地中海, 東至西紅海聖老楞佐島, 西至聖多黙島)"
   라 하여 아프리카 최남단에 대랑산(大浪山)이 있다고 하였다.

(小西)에 도달한다. 육로(陸路)로 오게 되면 빙빙 돌아 여러 나라를 지나는데, 높은 산과 넓은 들이 많아 수목이 막히고 악수(惡獸)가 퍼져 있으며, 도적이 횡행하고 언어가 불통하여 어렵고 험한 것이 도리어 바닷길만도 못하다. 배(船) 높이는 6, 7장(丈)이요 너비도 그와 같은데, 그 제도가 견고하여 1000여 인을 수용할 수가 있다. 또 1년 동안 필요한 물자를 아울러 실을 수도 있다. 그러므로 오곡(五穀)·육축(六畜)을 구비하지 않은 것이 없고, 또 풍랑도 두려워하지 않는데, 오직 염려하는 것은 물이 얕거나 암초(暗礁)가 있거나 화재가 있을까 하는 걱정뿐이다. 각 배에는 모두 주사(舟師)를 두어 전적으로 나침반을 가지고 방향을 정하고 바람을 점치며 이정(里程)을 계산하여 행한다. 또 통수수(統水手)라는 3인이 있는데, 모두 역법(曆法)·천상(天象)에 정통한 자들이다. 그리하여 낮에는 태양(太陽)의 도수를 살피고 밤에는 별의 고하(高下)를 고찰하여, 장기(瘴氣)와 안개가 해를 가려도 다만 북극(北極)이 땅 위로 나온 것과 나침반이 치우쳤는지 바로 되어 있는지를 알아내므로 부가범택(浮家泛宅: 배나 배 안에 지은 집)이 비록 수만 리를 가더라도 조금도 차착이 없다. 땅에서 산출되는 것은 오곡·육축이 중국과 다를 것이 없고, 일용(日用)하는 것은 보리[麥]로 주장을 삼으며, 잠사(蠶絲)와 면화(綿花)에 이르러서는 각각 그 시기가 있고, 융단(絨緞) 같은 것은 1필 값이 1, 2백 금이나 되는 것도 있다. 이락초(利諾草)로 베를 짜면 면포보다 더 튼튼하고 깨끗한데 1필 값이 십수 금에 이르기도 한다. 이것이 서양포(西洋布)라는 것인데 떨어져 해진 것을 빨아 다듬어서 종이를 만들면 결백하고 오래 간다. 과일은 포도(葡萄)가 상품(上品)인데 술을 빚으면 극히 좋다. 꽃은 매괴(玫瑰)[7]라는 것이 가장 귀하고 제조품(製造品)으로는 악기(樂器)·수화기(水火器)[8]·동철(銅

---

7) 매괴(玫瑰) : 장미꽃.
8) 수화기(水火器) : 소화기(消火器).

鐵)·파려(玻瓈)9) 등의 그릇이 있고, 악기로는 서금(西琴)10)·편소(編簫) 두 종류가 묘하다. 편소는 손을 쓰는 법이 거문고[琴]와 대강 같으나, 층층(層層)이 있어 분주(分奏)할 수도 있고 합주(合奏)할 수도 있다. 그리하여 풍우(風雨)·조수(鳥獸)의 소리를 흉내 내면 꼭 같지 않은 것이 없고, 노래를 합주하면 그 소리가 더욱 맑고 곱다. 자명종(自鳴鐘)11)은 중국에서 사용된 지가 이미 오래인데, 그 제도는 빙빙 돌다가 저절로 치며 땡땡 소리가 나서 시간을 알리는 것이다. 기타 기이한 그릇과 이상한 완구(玩具)가 많아서 다 기록할 수 없다. ■ ■ ■ ■ ■ 복식(服飾)에 있어서는, 주단(紬緞)12)·능라(綾羅)13)는 중국과 같은데 옷 만드는 재제(裁製)는 매우 다르다. 대서(大西) 여러 나라들끼리도 그 제도는 또한 각각 같지 않다. 문관(文官)의 의복은 흔히 넉넉하고 긴 것을 쓰며, 한가운데에 옷깃을 만들어서 좌임(左衽)도 우임(右衽)14)도 하지 않는다. 모자는 모나고 둥근 것이 각각 그 법식이 있다. 서민(庶民)은 모두 짧은 옷을 입어서 동작이 편하게 한다. 내복(內服)은 백포(白布)만을 쓰는데 때때로 바꿔 입어서 모두 깨끗한 것을 좋아한다고 한다. ■ ■ ■ ■ ■ 그들의 풍속은 길에 흘린 것을 줍지 않고 밤에 문을 닫지 않으며, 혹은 교역(交易)할 때 물건이 서로 틀리는 것이 있으면 반드시 조사하여 도로 보내는 등 모두 정직함을 중하게 여긴다. 있고 없는 것을 서로 도와주며, 감히 말을 꾸며 남을 속이지 않는다. 남 사랑하기를 자기와 같이 하는 것으로 도(道)를 삼아, 도둑질하는 자는 손을 자

---

9) 파려(玻瓈) : 수정(水晶).

10) 서금(西琴) : 풍금.

11) 자명종(自鳴鐘) : 정해진 시각에 종이 울리는 시계.

12) 주단(紬緞) : 명주와 비단.

13) 능라(綾羅) : 무늬가 있는 두꺼운 비단과 얇은 비단.

14) 좌임(左衽) 우임(右衽) : 좌임 - 옷깃을 왼쪽으로 여미기·우임 - 옷깃을 오른쪽으로 여미기.

르고, 강도질을 한 자는 사형으로 논한다. 남자는 수염을 기르고 여자는 머리를 기른다. 남자는 머리를 기르지 않는데 조금 길면 대강 잘라버릴 뿐 다 깎지는 않는다. 기율(紀律)은, 비록 덕으로 백성을 인도하기는 하나 또한 감옥과 형벌이 있다. 다만 매[箠楚]15)는 때리지 않고 장(杖)·도(徒)·유(流)16) 등의 죄는 대강 중국의 법과 같다. 매매에는 본국에서 만든 돈을 쓰는데 돈에는 세 가지가 있다. 작은 것은 동(銅)으로 하고 중간 것은 은(銀), 큰 것은 금(金)으로 하는데 모두 본국의 이름이 있다. 무릇 연례(宴禮)에는 흔히 음악을 베풀어 귀를 즐겁게 함으로써 마음이 취포(醉飽)에만 있지 않게 한다. 대서(大西) 여러 나라가 모두 양병원(養病院)을 설치하고 있는데 여기에는 또한 3종이 있다. 병에는 고칠 수 있는 것과 고치지 못할 것이 있으며 또 고칠 수 없는 동시에 전염까지 하는 병이 있는데, 이 세 종류를 각각 경우를 나누어 병에 따라 구호(救護)한다. 또 고아와 남편에게 버림받은 과부를 보호는 곳이 있는데, 남녀 어린이를 모두 따로 거처하게 하며 조금 자라면 재주에 따라 가르치고 장성하면 혼인을 원하는 자는 도와주어 원녀(怨女)·광부(曠夫)가 없게 한다. 제택(第宅)의 제도는 중국과 조금 다르다. 모두 벽돌을 쌓아 담을 만드는데 오직 모래와 회(灰)만을 쓰고, 또 나무 기둥과 판자벽이 있으니 이것은 오래도록 편안히 살기 위한 것이며 또 화재를 막기 위한 것이기도 하다. 궁전(宮殿)은 가볍고 얇은 석판(石版)이나 동판(銅版)·연판(鉛板) 등을 많이 쓰며 기와를 덮는다. 성지(城池)는 성마다 반드시 적루(敵樓)가 있고, 조총(鳥銃)은 동(銅)으로 부어 만든 것을 제일로 치며, 성문에는 모두 적교(吊橋)17)가 있다. 가

---

15) 매[箠楚] 추초 : 채찍과 회초리.

16) 장(杖)·도(徒)·유(流) : 장 - 볼기를 치는 형벌·도 - 국가가 정한 곳에서 1~3년간 노역하는 형벌·유 - 귀양 보내는 형벌.

17) 적교(吊橋) : 성문 등에 매달아 놓고 올렸다 내렸다 하는 다리.

취(嫁娶)는 남녀가 반드시 20세를 넘어야 한다. 그런데 이때 비록 용모와 빈부(貧富)를 따지기는 하나, 반드시 덕성(德性)으로 주장을 삼는다. 여자의 자본[資粧]으로는 금은(金銀)·주패(珠貝)를 많이 싸 보낸다고 한다. 서양 사람들은 명나라 말년부터 비로소 중국에 오기 시작, 각성(各省)에 주접(住接)하여 도(道)를 닦고 교육을 실시하였다. 그런데 기예(技藝)가 정교(精巧)하여 기후를 점치고 별[星]을 보는 것이 더욱 묘하였다. 그리하여 명(明), 청(淸) 사람들은 그들에게 역법(曆法)을 다스리고 병기(兵器)를 만들게 하였다. 인재를 뽑는 것은, 그 나라에 소학(小學)·중학(中學)·대학(大學)의 삼학(三學)을 두었으며, 또 여섯 과목(科目)으로 문(文)을 고시(考試)하는 법이 있는데 중국의 과거 제도와 비슷하다. 그들의 도(道)는 유가(儒家)·석씨(釋氏)와는 멀고 실상 묵씨(墨氏)[18]에 가깝다고 하는데 과연 그런지 모르겠다. 조공하는 길은 광동(廣東)을 거치며, 그 물품은 국왕(國王)의 상(像)과 금강석(金剛石), 그리고 금으로 장식한 칼과 금박(金箔)·서상(書箱)·산호주(珊瑚珠)·호박주(琥珀珠)·가남향(伽備香)·상아(象牙)·서각(犀角)·유향(乳香)·소합유(蘇合油)·정향(丁香)·금은(金銀) 등이다. 그런데 멀리 떨어져 있기 때문에 조공하는 시기는 일정하지 않다고 한다. -(중략)- 하란국(荷蘭國)[19]은 동남해 가운데에 있다. 조공하는 기한은 5년에 한 번이고 조공하는 길은 복건을 거친다. 조공하는 물품은 산호경(珊瑚鏡)·직금담(織金毯)·자명종(自鳴鍾)·정향(丁香)·단향(檀香)·호박(琥珀)·조창(鳥槍)·화기(火器)이다. 예전에 조공하던 것은 금은갑안(金銀甲鞍)·계피(桂皮)·화피요[花被褥]·목백석(木白石)·화소거(畫小車)·백소거(白小車)·호초(胡椒)·직금

---

18) 유가(儒家)·석씨(釋氏)와는 멀고 실상 묵씨(墨氏) : 유가 - 유학, 석씨 - 불교, 묵씨 - 겸애·절약의 실천을 주장하고 전쟁을 반대한 실리주의적 철학자 묵자(墨子)를 계승한 사상.

19) 하란국(荷蘭國) : 네덜란드.

단(織金緞)·요도(腰刀)·우단(羽緞)·유리등(琉璃燈)·유리배(琉璃盃)·육두
구(肉豆蔲)·포도주(葡萄酒)·상아(象牙)인데, 뒤에 다 면제하였다. 그 밖
에 공사(貢使)가 있으나 진헌(進獻)하는 숫자에는 정한 것이 없다 한
다. -(하략)-

〈주석 : 장정란〉

『燕行錄』

「十二日 晴」

-(上略)- 聞城中有東西兩天主殿 而西天主殿 距此不遠云 故自禮部而 直往焉 過闕之正門 題曰 大淸門其首都城正南門 曰正陽門正陽大淸其間 僅百步矣 由正陽門內循城 而西至于天主殿 殿在宣武門內 所謂天主殿 卽西洋國人 所居之處 而其國之俗 崇主耶蘇之敎 故立天主殿而繪其像 內爲焚香供奉之廟 謂耶蘇 卽西洋國之異人也 其學以理 主拾天爲宗 故 曰 天主側又造其居處之舍矣 盖西洋國 在西海扣萬里之外 航海而入焉 皇明神宗時 西洋利瑪竇等入中國 故神宗皇帝 命留內地 而渠亦願留 故 欲大行耶蘇之學於中國也】出給財力 使模倣其國之制 造成所居之處者也 其後西洋人 又有入朝者 至今如一 而來者鮮得復還云 其殿之制 天照凡 他 所謂樓閣者 雖以口言之不 能形容其彷彿 況以文墨 爲能寫出其萬一 哉 雖然若其大槩 則殿制狹而長 不以廣爲面 而以長爲面 其前面則立大 石柱而作三層 其三層皆石柱 而其長皆可二丈餘 東西五間也 其層層 連 楹之除 以汲雕鎆 而爲棟爲 礎具無簷焉 其壁則精築以覽 而加灰漆焉 下

---

* 김순협(金舜協, 1693~1732)의 1729년(영조 5) 연행록. 호 오우당(五友堂).『연행록』 은 사행 당시 종부시(宗簿寺) 낭청(郎廳)이던 김순협이 동지 사은 정사(冬至謝恩 正使)인 종친 여천군(驪川君) 이증(李增)의 수행원으로 연행하며 기록한 일기(日 記)이다. 상·하 2권 2책 필사본으로, 1729년 8월 10일 임금에게 하직 인사를 드린 때부터 이듬해 1730년 1월 18일 한양에 도착한 때까지의 견문을 국내에서는 정 사(正使) 위치에서 대필하듯 기록하고, 중국 입국에서부터 귀가까지는 자신의 입 장에서 기록하였다. 김순협의 호(號) '오우당(五友堂)'을 따서『오우당연행록(五友 堂燕行錄)』이라고도 한다.
* 『연행록(燕行錄)』은 1729년 8월 10일부터 1730년 1월 18일까지의 기록이다.
* 역문: 최강현,『오우당연행록』, 국학자료원, 1993.

層作一霓門 卽出入殿中之門也 其上層 分作三霓門 以爲照明之窓 其模
樣 大抵與牌樓同 又於上層掛日影 圓影圓大如平盤 周刻十二辰 其中象
日月兩明以黃金 一条作爲日影而橫之 又於殿室之上 立一大自鳴鐘 隨時
自擊 毫分不差云 余之初到天主殿時 見鐘 上童子先三擊 鐘繼四擊鐘 乃
辰正四刻云 又敎殿上最高處 立一風旗鐵柄 金色十字 其形前面所見如斯
而已 開門而入其中 仰視屋上 則元無一椽一榱 穹高而圓 狀如覆幔 深長
殿內 寥廓回瞻殿內 無非黃金之色 而炫轉熒煌 眼精眩奪 怳惚驚駭 莫測
其何如也 良久而細察 則其中所立之柱與架卓等 皆靑石花石五色石 紛人
之言 曰此非石也 和漆於木取出石色 此乃西俗之能技 而中州及諸國人之
所不能云 然而瞻視 而不見其非石 爬刮而盖覺其堅確 人雖曰非石吾不信
之 及其奉一枚 而輕甚然後 果知其木也 見北壁上 畫耶蘇像 自下作爲層
層石段 達于耶蘇像前 而因作長橋子 其上所置基燈等物 無非異常奇美矣
畫像之左右 各立雙金柱 其柱大而圓 於柱上以五色石層層圓搆 而飾以黃
金 其上下左右雕龍 篆雲文藻彩繪 輝煌照耀 奇異難狀 懸雙燈於前 畫恒
明燭 其燈之制 乃雙龍飛天之象 左右各附一板於楹上 而以金字大書 曰
無始無終 先作罄形 眞主宰 一曰宣仁宣義 聿昭拯[1]濟 大權衡 其上層空
金書大字曰 萬有眞元 見其東西壁 財每於一間 作霓門狀 而深其中正正
額澗 皆畫人形 或以二三 或以四五 而其爲畫也 則幼女倩盼 稚兒肥軟
如笑如喜 若將開話 如是者 東西皆五位 而各於其前置香鼎香燭焉 又周
立長架於列像之前 跌高二尺餘 以障外人之褻近 盖此長架 卽木板 而取
出石色者也 天主殿外西邊 有小閣 閣中空 而四壁畫 畫無細密者 而無非
絶妙 不可畫狀 見壁上畫笠閣之間 而閣中幽深平正 其中空澗 看看益遠
其內精置冊等於卓上 又糊細書於壁上 重楹小窓 歷歷如眞搆焉 犬立於門
而門是畫也 白馬回顧 而况如動蹄 其他唾器圓筒等物 無非逼眞 尤可異

者 交倚 有影花瓶 有陰樑頭之橫板 黃色白邊 而理痕拆㿩 丁寧新出於刀
斷之下 見之者 莫識其非眞 諸人或謂之木 或謂之畵 而副使尤責其謂畵
者 至於以手摩挲然後 始下其爲畵 而大笑焉 於此 足可知其神妙矣 有西
洋國人五入出待 其言語衣服亦一胡矣 而其目深而碧 其眉多而黑 其鼻㝡
長而輺揭 其髮頂細甲 而茂闊其紫焉 其顔皃 則潔白而精粹 五人之面皃
如一人矣 問其國之遠近 則曰九萬餘里云 且曰天下地方 旣分西洋東洋
故東海之外 有東洋大國及諸他小國 西海之外 亦有西洋大國及諸他小國
不知有東洋西洋者 羑異於管窺云云 聞其人精於曆術 類故其中一人於欽
天監 而以特恩 加禮部侍郎 其姓名即戴進賢也 又其內 有渠輩所居之家
而家舍極妙 不使外人而輕入矣 大抵西洋人之學 闢佛廊如 而所宗主者
上天與正理 然亦一異端云 周覽而還 日已欹午 是日也令繕治所處之房突
夜大雪 -(下略)-

【역문】「12일 맑음」2)

　-(상략)- 듣건데, 성중에 동서 두 천주전(天主殿)이 있는데, 서천주
전3)은 거리가 여기서 멀지 않다고 하였으므로 예부에서 곧바로 갔습
니다. 정문을 지나니, "대청문(大淸門)"이라고 쓰여 있고, 그 앞에 정남

---

2) 12일 : 1729년 10월 12일. 『燕行錄』 권2에 수록.
3) 서천주전 : 서천주전이 아닌 남천주당(南天主堂)이다. 아담 샬(Adam Schall von
　Bell, 湯若望, 1592~1666)이 청(淸) 순치제(順治帝)로부터 하사받은 부지에 1650
　년 착공 1652년 준공한 중국 최초의 유럽식 건축양식 성당이다. 북경의 유일한
　천주교회였으므로 처음에는 단순히 천주당으로 불리다가, 1662년 동당(東天主
　堂)이 세워지자 서당(西天主堂)이라고 칭하였고, 1703년 북경 북부에 북당(北天
　主堂)이 건립되자 그 후로 남당(南堂)으로 불리게 되었다. 따라서 김순협이 조선
　사신 숙소에서 멀지 않다고 기록한 선무문 안의 서천주전은 남당이다. 장정란,
　『그리스도교의 중국 전래와 동서문화의 대립』, 부산교회사연구소, 1997, 62~67
　쪽 참조

문이 있는데, "정양문(正陽門)"이라고 하였습니다. 정양문과 대청문의 사이는 겨우 약 200m 정도였습니다. 정양문을 지나서 안을 성을 서쪽으로 도니, 천주전에 이르는데, 천주전은 선무문(宣武門)안에 있었습니다. 이른바 천주전은 곧 서양국 사람들이 사는 곳으로, 그 나라의 풍속이 예수교[耶蘇敎]를 주장하는 까닭으로 천주전을 세워서 그 상을 그려놓고, 향을 사르면서 받들어 모시는 곳으로 삼고 있었습니다. 이른바 예수는 곧 서양국 이인(異人)입니다. 그 학문은 이치로서 하늘을 받들어 주장하고 있는 까닭으로 "천주(天主)"라 하고, 그 옆에 또 그들이 거처할 집을 지었습니다. 대체로 서양의 나라들은 서해 9만 리 밖에 있어서 바다를 거쳐서 들어왔습니다. 명나라 신종(神宗) 때에 서양인 마태오 리치[利瑪竇] 등이 중국에 들어온 까닭으로 신종황제가 중국에서 머물도록 명하였고, 그들도 또한 머물기를 원한 까닭으로【예수교가 중국에 크게 행하여지도록 하고자 함이었습니다.】 많은 재물을 내어 그 나라의 제도를 모방하여 그들이 머물러 살 집을 지어 주기도 하였습니다. 그 뒤로는 중국에 들어와 벼슬살이하는 사람들이 이제까지 한결같으며, 다시 우리나라로 돌아가려는 사람도 드물다고 하였습니다. 그 천주전의 제도는 일반 다른 건물들과는 크게 달라서 이른바 누각이라는 것은 비록 입으로 그것을 말한다고 하여도 비슷하게 그려낼 수가 없습니다. 하물며 글이나 그림으로는 그 만분의 일조차도 그려낼 수가 없음이 당연하였습니다. 비록 그러나 만약 그 대개를 소개할 것 같으면 전(殿)의 제도는 좁고 길었습니다. 넓은 쪽을 낯으로 하지 않고, 긴 쪽으로 낯을 삼아서 그 앞면에는 큰 돌기둥을 세워 3층을 만들었는데, 그 3층은 모두 돌기둥으로 길이가 약 4m 남짓하며, 동서로는 5간이나 되었습니다. 그 층층은 기둥의 가를 이어 돌로 조각하여 마룻대를 삼기도 하고 주초를 삼기도 하였는데, 따로 처마는 없었습니다. 그 벽은 구은 벽돌을 가지고 정교하게 쌓고 회칠을 더하였습니다. 아래층에는 하나의 무지개문을 만들었으니, 곧 드나드는 문이었습니다. 그 위층에는 세 개의 무지개문을 나누어 내었으니, 조명을 위한 창문이라고 생각되었습니다. 그 모양은 대체로 패루와 같았으며, 또 위층에 해바퀴를 걸어 놓았는데, 크기가 보통 소반만 하였습니다. 주위에는 12때를 새겼고, 그 가운데에 해와 달의 모양을 둘 다 황금으로 밝게 그렸으되, 한 가지가 해그림자를 만들도록 가로 놓았고[4], 또 천주전의 지붕 위에는 하나의 큰 자명종을 세워 놓아서 때에 따라 스스로 종을 치니, 추호만큼도 틀림이 없다고 하였습니다. 제가 처음 천주당에 갔을 때에 종을 보니, 위에 어린 아이가 먼저 세 번을 치매, 종이 따라서 네 번 쟁을 쳤습니다. 곧 이때가 바로 60분[四刻]이라고 하였습니다. 또 전각 위의 가장 높은 곳에는 하나의 바람개비 쇠자루[鐵柄]와 금색으로 된 십자(十字)가 세워져 있었으니, 그 모양은 앞면에서 본 것과 같을 뿐이었습니다. 문을 열고 그 안으로 들어가서 지붕 위를 우러러 보니, 원래 하나의 서까래나 들보도 없이 하늘처럼 높고 둥근 모양인데, 장막을 덮어 놓은 듯하였습니다. 깊고 길며 조용하고 열린 곳을 돌아가며 쳐다보니, 전각 안에는 황금빛 아닌 것이 없어서 번쩍번쩍 빛나서 눈이 부시게 황홀하여 놀랍기 그지없으니 그것들이 어떠한 것인지 헤아릴 수가 없었습니다. 오랫동안 자세히 살펴보니, 그 가운데에 세워 놓은 기둥과 시렁과 탁자들이 모두 푸른 돌과 꽃무늬돌과 오색돌인데, 사람들이 말하기를, "이것은 돌이 아니고, 나무에다가 칠을 섞어서 돌빛을 내어 만든 것이니, 이것은 곧 서양 사람들의 기술로만 만들 수 있을 뿐 중국인들이나 여러 다른 나라 사람들은 만들 수가 없는 것입니다." 라고 하였습니다. 그러나 아무리 자세히 들여다보아도 돌이 아니라는 점은 찾아 볼 수가 없어서 손톱으로 긁어도 보고 깎아도 보아서

---

4) 주위에는~가로 놓았고 : 해시계.

대개 그 단단함을 확인하여 깨달은 것은 비록 사람들이 "돌이 아닙니다."라고 말하여도 그 말을 믿을 수 없었고, 급기야는 한 조각의 판다를 들어 보았더니, 심히 가벼워서 비로소 그것이 나무임을 알게 되었습니다. 북쪽 벽 위를 보니, 예수의 상을 그려 놓았는데, 밑에서부터 층층의 돌계단을 만들어서 예수의 상 앞에까지 닿았으며, 인하여 긴 걸상을 놓고 그 위에 등잔 같은 물건들을 놓았으니, 이상하고 기이하며 아름답지 아니한 것이 없었습니다. 예수의 그림상이 있는 좌우에는 각각 한 쌍의 금으로 된 기둥을 세워 놓았는데, 그 기둥은 크고도 둥글며, 기둥 위에는 5색의 돌로 층층을 둥글게 조각하여 황금으로 꾸몄고, 그 위아래와 좌우에는 용을 조각하였으며, 전자(篆字)와 구름무늬로 채색 그림을 그려서 휘황하게 빛이 번쩍거리니, 기이하여 표현하기 어려웠습니다. 앞에는 한 쌍의 등을 매달아 놓아서 밤낮으로 밝게 불을 켜 놓았는데, 그 등의 제도는 곧 쌍룡이 하늘로 날아 올라가는 모양이었습니다. 좌우에 각각 기둥 위에 하나의 판을 붙여서 금빛 글씨로 쓰기를, 하나는 "처음도 끝도 없는 때에 먼저 소리와 모양을 만드시니, 참 주재자이시다[無始無終先作聲形眞主宰]"라고 하였습니다. 다른 하나에는 "인자함과 의로움을 널리 펼치시니 마침내 사물의 균형을 밝혀 구제하시도다[宣仁宣義聿昭拯濟大權衡]"라고 하였습니다.[5] 그 위층 허공에 금글씨로 크게 쓰기를, "만유진원(萬有眞元)"이라고 하였습니다. 그 동·서편 벽을 보면, 매 한 칸마다 무지개문의 모양을 만들었는데, 그 가운데는 깊숙하고도 꽤 넓었습니다. 모두 인형을 그려서 어떤 곳에는 2-3명을

---

5) 본문 중의 "一曰 宣仁宣義聿昭拯濟大權衡" 이 역문에서 빠졌기에 번역해서 임의로 보완·삽입하였다. 이는 1711년 3월에 강희제(康熙帝)가 하사한 율시(律詩) 한 수(首). 어서(御書) 편액 「만유진원(萬有眞元)」, 대련(對聯)을 남당(南堂)에 하사했는데, 그 중 대련 두 구(句)이다. 顧保鵠, 『中國天主敎史大事年表』, 臺灣, 1970, 40쪽 참조.

그리고 어떤 곳에는 4-5명씩 그리기도 하였으니, 그 그림은 어린 여자 아이가 예쁘게 눈 흘겨보고 있는 듯도 하고, 어린 아이가 포동포동하게 살진 것이 웃는 듯도 하고 기뻐하는 듯도 하여 마치 금방이라도 입을 열어 말을 하려는 듯하니[6], 이와 같은 것이 동서로 모두 다섯 곳이 었고, 각각 그 앞에는 향로와 향촉을 놓아두었습니다. 또 둘레에는 늘 어세운 성상(聖像) 앞에 긴 시렁을 세워 놓았는데, 높이는 땅바닥에서 70cm쯤 되었습니다. 이것은 바깥사람들이 가까이하는 것을 막기 위한 것이었습니다. 대개 이 긴 시렁들은 곧 나무 판인데, 흙과 돌빛깔을 바른 것이었습니다. 천주전 밖의 서편 가에는 작은 누각이 있는데, 누각 안은 비어있고, 네 벽은 모두 그림이었습니다. 그림이 세밀한 것은 없지만, 절묘하지 않은 것이 없어서 그림의 모양을 형용할 수 없고, 벽 위의 그림과 5칸의 누각을 보니, 누각 안은 그윽하고 깊으며 평평하고 네모반듯하나 그 안은 비어서 넓었습니다. 보면 볼수록 점점 멀어 보이며, 그 안의 탁자 위에는 책을 깔끔하게 정리해 놓았습니다. 또 벽 위에는 희미한 잔글씨들이 있고, 겹으로 된 기둥에는 조그만 창문들이 있는데, 또렷하여서 실제로 만든 것과 같았습니다. 문에는 개가 서 있는데, 그 문은 바로 그림이었습니다. 백마가 머리를 돌리고 있는데, 급히 발굽을 움직이는 듯 하였으며, 그 나머지 타구와 둥근 옷상자 등의 물건들이 진품과 흡사하지 않은 것이 없었습니다. 더욱 이상하다고 할 만한 것은 교의이니, 그림자가 드리운 꽃병과 그늘진 들보 머리에 가로지른 판은 누런빛에 흰빛으로 가를 둘렀으며, 자른 흔적과 틈은 손질하여 정녕 새로 칼로 잘라내어 내려놓은 듯하니, 그것을 보는 사람은 그 거짓임을 알지 못하였습니다. 여러 사람들이 혹 그것을 말하여 나무라고도 하고, 혹 그림이라고도 하니, 부사는 그림이라고 하는 사

---

6) 모두 인형을 그려서~말을 하려는 듯이 : 천사(天使) 그림.

람을 꾸짖다가 손으로 만져 본 뒤에 이르러서야 비로소 그것이 그림
인 것을 알게 되어 크게 웃었습니다. 이에 그 신묘함을 넉넉히 알 수
가 있었습니다. 서양사람 5인이 나와 맞이하는데, 그들의 언어와 의복
이 또한 하나의 오랑캐였습니다. 그들의 코는 아주 길며 반듯하였고,
긴 그 수염은 가늘면서도 고불고불하고도 숱이 많아 용렬해 보이고
또 붉었습니다. 그 얼굴 모양은 깨끗하여 희고 몹시 깔끔한데, 5인의
면모가 한 사람 같았습니다. 그 나라의 멀고 가까움을 물어보니, "9만
여리나 됩니다."라고 하였습니다. 또 말하기를, "천하의 땅덩이가 이미
서양과 동양으로 나뉘었으므로 동해의 밖에 동양의 큰 나라와 여러
작은 나라들이 있으며, 서해의 밖에 도한 서양의 큰 나라와 여러 작은
나라들이 있는데, 동양과 서양이 있는 것을 알지 못하는 사람들이야
말로 어찌 대쪽 구멍으로 세상사를 엿보려는 것과 다르겠습니까?" 운
운하였습니다. 그 사람들은 역술(曆術)에 밝았습니다. 그러므로 그 중
한 사람이 흠천감(欽天監)에 들어가서 특별한 은전을 받아 예부시랑이
되었으니, 그 성명은 곧 대진현(戴進賢)[7]이고, 또 그 안에 그들이 사는
집이 있는데, 건물은 더할 수 없이 오묘하고, 외인들로 하여금 쉽게
들어오지 못하게 하였습니다. 대체로 서양 사람들의 학문은 불교를
싫어함은 크나, 으뜸으로 받드는 것은 상천(上天)과 정리(正理)였습니
다. 그러나 또한 하나의 이단이라고 하는 말을 들었습니다. 두루 구경
한 뒤에 돌아오니, 이미 해가 한낮이 되었었습니다. 이 날 머무는 집
의 방구들을 고치었습니다. 밤중에 크게 눈이 왔습니다. -(하략)-

---

7) 대진현(戴進賢, 1680~1746) : 쾨클러(Ignatius Kögler). 독일 출신 예수회 선교사.
   1715년 중국에 입국하여 1717년(康熙 56)부터 흠천감(欽天監) 감원(監員), 1725
   년부터 흠천감 감정(監正)으로 봉직하였다. 『황도총성도(皇道總星圖)』, 『의상고
   성(儀象考成)』 등의 저술과 수많은 천문 의기를 제작하였다. 方豪, 『中國天主敎
   史人物傳』, 권3, 香港, 1973, 74~82쪽 참조.

「二十四日 晴」

-(上略)- 二十四日晴 留館 賫咨官李杓告歸 修送狀啓 且付京書 盃酒
而慰行焉 午 西洋國人送人來謝 兼致藥物 吸毒石石鏡畫圖綾花帛及萬物
眞元鬧妄兩冊 所謂萬物眞元者 乃謂天是萬物之元也 則主於天爲正理也
鬧妄者 乃謂釋氏之常誦阿彌陀佛 誠無意義 其何足以破地獄而躋天堂乎
妄之無双 鬧而廓心者也 所謂吸毒石者 其國有異種之蛇 而蛇頭有骨 故
取其骨與他石幷作末而和作之 其大如黑碁 而稍大色漆黑 人有毒腫或達
虫毒 則必以此石付之易處其石付 而不動及其盡毒吸氣 則自落之預煮 人
乳而待之 及其落卽投之乳中至乳色變 而後極之 以爲他日復用之資 不然
則 所吸之毒在石 而不出故後不復用云 耳聞雍正聰明過人 留心書籍其規
模之宏達雖不及於康熙 而明習國事 勤於爲治 然好察苛瑣貧於聚財云 北
京之人稱我國三使臣 曰大老爺二老爺三老爺 所謂老爺稱尊者之恒語也
其國之俗 自丞相以下至于庶僚 有官爵則皆稱老爺 且奴僕之稱其主亦曰
老爺 而凡與人相語之際 則雖平生所不知者必稱徐彼此之言 亦一般若逢
尊者 則必稱尊或稱貴 而稱尊稱貴之言甚罕 凡以商賈來往者 無非世家之
子孫也 父雖位至閣老 而子無爵位則爲商賈人之 相語也互稱相公 相公乃
其通稱之語 而臂如我東生員之號也 賤者則必稱大 大外更無賤號 而言語
之間 無懸吐之事 只用苟絶而已 故尊者之語卑賤 卑賤之語尊者 無所區
別 而細聽其語 則惟有文字之尊卑等分矣 -(下略)-

【역문】「24일 맑음」[8]

-(상략)- 객관에서 머물렀습니다. 뇌자관(賫咨官)[9] 이표(李杓)가 돌

아가는 것을 알리어 장계를 닦아서 보냈습니다. 또 서울에도 편지를 부쳤습니다. 한 잔 술로 가는 길을 위로하였습니다. 낮에 서양국인들이 사람을 보내어 사례하면서 겸하여 약물(藥物), 흡독석(吸毒石)10), 석경(石鏡), 화도(畫圖) 능화 무늬가 있는 비단[綾花帛]과 『만물진원(萬物眞元)』11), 『벽망(闢妄)』12)이라는 두 책을 보내 왔습니다. 이른바 『만물진원』이라는 책은 하늘이 만물의 으뜸이라는 것이니, 하늘에서 주관하는 것이 바른 이치가 된다는 것이었습니다. 『벽망』이라고 한 것은 불교에서 항상 염송하는 아미타불(阿彌陀佛)이 참말로 아무 뜻이 없으니, 이것이 어떻게 지옥을 깰 수가 있으며, 천당을 갈 수 있겠습니까? 망령스럽기 짝이 없으니, 마음을 열어서 탁 트이게 해야 한다는 것입니다. 이른바 흡독석이란 것은 그 나라에 별난 종자의 뱀이 있는데, 뱀의 머리에 뼈가 있으므로 그 뼈를 취하여 다른 돌과 함께 가루를 만들어 섞어서 환(丸)을 만들었으니, 그 크기는 까만 바둑알만 하거나 조금 더 크거나 한데, 빛깔은 옻빛처럼 진하게 검었습니다. 사람이 독이 있는 종기가 났거나, 혹은 벌레에게 물린 독이 있을 때에 이 돌을 그 환부에 움직이지 않게 붙이면 독기를 다 빨아먹고 저절로 떨어지

---

9) 뇌자관(賷咨官) : 조회, 통보 및 교섭 등 목적으로 오고간 왕(王) 명의의 문서인 자문(咨文)을 청(淸)나라 예부(禮部)로 가지고 간 임시 관직.

10) 흡독석(吸毒石) : 독기를 빨아내는 돌.

11) 『만물진원(萬物眞元)』 : 이탈리아 출신 예수회 선교사 알레니(Aleni, G., 艾儒略, 1582~1649)가 저술한 한문서학서. "만물의 근원은 천주"라는 그리스도교 입장에서 자연과학을 논한 천주교 교리서이다. 김순협이 기록한 책 제목 『萬物眞元』의 '元'은 본래 '原'으로 『萬物眞原』이 옳다.

12) 『벽망(闢妄)』 : 중국 명(明)나라의 문신 학자이며 중국 천주교 삼대주석(三大柱石)의 한 사람인 서광계(徐光啓, 1562~1633)가 천주교 입장에서 불교의 「파옥(破獄)」·「시식(施食)」·「무주고혼혈호(無主孤魂血湖)」·「소지(燒紙)」·「지주(持呪)」·「윤회(輪廻)」·「염불(念佛)」·「선종(禪宗)」 등 8개 항목에 걸쳐 그 오류를 비판한 반불교(反佛敎) 천주교 호교서(護敎書). 책 원명은 『벽석씨제망(闢釋氏諸妄)』이다. 장정란, 『서광계 연구』, 서강대학교대학원 석사학위 논문, 1970 참조.

니, 미리 사람의 젖을 데워서 그것이 떨어질 때를 기다리고 있다가 곧 그것이 젖 가운데 떨어지면 젖빛이 변하게 되는데 그것을 문지릅니다. 훗날 다시 쓰려고 하는 것 같았습니다. 그렇지 않으면 빨아드린 독이 돌 가운데에 있어서 나오지 아니하는 까닭으로 뒤에 다시 쓸 수가 없다고 하였습니다. 듣건대, 옹정(雍正)[13]이 보통 사람보다 지나치게 총명하고, 서책에 관심이 깊었습니다. 그 규모의 넓고 해박한 데에 있어서는 비록 강희(康熙)에는 미치지 못하나 나라의 일을 밝게 익혀서 다스리는 일에도 부지런히 하는데, 가혹하리만큼 자질구레한 일까지도 살피기를 좋아하며, 재물 모으기를 탐한다고 하였습니다. 북경의 사람들이 우리나라 세 사신들을 일컬어서, "다놔여[大老爺], 을놔여[二老爺], 산놔여[三老爺]"라고 하니, 이른바 놔여[老爺]는 존경하여 일컫는 평상시의 말입니다. 그 나라의 풍속에 승상으로부터 여러 낮은 벼슬아치에 이르기까지 벼슬만 하고 있으면, 모두 "놔여"라고 부르며, 또 노복들이 자기 주인을 부를 때에는 "놔여"라고 부릅니다. 무릇 다른 사람들과 이야기할 때에는 비록 평생에 알지 못하는 사람이라도 반드시 "니(你)"라고 불러서 피차의 말이 또한 같았습니다. 만약 웃어른을 만나면 반드시 "존(尊)"이라고 부르거나, 혹은 "귀(貴)"라고 부르는데, "귀(貴)"라고 하는 존칭어는 대단히 드뭅니다. 무릇 장사꾼들로서 오가는 사람들은 세도가 있는 집 자손이 아닌 사람이 없었습니다. 아버지의 벼슬이 비록 각로(閣老)에 이르렀다고 하더라도 아들이 그 자리에 있지 않으면 장사꾼이 되는 까닭으로 장사꾼들이 보통으로 쓰는 말들이 서로 "상공(相公)"이라고 부르는데, 상공이란 곧 그들의 통칭어입니다. 우리나라 말과 비유하면 "생원(生員)"이라고 부르는 것과 같았습니다. 천한 사람들은 반드시 "대(大)"라고 하니, "대" 외에 다시

13) 옹정(雍正) : 청나라 제5대 황제 옹정제(雍正帝, 1678~1735, 재위: 1723~1735). 이름은 애신각라 윤진(愛新覺羅胤禛)으로 강희제(康熙帝)의 넷째 아들.

천하게 부르는 말은 없으며, 말의 사이에 토를 달지 아니하고, 다만 구절을 쓸 뿐입니다. 그러므로 웃어른이 천한 사람에게 쓰는 말과 비천한 사람이 웃어른에게 쓰는 말에 구별이 없는 듯하나, 그 말을 자세히 들어 보면, 오직 문자(文字)가 있어서 높이고 낮추는 말이 구분됩니다. -(하략)-

「二十六日 晴」

-(上略)- 天主堂者 在宣武門內 大西洋國人所建也 皇明時有利瑪竇者
奉那蘇敎 自歐羅巴國 航海九萬里而入中國 神宗時 命給廩賜 第此邸 邸
左建天主堂 堂制狹長 上如覆幔 傍皆藻繪 其國制樣也 畵耶蘇像於其上
望之如塑 凡三十許人 鬢眉竪者如怒 揚者如喜 耳隆其輪 鼻隆其準 目容
有矚 口容如笑 以中國繪所不及也 所具香燈盖幢 淨潔異常 右聖母堂 母
貌少一兒耶蘇也 耶蘇之一名曰陡斯 斯造天地萬物 無終始形際之言 漢哀
帝二年庚申 誕自如德亞國童女瑪利亞 而以耶蘇稱 居世三十三年死 死三
日生 生三日昇去 其死者明人也 復生而昇者明天也 祭陡斯以七日及降生
昇天等日刻 有天學實義等書行于世 其國俗工器 若夫簡平儀【本名範天圖
爲測念根本】龍尾車【下水可以引上】沙漏【鷄卵狀實沙其中顚倒漏之沙盡
則時盡沙之銖兩準于時也】 遠鏡【狀如尺許竹筒抽抽出出五尺餘琉璃眼光
節節視遠近】候鐘【自擊有節】天琴【鐵絲絃隨所按音調如譜】之屬存焉 瑪
竇紫髥碧眼 面色如朝華 來顧萬國 圖其亡也 葬于阜城門外 嘉興館之右
其坎封之制 大異中國 附葬其友鄧玉涵 其塚至今依然焉嘉興 其友龐迪峨
龍華民輩 代主其敎法 友而不師 師耶蘇也 嘉興李日華 贈利瑪竇詩曰 西
程九萬里 東泛八年槎 昭昭奇器數 元本活無涯 池顯方詩亦有五洲窮足力
七政佐心靈之句 其後西洋人至今世世入居中國 載進賢者 方傳其敎法云
耳 按西賓之學 遠二氏而近儒 中國稱之曰西儒矣 -(下略)-

【역문】「26일 맑음」[14]

-(상략)- 천주당(天主堂)이라는 것은 선무문(宣武門) 안에 있으니, 대

14) 26일 : 1729년 10월 26일. 『연행록』 권2에 수록.

서양국(大西洋國) 사람들이 세운 것입니다. 명나라 때에 이마두(利瑪竇)15)라는 이가 야소교(耶蘇敎)를 모셔서 유럽 나라 바다로 9만 리를 건너 중국에 들어오니, 신종(神宗)16)때에 건축비와 이 집을 하사해 주고, 왼쪽에 천주당을 짓게 하였습니다. 천주당의 제도는 좁고 긴데 위에는 휘장을 덮었고, 옆에는 모두 그 나라의 모양을 글과 그림으로 그렸습니다. 그 위에 예수의 상을 그려서 그것을 바라보면 흙을 빚어 구어 만든 모양 같았는데, 나이는 30세쯤 된 사람이었습니다. 수염과 눈썹이 비쭉 선 것은 성난 듯하였고, 수염과 눈썹이 날리는 것은 기뻐하는 것 같기도 하였습니다. 귀바퀴는 두툼하고, 코는 우뚝한데, 그것이 표준이었습니다. 눈매는 보고 있는 듯하였고, 입매는 웃고 있는 것 같았습니다. 중국 사람들의 그림 솜씨로는 따라갈 수 없는 정도였습니다. 갖추어 놓은 향로와 덮어 놓은 휘장 등은 깨끗하여 평범하지 않았습니다. 오른편의 성모당(聖母堂)의 어머니 모습은 젊은데, 한 어린아이는 예수였습니다. 예수의 다른 이름은 두사(陡斯)17)니, 이는 천지 만물을 창조하여 처음과 끝이 없는 때를 말합니다. 한나라 애제(哀帝) 원수(元壽) 2년18)에 여덕아국(如德亞國)19)의 동녀(童女) 마리아(瑪利亞)에

---

15) 이마두(利瑪竇, 1552~1610) : 마태오 리치(Matteo Ricci). 적응주의 전교방법으로 근대 동양의 그리스도교 개교에 성공한 이탈리아 출신 예수회 선교사. 1583년 중국에 입국하여 수많은 난관을 극복하고 1601년 북경을 전교 근거지로 삼아 많은 유가 사대부들의 후원과 도움을 얻어 그리스도교가 천주교로 뿌리내릴 수 있게 하였다. 『천주실의(天主實義)』를 비롯하여 『교우론(交友論)』·『서양기법(西洋記法)』·『이십오언(二十五言)』·『기인십편(畸人十篇)』 등 많은 중요 종교서를 한문으로 집필 간행하였고, 중국전교 회고록 『Della entrata della compagnia Gesu e christianita nella Cina(예수회에 의한 그리스도교의 중국 전교)』, 세계지도 『곤여만국전도(坤與萬國全圖)』, 『기하원본(幾何原本)』등을 저작함으로써 동서 문화 교류에도 크게 기여하였다.

16) 신종(神宗) : 명(明)나라 만력제(萬曆帝, 1563~1620, 재위: 1572~1620).

17) 두사(陡斯) : 신(神)을 지칭하는 라틴어 데우스(Deus)의 한문 음역.

18) 한나라 애제(哀帝) 원수(元壽) 2년 : 기원전 1년.

서 태어나 예수라고 일컬어지며 33년을 살고 죽었습니다. 죽은 지 3일 만에 살아나고 살아난 지 3일 만에 승천해 가니, 그가 죽은 것은 분명 한 사람이었고, 다시 살아나서 승천한 것은 분명한 하늘이었습니다. 두사(陡斯)를 제사하여 7일 만에 태어났다가 하늘로 올라간 그 날들과 시간은 『천학실의(天學實義)』[20)와 같은 책에 실려 세상에 전하고 있습니다. 그 나라 풍속과 공교한 기구는 마치 저 간평의【簡平儀 : 본명은 範天圖이니 근본을 헤아려 시험하는 것입니다.】[21), 용미차【龍尾車 : 낮은 곳의 물을 퍼올릴 수 있습니다.】[22), 사루【沙漏 : 거위알 모양인데, 실은 그 안에 모래를 넣어 거꾸로 기울여 모래가 다 없어지면 시간이 다 된 것이니, 모래가 조금씩 비 내리듯이 하여 시간의 표준을 삼습니다.】[23), 원경【遠鏡:모양은 약 30여cm쯤 되는데, 대나무순처럼 쭉쭉 뽑아내면 165cm가 넘습니다. 유리로 된 눈구멍[眼光]으로 마디에 따라서 먼 데 것과 가까운 데 것을 봅니다.】[24), 후종【候鐘 : 저절로 치는데 절도가 있습니다.】[25), 천금【天琴 : 철사줄을 누르는데 따라서 소리와 가락이 악보와 같게 납니다.】[26)과 같은 것들이 있습니다. 이마두는 붉은 수염에 푸른 눈이며, 얼굴빛은 조선인이나 중국 사람과 같았습니다. 중국에 와서 만국도(萬國圖)[27)를 연구하였습니다. 그가 죽으

---

19) 여덕아국(如德亞國) : 유대국.

20) 『천학실의(天學實義)』 : 마태오 리치가 저술한 천주교 교의서(敎義書) 『천주실의(天主實義)』의 처음 제목. 저술연도는 1593~1596년인데, 간행 이전에 이미 초고본(草稿本)이 널리 소개되었다, 1603년 북경(北京)에서 간행되었다.

21) 간평의 : 이탈리아 출신 예수회 선교사 우르시스(Ursis, S., 熊三拔, 1575~1620)가 지은 한문서학서 『간평의설(簡平儀說)』에 기초해 제작된 천문관측기.

22) 용미차 : 물을 끌어 대는 기구.

23) 사루 : 모래시계.

24) 원경 : 망원경.

25) 후종 : 시각을 알리는 종. 즉 자명종(自鳴鐘).

26) 천금 : 현악기의 한 종류인 서양금(西洋琴).

매 부성(阜城)의 문 밖에 있는 가흥관(嘉興館)의 오른편에 매장하였으니, 그 매장하는 제도는 중국에서 구덩이를 파고 봉분을 만드는 제도와 크게 달랐습니다. 그의 벗 등옥함(鄧玉涵)[28]의 무덤도 그와 같은 곳에 이제에 이르기까지 의연히 있습니다. 그의 벗 방적아(龐迪峨)[29]와 용화민(龍華民)[30]의 무리가 그를 대신하여 교법(敎法)을 주관하면서 벗으로는 사귀되 스승으로는 섬기지 아니하였습니다. 스승으로 섬기는 대상은 예수였습니다. 가흥(嘉興)의 이일화(李日華)[31]가 이마두에게 준 시에서,

서쪽으로 9만 리 가야 하는데[西征九萬里]

---

27) 만국도(萬國圖) : 세계지도인 『곤여만국전도(坤輿萬國全圖)』.

28) 등옥함(鄧玉涵, 1576~1630) : 테렌츠(Terrenz S. J.). 스위스 출신 예수회 선교사. 1621년 중국에 입국, 1629년부터 서광계(徐光啓)의 추천으로 북경 역국(曆局)에서 수력(修曆)에 종사하며 『숭정역서(崇禎曆書)』 편찬에 참여하였다. 『인신개설(人身槪說)』 2권, 『기기도설(奇器圖說)』 3권, 『대측(大測)』 2권 등을 번역, 저술하였다. 方豪, 앞의 책, 권1, 216~225쪽 참조.

29) 방적아(龐迪峨, 1571~1618) : 판토하(Pantoja, D.). 스페인 출신 예수회 선교사. 1599년 중국 남경(南京)에 있던 마태오 리치와 함께 1600년 북경으로 가서 북경 최초의 전교 근거지를 마련하고 활동하였다. 판토하는 수학, 천문학, 역학(曆學)에 능통하여 1611년부터 명 왕조의 수력(修曆)사업에 기용됨으로써 서양 선교사로는 최초로 비공식 흠천감감원(欽天監監員)이 되었다. 1616년 남경교난(南京敎難)으로 마카오로 추방되었다가 병사하였다. 저술로 『칠극(七克)』이 있다. 위의 책, 139~146쪽 참조.

30) 용화민(龍華民, 1559~1654) : 롱고바르디(Longobardi, N.). 이탈리아 출신 예수회 선교사. 1597년 중국에 입국, 소주(蘇州)에서 선교활동을 하다가 사망한 마태오 리치를 이어 1611년부터 중국 예수회 총회장직을 맡았다. 1629년 수력(修曆)에도 참여하였다. 저술로 『천주성교일과(天主聖敎日課)』가 있다. 위의 책, 96~98쪽 참조.

31) 이일화(李日華) : 이일화(1565~1635)는 서화와 시문에 정통했던 중국 명나라 만력(萬曆) 숭정(崇禎) 연간의 문신. 임종욱(편), 『중국역대 인명사전』, 이회문화사, 2010 참조.

동쪽에서 뱃놀이는 8년이 되네[東泛八年槎]

기이한 기계와 역수에 매우 밝으니[昭昭奇器數]

원래의 근본은 넓어 끝이 없나 보죠[元本活無涯]

라고 하였는가 하면, 지현방(池顯方)의 시에서도 또한,

오주에 다리힘 다하여서[五洲窮足力]

칠정으로 심령을 도왔네[七政佐心靈]

라고 한 구절이 있습니다. 그 후 서양인들은 이제에 이르기까지 대대로 중국에 들어와 살고 있습니다. 대진현(戴進賢)이라는 사람은 바야흐로 그 교법만을 전하고 있다고 합니다. 서양사람들[西賓]의 학문을 살펴보면, 멀리 두 사람이 유학(儒學)을 가까이 하여 중국에서 그들을 일컬어 서양 선비[西儒]라고 하였습니다. -(하략)-

〈주석 : 장정란〉

『燕行錄』

「二十六日」1)

晴 東谷李順天得西洋苦果二丸贈余 此藥利於愈瘧 磨少許和湯水服之
則有神效云 -(下略)-

【역문】「26일」2)

　맑음. 동곡(東谷) 이순천(李順天)이 서양 고과(西洋苦果)3) 두 알을 얻
어서 나에게 주었다. 이 약은 학질을 고치는 데 듣는데, 조금을 갈아
서 더운 물을 타서 먹으면 신기한 효험이 있다고 한다. -(하략)-

　　　　　　　　　　　　　　　　　　　　〈주석 : 장정란〉

---

* 김정중(金正中, 1742~?)의 1791년(정조 15) 연행록. 자 사룡(士龍). 김정중은 연행
　당시 대략 50세로 평양에 거주한 벼슬 없는 선비인 듯하다. 1791년 동지겸사은사
　정사 김이소(金履素) 덕분에 중국을 다녀온다고 기록하였고 직책이 없는 것으로
　보아 김이소가 개인 수행원으로 데려갔음을 알 수 있다. 『연행록(燕行錄)』은 2권
　1책 필사본으로 1791년 11월 2일 평양을 출발하여 이듬해 3월 15일 평양에 돌아
　와 16일에 기록을 마무리하는 5개월 반 동안의 견문을 기록하였다.
* 『연행록(燕行錄)』은 1791년 11월 2일부터 1792년 3월 15일까지의 기록이다.
* 역문 : 정연탁, 『국역 연행록선집』Ⅵ, 민족문화추진위원회, 1976.
1) 二十六日 : 1792년 1월 26일.
2) 『연행록』, 壬子 正月에 수록.
3) 서양 고과(西洋苦果) : 쓴맛 열매인 여주.

『燕行日記』

「二十五日 癸卯」[1]

-(上略)- 諸宦引余入北偏屋中 饋以茶 時三裨已隨通官入門內矣 一老宦問曰 你有甚恙 答有痰火症 積年不瘥 傍有一宦 於囊中取出寸許小瓶 傾黃色藥末 入鼻取嚏 仍問曰 你會鼻煙否 答不知 曰 這是西洋人所造 能治痰 皇上亦用之 曰 然則要得少許 執筆者卽自解所佩瓶與之 卽酬以花峰鐵 -(下略)-

【역문】「25일 계묘일」[2]

-(상략)- 여러 환관들이 나를 인도하여 북쪽에 있는 집으로 들어가

---

* 김창업(金昌業, 1658~1721)의 1712년(숙종 38) 연행록. 자 대유(大有), 호 가재(稼齋) 또는 노가재(老稼齋). 김창업은 조선 후기의 문인이며 화가로 1681년 진사시에 합격했으나 벼슬길에 나가지 않고 스스로 노가재(老稼齋)라 부르며 은둔하였다. 늘 중국을 가보고 싶어 하다가 1712년 동지사 겸 사은사(冬至使兼謝恩使) 정사(正使) 맏형 김창집(金昌集)의 타각(打角: 중국 사신 일행의 모든 기구를 감수하는 직명) 자제군관(子弟軍官)으로 북경에 다녀왔다. 1712년 11월 3일 서울을 떠나 12월 27일 북경에 도착해서 46일간 머물다가 다음해 2월 15일에 북경을 출발해 3월 30일 서울로 돌아와 복명하기까지의 왕복 다섯 달, 일수로 146일간의 기행 견문을 일기로 적어 『노가재연행록(老稼齋燕行錄)』을 펴내었다. 이 책은 중국의 산천, 풍속, 문물제도와 이때 만난 중국인들과의 대화를 상세히 기록하여 역대 연행록 중에 가장 뛰어난 책으로 꼽는다.
* 『연행일기(燕行日記)』는 1712년 11월 3일부터 1713년 3월 30일까지의 기록이다.
* 역문 : 권영대, 이장우 등, 『연행일기(燕行日記)』, 한국고전번역원, 1976.
1) 「二十五日 癸卯」: 1713년 1월 25일.
2) 『연행일기』 권4, 癸巳 正月에 수록.

서 차를 대접한다. 이때에 세 비장은 이미 통관[3]을 따라 문안으로 들어갔다. 한 늙은 환관이 묻기를, "당신은 무슨 병이 있습니까?" 하기에 "담화증(痰火症)[4]이 있어 여러 해 되었으나 낫지 않습니다." 하였다. 곁에 있던 한 환관이 주머니에서 1촌 남짓한 병을 꺼내어 황색 약가루를 쏟아서 코에 넣으니 기침이 난다. 이어서 묻기를, "당신은 코로 담배를 피울 수 있습니까?" 하기에, "못 합니다." 대답했다. "이것은 서양인이 만든 것인데, 능히 담을 고칩니다. 황제께서도 역시 이것을 쓰십니다." 한다. 내가 "그렇다면 조금만 얻고 싶습니다." 하니, 붓을 쥔 자가 곧 스스로 차고 있는 병을 풀어서 주기에, 즉시 화봉철(花峯鐵)[5]로 사례하였다. -(하략)-

---

3) 통관 : 통역관.
4) 담화증(痰火症) : 가슴이 두근거리고 답답하며, 입과 혀가 잘 헐고 가래가 많으며, 소화가 잘 안되고 때로 메스꺼우며 헛배가 부른 증상의 병증. 한의학대사전 편찬위원회, 『한의학대사전』, 2001 참조.
5) 화봉철(花峯鐵) : 부시.

「二十六日　甲辰」6)

得仁呼其家丁出一櫃　高二尺許　廣半之　前爲兩扇門　開之　中有沈香假
山　其人物幷用密羅爲之　樓閣樹木花葉　皆銀與珊瑚靑碧也　山之前面有小
竅　用鑰匙納而拗之　中作碌碌聲　而人物禽獸皆自動　山上有一寺　僧在樓
中撞鍾　一邊有虹橋　騎驢者從橋上過　上有小菴　一僧開門俯視　其扇乍開
乍闔　山下有城門　舟從城外到門　門輒開　舟入還闔　山底則爲水草及波浪
而中有躍鯉又有蛤方開口　鶴俯而啄之　其機皆左旋　周而復始　良久乃止
止則又拗之　得仁謂是西洋人所造　而得之於南方云　－(下略)－

【역문】「26일 갑진일」7)

　박득인8)이 자기 집 장정을 불러 궤 하나를 내어 왔는데, 높이는 2
자 가량 되고 넓이는 그 반쯤 되었다. 앞에 2개의 부채문을 만들어 여
는데, 중앙에 침향(沈香)으로 만든 가산(假山)이 있고, 인물들은 모두
밀라(密羅)9)로 만들었으며, 누각, 수목, 꽃, 나뭇잎은 모두 은과 산호
구슬로 만들었다. 가산의 전면에는 작은 구멍이 있는데, 열쇠를 넣어
틀면 똑똑 하는 소리가 나고 인물과 금수가 다 스스로 움직인다. 산
위에는 절이 하나 있고, 승려가 누각 가운데서 종을 한 번 울리고, 무
지개다리가 있는데, 나귀 탄 자가 다리 위를 지나간다. 위에는 작은

---

6) 二十六日　甲辰 : 1713년 1월 26일.
7) 『연행일기』 권4, 癸巳 正月에 수록
8) 박득인(朴得仁) : 통역관. 당시 박득인의 직계는 대통관(大通官)이었다. 통역관은
　사행(使行)에 동행하였는데, 청나라에서는 병자호란 이후 조선인 포로 및 그 자
　손 중에서 대통관 6인과 차통관 8인을 뽑아 조선과의 관계 사무를 맡기기도 하
　였다. 한국학중앙연구원, 『한국민족문화대백과』 참조
9) 밀라(密羅) : 밀랍(蜜蠟)인 듯하다.

암자가 있는데, 한 승려가 문을 열고 내려다본다. 그 부채문은 잠깐 열렸다 닫혔다 한다. 산 밑에는 성문이 있고 배가 성 바깥에서 문에 이르면 문득 열리고, 배가 들어가면 다시 닫힌다. 산 밑에 수초(水草)와 파랑(波浪)을 만들었고 그 안에 뛰어 노는 잉어가 있다. 또 조개가 마침 입을 열고 있는데, 학이 구부려 조개를 쪼고 있었다. 그 동작은 모두 왼쪽에서부터 시작되어 한 바퀴 돌면 다시 시작되고 오래 있다가 끝이 난다. 끝나면 또다시 튼다. 박득인이 말하기를, "이것은 서양인이 만든 것인데 남방에서 얻었습니다."하였다.[10] -(하략)-

---

10) "또 조개가 마침 … 하였다." : 태엽을 감아 연주되는 음악 완구 오르골(orgel)인 듯하다.

「初九日　丁巳」[11)]

-(上略)- 到帝王廟　門外亦有告示榜禁人　而守者謂有皇旨　然後可入
屢請不許　遂還向宣武門而去　市多柑橘　令善興買之　價亦不賤　至門內向
東望　有一鐵鍾　高出人家上　此天主臺也　曾聞申之淳言　隨洪禹鼎見之　外
面扁書天主臺三字　門內有臺　其高三四丈高　南面開一虹門　入其中　北壁
掛一像　其人散髮袒臂　持火珠　面如生　其上有天地眞主四字及敬天二字
卽皇帝筆　左右壁各掛一像　其貌皆似北壁者　虹門左右石面　周廻書十二方
位　中揷鐵針　所以看日影者也　其上懸大小鐘　鍾各有樞　中央者最高而大
渾天儀在其上　虹門左傍　又有一虹門　門上亦書十二方位　門之內立四薄板
爲門　粉其面而畫之　守者以竹杖分開兩板　藏於左右壁　其內又有二層朱門
而上二扉下四扉　次第開之　中有物如柱如椽如竹者　簇立無數　大小不一
而皆金銀雜塗之　其上橫眞一鐵板　其一邊鑽穴無數　一邊如扇形　俄見日影
到其方位　臺上大小鐘　各打四聲　中央大鍾打六聲　此是自鳴鐘　不足爲異
所怪者　鍾聲纔止　東邊虹門內　忽有一陣風聲　如轉衆輪　繼而樂作　笙簧,
絲竹之聲　不知自何處出　律呂合度　宮商成調　通官輩云　此中華之樂　良久
而止　又出他聲　其聲如朝參時所聽　通官輩云　此今之樂　良久而止　復出他
聲　其聲急促　通官輩云　此蒙古之樂　亦良久而止　樂聲旣盡　六板門皆自還
閉　此西洋國使臣徐日昇所作也　蓋與朴得仁家沈香山　其制雖異　其機則同
亦欲一見　而聞近有禁　故遂過之　-(下略)-

---

11)「初九日　丁巳」: 1713년 2월 9일.

【역문】「2월 9일 정사일」[12]

-(상략)- 제왕묘[13]에 이르니, 문밖에 역시 '사람의 출입을 금한다.' 고 고시하였다. 지키는 자가 말하기를, "황제의 허락이 있어야 들어갈 수가 있습니다."하였다. 여러 번 거듭 청하였으나 허락지 않아 다시 선무문을 향하여 갔다. 저자에는 감귤이 많아 선흥에게 사게 하였는데 값이 싸지 않았다. 문안에 이르러 동쪽을 향하여 바라보니, 쇠로 만든 종이 인가에 높이 솟아났으니 천주대(天主臺)였다. 일찍이 신지순(申之淳)의 말을 들으니, 홍우정(洪禹鼎)을 따라가 보았다고 한다. 외면에는 '천주대(天主臺)'[14] 3자를 편액에 썼다. 문안에 대가 있는데 높이는 3, 4장이며, 남쪽에 홍예문이 있었다. 그 안에 들어가니 북쪽 벽에는 소상 하나가 걸려 있는데, 머리를 풀어헤치고 어깨를 내어 놓았으며, 화주(火珠)를 쥐고 있는데 얼굴은 살아 있는 듯했다. 그 위에 '천지진주(天地眞主)' 4자와 '경천(敬天)' 2자를 썼으니 황제의 필적이었다.[15] 좌우의 벽에도 각기 상 하나씩을 걸었는데, 모두 북벽에 그려진

---

12) 『연행일기』 권6, 癸巳 二月

13) 제왕묘 : 제왕묘(帝王廟)는 북경 서안문(西安門) 밖 경덕가(景德街)에 있는 황제들의 사당. 망국의 군주(君主)는 제사가 허용되지 않으나 명(明)나라 마지막 숭정제(崇禎帝)만은 특별히 제사지냈다.

14) 천주대(天主臺) : 남천주당(南天主堂)이다. 1650년 순치제(順治帝, 재위: 1644~1661)가 당시 흠천감감정(欽天監監正) 아담 샬(Adam Schall von Bell 湯若望, 1592~1666)에게 선무문(宣武門) 내에 교회 신축 부지를 하사하자 아담 샬이 설계해 1652년 완공된 중국 최초의 서양식 성당이다. 이때 순치제는 '흠숭천도(欽崇天道)'의 친필 금자(金字) 편액을 하사하였다. 아담 샬의 라틴어 회고록 Historica Relatio (Ratisbonae, 1672)에 그 경위가 상세히 기록되어 있다. 장정란, 『그리스도교의 중국 전래와 동서문화의 대립』, 부산교회사연구소, 1997, 62~67쪽 참조.

15) 황제의 필적 : 1671년에 강희제(康熙帝)가 천주당에 걸라고 내린 편액. 아울러 「朕書敬天卽敬天主也(내가 경천이라 쓴 것은 즉 천주를 공경한다는 것)」라는 유(諭)를 내렸다. 당시 1669년부터 페르비스트(F. Verbiest, 南懷仁, 1623~1688)

그림과 같았다. 홍예문의 좌우 석면에 돌아가며 12방위를 써 놓았고 중간에 철침(鐵針)을 끼웠는데, 이것으로 해 그림자를 보는 것이었다. 위에 크고 작은 종을 달았는데 종은 각기 치는 것이 있으며 중앙에 있는 것이 가장 높고도 컸는데 혼천의(渾天儀)가 그 위에 있었다. 홍예문 왼쪽에 또 홍예문이 있고, 문 위에 역시 12방위가 적혔다. 문안에는 4개의 얇은 판자를 세워 문을 만들었고, 앞면에 분칠을 하고 그림을 그렸다. 지키는 자가 죽장(竹杖)으로 두 짝을 나누어 열어 좌우 벽으로 밀어 넣었다. 그 안에 또한 2층으로 된 붉은 문이 있는데, 위의 두 짝과 아래 네 짝이 차례로 열렸다. 안에 있는 물건은, 기둥도 같고 서까래도 같으며 대[竹]와 같은 것이 무수히 늘어섰는데, 크기는 똑같지 않으나 모두 금, 은으로 칠했다. 그 위에 철판 하나를 가로 놓았는데, 한쪽에는 구멍이 무수히 뚫려 있으며, 한쪽은 부채와 같다. 조금 있다가 일영(日影)이 그 방위에 도달하니, 대위의 크고 작은 종들이 각기 네 번씩 치고 중앙에 큰 종이 여섯 번 울렸다. 이것이 바로 자명종(自鳴鐘)[16]인데 이상할 게 없고, 특이한 것은 종소리가 그치자마자 동쪽 홍예문 안에서 갑자기 바람 소리가 뭇 바퀴를 굴리는 듯이 들리더니, 이어서 음악이 연주되었다. 생황(笙簧), 사죽(絲竹 관현악기란 뜻)의 소리가 어디로부터 나오는지 알지 못했으나, 율려(律呂)가 맞고 궁상(宮商)이 가락[調]을 이루었다. 통관들이 말하기를, "이것은 중화의 풍악입니다." 하는데 오랜 뒤에 그치고, 또 다른 음악이 나왔는데 음악 소리가 마치 조정에 참례할 때 듣던 바와 같았다. 통관들이 말하기를, "이것은 지금의 풍악입니다." 하였다. 오랜 뒤에 그치고, 다시 다른 음악이 나왔는데 음악 소리가 빨랐다. 통관들이 말하기를, "이것이 몽고(蒙古 : 몽골)의 풍악입니다." 하였다. 역시 오랜 뒤에 그쳤다. 음악 소리가

가 흠천감감부(欽天監監副)로 봉직하고 있었다.
16) 자명종(自鳴鐘) : 정해진 시각에 종이 울리는 시계.

끝나고 나니, 아래 판문(板門)이 모두 저절로 다시 닫혔다.[17] 이것은
서양의 사신 서일승(徐日昇)[18]이 만든 것이다. 대개 박득인(朴得仁)의
집에서 본 침향산(沈香山)[19]과 제도는 비록 다르나 악기는 같았다. 역
시 한번 보고 싶었으나, 요즈음 금지하고 있다는 것을 들었으므로 지
나갔다. -(하략)-

〈주석 : 장정란〉

---

17) "음악 소리가 끝나고 나니 … 다시 닫혔다." : 풍금(風琴).

18) 서일승(徐日昇) : 포르투갈 출신 예수회 선교사 페레이라(T. Pereira, 1645~
   1708). 음악에 정통하여 동료 선교사 페드리니(德理格)와 더불어 중국의 대표적
   음악이론서『율려정의(律呂正義)』를 저술하였다. 方豪,『中國天主教史人物傳』,
   권2, 香港, 1970, 256~261쪽 참조.

19) 침향산(沈香山) : 침향산(沈香山)은 조선시대 왕실 의례 때 쓰이는 물건이다. 널
   빤지를 써서 산의 형상을 만들고 앞뒤 면에는 단목(椴木 유자나무)으로 봉우리
   를 새겨 붙인다. 집, 탑, 승불(僧佛), 사슴, 잡상(雜像) 등을 만들어 산 모양을 한
   곳에 붙이고 채색한다. 앞면에는 연못을 만들고, 난간 좌우에는 화병을 설치하
   여 구슬을 갖춘 모란을 꽂으며, 안에는 큰 연꽃통을 설치하고, 그 밑에는 바퀴
   통을 네 개 설치하여 사방으로 끌도록 한다. 한국학중앙연구원,『한국민족문화
   대백과』참조.

『燕行日記』

「初五日 己亥」

晴 往天柱堂 堂在宣武門之內 縹緲一樓 出于半空 上設橫木十字形 塗金流丹 畫墻紋壁 怳惚壯嚴 禁不得入 在外跂望而已 因卽從宣武門出門外有設布帳二處 一則布帳外立一角門 大書西洋孔雀四字 人立如海 守門者 每人處受一大錢賁使之入玩 余亦給賁一分排入 見之則 孔雀一雙 緩步周行于布帳之內 雄則尾長 長於數尺 頭上紅觜 凡出差大於鷄 而竦立顧眄 五色遍身而玲瓏 雌則大於鷄而雌雄 觀者環立一則布帳內 有四五人裹頭搖扇屹立相詭有 如我東私黨之遊倚 木板上立 而見之則 四五人皆縛其股於木 木是丈長餘偃起立之 自去自來 相親相近 或接口 或付煩妮者 然見打者 然候忽東忽西 此則彼所謂木橋遊 亦一奇怪也 從宣武門 入數百步 許有一大家 庄門外 大石龜一雙 左右蹲伏門內 有粉墻墻之內 左右各有三間炕 有守衛者居禁雜不得出入 余則外國人也 故守門者入 不禁墻之內 環左右處三百步空垈也 墻垣高於我東之王城 而堅固內有疊榭層楹相對而起丹靑輝煌 鈴聲亂耳 香臭觸鼻開 戶入之炕之東 有二人對坐 一則書童而受學者也 一則長者而敎人者也 十二曲欄 塗以沈香 精窸桒几

---

* 이항억(李恒億, 1808~?)의 1862년(철종 13) 연행록, 이항억은 1862년 진하 겸 동지 사은사(進賀兼冬至謝恩使) 정사(正使) 이의익(李宜翼)의 자제군관(子弟軍官)으로 수행하였는데, 이항억은 서얼(庶孼)이었으나 족벌 광주 이씨(廣州李氏) 일원으로 이의익의 아저씨뻘이다. 『연행일기(燕行日記)』는 1862년 10월 21일 한양을 출발해 이듬해 4월 4일 귀가 때까지의 기록으로 3권 1책 필사본인데 표제 제목은 '연행초록(燕行鈔錄)', 책 속 제목은 '연행일기(燕行日記)'로 되어 있다.
* 『연행일기(燕行日記)』는 1862년 10월 21일부터 1863년 4월 4일까지의 기록이다.
* 역문 : 이동환, 『국역 연행일기』, 국립중앙도서관, 2009.

奇文古史石假山如意珠文房諸友羅列左右　烏金香爐篆烟似霧　白玉寶鏡
人影如仙　炕上設花紋寶褥　炕下鋪一張絹毯　相揖禮畢　進茶相勸　仍又筆
談　卽年前勅倭仁家也　倭仁因公事　方在實錄廳　而童子倭仁之子也　炕之
西如炕之東　而人無數在焉　日色已暮　不得長語　忙忙然還　敁有餘悵焉

【역문】「초5일 기해일(己亥日)」[1]

　맑다. 천주당(天主堂)에 가 보았다. 당은 선무문(宣武門)의 안쪽에 있
었다. 한 누각이 아스라이 반공에 솟아나 있다. 맨 위에는 나무를 '十'
자 모양으로 가로걸어 놓았고, 금물을 칠하고 붉은 색을 유동(流動)할
듯 칠해 놓았으며, 그림과 무늬로 장벽(墻壁)을 수식하여 황홀·장려하
였다. 출입금지로 들어가지는 못 하고 밖에서 발뒤꿈치를 들고 바라
볼 뿐이었다. 선무문을 통해 나오니 문 밖에 장막 쳐둔 데가 두 곳 있
었다. 한 군데는 장막 밖에 일각문(一角門)을 세우고 거기에 '서양공작
(西洋孔雀)' 4자를 크게 써 두었는데, 사람들이 온통 바다를 이루듯 서
있었다. 문을 지키는 자가 1인당 큰 돈[大錢] 한 닢을 세(貰)로 받고 들
어가 구경하게 하였다. 나도 또한 세 한 푼을 주고 사람을 헤치고 들
어가 보니, 공작 한 쌍이 장막 안을 느린 걸음으로 돌아다니고 있었
다. 수놈은 꼬리가 두 자 이상으로 길고, 머리 위에는 붉은 털뿔이 돋
아 나와 있는데 황새의 털 뿔보다 조금 크고, 머리를 꼿꼿이 세워 돌
아보곤 하였다. 전신이 5색으로 덮여 있고 5색이 영롱하였다. 암놈은
닭보다 크고 까투리 같았다. 구경꾼들이 둘러서 있었다. 장막을 쳐 둔
곳의 다른 한 군데는 장막 안에 4·5인이 있는데, 머리를 싸매고 부채
를 흔들면서 우뚝 서서 익살을 주고받는 것이 마치 우리나라의 사당

---

1) 초5일 기해일 : 1863년 1월 5일.

놀이 같았다. 판자 위에 서서 나무 막대에 기대어 보노라니 4·5인은 모두 그 다리를 나무 막대에다 묶었는데, 나무 막대의 길이가 장여(丈餘)나 되었다. [기다란 나무다리를 하고] 우뚝이 일어서서 자연스레 가고 오며 서로 친근함을 보였는데, 혹은 입을 맞추며 혹은 뺨을 댔다가 마치 더러운 데라도 발견한 사람처럼, 또는 따귀라도 맞은 사람처럼 잠깐 사이에 동서로 갈라서곤 했다. 이것은 그들이 말하는 목교유(木橋遊)이니, 또한 일종의 기괴(奇怪)한 것이다. 선무문을 통해 수백 보쯤 들어와서 한 큰 저택이 있었다. 대문 밖에 큰 돌거북 한 쌍이 좌우로 엎드려 있고, 대문 안에는 장식 있는 가리개 장벽[照牆]이 있고, 장벽 안에는 좌·우로 각각 3칸 갱(炕)이 있었다. 수위(守衛)가 있어 잡인을 금해 출입할 수 없는데, 나는 외국인이기 때문에 수위가 들어가기를 허락하고 금하지를 않았다. 장벽 안 좌우 수삼백 보 둘레는 공터였다. 그 저택의 담장은 우리나라의 왕성(王城)보다 높고 견고하였다. 안에는 층으로 된 정자와 큰 건물이 마주 서서 있는데, 단청이 휘황하고 풍경 소리가 귀를 요란하게 하며 향내가 코를 찔렀다. 문을 열고 들어가니 갱의 동쪽에 두 사람이 마주 앉았으니, 한 사람은 학동(學童)으로서 배움을 받는 자이고, 또 한 사람은 어른으로서 남을 가르치는 자이다. 열 두 구비 난간을 침향(沈香)으로 바르고, 정결한 창에 비자나무 궤탁(几桌), 기문(奇文)·고사(古史)에 석가산(石假山)·여의주(如意珠)·문방제우(文房諸友)가 좌우에 나열되어 있다. 오금(烏金) 향로엔 향연(香煙)이 안개처럼 피어오르고, 백옥(白玉) 보경(寶鏡)에는 비치는 사람이 신선 같다. 갱 위에는 꽃무늬 보료를 펴 두었고, 갱 아래에는 수놓은 탄자 한 장을 깔아 두었다. 서로 읍(揖)하는 예를 마치자 차를 내와 권했다. 이어 필담을 해 보니 연전(年前) 칙(勅) 왜인(倭仁)[2]의 집이었다.

---

2) 칙왜인(勅倭仁)을 이름으로 번역한 것은 오류다. '年前勅倭仁' 이란 '몇 년 전 칙령으로 왜인(倭仁)의 성씨와 이름을 하사받았다'는 뜻인 듯하다. 왜인(倭仁,

왜인은 공적인 일로 해서 실록청(實錄廳)에 있는 중이고 학동은 왜인의 아들이었다. 갱의 서쪽도 갱의 동쪽과 같은데 수많은 사람들이 있었다. 날이 이미 저물어 길게 이야기하지 못 하고 바쁘게 돌아왔다. 남은 아쉬움이 있었다.

1804~1871)은 청나라 몽골(蒙古) 8기중 정홍기(正紅旗) 소속의 오제격리씨(烏齊格里氏)로 자(字)는 간재(艮齋) 또는 간봉(艮峰)이다. 동치(同治 1862~1874) 초에 공부상서(工部尚書)와 문연각 대학사(文淵閣大學士)가 되어 황제에게 글을 가르쳤다. 의리지학(義理之學)에 정통해 이학대사(理學大師)로 불렸으며, 양무(洋務) 정책 일부를 반대한 보수파 유학자이다. 임종욱(편), 『중국역대 인명사전』, 2010, 이회문화사; 허방, 「철종시대 연행록(燕行錄) 연구」, 서울대학교대학원 박사학위논문, 2016 참조.

「十二日 丙午」

晴 又往花神廟 廟庭之前羣首雜沓環觀 有西洋人五六徒肩輿洋女而来
轎樣一如四人轎 而裏以繡緞 轎牖之四面皆以琉璃餙之 玩見之人皆怕怖
而不得逼 余從環立之中覘視洋女 則以繡紗裏頭而垂之 如我東宮人之蓋
頭也 面部波沙 鼻樑峭峻 顏白語涉 絕無婆色 著灰色衣 其樣不可形言
而如我東商女著男襦 而著短布裳 無足觀 但他國女故 久立視之. 少焉
步出 乘畫車 四箇洋人肩而去之 蓋西洋之俗 女則有夫五六人不以爲恠
男則有一妻不得 奸他女則行絞罪云

【역문】「12일 병오일(丙午日)」3)

　맑다. 다시 화신묘에 갔다. 묘의 뜰 앞에 뭇 사람들이 둘러서서 머
리를 들이밀고 구경하고 있었다. 서양인 5, 6명이 서양 여자들을 어깨
로 메는 가마에 태우고 왔다. 가마 모양은 하나같이 네 사람이 메는
가마와 같은데, 수놓은 비단으로 감싸고 가마의 사방 창문이 모두 유
리로 꾸며져 있다. 구경하는 사람들이 모두 겁을 내어서 바짝 접근하
지를 못 했다. 나는 둘러 선 사람들 틈을 통해 서양 여자를 엿보니 수
놓은 깁으로 머리를 싸서 드리운 것이 우리나라 궁인들의 너울 같았
다. 얼굴은 늙고 콧등은 날카로우며, 얼굴은 희고 말은 더듬거려서 자
색이라고는 하나도 없었다. 회색 옷을 입었는데 그 모양이 형언할 수
없으나, 마치 우리나라의 장사하는 계집이 사내의 속옷을 입은 데다
짧은 베치마를 입은 것 같아 족히 볼 것이 없다. 다만 다른 나라 계집
이기 때문에 오랫동안 서서 보았다. 조금 있으려니 걸어 나와서 색채

---

3) 12일 병오일 : 1863년 1월 12일.

로 수식된 가마에 올라타더니 네 명의 서양 사람이 어깨에 메고 갔다. 대개 서양의 풍속에 계집은 하나가 지아비 5, 6명을 가져도 괴이하게 생각되지 않으나, 사내는 한 사람의 계집도 얻지 못하는 수가 있으며, 다른 사내의 계집을 간음하면 교수형(絞首刑)에 처해진다고 한다.

「十五日 己酉」

　晴 彼人數十皆皆著繡衣而列坐 又有二娘 一則戴烏紗畫雲方冠 被玉色
縐紗 闊袖長袍 下係杭羅裳 腰束紅錦飄帶 足穿赤色飛雲方履 一則頭上
雙角結子紅繩總角 身穿窄袖綠緞襖子 腰束紅緞廣帶 足穿靑鞋 坐于殿門
之內左炕 淡粧濃抹 亦爲絕代之容 余與冠樵坐于二娘之傍 與彼人一談一
笑 注目看之 少無羞澀之色 自外忽有披靡之聲 洋人數十輩排闥直入 二
娘起身避于佛像之後 彼數十皆起身掩匿之 洋人輩只是環觀燈光 而不知
二娘之起避 余方吸草 洋人來坐余傍 攜借余之烟竹吸之 數飮即爲還我
居無何出去 彼人出 與二娘依舊列坐焉 余問其避之由 則答云 爾們本是
禮義邦之人 素知有別之義 噫 彼洋人即是禽獸之類 不知有別之義 恐有
一場之鬧 故見幾而使之起避云

【역문】「15일 기유일(己酉日)」4)

　맑다. 중국사람 십여 명이 모두 수놓은 옷을 입고 죽 앉아 있었다.
또 두 여인이 있었는데, 한 여인은 검은 깁에 구름을 그린 네모난 관
을 썼고, 주름 잡힌 옥색 깁으로 된 소매가 넓은 겉옷을 입었다. 밑에
는 항라 치마를 입었으며, 허리에는 붉은 비단으로 된 고름을 매었고,
발에는 붉은 색 바탕에 나는 구름이 그려진 네모난 신을 신었다. 한
여인은 머리 위에 쌍상투를 틀었는데 붉은 노끈으로 그 상투를 휩싸
묶었고, 몸에는 소매가 좁은 푸른 비단으로 된 상의를 입었다. 허리에
는 붉은 비단으로 된 넓은 띠를 매었으며, 발에는 푸른 색 신을 신었
다. [두 여인은-인용자] 전각문의 안쪽 왼편 캉에 앉았는데 혹은 엷게,

---

4) 15일 기유일 : 1863년 1월 15일.

혹은 짙게 화장하였으니 또한 절세미인의 얼굴이었다. 나와 관초는 두 여인의 곁에 앉아서 저들과 담소를 하였는데 찬찬히 살펴보아도 조금도 수줍어하는 기색이라곤 없었다. 밖에서 갑자기 사람들이 뿔뿔이 흩어지는 소리가 있더니 서양사람 수십 명이 문을 젖히고 곧바로 들어왔다. 두 여인은 몸을 일으키더니 불상 뒤로 피했다. 중국사람 수십 명도 모두 몸을 일으켜 숨었다. 서양사람 무리는 단지 등불 빛만 둘러보고, 두 여인이 일어나 피한 것도 알지 못 했다. 내가 막 담배를 피우고 있었는데, 양인이 내 곁에 와서 앉더니 나의 담뱃대를 빌려서는 두어 모금 빨고는 곧 나에게 되돌려 주었다. 얼마 안 있어 양인들이 나가고 중국 사람들도 나와서 두 여인과 함께 서양인들이 들어오기 전처럼 벌려 앉았다. 나는 그들이 피한 이유를 물어보았다. 대답하기를 "당신들은 본래 예의의 나라 사람이라 본디 남녀유별의 의리를 압니다. 아아, 저 양인들은 곧 금수(禽獸)와 같은 부류라 남녀유별의 의리를 모릅니다. 그래서 한바탕 소란이 있을까 두려워 낌새를 보고 일어나 피했던 것입니다." 라고 했다.

「十六日 庚戌」

晴 自上玉河橋 歷西洋人所住處 向北洋貨肆 肆在東長安門外三里許
洋貨肆有三肆 肆皆數百間 皆九樑之屋 其中列懸三層板 各色錦繡置于板
上 環以觀之 其東西和買 不知爲幾萬金 天靑 月白 柳色 松花 許多貨名
見之新反 聞之亦初 彼們之一尺 與我東較之 不過爲六尺 而一尺價爲六
兩 五兩 四兩 三兩 二兩銀子 以我東價言之 二兩銀子爲十二兩 六寸緞
價爲十二兩 雖譯員輩初不論價于此洋貨肆 大抵此等之緞 卽我東無用之
物 或稱之以龍䲁 或紋之以草花 厚如我東錢一分之厚 此眞錦緞 譯員輩
換來之錦 卽朝鮮條別織也 其薄如紙 彼人初不著之 價亦小焉 而近因江
南路絕 此亦翔貴云

【역문】「16일 경술일(庚戌日)」5)

　맑다. 옥하교(玉河橋)를 올라 서양인 거주지를 거쳐 북쪽의 서양 물
건 파는 가게로 향해 갔다. 가게는 동장안문(東長安門) 밖 3리쯤에 있
었다. 서양물건 파는 가게는 3곳이 있는데 모두 수백 칸으로 다 9량
(樑)의 집이었다. 그 안에 3층으로 판자를 죽 달아놓은 위에 각색 비
단이 판자 위에 놓여 있었다. 둘러보니 물건을 흥정하고 거래하는 액
수가 몇 만금이 될 지 알 수 없고, 천청(天靑)·월백(月白)·유색(柳色)·
송화(松花)와 같은 허다한 상품 이름을 보는 것도 새롭고, 듣는 것도
처음이다. 저들의 1척을 우리나라와 비교하면 6척을 넘지 않는다. 1척
의 값은 은으로 6냥·5냥·4냥·3냥·2냥이다. 우리나라 값으로 말하면 2
냥, 은자로는 12냥이 된다. 6촌 비단의 값이 12냥이 된다. 비록 역관

---

5) 16일 경술일 : 1863년 1월 16일.

들은 당초 이 서양 물건 파는 가게에서는 값을 논해 보지 않았으니,
대저 이 같은 비단은 우리나라에서는 쓸데없는 물건이기 때문이다.
용과 이무기로 수놓기도 하고, 풀과 꽃으로 무늬 놓기도 하였으며, 두
께가 우리나라 돈 한 푼의 두께만 했다. 이런 것이야말로 진짜 금단
(錦緞)6)이다. 역관들이 사온 비단은 곧 조선조별직(朝鮮條別織)이다. 그
얇기가 종잇장 같아, 청나라 사람들은 애당초 입지 않으며, 값도 또한
싸다. 근래는 강남지방으로 가는 길이 끊어져 이런 비단 값도 또한 몹
시 비싸졌다고 한다.

---

6) 금단(錦緞) : 무늬가 있는 비단.

「二十四日　戊午」

晴　往正陽門外洋貨肆　買各色可桂紬三十二尺七寸　銀六兩九戔六分　紅
紬紬十六尺　銀五兩五戔　月白甲紗十一尺五寸　銀三兩五戔　都合銀爲十五
兩九戔六分　有女當婚　故貿此也

【역문】「24일 무오일(戊午日)」[7]

　맑다. 정양문(正陽門) 밖 서양 물건 파는 가게에 가서 각색 가계주
(可桂紬)[8] 32척 7촌을 은 6량 9돈 6푼에, 홍주추(紅紬紬)[9] 16척을 은 5
냥 5돈에, 월백갑사(月白甲紗)[10] 11척 5촌을 은 3냥 5돈에 샀다. 도합
은 15냥 9돈 6푼이었다. 혼사에 당한 딸이 있기 때문에 이를 샀다.

〈주석 : 장정란〉

『熱河紀遊』

「二十六日 甲辰」

-(上略)-1) 利西泰墓 在阜城門外二里 卽萬曆賜葬地也 墓以甎築爲五

* 서호수(徐浩修, 1736~1799)의 1790년 연행록. 자 양직(養直). 서호수는 조선 영조 (英祖) 정조(正祖) 시기의 문신이며 조선 천문학을 이끈 실학자로 두 차례 사행 (使行)하였다. 첫 번째는 1776년(정조 1) 진하 겸 사은사(進賀兼謝恩使) 부사(副 使)로, 두 번째는 1790년(정조 14) 청나라 건륭제(乾隆帝) 팔순(八旬) 만수절(萬壽 節, 8월 13일) 진하 겸 사은사 부사로 갔다. 1790년 연행은 특별한 의미가 있다. 조선후기 연행에서 열하(熱河)를 간 것은 두 차례로 1780년 박지원(朴趾源)이 갔 던 연행과 1790년 서호수가 갔던 연행이다. 그런데 1790년 연행은 1780년과 달리 북경을 거치지 않고 열하로 곧장 간 다음에 북경으로 가서, 서호수의 1790년 사 행길은 조선시대에 있었던 유일한 사행로인 것이다. 이 1790년 사행 기록이 『연 행기(燕行紀)』이다. 그런데 이 『연행기』는 『열하기유(熱河紀遊)』 수정본이다. 서 호수는 사행 2년 후인 1793년에 『열하기유』 집필을 완성했는데, 그것에 산삭(刪 削)을 가한 수정본이 『연행기』로, 『열하기유』는 곧 1790년 사행기록 원본인 것이 다. 산삭 부분은 주로 서학 관련 기록으로 실제 『열하기유』에는 1790년 7월 26 일, 1790년 8월 12일, 1790년 8월 19일, 1790년 8월 22일, 1790년 8월 29일 기사 에서 『연행기』에 없는 서양 선교사 묘지 탐방, 천주당 견문, 흠천감 감정 선교사 와의 필담 내용 등이 온전히 실려 있다. 이는 1801년 신유박해(辛酉迫害) 이후 후 손들이 서호수의 작품들을 필사하면서 혹시 발생할지 모를 필화를 우려해 서학 관련 기록들을 의도적으로 삭제했을 가능성이 높다. 조창록, 「학산 서호수와 열하 기유 - 18세기 서학사의 수준과 지향」, 『동방학지』, 연세대학교국학연구원, 2006; 신익철, 「18세기 연행사와 서양 선교사의 만남」, 『韓國漢文學研究』 51, 2013; 신익 철(편), 『연행사와 북경 천주당: 연행록 소재 북경 천주당 기사 집성』, 보고사, 2013 참조.
* 『열하기유(熱河紀遊)』는 『연행기』와 동일하게 4권 2책으로 1790년 5월 27일 정 조에게 하직인사를 할 때로부터, 사행을 마치고 정조에게 귀국 보고(復命)하는 10월 22일까지의 기록이다.
* 역문 : 이창숙, 『열하기유(熱河紀遊)』, 아카넷, 2017.
1) 이하 부분은 『열하기유(熱河紀遊)』에는 기록하였으나, 『연행기(燕行紀)』에는 삭

層 每層高橫黍尺八寸 廣橫黍尺五尺 長橫黍尺十二尺 各層累接間和勻石
灰瓦屑環爲切縫帶 上覆甋蓋 四出簷 橫黍尺三寸 蓋上鎭以長圓半體 亦
用石灰瓦屑和勻 長廣如各層半徑 橫黍尺一尺二寸 總言墳制 恰如簷太平
車 坐子向午 北有六面臺 亦以甋築 中空虛而上穹窿 前三面 各有虹霓門
墓南有碑 平趺螭首 高橫黍尺八尺 廣橫黍尺三尺 前面大書曰 耶蘇會士
利公之墓 大字 東有紀曰 利先生 諱瑪竇 號西泰 大西洋意大里亞國人
自幼入會眞修 明萬曆辛巳 航海首入中華衍敎 萬曆庚子年來都 萬曆庚戌
年卒 在世五十九年 在會四十二年 大字 西有西洋字紀 與東紀同 碑左右
有石柱 刻雲龍 碑前有石臺 上刻花文 臺前橫列五石柱 皆刻雲龍 墓外繞
石墻 高可一丈二尺 長闊可容千畝 墻內正北有石壇 上設石浮屠 雍正十
三年所建 壇下鋪甋爲正路 連壇南之正門 利西泰墓爲首 在墻內東北維
而自羅鴉谷2)鄧玉函 湯若望以下 至近古徐日昇劉松齡等諸西士墓 分列
于正路東西 正路東爲三十一墳 正路西爲四十三墳 皆子坐午向 墻南爲石
門三 正門制如華表而門扇用純石 東西門規模稍殺 而東西門內各爲石壇
東壇書曰 常生之根 西壇書曰 聖寵之源 正門外東西各安石獅 次東次西
各豎擎天石柱 高可二丈 次有享閣三間 東西門外各爲石柱二十四雙 上
架葡萄蔓珠顆或綠或紫 方爛熟 摘噉一叢 甜爽異常 守墓者云 是西洋種
享閣南又安石獅一雙 豎湯若望紀恩碑 順治甲午賜湯若望葬地 順治庚子
湯自撰紀立碑 碑南又有三石門 朱彝尊日下舊聞謂 享閣前設晷石 有銘曰
美日寸影勿爾空果 所見萬品與時倂流 今亡 按明史 萬曆九年辛巳 利瑪
竇汎海抵香山澳 二十九年辛丑入京師 三十八年庚戌四月卒 賜葬地西郭
外 與碑記同 ○ 告利西泰墓文曰 地之相去九萬里 世之相後二百年 胡爲
乎逾巨流過碣石 訪衣履于冀燕 西泰之道 昭事上帝 西泰之藝 欽若昊天
器傳于箕子之邦 書衍于鶴山之編【器卽渾蓋通憲 書卽渾蓋圖說集箋】竊

제되었다.

2) 羅鴉谷의 이름자 '鴉'는 오자(誤字)다. '雅'가 바르다.

附幾何之增題 敢曰 子雲之譚玄 抱書器而升中 仰寥廓于九重之圜 ○ 萬
曆初 利瑪竇汎海九萬里 抵廣州之香山澳 爲萬國全圖 言天下有五洲 第
一曰 亞細亞洲 中凡百餘國而中國居其一 第二曰 歐羅巴洲 中凡七十餘
國而意大里亞居其一 第三曰 利未亞洲 亦百餘國 第四曰 亞墨利加洲 地
更大以境土相連 分爲南北二洲 最後得墨瓦臘泥加洲爲第五 而域中大盡
矣 其說荒渺莫考 歐羅巴諸國悉奉天主耶蘇教 耶蘇生於亞細亞洲之女德
亞國 西行教於歐羅巴 至王豊肅陽瑪諾等往來南北京 煽惑愚民 而天主教
遂盛於中國 蓋其屏嗜慾滅倫理 似佛氏 嗇精氣住聰明 似道家 曉夜拜稽
謂有赫然照臨 使人輕世界而重天堂 則又一白蓮無爲之焚修 此徐禮部如
珂所以深惡痛斥 倡義驅逐也 然利瑪竇之象數 羅雅谷湯若望之歷法 南懷
仁之儀器 皆千古絶藝而中國士所未能及 故如徐閣學光啓 李水部之藻 莫
不推詡而潤色之 是爲時憲曆之原本也

【역문】「26일 갑진일」3)

　-(상략)- 이서태4)의 묘는 부성문 밖 2리에 있으며 만력제(萬曆)가
장지를 하사하였다. 묘는 벽돌로 쌓아 5층이며, 매층의 높이는 횡서척
(橫黍尺)5)으로 8촌, 너비는 횡서척으로 5척, 길이는 횡서척으로 12척이
다. 층과 층 사이는 석회와 기와 가루를 반죽하여 이음매를 둘렀다.
위에는 벽돌로 덮었고 사방으로 처마를 내어서 횡서척으로 3촌이다.

---

3) 26일 갑진일 : 1790년 7월 26일. 『열하기유』 권2에 수록.
4) 이서태 : 마태오 리치(Matteo Ricci, 利瑪竇, 1552~1601). 서태(西泰)는 마태오 리
　치의 호(號).
5) 횡서척(橫黍尺) : 길이의 단위. 기장 알갱이를 가로로 쌓아서 만든 율척(律尺)으
　로 기장 한 개를 1푼(分), 10푼을 1촌(寸) 곧 1치, 10치를 1척(尺) 곧 1자로 삼은
　것. 즉 100푼이 한 자가 되는 율척이 횡서척이다. 보고사(편), 『한겨레음악대사
　전』, 보고사, 2012 참조.

덮개 위는 역시 석회와 기와가루를 반죽하여 만든 긴 반원형체로 눌렀으며 길이와 너비는 각 층과 같고, 반경은 횡서척 1척 2촌이다. 요컨대 무덤의 모양은 처마가 있는 태평거(太平車)[6]와 흡사하다. 자좌오향(子坐午向)[7]이다. 북쪽에는 육면대(六面臺)가 있으며 역시 벽돌로 쌓았다. 가운데는 비어 있고, 위는 궁륭이다. 앞 삼면(三面)에는 각각 홍예문(虹霓門)이 있다. 묘의 남쪽에는 비석이 있어 평평한 받침에 이수(螭首)가 있다. 높이는 횡서척 8척, 폭은 횡서척 3척이다. 전면에 큰 글자로 "야소회사리공지묘(耶蘇會士利公之墓)"라고 썼고, 큰 글자 동쪽에 "이 선생은 휘는 마두(瑪竇), 호는 서태(西泰), 대서양 의대리아(意大里亞)[8] 나라 사람이다. 어려서부터 야소회에 들어가 수련하였다. 명 만력 신사년[9]에 배를 타고 처음으로 중화에 들어와 선교하였다. 만력 경자년[10]에 경사로 들어왔고, 만력 경술년[11]에 졸하였다. 세상에서 59년을 살았으며, 야소회에서 42년을 보냈다." 큰 글자 서쪽에는 서양 글자로 동쪽과 같은 내용을 썼다. 비의 좌우에는 석주가 있고, 운룡(雲龍)을 새겼다. 비 앞에는 석대(石臺)가 있고, 위에는 화문(花文)을 새겼다. 대 앞에는 가로로 석주가 5개 있고, 모두 운룡을 새겼다. 묘 밖은 돌담을 둘렀으며 높이는 1장 2척 남짓이며, 길고 넓어서 안의 넓이가 1000묘는 될 듯하다. 담장 안 정북쪽에는 석단(石壇)이 있고, 위에는 석부도(石浮屠)를 세웠다. 옹정(雍正) 13년[12]에 세운 것이다. 단 아래에는 벽돌을 깔아 정로(正路)를 만들어 담 남쪽의 정문에 이른다. 이

---

6) 태평거(太平車) : 사람이 타는 수레.
7) 자좌오향(子坐午向) : 정북방(子)을 등지고 앉아 정남방(午)을 바라보는 방향.
8) 의대리아(意大里亞) : 이탈리아.
9) 명 만력 신사년 : 1581년.
10) 만력 경자년 : 1600년.
11) 만력 경술년 : 1610년.
12) 옹정(雍正) 13년 : 1735년.

서태(利西泰)의 묘를 위시하여 담장 안 동북쪽에는 나아곡(羅雅谷)[13], 등옥함(鄧玉函)[14], 탕약망(湯若望)[15]이하로부터 근고의 서일승(徐日昇)[16], 유송령(劉松齡)[17] 등 여러 서양 선교사의 묘가 정로 동서에 늘어서 있

---

13) 나아곡(羅雅谷, 1593~1638) : 로(Rho, J.). 이탈리아 출신 예수회 선교사. 1624년 중국에 입국, 1630년부터 아담 샬 등과 함께 북경 역국(曆局)에서 수력(修曆)에 종사하며 『숭정역서(崇禎曆書)』 편찬에 공을 세웠다. 수학과 천문학에 뛰어났다. 원문의 이름 한자 鴉는 오자(誤字)로 雅가 옳아서 역문에는 임의로 수정하였다. 徐宗澤, 『明淸間耶蘇會士譯著提要』, 中華書局, 1949, 375~376쪽 참조.

14) 등옥함(鄧玉函, 1576~1630) : 테렌츠(Terrenz, S. J.). 스위스 출신 예수회 선교사. 1621년 중국에 입국, 1629년부터 서광계(徐光啓) 추천으로 북경 역국(曆局)에서 수력에 종사하며 『숭정역서(崇禎曆書)』 편찬에 참여하였다. 『인신개설(人身槪說)』, 『기기도설(奇器圖說)』, 『대측(大測)』 등을 번역, 저술하였다. 方豪, 『中國天主教史人物傳』, 권1, 香港, 1967, 216~225쪽 참조.

15) 탕약망(湯若望, 1592~1666) : 아담 샬(Adam Schall von Bell). 독일 출신 예수회 선교사. 중국 최초의 공식 서양인 관리(官吏). 1622년 중국에 입국하여 명 왕조에 22년, 청 왕조에서 22년 총 44년 동안 전교하여 마태오 리치를 이은 '중국 천주교 제2 창설자'로 일컫는다. 명대에는 서광계 등과 『숭정역서(崇禎曆書)』 편찬에 참여하고, 청 건국 후에는 1644년 흠천감 감정(欽天監監正)에 임명되고 『서양신법역서(西洋新法曆書)』를 편찬함으로써 동아시아 제국에 시헌력 반포를 주도하는 등, 명말 청초 서양역법의 중국 도입에 중심 역할을 담당하였다. 위의 책, 권2, 1~15쪽 참조.

16) 서일승(徐日昇, 1645~1708) : 페레이라(Pereira, T.). 포르투갈 출신 예수회 선교사. 1672년 중국에 입국, 1673년부터 페르비스트(Verbiest, F., 南懷仁)를 도와 북경 흠천감에서 봉직하였다. 음악에 정통하여 동료 선교사 페드리니(德理格)와 더불어 중국의 대표적 음악이론서 『율려정의(律呂正義)』를 저술하였다. 위의 책, 256~261쪽 참조.

17) 유송령(劉松齡, 1703~1774) : 할러슈타인(Halberstein, A, F. von). 오스트리아 출신 예수회 선교사. 1738년 중국에 입국하여 흠천감(欽天監) 감부(監副)로 감정(監正) 쾨글러(Kögler. I., 戴進賢, 1680~1746)를 보좌하다가 1746년 쾨글러 사망 이후 감정으로 봉직하였다. 쾨글러의 주청으로 1744년 시작된 『의상고성(儀象考成)』 편찬 사업을 주도하여 1752년 총 32권 10책의 방대한 저서를 완성시켰다. 이때 『항성경위도표(恒星經緯度表)』도 함께 간행하였다. 많은 천문기기를 제작하고 천문관측 기록을 남겼다. 위의 책, 권3, 74~82쪽; 徐宗澤, 앞의 책, 469~471 참조.

다. 정로 동쪽에 31개소, 정로 서쪽에 43개소가 있으며, 모두가 자좌
오향(子坐午向)이다. 담장 남쪽에는 석문 3개가 있으며, 정문은 구조가
화표와 같고 문짝은 순전히 돌로 만들었다. 동쪽과 서쪽 문의 규모는
조금 작으며 동서 문 안에는 각각 석단이 있다. 동쪽 석단에는 "상생
지근(常生之根)", 서쪽 석단에는 "성총지원(聖寵之源)"이라고 써 놓았다.
정문 밖 동서쪽에는 각각 석사자를 놓았으며 그 높이는 2장 남짓이다.
그 다음에 향각(享閣) 3간이 있고, 동서문 밖에는 각각 석회주(石灰柱)
24쌍을 세우고 포도 넝쿨을 올렸다. 구슬 같은 열매는 녹색도 있고 보
라색도 있으며 갓 익어서 한 송이를 따서 맛을 보니 매우 달고 시원하
였다. 묘지기가 "이것은 서양 품종입니다."라고 하였다. 향각 남쪽에
또 석사자 1쌍을 안치하고 탕약망기은비((湯若望紀恩碑)를 세워 놓았
다. 순치(順治) 갑오년(甲午年)[18]에 탕약망에게 장지를 내렸고, 순치 경
자년(庚子年)[19] 탕약망이 직접 기문을 쓰고 비를 세웠다. 비 남쪽에 또
석문 3개가 있다. 주이존(朱彝尊)[20]의 『일하구문고(日下舊聞考)』에 "향
각 앞에 구석(晷石)[21]을 설치하였고, '아름다운 태양의 그림자 한 마디
도 헛되이 보내지 말라, 눈에 보이는 만 가지는 시간과 함께 흘러간다
[美日寸影 勿爾空果 所見萬品 與時併流]'는 명문이 있다."고 하였으나 지금
은 사라졌다. 『명사(明史)』를 살펴보니 만력 9년 신사(辛巳)[22]에 이마
두는 바다를 건너 향산오(香山澳)[23]에 닿았고, 29년 신축(辛丑)[24]에 경

---

18) 순치(順治) 갑오년(甲午年) : 1654년.

19) 순치 경자년(庚子年) : 1660년.

20) 주이존(朱彝尊) : 주이존(1629~1709)은 명말 청초 시기의 문인으로 시문(詩文)과
    사(詞)에 일가를 이루었다. 금석고증(金石考證)과 고문시사(古文詩詞)에 밝고 중
    요자료마다 주석을 달아 목록학 발전에도 크게 공헌하였다. 『명사(明史)』,『문원
    (文苑)』,『영주도고록(瀛洲道古錄)』,『일하구문(日下舊聞)』등을 편찬하였다.

21) 구석(晷石) : 돌로 만든 해시계.

22) 만력 9년 신사(辛巳) : 1581년.

사에 들어왔으며, 38년 경술년(庚戌年)25) 4월에 졸하였고, 서곽 밖에
장지를 내려 주었다고 하였으니 비기(碑記)와 같다.

　○ 이서태의 묘에 고하는 글.26)

땅이 서로 구만 리 떨어졌고 세상이 200년 후이거늘 어이하여 거류
하(巨流河)를 넘고 갈석산(碣石山)을 지나 기주에 옷과 신발만 남은 무
덤을 찾았나. 서태의 도는 상제를 부지런히 섬기고 서태의 예는 하늘
을 공손히 따르며, 기기는 기자의 나라27)에 전해지고 책은 학산의 저
술에 흘러들었습니다.28) 【기는 곧 혼개통헌(渾蓋通憲)29)이고, 책은 곧
『혼개도설집전(渾蓋圖說集箋)』30)이다.】 제가 『기하원본(幾何原本)』에 내
용을 더한 일은 감히 양웅(揚雄)이 『태현경(太玄經)』을 지었다고 하겠

---

23) 향산오(香山澳) : 마카오.

24) 29년 신축(辛丑) : 1601년.

25) 38년 경술년(庚戌年) : 1610년.

26) 이서태의 묘에 고하는 글 : 서호수가 마태오 리치 묘를 방문하고 그를 높이 기
　　리며 애도하여 고(告)하는 글. 원문 ○표시부터 ○표시까지가 고문(告文)이다.

27) 기자의 나라 : 기자(箕子)는 중국 상(商)나라 때 왕족인데, 한편 기자조선(箕子朝
　　鮮)의 시조라고도 한다. 여기에서는 마태오 리치가 소개한 서양의 기기(器機)가
　　조선에까지 전해졌다는 뜻이다.

28) 서태의 도는~학산의 저술에 흘러들었습니다. : 마태오 리치가 전한 서학이 서호
　　수 자신의 저작에까지 영향을 주었다는 뜻. "기물은 '혼개통헌(渾蓋通憲)'이고,
　　서적은 『혼개도설집전(渾蓋圖說集箋)』"이라고 스스로 주석을 달아 자신의 저작
　　이 서학으로부터 연원했음을 밝히고 있다.

29) 『혼개통헌(渾蓋通憲)』 : 서양의 평면구형 천체측량기구인 아스트롤라베(astrolabe).
　　태양이나 달과 같은 천체 전반의 위치를 측정하는 기능을 지닌다. 신익철, 「18
　　세기 연행사와 서양 선교사의 만남」, 『韓國漢文學研究』 51, 2013 참조.

30) 『혼개도설집전(渾蓋圖說集箋)』 : 서호수 자신이 지은 천문서 『혼개통헌도설집
　　전(渾蓋通憲圖說集箋)』. 이 책은 중국 명 말의 학자 이지조(李之藻, 1571~1630)
　　가 저술한 『혼개통헌도설(渾蓋通憲圖說)』의 해설을 위해 서호수가 여러 관련
　　학설을 모은 총 4책의 주석서이다. 총 4책인데 앞의 2책은 이지조의 본래 저술
　　을 싣고 뒤의 2책이 서호수의 집전으로 알려졌으나, 책 자체가 현전하지 않아
　　자세한 내용은 알 수 없다. 위의 논문 참조.

습니다. 책과 기기를 안고 완성을 알리며 구중 하늘의 광활함을 우러
릅니다. ○

만력 초에 이마두가 바다 구만 리를 건너 광주(廣州)의 향산오(香山
澳)에 닿아 〈만국전도(萬國全圖)〉를 만들고 천하에 다섯 대륙이 있다고
말하였다. 첫째는 아세아주(亞細亞洲)이니 그 가운데 100여 나라가 있
으며 중국은 그 하나이다. 둘째는 구라파주(歐羅巴洲)[31]이며 그 가운데
70여 나라가 있으며 의대리아(意大里亞)는 그 하나이다. 셋째는 이미아
(利未亞洲)[32]이니 역시 100여 나라가 있다. 넷째는 아묵리가주(亞墨利加
洲)[33]이니 땅은 더욱 크고 육지가 서로 연결되었으며 남북 2주(洲)로
나뉜다. 마지막으로 묵와랍니가주(墨瓦臘泥加洲)[34]를 얻어서 다섯째가
되었으니 그 영역에서 대지는 끝난다. 그 설이 황당하여 따질 수 없
다. 구라파 제국은 모두 천주야소교(天主耶蘇敎)를 믿는다. 야소(耶蘇)
는 아세아주의 여덕아국(女德亞國, 유대)에서 태어나 서쪽 구라파로 가
르침을 전파하였다. 왕풍숙(王豊肅)[35], 양마낙(陽瑪諾)[36]등이 남경과

---

31) 구라파주(歐羅巴洲) : 유럽.

32) 이미아(利未亞洲) : 아프리카.

33) 아묵리가주(亞墨利加洲) : 아메리카.

34) 묵와랍니가주(墨瓦臘泥加洲) : '묵와랍니카'라는 대륙이 있다고 잘못 생각한 것
이다. 이는 실제로는 마젤란에 의해 발견되어 마젤라니카라고 부르는 남아메리
카 끝에 위치한 섬을 가리킨다.

35) 왕풍숙(王豊肅, 1566~1640) : 바뇨니(Vagnoni, P. A., 王豊肅 또는 高一志). 이탈
리아 출신 예수회 선교사. 1605년 중국에 입국하여 남경(南京)에서 전교하였다.
1616년 남경교난(南京敎難)으로 추방되자 마카오에서 신학을 가르치다가 1624
년 고일지(高一志)로 개명하고 다시 중국 산서성(山西省)에서 전교하였다. 『제
가서학(齊家西學)』, 『공제격치(空際格致)』를 위시한 총 23종의 한문서학서를 남
겼다. 方豪, 앞의 책, 권1, 147~155쪽 참조.

36) 양마낙(陽瑪諾, 1574~1659) : 디아즈(Diaz, Emmanuel). 포르투갈 출신 예수회 선
교사. 1610년 중국에 입국해 남경(南京)에서 전교하던 중 1616년 남경교난으로
마카오에 피신하였다가 다시 중국으로 돌아와 1621년부터 3년 동안 북경에서
중국 주재 예수회 부책임자로 봉직하며 여러 지역에서 전교하였다. 저술로는

북경을 왕래하면서 우민을 선동함에 이르러서는 천주교가 드디어 중국에 성행하였다. 대개 그 욕망을 금지하고 윤리를 멸함은 불교와 비슷하고, 정기(精氣)를 아끼고 총명을 멈추는 것은 도가와 비슷하며, 밤낮으로 절하고 머리 조아리며 환하게 비치는 것이 있다고 말하여 사람들이 세계를 경시하고 천당을 중시하게 만드니 바로 또 하나의 백련교(白蓮敎)[37], 무위교(無爲敎)[38]의 수련이다. 이것이 예부낭중(禮部郎中) 서여가(徐如珂)[39]가 매우 미워하고 통렬히 꾸짖으며 내쫓자는 의론을 일으킨 까닭이다. 그러나 이마두의 상수(象數), 나아곡 탕약망의 역법, 남회인(南懷仁)[40]의 의기(儀器)는 모두 천고의 절예(絕藝)로서 중국의 선비들이 미치지 못한 바이다. 그러므로 내각대학사 서광계(徐光啟)[41], 공부도수청리사사(工部都水淸吏司事) 이지조(李之藻)[42] 같은 이들

『天問略』·『天主聖敎十誡直詮』·『聖經直解』·『袖珍日課』 등이 있다. 위의 책, 173~175쪽 참조.

37) 백련교(白蓮敎) : 중국 송(宋)·원(元)·명(明)에 걸쳐 각지에서 성행한 신흥 종교. 불교 미륵신앙을 표방한 백련종(白蓮宗)으로 시작해서 서민층에 쉽게 수용되었다. 그러나 주술적 경향이 짙어지며 비밀결사까지 만들어 자주 반란을 일으켜 나라의 탄압을 받았다.

38) 무위교(無爲敎) : 미곡 운반 군인이던 나조(羅祖: 이름은 淸, 또는 淨)가 창시한 중국 명(明)·청(淸) 시대 중남부 지역에서 성행한 종교결사. 그 사상은 선종(禪宗)을 기초로 무위해탈(無爲解脫)을 역설하였으나 후에 비밀결사 화하며 백련교(白蓮敎)와 같은 사교로 배격을 받았다.

39) 서여가(徐如珂, 1562~1626) : 서여가는 명 만력(萬曆) 시기의 문신.

40) 남회인(南懷仁, 1623~1688) : 페르비스트(Verbiest, F., 南懷仁). 벨기에 출신 예수회 선교사. 1659년 중국에 입국, 서안(西安)에서 전교하다가 1660년 흠천감감정(欽天監監正) 아담 샬(Schall von Bell, A., 湯若望)의 부름을 받아 북경에서 교무와 흠천감 업무를 보좌하였다. 천문(天文)과 역산(曆算) 지식으로 강희제(康熙帝)의 신임을 얻어 1669년 흠천감감정으로 임명되었다. 청 왕조를 위한 대포 주조, 외교 통역과 번역 업무를 수행하였으며, 개인적으로는 강희제의 수학, 물리학, 천문학 교사였다. 1674년 세계지도 <곤여전도(坤輿全圖)>를 제작하였고 『교요서론(敎要序論)』을 저술하였다. 方豪, 앞의 책, 권2, 163~179쪽 참조.

41) 서광계(徐光啓, 1562~1633) : 서광계는 중국 명 왕조 말기의 사대부, 학자이며,

이 발양하고 윤색하지 않은 것이 없으니 이것이 시헌력(時憲曆)[43]의 원본이다.

이지조(李之藻) 양정균(楊廷筠)과 함께 중국 천주교회 삼대주석(三大柱石)으로 일컬어진다. 마태오 리치에게서 천문, 역법. 지리, 수학, 수리(水利) 등 서양의 기술과 학문을 배우고, 리치를 보필하여 중요 한문서학서를 편찬 간행함으로써 서학 전파에 크게 공헌하며 17세기 동서문화교류의 선구적 역할을 하였다. 특히 그의 저서 다수가 조선에 전해져 조선 실학자들에게도 많은 영향을 끼쳤다. 대표 저술로『농정전서』60권이 있다. 위의 책, 권1, 99~111쪽; 장정란, 「서광계 연구」, 서강대학교 석사학위논문, 1970 참조.

42) 이지조(李之藻, 1565~1630) : 이지조는 서광계(徐光啓), 양정균(楊廷筠)과 더불어 중국 천주교의 삼대주석(三大柱石)으로 일컬어지며, 동시에 서학서의 저술, 번역, 편찬, 감수의 구심적 역할을 담당했던 명말(明末)의 학자. 1629년 서양식 역법 개정을 목적으로 북경에 역국(曆局)이 개설되자 서광계를 보필하여 천문 측정, 역법 기기와 달력 제조, 서양 역법 관련서 번역 등 수력사업에 참여하였다. 높은 학술적 가치를 인정받아 사고전서(四庫全書)에 수장된『天學初函』을 편찬하였다. 方豪, 위의 책, 권1, 112~124쪽 참조

43) 시헌력(時憲曆) : 태음력(太陰曆)에 태양력(太陽曆)의 원리를 적용하여 24절기의 시각과 하루의 시각을 정밀하게 계산하여 만든 역법. 1644년 청 건국 후 순치제(順治 재위: 1644~1662)가 명말(明末)『숭정역서(崇禎曆書)』137권의 편찬에 참여했던 아담 샬(주15 참조)을 흠천감 감정(欽天監監正)에 임명하고 역법 개편을 명하여『신법서양역서(新法西洋曆書)』103권이 편찬되고 시헌력이 완성되었다. 1645년부터 시행하여 두 번의 개편을 거쳐 청 말(淸末)까지 사용하였고, 조선에서도 1653년(효종 4)부터 조선 말(朝鮮末)까지 이를 중용하였다.

「十二日 庚申」

-(上略)-[44] 歷訪西士欽天監右監副湯士選于天主堂 湯則接駕後姑未還
西士劉思永迎坐正廳 具茶果諸品待之 就中山査木瓜煎香皓異常 余問曰
吾們在東聞僉大人精于歷數 來賓天朝治理時憲法 湯大人 則向于圓明園
班行 偶然相逢 有從容對討之約 故偸隙而來 湯大人未還云 可恨 劉曰
俺與湯大人 乾隆四十九年二月偕進京師 而湯則精通歷象 己受監職 俺則
歷學不及于湯 只料理堂內事務爾 湯於昨日往城外海淀 今早接駕 姑未歸
矣 余曰 俺亦送駕後 隨卽起身來到 湯大人想必未久還 次請少留待 劉曰
湯大人向自圓明園回說到與閣下會面的光景 故已專伻報閣下來臨緣由于
湯 俺聞閣下項日躬尋利西泰衣履之藏 使泉下有知得無曠世知己之惑 俺
等亦不勝銘謝 但俺等九萬里汎海而來者 非以歷象小藝炫人耳目希世利
祿 實欲傳耶蘇聖敎於天下 閣下亦尊信否 余曰 吾們地方所尊奉 惟洙泗
洛閩之道而已 存心養性 卽昭事上帝之大者 外此非所敢聞爾 若歷象則西
法得義和之眞詮 平生敬服利西泰 在于幾何原本渾蓋通憲二書也 劉曰 俺
管檢測候 請與閣下同上觀星臺看儀象 余曰 是所願 劉乃前導 先看天主
正堂耶蘇像在北壁 諸神像分揭東西壁 儀容活動 服飾詭異 驟看之森嚴
若承聆咳唾 自不覺悚然 堂制 南北長十二間 東西濶六間 上穹窿如覆幔
不用棟樑榱桷 皆以石灰瓦屑和勻築成 窓嵌琉璃 門關文板 耶蘇像前懸銀
燈一 雙 灌漆點火 晝夜恒明 聯正堂北又有小堂 貯衣服器用 北壁附白銅
瓶半體 下設盥盤半圓 以螺旋釘固瓶腹 左旋而拔釘 則水注盤 右旋而納
釘 則水止 由正堂南壁層梯上東臺府瞰京師全面 瓊島白堉屹峙於西北維
煤山亭閣隱映於正北 黃屋紫城橫亘中央 酒旗茶 旌錯列左右 眞壯觀也

---

44) 이하 부분은『열하기유(熱河紀遊)』에는 기록하였으나,『연행기(燕行紀)』에는 삭
제되었다.

劉出小遠鏡 使余抽合目力而眺之 取看煤山亭閣 歷歷前對 可攝數百步之
遠 舊有西洋樂器在正堂之南壁上層 年前燬于火 今冬當新造携來云 此法
卽律呂正義烏勒鳴之朔拉五音全半之所本而未得聞之 可恨 乃由正堂西
門入北園 登觀星臺 臺上建小閣藏儀象 劉次第出示 先指象限儀紀限儀
曰 知此理乎 余曰 一是象限儀 卽周天三百六十度 四分一用以測極高日
高及山河樓臺之遠近高深也 一是紀限儀 卽周天三百六十度 六分一用以
測量星相距之經緯度也 劉拱手曰 是是 又指天體儀驗時儀曰 閣下必已明
理 不須言 余曰 一是天體儀 卽中法渾天儀渾天象二制之兼收迬用者也
一是驗時儀 以墜子之來一番往一番 各爲一秒也 劉曰 是是 又携遠鏡掛
之架上 先自游移仰窺納日體于鏡中 然後使余仰窺 鏡長一丈餘 筒用錫
架用鐵 時當正午 光芒閃鑠 雖加青片鏡而窺之 終未尋黑子所現 丙申登
臺 值深冬夕照 能見數點黑子 而今番則不但秋陽正午 與深冬夕照迥異
余之目力比丙申殆損十之五六也 抑已過歷引所謂十四日之限而黑子皆在
日體之後歟 觀止 劉之書記來告湯大人已還 遂與劉偕進湯所佳炕 卽天主
堂之西曆局之北長閣中一室 是爲首善書院舊基也 室內北壁下爲炕 東壁
下安三層架 推列各種儀象及奇器書籍 每時至 鐘聲四起 湯出室外 執手
歡迎 對案炕上半日穩話 余曰 俺在東已聞大人深明歷數 心窃傾嚮 于圓
明園班聯偶爾相逢 亦足以愜宿願 今日之來 蓋欲從容質疑也 湯曰 俺粗
曉歷數 九萬里抱書器而來 荷皇上擢用 管理時憲法 然何敢望古人之精深
向於班行偶見閣下顔色 今又光臨 實慰素心 早朝接駕後 因有些事此來
未免稽遲爾 余曰 俺於歷象有杜元凱左氏之癖 自弱冠至于白首 猶不懈
然平日不無數三疑晦處 曆象考成小輪法躔離交食 則法與理皆詳備無餘
蘊 而五星則法未嘗不備 然釋理終欠曉暢 如求火星次輪半徑以火星太陽
本輪全徑與火星太陽本天高卑大差爲比例 而不言火星次輪半徑時時不同
之所以然 又火星次輪半徑卑則見小 高則見大 與視學相反而不信其故 願
賜詳敎 湯曰 火星次輪半徑小大之故 可照月離新法橢圓之理抽解 余曰

新法躔離交食旣用橢圓立法　五星亦宜以本天爲橢圓　然金水二星之本天
與太陽本天等　當仍日躔橢圓法　土木二星距地甚遠　本天幾與恒星等　不必
用橢圓法　惟火星或在太陽上或在太陽下變動無常　而新法火星在太陽下
則火星距地與太陽距地若一百與二百六十六　是火星本天有時比太陽本天
尤卑　當依太陰橢圓法推得立成　未知已有測量者否　湯曰　閣下見到精深的
裏面矣　火星次輪半徑之理果難曉　而其故專在本天不得爲正圓　宜用橢圓
法立表　然姑未有推步者爾　余曰　小輪舊法　土木火金四星之次輪心　皆自
均輪最近點右旋行　倍引數而惟水星次輪心自均輪最遠點右旋行三倍引數
考成不著其理　何也　湯曰　小輪舊法　土木火金四星之本天皆爲正圓　而水
星本天彷彿卵形　不得爲正圓故也　此理見於西洋曆法　而考成遺之爾　余曰
三條奉質　乃是宿昔疑晦之耿耿者　今承指教儘有開發之益矣　利西泰渾蓋
通憲　卽天外觀天之神器　而行測之妙法　李水部圖說引而不發處甚多　使人
迷於津梁　故吾們積費講解　根據幾何諸題編成渾蓋圖說集箋二卷　玆以奉
覽　望須留之案頭詳覈理致　批正差謬　且爲弁卷之文而還之則感幸　當如何
湯曰　以閣下專門絶藝成此書　必無疵病　然旣蒙賜示　敢不細加檢閱以副求
助之盛意　至於托名卷首　尤所樂爲請　留得幾天然後方可搆成　但恐說理不
眞貽笑　大方奈何　余曰　此篇不過備遺忘私巾衍　本不欲掛他眼　而大人深
明歷理　故奉質差謬所在　且希得大人一言　賴以不朽　謹當如戒　留置幾日
願從容入思　湯曰　寬限然後　方可致力　若使浮粗從事　必不能闡揚書旨爾
因披玩集箋良久　注目於黃道分宮第三法圖　曰　極精極妙　使利西泰而亦必
許與於閣下矣　酬酢頗長　日已向暮　余乃請歸　贈湯劉各淸心元十九扇十柄
倭鏡一面綿布二疋大好紙二卷　湯曰　旣荷光顧　更頒多儀　仰承厚貺　謹此
拜領而感與愧竝爾　余曰　不腆之物　祗效微誠而已　何謝之有　遂揖而出　湯
劉皆隨至外門　執手而別

【역문】「12일 경신일」45)

-(상략)- 오는 길에 서양사람 흠천감 우감부 탕사선46)을 찾아 천주 당으로 갔다. 탕사선은 황제를 맞이한 후 아직 돌아오지 않았고, 서양 사람 유사영47)이 맞이하여 정청에 앉히고 다과 여러 가지를 갖추어 대접하였다. 그중에 산사 모과 전향은 매우 달았다.

서호수 우리는 동방에서 대인들께서 역수(曆數)에 정통하여 천조에 오셔서 시헌법(時憲法)의 계산과 편찬을 맡았다고 들었습니다. 탕 대인은 원명원 반행으로 가다가 우연히 만나서 조용히 대화를 나 누자는 약속을 하였습니다. 그러므로 틈을 내어 왔습니다만 탕 대인께서 아직 돌아오지 않으셨다니 섭섭합니다.

유사영 저와 탕 대인은 건륭 49년48) 12월에 함께 경사로 왔습니다. 탕 대인은 역상(曆象)에 정통하여 흠천감의 직을 받았고, 저는 역

---

45) 12일 경신일 : 1790년 8월 12일. 『열하기유』 권3에 수록.

46) 탕사선(湯士選, 1751~1808) : 구베아(Gouvea, A. de) 주교(主敎). 포르투갈 출신 성프란치스코수도회 선교사. 1782년 북경교구(北京敎區) 교구장으로 임명되어 1785년 중국에 입국하였다. 1785년 북경 도착 후 건륭제(乾隆帝 재위: 1736~ 1795)에 의해 흠천감 감부(監副)로 임명되고 곧 흠천감감정(欽天監監正) 겸 국 자감(國子監) 산학관장(算學館長)에 올랐다. 중국에서의 전례(典禮)문제에 관한 로마 교황청의 원칙을 엄하게 지켜 신자들이 유교 의식을 버리게 하려고 노력 하며 전교에 주력하였다. 1790년 교황 비오 6세에게 한국 교회 사정을 처음으 로 보고함으로써 1792년 비로소 조선천주교회가 베이징교구에 정식 편입되었 다. 1791년에는 조선에 첫 번째 사제를 파견했으나 실패하고, 1794년 두 번째로 주문모(周文謨) 신부를 파견하였다. 또한 사천교구장(四川敎區長) 생 마르탱 (Saint Martin, 郭恒開) 주교의 요청으로 1784년 한국 천주교회 창설로부터 1797 년 현재까지의 한국교회 초기 역사[Relation de l'etablissement christianisme dans le royaume de Coree(조선왕국 내의 그리스도교 창설)]를 기록해 보냄으로써 한 국 교회사 연구에 귀중한 자료를 남겼다.

47) 유사영(劉思永) : 미상.

48) 건륭 49년 : 1784년.

학(曆學)이 탕 대인에 미치지 못하므로 천주당 안의 사무만 처리합니다. 탕 대인은 어제 성 밖 해전(海淀)[49]으로 가서 오늘 아침 어가를 맞이하고 아직 돌아오지 않았습니다.

서호수 저도 역시 어가를 보낸 후 바로 몸을 움직여 도착하였습니다. 탕 대인도 곧 돌아올 것이니 잠시 머물며 기다릴까 합니다.

유사영 탕 대인이 지난번 원명원에서 돌아와 합하와 만난 광경을 말하였습니다, 그래서 이미 심부름꾼을 보내 합하께서 오신 연유를 탕 대인에게 알렸습니다. 저는 합하께서 전날에 이서태[50]의 묘를 직접 찾아 그가 저승에서 마음 맞는 이를 얻어서 세상에 자신을 알아주는 이가 없다는 감개를 없앴다는 말을 들었습니다. 우리도 깊은 감사의 뜻을 이기지 못합니다. 다만 우리는 구만 리 바다를 건너 온 사람들로서 역상의 작은 재주로 사람들의 이목을 어지럽혀 세상의 이익을 얻으려는 것이 아니라 실제로는 천하에 야소(耶蘇) 성교(聖敎)를 전파하려고 합니다. 합하께서도 믿습니까?

서호수 우리가 사는 곳에서 존봉하는 것은 오직 공맹(孔孟)과 정주(程朱)의 도입니다. 마음을 보존하고 본성을 기르는 것은 상제를 섬기는 대체인 줄은 아나, 이 밖에는 감히 들을 바가 아닙니다. 역상 같으면 서양의 방법이 희화의 진전을 얻은 것입니다. 평생 이서태를 흠복하는 뜻은 『기하원본』[51], 『혼개통헌』 두 책에 있습

---

49) 해전 : 북경 북서쪽 원명원(圓明園)이 위치한 구역.
50) 이서태 : 마태오 리치.
51) 『기하원본』: 그리스 수학자 유클리드(Euclid, BC. 300?)가 저술한 『기하원리』 전반 부분의 한문 번역서. 한역 대본은 클라비우스(Clavius, 1538~1612)의 주석본 『Euclidis elementorum libri』 (15권)으로, 그 중 6권을 마태오 리치가 구역(口譯), 서광계(徐光啓)가 필기하여 1605년 6권으로 북경에서 출간되었다. 지오메

니다.

유사영 나는 측후를 점검하려 하니 합하와 함께 관성대에 올라가 의상을 보고자 합니다.

서호수 바라던 바입니다.

유사영이 인도하여 먼저 천주정당을 보았다. 야소상이 북벽에 있고 여러 신상이 동서벽에 나뉘어 걸려 있다. 의용이 살아 움직이고, 복식이 괴이하여 문득 보니 삼엄하여 말소리가 들리는 듯 하니 나도 모르게 송연하였다. 정당의 규모는 남북 길이가 12간, 동서 폭이 6간이며, 위 궁륭은 장막을 덮은 모양이고, 기둥과 들보 서까래를 쓰지 않고 모두 석회와 기와 가루를 반죽하여 지었다. 창에는 유리를 끼웠고 문에는 무늬 있는 판을 걸었다. 야소상 앞에 은등 한 쌍을 걸고 검은 기름을 부어 불을 붙여서 밤낮 늘 밝힌다. 정당에 이어서 북쪽에 또 소당이 있어 의복과 기물을 보관한다. 북벽에는 백동병 반체를 붙였고 아래에는 반원형의 손 씻는 대야가 있다. 나선의 못을 백동병 배에 박아서 왼쪽으로 돌리면 못이 빠져 물이 대야로 나오고, 오른쪽으로 돌리면 못이 들어가 물이 그친다. 정당의 남벽 계단을 통해 동쪽대로 올라가면 경사의 전모가 내려다보인다. 경도의 백탑[52]이 서북 모퉁이에 우뚝 솟았고, 매산[53]의 정자와 누각이 정북쪽에서 언뜻언뜻 보이며, 황금빛 지붕 자금성(紫禁城)[54]이 중아에 길게 뻗었고, 주루와 다루의

트리(geometry)에 최초로 '幾何'라는 한자어를 지어 붙였다. 한국과학창의재단 (편), 『과학백과사전』, 2014 참조.

52) 백탑 : 1651년 청(淸) 순치제(順治帝)때 건립된 티베트 양식 탑. 북경 북해공원 경도(瓊島)에 위치.

53) 매산 : 자금성 북쪽의 경산(景山). 명나라 때는 매산이었는데, 청나라 때 경산으로 개칭하였다.

깃발이 좌우에 어지러이 섰으니 참으로 장관이었다. 유사영이 작은 망원경을 꺼내 나더러 뽑아서 눈에 맞추어 보라고 하였다. 받아서 매산 정자와 누각을 보니 역력히 앞에 나와 수백 보 거리로 당길 수 있을 듯하였다. 이전에는 서양 악기가 정당의 남벽 상층에 있었지만 몇 년 전에 불에 타버려서 이번 겨울에 새로 만들어 가져올 것이라고 한다. 이 악기의 연주법은 『율려정의(律呂正義)』55)의 운(ut), 레(re), 미(me), 파(fa), 솔(sol), 라(la) 오음의 온음과 받음의 유래라고 하지만 들을 수가 없어서 한스러웠다. 곧 정당 서문을 통하여 북원으로 들어가 관성대(觀星臺)에 올랐다. 대 위에는 작은 누각을 지어 관측 기기를 보관하였다. 유사영이 차례로 꺼내 보여 주었다. 먼저 상한의(象限儀)56)와 기한의(紀限儀)57)를 가리키며 말하였다.

유사영 이 기기의 이치를 아십니까?

서호수 하나는 상한의로서 주천(周天) 360도를 4로 나눈 90도를 이용해 북극 고도와 태양 고도, 산하와 누대의 거리와 높이를 잽니다. 하나는 기한의로서 주천 360도를 6으로 나눈 60도를 이용해 두 별 사이의 경도차와 위도차를 잽니다.

---

54) 황금빛 지붕 자금성(紫禁城) : "黃屋紫城"을 역문 저본에는 "누런 지붕 자색 성벽"이라고 번역하였다. 자금성을 지칭한 것이므로 임의로 역문을 수정하였다.

55) 『율려정의(律呂正義)』: 라자로회 선교사 페드리니(德理格)와 예수회 선교사 페레이라(주석 16번 참조)가 1713년 저술한 중국의 대표적 음악이론서. 총 5권으로 상편 「정률심음(正律審音)」두 권에는 중국의 악률(樂律), 하편 「화성정악(和聲定樂)」두 권에는 악기의 음률, 속편 「협균도곡(協均度曲)」한 권에는 서양의 악부와 음악이론을 논설하였다. 서양음악 이론을 오선보를 인용해서 기술한 중국 최초의 저술이다. 송방송, 『한겨레음악대사전』, 도서출판 보고사, 2012 참조.

56) 상한의(象限儀) : 천체 고도 측정 기기.

57) 기한의(紀限儀) : 천체 간 각도 측량 기기.

유사영이 두 손을 맞잡고 말하였다. "그렇습니다." 또 천체의(天體儀)[58]와 험시의(驗時儀)[59]를 가리키며 말하였다.

유사영 합하께서 이미 이치에 밝으니 말할 필요가 없습니다.
서호수 하나는 천체의로서 중국식으로 만든 혼천의(渾天儀)와 혼천상(渾天象)의 기능을 겸비한 것입니다. 하나는 험시의로서 추가 한 번 가고 한 번 오는 것이 각각 1초입니다.

유사영 그렇습니다.

또 망원경을 가져와 틀 위에 걸고 먼저 위로 올려 태양에 초점을 맞추고 나에게 보게 하였다. 망원경은 길이가 1장 남짓이며 통은 주석으로 만들었고, 틀은 철로 만들었다. 때가 마침 정오라서 빛줄기가 반짝여서 푸른 유리조각을 대고 보아도 종내 흑점을 찾을 수가 없었다. 병신년(1776)에 관상대에 올랐을 때는 한겨울 석양 무렵이어서 흑점 몇 개를 볼 수 있었다. 지금은 가을 정오라서 한겨울 석양과는 매우 다를 뿐만 아니라 나의 시력도 병신년 때보다 십에 오륙은 줄어들었기 때문이다. 그렇지 않으면 『역인(歷引)』에서 말한 14일 주기를 넘겨 흑점이 모두 태양 뒷면에 있기 때문인가. 보기를 마치니 유사영의 서기가 와서 탕 대인이 돌아왔다고 알리므로 유사영과 함께 탕사선이 묵는 온돌방으로 들어가니 바로 천주당 서쪽 역국(曆局)의 북쪽 긴 집의 한 방이었다. 이곳은 수선서원(首善書院)의 옛터이다. 실내 북벽 아래가 온돌이며, 동벽 아래 3층 시렁을 설치하여 각종 의기와 기묘한 기기와 서적을 배열해 놓았다. 매 시가 되면 종소리가 사방에서 울렸

---

58) 천체의(天體儀) : 지구자전축과 1,870여 개 별자리를 표시한 천문 관측 기기.
59) 험시의(驗時儀) : 톱니바퀴와 태엽 등을 갖춘 기계식 자명종 시계.

다. 탕사선이 방 밖으로 나와 손을 잡으며 환영하고, 책상을 마주하여 온돌 위에서 반나절 화기애애하게 얘기하였다.

서호수 저는 동방에서 대인께서 역수에 매우 밝다고 이미 듣고서 마음이 절실히 앙망하던 차에 원명원에서 자리가 옆이라 우연히 만나서 또한 숙원을 풀 수 있었습니다. 오늘 온 것은 조용히 묻고 싶어서입니다.

탕사선 저는 대략 역수를 알아서 구만 리를 책과 기기를 안고 왔습니다. 황상께서 써 주신 은혜를 입어 시헌법을 관리하고 있지만 고인의 정심한 경지를 어찌 바라보겠습니까. 지난번에 자리에서 우연히 합하의 안색을 뵙고 오늘 또 광림하시니 실로 마음에 위로가 됩니다. 아침 조회에서 어가를 맞이한 후 일이 있어 이제 왔으니 늦었습니다.

서호수 저는 역상에 대하여 두예(杜預)가 『춘추좌씨전(春秋左氏傳)』에 대해 가졌던 벽이 있어 약관 시절부터 백수가 되기까지도 게을리 하지 않았습니다. 그러나 평소 세 가지 의혹처가 없지 않았습니다. 『역상고성』[60]에 소륜법(小輪法) 일월의 운행과 교식(交食)에 대해서는 그 계산법과 이론이 모두 자세히 갖추어져 빠진 것이 없습니다만, 오성(五星)에 대해서는 계산법은 다 갖추어져 있지만 이론의 설명은 명쾌하지가 않습니다. 예를 들어 화성 차륜

---

60) 『역상고성』 : 아담 샬(Adam Schall von Bell, 1592~1666)이 편찬한 『서양신법역서(西洋新法曆書)』의 개정 역법서. 강희제(康熙帝)의 칙명으로 매각성(梅瑴成) 하국종(何國宗, ?~1767) 등이 주로 티코 브라헤(Tycho Brahe)의 천문학에 기초해 『서양신법역서』의 단점을 보완하며 1721년 편찬하였다. 이후 1742년 다시 서양 선교사 쾨글러(Kögler, 戴進賢, 1680~1746)에 의해 『역상고성후편(曆象考成後編)』으로 재편찬되었다.

(次輪)의 반경(半徑)을 구하려면 화성과 태양의 본륜(本輪) 전경(全徑)과 화성과 태양의 본천(本天)의 가깝고 먼 거리 차이를 비례로 삼지만, 화성의 차륜 반경이 시시로 다른 원리를 말하지 않았습니다. 또 화성의 차륜 반경이 낮으면 작게 보이고, 높으면 크게 보여 시학(視學)과는 상반되지만 그 까닭을 말하지 않았습니다. 상세히 가르쳐 주시기를 바랍니다.

탕사선 화성의 차륜 반경이 작고 큰 원리는 『역상고성후편』의 「월리(月離)」 부문에 신법에 기술된 타원(橢圓)의 원리로 유추하여 알 수 있습니다.

서호수 『역상고성후편』의 일전과 월리, 교식(交食)은 이미 타원의 방법을 썼으니 오성(五星)의 본천도 타원이라고 보아야 합니다. 그러나 금성, 수성 두 별의 본천과 태양의 본천은 같아서 당연히 일전 타원법(橢圓法)을 따라야 하고, 토성, 목성 두 별은 지구에서 거리가 매우 멀어 본천이 거의 항성 본천과 같으니 타원법을 쓸 필요가 없습니다. 오직 화성은 혹은 태양의 본천 밖에 있고 혹은 태양의 본천 안에 있어 변동이 무상한데, 화성이 태양의 본천 안에 있을 때 화성과 지구의 거리와 태양과 지구의 거리는 100대 266이 됩니다. 이는 화성 본천이 태양 본천보다 더 낮을 때가 있어서 태의타원법(橢圓法)으로 계산하여 자료 표를 얻을 수 있습니다. 이미 측량한 것이 있는지 모르겠습니다.

탕사선 합하께서는 정심한 경지의 이면까지 보셨습니다. 화성 차륜 반경의 이치는 과연 이해하기 어려우니 그 까닭은 본천이 정원(正圓)이 될 수 없으므로 타원법을 이용하여 자료를 구해야 하지만 아직 추산한 것이 없습니다.

서호수 구법(舊法)의 소륜법(小輪法)에서 토성, 목성, 화성, 금성 네 별의 차륜심(次輪心)은 모두 균륜(均輪)의 최근점(最近點)으로부터 오른쪽으로 배인수(倍引數)의 배를 돌지만, 오직 수성(水星)의 차륜심은 균륜의 최원점(最遠點)으로부터 3배 인수를 돕니다. 『역상고성』에 그 이치를 밝히지 않은 것은 무엇 때문입니까?

탕사선 구법의 소륜법에서 토성, 목성, 화성, 금성 네 별의 본천은 모두 정원이며, 수성의 본천은 난형(卵形)과 비슷하여 정원이 될 수 없기 때문입니다. 이 이치는 『서양역법(西洋曆法)』에는 모두 보이지만 『역상고성』에서는 빠뜨렸습니다.

서호수 세 가지 질문은 오래도록 풀리지 않아 마음에 꺼림칙하던 것이었는데 지금 가르침을 받아서 모두 환하게 풀렸습니다. 이서태의 혼개통헌의는 하늘 밖에서 하늘을 관측하는 신묘한 기구입니다. 그러나 관측을 시행하는 묘법은 이지조(李之藻)의 『혼개통헌도설(渾蓋通憲圖說)』에서는 인용하였으나 설명하지 않은 곳이 매우 많아서 길을 잃게 만듭니다. 따라서 우리는 오랫동안 힘들여 강해(講解)하고, 『기하원본(幾何原本)』의 여러 명제에 근거하여 『혼개도설집전(渾蓋圖說集箋)』 2권을 편성하였습니다. 이에 보여 드리고, 잠깐 안두에서 이치를 검토하시어 오류를 바로잡아 주시고, 또 서두에 넣을 문장을 지어 주시면 다행이겠으니 어떠신지요?

탕사선 합하께서는 전문 절예(絶藝)로 이 책을 완성하였으니 반드시 하자가 없을 것입니다. 그러나 보여 주시니 자세히 검토하여 도움을 얻고자 하는 심후한 뜻에 부합하지 않을 수 있겠습니까. 권두에 이름을 얹는 것은 더욱 즐거우니 며칠 맡겨 주시면 비로소 글을 쓸 수 있겠습니다. 다만 이치 설명이 맞지 않아 대가의 웃음을 살 터이니 어찌합니까?

서호수 이 책은 잊어버렸을 때 찾아보고자 사사로이 책상자에 넣어
다닐 뿐, 본래 남에게 보여 주려고는 하지 않았습니다. 그러나 대
인께서 역리(歷理)에 정통하시어 오류의 소재를 여쭙고, 또 대인
의 한 말씀을 얻어 그 덕으로 길이 전하고자 함입니다. 삼가 가르
침대로 며칠 맡길 터이니 조용히 생각해 주십시오.

탕사선 말미를 넉넉히 주시면 힘을 쓸 수 있습니다. 함부로 착수했
다가는 반드시 책의 뜻을 밝힐 수 없을 것입니다.

그러고는 『집전』을 펼쳐 보다가 「황도분궁제삼법도(黃道分宮第三法
圖)」에 오래 주목하고는 말하였다.

탕사선 지극히 정묘하도다. 이서태라고 하더라도 반드시 합하를 인
정하실 것입니다.

수작이 자못 길어져 벌써 저녁 무렵이 되었다. 나는 이에 돌아가기
를 청하고, 탕사선과 유사영에게 각각 청심원(淸心元) 10환(丸), 부채
10자루, 왜경(倭鏡)[61] 1면(面), 면포(綿布) 2필, 대호지(大好紙)[62] 2권을
주었다.

탕사선 광림해 주시고 또 예물도 많이 준비하셨으니 후의를 우러
러 받들어 삼가 받겠습니다만 고마움과 부끄러움이 함께 일어납
니다.

서호수 보잘 것 없는 물건으로 다만 조그만 성의를 바칠 뿐이니 무
어 사례를 하십니까.

---

61) 왜경(倭鏡) : 일본에서 제조한 거울.

62) 대호지(大好紙) : 품질(品質)이 약간 낮은, 넓고 긴 한지(韓紙).

드디어 읍을 하고 나왔다. 탕사선과 유사영이 모두 외문까지 나와 손을 잡고 이별하였다.

「十九日 丁卯」

-(上略)-63) 西士湯士選　製送渾蓋圖說集箋序　兼惠小遠鏡規髀比例尺
萬國全圖　序曰　東國大宗伯鶴山徐公奉使到京　示余渾蓋圖說集箋二卷　士
選西士末學　粗識歷象　歸化中華　猥隨柱史　重違公不恥下問之謙　光遂醉
心　卒業于斯編　非利西泰之靈心慧智　孰能以渾詮蓋　以蓋證渾　非李水部
之博識宏文　孰能推衍作法闡明用法　非公之心接蒼垠眇悟玄象　又孰能根
據八線三角之理數　獨達明暗斜直之比例　覽其繪圖立表　亦可謂西泰之子
雲也　然六儀出而測量尤密　橢圓成而推步尤精　天度隨時變改　泥古者非實
用之才　試如編內黃赤道節氣圖　因黃赤大距每歲有應入之秒　遇交食而微
差　又編內恒星表　因每歲有循黃道東行之數　而赤道南北加減微差　總宜遵
欽定數理精蘊曆象考成推步　然後時下點星乃準也　又須隨節登臺測量日
月星辰　然後可以知距度之遠近　行度之遲疾　倘無測量　縱使推步精密　亦
空言也　自序云　丁酉來堂詳究是器之作　而西士未有言其故者　非敢秘而
私之　東西文字迥殊不能畢陳意致也　謹以原編歸之徐公　附余愚見如此云
爾　乾隆五十五年八月十八日　欽天監右監副西洋湯士選書

【역문】「19일 정묘일」64)

-(상략)- 서양 선비 탕사선이 「혼개도설집전서(渾蓋圖說集箋序)」를
지어 보내고65), 아울러 작은 망원경, 규비례비척(規髀比例尺), 〈만국전

63) 이하 부분은 『열하기유(熱河紀遊)』에는 기록하였으나, 『연행기(燕行紀)』에는 삭
제되었다.
64) 「十九日 丁卯」: 1790년 8월 19일. 『열하기유』 권3에 수록.
65) 서양 선비 탕사선이~지어 보내고 : 서호수는 연행 당시 『혼개통헌도설집전』을
지니고 가서 이를 구베아(Gouvea, Alexander de, 湯士選) 주교에게 보여주고 그

도(萬國全圖)〉를 주었다. 서문은 이러하다. 동국의 대종백 학산 서공은 사명을 받고 경사에 와서 나에게 『혼개도설집전』 2권을 보여 주었다. 나는 서쪽 땅의 말학(末學)으로서 역상을 대략 알아 중화에 귀화하여 외람되이 황제의 거처에 있으면서 공의 불치하문하신 겸광을 거듭 어겼습니다만 드디어 마음이 도취되어 이 글을 다 지었습니다. 이서태의 신령한 마음과 지혜가 아니면 누가 혼천설로 개천설을 설명하고, 개천설로 혼천설을 증명하겠습니까. 이지조(李之藻)의 박식과 훌륭한 문장이 아니라면 누가 작법을 추론하여 풀고, 용법을 환하게 밝히겠습니까. 공의 하늘에 닿은 마음과 천문에 대한 묘오가 아니라면 누가 팔선삼각(八線三角)의 수리에 근거하여 홀로 명암사직(明暗斜直)의 비례에 통달하겠습니까. 그의 그림과 표를 보니 이서태의 양자운이라고 할 만합니다. 그러나 육의(六儀)가 나와 측량이 더욱 정밀해지고, 타원법이 이루어져 추보(推步)는 더욱 정확해졌습니다. 천도(天度)는 수시로 바뀌니 옛것에 얽매이는 자는 실용의 재능이 아닙니다. 이 책 안의 황적도절기도(黃赤道節氣圖)를 예로 들면 황도와 적도의 대거(大距)는 해마다 응입지초(應入之秒)가 있어 교식(交食)을 만나면 미세하게 달라집니다. 또 책 안의 항성표(恒星表)는 항성이 해마다 황도를 따라 동쪽으로 운행하는 도수이지만 적도의 남북으로 줄고 늘어나는 미세한 차이는 모두 『흠정수리정온(欽定數理精蘊)』66)과 『역상고성(曆象考

서문을 받았는데, 1790년 8월 19일의 기사가 바로 그 내용이다. 구베아는 해당 서문 말미에 "직접 쓰신 서문에서 '정유년(1777) 천주당을 내방하였을 때 이 기기의 작용을 상세히 연구하였으나, 서양인 선비들 중에 그 이치를 말해주는 자가 없었다.'고 하셨는데, 이는 저희가 비밀로 하여 감추려 한 것이 아니라 동서양의 문자가 너무 달라서 그 뜻을 온전히 전하지 못했기 때문입니다. 삼가 이 책을 돌려보내오니, 서 공(徐公)께서 저의 어리석은 생각이 이러하다는 것을 참작하여 덧붙여 주십시오." 라고 적고 있다. 서호수는 1777년 연행에서 이미 아스트롤라베를 접하고 구베아에게 그 작동원리 등에 대해 상세히 물어보았던 것이다.

成)』에 따라 추보한 연후에야 현재의 점성(點星)이 정확해집니다. 또 계절에 따라 관상대에 올라 일월성신을 측량한 연후에야 거도(距度)의 멀고 가까움과 행도(行度)의 느리고 빠름을 알 수 있습니다. 측량하지 않는다면 추보가 정밀해도 역시 공언(空言)일 뿐입니다. 자서(自序)에 이르기를 "정유년에 천주당에 와서 이 기기의 작용을 자세히 알려고 하였지만 서양 선비 가운데 그 사리를 말해 주는 이가 없었다"고 하였습니다만, 감추어서 혼자만 알려고 한 것이 아니라 동방과 서방은 문자가 매우 달라 뜻을 다 표현할 수 없어서 그리 된 것입니다. 삼가 원서를 서공에게 돌려보내고 나의 어리석은 견해를 이와 같이 붙입니다. 건륭 55년 8월 18일 흠천감 우감부 서양 탕사선(欽天監右監副西洋湯士選) 쓰다.

---

66) 『수리정온(數理精蘊)』: 중국 청(淸)나라 강희제(康熙帝)의 명에 따라 매곡성(梅穀成, 1681~1764) 등이 서양 수학을 해석해 편찬한 수학서. 천문학, 수학, 음악 등 여러 분야를 100권으로 집대성한 『율력연원(律曆淵源)』에 『수리정온(數理精蘊)』이 한 부문으로 속해 있다. 이 책은 중국뿐 아니라 조선의 천문학, 수학의 발전에 크게 기여하였다. 한국학중앙연구원, 『한국민족문화대백과』, 1995 참조.

「二十二日 庚午」

晴 留南館[67]書問西士索德超 兼紫紬二疋 白綿布二疋 彩花度五張 厚
油紙十張 雪花紙二束 索是丙申朝京時親熟者 而向進天主堂未逢 故以書
替之 答來 伴惠西洋鏡二面 檳榔膏一盒 西洋香一盒 西洋布二疋

【역문】「22일 경오일」[68]

　맑음. 남관에 머물렀다. 편지로 서양 선비 색덕초[69]에게 안부를 묻
고, 아울러 자주(紫紬) 2필, 백면포(白綿布) 2필, 채화석(彩花度) 5장, 후
유지(厚油紙) 10장, 설화지(雪花紙) 2속(束)을 보냈다. 색덕초는 병신
년[70]에 경사에 왔을 때 친숙해진 자로서 지난번 천주당에 들어갔을
때는 만나지 못해 편지로 대신하였다. 답서가 오고, 서양경(西洋鏡) 2
면(面), 빈랑고(檳榔膏)[71] 1합, 서양향(西洋香) 1합, 서양포(西洋布) 2필
을 함께 보냈다.

---

67) 이하 부분은 『열하기유(熱河紀遊)』에는 기록하였으나, 『연행기(燕行紀)』에는 삭
　　제되었다.

68) 22일 경오일 : 1790년 8월 22일. 『열하기유』 권3에 수록

69) 색덕초(索德超) : 포르투갈 출신 예수회 선교사 알메이다(Almeida Joseph –
　　Bernardus d'.). 한국 최초의 세례자 이승훈(李承薰, 1756~1801)이 "나이가 90여
　　세지만 근력이 좋고 외양이 지극히 인자한 서양사람 색덕초 신부를 1784년 북
　　경에서 만나보았다."는 기록이 있다. 달레(저) 안응렬 최석우(역), 『한국천주교
　　회사』 상 305쪽 ((주)14 참조). 그러나 당시 그의 나이는 57세였다. 黃伯祿, 『正
　　教奉褒』, 하권, 140쪽. 또한 성직자 조선 영입을 위해 1790년 북경에 갔던 윤유
　　일(尹有一, 1760~1795)도 북경 남천주당에서 색덕초 신부를 만났다.

70) 병신년 : 1776년.

71) 빈랑고(檳榔膏) : 야자나무 과에 속하는 빈랑나무 열매로 만든 약재 연고

「二十九日 丁丑」

晴　留南館[72]余癖于律呂　遍觀樂書　而獨心醉神注于一部正義　嘗以未
聞其聲爲限　今行始聞中和詔樂于太和殿賀班　正大光明殿宴筵　蓋鐘用三
合銅　磬用于闐玉　而皆以倍體損益　相生管樂之容積　乘除孔分折取絃樂之
線　綸巨細徽分全半一如正義所著　洵先秦以後美制也　第其均調　尚嫌過高
其黃鐘之長　遵蔡氏新書橫黍九寸　而聲字之淸濁遲速　多取西樂以矯大晟
之嘽緩而然歟　向進曆局　問五線界聲半分易字之理于湯士選　答曰　形號度
分固可目會　而均調聲字終須耳決　在堂之舊器已燬　新器當付今冬貢舶　使
余察其器而覈其音　則應有開發闡明于正義之淵源者　此朱子所謂千古一
快　余安能容易得之也　-(下略)-

【역문】「29일 정축일」[73]

맑음. 남관에 머물렀다. 나는 율려[74]에 벽이 있어 악서를 두루 보았
지만 오직 『율려정의(律呂正義)』에만 심취하고 정신을 쏟았지만 아직
그 소리를 듣지 못하여 한이 되었다. 이번 사행에서에서 중화소악(中

---

72) 이하 부분은 『열하기유(熱河紀遊)』에는 기록하였으나, 『연행기(燕行紀)』에는 삭
　　제되었다.

73) 二十九日 丁丑 : 1790년 8월 29일. 『열하기유』 권3에 수록

74) 율려 : 육율(六律)과 육려(六呂), 양률(陽律)과 음려(陰呂)의 총칭. 12율은 원래
　　해와 달이 1년에 12번 만나는데, 그것이 오른쪽으로 도는 것을 본받아서 성인
　　(聖人)이 육려를 만들었고, 북두칠성이 12신(辰)으로 운행하는 것을 본받아서
　　육률을 만들었다고 한다. 따라서 양률은 왼쪽으로 돌아서 음과 합하고, 음려는
　　오른쪽으로 돌아서 양과 합하여 천지 사방에 음양의 소리가 갖추어진다고 설명
　　한다. 한국학중앙연구원, 『한국민족문화대백과』, 1995; 송방송, 『한겨레음악대
　　사전』, 도서출판 보고사, 2012 참조.

和韶樂)[75]을 태화전의 축하 반열과 정대광명전 잔치에서 들었다. 종은 삼합동을 사용하였고, 경은 우전옥을 사용하였으며, 모두 개수를 늘리며 삼분손익법으로 만들었다. 관악기의 용적 계산과 음공 간격 결정, 현악기 줄의 굵기와 휘 간격의 결정은 하나같이 『율려정의』에 쓴 대로이니 참으로 선진이후의 아름다운 제도이다. 다만 그 소리의 조율은 너무 높아 불만스러웠다. 아마 황종의 길이는 채원정 『율려신서』[76]의 횡서 9촌을 따랐지만, 글자 소리의 높고 낮음과 늦고 빠름은 서양 음악을 많이 취하여 대성악의 부드럽고 느림을 고쳐서 그리 되었는가. 지난번에 역국(曆局)에 들어가 탕사선에게 오선(五線)으로 음정을 구분하고 반음의 차이가 계명을 바꾸는 이치를 물었다. 답하였다. "기호와 음정의 구분은 눈으로 보면 알 수 있으나 소리의 조율과 계명의 소리는 결국 귀로 결정합니다. 천주당의 옛 악기는 이미 불에 타버렸고, 새 악기는 이번 겨울의 진공선(進貢船)으로 부칠 것입니다." 내가 그 악기를 살피고 그 소리를 확인한다면 반드시 『율려정의』의 연원을 개발하고 천명하는 바가 있을 것이다. 이는 주자(朱子)가 말한 "천고에 한 번 시원한 일(千古一快)"이니 내가 어찌 이를 쉽게 얻을 수 있겠는가. -(하략)-

〈주석 : 장정란〉

---

75) 중화소악(中和韶樂) : 상고(上古) 시대 서주(西周)에서 제사, 조정 회의, 연회 등에 사용되던 황실 음악으로 명(明) 청(淸) 황실에서도 연주하던 아악(雅樂).

76) 『율려신서(律呂新書)』: 1187년 중국 송(宋)나라 채원정이 지은 음악이론서. 중국 고대부터 송대(宋代)까지의 악률론에 대해 심도 있게 집약하였다. 조선에 유입되어 세종의 경연(經筵) 교재로 사용하였고, 또한 박연(朴堧 1378~1458)의 율관(律管) 제작, 1493년 성현(成俔)의 『악학궤범(樂學軌範)』 편찬 때 중요 문헌으로 인용되었다. 송방송, 『한겨레음악대사전』, 도서출판 보고사, 2012 참조.

『游燕藁』

「初四日 時憲局見西洋人制作奇巧賦一絶詩」

局在宣武門內東沿 明徐光啟率西洋人湯若望等修曆於此 淸康熙時仍
令西洋人居之治時憲書 康熙題門額曰 天文曆法可傳永久 天主堂在局東
明萬曆時建 乾隆題門額曰 通微佳境 西洋人利瑪竇 自歐羅巴航海九萬里
入中國 崇奉天主攝 此堂制狹以深實 正面向外而宛若 側面其頂如中國捲
棚式 而覆以瓦 正面止啓一門 窓則以琉璃設 于東西兩壁之巓 左右架甁
樓夾堂聳出 由南壁層梯而上 自堂至頂其中空洞 制作殊異 中供耶蘇像繪
畵而若塑者 耳鼻隆起 擡面流目 散髮跣足擧手向天 衣無縫被于體颯然
如生人 壁間多掛法像 眼光射人 堂之頂板皆畵龍鳳 底鋪靑覽上覆龍紋
罽毺繡增香爐燦然羅列 所製之器 有簡天儀龍尾車沙漏遠鏡候鍾天琴之
屬 靡不精巧 所印書冊以白紅一面反覆 印之字皆傍行圓曲如畵 其書裝法

---

* 홍석모(洪錫謨, 1781~1857)의 1826년(순조 26) 연행 시집(燕行詩集). 자 경부(敬
  敷), 호 구화재(九華齋), 근와(近窩), 도애(陶厓), 망서당(望西堂), 사옹(薜翁), 옥탄
  거사(玉灘居士), 일양헌(一兩軒), 자각산인(紫閣山人), 찬승자(餐勝子). 홍석모는
  조선 후기 정조, 순조, 헌종, 철종 시기의 문인 학자로,『유연고(游燕藁)』는 1826
  년 동지사행 정사(正使) 아버지 이조판서 홍희준(洪羲俊)을 따라 10월 27일 한양
  을 출발해, 1827년 귀국하며 4월 20일 임진강을 건너기까지의 전 여정을 한시(漢
  詩)로 기록한 기행 시집이다. 대부분의 연행록 체재인 일기체 요소가 거의 배제
  된 점이 특징이다. 시체(詩體)는 칠언절구(七言絶句)가 압도적으로 많은데, 다양
  한 견문의 단면을 보여주기 위해서는 짧은 형식의 근체시를, 민간 풍속과 시정을
  집중적으로 보여주기 위해서는 장편 연작시를 활용하였다. 김명순,「洪錫謨의 游
  燕藁 硏究」,『동방한문학』, 동방한문학회, 2004 참조.
* 『유연고(游燕藁)』는 1826년 10월 28일부터 1827년 4월 20일까지의 기록이다.
* 역문 : 이관석,『달빛 아래 연경에서 노닐며(游燕藁) : 조선인의 눈에 비친 19세기
  연경의 시적 형상화』, 충남대학교한자문화연구소, 2010.

如宋板式 外以漆革護之用金屈戌鉤絡焉 又有畫壁相對 遠望則軒楹深曠
器物排置如可入而玩賞 而近之則始知其爲畫也 其畫人物毛髮如生 衣服
之表裏重襲舒蹙色染各自　呈露畫法靈怳難 以名狀程子所云窮神極妙者
余於西洋人見之矣 近以天主敎之惑民 道光命 西洋人來往者 悉還其國
以欽天監官守直云 算曆步天機器巧 雕宮綺搆畫圖工 有誰刱智通神妙 穹
壤之間理不窮

【역문】「1월 4일 시헌국에서 서양인이 만든 역법 계산하는 기계를 보고 시를 짓다」[1]

시헌국[2]은 선무문 안에서 동쪽으로 따라가면 있다. 명나라 서광계(徐光啓)[3]가 서양 사람인 아담 샬[湯若望] 등을 거느리고 이곳에서 역법을 다듬었다.[4] 청나라 강희제 때 그 제도를 따라 서양 사람을 거주하게 하고 시헌국의 역법책을 바로잡게 하였다. 강희제가 '천문역법 가전영구(天文曆法可傳永久)'라고 편액하였다. 천주당(天主堂)은 시헌국의 동쪽에 있다. 명나라 만력 연간에 세웠으며, 건륭제가 '통미가경(通微佳境)'이라고 편액하였다.[5] 서양인인 마태오 리치[利瑪竇]가 유럽에서

---

1) 「1월 4일 시헌국에서 서양인이 만든 역법 계산하는 기계를 보고 시를 짓다」: 1827년 1월 4일.

2) 시헌국 : 책력(冊曆 : 달력)을 찍는 부서.

3) 서광계(徐光啓, 1562~1633) : 중국 명말(明末)의 문신 학자이며 중국 천주교 삼대 주석(三大柱石)의 일인이다. 원문에 쓴 서광계의 이틈 끝 한자 '啟'는 오류로, '啓'가 옳은 한자여서 임의로 수정하였다.

4) 명나라 서광계가 ~ 역법을 다듬었다 : 1629년(崇禎 2) 9월 22일 수선서원(首善書院)에 개설된 역국(曆局)을 말한다. 장정란,『서광계 연구』, 서강대학교대학원 석사학위 논문, 1970 참조.

5) 명나라 만력 연간~편액하였다 : 오류이다. 천주당은 1650년 청(淸) 순치제(順治帝)가 당시 흠천감 감정(欽天監監正) 아담 샬에게 건립 부지를 하사하여 1652년

배를 타고 9만 리를 항해하여 중국에 들어왔다. 그는 천주를 신봉하였으므로 이 천주당을 지었다.[6] 건물은 폭이 좁은데 길이는 길었다. 건물 정면은 밖을 향하고 있는데, 측면도 정면의 모습과 같다. 꼭대기에는 중국의 권붕식(捲棚式)[7]과 같은데, 기와로 덮었다. 정면으로 다만 문이 하나 달렸으며, 동서 양쪽 벽의 꼭대기에 유리창을 설치하였고, 좌우는 벽돌로 쌓았다. 누대는 당(堂)을 끼고 높이 솟았는데, 남쪽 벽의 층계를 따라 올라간다. 당에서 꼭대기까지 중간은 텅 비어 있으니 특이한 양식이다. 그 중간에 그림으로 그린 예수의 형상을 받들었는데 마치 소상(塑像) 같다. 귓바퀴는 융기하였으며 머리를 들고 옆을 바라보고 있다. 머리를 풀어헤치고 맨발에 손을 들어 하늘을 향하고 있다. 솔기 없는 천으로 몸을 감싸고 있는 전체적인 모습이 마치 살아 있는 사람 같다. 벽에는 법상(法像)이 많이 걸렸는데 안광이 사람을 쏘는 듯하다. 당의 꼭대기 판자는 용과 봉황을 그렸다. 바닥에는 푸른 벽돌을 깔았는데, 그 위에는 용무늬 융단이 깔려 있다. 비단 등과 향로가 환하게 줄지어 서 있다. 진열된 기구들은 간천의(簡天儀)[8], 용미거(龍尾車)[9], 사루(沙漏)[10], 원경(遠鏡)[11], 후종(候鐘)[12], 천금(天琴)[13] 등

완공하였고, '통미가경(通微佳境)'의 편액은 1657년 역시 순치제가 써서 하사하였다. 顧保鵠, 『中國天主敎史大事年表』, 臺灣, 1970 참조.

6) 서양인이인~지었다 : 주(5) 참조. 장정란, 『그리스도교의 중국 전래와 동서문화의 대립』, 부산교회사연구소, 1997, 62~67쪽 참조.

7) 권붕식(捲棚式) : 용마루가 없는 지붕에 부드러운 곡선의 기와를 얹은 지붕 형태.

8) 간천의(簡天儀) : 간의(簡儀). 1276년 원(元)의 천문학자 곽수경(郭守敬)이 처음 만들었다는 천문 관측 기기. 행성과 별의 위치인 적경(赤經)과 적위(赤緯)를 정밀하게 측정하는 기기. 곽수경에 관해서는 주19) 참조.

9) 용미거(龍尾車) : 물을 끌어 대는 기구.

10) 사루(沙漏) : 모래시계.

11) 원경(遠鏡) : 망원경.

12) 후종(候鐘) : 시각을 알리는 종. 즉 자명종(自鳴鐘).

13) 천금(天琴) : 현악기의 한 종류인 서양금(西洋琴).

이 있는데, 매우 정교하다. 인쇄한 서책은 흰색과 붉은 색이 한 면씩 반복된다. 인쇄된 글자는 줄 곁에 마치 그림처럼 둥글게 써 있다. 책의 장정(裝幀)은 송나라의 판식(板式)과 비슷한데 겉면은 옻칠한 가죽으로 보호하였으며 쇠로 굴수(屈戍)를 만들어 얽어맸다. 또한 그림을 그린 벽이 마주보고 있는데, 멀리서 바라보면 처마가 깊숙하고 넓으며 기물이 이곳저곳 세워져 있어 들어가서 구경할 수 있을 것 같으나 가까이 다가가면 그것이 그림인 것을 깨닫게 된다. 그림 속의 인물은 모발이 살아 있는 것 같다. 옷의 안과 밖, 껴입었을 때의 빡빡하고 느슨한 모습을 물감의 농도를 써서 잘 표현하였으니 뛰어난 화법을 말로 표현할 수 없다. 정자(程子)[14]가 말한 '신이와 오묘의 극진'을 내가 서양인의 그림에서 보았다. 근래에 천주교가 백성을 미혹시키니 청의 선제(宣帝)[15]가 중국에 온 서양인에게 명령하여 대부분은 자기 나라로 돌아가게 하고, 소수는 흠천감(欽天監)의 관리로 삼아 근무하게 하였다.

시간을 계산하고 하늘 측량하는 기계가 정교하며

算曆步天機器巧

아로새긴 집과 아름다운 건물에 그림은 뛰어나네

雕宮綺搆畫圖工

누가 생각하여 신묘함에 통하였나　　　　　有誰揆智通神妙

하늘과 땅 사이에 이치는 다함이 없네　　　穹壤之間理不窮

---

14) 정자(程子) : 중국 송(宋)나라의 정호(程顥, 1032~1085)와 정이(程頤, 1033~1107) 형제.

15) 청의 선제(宣帝) : 선종(宣宗) 도광제(道光帝 재위; 1821~1850).

「二十日　過大通橋」

-(上略)- 臺在崇文門內東南隅城堞上　元至元間建　舊有元郭守敬所製
渾天儀簡儀銅毬量天尺諸器　今多不可用移藏臺下　康熙時御製新儀凡六
曰天體儀 曰赤道儀 曰黃道儀 曰地平經儀 曰地平緯儀 曰紀限儀陳　于臺
上至今遵用　又製地平經緯儀　乾隆又製璣衡撫辰儀　幷陳臺上　又建占風竿
亦名順風旗　上有鐵箍二十八道　以象二十八宿之數也　玉帝頻臨太紫垣　二
儀七曜握銅渾　縱有泰西新法巧　元來觀象肇羲軒 -(下略)-

【역문】「20일 대통교16)를 지나다」17)

-(상략)- 관상대는 숭문문 안 동남쪽 모퉁이의 성가퀴 위에 있는데,
원나라 지원(至元) 연간18)에 세워졌다. 옛날부터 전해지는 원의 곽수
경(郭守敬)19)이 지은 혼천의20), 간의(簡儀)21), 동구(銅毬), 양천척(量天
尺)22) 등 여러 기계가 있는데, 지금은 대부분 사용할 수가 없어 관상

---

16) 대통교 : 북경 외성 동북쪽의 작은 성문 동편문(東便門) 동쪽에 놓인 다리. 화물
  출입의 요로이며 식량 운반선들이 자주 다녀서 이 일대는 매우 흥성하고, 또한
  수로를 따라 풍광이 아름다운 곳이다.
17) 「20일 대통교를 지나다」 : 1827년 1월 20일.
18) 원나라 지원(至元) 연간 : 원 세조(世祖) 통치기 1264~1293년 간 연호.
19) 곽수경(郭守敬, 1231~1316) : 곽수경은 중국 원(元)나라의 천문학자. 1276년(세
  조 13) 황명으로 천문관측소 사천대(司天臺)를 세우고 간의(簡儀)와 앙의(仰儀),
  규표(圭表), 경부(景符) 등 기물을 제작하고 왕순(王恂) 등과 『수시력(授時曆)』
  을 제정하였다. 1279에는 전국 27곳에 관측소를 설치하고 이듬 해『수시력』21
  권이 완성되자 전국에 반포하였다. 임종욱(편), 『중국역대인명사전』, 이회문화
  사, 2010 참조.
20) 혼천의 : 천문 관측에서 가장 표준이 되는 기기. 혼의(渾儀), 선기옥형(璇璣玉衡)
  으로도 불린다.
21) 간의(簡儀) : 주(8) 참조.

대의 아래에 옮겨 보관하고 있다. 강희 연간에 임금의 명으로 여섯 개의 새로운 기계를 만들었으니, 천체의(天體儀)[23], 적도의(赤道儀)[24], 황도의(黃道儀), 지평경의(地平經儀)[25], 지평위의(地平緯儀), 기한의(紀限儀)[26] 등으로 건물 위에 설치하여 지금까지 사용하고 있다.[27] 또한 지평경위의를 만들었고, 건륭 연간에 또 기형무진의(璣衡撫辰儀)[28]를 만들어 건물 위에 같이 설치하였다. 한편 점풍간(占風竿)을 만들었으니, 달리 순풍기(順風旗)라고 부른다. 건물 위에 쇠틀로 28도(道)를 만들어 28수(宿)의 모양을 형상하였다.

옥황상제가 자미원에서 굽어보는데	玉帝頻臨太紫垣
천지와 칠요가 구리로 만든 혼천의에 놓였네	二儀七曜握銅渾
비록 서양의 새로운 역법이 잘 맞다고 하지만	縱有泰西新法巧
원래부터 관상감은 희헌[29]에서 시작되었네	元來觀象肇羲軒

  -(하략)-

〈주석 : 장정란〉

22) 양천척(量天尺) : 별의 위치를 측량하기 위한 자(尺).
23) 천체의(天體儀) : 지구자전축과 1,870여 개 별자리를 표시한 천문관측기기.
24) 적도의(赤道儀) : 적도(赤道)의 경도와 위도를 측정하는 천문관측기기.
25) 지평경의(地平經儀) : 천체의 방위와 지평의 고도를 측정하는 천문관측기기.
26) 기한의(紀限儀) : 두 천체간의 각도를 측량하는 천문 관측 기기.
27) 강희 연간에~지금까지 사용하고 있다 : 1674년(강희 13) 벨기에 출신 예수회 선교사 흠천감감정(欽天監監正) 페르비스트(南懷仁, Verbiest F., 1623~1688)의 주도하에 제작된 6종의 대형 동의(銅儀) 천문기기.
28) 기형무진의(璣衡撫辰儀) : 1717년(康熙 56)부터 흠천감(欽天監) 감원(監員), 1725년부터 흠천감 감정(監正)으로 봉직하였던 독일 출신 예수회 선교사 쾨글러(戴進賢, Ignatius Kögler, 1680~1746)가 생전에 설계한 혼천의로, 그의 사후에 제작되어 1752년(건륭 17) 설치되었다.
29) 희헌 : 중국 고대 전설상의 제왕(帝王)인 복희씨(伏羲氏)와 헌원씨(軒轅氏).

『飮氷行程曆』

「初四日 壬寅 晴」

是日天氣和暢 身亦少健 乃往觀西天主堂 堂卽西洋人所住處 皇明時歐
羅巴國異人利瑪竇入中國 唱爲天主之學 遂作此堂以居之 死葬於燕京其
塚尙傳 而事蹟詳載於帝京景物略中 歐羅巴在陰山瀚海之上 西洋在西蕃
天竺之間 西北相距不知幾千里 而瑪竇死後其學傳於西洋 所謂天主實義
也 說以爲上帝如人形在於太淸之上 命令人物禍福生死惟其指授 主者猶
主張之謂也 於佛道則斥輪回之說 而取天堂地獄之喩 於儒道則只尊孔子
而顔曾以下不說也 又云 詩書中明言有上帝 而程朱乃以爲是有主宰之理
而已本無其形者非也

國中得一有德無疵者 定爲事天之主 不娶不官作堂以居 專意潔誠齋事

---

* 이기경(李基敬, 1713~1787)의 1755년(영조 31) 연행록. 자 백심(伯心), 호 목산(木
  山). 영조 시기의 문신이며 조선 후기 호남을 대표하는 학자이다. 「음빙행정력(飮
  氷行程曆)」은 이기경이 동지사(冬至使) 서장관(書狀官)에 임명되어 사행을 준비하
  는 1755년 7월 17일부터 기록을 시작해, 한양을 출발한 11월 8일에서 이듬해 2월
  26일 귀국까지의 견문을 일기체로 쓴 연행록이다. 제목의 얼음을 먹는다는 '음빙
  (飮氷)'은 사신의 임무 수행이 몹시 어렵고 두려워 속이 탄다는 의미를 담고 있는
  데, 연행기 분량이 많고 수록 정보는 다양하며 정밀하다. 지도와 삽화도 여러 장
  포함되어 있다. 서장관으로서 사행 기간 내내 매일 남긴 기록은 역사 자료로서의
  가치가 크다. 원문은 이기경의 문집 『목산고(木山藁)』 제7권과 제8권에 수록되어
  있다. 이영춘, 「木山 李基敬의 燕行錄 〈飮氷行程曆〉」, 한중인문학회 국제학술대
  회, 2014 참조.
* 「음빙행정력(飮氷行程曆)」은 1755년 7월 17일부터 1756년 2월 26일까지의 기록
  이다.
* 역문 : 이영춘 등, 『1756년의 북경이야기 :《음빙행정력 飮氷行程曆》』, 교육과학
  사, 2016.

如僧 國人慕效之 至今西洋人 習瑪竇測候之法者來居天主堂 而皇城東西
各有之 東不及於西云 至其堂中 朱翠雕刻極其巧麗 有非人世間物事 四
壁面畫人物活動 始知古人筆下開生面者非虛語也 有一馬 前視之頭眼在
人之前 後視之頭眼在人之後 在視則左 右視則右 莫知其何狀也

如几案什物之類 遠而望之則分明是眞箇物事 向近手摸然後始知其非
又看宮室之面 重門複屋洞見其內 此亦何爲其然也 蓋聞所之之彩卽蜃樓
■氣云 堂中主人名劉松岭 食三品祿爲造曆官 而其人狀皃極其精明 據椅
子對坐 進茶飮了 余先索紙筆書示云 一在天之東 一在天之西 今日識面
良是■緣 我國雖僻處一隅 衣冠文物與舊時中華一般 不知貴國如何 劉只
知西洋字 書邀來一人寫其意云 散處離中朝甚遠衣冠自相不同 又問 中國
有孔子稱聖人 貴國亦有聖人否 曰許多的 又問 利瑪竇世稱異人 其人何
時去世了 曰去世一百四十餘年 而此人雖通文學達禮貌 本國則倒不以爲
聖人 余曰 俺亦非以爲聖人也 余乃請觀樂 劉與余共上一高閣 多懸銅鑄
樂器於一處上邊 一室中設爲鞴鞴之形 先令一人高低其門扳 以引風籟空
其中 而直達于樂器所懸處 於是劉以手推移按之 始如吹■之聲 中則或簫
或錚如鳴球如擊磬■然 雜奏清濁 上下似皆有節族 而若自雲中出來 眞異
觀也

【역문】「1756년 2월 4일 임인일 맑음」1)

이날 날씨가 화창하고 몸도 조금 괜찮았다. 그래서 서천주당(西天主
堂)2)을 가서 구경했다. 당(堂)은 서양인이 머무는 곳이다. 명나라 시절

---

1) 「1756년 2월 4일 임인일 맑음」: 1756년 2월 4일. 한문 원문에 「初四日」이라고
   한 것은 오류이다. 1월 4일이 아니라 2월 4일의 기록이다. 따라서 역문 제목의
   일자는 임의로 2월 4일로 한다.
2) 서천주당(西天主堂): 서천주당(西天主堂)이 아니라 남천주당(南天主堂)이다. 또

유럽에서 온 외국인 마태오 리치(利瑪竇)가 중국에 들어와 천주학을
주창하고 드디어 이 천주당을 지어 살았다. 죽어서 북경에 장사지냈
는데 그 무덤이 아직도 전하며, 그의 행적이『제경경물략(帝京景物略)』[3]
에 상세히 실려 있다. 유럽은 음산(陰山)[4]과 한해(瀚海)[5]위에 있고, 서
양은 중앙아시아[西蕃]와 인도 사이에 있는데 서북쪽으로 거리가 몇 천
리 인지 알지 못한다. 마태오 리치가 죽은 후에 그 학문이 서양에 전
해졌는데 곧『천주실의(天主實義)』라 한다.[6] 그 설은 다음과 같다. 상
제(上帝, 천주)는 사람과 같은 모습이고 태청(太淸)위에 계신다. 사람에
게 명을 내리는데, 화복과 생사가 그의 지시와 가르침에 달려 있다.
'주(主)'는 '주장(主張)'과 같다. 부처의 도에 대해서 윤회의 설은 배척하
지만 천당과 지옥의 비유는 갖고 왔다. 유가의 도에 대해서는 공자만
을 존숭하고, 안자(顏子)와 증자(曾子) 이하는 말하지 않는다. 또 말하

한 마태오 리치(利瑪竇, Matteo Ricci, 1552~1610)가 짓고 산 천주당이 아니라 아
담 샬(湯若望, Adam Schall von Bell, 1592~1666)이 청(淸) 순치제(順治帝)로부터
하사받은 부지에 1650년 착공 1652년 준공한 최초의 유럽식 건축양식 성당이다.
북경의 유일한 천주교회였으므로 처음에는 단순히 천주당으로 불리다가, 1662년
동당(東天主堂)이 세워지자 서당(西天主堂)이라고 칭하였고, 1703년 북경 북부에
북당(北天主堂)이 건립되자 그 후로 남당(南堂)으로 불리게 되었다. 따라서 이기
경이 서천주당이라고 기록한 성당은 남당이다. 장정란,『그리스도교의 중국 전
래와 동서문화의 대립』, 부산교회사연구소, 1997, 62~67쪽 참조.

3)『제경경물략(帝京景物略)』: 명(明)나라 유동(劉侗)과 우혁정(于奕正)이 북경(北
京)의 풍속, 명물, 명승고적, 인물, 고사 등에 관해 조사 편찬한 서적.

4) 음산(陰山) : 곤륜산(崑崙山) 북쪽 자락에 위치한 산.

5) 한해(瀚海) : 고비사막.

6) 마태오 리치가 ~ 한다 : 필자 이기경은 천주교 및 마태오 리치 등에 관해 전혀
지식이 없다. "명나라 시절 유럽에서 온 외국인 마태오 리치(利瑪竇)가 중국에
들어와 천주학을 주창하였다[皇明時歐羅巴國異人利瑪竇入中國唱爲天主之學]",
"마태오 리치가 죽은 후에 그 학문이 서양에 전해졌는데 곧『천주실의(天主實
義)』라 한다[瑪竇死後其學傳於西洋所謂天主實義也]" 등의 기록이 그 증거이다.
이기경의 이 기록은 명확한 오류이다.

기를, "『시경(詩經)』이나 『서경(書經)』에서 분명히 상제가 있다고 하였다. 이에 대해 정자나 주자가 주재하는 이치가 있을 뿐이지 본래 그 형체는 없다고 여긴 것은 틀렸다."고 한다. 나라 안에 덕이 있고 흠이 없는 한 사람을 골라서 천주를 섬기는 주인으로 삼아, 혼인하지 않고 관직생활을 하지 않으며 천주당을 만들어 거처하면서 오로지 청결과 정성을 귀하게 삼았다. 재계하고 소식하는 것이 승려와 같아서 나라 사람들이 사모하고 본받는 것이 지극하다. 지금 서양인으로서 마태오 리치의 측후법(測候法)7)을 익히는 사람들이 천주당에 와서 살고 있는데, 황성의 동쪽과 서쪽에 각각 있으며 동당이 남당[西]만 못하다고 한다. 성당 안으로 들어가니 붉고 푸른 조각들이 극히 교묘하고 화려하여 인간 세상의 물건이 아닌 것 같았다. 네 벽에는 인물들의 활동을 그렸는데, "옛 사람의 그림에는 살아있는 얼굴이 보이네[古人筆下開生面]"라는 말이 거짓이 아닌 것을 비로소 알게 되었다. 한 마리 말 그림이 있는데, 앞에서 보면 머리와 눈이 사람의 앞에 있고, 뒤에서 보면 머리와 눈이 사람의 뒤에 있고, 왼쪽에서 보면 그것이 왼쪽에 있고, 오른쪽에서 보면 그것이 오른쪽에 있으니 무어라고 형용할 수가 없다. 그림 속의 탁자와 집기 같은 것도 멀리서 보면 분명히 진짜 물건 같은데 가까이 가서 손으로 만져 보아야만 그림인 줄 알게 된다. 또 건축물의 그림도 두 겹 문에 두 겹 집으로 되어 있지만 그 실내를 들여다 볼 수 있으니 이것 또한 어떻게 그렇게 되는지? 대개 들으니 그림에 사용한 채색은 바로 신기루라고 한다. 성당의 주인 이름은 유송령(劉松岭)8)이었는데, 3품관의 녹봉을 받고 책력(冊曆)을 만드는 관원

---

7) 측후법(測候法) : 천문(天文) 기상(氣象) 관측 방법.
8) 유송령(劉松岭, 1703~1774) : 오스트리아 출신 예수회 선교사 할러슈타인(Halberstein, Augustin Ferdinand von). 1738년 중국에 와서 흠천감(欽天監) 감부(監副)로 감정(監正) 쾨글러(戴進賢, Kögler. I., 1680~1746)를 보좌하다가 1746년 쾨글러 사망

인데, 그 사람의 용모가 극히 정결하고 밝았다. 서로가 의자에 마주 보고 앉으니, 차를 대접하기에 마셨다. 내가 먼저 종이와 붓을 찾아 글씨를 써 보였다. "한 나라는 세상의 동쪽에 있고, 한 나라는 세상의 서쪽에 있는데, 오늘 이렇게 대면하게 되니 좋은 인연입니다. 우리나라는 비록 한 구석에 치우쳐 있으나 의관(衣冠)과 문물이 옛 중화(中華)와 똑같은데 귀국은 어떠한지 모르겠습니다." 하였다. 유송령은 서양 문자만 알 뿐이었으므로 어떤 사람을 불러 그의 말을 대신 쓰게 하였는데, "저희가 살던 곳은 중국과 매우 멀어서 복식 제도가 서로 같지 않습니다." 하였다. 내가 또 묻기를, "중국에서는 공자를 성인이라고 지칭하는데, 귀국에서도 역시 성인이 있습니까?" 그가 대답하기를, "많이 있습니다." 하였다. 또 묻기를, "마태오 리치는 세상에서 이인(異人)이라고 하는데, 그 사람은 언제 돌아가셨나요?" 하였더니, 그가 답변하기를, "돌아가신 지 140여 년이 되었는데, 이분은 비록 학문에 통달하고 예법에 뛰어났지만, 본국에서는 성인으로 치지 않습니다." 하였다. 내가 말하기를, "저도 역시 그 분을 성인으로 보지 않습니다." 하였다. 그리고 나서 내가 음악 연주를 보여 주기를 청하였다. 유송령과 나는 함께 높은 누각으로 올라가니, 한곳에 청동으로 주조한 악기들이 많이 걸려 있었다. 위층의 한 방에는 풀무 형태와 같은 것이 설치되어 있었는데, 먼저 한 사람을 시켜 그 문짝을 올리고 내리고 하면서 바람을 그 안으로 불어 넣었다. 그 바람이 곧바로 악기가 걸려 있는 곳으로 도달하자 유송령이 손가락을 움직이며 건반을 누르자, 처

이후 감정(監正)으로 봉직하였다. 1744년 쾨글러의 주청으로 시작된 『의상고성(儀象考成)』 편찬 사업을 주도하여 1752년 총 32권 10책의 방대한 저서를 완성시켰다. 이때 『항성경위도표(恒星經緯度表)』도 함께 간행하였다. 많은 천문기기를 제작하고 천문관측 기록을 남겼다. 方豪, 『中國天主教史人物傳』 권3, 香港, 1973, 74~82쪽; 徐宗澤, 『明淸間耶蘇會士譯著提要』, 中華書局, 1949, 469~471쪽 참조.

음에는 나팔을 부는 듯한 소리가 나다가 중간쯤에는 퉁소 소리, 징 소리가 나면서 편종을 울리고 편경을 치는 소리가 났다. 분분하게 여러 가지를 연주하는데, 맑고 탁하며 올리고 내리는 소리가 모두가 절도에 맞아 마치 구름 속에서 내려오는 것 같으니 참으로 진기한 광경이었다.

〈주석 : 장정란〉

『을병연힝녹』

「초칠일 관에 머무다」[1]

식전의 셰팔을 불너 텬쥬당 보기를 의논ᄒ니 셰팔이 닐오ᄃ "년젼의 텬쥬당 사람이 됴션 사람을 각별이 디졉ᄒ고 귀경 가는 사람을 막는 일이 업더니 근ᄂ의 귀경 가는 사람이 혹 잡되히 보채고 자리와 그림을 더러이는 고로 식히 괴로히 넉여 막아 드리지 아니ᄒ니 미리 통티 아니ᄒ면 드러가기를 밋지 못ᄒ리라." 하거ᄂ 드듸여 셰팔노 ᄒ여곰 몬져 나아가 ᄂ일 가고져 ᄒ는 뜻을 통ᄒ라 ᄒ니라. 텬쥬당은 셔양국 사람의 머무는 곳이라. 셔양국은 셔편 바다 ᄀ온ᄃ 잇는 나라히오 즁국셔 슈만 니 밧기라. 녯 즁국을 통ᄒ 일이 업더니 대명 만녁 년간의 니 마두라 ᄒ는 사람이 비로소 듕국의 드러오니 니마두는 텬하의 이상ᄒ 사람이라. 스스로 닐오ᄃ '이십여 셰의 텬하를 귀경홀 뜻이 〃셔 나라

---

* 『을병연행록』은 조선 후기에 홍대용(洪大容, 1731~1783)이 쓴 사행일기로 1765년 (乙酉, 영조 41)부터 1766년(丙戌)까지 서장관인 숙부 홍억(洪檍)의 자제군관으로 청나라에 다녀오면서 보고 듣고 느낀 바를 날짜별로 기록한 것이다. 홍대용의 본관은 남양(南陽), 자는 덕보(德保), 호는 홍지(弘之)이며, 당호(堂號)는 담헌(湛軒) 이다. 당대의 유학자 김원행(金元行)에게 배웠고, 박지원(朴趾源)과는 깊은 친분이 있었다. 1765년 초의 북경(北京) 방문을 계기로 접한 서양 과학은 이후 그의 사상에 깊은 영향을 주었다. 지전설(地轉說)과 우주무한론(宇宙無限論)을 근거로 화이 (華夷)의 구분을 부정하여 민족의 주체성을 강조하고, 인간도 대자연의 일부로서 다른 생물과 마찬가지라는 주장을 펼쳤다. 또한 사회의 계급과 신분적 차별에 반대하고, 교육의 기회는 균등히 부여되어야 하며, 재능과 학식에 따라 일자리가 주어져야 한다고 하였다. 저서로 『담헌서(湛軒書)』, 『의산문답(醫山問答)』, 『주해수용(籌解需用)』, 『건정필담(乾淨筆談)』 등이 있다.
* 번역 : 한국고전번역DB,
1) 『을병연행록』, 「초칠일 관에 머무다」

흘 떠나 텬하를 두루 보고 짜 밋흐로 도라 즁국을 드러왓노라'ᄒ여시니 그 말을 비록 밋브지 아니ᄒ나 대개 텬문 성과 산슈 녁법을 모를 거시 업ᄉ디 다 근본을 구긱ᄒ고 증긔를 붉혀 ᄒ나토 억탁ᄒᆫ 말이 업ᄉ니 대개 천고의 긔이ᄒᆫ 지죄오 또 저히 흑문을 듕국의 젼ᄒ니 그 흑문은 대강은 하ᄂᆞᆯ을 존슝ᄒ야 하ᄂᆞᆯ 셤기믈 불도의 부쳐 셤기ᄃ시 ᄒ고 사람을 권ᄒ야 묘셕의 녜비ᄒ고 착ᄒᆫ 일을 힘뻐 복을 구ᄒ라 ᄒ니, 대저 즁국 셩인의 도와 다르고 이적의 교화라 죡히 니를 거시 업ᄉ디 다만 텬디 도슈와 칙녁 근본을 낫〃치 의논ᄒ야 셰월 졀후를 틀니디 아니케 ᄒᆞᆷ은 또한 녯 사람의 밋지 못ᄒᆞᆯ 곳이오 또 그 나라 풍쇽이 공교ᄒ기 이상ᄒ야 온갖 긔계를 별양 졍묘히 ᄆᆞᄃᆞ니 이러므로 니마두 죽은 후의 그 나라 사람이 년ᄒ야 즁국을 통ᄒ야 긋디 아니ᄒ고 근니는 쟉품을 쥬어 후록을 먹이고 칙녁 ᄆᆞᆫ들기를 젼혀 맛디니 그 사람들이 ᄒᆞᆫ 번 나오면 도라가는 일이 업ᄉ디 각〃 집을 지어 ᄯᅩ로 거쳐를 졍ᄒ고 즁국 사람과 혼잡지 아니ᄒ니 동셔남북 네 집이 〃셔 일홈을 텬쥬당이라 ᄒ야시니 이ᄂᆞᆫ '하ᄂᆞᆯ을 쥬ᄒᆫ다' 말이라. 그 즁 셔텬쥬당이 집과 긔물이 더 이상ᄒᆫ 두 사람이 〃시디 ᄒ나흔 뉴송녕이오, ᄒ나흔 포우관이니 두 사람이 다 나히 만코 소견이 놉ᄒ니 젼브터 아국 사람이 츌입ᄒᄂᆞᆫ 곳이러라. 이윽고 셰팔이 드러와 닐오디 "큰 셔통관이 아문의 드러와 문을 엄금ᄒ야 츌입을 통티 아닛ᄂᆞᆫ다." ᄒ니 큰 셔통관은 일홈은 종밍이니 셔종현의 ᄉ촌형이라. 종밍의 형 셔종슌은 대통관을 당ᄒ야 권녁이 냥국의 진동ᄒ더니 종슌이 죽은 후의 종밍이 그 디를 니어 ᄯᅩᄒᆫ 권셰를 브리디 아국 말을 능히 ᄒ고 셩명이 능활ᄒ야 여러 칙스를 드리고 아국의 ᄃᆞ니미 대쇼 일을 다 종밍의 손의 결단ᄒ고 ᄯᅩ 욕심이 무궁ᄒ고 위인이 불냥ᄒ니 아국 역관들이 감히 그 ᄯᅳᆺ을 어그릇지 못ᄒ고 극히 두려워 ᄒᄂᆞᆫ디라. 제 사ᄂᆞᆫ 곳이 황셩셔 ᄉ십 니 밧기라. 병이 이셔 드러오지 못ᄒ엿더니 이날 아참의 드러오디 ᄆᆞᆺ춤 통관 오림픠 제 집의 음식을 긋초고 일힝 역관을 쳥ᄒ야 노ᄂᆞᆫ디라. 이러므로 셔종밍이 드러오디 역관들이 나가 디졉지 못ᄒ엿ᄂ디라. 종밍이 크게 노ᄒ야 문을 엄히 막으믄 아국 사람을 가도아 곤욕ᄒᄂ 의시니 갑군이 문을 엄히 딕희여 안팟기 셔로 말을 통티 못ᄒ게 ᄒ고 물 깃ᄂ 사마군을 ᄯᅩᄒᆫ 젼닙을 벗겨 갑군을 맛져 즉시 드러올 ᄯᅳᆺ을 뵈게 ᄒ고 수를 헤여 부졀업ᄉᆫ 사람을 니여 보니지 아니ᄒ니 귀경ᄒᆯ 일이 극히 낭피ᄒᆯ디라. 역관들이 드러왓거ᄂᆯ 그 연고를 무ᄅᆞ니 다 긔식이 져상ᄒ야 긔운을 펴지 못ᄒ고 다만 서로 ᄀᆞᆯ오디 "종밍이 죽디 아니ᄒ면 북경을 ᄃᆞ니기 어려오리라." ᄒ고 혹 ᄀᆞᆯ오디 "비록 그러ᄒ나 사오나온 ᄀᆞ온디 슬긔온 거시 잇ᄂ지라. 변통키 어려온 일은 능히 쥬션ᄒᄂ니 업시키 어려오리라." 하더라. 귀경ᄒᆯ 일을 의논ᄒ디 다 ᄀᆞᆯ오디 "ᄉᆞ오일 안은 변통ᄒᆯ 길히 업ᄉ니 젹이 진졍ᄒ기를 기ᄃᆞ리라." ᄒ니 대개 종밍의 셩식을 피ᄒ야 말ᄒ기를 다 어려이 넉이ᄂ 거동이라. 역관들이 나가기를 셰팔과 덕형을 불너 의논ᄒᆯ 시 셰팔이 ᄀᆞᆯ오디 "셔통관이 비록 셩식이 불냥ᄒ나 허위ᄒᆫ 곳이 〃시니 만일 몬저 사람을 보니여 말ᄉᆞᆷ을 잘ᄒ야 온공ᄒᆫ ᄯᅳᆺ을 뵈고 죵ᄎ 나가기를 쳥ᄒ면 필연 허ᄒᆯ 법 잇ᄂ니라." ᄒ고 덕형이 ᄀᆞᆯ오디 "오늘 일은 역관을 노ᄒ야 ᄒᆯ 분이 아니라 젼브터 이곳 상고들이 아문의 믄저 셰를 바친 후의 아문이 방을 브쳐 온갖 미매를 허ᄒᄂ니 이러므로 됴션 사람을 막을 분이 아니라 이곳 상고를 츌입을 막아 그 셰 밧치믈 지쵹ᄒᄂ 뜻이니 만일 말을 잘ᄒ여 다래면 오래 막히기를 걱졍치 아니리라." 셰팔이 ᄀᆞᆯ오디 "덕형은 젼브터 미매ᄒᄂ 거시 만흔 고로 아국의 권녁이 잇고 셔통관이 ᄯᅩᄒᆫ ᄉᆞ랑ᄒᄂ지라. 만일 덕형을 보니면 일이 쉬오리라." ᄒ거ᄂᆯ 드디여 덕형을 밧비 니여 보니엿더니 이윽고 도라와 닐오디 "아문의 나아ᄀᆞ 이 ᄉᆞ연을 니ᄅᆞᆫ디 셔통관이 대ᄉᆞ와 다른 통관의 말을 드럿ᄂ지라. 쾌히 허락ᄒ야 닐오디 '궁ᄌᆞ의 귀경ᄒᄂ 뜻을 내 임의 아라시니 사람을 젹게 ᄃᆞ리고 임의로 ᄃᆞ니라.'ᄒ고 ᄯᅩ 피ᄒ야 내게 문안 젼갈을 브리더라." ᄒ고 아국 ᄉᆞ연을 젼갈ᄒ던 말을 젼ᄒ거ᄂᆯ 내 ᄀᆞᆯ오디 "제 님의 젼갈을 브려시니 내 디답지 아니ᄒ면 필연 무류

히 넉일 거시니 즉시 사람을 보니여 안부를 뭇고 귀경ㅎ기를 허ㅎ믈 치샤ㅎ미 엇더ㅎ뇨." 셰팔 덕형이 다 굴오디 "만일 이리 ㅎ면 크게 감샤ㅎ야 ㅎ리라." ㅎ거놀 이에 덕유를 식여 아문의 나가 말숨을 공손이 ㅎ라 ㅎ엿더니 도라와 닐오디 "셔통관이 젼갈을 듯고 우스며 극히 됴화ㅎ고 져희 슈역을 따라와 여러 번 젼갈을 듯고 둔녀시디 수연이 심히 거만ㅎ야 안부를 알고져 ㅎ노라 ㅎ더니 이번은 문안을 알고 못니 알외노라 ㅎ니 됴션 일을 익이 알고 디답이 다른 줄을 안다." ㅎ니 우숩더라. 텬쥬당 일이 심히 밧븐지라 덕유를 다시 브려 셰팔을 드리고 니여 보니기를 쳥ㅎ라 ㅎ니 과연 즉시 니여 보니엿는지라. 셰팔이 텬쥬당을 둔녀와 닐오디 "두 사람은 보지 못ㅎ고 문 딕흰 갑군을 쳥심원을 주고 여러 번 달니니 두어 번 드러가 둔녀 나와 닐오디 '이십일 서로 볼 날이 〃시려니와 그 젼은 년ㅎ야 나라 일이 〃셔 틈이 업노라.' ㅎ니 기드릴 밧긔는 흘 일이 업다." ㅎ더라. 이곳이 온갖 귀경과 아모 사람을 만나도 쳥심원 곳 업스면 안졍을 닐 길히 업스디 진짓 거슨 니을 길히 업는 고로 하인들의 푸는 젹은 쳥심원 이빅 환을 은 닷 돈을 주고 사다가 셰팔을 맛뎌 이 압 귀경의 당ㅎ야 쁘라 ㅎ니라. -(下略)-

【역문】「초칠일 관에 머무다」.

식전에 세팔을 불러 천주당 보기를 의논하니 세팔이 말하기를, "이전에는 천주당 사람이 조선 사람을 각별히 대접하고 구경 가는 사람을 막는 일이 없었습니다. 그런데 근래에는 구경 사람이 혹 잡되이 보채고 자리와 그림을 더럽히는 고로 심히 괴로이 여겨서 막고 들이지 않는다 하니, 미리 통하지 않으면 들어가기를 장담할 수 없을 것입니다."라 하거늘, 드디어 세팔로 하여금 먼저 나아가 내일 가고자 하는 뜻을 통하라 하였다. 천주당은 서양국 사람이 머무는 곳으로 서양국은 서쪽 바다 가운데 있는 나라요, 중국에서 수만 리 밖이다. 옛날에는 중국과 통하는 일이 없었는데, 대명(大明) 만력(萬曆)[2] 연간에 이마두(利瑪竇)라 하는 사람이 비로소 중국에 들어왔다. 이마두는 천하에 이상한 사람이었으니, 스스로 말하기를 '20여 세에 천하를 구경할 뜻이 있어 나라를 떠나 천하를 두루보고, 땅 밑으로 돌아 중국에 들어왔다'고 하였다. 그 말은 비록 미덥지 아니하나 대개 천문 성상(星象)과 산수 역법을 모르는 것이 없는데, 다 근본을 속속들이 살피고 증거를 밝혀 하나도 억측한 말이 없으니, 대개 천고에 기이한 재주이다. 또 저희 학문을 중국에 전하니, 그 학문의 대강은 하늘을 존숭하여 하늘 섬기기를 불도의 부처 섬기듯이 하고, 사람을 권하여 아침 저녁으로 예배하고 착한 일을 힘써 복을 구하라고 하니, 대개 중국 성인의 도(道)와 다르고 이적의 교회여서 족히 말할 것이 없다. 다만 천지의 도수(度數)와 책력(冊曆)의 근본을 낱낱이 의논하여 세월의 절후를 틀리지 않게 한 일은, 또한 옛사람이 미치지 못할 것이다. 또 그 나라의 풍속이 공교하고 이상하여 온갖 기계를 매우 정묘하게 만드니 이러하므로 이마두가 죽은 후에 그 나라 사람이 연이어 중국에 통하기를 그치지 않았고, 근래에는 작품(爵品)을 주어 후록(厚祿)을 먹이고 책력 만드는 것을 오로지 이들에게 맡겼다. 그 사람들이 한 번 나오면 돌아가는 일이 없는데 각각 집을 지어 다로 거처를 정하고 중국 사람들과 섞이지 않았다. 동서남북 네 집이 있어 이름을 천주당이라 하는데, 이는 '하늘을 주로 한다.'는 말이다. 그 중 서천주당의 건물과 기물이 더 이상하니, 두 사람이 있는데 한 명은 유송령(劉松齡)[3]이요 다른 한 명은

---

2) 만력(萬曆) : 명 신종(神宗)의 연호(1573~1619).
3) 유송령(劉松齡) : 유고슬라비아 출신의 예수회 선교사인 할레슈타인(Hallerstein Augustin, 1703~1771). 담헌과 교유한 때는 65세로 흠천정감(欽天正監)이었다. 과학 지식을 바탕으로 관상감의 최고 관직을 35년 간 역임하였으며, 그가 제작

포우관(鮑友官)4)이니, 두 사람 다 나이가 많고 소견이 높았다. 이곳은 전부터 우리나라 사람이 출입하는 곳이었다. 이윽고 세팔이 들어와 말하기를, "큰 서통관이 아문에 들어와 문을 엄히 막아 출입을 통치 않습니다."하니, 큰 서통관의 이름은 종맹(宗孟)으로 서종현(徐宗顯)의 사촌형이다. 종맹의 형 서종순(徐宗順)은 대통관으로 부임하여 권력이 양국에 진동하였다. 종순이 죽은 후에 종맹이 그 대를 이어 또한 권세를 부리는데, 우리나라 말을 능히 하고 성정이 능활(能猾)5)하여 여러 번 칙사(勅使)를 데리고 우리나라에 다니니 대소의 일이 다 종맹의 손에서 결정되었다. 또 욕심이 끝이 없고 사람됨이 불량하니 우리나라 역관들이 감히 그 뜻을 어기지 못하고 극히 두려워한다. 제 사는 곳이 황성에서 40리 밖이라 병이 있어 들어오지 못하다가 이날 아침에 들어왔는데 마침 통관 오림포가 제 집에서 음식을 갖추고 일행 역관을 청하여 노는 것이다. 이러하므로 서종맹이 들어와도 역관들이 나아가 대접하지 못하였다. 이에 종맹이 크게 노하여 문을 엄히 막았는데, 이는 우리나라 사람을 가두어 곤욕을 치르게 하려는 의사였다. 갑군이 문을 엄히 지켜 안팎이 서로 말을 통하지 못하게 하고, 물 긷는 사마군 또한 전립을 벗어 갑군에게 맡기고 즉시 들어온 뜻을 보이게 하고, 수를 헤아려 부질없는 사람을 내보내지 않으니 구경할 일이 극히 낭패였다. 역관들이 들어와 그 연고를 물으니 다 기색이 좋지 않아 기운을 펴지 못하고 다만 서로 말하기를, "종맹이 죽지 않으면 북경을 다니기 어려울 것이다."고 하며, 혹 말하기를, "비록 그러하나 사나운 가운데 슬기로운 것이 있는 법, 변통하기 어려운 일을 능히 주선하는 이

한 혼천의는 매우 정교한 것으로 평가 받았다.
4) 포우관(鮑友官) : 독일 출신의 예수회 선교사인 안톤 고가이슬(Antoine Gogeisl). 담헌과 교유할 당시 64세로 흠천부감(欽天副監)이었다.
5) 능활(能猾) : 능간이 있고 교활함.

가 없는 것이 어려운 것이네." 하였다. 구경할 일을 의논하는데 모두 말하기를, "4~5일 안은 변통할 길이 없으니 조금 진정하기를 기다리세."고 하니, 대개 종맹의 성정을 두려워하여 말하기를 다 어렵게 여기는 거동이다. 역관들이 나가거늘 세팔과 덕형을 불러 의논하니 세팔이 말하기를, "서통관이 비록 성정이 불량하나 소탈할 곳이 있으니, 만일 먼저 사람을 보내 말을 잘하여 온화하고 공손한 뜻을 보이며 이 다음에 나가기를 청하면 필연 허락할 법이 있겠습니다." 하였다. 덕형이 말하기를, "오늘 일은 역관 때문에 노한 것일 뿐만 아니라 전부터 이곳 장사치들이 아문에 먼저 세를 바친 후에 아문이 방을 붙여 온갖 매매를 허락하였으니, 이러하므로 조선 사람을 막을 뿐 아니라 이곳 장사치의 출입을 막아 그 세를 바치라고 재촉하는 뜻입니다. 만일 말을 잘하여 달래면 오래 막히는 것을 걱정하지 않아도 될 것입니다." 세팔이 말하기를, "덕형은 전부터 매매하는 것이 많은 까닭에 아문에 권력이 있고 서통관이 또한 사랑하는지라 만일 덕형을 보내면 일이 쉬울 것입니다."라 하거늘, 드디어 덕형을 바삐 내보냈다. 그랬더니 이윽고 돌아와 이르기를, "아문에 나아가 이 사연을 이르는데 서통관이 대사와 다른 통관의 말을 들었기에 쾌히 허락하여 이르기를 '궁자의 구경하는 뜻을 내 이미 알았으니, 사람을 적게 데리고 임의대로 다니라' 하고 또 대신 내게 문안 전갈을 보내더이다." 라고 했다. 그리고 우리나라 사연으로 전갈하던 말을 전하거늘 내가 말하기를, "제 이미 전갈을 부쳤으니 내가 대답하지 않으면 필연 무례하게 여길 것이니, 즉시 사람을 보내어 안부를 묻고 구경을 허락한 것에 사례하는 것이 어떠하겠는가?" 하였다. 세팔과 덕형이 다 말하기를, "만일 그렇게 하면 크게 감사하게 여길 것입니다."라 하였다. 이에 덕유를 시켜 아문에 나가 말씀을 공손히 하라 하였더니, 돌아와 말하기를, "서통관이 전갈을 듣고 웃으며 매우 좋아했습니다. 저희 수역을 따라와 여러 번 전갈을 듣고 다녔지만 그 사연이 매우 거만하여 다만 안부를 알고자 한다고 했으나, 이번에는 문알을 알고 못내 아뢴다고 하니, 조선 일을 익히 알고 대답이 서로 다른 줄을 아는 것입니다." 라 하니 우스웠다. 천주당 일이 심히 바빠 덕유를 다시 불러 세팔을 데리고 내보내 줄 것을 청하라 하니, 과연 즉시 내보냈다. 세팔이 천주당에 다녀와서 말하기를, "두 사람은 보지 못하였고, 문 지키는 갑군에게 청심환을 주며 여러 번 달래자 두어 번 들어갔다 나와 말하기를, '20일에 서로 볼 날이 있으려니와 그 전에는 계속해서 나라 일이 있어 틈이 없노라' 하였습니다." 하니, 기다리는 일밖에는 할 일이 없었다. 이곳은 온갖 구경을 하거나 아무 사람을 만나도 청심환이 없으면 안정(顔情)을 낼 길이 없으나 진짜 것으로는 이을 길이 없어 하인들이 파는 작은 청심환 200환을 은 닷 돈을 주고 사다가 세팔에게 맡겨 놓고 이번 구경에 쓰라고 하였다. -(하략)-

「초팔일 관의 머무르고 환술 보다」[6]

이날은 츌입이 걱정이 업스디 환술ᄒᄂᆞᆫ 사람이 드러온다 ᄒᆞ니 이거시 ᄯᅩᄒᆞᆫ 이샹ᄒᆞᆫ 귀경이라 나가지 못ᄒᆞ니라. 이번의 관상감 관원이 드러와시니 셩명은 니덕셩이라. 칙녁 ᄆᆞᆫᄃᆞᄂᆞᆫ 법을 질졍ᄒᆞ라 와시디 텬쥬당을 임의로 츌입지 못ᄒᆞ니 심히 민망ᄒᆞ야 ᄒᆞᄂᆞᆫ디라. 이날 니덕셩을 쳥ᄒᆞ야 ᄒᆞᆫ가지로 ᄃᆞᆫ니기를 언약ᄒᆞ고 내 글오디 "이곳 귀경이 텬쥬당을 웃듬으로 니를 ᄲᅮᆫ이 아니라 그디ᄂᆞᆫ 경영ᄒᆞᄂᆞᆫ 일이 〃시니 엇지 이십일 후를 기ᄃᆞ리〃오. 이곳 일이 면피 곳 업ᄉᆞ면 되ᄂᆞᆫ 일이 업스니 몬져 편디를 ᄆᆞᆫᄃᆞ라 보고져 ᄒᆞᄂᆞᆫ 뜻을 ᄀᆞᆫ졀이 니ᄅᆞ고 약간 면피를 보니여 나의 셩의를 뵈고 뎌의 뜻을 감동케 흠이 엇더ᄒᆞ리오." 니덕셩이 듯고 됴타 ᄒᆞ거늘 드디여 장지 두 권과 부체 세 병과 먹 셕 댱과 쳥심원 세 환으로 폐ᄇᆡᆨ을 삼고 텬지를 ᄆᆞᆫᄃᆞ라 홍명복을 불너 쓰이니 그 글의 글오디 -(中略)- 파ᄒᆞ여 보닌 후의 셔죵밍이 닐오디 "풍뉴ᄒᆞᄂᆞᆫ 사람의 뉴를 어든 후의 긔별ᄒᆞ리니 부디 더러히 넉이지 말고 내 집으로 나오라." ᄒᆞ거늘 내 허락ᄒᆞ고 드러왓더니 져녁의 덕형이 드러와 셔죵밍의 젼갈을 젼ᄒᆞ야 글오디 "풍뉴ᄒᆞᄂᆞᆫ 사람을 임의 니일노 마초아시니 브디 집으로 나와 ᄒᆞᆫ가지로 듯게 ᄒᆞ고 약간 음식과 밥을 장만ᄒᆞ여시니 부디 식젼의 나오라." ᄒᆞ거늘 내 글오디 "그 집의 가ᄂᆞᆫ 거시 ᄯᅩᄒᆞᆫ 귀경이오 풍뉴를 드르믄 더욱 경영ᄒᆞ던 일이로디 다만 텬쥬당을 니일노 마초아시니 가히 실긔치 못ᄒᆞᆯ지라. 엇지 ᄒᆞ리오." ᄒᆞ니 덕형이 글오디 "풍뉴와 음식을 장만흠은 뎌의 후ᄒᆞᆫ 뜻이오 ᄯᅩ 임의 여러 사람을 마초아시니 만일 못 가노라 ᄒᆞ면 필연 무류ᄒᆞ여 ᄒᆞ리니 식젼의 일즉 나가 밥과 음식을 파ᄒᆞ고 풍뉴를 드른 후의 텬쥬당을 가도 늣지 아니리라." ᄒᆞ거늘 드디여 덕형으로 ᄒᆞ여곰 그 ᄉᆞ연을 닐러 니일 가랴 ᄒᆞᄂᆞᆫ 뜻을 말ᄒᆞ고 식후ᄂᆞᆫ

---

6) 『을병연행록』, 「초팔일 관의 머무르고 환술 보다」

텬쥬당으로 굴 줄을 미리 통긔ᄒ라 ᄒ니라. -(下略)-

【역문】「초8일 관에 머무르고 환술 보다」

이날은 출입에 걱정이 없으나 환술하는 사람이 들어온다 하니, 이
것이 또한 이상한 구경이라 나가지 못하였다. 이번에 관상감(觀象監)[7]
관원이 들어왔는데, 성명은 이덕성(李德星)이다. 책력(冊曆) 만드는 법
을 질정(質正)하러 왔으나, 천주당을 마음대로 출입하지 못하니 심히
민망해 하였다. 이날 이덕성을 청해서 한가지로 다니기를 언약하고
내가 말하기를, "이곳 구경이 천주당을 으뜸으로 이를 뿐 아니라, 그
대는 경영하는 일이 있으니 어찌 20일 후를 기다리겠는가? 이곳 일이
면피(面皮) 곧 없으면 되는 일이 없으니 먼저 편지를 써서 보고자 하
는 뜻을 간절히 이르고 약간 면피를 보내어 나의 성의를 보이고 저희
의 뜻을 감동케 함이 어떠한가?" 라 하였다. 이덕성이 듣고 좋다고 해
서 드디어 장지(壯紙) 두 권과 부채 세 병과 먹 성 장과 청심환 네 환
을 폐백(幣帛)으로 삼고 편지를 만들어 홍명복을 불러서 쓰게 하니, 그
글이 이러하였다. -(중략)- 파하여 보낸 후에 서종맹이 말하기를, "풍
류 하는 사람을 얻은 후에 기별할 것이니 부디 어려이 여기지 말고 내
집으로 나오십시오." 라 하거늘 내 허락하고 들어왔다. 저녁에 덕형이
들어와 서종맹의 전갈을 전하여 말하기를, "풍류 하는 사람을 이미 내
일로 맞추었으니 부디 집으로 와서 같이 듣게 하고, 약간의 음식과 밥
을 장만하였으니 부디 식전에 나오시라 합니다." 하였다. 내가 말하기
를, "그 집에 가는 것이 또한 구경이고 풍류를 듣는 것은 더욱 뜻하던

---

7) 관상감(觀象監) : 천문학, 지리학, 역수(歷數), 측후, 각루(刻漏) 등의 사무를 맡아
보던 관청.

일이나, 다만 천주당을 내일로 맞추었으니 가히 기회를 놓치지 못할 것인데 어찌 하면 좋겠는가?" 하니, 덕형이 말하기를, "풍류와 음식을 장만하는 것은 후한 뜻이요, 또 이미 여러 사람을 맞추었으니 만일 못 가겠다 하면 필연 부끄럽고 열없게 여길 것이니, 식전에 일찍 나가 밥과 음식을 파하고 풍류를 들은 후에 천주당을 가도 늦지 않을 것입니다."라고 하였다. 드디어 덕형으로 하여금 그 사연을 일러 내일 가고자 하는 뜻과 식후에 천주당으로 갈 예정임을 미리 이르라고 하였다. -(하략)-

「초구일 텬쥬당 보다」[8]

죽을 먹은 후의 덕형이 드러와 닐오디 "셔통관이 저를 불너 브디 식 젼의 나오기를 쳥흔다 흐거늘 부야흐로 나가고쟈 흐더니 건냥관이 쏘흔 가노라." 흐거늘 흔가지로 갈 시 이날은 눈이 눌니고 부람이 크게 브러 날 긔운이 심히 차더라. 니덕셩이 니 가물 듯고 드러와 텬쥬당 둔 닐 일을 뭇거늘 식후의 흔가지로 가기를 언약흐니 홍명복이 쏘흔 가지로 가고쟈 흔다 흐더라. ─(中略)─ 이씨 니덕셩이 홍명을 드리고 문 밧긔 니르러 텬쥬당 가기를 지쵹흔다 흐거늘 내 건냥관을 불너 종밍의게 이 연고를 니르고 몬져 니러 가기를 쳥훈다 흐니 종밍이 듯고 ᄀ장 무류 흐여 흐는 긔식이라. 오림푀 날 드려 ᄀ마니 닐오디 "오날 못거지는 젼 혀 궁주를 위훔이라. 엇지 몬져 니러 가고져 흐는다. 셔 대감이 ᄀ장 붓그려 흐는 긔식이 〃시니 엇지 쥬인의 됴흔 뜻을 져부리랴 흐는다." 내 굴오디 "셔 대감이 후흔 뜻으로 날을 쳥흐야 음식을 먹이고 풍뉴를 들니 〃 감샤훔이 극진흔디라. 엇지 몬져 니러날 뜻이 〃시리오마는 텬 쥬당 사람과 오날 만나기를 졍약이 상약흐엿는디라. 어그럿기 어렵고 쏘 이 연고를 어제 져녁의 셔 대감이 임의 아라시니 엇지 과도히 념녀 흐리오. 나는 글 넑는 션비라. 평싱의 사람과 실신흐기를 즁난이 넉이 니 이 뜻을 셔 디감을 알게 흐여 가기를 허흐게 훔이 엇더흐뇨." 오림 푀 굴오디 "텬쥬당의 무어시 볼 거시 잇느뇨." 내 굴오디 "텬쥬당의 긔 이흔 귀경이 아국의 쏘흔 유명흐니 대감이 엇지 듯지 못흐엿느냐." 오 림푀 웃고 니러 가 종밍드려 말을 니르디 종밍이 종시 노흐여 흐는 긔 식이라. 역관들이 다 날을 권흐여 가디 말나 흐거늘 니 훌일 업셔 종밍 의 앞히 느아가 굴오디 "내 엇지 몬져 니르고져 흐리오마는 텬쥬당의 실신을 말고져 흐더니 대감이 임의 미안이 넉이면 내 쏘흔 가기를 강

8) 『을병연행록』, 「초구일 텬쥬당 보다」

청치 못ᄒ노라." ᄒᄃᆞ 종밍이 〃러셔 희미히 웃고 굴오ᄃᆡ "실신을 아니 ᄒᆞ랴 훔은 진짓 션비 일이라. 내 엇지 머무롤 ᄠᅳᆺ이 〃시리오." ᄒ고 밧비 가라 ᄒ거ᄂᆞᆯ 내 굴오ᄃᆡ "대감이 가ᄂᆞᆫ 줄을 미련히 넉이면 이ᄂᆞᆫ 후ᄒᆞᆫ ᄠᅳᆺ을 져ᄇᆞ리미라. 엇지 젹은 언약을 도라보리오. 텬쥬당은 이제 사람을 보니여 연고ᄅᆞᆯ 니ᄅᆞ고 훗날노 다시 긔약훔이 해롭지 아니ᄒ리라." 종밍이 우셔 굴오ᄃᆡ "궁ᄌᆞ 엇지 날을 의심ᄒᄂᆞ뇨. 실신을 말고져 훔은 궁ᄌᆞ의 올ᄒᆞᆫ 일이니 내 엇지 미련ᄒᆞ여 ᄒᆞ리오. 념녀 말고 가라." ᄒ거ᄂᆞᆯ 내 굴오ᄃᆡ "대감이 일회나 미련히 넉이ᄂᆞᆫ ᄆᆞᆷ음이 〃시면 내 엇지 감히 갈 ᄠᅳᆺ이 〃시리오." 종밍이 굴오ᄃᆡ "내 ᄆᆞ음은 조금도 념녀흘 일이 업ᄉ니 궁ᄌᆞ 텬쥬당을 ᄃᆞ녀 어ᄂᆞ ᄯᆡ의 도라오리오." 내 굴오ᄃᆡ "잠간 나아ᄀ 언약을 일운 후의 즉시 도라오리라." 종밍이 굴오ᄃᆡ "그러ᄒᆞ면 내 부ᄅᆞᆫ 악공이 오거든 궁ᄌᆞᄅᆞᆯ 위ᄒᆞ야 관쥼으로 드려 보니여 여러 ᄃᆡ인들과 ᄒᆞᆫ가지로 듯게 ᄒᆞ리니 이러ᄒᆞ면 나의 노ᄒᆞ여 ᄒᆞ지 아니믈 쾌히 알니라." ᄒ거ᄂᆞᆯ 내 굴오ᄃᆡ "이러ᄒᆞ면 더옥 감샤훔을 니긔지 못ᄒ리라." ᄒ고 즉시 여러 통관의게 마지못ᄒᆞ야 몬져 가ᄂᆞᆫ ᄠᅳᆺ을 닐위고 나갈 시 종밍의게 읍ᄒᆞ야 가노라 ᄒ니 종밍이 굴오ᄃᆡ "니 ᄯᅩᄒᆞᆫ 문 밧긔 가 보니라." ᄒ고 날을 압셔 나가라 ᄒ거ᄂᆞᆯ 내 문을 몬져 날 시 역관 두어히 내 앏히셔 나가니 종밍이 ᄭᅮ지져 굴오ᄃᆡ "궁ᄌᆞ 밋쳐 나가디 못ᄒᆞ여시니 그ᄃᆡ 엇지 몬져 문을 나ᄂᆞ뇨." 즁문 밧긔 니러 〃 슈이 ᄃᆞ녀오라 ᄒ고 드러가더라. 문 밧긔 니ᄅᆞ러 내 건냥관ᄃᆞ려 음식을 두 곳의 난화 먹이ᄂᆞᆫ 곡졀을 무ᄅᆞ니 건냥관이 닐오ᄃᆡ "오ᄂᆞᆯ 청ᄒᆞᆫ 역관이 다 미매 만ᄒᆞᆫ 뉴오 ᄯᆞ로 청ᄒᆞ야 먹이ᄂᆞᆫ 세 역관은 힝즁의 권녁 잇ᄂᆞᆫ 당샹과 졔일 은 만ᄒᆞᆫ 역관이라. 큰 캉의 츌혀온 음식은 극히 초〃ᄒᆞ야 계유 먹을 만ᄒᆞ니 종밍이 념냥의 녁 〃ᄒᆞ미 본ᄃᆡ 이러ᄒ다." ᄒ거ᄂᆞᆯ 내 굴오ᄃᆡ "그러ᄒᆞ면 날은 ᄯᅩᄒᆞᆫ 무삼 미매 잇고 은이 만ᄒᆞᆫ가 넉이도다." 건냥관이 굴오ᄃᆡ "이ᄂᆞᆫ 다른 ᄠᅳᆺ이 아니라 져ᄅᆞᆯ ᄃᆡ졉ᄒᆞᄆᆞᆯ 각별이 감샤ᄒᆞ야 그 ᄠᅳᆺ을 갑고ᄌᆞ ᄒᆞ미오 다른 마음이 업ᄂᆞ니라." ᄒ더라. 드듸여 니덕셩 홍명복과 ᄒᆞᆫ

술위의 올나 텬쥬당으로 향홀 시 조고만 나귀룰 메워시니 세 사람을 이긔지 못홀 둣ᄒᆞᄃᆡ 조금도 어려워 ᄒᆞᄂᆞᆫ 모양이 업ᄉᆞ니 이상ᄒᆞ더라. 이날 ᄇᆞ람이 크게 니러 길히 몬쥐 하놀을 덥흐니 눈을 들 길히 업ᄉᆞᆫ지라 풍안경을 니여 ᄡᅵ고 가니라. 졍양문을 안흐로 디나 셔편 셩 밋ᄎᆞ로 수리룰 힝ᄒᆞ니 먼니셔 ᄇᆞ라보ᄆᆡ 두 층 셩문이 띄글 ᄀᆞ온ᄃᆡ 표연이 놉흐니 이ᄂᆞᆫ 션무문이오 이 문 안흐로 ᄆᆞ로 업ᄉᆞᆫ 놉흔 집이 공즁의 ᄢᅢ혀나고 디와〃 니인 제도와 집 우히 세운 긔물이 다 그림의도 보지 못ᄒᆞ던 모양이라 뭇지 아니ᄒᆞ야도 텬쥬당인줄을 딤작홀너라. 문 압히 니ᄅᆞ러 술위룰 ᄂᆞ려 셰팔을 식여 몬져 드러ᄀᆞ 통ᄒᆞ라 ᄒᆞ니 셰팔이 드러가더니 문 딕흰 사람의 셩은 댱개니 언약ᄒᆞᆫ 줄을 아ᄂᆞᆫ지라. 즉시 드러가기룰 쳥ᄒᆞᆫ다 ᄒᆞ거ᄂᆞᆯ 세히 ᄒᆞᆫ가지로 그 사람을 ᄯᆞ라 가더니 큰 문을 들ᄆᆡ 셔편으로 쏘 문이 〃시니 이ᄂᆞᆫ 안흐로 통ᄒᆞᆫ 문이오 동편의 벽댱으로 담을 졍결히 ᄡᅡ고 가온ᄃᆡ 문 ᄒᆞ나흘 니여시ᄃᆡ 반만 녈녀시니 문 밧긔 쳡〃ᄒᆞᆫ 집들이 은영ᄒᆞ야 뵈거ᄂᆞᆯ 셰팔흘 불너 그 곳을 무ᄅᆞ니 셰팔이 우셔 ᄀᆞᆯ오ᄃᆡ "이ᄂᆞᆫ 진짓 문이 아니라 담의 그림을 그려 귀경ᄒᆞᄂᆞᆫ 사람을 ᄌᆡ조룰 비려 홈이라."ᄒᆞ거ᄂᆞᆯ 내 고이히 녁여 두어 거름을 나아ᄀᆞ 보니 과연 담의 그림이오 진짓 문이 아니라. 이만 보아도 셔양국 그림 ᄌᆡ조룰 상〃홀 일이러라. 셔편 문을 드니 남향ᄒᆞ야 큰 집이〃시니 아로삭인 창과 비단 발이 다 예ᄉᆞ 제도와 다ᄅᆞ고 발을 들고 문을 들ᄆᆡ 그 안히 너ᄅᆞ기 칠팔 간이오 바닥의 벽댱을 ᄭᆞ랏고 교위 세 ᄡᅡᆼ을 당즁ᄒᆞ야 ᄀᆞ로 노하시ᄃᆡ 다 화류로 ᄆᆞᆫ돌고 긔이ᄒᆞᆫ 비단으로 방셕을 졍결히 만ᄃᆞ라 그 우히 언젓고 서편 ᄇᆞ람벽의ᄂᆞᆫ 텬하 디도룰 브치고 동편 ᄇᆞ람벽의ᄂᆞᆫ 텬문도룰 브쳐시니 젹이 투식ᄒᆞ여시나 초〃이 보아도 ᄀᆞ장 ᄌᆞ셔ᄒᆞ고 분명ᄒᆞ야 아국의셔 보지 못ᄒᆞ던 본이러라. 동편 벽 밋히 교ᄌᆞ 하나흘 노하시니 쥬인의 ᄐᆞᄂᆞᆫ 거신가 시브더라. 두 편 벽 밋흐로 ᄃᆞᆫ니며 그림을 귀경ᄒᆞ더니 댱개 ᄀᆞᆯ오ᄃᆡ "내 몬져 드러ᄀᆞ 통ᄒᆞ리라." ᄒᆞ고 가더니 이윽고 뒷문으로 드러와 드러가기룰 쳥ᄒᆞ거ᄂᆞᆯ 뒷문으로 드니 좌우의 쳡〃ᄒᆞᆫ 집이 잇고 쯜을 건너 두어 층 셤을 올나 남향ᄒᆞᆫ 큰 집으로 드러가니 이곳은 손 디졉ᄒᆞᄂᆞ 졍당이라. 북편의 쥬벽ᄒᆞ야 발 남은 네모 진 병풍 일쳑을 쳣시니 슈묵으로 산슈ᄅᆞᆯ 그이히 그렷고 그 압흐로 탁ᄌᆞ ᄒᆞ나흘 노하시ᄃᆡ 졔양은 년엽 모양이오 웃칠 우히 니금으로 화초ᄅᆞᆯ 그렷고 외ᄃᆞ리ᄅᆞᆯ 셰우고 아러 네 굽흘 ᄃᆞ라시ᄃᆡ 다 삭임과 치쇽이 〃 샹ᄒᆞ고 탁ᄌᆞ 좌우로 세 ᄡᅡᆼ 교위ᄅᆞᆯ 노코 교위 압흐로 조고만 그ᄅᆞ시 등 경을 ᄀᆞ득이 담아 각 〃 노하시니 이ᄂᆞᆫ 츰 밧게 ᄒᆞᆫ 거시오 좌우 ᄇᆞ람의 산슈와 화초ᄅᆞᆯ 그리고 ᄯᅩ 인물을 ᄀᆞ득이 그려시ᄃᆡ 다 진짓 형상이오 공즁의 드러나니 수 보ᄅᆞᆯ 물너셔면 종시 그림인 쥴을 밋지 못ᄒᆞᆯ지라. 사람의 싱긔와 안졍이 완연이 산 사람의 거동이라 차마 갓ᄀᆞ이 나아가 지 못ᄒᆞᆯ ᄃᆞᆺᄒᆞ고 놉흔 바회의 폭포 ᄂᆞ리ᄂᆞᆫ 거동은 의연이 소ᄅᆡᄅᆞᆯ 드ᄅᆞ 며 오시 져줄 ᄃᆞᆺᄒᆞ고 셩 우히 외로온 ᄂᆡ와 슈풀 ᄀᆞ온ᄃᆡ 층 〃ᄒᆞᆫ 누각이 아모리 보아도 벽상의 진짓 경계ᄅᆞᆯ 베픈 ᄃᆞᆺᄒᆞ더라. 이윽고 당개 드러와 닐오ᄃᆡ "대인도 이리 온다." ᄒᆞ거ᄂᆞᆯ 창황이 문을 나가 마ᄌᆞ니 두 사람 이 문 박긔 셧거ᄂᆞᆯ 나아가 공슌이 읍ᄒᆞ고 물너셔니 두 사람이 ᄯᅩᄒᆞᆫ 공 슌이 디답ᄒᆞᆫ 후의 몬져 드러가라 ᄒᆞ니 두어 번 ᄉᆞ양ᄒᆞᆫ 후의 몬져 드러 가 문히 드러셔니 두 사람이 ᄯᅩᄒᆞᆫ 교위ᄅᆞᆯ ᄀᆞᄅᆞ쳐 안ᄌᆞ라 ᄒᆞ거ᄂᆞᆯ ᄯᅩ ᄉᆞ 양ᄒᆞᆫ 후의 ᄒᆞᆫ가지로 안ᄌᆞ니 두 사람은 셔편 교의 〃 안고 우리ᄂᆞᆫ 동편 교의 안ᄌᆞ니 좌ᄅᆞᆯ 졍ᄒᆞᄆᆡ 탁ᄌᆞ 우히 다ᄉᆞᆺ 그랏 차ᄅᆞᆯ 버리니 쥬인이 몬 져 ᄒᆞᆫ 그ᄅᆞᆺ술 마시며 권ᄒᆞ거ᄂᆞᆯ 다 치샤ᄒᆞ고 마실 시 차 마시 별양 쳥녈 ᄒᆞ고 향긔로오나 차도 범것과 다른 법이 잇거니와 이상ᄒᆞᆫ 졔도와 공교 ᄒᆞᆫ 즙물이 ᄆᆞ음이 췌ᄒᆞ이고 이목이 현난ᄒᆞ야 심상ᄒᆞᆫ 긔물이라도 ᄯᅩᄒᆞᆫ 우러 〃 보ᄂᆞᆫ 연괸가 시브더라. 뉴숑녕은 나히 녀슌 둘히오 표우관은 나 히 녀슌 네히라. 뉴숑녕은 냥남 딩ᄌᆞᄅᆞᆯ 브쳐시니 죵 이품 벼슬이오 표 우관은 암빅 딩ᄌᆞᄅᆞᆯ 브쳐시니 뉵품 벼슬이라. 이러무로 숑녕이 나히 적 으ᄃᆡ 우관의 우히 안ᄌᆞᆺ더라. 두 사람이 다 머리ᄅᆞᆯ 깍고 일신의 호복이 라 즁국 사람과 분변이 잇고 나히 늙어 슈발이 셰여시나 얼골은 졈으니 긔식이오 두 눈이 깁고 밍녈ᄒ야 노른 동ᄌ의 이상ᄒᆫ 정신이 사람을 ᄡᄂᆫ 듯ᄒ더라. 홍명복을 식여 말을 통ᄒ니 서로 몰나 듯ᄂᆫ 말이 만하 심히 답″ᄒ더라. 홍명복이 굴오ᄃᆡ "귀국이 듕국 어ᄂᆫ 편의 이시며 멀기는 언마나 되ᄂᆞ뇨." 뉴송녕이 굴오ᄃᆡ "듕국셔 남편의 슈만 니 밧긔오 대셔양 사람이로라." 홍역이 굴오ᄃᆡ "대셔양 디광이 언마나 되ᄂᆞ뇨." 뉴송녕이 굴오ᄃᆡ "세 싱이 ″시니 지방은 너ᄅᆞ지 못ᄒᄃᆡ 인지는 가장 셩ᄒ니라." ᄯᅩ 굴오ᄃᆡ "ᄉ대부쥐를 아는다." 홍명복이 굴오ᄃᆡ "엇지 모ᄅᆞ리오." 뉴송녕이 굴오ᄃᆡ "됴션은 동승신쥐 지방이니라." 홍명복이 굴오ᄃᆡ "그ᄃᆡ 어ᄂᆞ 희의 듕국의 왓는다." 뉴송녕이 굴오ᄃᆡ "듕국의 니ᄅᆞ런 지 스믈 여ᄉᆞᆺ 희로라." 홍명복이 굴오ᄃᆡ "셔양국 복식이 듕국과 다름이 업ᄂᆞ냐." 뉴숑녕이 굴오ᄃᆡ "우리 본 복식은 이러ᄒᆫ 일이 업셔 머리를 ᄭᅡᆨ지 아니ᄒ고 의복이 너ᄅᆞᄃᆡ 우리는 듕국의 드러와 듕국 녹을 먹ᄂᆫ지라 마지못ᄒ야 듕국 제도를 ᄒ노라." 홍명복이 굴오ᄃᆡ "글ᄌᆞᄂᆫ 듕국과 다름이 업ᄂᆞ냐." 뉴송녕이 굴오ᄃᆡ "다만 우리 글ᄌᆞ를 힝ᄒᆯ 븐이오 듕국 진셔는 아는 일이 업ᄂᆞ니라." 홍명복이 굴오ᄃᆡ "그러ᄒ면 그ᄃᆡ 듕국 글을 모ᄅᆞᆫ다." 뉴송녕이 굴오ᄃᆡ "우리는 듕국의 드러와 비로소 진셔를 비화 약간 글ᄌᆞ를 알고 셩명이 ᄯᅩᄒᆫ 본 셩명이 아니라 듕국의 드러온 후 지은 거시니라." 홍명복이 니덕셩을 ᄀᆞᄅᆞ처 니ᄅᆞᄃᆡ "이는 아국 흠텬감 관원이라. 그ᄃᆡ게 칙녁 믄ᄃᆞᄂᆫ 법과 셩신 도슈를 비호고ᄌᆞ ᄒᄂᆞ니라." 뉴송녕이 굴오ᄃᆡ "엇지 감히 당ᄒ리오. 다만 벼슬이 우리와 ᄒᆫ가지니 ᄆᆞ음이 각별ᄒ도다." ᄒ고 날을 ᄀᆞᄅᆞ처 굴오ᄃᆡ "이는 무삼 벼슬이뇨." 홍명복이 굴오ᄃᆡ "이는 우리 삼대인의 궁지니 벼슬이 업서 션비 몸으로 듕국을 귀경코ᄌᆞ 왓ᄂᆞ니 그ᄃᆡ 놉흔 의논을 참녜ᄒ야 듯고ᄌᆞ ᄒ노라." 이씨의 슈작ᄒᆫ 말이 만ᄒᄃᆡ 다 긔록지 못ᄒ니라. 내 굴오ᄃᆡ "텬쥬당은 유명ᄒᆫ 곳이라 ᄒᆫ 번 귀경코ᄌᆞ ᄒᄂᆞ니 사람을 불너 인도ᄒ게 흠이 엇더ᄒ뇨." 뉴숑녕이 굴오ᄃᆡ "엇지 사람을 식이리오. 내 ᄒᆫ가지로 가리라." ᄒ고 즉시 니러 뒷문으로 인도ᄒ거ᄂᆞᆯ ᄯᆞ라 드러가

니 뒤히 또훈 뜰이 너르고 뜰 ?으로 온갖 화초분을 노핫고 셔편으로
쌋거 슈십 간 힝각이 잇고 간〃이 비단 발을 드리워시니 사람들의 머
무는 곳인가 시브고 화초분은 빈 거시 만코 뜰의 열아믄 흙 무덕이 〃
시니 〃는 화초룰 무든 곳인가 시브더라. 동편 쳠하로 도라 북으로 쎡
거 두 번 문을 드니 이곳이 텬쥬 위훈 묘당이라. 그 안히 남북은 열아
믄 간이오 동셔는 오뉵 간이오 놉희는 칠팔 댱이라. 스벽과 반주를 다
벽댱으로 무으고 나모 훈 가지 드린 곳이 업스니 임의 그 이상훈 제도
룰 짐작훌 거시오 북편 벽 우히 당즁ᄒ야 훈 사람의 화상을 그려시니
겨집의 상이오 머리룰 프러 좌우로 드리오고 눈을 찡긔여 먼 디룰 ᄇ
라보니 무한훈 싱각과 근심ᄒ는 긔상이라. 이거시 곳 텬쥬라 ᄒ는 사람
이니 형톄와 의복이 다 공즁의 셧는 모양이오 션 곳은 깁흔 감실 ᄀᆺ흐
니 쳣 번 볼 제는 소상만 넉엿더니 갓가이 간 후의 그림인 줄을 ᄭᅵ치나
안졍이 사람을 보는 ᄃᆺᄒ니 텬하의 이상훈 화격이오 동셔 벽의 각〃
열아믄 화상을 그려시디 다 머리털을 드리오고 댱삼 ᄀᆺ흔 긴 오슬 닙
어시니 이는 셔양국 의복 제된가 시브고 화상 우흐로 각〃 칭호룰 ᄲᅥ
시니 다 셔양 사람 즁의 텬쥬 흑문을 슝상ᄒ고 명망이 놉흐니라. 니마
두 탕약망 두 사람 밧긔는 아지 못훌너라. 텬쥬 화상 알이로 십여 ᄲᅡᆼ
쏫 곳진 병과 온갖 긔이훈 긔물을 버려 노하시디 다 셔양국 화긔와 긔
묘훈 제양이라 니르 긔록지 못훌 거시오 두어 간을 물녀 당즁ᄒ야 놉
흔 탁주룰 노코 그 우히 향노 향합과 온갖 보비엣 즙물을 버리고 ᄒ편
의 아로삭인 칙상을 노코 그 우히 누른 비단보룰 덥허시니 뉴숑녕이
그 보흘 헤치고 훈 권 칙을 니여 굴오디 "이거슬 보라." ᄒ거눌 나아?
보니 다 황뎨와 후비의 복녹을 축원ᄒ는 말이라. 뉴숑녕이 비록 나히
만코 텬문 녁상의 소견이 놉흐나 이런 무리ᄒ고 아당ᄒ는 일을 스스로
나초아 외국 사람의 자랑코주 ᄒ니 극히 비루ᄒ고 용속ᄒ야 원방 이젹
의 풍습을 벗지 못훈 일이러라. 두편 바람의 우층의는 다 화상이오 아
래층의는 다 온갖 누각과 인물을 그려시디 치식과 긔물이 쳔연ᄒ고 이

상홀 분이 아니라 인물의 졍신이 두어 간을 물너져면 아모리 보아도 그림으로 알 길히 업더라. 남편으로 벽을 의지ㅎ야 놉흔 누각을 믄들고 난간 안흐로 긔이ᄒᆞᆫ 악긔를 버려시니 이ᄂᆞᆫ 셔양국 사람의 믄든 거시오 텬쥬의게 제ᄉᆞᄒᆞᆯ 씨 쥬ᄒᆞᄂᆞᆫ 풍뉴라. 올나가 보기를 쳥ᄒᆞ니 뉴숑녕이 첫 번은 ᄀᆞ장 지란ᄒᆞ더니 여러 번 쳥훈 후의 열쇠를 ᄀᆞᄌᆞ오라 ᄒᆞ여 셔편의 ᄒᆞᆫ 문을 여더니 그 안흐로 드니 두어 길 치식ᄒᆞᆫ 사ᄃᆞ리를 노핫거ᄂᆞᆯ 이 사ᄃᆞ리를 올나 ᄯᅩ ᄒᆞᆫ 층을 오ᄅᆞ니 곳 누 우히 니ᄅᆞ럿ᄂᆞᆫ지라. 나아가 그 풍뉴 졔작을 ᄌᆞ시 보니 큰 남그로 틀을 믄ᄃᆞ라시ᄃᆡ ᄉᆞ면이 막혀시니 은연이 궤 모양이오 댱광이 발 남즉ᄒᆞ고 놉희 ᄒᆞᆫ 길히라 그 안흔 보지 못ᄒᆞ고 다만 틀 밧그로 오뉵십 쇠 통을 댱관이 층″ᄒᆞ야 졍졔히 셰 워시니 다 빅쳘노 믄든 통이오 져디 모양이로ᄃᆡ 져른 통은 틀 안히 드 러시니 그 대소를 보지 못ᄒᆞ나 긴 통은 틀 우히 두어 ᄌᆞ히 놉고 몸픠 두어 우흠이니 대개 기러와 몸픠를 ᄎᆞ″ 쥬려시니 이ᄂᆞᆫ 음뉼의 쳥탁고 져를 맛초아 믄든 거시라. 틀 동편의 두어 보를 물녀 두어 쟈 궤를 노 핫고 그 뒤흐로 이삼 간을 물녀 큰 두지 ᄀᆞᆺ흔 틀을 노코 틀 우은 브드 러온 가족을 덥허시ᄃᆡ 큰 젼디 모양이라. 아래부리ᄂᆞᆫ 틀을 둘너 둔″이 브쳐시니 ᄇᆞ람도 통티 못ᄒᆞᆯ 거시오 웃브리ᄂᆞᆫ 넙은 널노 더디를 믄ᄃᆞ라 ᄯᅩᄒᆞᆫ 둔″이 브치고 더데 남게 발 남은 나모쥴날 맛초아시니 더디 남 기 심히 무거워 틀 우히 덥혀시니 ᄒᆞᆫ 사람이 그 쥴ᄂᆞᆯ 잡아 틀 젼을 의 지ᄒᆞ야 아릭로 누로ᄃᆡ ᄀᆞ장 힘ᄡᅳᄂᆞᆫ 거동이러니 더디 판이 두어 자를 들니이고 구긔인 가족이 펑″이 펴이고 사람이 쥴ᄂᆞᆯ 노흔 후의 묵어온 판이 즉시 눌니이지 아니ᄒᆞ고 펑″ᄒᆞᆫ ᄀᆞ족의 언티여 노혓ᄂᆞᆫ지라. 내 뉴 송녕ᄃᆞ려 그 소릭 듯기를 쳥ᄒᆞᆫᄃᆡ 뉴숑녕이 골오ᄃᆡ "풍뉴 아ᄂᆞᆫ 사람이 마ᄉᆞᆷ 병 드러시니 홀일이 업다."ᄒᆞ고 쳘통 셰운 틀 압히 나아가니 틀 밧그로 조고만 말독 ᄀᆞᆺ흔 네모진 두어 치 남기 쥬줄이 구멍의 곳쳣거 ᄂᆞᆯ 뉴숑녕이 그 말독을 ᄎᆞ례로 누ᄅᆞᄃᆡ 상층의 동편 첫 말독을 누ᄅᆞ미 홀연이 ᄒᆞᆫ글ᄀᆞᆺ흔 져 소릭 누 우히 ᄀᆞ득ᄒᆞᄃᆡ 웅장ᄒᆞᆫ 쥼의 극히 쳥완ᄒᆞ

고 심원호 즁의 극히 유양ㅎ니 이는 녯 풍뉴의 황죵 소리를 응호 거신가 시브고 말독을 노호미 그 소리 손을 쓰라 슷쳐지고 그 버긔 말독을 누르미 첫 번 소리의 비ㅎ면 젹이 젹고 놉흐니 ᄎ〃 눌너 하층 셔편의 니르미 극진이 ᄀ늘고 극진이 놉흐니 이는 눌녀의 응죵을 응호 거신가 시븐지라. 대개 싱황 제도를 근본ㅎ야 텬하의 춤치호 음뉼을 ᄀ초아시니 이는 고금의 희한호 제작이러라. 내 나아ᄀ 그 말독을 두어 번 오르ᄂ려 집호 후의 아국 풍뉴를 의방ㅎ야 집흐니 거의 곡죠를 일울 듯호지라 뉴송녕이 듯고 희미히 웃더라. 여러히 다토아 집허 반향이 지난 후의 홀연 집허도 소리 나지 아니ㅎ거늘 동편 틀 우흘 보니 가족이 졉히이고 더디 판이 틀 우히 눌녓ᄂ지라. 대개 이 악긔 제도는 ᄇ람을 비러 소리를 나게 흠이오 ᄇ람은 비는 법은 풀모 제도와 ᄒ가지라. 그 고동은 젼혀 동편 틀의 이시니 줄눌 누르면 가족이 ᄎ〃 펴이어 어느 구셕의 굼기 절노 열니여 한디 ᄇ람을 틀 안히 ᄀ득히 너흔 후의 줄눌 노하 ᄇ람을 밀면 드러오든 굼기 절노 막히이고 통 밋흘 향ㅎ여 밍녈이 밀니이디 통 밋히 비록 각〃 굼기 이시나 또호 조고만 더데를 ᄆᄃ라 돈〃이 막은 고로 말독을 집허 틀 안히 고동을 쫑긔여 굼기 열니 후의 비로소 ᄇ람이 통ㅎ야 소리를 일우디 소리의 쳥탁고져는 각〃 통의 대소댱단을 쓸와 음뉼을 다르게 흠이라. 그 틀 속은 비록 여러보지 못ㅎ나 겇츠로 보아도 그 디강 제작을 딤작홀지라. 내 뉴송녕을 향ㅎ여 그 소리나는 곡졀을 형용ㅎ야 니르니 뉴숑녕이 우스며 굴오디 "아는 말이라."ㅎ더라. 누를 ᄂ려 다른 귀경을 쳥ㅎ니 뉴송녕이 압셔 나가며 쓸아오라 ㅎ거늘 그 뒤흘 조챠 문을 나 셔편으로 호 집의 니르니 이는 ᄌ명죵 금촌 집이라. 뎡당의셔 말을 슈작홀 씨의 씨〃 웅장호 종셩이 들니〃 이곳의셔 나는 소리라. 몬져 그 집 제양을 보니 서너 길 표묘호 집을 지어시니 너룸이 삼ᄉ 간이라. 남편 쳠하는 다 널노 빈디를 ᄲᄂ고 당즁ㅎ야 호 아룸 둥근 쇠골희를 박고 골희 우히 열두 시와 구십뉵 각을 그리고 각〃 셔양국 글ᄌ로 시각을 표ㅎ고 ᄀ온디 조고만 둥근 굼긔 쇠막디 부리 두어 치를 나오고 그 우희룰 쇠를 박아 시각을 ㄱ르치게 ᄒ엿더라. 문 안으로 드니 우히 ᄯ혼 누히 잇셔 남편은 두 발 ᄉ다리를 셰웟고 북편은 누히 터지고 큰 줄 두 가닭이 ㄱ로 드리워시디 실은 ᄒᆫ 가닭이오 그늬 줄 모양이라. 그 줄의 말만ᄒᆫ 큰 츄를 ᄢᅦ여시니 연알 모양이라. 아리셔 드루미 다만 도ᄂᆞᆫ 소리를 드룰 ᄲᅳᆫ이오 그 제양을 볼 길이 업ᄂᆞᆫ지라. 올나가 보기를 청ᄒ니 뉴쇼녕이 골오디 "누 우히 심히 좁으니 여러를 용납디 못ᄒᆞᆯ디라. ᄒ나만 올나가디 머리의 ᄯᆫ 거슬 벗고 오르라." ᄒ고 날을 향ᄒᆞ야 골오디 "그디만 올나가라." ᄒ거늘 내 즉시 젼닙을 버셔 셰팔을 맛긔고 누 우흘 오르니 너로기 두어 간이오 긔이ᄒᆫ 긔계를 ㄱ득히 버려시니 무슈ᄒᆫ 박희들이 서로 얽히여 창졸의 녁냥ᄒᆞᆯ 길이 업ᄉ디 대개 ᄌ명종 제도를 인ᄒᆞ야 형톄를 킈오고 긔계를 변통ᄒᆞ여시니 박희 ᄒ나히 혹 크기 ᄒᆫ 아람이 남고 ᄒᆫ 편의 여러 가지 이상ᄒᆫ 긔계를 잡난이 베프고 그 셔편의 젹은 종 다ᄉᆞᆺ슬 ᄃᆞᆯ고 그 녑히 큰 종 ᄒ나흘 ᄃᆞ라시디 각〃 마치를 ᄀ촛고 쳘ᄉ를 두루 늘워 셔로 응ᄒ게 ᄆᆞᄃ라시니 대강 이러흘 ᄯᆞ름이오 그 공교ᄒᆫ 법은 말노 니르 긔록지 못ᄒᆞᆯ너라. 누흐로 ᄂᆞ려 문을 나니 셔편 집의 비단 발을 드리오고 쳥아ᄒᆫ 소리 들니거늘 홍명복ᄃᆞ려 무르니 저히 머무ᄂᆞᆫ 캉이라 ᄒ거늘 드러가 보기를 쳥ᄒ라 ᄒ니 여러 번 근쳥ᄒᆞᄃ 죵시 응답지 아니ᄒ고 ㄱ장 어려이 넉이ᄂᆞᆫ 긔식이라. 드디여 도로 명당의 니르러 두어 말을 슈작ᄒ고 훗 긔약을 머무르고 문을 나 ᄯ 혼 대문을 니르니 두 사람이 문 밧긔 니르러 여러 번 드러가기를 쳥ᄒ디 듯디 아니ᄒ고 슐위의 오른 후의 비로소 드러가더라. 동편 셩 밋흐로 다ᄉᆞᆺ 코기리를 모라 오디 거ᄂᆞ린 사람이 창을 메고 가로 셔셔 인도ᄒᆞ여 가니 이ᄂᆞᆫ 니일이 황뎨 텬단 거동ᄒᆞᄂᆞᆫ 날이라 의댱을 몬져 습의ᄒ고 도라온다 ᄒ더라. 명양문 안히 니르니 ᄯ 코기리를 모라가디 ᄒ나히 물 담긴 귀유 압히 나아ㄱ 물을 마시디 코 ᄭᅳᆺ츨 ᄂᆞ리여 물을 쥐여 휘여다ㄱ 입의 너흐니 사람의 손 ᄡᅳᄂᆞᆫ 모양이라 소견이 우습더라. 셔종밍의 집 압흘 지나니 셰팔을

보니여 종밍의 유무를 무르니 풍뉴를 거느리고 관즁으로 드러갓다 ᄒ 더라. -(下略)-

【역문】「초구일 천주당 보다」.

죽을 먹은 후에 덕형이 들어와 말하기를, 서통관이 저를 불러 부디 식전에 나오기를 청한다고 하여 바야흐로 나가려고 하는데, 건량관이 또한 가겠다고 해서 함께 갔다. 이날은 눈이 날리고 바람이 크게 불어 날씨가 심히 찼다. 이덕성이 내가 가는 것을 듣고 들어와 천주당 다닐 일을 묻거늘, 식후에 가기로 언약하였는데, 홍명복이 또 함께 가고자 하였다. -(중략)- 이때 이덕성이 홍명복을 데리고 문 밖에 이르러 천주 당에 가기를 재촉하거늘, 내가 건량관을 불러 종명에게 이 사연을 이 르고 먼저 일어나 가기를 청하려 하니, 종맹이 듣고 매우 탐탁지 않게 여기는 기색이다. 오림포가 나에게 가만히 말하기를, "오늘 모꼬지[9]는 오직 궁자를 위한 것이니, 어찌 먼저 일어나 가고자 하십니까? 서 대 감이 매우 부끄러워하는 기색이 있으니 어찌 먼저 주인의 좋은 뜻을 저버리려 하십니까?"라 하니, 내 말하기를, "대감이 후한 뜻으로 나를 청하여 음식을 먹이고 풍류를 들려주시니 감사함이 극진한지라 어찌 먼저 일어날 뜻이 있겠습니까마는, 천주당 사람들과 오늘 만나기를 정녕히 서로 약속하였는지라 어기기가 어렵고, 또 이 사연을 어제 저 녁에 서 대감에게 이미 알렸으니 어찌 과도히 염려하겠습니까? 나는 글 읽는 선비라 평생에 사람과 신의를 잃는 것을 매우 어렵게 여기니 이 뜻을 서 대감께서 아뢰어 가도록 허락함이 어떠하겠습니까?" 라 하 였다. 오림포가 말하기를, "천주당에 무엇이 볼 게 있습니까?" 라 하

---

9) 모꼬지 : 여러 사람이 놀이나 잔치 또는 그 밖의 일로 모임을 말한다.

니, 내가 말하기를, "천주당의 기이한 구경이 우리나라에 또한 유명하니 대감이 어찌 듣지 못하였습니까?" 하였다. 오림포가 웃고 일어나 종맹에게 말하였으나 종맹이 종시 노하는 기색이라 역관들이 다 나에게 권하여 가지 말라고 하였다. 내가 어쩔 수 없어 종맹의 앞에 나아가 말하기를, "제가 어찌 먼저 일어나려 하리오마는 천주당과의 신의를 잃지 말고자 하였더니, 대감이 이미 미안하게 여기면 저 또한 가기를 억지로 청하지 못합니다."라고 하니, 종맹이 일어나서 희미하게 웃으며 말하기를, "신의를 잃지 않는 것은 진정 선비의 일입니다. 내가 어찌 머무르게 할 뜻이 있겠습니까?" 하고 바삐 가라고 하였다. 내가 말하기를, "대감께서 제가 가는 것에 미련을 가지시면 이는 후한 뜻을 저버리는 것입니다. 어찌 작은 언약을 돌아보겠습니까? 천주당은 이제 사람을 보내어 그 사연을 이르고 훗날로 다시 언약해도 해롭지 않습니다." 라 하니, 종맹이 웃으며 말하였다. "궁자께서는 어찌 나를 의심하십니까? 신의를 잃지 않고자 하는 것은 궁자의 옳은 일이니 내가 어찌 미련을 갖겠습니까? 염려 말고 가십시오." 내가 말하기를, "대감이 조금이라도 미련히 여기는 마음이 내가 어찌 감히 갈 뜻이 있겠습니까?" 라고 하니 종맹이 말하였다. "나의 마음은 조금도 염려할 일이 없으니 궁자는 천주당을 가서 언제 돌아오겠습니까?" 내가 말하였다. "잠깐 나아가 언약을 이룬 후에 즉시 돌아오겠습니다." 종맹이 다시 말하였다. "그러하면 내가 부른 악공이 오거든 궁자를 위하여 관중으로 들여보내 여러 대인들과 한가지로 듣게 할 것이니, 그러면 내가 노여워하지 않음을 쾌히 아시겠습니까?" 내가 말하기를, "그렇다면 더욱 감사함을 이기지 못할 것입니다." 하고, 즉시 일어나 여러 통관에게 마지못하여 먼저 가는 뜻을 이르고 나갈 때 종맹에게 읍하여 간다고 하였더니 종맹이 말하기를, "내가 또한 문 밖에 가 보내겠습니다." 라고 했다. 그리고 나더러 앞서 나가라고 하거늘 내가 문을 먼저 나오는데 역관 두어 명이 내 앞에 나가는 것이었다. 그러자 종맹이 꾸짖어 말하기를, "궁자께서 미처 나가지 못하였는데 그대는 어찌 문을 나가는가?" 하고는 중문 밖에 이르러, "빨리 다녀오십시오." 하고는 들어갔다. 문 밖에 이르러 내 건량관에게 음식을 두 곳에서 나눠 먹이는 이유를 물으니 건량관이 말하기를, "오늘 청한 역관이 다 매매가 많은 부류요, 따로 청하여 먹이는 세 역관은 행중에 권력 있는 당상과 제일 은이 많은 역관입니다. 큰 캉에 차려온 음식은 극히 간략하여 겨우 먹을 만하니, 종맹의 역량의 넉넉함이 본래 이러합니다."라 하였다. 내가 말하기를, "그러하면 내가 또한 무슨 매매가 있고 은이 많은 것으로 여겼는가?" 라 하니, 건량관이 말하기를, "이는 다른 뜻이 아니라 저를 대접함에 각별히 감사하여 그 뜻을 갚고자 하는 것으로 다른 마음은 없습니다." 라 하였다. 드디어 이덕성, 홍명복과 한 수레에 올라 천주당으로 향하는데, 조그만 나귀를 매어 세 사람을 이기지 못할 듯하였으나 조금도 어려워하는 모양이 없으니 이상하였다. 이날 바람이 크게 일어 길에 먼지가 하늘을 덮었으니 눈을 뜰 길이 없는지라 풍안경(風眼鏡)을 끼고 갔다. 정양문 지나 서쪽 성 밑으로 수 리를 가니 멀리서 바라보매 이 층 성문이 티끌 가운데 날아갈 듯 높이 솟아 있으니 이것이 선무문(宣武門)이다. 이 문 안으로 마루 없는 높은 집이 공중에 솟아 있고, 기와 이은 제도와 집 위에 세운 기물이 다 그림에서도 보지 못하던 모양이라 묻지 않아도 천주당인 줄을 짐작할 수 있었다. 문 앞에 이르러 수레에서 내려 세팔을 시켜 먼저 들어가 통하라 하니 세팔이 들어갔다. 문 지키는 사람의 성은 장가이니 언약한 줄을 아는지라 즉시 들어가기를 청한다 하거늘, 셋이 함께 그 사람을 따라 들어갔다. 큰 문을 들어가니 서쪽으로 또 문이 있으니, 이는 안으로 통하는 문이다. 동쪽에 벽돌로 담을 정결히 쌓고 가운데 문 하나를 내었는데, 반만 열려 있어 문 밖의 첩첩한 집들이 은은하게 보였다. 세팔을 불러 그곳을 물으니 세팔이 웃으며 말하기를, "이것은 진짜 문이 아니라 담에 그림을 그려 구경하는 사람에게 재주를 보이려고 한 것입니다." 라 하였다. 내가 이상히 여겨 두어 걸음을 나아가보니, 과연 담에 그린 그림이고 진짜 문이 아니었다. 이만 보아도 서양국 그림재주를 상상할 수 있었다. 서쪽 문을 드니 남향하여 큰 집이 있는데 아로새긴 창과 비단 발이 다 예사 제도와 달랐고, 발을 들고 문을 드니 그 안이 너르기 7~8칸이다. 바닥에는 벽돌을 깔았고, 교의 세 쌍을 가운데 가로 놓았는데, 다 화류로 만들었고 기이한 비단으로 방석을 정결히 만들어 그 위에 얹었다. 서쪽 벽에는 천하 지도를 붙이고 동쪽 벽에는 천문도(天文圖)를 붙였는데, 조금 퇴색하였으나 대강 보아도 매우 자세하고 분명하여 우리나라에서 보지 못하던 본이었다. 동쪽 벽 밑에 교자 하나를 놓았는데 주인이 타는 것인가 싶었다. 양쪽 벽 밑으로 다니며 그림을 구경하는데 장가가 말하기를, "제가 먼저 들어가 통하겠습니다." 하고 가더니 이윽고 뒷문으로 들어와 들어가기를 청하였다. 뒷문으로 들어가자 좌우에 첩첩한 집이 있고, 뜰을 건너 두어 층 섬돌을 올라 남향한 큰 집으로 들어가니, 이곳은 손님 대접하는 정당(正堂)이다. 북쪽의 주벽을 의지하여 한 발 남짓 네모진 병풍을 세웠으니, 수묵으로 산수를 기이하게 그렸다. 그 앞으로 탁자 하나를 놓았으니, 그 제양은 연잎 모양이요, 옻칠위에 이금(泥金)으로 화초를 그렸으며, 외다리를 세우고 그 아래에 네 굽을 달았는데, 모두 새김과 채색이 이상하였다. 탁자 좌우로 세 쌍 교의를 놓고 교의 앞으로 조그만 그릇에 등겨를 가득히 담아 각각 놓았으니, 이것은 침을 뱉게 한 것이다. 좌우 바람벽에 산수와 화초, 인물을 가득히 그렸는데 다 진짜 형상이요, 공중에 드러나니, 몇 발자국 물러서면 종시 그림인 줄을 믿지 못할 듯하였다. 사람의 생기와 눈동자가 완연히 산 사람의 거동이라 차마 가까이 나아가지 못할 듯하였고, 높은 바위에 폭포가 내리는 모양은 의

연히 소리를 들으며 옷이 젖을 듯하였다. 또 성 위에 외로운 내(烟)와 수풀 가운데 층층한 누각이 아무리 보아도 벽 위에 진짜 풍경을 베푼 듯하였다. 이윽고 장가가 들어와 말하기를 대인들이 나오신다 해서 창황히 문을 나가 맞이하였다. 두 사람이 문 밖에 섰거늘 나아가 공순히 읍하고 물러서니, 두 사람이 또한 공순히 대답하고 손을 먼저 들어가라 하거늘 두어 번 사양한 후에 먼저 들어가 문에 들어섰다. 두 사람이 또한 교의를 가리켜 앉으라고 하여, 또 사양한 후에 함께 앉으니 두 사람은 서쪽 교의에 앉고 우리는 동쪽 교의에 앉았다. 자리를 정하고 탁자 위에 다섯 그릇의 차를 벌여 놓으니, 주인이 먼저 한 그릇을 마시며 권하거늘 다 감사함을 표하고 마셨다. 차 맛이 매우 청렬하고 향기로워, 차도 보통 것과 다른 법이 있거니와, 이상한 제도와 공교한 집물에 마음이 취하고 이목이 현란하여 심상한 기물이라도 또한 우러러보는 까닭인가 싶었다. 유송령은 나이가 예순 둘이요, 포우관 나이가 예순 넷이었다. 유송령은 양람(亮藍) 징자를 붙였으니 종2품 벼슬이요, 포우관은 암백(暗白) 징자를 붙였으니 6품 벼슬이었다. 이러하므로 송령이 나이가 적으나 우관의 위에 앉았다. 두 사람이 다 머리를 깎았고 온몸에 오랑캐 복장을 하여 중국 사람과 분변이 없고, 나이가 많아 수염과 머리가 세었으나 얼굴은 젊은이 기색이며, 두 눈이 깊고 맹렬하여 노른 눈동자에 이상한 정신이 사람을 쏘는 듯하였다. 홍명복을 시켜 말을 통하니 서로 알아듣지 못하는 말이 많아 매우 답답하였다. 홍명복이 말하기를, "귀국이 중국의 어느 편에 있으며 거리는 얼마나 됩니까?" 하자 유송령이 말하기를, "중국에서 남쪽으로 수만 리 밖이요, 대서양 사람입니다." 하였다. 홍명복이 말하기를, "대성양의 땅 넓이가 얼마나 됩니까?" 하니, 유송령이 말하기를, "세 성(省)이 있으니 땅은 넓지 않으나 인재는 매우 성합니다."하고, 또 말하기를, "사대부주(四大部洲)를 아십니까?" 홍명복이 말하기를, "어찌 모르겠습니까?" 유송령이 말하기를, "조선은 동승신주(東勝身洲)의 지방입니다." 홍명복이 묻기를, "그대는 어느 해에 중국에 왔습니까?" 유송령이 답하기를, "중국에 이른 지 스물여섯 해입니다." 홍명복이 묻기를, "서양국의 복색이 중국과 다름이 없습니까?" 유송령이 답하기를, "우리 본래 복색은 이러한 일이 없어 머리를 깎지 않고 의복이 너르나, 우리가 중국에 들어와 중국의 녹을 먹는지라 마지못하여 중국 제도를 하고 있습니다." 홍명복이 말하기를, "글자는 중국과 다름이 없습니까?" 유송령이 말하기를, "다만 우리 글자를 쓸 뿐이라 중국 글자를 아는 일이 없습니다." 홍명복이 묻기를, "그러하면 그대는 중국 글을 모릅니까?" 유송령이 말하기를, "중국에 들어와 비로소 한자를 배워 약간 글자를 알고, 성명 또한 본성이 아니라 중국에 들어온 후 지은 것입니다." 홍명복이 이덕성을 가리키며 말하기를, "이 사람은 우리나라 흠천감(欽天監)¹⁰⁾과 관원으로 그대에게 책력 만드는 법과 성신(星辰)의 도수(度數)를 배우고자 합니다." 유송령이 말하기를, "어찌 감히 당하리오. 다만 벼슬이 우리와 한가지이니 마음이 각별합니다." 하고 나를 가리켜 묻기를, "이 사람은 무슨 벼슬입니까?" 홍명복이 말하기를, "이 분은 우리 삼대인의 궁자로 벼슬이 없어 선비의 몸으로 중국을 구경하고자 왔는데, 그대의 높은 의론에 참여하여 듣고자 합니다." 이때에 수작한 말이 많았으나 다 기록하지 못하였다. 내가 말하기를, "천주당은 유명한 곳이라 한 번 구경코자 하니 사람을 불러 인도하게 함이 어떠하겠습니까?" 유송령이 말하기를, "어찌 사람을 시키겠습니까? 내가 함께 가겠습니다." 하고 즉시 일어나 뒷문으로 인도하였다. 따라 들어가니 뒤에 또한 뜰이 너르고 뜰 가로 온갖 화초분을 놓았으며, 서쪽으로 꺾어 수십 칸 행각이 있어 칸칸이 비단 발을 드리웠으니, 사람들이

---

10) 흠천감(欽天監) : 1370년 이래 설치된 중국 명나라, 청나라 때의 국립 천문대.

머무는 곳인가 싶었다. 화초분은 빈 것이 많고 뜰에 여남은 흙무덤이 있으니, 이는 화초를 묻은 곳인가 싶었다. 동쪽 처마로 돌아 북으로 꺾어 두 번 문을 드니 이곳이 천주를 위한 묘당이다. 그 안에 남북으로 여남은 칸이요, 동서는 5~6칸이요 높이는 7~8장이다. 네 벽과 반자를 다 벽돌로 만들고 나무 가지 하나 들인 곳이 없었으니, 이미 그 이상한 제도를 짐작할 수 있었다. 북쪽 벽 위 한가운데 한 사람의 화상을 그렸으니 여인의 의상이요, 머리를 풀어 좌우로 드리우고 눈을 찡그려 먼 데를 바라보니 무한한 생각과 근심하는 기색이다. 이것이 곧 천주라 하는 사람이니, 형체와 의복이 다 공중에 서 있는 모양이고, 선 곳은 깊은 감실(龕室) 같으니, 처음 볼 때는 소상으로만 여겼더니 가까이 간 후에 그림인 줄을 깨달았으나, 눈동자가 사람을 보는 듯하니, 천하에 이상한 화격(畵格)이다. 동서 벽에 각각 여러 화상을 그렸는데, 다 머리털을 드리우고 장삼 같은 긴 옷을 입었으니, 이는 서양국 의복 제도인가 싶었다. 화상 위로 각각 칭호를 써는데, 다 서양 사람 중에 천주학문을 숭상하고 명망이 높은 사람이었으나, 이마두(利瑪竇)와 탕약망(湯若望)[11] 두 사람밖에는 알지 못하였다. 천주화상 아래로 10여 쌍 꽃 꽂은 병과 온갖 기이한 기물을 벌열 놓았는데, 다 서양국의 화기이고 기묘한 제양이라 이루 기록하지 못하였다. 두어 칸을 물려 가운데 높은 탁자를 놓고 그 위에 향로와 향합(香盒)과 온갖 보배로운 집물을 벌여 놓고, 한편에 아로새긴 책상을 놓고 그 위에 누런 비단보를 덮었다. 유송령이 그 보를 헤치고 한 권 책을 내어 말하기를, "이것을 보십시오." 하기에 나아가 보니, 다 황제와 후비(后妃)의 복록(福祿)을 축원하는 말이다. 유송령이 비록 나이가 많고 천문 역상

---

11) 탕약망(湯若望) : 아담 샤알(Adam Schall, 1591~1666). 독일의 제수이트 선교사, 천문학자. 22년 중국으로 건너와 서광계 등의 추천을 받아 명나라의 벼슬을 받았음.

에 소견이 높았으나, 이렇듯 도리에 어긋나고 아첨하는 일을 스스로 나타내 외국 사람에게 자랑하고자 하니, 극히 비루하고 용속하여 먼 나라 이적의 풍습을 벗지 못한 일이다. 양쪽 바람벽의 위층에는 화상이고, 아래층에는 온갖 누각과 인물을 그렸는데, 채색과 기물이 천연하고 이상할 뿐 아니라, 인물의 형상이 두어 칸을 물러서면 아무리 보아도 그림으로 알 길이 없었다. 남쪽으로 벽을 의지하여 높은 누각을 만들고 난간 안으로 기이한 악기를 벌였으니, 이는 서양국 사람이 만든 것으로 천주에게 제사할 때 연주하는 풍류였다. 올라가 보기를 청하자 유송령이 매우 지탄(指彈)하다가 여러 번 청한 후에야 열쇠를 가져오라고 하여 서쪽의 한 문을 열었다. 그 안으로 들어가니 두어 길 채색한 사다리를 놓았거늘, 이 사다리를 올라 또 한 층을 오르니 곧 누 뒤에 이르렀다. 나아가 그 풍류 제작을 자세히 보니, 큰 나무로 틀을 만들었는데 사면이 막혀 은연히 궤 모양이요, 장광(長廣)이 한 발 남짓하고 높이는 한 길이다. 그 안은 보지 못하고 다만 틀 밖으로 오륙십 쇠 통을 장단(長短)이 층층하도록 정제히 세웠으니, 모두 백철로 만든 통이요, 젓대 모양이로되, 짧은 통은 틀 안에 들어 있으니 그 대소를 보지 못하나, 긴 통은 틀 위로 두어 자가 높고, 둘레는 두어 움큼이다. 대개 길이와 둘레를 차차 줄였는데, 이는 음률의 청탁고저(淸濁高低)를 맞추어 만든 것이다. 틀 동쪽에 두어 보를 물려 두어 자 궤를 놓았고, 그 뒤로 두세 칸을 물려 큰 뒤주 같은 틀을 놓았다. 틀 위에는 부드러운 가죽을 덮었는데 큰 전대(纏帶)모양이다. 아랫부리에는 틀을 둘러 단단히 붙였으니 바람도 통치 못할 것이요, 윗부리에는 넓은 널로 더데[12]를 만들어 또한 단단히 붙였다. 더데 나무에 한 발 남짓한 나무자루를 맞추었으니 더데가 심히 무거워 틀 위에 덮여 있다. 한 사

---

12) 더데 : 화살촉의 중간에 둥글고 두두룩한 부분. 더뎅이의 준말. 부스럼 딱지나 때가 거듭 붙어서 된 조각.

람이 그 자루를 잡아 틀 앞을 의지하여 아래로 누르는데 매우 힘쓰는 거동이었다. 그러자 더데 판이 두어자 정도 들리고 구겨진 가죽이 팽팽히 퍼졌다. 사람이 자루를 놓은 후에도 무거운 판이 즉시 눌리지 아니하고 팽팽한 가죽에 얹혀 놓였다. 내가 유송령에게 그 소리 듣기를 청하였는데, 유송령이 말하기를, "풍류를 아는 사람이 마침 병이 들었으니 할 수 없습니다." 라 하고, 철통을 세운 틀 앞으로 나아갔다. 틀 밖으로 조그만 말뚝 같은 두어 치의 네모진 나무가 줄줄이 구멍에 꽂혔거늘, 유송령이 그 말뚝을 차례로 눌렀다. 위층의 동쪽 첫 말뚝을 누르니, 홀연히 한결같은 저(笛) 소리가 다락 위에 가득하였다. 웅장한 가운데 극히 정완(貞婉)하고 심원한 가운데 극히 유량(嚠喨)하니 이는 옛 풍류의 황종(黃鍾)13) 소리를 본뜬 것인가 싶다. 말뚝을 놓으니 그 소리가 손을 따라 그치고 그 다음 말뚝을 누르니 처음 소리에 비하면 적이 작고 높았다. 차차 눌러 아래층 서쪽에 이르자 극진히 가늘고 높았으니, 이는 율려(律呂)14)의 응종(應鐘)15)을 응한 것인 듯하다. 대개 생황 제도를 근본으로 하여 천하에 참치(參差)16)한 음률을 갖추었으니, 이는 고금에 희한 제작이다. 내가 나아가 그 말뚝을 두어 번 오르내려 짚은 후에 우리나라 풍류 잡는 법을 따라 짚으니 거의 곡조를 이룰 듯하여 유송령이 듣고 희미하게 웃었다. 여럿이 다투어 짚어 반향(半晌)17)이 지난 후에는 홀연 눌러도 소리가 나지 않아 동쪽 틀 위를

---

13) 황종(黃鍾) : 십이율(十二律)의 하나인 양율(陽律).

14) 율려(律呂) : 육율(六律)과 육려(六呂)의 총칭. 율려는 12율의 총칭으로 『악학궤범』 권 1에 의하면 12율 중 양을 상징하는 육율과 음을 상징하는 육려를 아울러 율려라고 한다고 함.

15) 응종(應鐘) : 십이율(十二律)의 하나. 음력 10월에 배당되므로, 10월의 이칭(異稱)으로 쓰임.

16) 참치(參差) : 참치부제(參差不齊)의 준말로, 길고 짧거나 또는 서로 드나들어서 가지런하지 아니함.

17) 반향(半晌) : 반나절.

보니 가죽이 접혔고 더데 판이틀 위에 눌렸던 것이다. 대개 이 악기 제도는 바람을 빌려 소리를 나게 하는데, 바람을 빌리는 법은 풀무 제도와 한가지다. 그 고동은 오직 동쪽 틀에 있으니, 자루를 누르면 가죽이 차차 퍼져 어느 구석의 구멍도 절로 열리니 바깥 바람을 틀 안에 가득히 넣은 후에 자루를 놓아 바람을 밀면 들어오던 구멍이 절로 막히고 통 밑을 향하여 맹렬히 밀어댄다. 통 밑에 비록 각각 구멍이 있으나 또한 조그만 더데를 만들어 단단히 막은 까닭에 말뚝을 눌러 틀 안에 고동을 당겨 구멍이 열린 후에야 비로소 바람이 통하여 소리를 이룬다. 소리의 청탁고저는 각각 통의 대소장단을 따라 음률을 다르게 하는 것이다. 그 틀 속은 비록 열어 보지 못하나 겉으로 보아도 그 대강의 제작을 짐작할 수 있었다. 내 유송령을 향하여 그 소리 나는 곡절을 형용하여 이르니, 유송령이 웃으며, "옳은 말씀입니다." 고 하였다. 누각을 내려와 다른 구경을 청하니, 유송령이 앞서 나가며 따라오라고 하였다. 그 뒤를 쫓아 문을 나와 서쪽의 한 집에 이르니, 이는 자명종을 갖춘 집이다. 정당에서 말을 수작할 때 때때로 웅장한 종소리가 들렸으니, 이곳에서 나는 소리였다. 먼저 그 집 제양을 보니 서너 길의 표묘한 집을 지었으니 너르기 서너 칸이다. 남쪽 처마는 다 널로 빈지[18]를 쌓았고, 가운데 한 아름 쇠고리를 박고, 고리 위에 12시와 96각을 그리고 각각 서양국 글자로 시각을 표하였다. 가운데 조그맣고 둥근 구멍에 쇠막대 부리 두어 치를 나오게 하고, 그 위에 가로로 쇠를 박아 시각을 가리키게 하였다. 문 안으로 드니 위에 또 한 누가 있으니 남쪽은 두 발 사다리를 세웠고, 북쪽은 누가 터져 있어 큰 줄 두 가닥을 가로로 드리웠는데, 실은 한 가닥이고 그네 줄 모양이었다. 그 줄에 말(斗)만한 큰 추를 꿰었으니 연알[19] 모양이다. 아래

---

18) 빈지 : 널빈지. 한 짝씩 끼었다 떼었다 하게 만들어진 문을 말함.
19) 연알 : 약재를 갈 때에 약연에 쏟은 약재를 갈때에 굴리는 바퀴모양의 쇠붙이를

에서 들으니 다만 도는 소리만 들릴 뿐이고, 그 제양(制樣)은 볼 길이 없었다. 올라가 보기를 청하자 유송령이 말하기를, "누 위가 매우 좁아 여러 사람을 용납하지 못합니다. 한 명만 올라가되 머리에 쓴 것은 벗고 오르십시오." 하고, 나를 향하여 말하기를, "그대만 올라가십시오." 하거늘, 내가 즉시 전립을 벗어 세팔에게 맡기고 누 위에 오르니 너르기 두어 칸이요, 기이한 기계를 가득히 벌였으니 무수한 바퀴들이 서로 얽혀 창졸간에 살필 길이 없으나, 대개 자명종 제도를 바탕으로 하여 형체를 키우고 기계를 변통하였으니, 바퀴 하나의 크기가 혹 한 아름이 넘고, 한편에 여러 가지 이상한 기계를 잡란하게 베풀었다. 그 서쪽에 작은 종 다섯을 달고 그 옆에 큰 종 하나를 달았는데, 각각 망치를 갖추고 철사를 두루 늘여 서로 응하게 만들었다. 대강 이러할 따름이고, 그 공교한 법은 말로 이루 기록하지 못하였다. 누를 내려와 문을 나가니 비단 발을 드리운 서쪽 집에서 청아한 소리가 들리거늘, 홍명복에게 물으니 저희가 머무는 캉이라고 하였다. 들어가 보기를 청하라 하니 여러 번 간청하였는데, 종시 응답하지 않고 매우 어렵게 여기는 기색이었다. 드디어 도로 정당에 이르러 두어 말을 수작하고 훗날 기약을 머무르고 문을 나와 대문에 이르니 두 사람이 문 밖에 이르러 여러 번 들어가기를 청하였지만 듣지 않고 수레에 오른 후에야 비로소 들어갔다. 동쪽 성 밑으로 다섯 코끼리를 몰아오는데 거느린 사람이 다 붉은 옷을 입고 코끼리 앞마다 두 사람이 창을 메고 가로서서 인도하여 가니, 이는 내일 황제가 천단[20]에 거동하는 날이라 의장을 먼저 익히고 돌아오는 것이라 하였다. 정양문 안에 이르니 또 코끼리를 늘어뜨려 물을 쥐어 휘어다가 입에 넣으니, 사람의 손쓰는 모양

말함.

20) 천단 : 황제가 하늘에 제사하는 곳. 북경의 정양문 밖에 있으며, 명나라 가정(嘉靖) 연간에 건립. 3층 원추형이며 흰돌과 청유리로 되어 있음.

이라 소견이 우스웠다. 서종맹의 집 앞을 지나니 세팔을 보내어 종맹의
유무를 물으니 풍류를 거느리고 관중으로 들어갔다 하였다. -(하략)-

「초십일 진가 푸즈의 둔녀오다」[21]

-(上略)- 왕지 허리의 됴고만 옥병을 ᄎ고 씨〃로 병을 기우려 ᄀᄂᆞᆫ 굴ᄂᆞᆯ 손가락의 무쳐 코히 다히고 긔운을 드리그어 굴ᄂᆡ 코 속의 드러가게 ᄒᆞ니 이ᄂᆞᆫ 셔양국 비연이라 ᄒᆞᄂᆞᆫ 거시니 코의 넛ᄂᆞᆫ 담비라 말이라. 니 진가ᄃᆞ려 닐너 굴오디 "져거시 비연인가 시브니 코의 너흐면 무삼 됴흔 일이 잇ᄂᆞ뇨." 진개 굴오디 "무삼 됴흔 일이 〃시리오." 왕지 듯고 굴오디 "비연을 ᄡᅳ고져 ᄒᆞᄂᆞ냐." 내 굴오디 "젼의 시험ᄒᆞᆯ 일이 업ᄉᆞ니 ᄡᅳ기를 구ᄒᆞ지 아니ᄒᆞ노라." 왕지 진가를 도라보아 굴오디 "비연을 엇지 됴흔 일이 업다 ᄒᆞᄂᆞ뇨." 진개 웃고 이윽이 셔로 다토디 그 말을 아라듯지 못ᄒᆞᆯ너라. 대개 비연이 근본은 셔양국 소산이오 즉금 즁국이 만히 슝상ᄒᆞ디 다만 한인의 ᄡᅳᄂᆞᆫ 일 졀연이 보지 못ᄒᆞ니 쳥인은 ᄎᆞ지 아니〃 젹으니 고이ᄒᆞ더라. 진개 그ᄅᆞ슬 열고 큰 됴희 ᄒᆞᆫ 댱을 ᄂᆡ여 내 압히 노흐니 붉은 빗치오 몸이 비단결 ᄀᆞᄐᆞ니 이ᄂᆞᆫ 일홈이 견지니 댱지 즁 샹품을 니ᄅᆞᄂᆞᆫ 거시라. 그 우히 반항으로 칠언졀구 ᄒᆞ나흘 뻐시니 필법이 ᄀᆞ장 슌슉ᄒᆞ고 아러 '젼여셩은 ᄡᅳ노라' ᄒᆞ엿거ᄂᆞᆯ 내 그 글시ᄅᆞᆯ 됴타 일ᄏᆞᆺ고 그 사ᄅᆞᆷ을 므ᄅᆞ니 왕지 굴오디 "이ᄂᆞᆫ 계부 좌시랑 벼슬이오, 우아거의 ᄉᆞ뷔라." ᄒᆞ니 우아거ᄂᆞᆫ 다ᄉᆞᆺ지 아기라 니름이니 황뎨의 다ᄉᆞᆺ재 ᄋᆞ들이오 ᄀᆞ장 영쥰ᄒᆞ여 민심이 만히 도라가고 황뎨 ᄯᅩᄒᆞᆫ 춍이ᄒᆞ여 댱ᄎᆞ 위ᄅᆞᆯ 젼코ᄌᆞ ᄒᆞᆫ다 ᄒᆞ더라. 내 진가ᄃᆞ려 닐너 굴오디 "상공은 무ᄉᆞᆷ 노ᄅᆞᆺ술 ᄒᆞᄂᆞ뇨." 진개 굴오디 "미매ᄅᆞᆯ 슝상ᄒᆞ고 오경이면 텬쥬당의 나아ᄀᆞ 고두ᄒᆞ고 경을 닑고 도라오노라." 내 굴오디 "이ᄂᆞᆫ 무ᄉᆞᆷ ᄯᅳᆺ이뇨." 진개 닐오디 "후싱의 복녹을 구홈이라." 내 굴오디 "외오ᄂᆞᆫ 경은 무삼 말이뇨." 진개 굴오디 "다른 말이 아니라 힝실을 닦고 ᄆᆞ음을 다ᄉᆞ려 후싱의 복을 구ᄒᆞ라 홈이라." 내 굴오디 "진실노 이러ᄒᆞ면

---

21) 『을병연행록』, 「초십일 진가 푸즈의 둔녀오다」

금싱의 복을 어들지니 엇지 후싱을 기드리〃오. 우리는 공부주를 존슝
호고 텬쥬 혹문을 듯지 못호여시나 다만 몸을 닥고 ᄆᆞ음을 다스리믄
공부주의 스람 ᄀᆞ르치미 이 밧긔 나지 아니호니 상공이 비록 몸소 미
매를 당호야시나 능히 니런 일을 유심호니 ᄀᆞ장 긔특호지라. 다만 미매
호는 즁의도 사람 속이기를 일삼지 아니호면 ᄯᅩ흔 복을 바들 도리니
라." 진개 이 말이 올타 ᄒᆞ고 니러나거늘 왕지 날을 향호여 무삼 여러
말을 ᄒᆞ나 바히 아라듯지 못호디 대강 진가를 기리는 말이오 날을 사
괴고주 ᄒᆞ는 의시라. 내 굴오디 "나는 즁국을 첫 번 온 사람이라 말을
서로 통홀 길히 업스니 필연을 니여 셔로 글노 슈작호미 엇더호뇨." 왕
지 ᄯᅩ흔 아라듯지 못호여 "무슴 말이뇨." ᄒᆞ고 물너 안즈니 극히 답〃
ᄒᆞ더라. 이윽고 진개 드러오거늘 왕지 허리 아릭로셔 무어슬 니여 진가
를 뵈며 무어시라 니르거늘 진개 굴오디 "궁지 보고주 ᄒᆞᄂᆞ냐." 내 굴
오디 "그거시 일홈이 무어시뇨." 진개 닐오디 "문시죵이니라." 내 굴오
디 "이는 평싱의 흔 번 보기를 원호던 거시로다." 왕지 듯고 즉시 씬흘
글너 날을 쥬거늘 바다 그 졔양을 보니 대쇼는 동근 당긔쪽 ᄀᆞ흔지라.
붉은 가족으로 주머니를 ᄆᆞᄃᆞ라 너허시디 흔편은 돈짝만 흔 굼글 니고
뉴리 다디를 드러나게 ᄒᆞ여시니 다디 안흐로 시각을 삭이고 ᄀᆞ르치는
바늘이 두 층의 ᄭᅩᆺ쳐시니 시와 ᄀᆞᆨ을 난화 ᄀᆞ르치게 흔 거신가 시브고
지각이는 소리 흔갈ᄀᆞᆺ치 ᄭᅳᆺ지 아니ᄒᆞ니 그 속을 밋쳐 보지 못ᄒᆞ여도
이상흔 보비의 긔물인 줄을 짐작홀너라. -(下略)-

【역문】「초십일 진가 푸자에 다녀오다」

-(상략)- 왕자 허리에 조그만 옥병을 차고 때때로 병을 기울여 가는
가루를 손가락에 묻혀 코에 대고 기운을 들이켜 코 속에 들어가게 하
니, 이는 서양국 비연(鼻煙)이라 하는 것이니 코에 넣는 담배란 말이

다. 내 진가에게 일러 말하기를, "저것이 비연인가 싶으니, 코에 넣으면 무슨 좋은 일이 있습니까?" 진가가 말하기를, "무슨 좋은 일이 있겠습니까?" 왕자 듣고 말하기를, "비연을 쓰고자 합니까?" 내 말하기를, "전에 시험한 일이 없으니 쓰기를 구하지 아니합니다." 왕자가 진가를 돌아보며 말하기를, "비연을 어찌 좋은 일이 없다 하는가?" 하니, 진가가 웃고 이윽히 서로 다투나 그 말을 알아듣지 못하였다. 대개 비연이 근본은 서양국 소산이요, 지금 중국이 많이 숭상하나 다만 한인이 쓰는 일은 절연히 보지 못하고, 청인은 그것을 차지 않은 이가 적으니 괴이하였다. 진가가 그릇을 열고 큰 종이 한 장을 내어 내 앞에 놓으니 붉은 빛이요, 몸이 비단 같으니 이는 이름이 견지(繭紙)나 당지(唐紙) 중 상품을 이르는 것이다. 그 위에 반항(半行)으로 칠언절구 하나를 썼으니 필법이 매우 순수하고 정숙하였다. 아래 '전여성(錢汝誠)은 쓰노라' 하였거늘, 내가 글씨를 좋다 일컫고 그 사람을 물으니, 왕자가 말하기를, "이는 예부시랑 벼슬이요, 우아거(五阿哥)의 사부(師父)입니다." 하니, 우아거는 다섯째 아기를 이름이니 황제의 다섯째 아들이다. 가장 영준하여 민심이 많이 돌아가고 황제 또한 총애하여 장래에 제위를 전하고자 한다 하였다. 내가 진가에게 일러 말하기를, "상공은 무슨 일을 합니까?" 진가 말하기를, "매매를 숭상하고 오경이면 천주당에 나아가 머리를 조아리고 경을 읽고 돌아옵니다." 내 말하기를. "이는 무슨 뜻입니까?" 진가가 말하기를, "후생의 복록(福祿)을 구함입니다." 내 묻기를, "외우는 경은 무슨 말입니까?" 진가가 말하기를, "다른 말이 아니라 행실을 닦고 마음을 다스려 후생의 복을 구하라는 뜻입니다." 내 말하기를, "진실로 이러하면 금생에 복을 얻을지니 어찌 후생을 기다리겠습니까? 우리는 공부자를 존숭하고 천주학문은 듣지 못하였으나 다만 몸을 닦고 마음을 다스린다 함은 공부자의 가르침이 다르지 않습니다. 상공이 비록 몸소 매매를 하나 능히 이런 일을 유심

히 하니 매우 기특합니다만 매매하는 중에도 사람을 속이기를 일삼지
아니하면 또한 복을 받을 도리입니다." 하니, 진가 이 말이 옳다 하고
일어나 갔다. 왕자가 나를 향하여 여러 말을 하는데 다 알아듣지 못하
나, 대강 진가를 기리는 말이요, 나를 사귀고자 하는 의사이다. 내 말
하기를, "나는 중국을 처음 들어온 사람이라 말을 서로 통할 길이 없
으니 붓과 벼루를 내어 서로 글로 수작함이 어떠합니까?" 왕자 또한
알아듣지 못하여, "무슨 말씀인지요?" 하고 물러앉으니 극히 답답하였
다. 이윽고 진가가 들어오거늘 왕자 허리 아래에서 무엇을 내어 진가
를 보이며 무엇이라 이르거늘, 진가가 말하기를, "궁자께서 보시겠습
니까?" 내 말하기를, "그것이 이름이 무엇입니까?" 진가가 말하기를,
"문시종입니다." 내 말하기를, "이는 평생에 한번 보기를 원하던 것입
니다." 왕자가 듣고 즉시 끈을 풀어 나를 주거늘 받아 그 제양을 보니
크기는 둥근 장기짝 같았다. 붉은 가죽으로 주머니를 만들어 넣었으
니, 한편은 돈짝만 한 구멍을 내고 더데를 드러나게 하였으니 더데 안
으로 시각을 새기고 가리키는 바늘 두 개가 꽂혀 있으니, 시와 각을
나누어 가리키게 한 것인가 싶고, 재깍거리는 소리 한결같이 그치지
아니하니 그 속을 미처 보지 못하여도 이상한 보배에 기밀인 줄 짐작
할 수 있었다. -(하략)-

「십일 뉴리챵 가다」[22]

-(上略)- 챠 그르술 나오는 우히 나히 열서너 셜이오 흔 눈이 머러시나 인물이 구장 녕니흐거늘 그 셩명을 무르니 셕화룡이로라 흐고 진가의 싱질이라. 그 글 닑으믈 무르니 텬쥬 혹문의 문답흔 글이니 대개 진개 텬쥬 혹문을 깁히 슝샹흐눈지라 싱질을 또흔 일노 구르치미러라. 그 닑눈 칙을 구자오라 흐여 초〃히 보니 대강 불경 말의 갓가오디 그 즁 유가 공부의 합흐눈 말이 또흔 만흐니 진가눈 무식흔 사람이라 그 진짓 혹문을 비호지 못흐고 다만 날마다 녜비흐고 경을 닑어 후싱의 복을 구흐니 졔 말은 비록 불도를 엄히 비쳑흐나 기실은 불도와 다름이 업더라. -(中略)- 그 즁의 셔양국 화긔눈 안흔 구리오 것춘 스긔니 튼〃흐고 공교흐기 이샹흔 그르시오 각 식 술쥰이 〃시디 혹 무지게 빗치오 두 편의 귀를 돌고 도금흔 골희를 쎄여시니 찬난흔 광치를 말노 젼치 못흘 거시오 화류로 공교히 삭여 틀흘 문돌고 죠고만 죵과 셕경을 구온디 드라시니 두드리눈 소리눈 나지 아니흐니 이눈 녯 졔도를 눈으로만 보게 흠이오 온갖 즘싱을 구리로 문드라 셰워시디 혹 사람을 문드라 사슴과 범을 투시니 이눈 신션의 거동이오 혹 닭을 문드라 쳔연히 닭의 모양이오 빅통으로 화로를 문드라시디 둥글기 큰 두융 굿고 것츠로 온갖 화초를 삭여 굼글 통흐고 안흐로 고동을 문드라 짜로 화로를 너허시디 임의로 궁그로도 지와 불이 업쳐지〃 아니케 흐야시니 이눈 겨울의 니불 안히 너케 흔 법이라. 디져 이런 긔괴흔 즙물이 좌우의 현난흐야 니로 그 일홈을 뭇지 못흐고 눈이 어즈러워 니로 구경치 못흘너라. 대져 이곳의 푸즈 집이 쳔수의 갓가오디 이런 브치 긔물을 버리 곳이 열의 칠팔이 남을너라. 안경 푸눈 푸즈눈 각식 안경을 좌우의 무슈히 거럿고 거울 푸눈 푸즈눈 삼면 브람의 주줄이 드라시니

---

22) 『을병연행록』, 「십일 뉴리챵 가다」

왕〃 큰 거슨 ᄉ면 셔너 쎔이 될지라. 쳠하의 드러셔미 사람과 온갖 긔
물이 두루 빗최여 졍신이 현황ᄒ고 집이 깁히 쳡〃이 긔물을 버리고
사람이 ᄃ니는 모양이오 바람이 막힌 줄을 ᄭᆡ티지 못ᄒ녀라. 왕〃이 긔
이ᄒ 남그로 틀을 ᄆᄃ라 두 기동의 아로삭인 운각을 브치고 자 남은
셕경을 두 기동의 반만 ᄭᅵ워시니 ᄀ장 샤치ᄒ 졔되오 쳠하 밧그로 둥
근 쇠거울을 틀의 언져시ᄃ 외기동의 아ᄅᆡ 네 굽을 괴오고 거울 두 편
의 다 빗츨 ᄂᆞ여 히빗치 빗최이니 광치 홀난ᄒ고 눈이 브싀여 보지 못
ᄒ지라. 이ᄂᆞᆫ 거울노 ᄡᄂ 거시 아니오 좌우의 버려 광치만 보게 흠이
러라. 필묵과 벼루 ᄑᆞᄂ 푸ᄌᄂ 혹 현판의 '호필휘묵단연'이라 삭여시
니 호쥐 붓과 휘쥐 먹과 단쥬 벼로라 니ᄅᆞ미니 다 각〃 소산으로 니ᄅ
ᄂ 곳이러라. 길ᄀ의 그림과 글시ᄅᆞᆯ 짜히 버리고 벽댱으로 네 귀ᄅᆞᆯ 지
눌너 셔법과 화격이 긔이ᄒ 거시 만흐나 문쥐와 흙이 두루 더러이고
혹 인ᄆᆞ의 즛볿히믈 면치 못ᄒ니 고이ᄒᄃ라. ᄒ 푸ᄌᆞᄅᆞᆯ 드러가니 삭임
질 ᄒᄂ 댱인이 여러히 안쟈 온갖 인물의 고이ᄒ 광디ᄅᆞᆯ 삭이고 ᄒ편
집 안히 허러진 온갖 광디ᄅᆞᆯ 무슈히 너허 다 고이ᄒ 귀신의 형상이라.
그 ᄡᄂ 디ᄅᆞᆯ 무ᄅᆞ니 듀인이 디답ᄒᄃ 희ᄌ의 ᄡᄂ 거시라 ᄒᄃ라. 그
림 푸ᄌᆞ로 드러가니 ᄒ 늙은 사람이 눈의 안경을 ᄭᅵ고 깁의 화초와 새
즘싱을 바야흐로 그리ᄃ 징틀쳐로 틀을 ᄆᄃ라 깁을 메워 탁ᄌ의 언고
교위의 안자 치식을 메오거늘 김복셰 ᄉ고져 ᄒ야 갑슬 무ᄅᆞ니 늙은
사람이 닐오ᄃ "이ᄂᆞᆫ 남의 화분을 갑슬 밧고 그려쥬ᄂ 거시니 ᄑᆞ지 못
ᄒ 거시라." ᄒ거늘 그 갑슬 무ᄅᆞ니 은 셔 돈을 밧노라 ᄒᄃ라. 녑흐로
여러 탁ᄌᆞᄅᆞᆯ 노코 서너 아히들이 바야흐로 그림을 그리거늘 나아ᄀ 보
니 다 남녀의 음난ᄒ 거동이라. 일노 보아도 북경 음난ᄒ 풍속을 알 거
시오 아히들을 몬져 이런 거슬 ᄀᄅᆞ치니 고이ᄒᄃ라. 좌우의 인물과 누
각을 그려 무슈히 거려시니 다 셔양국 화법을 모양ᄒ여시나 수품이 용
녈ᄒ야 볼 거시 ᄇᆡ히 업고 그 즁 만슈산 그림 ᄒ 댱이 〃셔 ᄒ 간의 ᄀ
득이 부쳐시니 김복셰 닐오ᄃ "이ᄂᆞᆫ 셔산 힝궁을 그린 거시라." ᄒ니

누각 제도와 물상 치식이 ㄱ장 빗나더라. 악긔 푸는 푸즈의 드러가니
온갖 악긔를 무슈히 버려시나 그 즁 거문고는 줄과 ㅼ무민 거시 별양 빗
나게 ㅎ고 아러우히 금ㅈ로 문ㅈ를 삭인 거시 만터라. 댱경의 집을 ㅊ
ㅈ니 길 북편의 조고만 푸지오 쳠하의 현판을 걸고 '셕가' 두 ㅈ를 삭
여시니 이는 댱경의 별회라 ㅎ더라. 문을 드러 쥬인을 ㅊㅈ니 ㅎ 점은
사람이 나오거눌 댱경의 유무를 무ㄹ니 흠텬감의 구실이 〃셔 드러갓
다 ㅎ고 져문 사람은 댱경의 말재 아이라 김복셰 ㅊ져온 뜻을 니ㄹ니
그 사람이 교위를 ㄱㄹ쳐 안기를 청ㅎ고 즉시 각〃 차를 나오더니 이
집이 ㅼ또ㅎ 긔완 푸는 푸지라 좌우 탁ㅈ의 여러 가지를 버려시디 그 즁
셔양국 사긔로 ㅁ든 거시 니시니 일홈은 여의라 ㅎ는 거시라. 즁국 사
람의 손의 쥐는 거시니 긔화와 셰작이 ㄱ장 공교ㅎ거눌 그 갑슬 무ㄹ
니 은 십오 냥이라 ㅎ더라. -(下略)-

【역문】「십일 유리창 가다」

-(상략)- 차 그릇을 내오는 아이는 나이가 열서너 살이요, 한쪽 눈이
멀었으나 인물이 매우 영리하였다. 그 성명을 물으니 석화룡(石化龍)
이라 하고, 진가의 생질(甥姪)이라 했다. 그 글 읽은 바를 물으니 천주
학문의 문답한 글이니, 대개 진가가 천주학문을 깊이 숭상하는지라
생질을 또한 이런 연유로 가르치는 것이다. 그 읽는 책을 가져오라 하
여 초초히 보니 대강 불경(佛經)에 가까운데, 그 중 유가(儒家)의 공부
에 합하는 말이 또한 많았다. 진가는 무식한 사람이라 그 참된 학문을
배우지 못하고 다만 날마다 예배하고 경을 읽어 후생의 복을 구하였
는데, 제 말은 비록 불도를 엄히 배척하나 기실은 불도와 다름이 없었
다. -(중략)- 그 중에 서양국 화기는 안쪽은 구리요 겉은 사기니 튼튼
하고 공교하기가 이상한 그릇이었다. 각색 술병이 있는데 혹 무지개

빛이요 양쪽에 귀를 달고 도금한 고리를 끼었는데 찬란한 광채는 말로 전하지 못할 것이다. 화류(樺榴)[23]로 공교히 새겨 틀을 만들고 조그만 종과 석경을 가운데 달았는데, 두드려도 소리는 나지 아니하니 이것은 옛 제도를 눈으로만 보게 함이다. 또 온갖 짐승을 구리로 만들어 세웠는데 혹 사람을 만들어 사슴과 범에 태웠으니, 이것은 신선의 거동이요, 혹 닭을 만들어 털과 깃을 붙이고 검은 수정으로 눈동자를 만들어 천연히 닭의 모양이었다. 도 백동으로 화로를 만들었는데 둥글기가 큰 뒤웅박 같고 겉에 온갖 화초를 새겨 구멍을 통하고, 안으로는 고동을 만들어 따로 화로를 넣었는데 임의로 뒹굴어도 재와 불이 엎어지지 않게 하였으니, 이는 겨울에 이불 안에 넣게 한 법이다. 대저 이런 기괴한 집물들이 좌우에 현란하여 이루 그 이름을 묻지 못하고, 눈이 어지러워 다 구경하지 못하였다. 대개 이곳의 푸자가 천수에 가까운데 이런 부류의 기물을 벌인 곳이 열에 칠팔이 넘을 것이다. 안경 파는 푸자는 각색 안경을 좌우에 무수히 걸었고, 거울 파는 푸자는 삼면 바람벽에 줄줄이 거울을 달았는데, 왕왕 큰 것은 사면 서너뼘이 될 듯했다. 처마에 들어서매 사람과 온갖 기물이 두루 비쳐 정신이 현황(眩慌)하고 집이 깊어 첩첩이 기물을 벌여 놓고 사람이 다니는 모양이요, 벽이 막힌 줄을 깨닫지 못하였다. 왕왕 기이한 나무로 틀을 만들어 두 기둥에 아로새긴 운각(雲刻)을 붙이고 한자 남짓 석경(石鏡)을 두 기둥에 반만 끼웠으니 매우 사치한 제도이다. 처마 밖으로 둥근 쇠거울을 틀에 얹었는데, 외기둥 아래에 네 굽을 괴고 거울 양쪽에서 다 빛을 내어 햇빛에 비치게 하니, 광채가 혼란하고 눈이 부셔 보지 못할 듯하였다. 이것은 거울로 쓰는 것이 아니고 좌우에 벌여 놓아 광채만 보게 하는 것이다. 필묵과 벼루를 파는 푸자는 혹 현판에 '호필휘묵단

---

23) 화류(樺榴) : 자단(紫檀)의 목재. 건축, 가구, 미술품 등의 고급 재료.

연(湖筆徽墨端硯)'이라 새겼는데, 호주(湖州)의 붓과 휘주(徽州)의 먹과 단주(端州)의 벼루라 이름이니, 다 각각의 소산을 이르는 곳이다. 길가에 그림과 글씨를 땅에 펼쳐 놓고 벽돌로 네 귀를 짓눌러 놓았는데 서법과 화격이 기이한 것이 많았으나, 먼지와 흙에 두루 더럽혀지고 혹 인마에 짓밟힘을 면하지 못하니 괴이했다. 한 푸자를 들어서니 새김질하는 장인이 여럿 앉아 온갖 인물의 괴이한 광대를 새기고 집안 한 편에 헐어진 온갖 광대를 무수히 넣었는데, 다 괴이한 귀신의 형상이었다. 그 쓰는 데를 물으니 주인이 대답하기를 희자 놀음에 쓰는 것이라고 하였다. 그림 푸자로 들어가니 한 늙은 사람이 눈에 안경을 끼고 깁에 화초와 새 짐승을 바야흐로 그리는데, 쟁틀(幀子)처럼 틀을 만들어 깁을 메워 탁자에 얹고 교의에 앉아 채색을 메웠다. 김복서가 가고자 하여 값을 물으니 늙은 사람이 말하기를, "이것은 남의 화본(畫本)을 값을 받고 그려 주는 것이라 팔지 못합니다."라 하였다. 그 값을 물었더니, 은 서 돈을 받는다 하였다. 옆으로 여러 탁자를 놓고 서너 아이들이 바야흐로 그림을 그리거늘 나아가 보니 다 남녀의 음란한 거동이다. 이로 보아도 북경의 음란한 풍속을 알 것이요, 아이들에게 먼저 이런 것을 가르치니 괴이했다. 좌우에 인물과 누각을 그려 무수히 걸었으니, 다 서양국의 화법을 모방하였으나 수품(手品)이 용렬하여 볼 것이 전혀 없었다, 그 중 만수산(萬壽山) 그림 한 장이 있어 한 칸에 가득 붙였으니, 김복서가 이르기를 이는 서산 행궁(行宮)을 그린 것이라 하니 누각의 제도와 물상의 채색이 매우 빛났다. 악기를 파는 푸자에 들어가니 온갖 악기를 무수히 벌였다. 그 중 거문고는 줄과 꾸민 것이 매우 빛나고 아래위에 금자(金字)로 문자를 새긴 것이 많았다. 장경(張經)의 집을 찾아가니 길 북쪽의 조그만 푸자요, 처마에 현판을 걸고 '석가(釋迦)' 두 자를 새겼는데, 이것은 장경의 별호라 한다. 문으로 들어가 주인을 찾으니 한 젊은 사람이 나오거늘, 장경의 유무를 물었더니 흠천감에 일이 있어 들어갔다고 했다. 젊은 사람은 장경의 막내 아이인데, 김복서가 찾아온 뜻을 이르니 그 사람이 교의를 가리켜 앉기를 청하고 즉시 각각 차를 내왔다. 이 집이 또한 기완을 파는 푸자라 좌우 탁자에 여러 가지를 벌였다. 그 중 서양국 사기로 만든 것이 있으니, 이름이 '여의(如意)'라고 하는 것이다. 중국 사람이 손에 쥐고 다니는 것이니, 기호(嗜好)와 제작이 아주 공교하거늘 그 값을 물으니 은 50냥이라고 하였다. -(하략)-

「십삼일 텬쥬당과 뉴리챵의 가다」[24)]

-(上略)- 식후의 니덕셩을 드리고 텬쥬당의 다시 갈 시 홍명복은 연
괴 이실 쓴이 아니라 말을 죵시 분명이 통치 못ᄒ니 출하리 지필노 서
로 슈작ᄒ느니만 곳지 못ᄒ다 ᄒ야 니덕셩만 ᄒ가지로 갓더니 텬쥬당
의 니ᄅ니 문 딕흰 댱개 닐오디 "뉴 대인은 일이 〃셔 흠텬감의 나아ᄀ
고 포 대인이 혼쟈 이시나 지샹 대인들이 여러히 왓눈지라 만나보지
못ᄒᆯ 거시니 십구일 이십일 두 날 즁의 다시 오면 필연 죵용이 만나리
라." ᄒ고 과연 문 밧긔 술위와 휘황ᄒᆫ 안매 여러히 미이고 딩ᄌ 브친
관원 두어히 나오더니 셰팔이 닐오디 "포우관이 듕문 안히셔 손을 보
니고 우리를 보매 밧비 몸을 숨겨 도로 드러가니 보기를 어려워 ᄒᄂᆫ
가 시브고 이씨 샹원이 갓가왓ᄂᆫ지라 텬쥬당의 긔도ᄒᄂᆫ 지샹이 만히
든니 〃 필연 외국 사ᄅᆷ 보기를 더욱 비편이 넉이ᄂᆫ가 시브다." ᄒ거ᄂᆯ
드듸여 댱가ᄃᆞ려 십구일 긔약을 지삼 언약ᄒ고 술위를 니덕셩을 주어
관으로 도라가게 ᄒ고 덕유를 드리고 거러 셩문 안히 니ᄅ니 -(下略)-

【역문】「십삼일 천주당과 유리창에 가다」

-(상략)- 식후에 이덕성을 데리고 천주당에 다시 갔다. 홍명복은 일
이 있을 뿐 아니라 말을 종시 분명하게 통치 못하니, 차라리 지필로 서
로 수작하느니만 같지 못하다 하여 이덕성과 한가지로 갔다. 천주
당에 이르니 문 지키는 장가가 말하기를, "유대인은 일이 있어 흠천감
에 나가고 포 대인이 혼자 있으나 재상 대인들이 여럿 와 있어 만나
보지 못할 것이니 19, 20일 사이에 다시 오면 필연 조용히 만날 것입

---

24) 『을병연행록』, 「십삼일 텬쥬당과 뉴리챵의 가다」

니다." 라 하였다. 과연 문 밖에 수레와 안장을 휘황하게 얹은 말 여럿이 매여 있고 징자를 붙인 관원 두엇이 나왔다. 세팔이 말하기를, "포우관이 중문 안에서 손님을 보내고 우리를 보고는 바삐 몸을 숨겨 도로 들어가니 보기를 어려워하는가 싶고, 이때 상원이 가까웠는지라 천주당에 기도하는 재상이 많이 다녀서 필연 외국사람 보기를 더욱 불편하게 여기는가 싶습니다."라 하거늘, 드디어 장가를 시켜 19일 기약을 재삼 언약하고 수레를 이덕성에게 주어 관으로 돌아가게 하고, 덕유를 데리고 걸어 성문 안에 이르렀다. -(하략)-

「십팔일 뉴리창 가다」

이날은 계뷔 샹부스와 흔가지로 오룡정과 텬쥬당을 보려 ᄒ시ᄂᆞᆫ지라. 나ᄂᆞᆫ 님의 보아실 ᄲᅳᆫ 아니라 뉴리창 뉴가ᄅᆞᆯ 다시 ᄎᆞ져보고 거문고ᄅᆞᆯ 다시 듯고져 ᄒᆞ야 식후의 악ᄉᆞᄅᆞᆯ ᄃᆞ리고 몬져 나갈 시 -(下略)-

【역문】「십팔일 유리창 가다」25)

이날은 계부께서 상부사와 함께 오룡정과 천주당을 보려고 하셨다. 나는 이미 보았을 뿐 아니라 유리창 유가를 다시 찾아보고 거문고를 다시 듣고자 하여 식후에 악사를 데리고 먼저 나갔다. -(하략)-

---

25) 『을병연행록』, 「십팔일 뉴리창 가다」

「십구일 텬쥬당 가다」[26]

　일관 니덕셩은 관샹감의 칙녁 ᄆᆞᄃᆞᄂᆞᆫ 법을 질졍ᄒᆞ라 왓ᄂᆞᆫ지라. 텬쥬당의 종용이 의논치 못ᄒᆞᄆᆞᆯ 민망ᄒᆞ여 ᄒᆞ더니 이날 약간 폐빅을 ᄀᆞᆺ초아 ᄒᆞᆫ가지로 가기ᄅᆞᆯ 쳥ᄒᆞ거늘 내게셔 댱지와 화젼지와 부체ᄅᆞᆯ 너여 ᄒᆞᆫ디 봉ᄒᆞ고 식후의 셰팔을 ᄃᆞ리고 텬쥬당의 니ᄅᆞ러 댱가ᄅᆞᆯ 불너 온 ᄯᅳᆺ을 통ᄒᆞ라 ᄒᆞ니 댱개 드러가더니 나와 닐오디 "두 대인이 밤의 시도록 텬문을 보ᄂᆞᆫ지라 ᄌᆞᆷ을 드러 아직 ᄭᅵ지 못ᄒᆞ여시니 잠간 기ᄃᆞ리라." ᄒᆞ거늘 드디여 술위ᄅᆞᆯ 도라보니고 당으로 올나가 교위의 안잣더니 댱개 쳥심환을 어더지라 ᄒᆞ거늘 낭즁의 둘흘 너여주고 니덕셩이 ᄯᅩ ᄒᆞ나흘 너여주니 댱개 ᄀᆞ장 깃거ᄒᆞᄂᆞᆫ 긔식이오 닐오디 "노야들이 뎌젹의 나아와 귀경홀 곳을 남긴 거시 업고 두 대인들과 죵일 말을 ᄒᆞ야시니 다시 보고져 ᄒᆞᆷ은 무슴 곡졀이뇨." 내 ᄀᆞᆯ오디 "우리ᄂᆞᆫ 두 대인의 놉흔 식견을 흠모ᄒᆞ야 종용이 텬문 도수ᄅᆞᆯ 의논코즈 ᄒᆞᄂᆞ니 이번은 귀경을 위ᄒᆞᆷ이 아니라 약간 폐빅을 ᄀᆞᆺ초아 졍셩을 표ᄒᆞ고 비호기ᄅᆞᆯ 쳥ᄒᆞ려 ᄒᆞ노라." 댱개 머리ᄅᆞᆯ 그덕이더니 오리도록 소식이 업거늘 댱가의게 여러 번 지쵹ᄒᆞ니 댱개 니ᄅᆞ디 "임의 폐빅을 가져와시면 몬져 볼긔 젹어 대인의게 뵈미 엇더ᄒᆞ뇨." 내 ᄀᆞᆯ오디 "말이 히롭지 아니ᄒᆞ디 지필을 가져오지 아녀시니 엇지 ᄒᆞ리오." 댱개 나가 필연과 됴히ᄅᆞᆯ 가져왓거늘 니덕셩을 식여 볼긔ᄅᆞᆯ 젹으니 셰목 두 필, 청심원 네 환, 댱지 두 권, 화젼지 ᄒᆞᆫ 권, 부체 여ᄉᆞᆺ 병이라. 댱개 드러가더니 나와 닐오디 "대인들이 몸이 피곤ᄒᆞ여 손을 볼 길히 업고 이 면피ᄂᆞᆫ 져젹 바든 것도 지금 회폐ᄅᆞᆯ 못ᄒᆞ여시니 엇지 다시 바드리오 ᄒᆞ니 홀일이 업ᄉᆞ니 훗날 다시 오라." ᄒᆞ거늘 내 ᄀᆞᆯ오디 "우리 면피ᄂᆞᆫ 졍셩 표ᄒᆞᆷ이니 무슴 회폐ᄅᆞᆯ ᄇᆞ랄 ᄯᅳᆺ이 〃시며 종용이 텬문을 강논ᄒᆞ여 놉흔 의논을 듯게 ᄒᆞ면 이거시 디 업

---

　26) 『을병연행록』, 「십구일 텬쥬당 가다」

순 즁흔 회폐 될지라. 이 말을 다시 통ᄒ고 잠간 보기ᄅ 청ᄒ라." 댱개 드러가더니 나와 닐오디 "이번은 볼 길히 업고 면피ᄂ 바들 ᄯᅳᆺ이 업ᄉ 니 내 알비 아니라." ᄒ고 여러 번 두시 청ᄒ야 보라 ᄒ니 댱개 도로혀 괴로이 넉이ᄂ 거동이어ᄂᆯ 내 닐오디 "네 말노 청ᄒ기ᄅ 어려이 넉이 ᄂ가 시브니 내 두어 줄 글노 도라가ᄂ ᄉ연을 적어든 대인들의게 젼 ᄒᆯ가 시브냐." 댱개 허락ᄒ거ᄂᆯ 드디여 댱가의 조희ᄅ 다시 어더ᄡᅥ 글 오디 우리 등은 놉흔 덕을 흠모ᄒ고 비호기ᄅ 원ᄒᄂ 졍셩이 잇거ᄂᆯ 두 번재 문병의 나오디 보지 못ᄒ니 무ᄉᆷ 죄ᄅ 어든 덛ᄒ야 붓그러오 믈 니긔지 못ᄒᆯ지라. 쳥컨디 기리 하직을 고ᄒ고 나아오지 아니랴 ᄒᄂ 니 헤아려 용셔ᄒᄆᆯ ᄇᆞ라노라. ᄡᅳ기ᄅ ᄆᆞᄎᆞ미 댱가ᄅ 주고 닐오디 "우 리ᄂ 대인의게 무어슬 엇고져 ᄒᄂ ᄯᅳᆺ이 아니어ᄂᆯ 대인의 사람 디졉ᄒᆷ 이 ᄀᆞ장 박졀ᄒ니 다시 볼 ᄂᆺ치 엇지 이시리오. 이 편지ᄅ 젼흔 후 즉 시 도라가리라." ᄒ니 댱개 가지고 드러가더니 즉시 도라와 닐오디 "대 인들이 만나기ᄅ 쳥ᄒ니 니당의 몬져 드러가 기ᄃ리라." ᄒ거ᄂᆯ 내 글 오디 "대인들이 보기ᄅ 괴로이 넉이니 우리 엇지 몬져 드러가리오." 댱 개 여러 번 지쵹ᄒ며 대인드리 니당의 ᄒ마 나와시리라 ᄒ거ᄂᆯ 비로소 댱가ᄅ ᄯᅡ라 드러가니 댱개 니당의 발을 드러 몬져 안기ᄅ 쳥ᄒ거ᄂᆯ 내 섬 아ᄅ 머므러 글오디 "우리 엇지 몬져 당의 오르리오." 이윽이 섯 더니 뉴숑녕 포우관이 과연 흔가지로 나와 친히 발을 드러 몬져 드러 가기ᄅ 쳥ᄒ거ᄂᆯ 두어 번 ᄉ양ᄒ다ᄀ 몬져 드러ᄀ 각〃 ᄌ리의 안즌 후의 피ᄎᆞ 한훤을 통ᄒ고 내 닐오디 "우리ᄂ 즁국을 쳣 번 드러온 사람 이라 한어ᄅ 한어를 닉이 아지 못ᄒ니 ᄒ고져 ᄒᄂ 말을 서로 통ᄒᆯ 길히 업ᄂ 지라. 쳥컨디 지필을 어더 글노 서로 슈쟉ᄒᆷ이 엇더ᄒᄂᆄ." 뉴숑녕이 즉 시 사람을 불너 필연과 됴희ᄅ 가져오라 ᄒ고 ᄯᅩ 무ᄉᆷ 말을 니ᄅ더니 이윽고 흔 사람이 드러오디 모양이 젹이 조ᄎᆞᆯᄒ거ᄂᆯ 교위의 ᄂᆞ려 읍ᄒ 야 인ᄉᄒ니 뉴숑녕이 닐오디 "이ᄂ 남방 션비라. 마ᄎᆞᆷ 이곳의 머무ᄂ 고로 쳥ᄒ야 슈쟉ᄒᄂ 말을 ᄡᅳ이고져 ᄒ노라." ᄒ니 대개 두 사람이 비

록 즁국 글을 약간 아라시나 글즈 쓰기를 바히 못ᄒᆞᆫ지라. 져희 대답
ᄒᆞᄂᆞᆫ 말은 이 사롬의게 말노 닐너 글을 ᄆᆞᄃᆞ라 쓰게 ᄒᆞ고 우리의 뻐 뵈
ᄂᆞᆫ 말은 포우관은 바히 아지 못ᄒᆞᆫ 모양이오 뉴숑녕은 구졀을 브쳐
넑으며 ᄌᆞ시치 못흔 곳즌 그 션비와 의ᄉᆞ를 의논흔 후의 비로소 디답
ᄒᆞᄂᆞᆫ 말의 바다 쓰이니 이러므로 죵일 슈작의 죵시 난만히 ᄒᆞ지 못ᄒᆞᆯ
너라. 그 션비는 탁즈 남편으로 교위를 노코 안거늘 내 몬져 뻐 골오디
"비록 존모ᄒᆞᄂᆞᆫ ᄆᆞ음이나 ᄌᆞ로 나아와 괴로오믈 끼치니 극히 불안ᄒᆞ야
ᄒᆞ노라." 뉴숑녕이 보고 디답이 업거늘 내 ᄯᅩ 골오디 "그윽이 드르니
텬쥬 흑문이 삼교로 더브러 즁국의 병힝혼다 ᄒᆞ디 우리는 동국 사람이
라 홀노 아지 못ᄒᆞ니 원컨디 그 디강을 드러지라." 뉴숑녕이 골오디
"텬쥬의 흑문은 심히 긔특ᄒᆞ고 깁혼지라. 그디 어니 ᄯᅳᆺ츨 알고져 ᄒᆞᄂᆞ
다." 내 골오디 "유도는 인의를 슝샹ᄒᆞ고 노도는 쳥졍을 슝샹ᄒᆞ고 불도
ᄂᆞᆫ 공젹을 슝샹ᄒᆞᄂᆞ니 원컨디 텬쥬의 슝샹ᄒᆞᄂᆞᆫ 바를 듯고져 ᄒᆞ노라."
뉴숑녕이 골오디 "텬쥬의 흑문은 사람을 ᄀᆞ르쳐 텬쥬를 ᄉᆞ랑ᄒᆞ고 사람
ᄉᆞ랑훔을 내 몸과 ᄀᆞᆺ치 ᄒᆞ게 ᄒᆞᄂᆞ니라." 내 무르디 "텬쥬는 샹뎨를 ᄀᆞ
ᄅᆞ쳐 니름이냐. 혹 별 사람이 ∥셔 칭호를 텬쥬라 ᄒᆞᄂᆞ냐." 뉴숑녕이
골오디 "이는 공ᄌᆞ의 니른 바 '교샤의 녜는 뻐 샹뎨를 셤기는 비라' 훔
이오 도가의 옥황상뎨를 니름이 아니라." ᄯᅩ 닐오디 "시젼 쥬의 '샹졔
는 하ᄂᆞᆯ 쥬지'라 니ᄅᆞ지 아니ᄒᆞ얏ᄂᆞ냐."내 골오디 "그윽이 드르니 그디
는 겸ᄒᆞ야 텬문을 슬피고 녁법을 다ᄉᆞ린다 ᄒᆞ니 하ᄂᆞᆯ의 다ᄉᆞᆺ 별이
년∥ 도라가는 도수를 변ᄒᆞᄂᆞ니 츄보ᄒᆞᄂᆞᆫ 법을 근년의 고쳐 슈보훔이
잇ᄂᆞ냐." 뉴숑녕이 골오디 "즉금 츄보ᄒᆞᄂᆞᆫ 법은 녁샹고셩의 ∥논홀 ᄇᆞ
를 고치미 업ᄉᆞ디 근년의 두어 도수를 변ᄒᆞ얏ᄂᆞᆫ지라. 이 연고를 황샹긔
알외여 녯 법을 고치고져 ᄒᆞ디 아직 시작지 못ᄒᆞ엿ᄂᆞ니라." ᄒᆞ니 녁샹
고셩은 강희 황뎨의 ᄆᆞᄃᆞᆫ 칙이오 하ᄂᆞᆯ 도슈를 쥬법으로 미뤼여 칙녁
ᄆᆞᄃᆞᄂᆞᆫ 법을 의논흔 말이라. 잇디의 슈작흔 말이 만흐디 다 긔록지 못
ᄒᆞ고 나죵의 내 닐오디 "텬문 도슈는 경이히 알 비 아니로디 내 망녕되

믈 넛고 혼텬의 ㅎ나흘 ᄆᆞᄃᆞ라 텬샹을 모방ㅎ니 비록 대강 도수를 어드나 하ᄂᆞᆯ 법샹의 참녜ㅎ야 상고ㅎ면 어긔고 그름이 만흔지라. 이곳의 여러 슌 나아와 번거로오믈 피치 아니믄 필연 긔이ᄒᆞᆫ 의긔 졔되 만히 이실 거시니 ᄒᆞᆫ 번 귀경ㅎ야 미혹ㅎ고 덥히인 ᄆᆞ음을 ᄭᅵ치고져 ㅎ노라." 뉴숑녕이 ᄃᆡ답ㅎᄃᆡ "여러 가지 의긔ᄂᆞᆫ 관샹ᄃᆡ의 이시니 ᄀᆞ장 보암즉 ᄒᆞᆫ나 경이히 드러가지 못ᄒᆞᆯ 거시오 이곳의ᄂᆞᆫ 다만 초솔ㅎ고 샹ᄒᆞᆫ 것 ᄒᆞ나히 이시니 족히 볼 거시 업ᄂᆞ니라." 내 ᄀᆞᆯ오ᄃᆡ "비록 초솔ㅎ나 잠간 보기를 쳥ㅎ노라." 뉴숑녕이 사람을 불너 무슴 말을 니르더니 즉시 ᄒᆞ나흘 니여 와시ᄃᆡ 대쇼ᄂᆞᆫ 큰 뒤웅 ᄀᆞᆺ고 조희로 비졉ㅎ야 ᄆᆞᆫᄃᆞᆫ 거시라. 우히 삼원이 십팔슈의 온갖 셩신을 히비이 그리고 쥬셕 골희를 그 우히 ᄭᅵ워시ᄃᆡ 동셔로 임의로 돌니고 남북은 각〃 고든 쇠로 버트여 최노지 못ㅎ게 -(中略)- 아국의 나오ᄂᆞᆫ 텬니경 졔도 ᄀᆞᆺ흐니 먼 ᄃᆡ 보ᄂᆞᆫ 안경이라 니름이라. 쳔만 니 밧긔 터력 ᄉᆞᆺ츨 능히 슬필 거시니 이러므로 하ᄂᆞᆯ을 여어보며 일월의 형톄와 셩신의 빗츨 난만이 측냥ㅎ니 텬하의 이샹ᄒᆞᆫ 그ᄅᆞ시라. 이ᄡᅵ 귀경ㅎ기를 쳥ㅎ니 두 사람이 서로 이윽이 의논ㅎ고 사람을 불너 말을 니르더니 이윽고 나가 보기를 허ㅎ거늘 ᄒᆞᆫ 가지로 문을 나 셔편 월낭의 나아가니 원경을 임의 니여다가 베퍼 노핫ᄂᆞᆫ지라. 그 졔도를 ᄌᆞ시 알 길히 업ᄉᆞᄃᆡ 그 대강을 보니 동근 통이 퉁열 모양 ᄀᆞᆺ흐니 푸른 구리로 ᄆᆞᆫᄃᆞᆫ 거시오 기ᄅᆡᄂᆞᆫ 쥬쳑 셕 자히 넘지 못ᄒᆞᆯ 거시오 두 ᄉᆞᆺ히 뉴리를 브치고 셰우ᄂᆞᆫ 틀은 당초 ᄃᆡ 모양 ᄀᆞᆺ흐니 외기동이 노지 쥬쳑 서너 자히오 아ᄅᆡ 세 굽을 ᄆᆞᄃᆞ라 ᄯᅡ히 셰우고 기동 우히 녑흐로 도ᄂᆞᆫ 고동을 ᄆᆞᆫ들고 쇠로 ᄆᆞᄃᆞ라 그 우히 녑흐로 드리워 거러 노흔 거시 이시ᄃᆡ 졔도ᄂᆞᆫ 펴 노흔 부체 모양이오 그 우히 통을 ᄃᆞᆫ〃이 ᄭᅵ워시ᄃᆡ 각〃 고동이 〃셔 기동을 움즉이지 아니ㅎ여도 보고져 ㅎᄂᆞᆫ 곳을 임의로 돌녀 다히게 ㅎ엿고 ᄀᆞ온ᄃᆡ ᄀᆞᆫ 실의 젹은 츄를 ᄆᆡ여 드리워시니 이ᄂᆞᆫ 지평을 졍ㅎ게 ᄒᆞᆫ 거시오 문을 ᄆᆞᄃᆞ라 다〃시ᄃᆡ 쇠로 ᄉᆞ개를 ᄆᆞᆫ들고 가온ᄃᆡ 뉴리를 ᄭᅮ며시ᄃᆡ 비록 여지 아니ㅎ여도 안

흘 분명이 슬피게 흠이니 그 이상혼 제도와 공교혼 셩녕은 니로 젼홀
길히 업더라. 그 디강 제도ᄂᆞᆫ 니러ᄒᆞ고 보ᄂᆞᆫ 법을 무ᄅᆞ니 죠고만 져준
통이〃시디 기러 ᄒᆞᆫ 티 남족 ᄒᆞ고 됴희ᄅᆞᆯ 돈〃이 비졉ᄒᆞ야 ᄆᆞᆯᄃᆞᆫ 거시
오 ᄒᆞᆫ편 머리의 두 층으로 뉴리ᄅᆞᆯ 브쳐시니 눈의 ᄃᆞ히고 한 ᄃᆞᆯ ᄇᆞ라
보미 침침이 어두어 겨유 희미히 붉은 빗치 잇더니 뉴슝녕이〃통을
드러 큰 통 동편 부리의 ᄭᅵ우고 셔편 부리ᄂᆞᆫ 희ᄅᆞᆯ 향ᄒᆞ야 고동을 트러
단정히 노은 후의 날을 ᄀᆞᄅᆞ처 몬져 보라 ᄒᆞ니 틀 동편으로 죠고만 교
위ᄅᆞᆯ 노코 그 우히 비단 방셕을 ᄭᆞ라시니 이ᄂᆞᆫ 사람을 걸안자 보게 흠
이라. 자리의 나아ᄀᆞ 혼 눈을 ᄀᆞᆷ고 통 안흘 여어보니 희빗치 둥근 형톄
ᄅᆞᆯ 통 ᄭᅳᆺ히 거럿ᄂᆞᆫ ᄃᆞᆺᄒᆞ고 죠금도 먼니 ᄇᆞ라보ᄂᆞᆫ 모양이 아니〃히 속
의 무ᄉᆞᆷ 잇ᄂᆞᆫ 거시 이시면 머리털이라도 ᄀᆞᆷ초이지 못홀 ᄃᆞᆺᄒᆞ고 형톄ᄂᆞᆫ
비록 분명ᄒᆞ나 희미혼 구름 속의 ᄲᅡᆫ인 ᄃᆞᆺᄒᆞ니 눈의 ᄯᅩ이ᄂᆞᆫ 빗치 업셔
오래 보아도 죠금도 부식지 아니ᄒᆞ니 이샹혼 일이러라. 히 ᄀᆞ온디 ᄀᆞ로
ᄀᆞᄂᆞᆫ 줄이〃셔 ᄭᅵ〃온 ᄃᆞᆺᄒᆞ거ᄂᆞᆯ 그 곡졀을 무ᄅᆞ니 뉴슝녕이 우셔 ᄀᆞᆯ
오디"이ᄂᆞᆫ 히 속의 잇ᄂᆞᆫ 거시 아니라 통 안히 ᄀᆞᄂᆞᆫ 쳘ᄉᆞᄅᆞᆯ ᄀᆞ로 미야
밧겻 지평을 응ᄒᆞ게 혼 거시라." ᄒᆞ더라. 내 무ᄅᆞᆮ "젼의 드ᄅᆞ니 히
속의 세 거믄 졈이 잇다 ᄒᆞ더니 보지 못ᄒᆞ니 엇진 연괴뇨." 뉴슝녕이
ᄀᆞᆯ오디 "거믄 졈은 셋 ᄲᅮᆫ이 아니라 혹 ᄒᆞ나 둘히 잇고 만흘 젹이면 여
ᄃᆞᆲ이〃시디 시방은 ᄒᆞᄂᆞᆫ토 뵈지 아닐 ᄯᅢ니라." 내 ᄀᆞᆯ오디 "졈이 임의
이시면 엇지 업실 젹이〃시며 ᄯᅩ 다쇠 고ᄅᆞ지 아니훔은 무ᄉᆞᆷ 곡졀이
뇨." 뉴슝녕이 ᄀᆞᆯ오디 "그디 그 묘리ᄅᆞᆯ 모ᄅᆞᄂᆞᆫ도다. 거믄 졈이 두루 박
혀시디 히의 형톄 임의 둥근 거시오 쥬야의 도라갈 젹이면 구을기 술
위박희 ᄀᆞᆺ흔지라. 좌우의셔 ᄇᆞ라보미 이 면의 졈이〃시면 혹 져 면의
업ᄉᆞ며 이 면의 젹으면 혹 져 면의 만흘 젹이 잇ᄂᆞ니라." 보기ᄅᆞᆯ 파ᄒᆞ
고 졍당으로 도라와 내 무ᄅᆞᆮ "ᄌᆞ명죵이 필연 여러 제양이〃실 거시
니 잠간 보게 ᄒᆞ-(中略)- 노 한가혼 날이 업슬진디 엇지ᄒᆞ리오." 두 사
람의 ᄭᅵᆫ 안경이 별양 젹고 ᄭᅮ민 제양이 긔이ᄒᆞ거ᄂᆞᆯ 그 ᄆᆞᆫᄃᆞᆫ 곳을 무ᄅᆞ

니 셔양국의셔 ᄆᆞᄃᆞ라 온 거시라 ᄒᆞ고 슈졍인가 무ᄅᆞ니 뉴숑녕이 우셔 ᄀᆞᆯ오ᄃᆡ "슈졍 안경은 눈이 샹ᄒᆞ야 ᄭᅵ지 못ᄒᆞᆯ 거시오 이거슨 뉴리로 ᄆᆞᆫ ᄃᆞᆫ 거시라." ᄒᆞ더라. 두 사람이 다 비연을 ᄂᆡ여 코의 너ᄒᆞ디 담은 그ᄅᆞ 슨 디모로 ᄆᆞᆫᄃᆞᆫ 둥근 합이오 픔의 픔엇더라. 읍ᄒᆞ고 물너 올 시 니덕셩 이 닐오디 "년젼은 텬쥬당 사람이 아국 사람을 보면 ᄀᆞ쟝 밧겨ᄒᆞ야 디 졉ᄒᆞᄂᆞᆫ 음식이 극히 풍비ᄒᆞ고 혹 셔양국 소산으로 답녜ᄒᆞᄂᆞᆫ 션물이 젹 지 아니ᄒᆞ더니 근늬의 아국 사람의 보챔을 괴로이 넉여 디졉이 이 〃 리 낙 〃 ᄒᆞ니 통분ᄒᆞ다." ᄒᆞ더라. 희질 씨의 관의 도라오니라.

【역문】「십구일 천주당 가다」

일관(日官) 이덕성은 관상감(觀象監)의 책력(册曆) 만드는 법을 질정 (質正)하러 왔다. 천주당에서 조용히 의논하지 못하는 것을 민망하게 여기더니, 이날 약간의 폐백을 갖추어 한가지로 가기를 청하였다. 내 가 장지(壯紙), 화전지(花箋紙)와 부채를 내주어 한데 봉하고 식후에 세 팔을 데리고 천주당에 이르러 장가를 불러 찾아온 뜻을 통하라 하였 다. 장가가 들어갔다가 나와 말하기를, "두 대인이 밤이 새도록 천문 을 보다가 잠이 들어 아직 깨지 못하였으니 잠깐 기다리십시오." 라 하거늘, 드디어 수레를 돌려보내고 당으로 올라가 교의에 앉았다. 장 가가 청심환을 얻고자 하거늘, 주머니 속에서 둘을 내주고 이덕성이 또 하나를 내주니, 장가가 기뻐하는 기색으로 말하기를, "노야들이 저 번에 오셔서 구경할 곳을 남긴 것이 없고, 두 대인과 종일 말을 하였 으니, 다시 보고자 하는 것은 무슨 곡절입니까?" 라 하였다. 내가 말하 기를, "우리는 두 대인의 높은 식견을 흠모하여 조용히 천문 도수를 의논하고자 하니, 이번은 구경을 위한 것이 아니라 약간의 폐백을 갖 춰 정성을 표하고 배우기를 청하려 하는 것이네." 라 하자 장가가 머리를 끄덕였다. 그리고는 오래도록 소식이 없기에 장가에게 여러 번 재촉하니 장가가 말하기를, "이미 폐백을 가져왔으면 먼저 발기27)를 적어 대인에게 보이는 것이 어떠하겠습니까?" 라 했다. 내가 말하기를, "그 말이 좋으나 지필을 가져오지 않았으니 어찌하겠는가?" 하니, 장가가 나가 필연과 종이를 가져왔다. 이덕성을 시켜 발기를 적으니 세묵 두 필, 청심환 네 환, 장지 두 권, 화전지 한 권, 부채 여섯 자루이다. 장가가 들어가더니 나와 말하기를, "대인들이 몸이 피곤하여 손님을 볼 길이 없고, 이 면피는 저번 받은 것도 지금 회폐(回幣)를 못하였으니 어찌 다시 받을 것이냐고 합니다. 어쩔 수 없으니 훗날 다시 오시지요." 라고 하였다. 내가 말하기를, "우리의 면피는 정성을 표함이니 무슨 화폐를 받을 뜻이 있으며, 조용히 천문을 강론하여 높은 의론을 듣게 하면 이것이 더 없이 중한 회폐가 될 것이네. 이 말을 다시 통하고 잠깐 보기를 청하게." 하였다. 장가가 들어갔다 나와 말하기를, "이번은 볼 길이 없고 면피는 받을 뜻이 없으니 내가 알 바 아닙니다." 하였다. 여러 번 다시 청해보라 하였으나 장가가 도리어 괴롭게 여기는 거동이었다. 내가 말하기를, "네 말로 청하기를 어렵게 여기는가 싶으니, 내 두어 줄 글로 돌아가는 사연을 적어 줄 테니 대인들에게 전할 수 있겠는가?" 하자 장가가 허락하였다. 드디어 장가에게 종이를 다시 얻어 이렇게 썼다.

"우리들은 높은 덕을 흠모하고 배우기를 원하는 정성이 있거늘, 두 번째 문병에 나왔지만 보지 못하고 무슨 죄를 얻은 듯하여 부끄러움을 이기지 못하겠습니다. 청컨대 길이 하직을 고하고 나아오지 않으려 하니 헤아려 용서함을 바랍니다."

---

27) 발기 : 물건의 이름을 죽 적은 종이.

쓰기를 마치고 장가에게 주면서 말하기를, "우리는 대인에게 무엇을 얻고자 하는 뜻이 아니거늘 대인의 사람대접이 매우 박절하니 다시 볼 낮이 어찌 있겠나? 이 편지를 전한 후에 즉시 돌아가겠네." 라고 하였다. 장가가 가지고 들어가더니 즉시 돌아와 말하기를, "대인들이 만나기를 청하니 내당에 먼저 들어가 기다리십시오." 라 했다. 내가 말하기를, "대인들이 보기를 괴롭게 여기는데 우리가 어찌 먼저 들어가겠는가?" 라고 하자 장가가 여러 번 재촉하여 대인들이 내당에 이미 나왔다고 하기에 비로소 장가를 따라 들어갔다. 장가가 내당에 드리운 발을 들어 먼저 앉기를 청하기에 내가 섬돌 아래 멈춰서 말하기를, "우리가 어찌 먼저 당에 오르겠는가?" 하고 잠시 섰더니, 유송령과 포우관이 과연 함께 나와 친히 발을 들어 먼저 들어가기를 청하였다. 두어 번 사양하다가 먼저 들어가 각각 자리에 앉은 후에 피차 한훤(寒喧)을 통하였다. 내가 말하기를, "우리는 중국에 처음 들어온 사람이라 중국어를 익히 알지 못하니, 하고자 하는 말을 서로 통할 길이 없습니다. 청컨대 지필을 얻어 글로 서로 수작하는 것이 어떻겠습니까?" 하니 유송령이 즉시 사람을 불러 필연과 종이를 가져오라고 하였다. 또 무슨 말을 하니까 이윽고 한 사람이 들어오는데 모양이 자못 조촐하였다. 교의에서 내려 읍하여 인사하자 유송령이 말하기를, "이 사람은 남방의 선비입니다. 마침 이곳에 머무르는 까닭에 청하여 수작하는 말을 쓰게 하고자 합니다." 라고 하였다. 대개 두 사람이 중국 글을 약간 아나 글자는 전혀 쓰지 못하는지라, 저희가 대답하는 말을 이 사람에게 일러 글을 만들어 쓰게 하려는 것이다. 우리가 써 보이는 글을 포우관은 전혀 알지 못하는 모양이요, 유송령은 구절을 붙여 읽으며 자세하지 못한 고로 그 선비와 의사를 의논한 후에 비로소 대답하는 말을 쓰게 했다. 이러하므로 종일 수작이 종시 충분하지 못하였다. 그 선비가 탁자 남쪽으로 교의를 놓고 앉거늘, 내가 문자를 써 말하기를,

"비록 존모하는 마음이 있으나 자주 나와 괴로움을 끼치니 극히 불안합니다." 하니 유송령이 보고 대답이 없거늘, 내가 또 말하기를, "그윽이 들으니 천주학문이 삼교(三教)[28]와 더불어 중국에 병행한다 하는데, 우리는 동국 사람이라 홀로 알지 못하니 원컨대 그 대강을 듣고 싶습니다." 유송령이 말하기를, "천주의 학문은 심히 기특하고 깊습니다. 그대는 어느 대목을 알고자 합니까?" 내가 말하기를, "유교는 인의(仁義)를 숭상하고, 노교(老教)는 청정(淸淨)을 숭상하고, 불교는 공적(空寂)을 숭상하는데 원컨대 천주의 숭상하는 바를 듣고자 합니다." 유송령이 말하기를, "천주의 학문은 사람을 가르쳐 천주를 사랑하고, 사람 사랑하기를 내 몸과 같이하게 하는 것입니다." 내가 묻기를, "천주는 상제(上帝)를 가리키는 이름입니까? 혹은 특별한 사람이 있어서 칭호를 천주라 하는 것입니까?" 유송령이 말하기를, "이는 공자의 이른바 '교사(郊社)의 예로써 상제(上帝)를 섬기는 바라'함이요, 도가의 옥황상제를 이르는 것이 아닙니다." 하고 또 말하기를, "『시전(詩傳)』 주(註)에 '상제는 하늘 주재(主宰)'라 이르지 않았습니까?" 내가 말하기를, "그윽이 들으니 그대는 겸하여 천문을 살피고 역법을 다스린다 하였습니다. 하늘의 다섯 별이 해마다 돌아가는 도수가 변하니 추보(推步)하는 법 가운데 근년에 고쳐 추보함이 있습니까?" 유송령이 말하기를, "지금 추보하는 법은 『역상고성(曆象考成)』[29]에서 의논한 바를 고친 것이 없는데, 근년에 두어 도수가 변하였습니다. 이 연고를 황상께 아뢰어 옛 법을 고치고자 하는데 아직 시작하지 못하였습니다." 라고 하

---

28) 삼교(三教) : 유교(儒教), 불교(佛教), 도교(道教).
29) 『역상고성(曆象考成)』: 강희(康熙) 황제가 편찬한 율력연원(律曆淵源)의 제 1부. 42권으로 되어 있음. 상편 16권은 규천찰기(揆天察紀)라 하고, 하편 10권은 명시정도(明時正度)라 함. 표(表) 16권이 있으며, 후에 세종이 후년 10권을 이어 정했음.

였다. 『역상고성』은 강희황제가 만든 책으로, 하늘의 도수를 산법을 미루어 책력 만드는 법을 의논한 것이다. 이때 수작한 말이 많지만 다 기록하지 못하고 나중에 내가 이르기를, "천문 도수는 가볍게 알 수 있는 것이 아니로되 내 망령됨을 잊고 혼천의(渾天儀)30) 하나를 만들어 천상을 모방하니, 비록 대강 도수를 얻었으나, 하늘 법상에 참례하여 상고하면 어기고 그름이 많습니다. 이곳에 여러 번 나아와 번거로움을 피치 아니함은, 필연 기이한 의기(儀器) 제도(制度)가 많이 있을 것이니 한 번 구경하여 미혹하고 닫힌 마음을 깨치고자 하려는 때문입니다." 라고 하였다. 유송령이 대답하기를, "여러 가지 의기는 관상대에 있으니 아주 봄 직하나 가볍게 들어가지 못할 것이요, 이곳에는 다만 초솔(草率)31)하고 상한 것 하나가 있으니 족히 볼 것이 없습니다." 라 하였다. 내가, "비록 초솔하더라도 잠깐 보기를 청합니다." 라 하니, 유송령이 사람을 불러 무슨 말을 이르더니 즉시 하나를 내왔다. 그 대소는 큰 뒤웅박 같고 종이를 배접(褙接)32)하여 만든 것이다. 위에 삼원(三元)33) 이십팔수(二十八宿)34)의 온갖 성신을 자세하고 풍부하게 그렸다. 주석 고리를 그 위에 끼웠는데 동서로 임의로 돌리고, 남북은 각각 곧은 쇠로 고정시켜 치우쳐 놓지 못하게 하였다. -(중략)- 우리나라의 천리경(千里鏡) 제도와 같았다. 먼 데를 보는 안경이라 이르는 것으로, 천만 리 바깥의 터럭 끝을 능히 살필 수 있다. 이러므로 하늘을 엿보며 일월의 형태와 성신의 빛을 분명하게 측량하니 천하에

---

30) 혼천의(渾天儀) : 둥근 가죽에 일(日), 월(月), 성(星) 등의 천체를 그려 천체의 운행을 관측하던 기계.
31) 초솔(草率) : 거칠고 엉성함.
32) 배접(褙接) : 종이, 헝겊 또는 얇은 널 조각 같은 것을 여러 겹 포개서 붙이는 일.
33) 삼원(三元) : 천(天), 지(地), 인(人) 삼재(三才).
34) 이십팔수(二十八宿) : 옛날 천문학에서 하늘을 사궁(四宮)으로 나누고 다시 각 궁마다 일곱 성수(星宿)로 나눈 것을 일컬음.

이상한 도구이다. 이때 구경하기를 청하니 두 사람이 서로 이윽히 의논하고 사람을 불러 말을 이르더니, 이윽고 나가 보기를 허락하였다. 문을 나와 서쪽 월랑으로 나아가니 원경을 이미 내어다가 벌여 놓았다. 그 제도를 자세히 알 길이 없지만 대강을 보니, 둥근 통이 총열 모양 같으며 푸른 구리로 만들었고, 길이는 두 척 석 자를 넘지 못할 듯하였다. 그 끝에 유리를 붙였고 세우는 틀은 당초 대 모양 같으니, 외기둥이 높이 주척(周尺)[35] 서너 자이나 아래에서 굽을 만들어 땅에 세우고 기둥 위에 옆으로 드는 고동을 쇠로 만들어 옆으로 드리워 걸어 놓은 것이 있는데, 제도는 펴 놓은 부채 모양이었다. 그 위에 통을 단단히 세웠는데 각각 고동이 있어 기둥을 움직이지 아니하여도 보고자 하는 곳을 임의로 돌려대게 하였고, 가운데 가는 실에 작은 추를 메달아 드리웠으니 지평을 정하게 한 것이다. 문을 만들어 달았는데 쇠로 사개[36]를 만들고 가운데 유리로 꾸며서 비록 열지 아니하여도 안을 분명히 살피게 하였다. 그 이상한 제도와 공교한 성령은 이루어 전할 길이 없다. 그 대강의 제도는 이러하고 보는 법을 물으니, 조그 맣고 짧은 통이 있는데 길이는 한 치 남짓하고 종이를 단단히 배접하여 만든 것이다. 한쪽 머리에 두 층으로 유리를 붙였으니 눈에 대고 한 군데를 바라보니, 침침히 어두워 겨우 희미하게 밝은 빛이 있었다. 유송령이 이 통을 들어 큰 통의 동쪽 무리에 세우고 서쪽 부리가 해를 향하도록 고동을 틀어 단정히 놓은 후에 나를 가리켜 먼저 보라고 하였다. 틀 동쪽으로 조그만 교의를 놓고 그 위에 비단 방석을 깔았는데, 이것은 사람이 걸터앉아 보게 한 것이다. 자리에 나아가 한쪽 눈을 감고 통 안을 엿보니 햇빛이 둥근 형태를 통 끝에 건 듯하고, 조금도 멀리 바라보이는 모양이 아니어서 해 속에 무엇이 있으면 머리털

---

35) 주척(周尺) : 자의 한 가지.
36) 사개 : 상자 따위의 네 모퉁이의 들쭉날쭉하게 맞춘 곳.

이라도 감추지 못할 듯하였다. 형태는 비록 분명하나 희미한 구름 속에 싸인 듯하고, 눈에 쏘이는 빛이 없어 오래 보아도 조금도 부시지 아니하니 이상한 일이다. 해 가운데 가로로 가는 줄이 있어 띠를 씌운 듯 하거늘 그 곡절을 물으니, 유송령이 웃으면서 말하기를, "그것은 해 속에 있는 것이 아니라 통 안에 가는 철사를 가로 매어 바깥 지평(地平)을 응하게 한 것입니다." 라 하였다. 내가 묻기를, "전에 들으니 해 속에 세 개의 검은 점이 있다고 했는데 보이지 않으니 어떤 이유입니까?" 하니, 유송령이 말하기를, "검은 점은 셋뿐이 아니라 혹 하나나 둘이 있고 많을 적에는 여덟이 있는데, 시방은 하나도 보이지 않을 때입니다." 하였다. 내가 말하기를, "점이 이미 있으면 어찌 없을 직이 있으며, 또 달이 고르지 아니함은 무슨 곡절입니까?" 하니, 유송령이 말하기를, "그대가 그 묘리를 모르는 것입니다. 검은 점이 두루 박혔지만 해의 형태는 이미 둥근 것이고, 주야로 돌아갈 적이면 구르기가 수레바퀴 같은 까닭에 좌우에서 바라보매 이 면에 점이 있으면 혹 저 면에 없으며, 이 면이 적으면 혹 저 면에 많을 때가 있습니다." 라 하였다. 보기를 파하고 정당으로 돌아와 내가 묻기를, "자명종이 필연 여러 제양이 있을 것이니, 잠깐 보게 해 주시는 것이 어떻겠습니까?" -(중략)- "진실로 한가한 날이 없을진대 어이하겠습니까?" 하였다. 두 사람이 낀 안경이 별양 작고 꾸민 제양이 기이하거늘, 그 만든 곳을 물으니 서양국에서 만들어온 것이라고 하였다. 수정인가 물으니, 유송령이 웃으며 말하기를, "수정 안경은 눈이 상하여 끼지 못할 것이고, 이것은 유리로 만든 것입니다." 라 하였다. 두 사람이 다 비연을 내어 코에 넣는데 담은 그릇은 대모(玳瑁)로 만든 둥근 합이고, 품에 품고 있었다. 읍하고 물러나와 돌아올 때 이덕성이 말하기를, "이전에는 천주당 사람이 우리나라 사람을 보면 가장 반겨하며 대접하는 음식이 극히 풍비하고 혹 서양국 소산으로 납폐(納幣)하는 선물이 적지 아니하더니, 근래에는 우리나라 사람의 보챔을 괴로이 여겨 대접이 이리 낙락하니 통분합니다." 라 하였다. 해질 무렵에 관에 돌아왔다.

「이십ᄉ일 몽고관과 동텬쥬당의 가다」[37]

-(上略)- 드디여 술위를 셰ᄂ여 나는 덕셩과 ᄒ가지로 ᄐ고 동텬쥬당으로 향ᄒ 시 북편 옥화교를 건너 궁댱을 조챠 빅여 보를 ᄒᆡᆼᄒᄒ야 동편 골목으로 드러 큰길노 나가 북으로 일이 니를 ᄒᆡᆼᄒ여 동편 골목을 드니 빅여 보를 ᄒᆡᆼᄒ여 텬쥬당의 니ᄅ럿ᄂ지라. 집 졔양은 밧그로셔 ᄇ라 보미 대강 셔텬쥬당과 ᄒ가지오 대문을 드니 문 딕흰 사람이 구ᄐ여 막지 아니ᄒ고 면피를 징식지 아니ᄒ니 됴션 사람이 드물게 ᄃ니는 연괴러라. 동편으로 즁문을 드니 문 안히 두 사람이 마조 안자 댱긔를 두거늘 나아가 보고져 ᄒ니 두 사람이 즉시 ᄯ러ᄇ리고 니러나거늘 다시 두기를 권ᄒᄃ 죵시 듯지 아니ᄒ고 ᄒ나히 나아와 닐오ᄃ "됴션 사람이 ᄀ장 쳥슈ᄒ여 다른 외국의 비치 못ᄒ리라." ᄒ거늘 내 ᄃ답ᄒᄃ "무삼 쳥슈흠이 〃시리오. 우리를 죠롱ᄒᄂ 말이로다." 그 사람이 머리를 두루며 그러치 아니타 ᄒ더라. 명당 문이 잠겻거늘 딕흰 사람을 불너오라 ᄒ니 셰팔이 ᄒ 소년을 ᄃ려와시니 열쇠를 가져와 문을 여ᄃ ᄯᄒ 면피를 구치 아니ᄒ고 인물이 극히 냥순ᄒ거늘 그 셩을 무ᄅ니 왕개로라 ᄒ고 년산역 사람이니 년젼의 됴션 ᄉ신이 제 집의 여러 번 쥬인ᄒ엿다 ᄒ더라. 문을 드니 북벽의 텬쥬 화상과 좌우로 버린 즙물이 대강 ᄒ 모양이오 바람의 ᄀ득ᄒ 그림이 더욱 이상ᄒ여 인물과 온갖 물샹이 두어 보를 믈너셔면 아모리 보아도 그림인 줄을 ᄭ치지 못ᄒᆯ너라. 동편 벽의ᄂ 층〃ᄒ 누각을 그리고 여러 사람이 안자시ᄃ 아러 ᄀ치와 의댱을 만히 버려시니 왕자의 위의 ᄀᆺ고 셔편 벽의ᄂ 죽은 사람을 관 우히 언져노코 좌우의 ᄉ나희와 겨집이 혹 셔고 혹 업디여 슬허 우ᄂ 모양을 그려시니 소견이 아니ᄭ아 ᄎ마 ᄇ로 보지 못ᄒᆯ지라. 왕가 ᄃ려 그 곡졀을 므ᄅ니 왕개 닐오ᄃ "이ᄂ 텬쥬의 죽은 거동을 그럿

---

37) 『을병연행록』, 「이십ᄉ일 몽고관과 동텬쥬당의 가다」

다.” 호더라. 이 외의 고이호 형상과 이상호 화격이 무수호더 다 긔록 지 못홀너라. 셔편 협문을 나가니 왕개 문 우흘 ᄀᆞ르쳐 보라 호거놀 도 라보니 문 우히 사람 호나히 무슴 고이호 즘싱을 걸터안졋거놀 ᄆᆞ음의 놀나와 압희 나아ᄀᆞ 주시 ᄇᆞ라보니 진짓 사ᄅᆞᆷ이 아니오 쏘호 그림을 그려 사람의 눈을 놀나게 홈이러라. 셔편 쓸흘 지나 주명종 곱촌 누 우 히 오르니 주명종 제도ᄂᆞᆫ 텬쥬당과 다름이 업더라. 이윽히 귀경호고 ᄂᆞ 려오니 쓸 좌우의 호 ᄡᆞᆼ 일영을 노하시더 네모진 돌 우히 도수를 정세 히 삭이고 가온더 시 보ᄂᆞᆫ 쇠를 쏘잣더라. 기동의 철수 호 오리를 쎄여 남편으로 향호여 쓸 ᄀᆞ온더 조고만 돌기동의 호 ᄯᆞᆺ출 미엿거놀 ᄡᆞᄂᆞᆫ 곳줄 무르니 왕개 닐오더 “이ᄂᆞᆫ 남방을 ᄀᆞ르친 거시니 별을 보게 홈이 라.” 호더라. 왕가를 불너 다른 귀경홀 곳을 인도호라 호니 이씨 다른 ᄉᆞᄅᆞᆷ 호나히 ᄯᆞ라와 닐오더 “다른 귀경이 업ᄉᆞ니 어디를 보고져 호ᄂᆞᆫ 다.” 호고 ᄀᆞ장 괴로이 넉이ᄂᆞᆫ 긔식이라. 내 쓸 셔편으로 혼자 ᄃᆞ니며 집 지은 제양을 귀경호더니 셔편을 ᄇᆞ라보미 놉흔 집 몰니 반공의 쒸 여나고 제작이 〃샹호지라. 맛춤 ᄋᆞ히 호나히 ᄯᆞ라ᄃᆞ니거놀 우연이 무 르더 “네 저 집을 아ᄂᆞᆫ다.” 그 ᄋᆞ희 디답호더 “관샹더라.” 호거놀 즉시 왕가를 불너 닐오더 “관샹더ᄂᆞᆫ 이곳의 뎨일 귀경이어놀 너히 엇지 우 리를 속이고 뵈지 아니호ᄂᆞᆫ다.” 호니 왕개 우ᄉᆞ며 골오더 “관샹더를 엇 지 아ᄂᆞᆫ다.” 호고 이의 셔편으로 두어 문을 지나 호가지로 나갈 시 북 편으로 년호야 집이 〃시더 간 〃이 비단 발을 드리오고 사람이 머무ᄂᆞᆫ 거동이어놀 왕가ᄃᆞ려 무르니 “다 셔양국 사람의 자ᄂᆞᆫ 캉이로더 오늘은 셔텬쥬당의 일이 〃셔 나가고 호나토 잇ᄂᆞ니 업다.” 호더라. 쏘 호 문 을 나니 서너 길 놉흔 더를 무으고 더 우히 세 집을 지어시더 ᄀᆞ온더 집은 ᄀᆞ장 놉고 두편 집은 져기 ᄂᆞ즌지라. 여러 층 섬을 지나 더 우히 오르니 셔북으로 만세산을 ᄇᆞ라보고 ᄉᆞ면으로 즐비호 녀염이 길 몰니 서로 ᄇᆞ라니 쏘호 긔이호 귀경이오 세 집의 다 쇠를 치왓거놀 왕가를 달니여 문을 열나 호니 왕개 닐오더 “셔양국 사ᄅᆞᆷ이 쇠를 가지고 가시니 홀일이 업다." ᄒ디 칭탁ᄒᄂ 긔식이러라. 문틈으로 안흘 여허보니 이상ᄒᆫ 의긔를 ᄀ득히 버려시디 안히 어두어 자시 보지 못ᄒ고 그 즁 두어 자 쇠통을 틀의 언잔 거시 이시니 이ᄂ 원경인가 시브더라. ᄀ온 디 집은 우흐로 남편을 향ᄒ야 길게 굼글 통ᄒ고 쇠로 문짝을 만ᄃ라 덥헛거늘 무르니 왕개 닐오디 "이ᄂ 밤의 턴문을 볼 ᄶ디면 이 문을 열치 고 집 안히 드러 남방의 뵈ᄂ 별을 샹고ᄒ게 홈이라." ᄒ더라. 디 아리 셔 남편으로 쓸이 ᄀ장 너르고 쓸 ᄀ온디 벽댱을 무어 기동 모양을 ᄆᆫ ᄃ라 놉희 길이 남고 주줄이 셰워시디 다 항녈이 졍졔ᄒ고 ᄯᅳᆺ히 굼기 이셔 ᄉ면의 남글 ᄭᅦ여 서로 언져시니 이ᄂ 포도너쿨을 올니게 ᄒᆫ 거 시라. 쳐″의 포도 무든 곳이 ″시니 그 수를 디강 혜여도 수삼십이 넘 으니 여룸의 너쿨을 올녀 닙히 피고 열미를 미친 후ᄂ 쳔여 간 너른 쓸 히 그늘이 ᄀ득홀 거시니 장ᄒᆫ 귀경이 될 ᄃᆺᄒ더라. 디 아리 ᄂ려 남편 의 두어 간 집이 잇거늘 왕가를 ᄯᅡ라 드러가니 그 안히 우믈 ᄒ나히 이 시디 깁희 열아믄 길이오 우히 녹노를 베퍼시디 녹노 ᄒᆫ ᄯᅳᆺ히 둥근 말 독을 여러흘 박고 남편으로 ᄯᆫ 기동을 셰우고 기동 ᄀ온디 나모 박희 ᄒ나흘 거러 박희 우히 말독을 무슈히 박아 녹노 말독의 서로 걸니게 ᄒ고 박희 밧겻ᄎ로 ᄲᅵ여 ᄭᅩ지 ᄀᆺᄒ 남그로 ᄭᅦ여 손으로 돌니게 ᄆᆫᄃ 라시니 왕개 닐오디 "이 우믈은 포도의 물 쥬기를 위ᄒᆫ 거시라. 녀룸이 면 무슈ᄒ 드레를 ᄎ″ 드리오고 이 박희를 ᄒᆫ 사람이 돌니면 년ᄒ여 믈이 올ᄂ와 ᄯᅳᆺ지 아니ᄒ니 두루 홈을 노화 여러 포도의 각″ 흘너가 게 ᄒ다." ᄒ고 손으로 그 모양을 형용ᄒ야 닐오디 창졸의 ᄌ시 아라듯 지 못ᄒ고 ᄒᆫ편의 두어 층 탁ᄌ를 미고 드레를 무슈히 ᄲᅡ핫더라. 여러 사람들이 주머니의 너힌 쳥심환을 모화 왕가를 주고 나ᄂ 쳥심원 ᄒ나 와 별션 ᄒ나흘 주니라. -(下略)-

【역문】「이십사일 몽고관과 동천주당에 가다」

-(상략)- 드디어 수레를 세내어 덕성과 함께 타고 동천주당으로 향했다. 북쪽 옥하교를 건너 궁장을 쫓아 100여 보를 행하여 동쪽 골목으로 들어 큰길로 나가 북으로 1~2리를 가서 천주당에 이르렀다. 집 모양은 밖에서 바라보니 대강 서천주당과 한가지였다. 대문을 들어가니 문 지키는 사람이 구태여 막지 않았고 면피를 징색(徵索)하지 아니하였는데, 조선 사람이 드물게 다니는 까닭이었다. 동쪽으로 중문을 들어가니 문 안에 두 사람이 마주앉아 장기를 두고 있었다. 나아가 보고자 하니 두 사람이 즉시 쓸어버리고 일어나기에 다시 두기를 권하였지만 종시 듣지 아니하였다. 한 사람이 나와 말하기를, "조선 사람이 매우 청수하여 다른 외국이 비하지 못할 것입니다." 내가 대답하기를, "무슨 청수함이 있겠습니까? 우리를 조롱하는 말입니다." 라고 하니, 그 사람이 머리를 가로저으며 그렇지 않다고 하였다. 정당(正堂) 문이 잠겼거늘 지키는 사람을 불러오라 하니, 세팔이 한 소년을 데려왔다. 열쇠를 가져와 문을 여는데 또한 면피를 구하지 아니하고 인물이 극히 양순하였다. 그 성을 물었더니 왕가(王哥)라 하였고 연산역(連山驛) 사람인데 몇 해 전에 조선 사신이 제 집에 여러 번 머물렀다고 했다. 문을 들어가니 북벽에 천주화상과 좌우에 벌인 집물이 대강 한 모양이고, 바람벽에 가득한 그림은 더욱 이상하여 그 인물과 온갖 물상이 두어 보를 물러서면 아무리 보아도 그림인 줄을 깨치지 못하였다. 동쪽 벽에는 층층한 누각을 그리고 여러 사람이 앉았는데, 아래에 깃발과 의장(儀裝)을 많이 벌였으니 왕자의 위의와 같았다. 서쪽 벽에는 죽은 사람을 관 위에 얹어 놓고 좌우에 사내와 여인이 혹 서고 혹 엎드려 슬피 우는 모양을 그렸으니, 소견에 아니꼬워 차마 바로 보지 못하였다. 왕가에게 그 곡절을 물으니 왕가가 이르기를, "이는 천주가

죽은 모습을 그린 것입니다." 라고 하였다. 이외에 괴상한 형상과 이상한 화격이 무수하였지만 다 기록하지 못한다. 서쪽 협문을 나가니 왕가가 문 위를 가리키며 보라고 하거늘, 돌아보니 문 위에 사람 하나가 무슨 괴상한 짐승에 걸터앉았는데 마음에 놀랍더니 앞에 나아가 자세히 바라보니 진짜 사람이 아니고 그림을 그려 사람의 눈을 놀라게 한 것이다. 서쪽 뜰을 지나 자명종을 둔 누각 위에 올랐더니, 자명종 제도는 서천주당과 다름이 없었다. 이윽히 구경하고 내려오니 뜰 좌우에 한 쌍의 일영(日影)[38]을 놓았는데, 네모진 돌 위에 도수를 정제히 새기고 가운데 시각을 알리는 쇠를 꽂았다. 기둥에 철사 한 오리를 꺼내어 남쪽으로 향하여 뜰 가운데 조그만 돌기둥의 한 끝에 매었는데, 쓰는 곳을 물었더니 왕가가 말하기를, "그것은 남방을 가리키는 것이니, 별을 보게 한 것입니다." 라 하였다. 왕가를 불러 다른 구경할 곳을 인도하라 하니, 이때 다른 사람 하나가 따라와 말하기를, "다른 구경이 없으니 어디를 보고자 하십니까?" 하고, 아주 괴로이 여기는 기색이다. 내가 뜰 서쪽으로 혼자 다니며 집 지은 제양을 구경하다가 서쪽을 바라보니, 높은 집이 멀리 반공에 솟아나 있으며 제작이 이상하였다. 마침 아이 하나가 따라다니기에 위연하게 묻기를, "네가 저 집을 아느냐?" 그 아이가 대답하기를, "관상대입니다." 즉시 왕가를 불러 말하기를, "관상대는 이곳의 제일 구경이거늘, 너희는 어찌 우리를 속이고 보여 주지 아니하느냐?" 왕가가 웃으며, "관상대를 어찌 아십니까?" 하고, 서쪽으로 두어 문을 지나 함께 나아갔다. 북쪽으로 집이 죽 이어져 있는데 칸칸마다 비단 발을 드리웠고 사람이 머무는 거동이었다. 왕가에게 물었더니, "다 서양국 사람이 자는 캉인데 오늘은 서천주당에 일이 있어 나가고 한 명도 있는 이가 없습니다." 라 하였

---

38) 일영(日影) : 해시계.

다. 또 한 문을 나가니 서너 길 높은 대를 세우고 대 위에 세 집을 지었는데, 가운데 집이 가장 높고 양쪽 집은 적이 낮았다. 여러 층의 섬돌을 지나 대 위에 오르니 서북으로 만세산이 바라보이고, 사면으로 즐비한 여염의 집 마루가 서로 바라보이니 또한 기이한 구경이었다. 집에 다 열쇠를 채웠거늘 왕가를 달래어 문을 열라 하니, 왕가가 말하기를, "서양국 사람이 열쇠를 가지고 가서 어쩔 수가 없습니다." 라 하거늘, 핑계를 대는 기색이었다. 문틈으로 안을 엿보니 이상한 의기(儀器)를 가득 벌였는데 안이 어두워 자세히 보지 못하고, 그 중 두어자 쇠통을 틀에 얹은 것이 있으니, 이는 원경(遠鏡)인가 싶었다. 가운데 집은 위를 남쪽으로 향하여 길게 구멍을 통하고, 쇠로 문짝을 만들어 덮었거늘 물으니, 왕가가 말하기를, "밤에 천문을 볼 때면 이 문을 열어 제치고 집 안에 들어가 남방에 보이는 별을 상고하게 한 것입니다." 라 하였다. 대 아래 남쪽으로 뜰이 아주 넓고 뜰 가운데 벽돌을 쌓아 기둥 모양을 만들었다. 높이가 한 길이 넘게 줄줄이 세웠는데, 다 행렬이 정제하고 끝에 구멍이 있어 사면에 나무를 꿰어 서로 얹었는데 포도넝쿨을 올리게 한 것이다. 곳곳에 포도나무를 묻은 곳이 있는데 그 수를 대강 세어도 수삼십이 넘었다. 여름에 넝쿨을 올려 잎이 피고, 열매를 맺은 후에는 천여 칸 너른 뜰에 그늘이 가득할 것이니 장한 구경이 될 듯하였다. 대 아래에 내려 남쪽에 두어 칸 집이 있거늘 왕가를 따라 들어가니, 그 안에 우물 하나가 있었다. 깊이가 여남은 길이고 위에 녹로(轆轤)39)를 베풀었다. 녹로 한 끝에 둥근 말뚝을 여럿 박고 남쪽으로 딴 기둥을 세워 기둥을 가운데로 나무 바퀴 하나를 걸었다. 바퀴 위에 말뚝을 무수히 박아 녹로 말뚝에 서로 걸리게 하였으며, 바퀴 바깥으로 씨아40) 꼭지 같은 나무를 꺼내어 손으로 돌

---

39) 녹로(轆轤) : 두레박 틀.
40) 씨아 : 목화의 씨를 빼는 기구. 교차(攪車), 연차(碾車).

리게 만들었다. 왕가가 말하기를, "이 우물은 포도에 물을 주기 위한 것입니다. 여름이면 무수한 두레를 차례로 드리우고 이 바퀴를 한 사람이 돌리면 연이어 물이 올라와 그치지 아니하니, 두루 홈을 놓아 여러 포도에 각각 흘러가게 합니다." 라 하며 손으로 그 모양을 형용하여 일렀으나 창졸간에 자세히 알아듣지 못하였다. 한편에 두어 층의 탁자를 두고 두레를 무수히 쌓아 놓았다. 여러 사람들이 주머니 속에서 청심환을 모아 왕가에게 주었고, 나는 청심환 하나와 별선 하나를 주었다.

「이십구일 능복스 댱 귀경ᄒ다」[41)]

-(上略)- 칼 ᄒ나히 노혀시디 너비는 극히 좁으나 기리는 대엿 뼘이 넘고 쇠 빗치 검고 프르러 광치 이샹ᄒ고 습비 즈음은 젼혀 무지게 빗치라. 그 갑슬 무르니 십오 냥 은을 달나 ᄒ거늘 내 닐오디 "이거시 쓸 디 적은 거시라 엇지 과훈 갑슬 부르ᄂᆞ뇨." 그 사람이 굴오디 "이 칼흔 셔양국 소산이오 텬하의 보비니 아ᄂᆞ니롤 만나면 풀녀니와 모르ᄂᆞ 사람은 갑슬 아지 못홀 거시니 다시 뭇지 말나." ᄒ더라. 죠고만 나모 궤 ᄒ나히 이시디 그 안히 싴〃이 고이훈 년장을 ᄀᆞ득이 너허시디 다 보지 못ᄒ던 긔계오 쓸 곳을 창졸의 싱각지 못홀지라. 필연 셔양국 장인의 쓰는 거신가 시브더라. 쇠로 만든 초종 ᄒ나히 이시니 쇠로 둥글게 두 쪽을 ᄆᆞᆫ드라 훈 디 어울너시디 훈 쪽은 놉희와 에음이 죠금 적으니 훈 번을 두루치면 큰 쪽 안흐로 포집혀 훈편이 열니고 도로 두루치면 두 쪽이 합ᄒ야 둥글게 ᄆᆞᆫ든 거시오 우흐로 쇠더데롤 덥허시디 ᄉ면의 첨하 모양이오 첨하 밋흐로 ᄀᆞ늘게 굼글 쑤러 불긔운을 통게 ᄒ고 압면으로 큰 뉴리롤 브쳐시디 둣게와 에움이 손바닥 ᄀᆞᆺ흔지라 이거슨 일홈이 빅보등이니 빅보 밧글 보게 흠이오 밤의 도적을 술피게 훈 거시니 ᄉ면이 쇠 우리와 다만 뉴리로 화광을 통ᄒ디 뉴리 모양이 둥그러 능히 먼니 빗최게 ᄆᆞᆫ드라시니 도적은 내 몸을 보지 못ᄒ게 ᄆᆞᆫ든 제양이러라. 날이 져물매 관으로 도라오니라.

【역문】「이십구일 능복사 당 구경하다」

-(상략)- 칼 하나가 놓여 있는데 너비는 극히 좁으나 길이가 대엿 뼘이 넘고, 쇠 빛이 검고 푸르러 광채 이상하고 습베[42)] 즈음은 완연히

---

41) 『을병연행록』, 「이십구일 능복스 댱 귀경ᄒ다」

무지갯빛이었다. 그 값을 물으니 15냥을 달라 하거늘 내 이르기를, "이것이 쓸 데 적은 것인데, 어찌 과한 값을 부릅니까?" 라 하니, 그 사람이 말하기를, "이 칼은 서양국 소산이요, 천하의 보배니 아는 이를 만나면 팔거니와 모르는 사람은 값을 알지 못할 것이니 다시 묻지 마시오." 라 하였다. 조그만 나무 궤 하나가 있는데 그 안에 색색이 괴이한 연장을 가득히 넣었는데 다 보지 못하던 기계요, 쓸 곳을 창졸에 생각지 못하였다. 필연 서양국 장인이 쓸 것인가 싶다. 쇠로 만든 조총 하나가 있는데 쇠로 둥글게 두 쪽을 만들어 한데 어울렸는데 한쪽은 높이와 둘레가 조금 적으니 한 번을 둘러치면 큰 쪽 안을 포집혀 한편이 열리고 오로 둘러치면 두 쪽이 합하여 둥글게 만든 것이다. 또 위에 쇠더데를 덮고 사면이 처마 모양이요, 처마 밑을 가늘게 구멍을 뚫어 불기운을 통케 하고 앞면을 큰 유리를 부쳤는데, 두께와 둘레가 손바닥 같으니 이것은 이름이 백보등(百步燈)이다. 100보 밖을 보게 함이요, 밤에 도적을 살피게 한 것이니 사면이 쇠 우리로, 다만 유리로 화광을 통하되 유리 모양이 둥글어 능히 멀리 비추게 만들었으니 도적은 내 몸을 보지 못하게 만든 제양이다. 날이 저물어 관으로 돌아왔다.

---

42) 슴베 : 호미, 칼 따위의 자루 속에 들어 박히는 부분.

「삼십일 뉴리챵 가다」[43]

-(上略)- 내 갈오디 "동국 녁법은 젼혀 셔양법을 슝샹ᄒ니 칙녁 슈졍 ᄒᆯ 적이면 텬쥬당 사람이 젼혀 쥬ᄒᄂ냐." 댱경이 골오디 "엇지 그러ᄒ 리오. 흠텬감의 여러 관원이 머무러 산을 두며 텬샹을 술펴 졀후를 명 ᄒᄂ니 텬쥬당 ᄉ람은 외국 사람이라 황샹이 비록 벼슬 품을 주어 녹 을 먹이나 칙녁은 나라히 즁혼 일이니 엇지 경이히 간예ᄒ게 ᄒ리오." ᄒ더라. -(下略)-

【역문】「삼십일 유리창 가다」

-(상략)- 내 말하기를, "중국 역법은 오로지 서양법을 숭상하니 책력 을 수정할 때면 천주당 사람이 오로지 맡아 합니까?" 장경이 말하기 를, "어찌 그러하겠습니까. 흠천감에서 여러 관원이 머물러 산(算)을 두며 천상(天象)을 살펴 절후를 정하니, 천주당 사람은 외국 사람이라 황상이 비록 벼슬 품을 주어 녹을 먹이나, 책력은 나라의 중한 일이니 어찌 가볍게 간여하게 하겠습니까?" 하였다. -(하략)-

---

43) 『을병연행록』, 「삼십일 뉴리챵 가다」

「초이일 텬쥬당 가다」44)

식후의 니덕셩과 ᄒ가지로 텬쥬당을 가고져 ᄒᆞᆯ 시 이날도 문금이 오히려 엄ᄒᆞᆫ지라 셰팔노 ᄒᆞ여곰 아문의 귀경 나아가ᄂᆞᆫ 쓰잘 통ᄒᆞ라 ᄒᆞ니 통관들이 닐오ᄃᆡ "졔독 대인이 방문을 붓쳐 사람의 츌입을 엄히 금ᄒᆞ니 임의로 허락지 못ᄒᆞᆯ지라 우리 아문을 븨오고 잠간 피ᄒᆞᆯ 거시니 ᄀᆞ마니 나가ᄂᆞᆫ 거시 해롭지 아니타." ᄒᆞ니 대개 문금이 엄ᄒᆞᆯ 씨의도 역관과 하인이 근쳐 푸ᄌᆞ의 츌입이 무샹ᄒᆞᆫ지라 아문을 지나도 머니 나가믈 의심치 아니ᄒᆞᄃᆡ 나ᄂᆞᆫ 힝식이 다ᄅᆞ고 무샹ᄒᆞᆫ 츌입이 업슬 ᄲᅮᆫ 아니라 ᄒᆞᆫ 번 문을 나면 먼니 ᄃᆞ니ᄂᆞᆫ 줄을 짐작ᄒᆞᆯ 거시니 혹 ᄀᆞ마니 나가다ᄀᆞ 욕저온 일이 〃실지라. 이러므로 츌입의 다 아문을 알게 ᄒᆞ니 아문이 안졍이 닉어실 ᄲᅮᆫ이 아니라 속이지 아니믈 미더 미양 쥬편ᄒᆞᆯ 도리를 ᄀᆞᄅᆞ치고 막즐을 계교ᄅᆞᆯ ᄒᆞ지 아니터라. 드듸여 니덕셩과 ᄒ가지로 셰팔을 ᄃᆞ리고 아문을 나가니 졍당의 문이 다치고 대ᄉᆞ와 통관들이 다 몸을 숨겻ᄂᆞᆫ지라. 밧비 큰 문을 나니 셰팔이 닐오ᄃᆡ "아문을 비록 지나시나 두 편 어귀의 막즐으ᄂᆞᆫ 갑군이 〃시니 그 즁 졍양문 근쳐의 ᄃᆞ니ᄂᆞᆫ 푸ᄌᆞ들이 만흔 고로 더옥 엄히 금ᄒᆞ니 필연 지나가지 못ᄒᆞᆯ지라. 옥하교 어귀로 도라가ᄂᆞᆫ 거시 올타." ᄒᆞ거ᄂᆞᆯ 셔편 길노 힝ᄒᆞ야 어귀의 니ᄅᆞ미 과연 두어 갑군이 〃셔 엄히 막ᄂᆞᆫ지라. 셰팔이 닐오ᄃᆡ "잠간 길ᄀᆞ 푸ᄌᆞ의 피ᄒᆞ고 갑군을 달니여 술 ᄑᆞᄂᆞᆫ 고ᄌᆞ로 더브러 가거든 빈 ᄊᆡ를 타 몬져 지나가라." ᄒᆞ거ᄂᆞᆯ 내 닐오ᄃᆡ "이ᄂᆞᆫ 위ᄐᆡᄒᆞᆫ 계교라. 엇지 도망ᄒᆞᄂᆞᆫ 거조를 ᄇᆡ리오." ᄒᆞ고 셰팔노 ᄒᆞ여곰 아문의 드러ᄀᆞ 통관의게 이ᄉᆞ연을 통ᄒᆞ라 ᄒᆞ니 이윽고 셔종밍의 쯍 ᄒᆞ나히 ᄒ가지로 나와 갑군의게 분부ᄅᆞᆯ 뎐ᄒᆞ고 나가라 ᄒᆞ거ᄂᆞᆯ 즉시 어귀ᄅᆞᆯ 지나 술위ᄅᆞᆯ 어더 ᄐᆞ고 졍양문 안흘 지나 텬쥬당의 니ᄅᆞ니 문 직흰 냥개 즉시 쳥ᄒᆞ야 외당의

---

44) 『을병연행록』, 「초이일 텬쥬당 가다」

안치거눌 밧비 온 쓰즐 통ᄒᆞ라 ᄒᆞ니 댱개 ᄯᅩ 청심원을 구ᄒᆞ니 슌〃이
면피 징싴ᄒᆞᄂᆞᆫ 일이 ᄀᆞ장 통분ᄒᆞ디 훌일이 업셔 셰팔의게 맛던 젹은
청심원 두어흘 니여 주니라. 댱개 드러가더니 이윽고 니댱으로 쳥ᄒᆞ고
두 사람이 나와 마ᄌᆞ니 좌ᄅᆞᆯ 졍ᄒᆞ고 한훤을 파ᄒᆞᆫ 후의 ᄯᅩ 필담을 청ᄒᆞ
디 뉴슝녕이 사람을 불너 글 쓰ᄂᆞᆫ 션비ᄅᆞᆯ 쳥ᄒᆞ니 미쳐 드러오지 못ᄒᆞ
엿ᄂᆞ지라. 뉴슝녕이 무ᄅᆞ디 "디마도와 부산이 됴션 어니 현의 이시며
근년은 왜국 사람과 셔로 왕ᄂᆡᄅᆞᆯ 통ᄒᆞᄂᆞᆯ냐." 내 그 ᄉᆞ장을 디답ᄒᆞ고 무
ᄅᆞ디 "대마도와 부산을 그ᄃᆡ 어이 아ᄂᆞᆫ다." ᄒᆞ니 뉴슝녕이 닐오디 "젼
됴의 만녁 년간 ᄉᆞ긔ᄅᆞᆯ 보아시니 엇지 모ᄅᆞ리오." ᄯᅩ 무ᄅᆞ디 "됴션도
ᄌᆞ명종이 잇ᄂᆞ냐." 내 굴오디 "아국의셔 ᄆᆞ든 거시 이시디 만치 아니ᄒᆞ
고 즁국의셔 ᄆᆞ든 것과 일본셔 나온 거시 만코 혹 셔양국 졔작도 잇ᄂᆞᆫ
니라." 뉴슝녕이 굴오디 "일본의도 ᄯᅩᄒᆞᆫ ᄌᆞ명종이 잇ᄂᆞ냐." 내 굴오디
"근본 졔양은 즁국 졔도ᄅᆞᆯ 효측ᄒᆞ야시나 졍교ᄒᆞᆫ 슈단은 즁국의 지〃
아니니라." ᄯᅩ 무ᄅᆞ디 "만셰산의 ᄌᆞ명종이 〃시니 귀경ᄒᆞ얏ᄂᆞᆫ다." 내
굴오디 "일즉 그 압흘 지나디 딕흰 사람이 드리지 아니ᄒᆞ니 엇지 귀경
ᄒᆞ야시리오." 뉴슝녕이 굴오디 "만셰산은 황샹의 노ᄂᆞᆫ 곳이라 밧겻 사
람을 드리지 아니미 고이치 아니ᄒᆞ고 ᄀᆞ온디 집 안히 ᄌᆞ명종이 〃시디
죵이 ᄀᆞ장 웅쟝ᄒᆞ여 문 밧긔 셔도 그 소리ᄅᆞᆯ 듯ᄂᆞ니라." 잇디 슝녕이
셰팔ᄃᆞ려 무ᄅᆞ디 "너히 노애 말이 극히 분명ᄒᆞ니 필연 쳣길히 아닌가
시부다." ᄒᆞ더라. 두 사람이 셔로 디ᄒᆞ야 이윽히 슈작ᄒᆞ디 어음이 고이
ᄒᆞ고 ᄒᆞᆫ 구졀을 알 길히 업ᄉᆞ니 필연 셔양국 어법인가 시브더라. 이윽
고 션비 드러왓거눌 글노 서로 슈작ᄒᆞᆯ 시 니덕셩과 칙녁 ᄆᆞᄃᆞᄂᆞᆫ 법을
약간 의논ᄒᆞ디 다 졸연이 의논치 못ᄒᆞ리라 ᄒᆞ야 분명이 니ᄅᆞᆫ 말이
젹고 져희 산 두는 칙을 보아지라 ᄒᆞ니 포우관이 우ᄉᆞ며 닐오디 "본들
어이 알니오." ᄒᆞ고 사람을 불너 ᄒᆞᆫ 권 칙을 니야오니 됴희는 왜지 ᄀᆞᆺ
흐디 별노 듯거오니 셔양국 됴흰가 시브고 댱〃이 고이ᄒᆞᆫ 글ᄌᆞᄅᆞᆯ ᄀᆞᄃᆞᆨ
이 뻐시디 ᄌᆞ획이 ᄀᆞ늘기 털ᄉᆞᆺ ᄀᆞᆺ고 졍간이 졍졔ᄒᆞ야 줄노 친 ᄃᆞᆺᄒᆞ니

글ㅈ는 저히 언문이라 과연 흔ㅈ를 알 기리히 업고 정세흔 필획은 텬하의 딱이 업슬지라. 그 쓰는 양을 보고져 ㅎ야 ㅅ방의 스물네 방위를 됴히의 몬져 쓰고 그 녑히 셔양국 글ㅈ로 ㅈ〃히 번역ㅎ야 쓰라 ㅎ니 숑녕이 션비의 쓰는 부슬 달나 ㅎ야 두어 ㅈ를 쓰다ㄱ 글ㅈ를 일우지 못ㅎ니 그치고 닐오디 "부시 다른 고로 쓰지 못ㅎ노라." ㅎ거놀 그 쓰는 부슬 보아지라 ㅎ니 숑녕이 사람을 불너 ㅎ나흘 니여오니 눌즘싱의 기시오 밋흐로 동골고 둔〃흔 고즐 두어 치를 줄나 밋동을 엇버혀 즛치 놀나게 ㅁㄷ라시니 이 즛츠로 글ㅈ를 쓰게 흔 거시오 엇샷근 안히 ㅁ슴 먹물을 굼긔 ㄱ득이 너허 글시를 쓰는 디로 ㅊ〃 흘너나와 졸연이 쁜허지〃 아니ㅎ니 ㅼㅗ흔 이샹흔 졔양이러라. 내 무ㄹ디 "그디는 ㅈ식이 잇ㄴ냐." 숑녕이 디답ㅎ디 "우리는 쳐쳡이 업ㅅ니 엇지 ㅈ식 유무를 의논ㅎ리오." 내 무ㄹ디 "텬쥬의 흑문은 쳐쳡을 두지 못ㅎㄴ냐." 숑녕이 글오디 "엇지 그러ㅎ리오. 즉금 북경 사람이 텬쥬의 흑문을 다 슝상ㅎ거니와 엇지 인뉸을 폐흔 사람이 이시리오. 우리는 즁국의 흑문을 뎐키를 위ㅎ야 졈어셔 집을 쩌나 이곳의 니ㄹ러 임의 나히 늘어실 ㅂ 아니라 고향이 슈만 니 밧기라 비록 쳐쳡을 두고져 ㅎ나 엇지ㅎ리오." 내 무ㄹ디 "셔양국은 즁국 진셔를 아지 못ㅎ면 필연 즁국 셔젹이 업슬 거시니 도ㄹ 비호는 사람은 무슴 글을 보ㄴ뇨." 숑녕이 글오디 "다만 아국 언문을 힝흘 ㅂ이오. 온갓 셔젹이 〃시나 다 아국 사람의 ㅁㄷ든 글이오 아국 언문으로 지은 거시니 말이 비록 다ㄹ나 도리 의논흔 말은 즁국과 다름이 업ㄴ니라." ㅎ고 인ㅎ야 즁용 첫 댱을 외오며 닐오디 "이 세 귀졀노 닐너도 비록 그 글은 업ㅅ나 그 말은 잇ㄴ니라." ㅎ더라. ㅈ명종과 잇는 의긔를 보아지라 ㅎ야 누〃히 쳥ㅎ니 여러 번 칭탁ㅎ다ㄱ 사람을 불너 흔가지 거슬 니야오니 남그로 집을 ㅁㄷ라시디 네모지고 기러 두어 쎔이오 안히 쥬셕으로 ㅁㄷ든 거시 이시니 ㅈ명종 모양이라. 젼면의 시국 분수를 삭이고 밧그로 뉴리를 브쳐 문을 여지 아니ㅎ야도 속을 슬피게 ㅎ얏더라. 밧그로 열쇠 ㄱ흔 거슬 거럿ㄴ지라 숑녕이 그 쇠롤 ᄀ져 굼그로 너허 서너 번을 돌니더니 손을 쩌히매 우히 둘닌 죵을 치디 반향을 쓴치 아니ᄒ야 그 수롤 혜지 못ᄒ고 ᄀ장 요란 ᄒ니 이거슨 일홈이 뇨죵이니 들녜는 ᄌ명종이란 말이라. 이거슨 무슴 일이 〃셔 밤의 니러나고져 ᄒ면 혹 시ᄀ을 모ᄅ나 줌을 제 ᄊ의 ᄊ지 못할가 ᄒ야 져녁의 자기롤 님ᄒ야 시ᄀ을 짐작ᄒ야 샹 아래 트러 노흐면 제 ᄊ롤 당ᄒ야 고동이 열니고 요란ᄒ 죵소리로 사람의 줌을 ᄊ 오게 ᄒ는 거시러라. 두 사람이 다 픔의 일표롤 픔어 잇ᄃᆷ 니여 시ᄀ을 샹ᄒ거늘 ᄒ 번 보기롤 쳥ᄒ니 포우관이 제 ᄎᆫ 거슬 글너 니여 속을 열어 뵈니 냥혼의게 비러 보던 것과 다름이 업더라. 그 고동을 ᄌ시 보 고ᄌ ᄒ야 손을 줌간 달혼디 포우관이 놀나며 다치지 말나 ᄒ니 긔식 이 극히 용쇽ᄒ더라. 즉시 도로 젼ᄒ고 셔양국 뉸도롤 보아지라 ᄒ니 ᄒ나흘 니여와시디 크기 두어 우흠이니 쥬석으로 ᄆ다랏고 바늘 기리 두어 치오 밧그로 삼빅뉵십도롤 삭여시니 숑녕이 닐오디 "뉸도의 바늘 이 비록 남방을 ᄀᆞ치다 ᄒ나 미양 변방을 ᄃᆞ리고 여러 뉸도롤 비교 ᄒ면 죵시 고ᄅ지 아니ᄒ니 ᄉ방의 대강 방위롤 알냐 ᄒ면 일노 족히 짐작ᄒ려니와 텬문의 졍셰ᄒ 도슈롤 측냥코져 ᄒ면 이롤 밋지 못ᄒᄂ 니라." ᄒ더라. 내 무ᄅ디 "년젼의 셔양국 뉸도롤 보니 스물네 방위롤 ᄂ화 셜흔두 방위롤 만ᄃ라시니 이거슨 무슴 의시뇨." 숑녕이 ᄀᆯ오디 "즁국은 스물네 방위롤 쓰거니와 아국은 수롤 일졍흠이 업ᄉ니 혹 여 ᄃᆲ 방위롤 ᄂ호고 혹 열여ᄉ 방위롤 ᄂ호고 혹 스물네 방위롤 ᄂ호고 셜흔두 방위의 ᄂ호는 거슨 다른 디 쓰는 일이 업고 다만 큰 바다의 ᄃᆞ 니는 비의 쓴다." ᄒ더라. 문시죵의 시ᄀ 표ᄒ 글ᄌ롤 무ᄅ니 포우관이 닐오디 "이거슨 죵 치는 수롤 긔록ᄒ 거시라. ᄌ오시 초의 ᄒ나흘 치고 졍의는 둘흘 치고 ᄎ〃 ᄒ나식 더ᄒ야 ᄉ히시 졍의 니ᄅ러는 열두 번 치는 줄을 알게 흠이라." 무신의롤 보아지라 ᄒ니 숑녕이 닐오디 "젼의 는 오경과 이십팔 슈롤 다 각〃 의긔로 측냥ᄒ여 여ᄉ가지 제되 잇더 니 무신의는 근너의 ᄆᆫᄃ 거시라 여ᄉ 가지 의긔롤 ᄒ 틀의 합ᄒ야 그

제도는 비록 간약ᄒ고 공교ᄒ나 죵시 틀님이 〃셔 젼 제도의 밋지 못
ᄒᆯ지라. 요ᄉ이ᄂᆞᆫ 폐ᄒᆞ야 쓰지 아니ᄒᆞ고 여러 의긔들은 다 관상ᄃᆡ의 금
초고 이곳의ᄂᆞᆫ 잇ᄂᆞᆫ 거시 업다.” ᄒ더라. 날이 느ᄌᆞ매 물너가기ᄅᆞᆯ 쳥ᄒ
고 도라갈 긔약이 머지 아니ᄒᆞ니 다시 오지 못ᄒ리라 ᄒ디 조곰도 챵
연이 넉이ᄂᆞᆫ 긔식이 업고 능화 두 댱과 적은 박은 그림 두 쟝과 고과
네 낫과 흑독셕 두 낫ᄎᆞᆯ 각 〃 봉ᄒᆞ야 나와 니덕셩을 눈화 주며 닐오디
“근ᄂᆡᄂᆞᆫ 셔양국의 왕ᄂᆞᄒᆞᄂᆞᆫ 인편이 젓지 아닌지라 잇ᄂᆞᆫ 토산이 업셔
이리 초 〃ᄒᆞ니 허물치 말나.” ᄒ고 ᄉᆞ힝으로셔 각 〃 면피ᄅᆞᆯ 보ᄂᆡ여시
디 회례ᄒᆞᆯ 계교ᄅᆞᆯ 아니 ᄒᆞ니 고이ᄒᆞ더라. 니덕셩은 맛ᄃᆡ 온 일이 〃셔
녁법을 ᄌᆞ시 비호고 두어 가지 의긔와 셔칙을 사고져 ᄒᆞ엿더니 디졉이
죵시 관곡지 아니ᄒᆞ고 셔칙과 의긔ᄂᆞᆫ 다 업노라 일ᄏᆞᆺ고 즐겨 뵈지 아
니 ᄒᆞ니 ᄀᆞ장 통분ᄒᆞ야 ᄒ디 홀일이 업더라. 관으로 도라오매 져녁 식
후의 니긔셩이 드러와 닐오디 “식후의 간졍동의 두 션비 머므ᄂᆞᆫ 곳을
ᄎᆞ자 됴희와 약간 필묵 쳥심환을 주고 안경 어든 줄을 누 〃히 칭샤ᄒᆞ
니 여러 번 ᄉᆞ양ᄒᆞ다ᄀᆞ 밧고 ᄎᆞ ᄒᆞᆫ 봉과 담배 ᄒᆞᆫ 봉과 빅우션 ᄒᆞ나와
부쳬 ᄒᆞ나와 먹 ᄒᆞᆫ 댱을 주거ᄂᆞᆯ ᄉᆞ양치 못ᄒᆞ야 바다 왓노라.” -(下略)-

【역문】「초이일 천주당 가다」

식후에 이덕성과 함께 천주당에 가고자 하였다. 이날도 여전히 문
금이 엄하여 세팔로 하여금 아문에 구경 나가려는 뜻을 통하라 하였
다. 이에 통관들이 말하기를, “제독 대인이 방문을 붙여 사람의 출입
을 엄히 금하니 임의로 허락하지 못할 것이며, 우리가 아문을 비우고
잠깐 피할 테니 가만히 나가는 게 좋을 것입니다.” 라고 하였다. 대개
문금이 엄할 때에도 역관과 하인의 근처 푸자 출입이 무상한 까닭에
아문을 지나도 멀리 나가는 것을 의심하지 않았다. 허나 나는 행색이

다르고 무상한 출입이 없을 뿐 아니라, 한번 문을 나서면 멀리 다니는 줄을 짐작하고 있을 터이니, 혹 가만히 나가다가 욕되는 일이 있을 수도 있다. 이러하므로 출입을 아문에 다 알리니, 아문이 얼굴을 익혔을 뿐 아니라 속이지 않음을 믿어 매번 편리할 도리를 가르치고 막으려는 뜻이 없었다. 드디어 이덕성과 함께 세팔을 데리고 아문으로 나가니, 정당의 문이 닫히고 대사와 통관들이 다 몸을 숨겼다. 바삐 큰 문을 나서니 세팔이 이르기를, "아문을 비록 지났으나 양쪽 어귀에 막아서는 갑군이 있는데, 그 중 정양문 근처에 다니는 푸자들이 많아 더욱 엄히 금하니 필연 지나가지 못할 것입니다. 옥하교 어귀로 돌아가는 것이 옳을 것입니다." 라고 하거늘, 서쪽 길로 가 어귀에 이르니 과연 두어 갑군이 있어 엄히 막았다. 세팔이 말하기를, "잠깐 길가 푸자에 피하였다가 갑군을 달래어 술 파는 곳으로 함께 가거든, 비어 있는 때를 타서 먼저 지나가십시오." 라 하거늘, 내 말하기를, "이는 위험한 생각이네. 어찌 도망가는 모습을 보인단 말인가?" 하고, 세팔로 하여금 아문에 들어가 통관에게 이 사연을 통하라 하였다. 이윽고 서종맹의 종 하나가 함께 나와 갑군에게 분부를 전하고 나가라 하거늘, 즉시 어귀를 지나 수레를 얻어 타고 정양문 안을 지나 천주당에 이르렀다. 문 지키는 장가가 즉시 청하여 외당에 앉히거늘 바삐 온 뜻을 통하라 했더니, 장가가 또 청심환을 요구하였다. 매번 면피를 징색하는 일이 매우 원통했으나 도리가 없어 세팔에게 맡긴 작은 청심환 두엇을 내어 주었다. 장가가 들어가더니 이윽고 내당으로 청하고 두 사람이 나와 맞이하여 자리를 정하고 한훤을 파한 후에 또 필담을 청하였다. 유송령이 사람을 불러 글 쓰는 선비를 청하였지만 아직 들어오지 못하였다. 유송령이 묻기를, "대마도와 부산이 조선의 어느 현에 있는지요? 근년에 왜국 사람과 서로 왕해를 통합니까?" 라 하니, 내가 그 사정을 대답하고 묻기를, "그대는 대마도와 부산을 어이 아십니까?" 유송령이 말하기를, "전조 만력(萬曆) 연간의 역사 기록을 보았으니 어찌 모르겠습니까?" 또 묻기를, "조선에도 자명종이 있습니까?" 내가 말하기를, "우리나라에서 만든 것이 있지만 많지 않고 중국에서 만든 것과 일본에서 나온 것이 많으며 혹 서양국 제작도 있습니다." 유송령이 말하기를, "일본에도 또한 자명종이 있습니까?" 내가 말하기를, "근본 제도는 중국 것을 본받았으나 정교한 수단은 중국에 지지 않습니다." 유송령이 또 묻기를, "만세산에 자명종이 있는데 구경하였습니까?" 내가 말하기를, "일찍이 그 앞을 지나갔지만 지키는 사람이 들이지 아니하니 어찌 구경했겠습니까?" 유송령이 말하기를, "만세산은 황상이 노니는 곳이라 바깥사람을 들여보내지 않는 것이 이상하지 않습니다. 가운데 집 안에 자명종이 있는데 종이 매우 웅장하여 문 밖에서도 그 소리를 들을 수 있습니다." 이때 유송령이 세팔에게 묻기를, "당신네 노야의 말씀이 극히 분명하니 필연 초행길이 아닌가 싶습니다." 라고 하였다. 두 사람이 서로 대하여 한참 동안 말을 주고받는데, 어음이 괴이하고 한 구절도 알 길이 없어 필연 서양국 어법인가 싶었다. 이윽고 선비가 들어왔거늘 글로 서로 수작하였다. 이덕성과 책력 만드는 법을 약간 의논하였는데, 졸지에 다 의논할 수 없으리라 하여 분명하게 이르는 말이 적었다. 저희 산(算) 두는 책을 보고 싶다고 하니 포우관이 웃으며, "본들 어이 알겠소?" 라고 말하면서 사람을 불러 책 한 권을 내왔다. 종이는 왜지(倭紙) 같으나 매우 두꺼워 서양국 종이인가 싶었다. 장마다 괴이한 글자를 가득히 썼는데 자획의 가늘기가 털끝 같고 정간이 정제하여 줄로 친 듯하였다. 글자는 저희 언문이라 과연 한 자를 알 길이 없고, 정세한 필획은 천하에 짝이 없을 것이다. 그 쓰는 모양을 보고자 하여 사방 스물 네 방위를 종이에 먼저 쓰고 그 옆에 서양국 글자로 일일이 옮겨 써보라고 하였다. 송령이 선비가 쓰는 붓을 달라 하여 두어 자를 쓰다가 글자를 이루지 못하니 그치고 말하기를, "붓이 달라 쓰지 못하겠습니다." 라고 하였다. 그들이 쓰는 붓을 보고 싶다 하니 송령이 사람을 불러 하나를 내왔는데 날짐승의 깃이었다. 밑이 둥글고 단단한 곳을 두어 치 잘라 밑동을 엇베어 끝을 뾰족하게 만들었는데, 이 끝으로 쓰게 한 것이다. 엇깎은 곳 안에 무슨 먹물을 구멍 가득히 넣어 글씨를 쓰는 대로 차차 흘러나와 갑자기 끊어지는 일이 없었으니, 이 또한 이상한 제작이었다. 내가 묻기를, "자녀가 있습니까?" 라 하니, 송령이 대답하기를, "처첩이 없는데 어찌 자녀가 있고 없고를 논하겠습니까?" 하였다. 내가 묻기를, "천주의 학문은 처첩을 두지 못합니까?" 라 하니, 송령이 말하기를, "어찌 그러하겠습니까? 지금 북경 사람이 천주의 학문을 다 숭상하지만 어찌 인륜을 폐한 사람이 있겠습니까? 우리는 중국에 학문을 전하기 위하여 젊어서 집을 떠나 이곳에 이르러 이미 나이 늙었을 뿐 아니라, 고향이 수만 리 밖이라 비록 처첩을 두고자 하더라도 어찌하겠습니까?" 라 하였다. 내가 묻기를, "서양국은 중국 진서(眞書)를 알지 못하니 필연 중국 서적이 없을 것인데 도를 배우는 사람은 무슨 글을 봅니까?" 하니, 송령이 말하기를, "다만 우리나라 언문을 쓸 뿐입니다. 온갖 서적이 있으나 다 우리나라 사람이 만든 글이고 우리나라 글로 지은 것이니, 말이 비록 다르나 도리를 의논한 말은 중국과 다름이 없습니다." 라 하고, 인하여 『중용』 첫 장을 외우며 말하기를, "이 세 구절로 일러도 비록 그 글은 없으나 그 말은 있습니다." 라 하였다. 자명종과 가지고 있는 의기를 보고 싶다고 하며 누누이 청하니, 여러 번 핑계를 대다가 사람을 불러 하나를 내왔다. 나무로 집을 만들었는데 네모지고 길이는 두어 뼘이며, 안에 주석으로 만든 것이 있으니 자명종 모양이다. 앞면에 시각분수(時刻分數)를 새기고 밖으로 유리를 붙여 문을 열지 아니하여도 속을 살피게 하였다. 밖에 열쇠 같은 것을 걸어놓았는지라 송령이 그 쇠를 가지고 구멍에 서너 번을 돌린 뒤 손을 떼자 위에 달린 종을 치는데, 한참을 그치지 아니하여 그 수를 헤아리지 못하고 매우 요란하였다. 이것은 이름이 요종(鬧鍾)이니, 떠들썩한 자명종이라는 말이다. 무슨 일이 있어 일어나고자 할 때 혹 시각을 몰라 잠을 제때에 깨지 못할까 염려하여 저녁에 잘 때 시각을 짐작하여 상 아래 틀어놓으면, 제때가 되어 고동이 열리고 요란한 종소리로 사람의 잠을 깨우게 하는 것이다. 두 사람이 다 품에 일표를 품어 이따금 내어 시각을 살피거늘, 한 번 보기를 청하였다. 포우관이 제가 찬 것을 끌러내어 속을 열어 보였는데, 양혼에게서 빌려 보던 것과 다름이 없었다. 그 고동을 자세히 보고자 하여 손을 잠깐 대자, 포우관이 놀라며 다치게 하지 말라 하니 기색이 극히 용속하였다. 즉시 도로 주고 서양국 윤도(輪圖)[45]를 보고 싶다 하니 하나를 내왔다. 크기가 두어 움큼에 주석으로 만들었고, 바늘 길이가 두어 치요, 밖으로 360도를 새겼다. 송령이 말하기를, "윤도의 바늘이 비록 남방을 가리킨다하나 매양 병방(丙方)을 가리키고 여러 윤도와 비교하면 종시 고르지 않습니다. 사방의 대강 방위를 알려고 하면 이것으로 족히 짐작하려니와, 천문의 정밀한 도수를 측량코자 하면 믿을 것이 못됩니다." 라고 하였다. 내가 묻기를, "전에 서양국 윤도를 보니 스물 네 방위를 더 나누어 서른 두 방위로 만들었던데, 이것은 무슨 의사입니까?" 송령이 말하기를, "중국은 방위를 쓰지만 우리나라는 수를 정한 것이 없으니, 혹 여덟 방위로 나누고 고혹 열여섯 방위로 나누고 혹 스물네 방위로 나누고 혹 서른두 방위로 나눕니다. 서른두 방위로 나누는 것은 다른 데 쓰는 일이 없고 다만 큰 바다에 다니는 배에 씁니다." 라 하였다. 문시종의 시각을 표한 글자를 물으니, 포우관이 말하기를, "이것은 종 치는 수를 기록한 것입니다. 자오시(子午時) 초(初)에 하나를 치고 정(頂)에는

---

45) 윤도(輪圖) : 가운데 지남침을 장치하고 가장자리에 원을 그려 방위를 헤아리는 데 쓰는 기구.

둘을 치고 차차 하나씩 더하여 사해시(巳亥時) 정(頂)에 이르르는 열두 번을 치는 줄을 알게 하는 것입니다." 라 하였다. 무신의(撫辰儀)를 보고 싶다 하니, 송령이 말하기를, "전에는 5경(更)과 28수(宿)를 다 각각 의기로 측량하여 여섯 가지 제도가 있었습니다. 무신의는 근래에 만든 것으로 여섯 가지 의기를 한 틀에 합하여 그 제도는 비록 간략하고 공교하나, 틀렸을 때가 잦아 전 제도에 미치지 못합니다. 요사이는 폐하여 쓰지 않고 여러 의기들은 다 관상대에 두어 이곳에는 있는 것이 없습니다." 라 하였다. 날이 늦어 물러가기를 청하고 귀국하여 돌아갈 기약이 멀지 않으니 다시 오지 못하리라 했으나 조금도 서운하게 여기는 기색이 없었다. 능화지(菱花紙) 두 장과 작은 박은 그림 두 장과 고과(苦瓜) 네 낱과 흡독석(吸毒石) 두 낱을 각각 봉하여 나와 이덕성에게 나눠 주며 말하기를, "근래는 서양국과 왕래하는 인편이 잦지 않으므로 있는 토산이 없어 이렇듯 약소하니 허물치 마십시오." 라 하였다. 사행께서 각각 면피를 보냈는데, 회례할 뜻이 없으니 괴이하였다. 이덕성은 맡아 온 일이 있어 역법을 자세히 배우고 두어 가지 의기와 서책을 사고자 하였는데, 대접이 종시 관곡(款曲)하지 아니하고 서책과 의기는 다 없다 하며 즐겨 보여 주지 않으니 통분하였지만 하릴없었다. 관으로 돌아오니 저녁 식후에 이기성이 들어와 말하기를, "식후에 간정동의 두 선비가 머무는 곳을 찾아가 종이와 약간의 필묵과 청심환을 주고 안경 얻은 일을 누누이 칭사하니 여러 번 사양하다가 받고, 차 한 봉과 담배 한 봉, 백우선 하나와 부채 하나, 먹 한 장을 주거늘 사양하지 못하고 받아왔습니다." -(하략)-

「십칠일 간정동 가다」[46]

-(上略)- 쏘 무르디 "남방의도 천쥬 흑문을 존슝ᄒᄂᆫ 사람이 잇ᄂ
냐." 반싱이 ᄀᆞᆯ오디 "천쥬 흑문이 근년의 비로소 듕국의 힝ᄒ니 이ᄂᆫ
금슈의 갓ᄀᆞ온지라 ᄉ태우ᄂᆞᆫ 밋ᄂᆞᆫ 사람이 업ᄂᆞ니 대명 만녁 년간의 셔
양국 니마뒤 듕국의 드러오미 그 흑문이 비로소 힝ᄒ야 여러 권 글이
〃시니 그 듕의 닐오디 '텬쥬 셰샹의 강싱ᄒ야 사람을 ᄀᆞᄅ치고져 ᄒ다
가 원통이 죄에 걸녀 참혹ᄒᆫ 형벌노 몸이 죽으니 십ᄌ개라 일ᄏᆞᆺᄂᆫ 거
시 이셔 사람으로 ᄒ여곰 날마다 녜비ᄒ고 텬쥬를 싱각ᄒ야 상해 눈물
을 흘니고 은혜를 닛지 말나.'ᄒ니 극히 미혹ᄒᆫ 말이니라." 내 ᄀᆞᆯ오디
"하ᄂᆞᆯ과 녁법을 의논ᄒᆞ믄 셔양국 의논이 ᄀᆞ장 놉흔지라 듕국 사람의
미츨 비 아니로디 다만 그 흑문을 의논ᄒᆞᆯ진디 유도의 샹뎨 칭호를 도
적ᄒ야 불도의 뉸회ᄒᄂᆫ 말을 ᄭ우미니엿고 더러오미 니를 거시 업ᄉ디
듕국 사람이 왕〃이 존슝ᄒᄂ니 이시니 엇지 고이티 아니리오." 엄싱
이 ᄀᆞᆯ오디 "텬쥬 흑문은 나라히 금녕이 잇ᄂ니라." 내 ᄀᆞᆯ오디 "임의 금
녕이 〃시면 황셩 ᄀᆞ온디 엇지 텬쥬당이 잇ᄂ뇨." 두 사람이 다 놀나
ᄀᆞᆯ오디

-(中略)- "동셔남북의 각〃 집이 〃시니 그 둘흔 임의 귀경ᄒ엿ᄂ지
라 셔양국 사람이 여러히 머물고 스ᄉ로 일ᄏ라 흑문을 뎐ᄒ라 왓노라
ᄒᄂᆞ니라." 두 사람이 ᄀᆞᆯ오디 "뎨 등은 북경의 니ᄅ런 지 오라지 아닌
지라 이 일을 듯지 못ᄒ엿노라." ᄒ더라. -(下略)-

---

46) 『을병연행록』, 「십칠일 간정동 가다」

【역문】「십칠일 간정동 가다」

　-(상략)- 또 묻기를, "남방에도 천주학문을 존숭하는 사람이 있습니까?" 반생이 말하기를, "천주학문은 근년에 비로소 중국에 행해졌는데, 이것은 금수에 가까운 도(道)라 사대부는 믿는 사람이 없습니다. 명나라 만력 연간에 서양국 이마두(利瑪竇)가 중국에 들어오면서 그 학문을 비로소 행하여 여러 권의 글이 있습니다. 그 중에 이르기를, '천주가 세상에 강생하여 사람을 가르치고자 하다가 원통하게 죄에 걸려 참혹한 형벌로 몸이 죽으니, 십자가라 일컫는 것이 있어 사람으로 하여금 날마다 예배하고 천주를 생각하여 항상 눈물을 흘리고 은혜를 잊지 말라'하니, 극히 미혹한 말입니다." 내가 말하기를, "하늘의 도수(度數)와 역법을 의논하는 것은 서양국 의론이 가장 높아서 중국 사람이 미칠 바가 아닙니다. 다만 그 학문을 의논할진대, 유교의 상제(上帝) 칭호를 도적질하여 불교의 윤회하는 말을 꾸몄으므로, 더러움이 이를 것이 없습니다. 그런데 중국 사람이 왕왕 존숭하는 이가 있으니 어찌 괴이치 않겠습니까?" 엄생이 말하기를, "천주학문은 나라의 금령이 있습니다." 내가 말하기를, "이미 금령이 있으면 황성 가운데 어찌 천주당이 있습니까?" 두 사람이 다 놀라며, -(중략)- "동서남북에 각각 집이 있으니 그 중 둘은 이미 구경하였으며, 서양국 사람 여럿이 머무르며 스스로 일컬어 '학문을 전하러 왔노라' 하더이다." 두 사람이 말하기를, "북경에 이른 지 오래되지 않아서 이 일을 듣지 못하였습니다." -(하략)-

「십팔일 관의 머무다」[47)]

-(上略)- 비연통은 프른 옥으로 믄든 거시니 셔양국 비연을 ㄱ득이 너헛고 부체는 진치로 누각과 인물을 그려시디 사룸의 얼굴과 의복 제양이 셔양국 제도와 ㄱ고 안정의 정신이 〃상ㅎ니 필연 셔양국 사룸의 그림인가 시브고 향환은 아국 즁들의 가지는 단렴 모양이니 향갈ㄴ로 믄든 거시오 향 병은 이곳 관원들의 됴복을 닙으미 가슴 압히 드리우는 향이러라.

【역문】「십팔일 관에 머무다」

-(상략)- 비연통은 청옥으로 만든 것이니 서양국 비연(鼻煙)[48)]을 가득히 넣었고 부채는 진채(眞彩)[49)]로 누각과 인물을 그렸는데 사람의 얼굴과 의복 제양이 서양국 제도와 같고 눈동자가 살아있는 듯 이상하니 필연 서양국인의 그림인가 싶고, 향환은 우리나라 승려들이 가지는 단렴(短念) 모양이니 향갈나무로 만든 것이요, 향병은 이곳 관원들이 조복을 입을 때 가슴 앞에 드리우는 향이다.

---

47) 『을병연행록』, 「십팔일 관의 머무다」
48) 비연(鼻煙) : 기관(氣管)이 막혔을 때 재채기를 하기 위하여 콧구멍에 넣거나, 냄새를 맡는 가루약.
49) 진채(眞彩) : 진하게 쓰는 불투명한 원색적인 채색.

「삼월 초일 북경셔 니발ᄒ야 총쥐 자다」[50]

-(上略)- 년ᄒ야 동으로 힝ᄒ야 셩 밋히 니르러 다시 북으로 힝ᄒ미 먼니셔 ᄇ라보니 셩을 의지ᄒ야 십여 댱 놉흔 디를 반공의 ᄲ혀나게 셰우고 디 우히 이샹ᄒᆫ 긔물을 버려시니 이거시 관샹디라 일ᄏᆮ는 곳이라. 믈을 밧비 모라 그 밋히 니르러 믈을 머므르고 우러〃 귀경ᄒ니 디의 댱관은 남북이 ᄉ오십 보오 동셰 수십 보오 삼면의 ᄯᅩᄒᆫ 녀댱을 두루고 ᄉ면으로 여라믄 의긔를 셰워시니 그 ᄌ셔ᄒᆫ 제도는 먼니셔 술피지 못ᄒ나 대져 텬샹을 술피고 셩신 도수를 샹고ᄒᆞᄂᆞᆫ 긔계오 그 즁 두어 발 통이 틀의 걸녀 남을 ᄀᆞ르친 거슨 텬쥬당 원경 졔된가 시브더라. 셔편으로 층〃ᄒᆫ 섬이〃셔 길흘 통ᄒ고 그 밋츤 좌우로 담을 둘너막고 담 안히 큰 마을이 이셔 이는 흠텬감이니 텬문을 술피고 녁셔를 ᄆᆞᆫᄃᆞ는 고시라. 디 우히 ᄒᆫ ᄉᄅᆷ이 올나 여러 긔물을 술피고 녀댱 ᄉ이로 구버보거늘 소리를 놉혀 오르기를 쳥ᄒᆫ디 그 ᄉ롬이 머리를 두루고 ᄉᄉ로 목을 ᄀᆞ르쳐 버이ᄂᆞᆫ 거동을 뵈니 ᄉ람을 올니면 목 버히ᄂᆞᆫ 죄를 당ᄒ노라 ᄒᆞᄂᆞᆫ 의시라. 이윽히 비회ᄒ더니 셰팔이 아문 압히 나아가 쳥심환 두어흘 직흰 ᄉ람을 달녀 디의 오르기를 쳥ᄒ니 그 사롬이 닐오디 "디 우흔 금녕이 극히 엄ᄒ니 이곳 ᄉ람도 망녕도이 오르지 못ᄒ고 아문 안히 ᄯᅩᄒᆫ 귀경흘 거시 잇ᄂᆞᆫ지라 맛춤 날이 닐너 관원들이 미쳐 오지 못ᄒ야시니 잠간 드러가 보라." ᄒᄂᆞᆫ지라. 즉시 셰팔을 드리고 큰 문을 드러 쓸 ᄀᆞ온디 니르니 좌우의 십여 간 디를 무어 ᄉ면의 셕난간을 두루고 각〃 의긔를 셰워시니 동편은 혼텬의오 셔편은 시 잡ᄂᆞᆫ 긔계라 젼혀 프른 구리로 ᄆᆞᆫᄃᆞᆫ 거시오 골희 ᄒ나히 크기 ᄒᆫ 우흠이 남고 에움이 예닐곱 발이니 그 우히 하늘 도수와 ᄉ면 방위를 삭여 졔양이 극히 긔장ᄒ니 대명 뎡통 년간의 ᄆᆞᆫᄃᆞᆫ 거시오 혼텬의 북편의 큰 긔

---

50) 『을병연행록』, 「삼월 초일 북경셔 니발ᄒ야 총쥐 자다」

르시 이셔 두지 모양이오 쏘흔 쇠로 ᄆᆞᄃᆞ라시니 필연 물을 너허 돌게 혼 제양인가 시브ᄃᆡ 샹혼 곳이 만흐니 폐ᄒᆞ야 쓰지 아니ᄒᆞᄂᆞᆫ가 시브더라. -(下略)-

【역문】「삼월 초일 북경서 출발하여 총주에서 자다」

-(상략)- 이어 동으로 행하여 성 밑에 이르러 다시 북으로 가 멀리 바라보니 성을 의지하여 10여 장 높은 대가 반공에 빼어나고 대 위에 이상한 기물을 정제히 벌였으니 이것이 관상대라 이르는 곳이다. 말을 바삐 몰아 그 밑에 이르러 말을 멈추고 우러러 구경하니, 대의 길이와 넓이는 남북 사이 오륙십 보요, 동서 수십 보이다. 삼면에 또한 여장(女墻)[51]을 두르고 사방에 여남은 기물을 세웠으니 자세한 제도는 멀리서 살피지 못하나, 대저 천상을 살피고 성신도수를 상고하는 기계요, 그 중 두어 발 길이의 통이 틀에 걸려 남쪽을 가리킨 것은 천주당 원경(遠鏡) 제도인가 싶었다. 서쪽으로 총총한 섬돌이 있어 길을 통하고 그 밑은 좌우로 담을 둘러막고 담 안에 큰 마을이 있어 이는 흠천감(欽天監)이니, 천문을 살피고 역서를 만드는 곳이다. 대 위에 한 사람이 올라 여러 기물을 살피고 여장 사이로 굽어보거늘, 소리를 높여 오르기를 청하니 그 사람이 머리를 두르고 스스로 몸을 가리켜 베는 거동을 뵈는데 사람을 올리면 목 베이는 죄를 당하노라 하는 의사이다. 이윽히 배회하다가 세팔이 아문 앞에 나아가 청심환 두엇을 주며 지키는 사람을 달래어 대에 오르기를 청하니, 그 사람이 이르기를, "위는 금령이 극히 엄하니 이곳 사람도 망령되이 오르지 못하나, 아문 안에 또한 구경할 것이 있는지라, 마침 날이 일러 관원들이 미처 오지

---

51) 여장(女墻) : 성가퀴.

못하였으니 잠깐 들어가 보라." 하였다. 즉시 세팔을 데리고 큰 문으로 들어 뜰 가운데 이르니 좌우에 10여 칸 대를 쌓아 사면에 석난간을 두르고 각각에 기를 세웠으니, 동편은 혼천의요, 서편은 시 잡는 기계로, 모두 청동으로 만든 것이다. 고리 하나가 크기 한 움큼이 넘고 둘레가 예닐곱 발이니 그 위에 하늘 도수와 사면 방위를 새겨 제양이 극히 기이하고 장려하니, 대명 정통(正統)[52] 연간에 만든 것이다. 혼천의 북쪽에 큰 그릇이 있어 뒤주 모양이요 또한 쇠로 만들었으니, 필연 물을 넣어 돌게 한 제양인가 싶은데 상한 곳이 많으니 폐하여 쓰지 아니하는가 싶었다. -(하략)-

〈주석 : 배주연〉

---

52) 정통(正統) : 명 영종(英宗)의 연호(1436~1449).

『一庵燕記』

「九月 十四日 戊寅 晴 日暖」1)

　-(上略)- 余曰 俺年少寡聞 怎知頤養之術 老人曰 觀先生容貌辭氣 必
是博學君子 幸垂敎焉 余曰 禮云 長者有問 不辭讓而對 非禮也 亦安敢
終無所對也 東坡詩曰 因病得閒殊不惡 安心是藥更無方 安心二字 是頤
養之根木 苟不能安心 雖極力於吐納經伸之術 亦無益也 敢將安心二字
奉獻焉 老人又喜曰 領敎多謝 請益 余又曰 曾聞西洋國人壽 皆至百餘歲
者 無他異術 但睡時手握外腎 且厚袴暖腎 故也 今見此地風俗 雖隆冬
亦差單袴 此非養壽命之道 老人下元氣衰 以厚絮爲袴 則當必有益 答 領
敎 -(下略)-

---

* 이기지(李器之, 1690~1722)의 1720~1721년 연행록. 자 사안(士安), 호 일암(一庵).
　이기지는 조선 후기 학자로 1715년(숙종 41) 진사시에 장원하였다. 1721년(경종
　1) 부친인 좌의정 이이명(李頤命)이 후일 영조로 등극한 연잉군(延礽君)의 세제책
　봉(世弟册封)을 주장하다 반대당과 소론에 의해 제거된 신임사화(辛壬士禍) 때 함
　께 연루되어 고문 끝에 옥사하였다. 저서로『일암집(一庵集)』2권이 있다. 이기지
　의 서학 관련 기록은「일암연기(一庵燕記)」인데, 이이명이 청나라에 숙종의 죽음
　을 알리는 고부사(告訃使)로 1720년 7월 27일 한양을 출발하여 1721년 1월 7일 귀
　국할 때까지 이기지는 자제군관으로 수행하였는데 그 견문의 기록이다.「일암연
　기(一庵燕記)」는『一庵集』,「기(記)」에 수록되어 있는데, 천주당 안의 서양화를
　보고 상세히 기술한「서양화기(西洋畫記)」와 혼천의를 보고 지은「혼천기(渾儀
　記)」가 포함되어 있다.
　　신익철,『연행사와 북경 천주당 : 연행록 소재 북경 천주당 기사집성』, 보고사,
　　2013 ; 신익철(외),『18세기 연행록 기사 집성 : 서적·서화편』, 한국학중앙연구
　　원출판부, 2014 참조.
* 일암연기(一庵燕記)는 1720년 7월 27일부터 1721년 1월 7일까지의 기록이다.
* 역문 : 조융희, 신익철, 부유섭,『역주 일암연기』, 한국학중앙연구원, 2016.
1)「九月十四日戊寅」: 1720년 9월 14일.

【역문】「9월 14일 무인일. 맑고 온난」2)

-(상략)- 내가 대답하였다. "저는 나이가 어리고 들은 것이 적은데 어찌 자연의 원기를 기르는 것에 대해 알겠습니까?" 노인이 말하였다. "선생의 용모와 언사를 살펴보건대, 분명 박학다식한 군자입니다. 가르침을 주시기 바랍니다." 내가 말하였다. "『예기(禮記)』에 이르기를, '어른이 물을 때 사양하지 않고 대답하는 것은 예가 아니다.'라고 하였지만, 어찌 감히 대답하지 않겠습니까? 소동파(蘇東坡)의 시에 '병을 얻고서야 한가해졌으니 그다지 나쁘지 않고, 마음을 편안히 하는 것이 보약이거늘 다시 다른 처방 없어라[因病得閒殊不惡 安心是藥更無方].'라고 하였으니 '안심(安心)' 두 글자가 바로 자연의 원기를 기르는 근본입니다. 만약 마음을 편안하게 할 수 없다면, 비록 토납(吐納)과 경신(經伸)에 힘쓴다 한들 또한 이로움이 없을 것입니다. 감히 '안심' 두 글자를 받들어 올립니다." 노인이 또 글을 써서 말하였다. "가르침을 따르겠습니다. 매우 감사합니다." 그러고는 또 청하기에, 내가 다시 말하였다. "서양인들의 수명이 모두 100세가 넘는다고 들은 적이 있는데, 특별한 방법이 있는 것이 아닙니다. 다만 잠잘 때 손으로 고환을 쥐며, 또 두꺼운 바지로 고환을 따뜻하게 한 까닭이라 합니다. 지금 이 지역의 풍속을 보면, 비록 한 겨울에도 홑바지를 입으니 이는 장수하는 방도가 아닙니다. 노인께서 아랫도리에 원기가 쇠하거든 두꺼운 솜으로 바지를 해서 입으면 반드시 유익함이 있을 것입니다." 그가 대답하였다. "가르침을 따르겠습니다." -(하략)-

---

2) 『일암연기』 권2

「九月 二十二日 丙戌 晴」3)

-(上略)- 食後 與朴泰重同出汲水 金斗益 開天 守賢亦從焉 蓋錦平尉
朴弼成 前年使燕時 朝參回路 往見天主堂 西洋國人紀姓者 紀亦來玉河
館相見 贈以吸毒石 歸後亦不絕音問贈遺 朴泰重 曾隨錦平來燕 識其人
今行 又齎錦平所送物 將傳紀姓人 故余欲與朴同往見西洋人 蓋皇帝待紀
以賓師之禮云 出門 而刷馬人當汲水者 久不出 屢使督促 半餉猶不出 極
可痛 歸後言兵房杖之 甲軍王四 以他甲軍之猜忮 難於越次作行 余使周
旋同去 臨發始得諾同出 蓋他甲軍則恐難隨意旁出故也 出大路 循宮墻而
南 至兵部前 折而西 至大清門南正陽門內 又折而西 有遵城而行 城內面
削立不可上 故三百步許 輒附築堞級 以通上堞之路 兩端設門鎖之 或有
不鎖處 迤北行數十步 又折而西 未至天主堂數百步 鐵鍾及日影 已望見
矣 抵天主堂 入兩重門 堂屋制度 如口字狀 東西五楹 南北七楹 前面三
層閣 皆以甎築 高可六丈 下層設五門 門扇開 則隱於壁中 中層畫五虹門
望見如可入 上層中三間 皆圓圈作黃金綺疏 東作日影圓圈 徑周尺五尺許
直立面南 極中樹臬 下方 書九時自寅止戌 字上開畫 玄臬數寸而止 若撒
扇狀 時至 則臬影輒當畫頭 方爲午正矣 西邊圓圈 亦如東邊 但周書十二
時 中有金龜回轉 指十二時 閣裡設機 有鐵杖長十餘尺 一頭插牙輪 接於
鐵機之輪 一頭接金龜 以通內外之回轉 其上有鍾 隨時而鳴 機下三大輪
皆垂大鉛錘 大抵如自鳴鍾 而牙輪甚多 製作之妙 幾奪天巧 又有一鐵杖
西出 亦如之 北邊正殿 高大深邃 當中最高壁上 畫天主像 一人朱衣立雲
中 旁有六人出沒雲氣中 或露全身 或露半身 或披雲露面 亦有身生兩翼
者 人物眉目鬢髮 直如生人 鼻高口陷 手腳墳凸 如陽刻者然 衣摺而垂
若可攀拗雲氣 敷鬆如彈綿 最可異者 披雲露面者 深若數丈 初入殿中 仰

3)「九月二十二日丙戌」: 1720년 9월 22일.

面猝見壁上有大龕 龕中滿雲氣 雲中立五六人 紗紗怳惚 如仙鬼變幻 審
視則帖壁之畫耳 不謂人工之能至此也 左右壁上 列畫天神之像 百態俱備
不可盡記 亦有女子像 而深遠紗綿 眞若仙子 天主像前設座 有紅衣加胡
帽而無面目者 曰 皇帝之位 可怪 前置朱紅卓 香爐 香盒 器皿之屬 皆極
異 立燭臺二雙 而高皆丈餘 其外設長卓若闌干 以防人出入 卓上列花盆
數十 皆紙蠟造者 而花葉如眞 莫辨 左右翼室 自正殿接前閣 皆畫天神之
像 東壁上一神將 身有兩翼 足踏鬼鳥 狀若蝙蝠 而其翅如輪 方作蹲地狀
天神以降魔許春其頭 而目光射之 勃勃若生 世無神將則己 若有之 形相
必如此矣 翼室神像前 亦皆置車 外設闌干 防人近前 中庭立屏畫天女 亦
設香卓 大抵棟宇 欄楯 墻壁 皆以彩作石色 或青或紅 間作石理 全然似
石 入其中 初若冷氣逼人 從者皆以爲石 余以爪畫示之 然後知爲非石 殿
宇制度 皆壁立無簷棟 若木槿然 設像處金柱簇立或 作螺旋紋 或作叢笙
狀 玲瓏嵌空 皆出意表 門扉門關鍵並無痕縫之可尋 蓋西洋國俗崇奉天主
若西域之佛 多作天主堂而奉之 此堂亦西洋人所造也 余遍看殿內 入西翼
室 偶捫壁得一門 入其門 回互折旋 有梯可上 試攀上 回回盤屈 踏梯而
上 梯盡處卽前閣上層 西邊自鳴鐘也 移時細看機鍵之運動 還下 則守者
怒其不言而上 開前門使出 出後卽鎖 朴泰重招守門者 通紀姓者 門者言
紀於今年七月已死 他西洋人八人方在此云 蓋西洋人來此者 皆住此矣 遂
使通之 俄卽請入 使朴先入 通余之來 俄有人請余入 余出天主堂外門 入
小中門 方修治堂屋 鉅甀剗石 百工紛然 蓋作屋 皆以甀石 少用棟樑 入
中堂 西洋人三人 西坐東向 置花枏椅子於東邊 余入 皆揖而使坐 禮貌恭
恪 三人皆長當犯類 鼻高準尖而下垂 眉厖髮細 眼光汪汪 通明若琉璃 視
谽瞻若不能轉睛 坐第二位者 身長九尺餘 皆薙髮清服 堂中所置器玩 皆
奇異 多自鳴鐘 千里鏡之屬 北壁掛一障子 畫天女披髮立雲霧中 態極雅
潔天然 若從容自得於六合之外者 目光低視 若有所思 東壁雜畫花木 蟠
桃 怪石 輪囷交錯 數重相掩 遠見則條理分明 若一塊石假山 而迫視則紛

亂不可辨矣 東邊室垂錦帳 從人捲 視朱紅床絪縟繡絪縟 又有小屋 帳器物件件精奇 三人皆能漢語 而不能分曉 亦不能知文字 旁坐漢人 乃江南舉人 在此通語云 而朴泰重通語 而終不分明 余遂書字給舉人 其人輒持書 往三人前翻語 又以三人語書字示之 余書問曰 吾居天地之極東 君居天地之極西 今此會面 豈非天緣 況一箇靈心 君我無異 情志相通 何論遠近 鄙姓某名某 敢請三位姓名 答書 一位蘇霖 二位張安多 三位麥大成 蘇言 李老爺話 極是明通之論 相見恨晚 話間 居一位者 使從人 取一鏡 立余前 鏡徑三尺餘 一面凸一面凹 以花枑作跗及臺 高與人身等 作機回轉 初照凸面 人小如初生孩兒 俄轉而照凹面 人皆倒見 其人使余近前覷視 面大如盤 而却不倒 余周視器物 其人出千里鏡示之 長二丈餘 地窄無可遠視 案上多積書卷 皆以革爲衣褓 視乃西洋字也 字樣與梵略同 余使蘇霖書之 其筆以鵝翎或雕羽 莖根斜削使尖 水晶小缸 以綿濡墨 蘸其筆而書之 一蘸五六行 墨不乾 其書自左旁行書之 乃大宛傳 所謂 革書旁行也 西方之書 大抵如此 運筆神速如飛 行如引繩 又出自鳴鐘示之 四面皆以琉璃付之 上蓋以烏金 引小繩 則輒打鐘 制作精巧到極 卓上多置朱紅釘 大如筆管 問何用 則使從人燃燭來 燭細如指 盤屈如麵 長幾數十尺隨手屈伸 似非蠟燭 其人以朱釘頭 燒於燭上 釘着火乃 以釘頭火點紙 摺而封之 再點後 以小銅印印之 朱字却分明 問 印此何用 答 書札及他封識處 皆用此云 余又言 三位中 或可進來我們館中否 蓋欲以此人現於大人也 其人却以羽筆 書紙贈之 以指按示言 李老爺 極明白可敬 當進館中王四在旁言 買賣方不通 門禁甚嚴 不可來 其人却蹦躇 答言 當訪問 門禁可入則進去 余却叱王四曰 你行事不知道 買賣人 慮挾禁物 或可禁入而九萬里外西洋人 有何干你等買賣事 朴亦叱之 王四面赧而退 然其人終不隨來 余遂辭出 三人皆送至門外慇懃作別 -(下略)-

-(상략)- 식사 후에 박태중과 함께 물을 길으러 나갔다 김두익, 개천, 수현도 따라왔다. 금평위(錦平尉) 박필성(朴弼成)5)이 몇 해 전 연경에 사신으로 왔을 때, 조회에 참석하고 돌아오는 길에 천주당에 들러 성이 기(紀)인 서양사람6)을 만났다. 기씨 또한 옥하관(玉河館)7)으로 찾아와 그를 만나 흡독석(吸毒石)8)을 주었으며, 그가 귀국한 뒤에도 서로 끊임없이 소식을 주고받았다. 박태중은 금평위를 따라 연경에 왔기 때문에 그 사람을 알고 있었고, 이번 연행에서도 금평위가 보낸 물건을 가지고 와 기씨에게 전하고자 하였던 까닭에 나는 박태중과 함께 가서 그 서양인을 만나보기로 하였다. 황제는 기씨를 빈사(賓師)의 예법으로 대우한다고 하였다. 문을 나서려는데 물 긷는 일을 맡은 쇄마인(刷馬人)9)이 오래도록 나오지 않았다. 여러 번 독촉하였으나 한참이 지나도 나오지 않아 몹시 분통이 터졌다. 그래서 돌아온 뒤에 병

---

4) 『일암연기』 권2에 수록. 1720년 9월 22일은 이기지가 천주당(남당)을 최초로 탐방한 날이다. 이후에도 9월 27일(남당), 10월 10일(동당), 10월 22일(동당), 10월 26일(남당), 10월 28일(북당), 10월 30일(동당) 그리고 북경을 떠나 귀국길에 오르는 11월 24일(동당) 당일까지 남당 3차, 동당 4차, 북당 1차 등 무려 여덟 차례에 걸쳐 천주당을 방문하였다. 10월 16일에는 동당을 방문했으나 프리델리(Fridelli, X. 費隱)가 없어서 들어가지 않았다. 한편 서양 선교사들도 사신 숙소로 세 차례(9월 29일, 10월 20일, 10월 24일) 답방하였다. 이기지는 조선 시대 중국 연행사신 중 천주당을 가장 많이 방문하고 가장 많은 선교사들을 만나 대화를 나눈 인물이다.

5) 박필성(朴弼成, 1652~1747) : 박필성은 효종의 부마로 1662년 금평위로 봉해졌다. 숙종 때 1685년부터 1717까지 네 차례에 걸쳐 청나라에 사행하였다.

6) "성이 기(紀)인 서양사람" : 독일 출신 예수회 선교사 킬리안 스툼프(Kilian Stumpf, 紀理安, 1655~1720).

7) 옥하관(玉河館) : 조선 사신들이 유숙(留宿)한 중국 북경(北京)의 공식 체류 장소.

8) 흡독석(吸毒石) : 독기를 빨아내는 돌.

9) 쇄마인(刷馬人) : 지방에 배치하여 둔 관용 말을 모는 마부.

방(兵房)에게 매질하라고 말하였다. 갑군10) 왕사11)는 다른 갑군들이 시기하여 순번을 뛰어넘어 길을 나서기가 곤란하였다 내가 함께 갈수 있도록 주선한 결과, 출발할 즈음에야 비로소 허락을 받아 함께 나갔다. 다른 갑군들과는 마음대로 길을 벗어나 다니기가 어렵지 않을까 염려되었기 때문이다. 큰길로 나와 궁궐 담장을 따라 남쪽으로 가다가 병부(兵部) 앞에 이르러 서쪽으로 길을 꺾었다. 대청문 남쪽에 있는 정양문의 안쪽에서 다시 서쪽으로 길을 꺾어 성을 따라 걸어갔다. 성 안쪽 벽면은 깎아지른 듯 솟아있어 올라갈 수 없었으며, 대략 300보마다 계단을 만들어 성가퀴 윗길로 통하게 하였다. 계단 양쪽 끝에 있는 문은 잠겨 있었으며, 간혹 잠그지 않은 곳도 있었다. 북쪽으로 비스듬히 수십 보를 가서 다시 서쪽으로 길을 꺾었는데, 천주당에 도착하기 수백 보 전에 철종(鐵鍾)과 일영(日影)12)이 벌써 멀리 보였다. 천주당에 도착하여 두 개의 중문(重門)을 통해 안으로 들어갔다. 집의 모양은 '구(口)'자와 비슷하였으며, 기둥이 동서로는 다섯 개, 남북으로는 일곱 개였다. 앞쪽의 3층 전각은 모두 벽돌을 쌓아 만들었으며, 높이는 6장쯤 되었다. 맨 아래층에는 다섯 개의 문이 설치되어 있었는데 문을 열면 문짝이 벽 안쪽으로 숨었다. 가운데층에는 다섯 개의 홍예문이 그려져 있었는데 멀리서 보면 그곳으로 들어갈 수 있을 것만 같았다. 맨 위층의 가운데 세 칸에는 모두 황금빛으로 아름다운 무늬를 수놓은 창문을 동그랗게 만들어놓았다. 동편에 일영(日影)의 원권(圓圈)이 있었는데, 지름은 주척(周尺)13)으로 5척쯤 되었다. 남쪽을 향하여 곧추

---

10) 갑군 : 갑옷 입은 군사.

11) 왕사(王四) : 1712년 연행한 김창업(金昌業)의 북경 안내를 맡았던 갑군. 이기지의 북경 안내도 왕사가 맡았다.

12) 일영(日影) : 해시계.

13) 주척(周尺) : 중국 주 나라에서 만들어 썼다는 가장 오래된 자로 측량에 사용되는 모든 자의 기준이 되는 자를 말한다. 우리나라에서는 고려, 조선 시대에 사

세워놓았으며, 한 가운데에는 해시계 말뚝이 박혀 있었다. 아래쪽에는 인(寅)부터 술(戌)까지 아홉 개의 시각이 씌어 있었고, 그 글자 위에는 획을 그어놓았다. 검은색 말뚝은 몇 촌(寸)에 불과하였는데 마치 부챗살을 펼쳐놓은 듯한 모양이었다. 시각이 되면 막대의 그림자가 그때마다 그 획의 끝에 오는데, 막 정오가 되어 있었다. 서편에 있는 일영의 원권 또한 동편의 것과 같았다. 그런데 둘레에는 12개의 시각을 모두 써놓았으며, 중앙에 있는 금 거북이 회전하면서 열두 개의 시각을 가리켰다. 누각 안에는 기기(器機)가 설치되어 있었는데, 길이가 10여 척 되는 쇠막대의 한쪽 끝이 톱니바퀴에 꽂혀 쇠로 만든 기기의 바퀴에 연결되고, 또 다른 한쪽 끝은 금 거북에 연결되어, 안쪽과 바깥쪽이 서로 맞물려 돌아갔다. 그 기기 위쪽에 있는 종은 매 시간 울렸다. 기기 아래에 있는 세 개의 큰 바퀴에는 모두 납으로 만든 커다란 추가 드리워져 있었다. 대체로 자명종과 비슷하였으며 톱니바퀴가 매우 많았다. 기묘하게 만들어져 거의 하늘의 기교를 훔친 듯하였다. 또 다른 쇠막대 하나가 서쪽으로 나와 있었는데, 이것도 앞의 것과 마찬가지였다. 북쪽의 정전(正殿)은 높고 크며 내부도 깊숙하였다. 중앙에 있는 가장 높은 벽 위에 천주상(天主像)이 그려져 있었는데 한 사람이 붉은 옷을 입고 구름 속에 서 있는 모습이었다. 그 옆에는 여섯 사람이 구름에 가려져 있기도 하고 구름 밖으로 모습을 드러내기도 하였다. 어떤 이는 온몸을 다 드러냈고, 어떤 이는 몸을 반만 드러냈으며, 어떤 이는 구름을 헤치고 얼굴을 드러내기도 하였다. 또한 몸에 두 날개가 돋은 이도 있었다. 그들의 얼굴과 머리카락 모습은 흡사 살아 있는 사람 같았다. 코는 높이 솟고 입은 들어갔으며 손발이 도톰하게 나와서 마치 양각(陽刻)한 것 같았다. 주름진 옷은 아래쪽으로 드리워져 구름

용했는데 조선 세종 대의 주척 1척은 20.81cm, 영조 대의 주척 1척은 20.83cm 이었다. 한국콘텐츠진흥원, 『문화원형 용어사전』, 2012 참조.

을 휘감을 듯한 모습이었다. 머리카락은 솜을 탄 듯 더부룩하게 풀어져 있었다. 가장 특이했던 것은 몇 장정도 깊숙한 곳에서 구름을 헤치고 얼굴을 드러낸 자의 모습이었다. 처음에 전각 안에 들어가 고개를 들고 쳐다보니 갑자기 벽 위에 커다란 감실이 보였다. 감실 안은 구름이 가득하고 구름 속에 5~6인이 서 있었는데, 아득하고 황홀하여 마치 신선과 귀신이 변환한 듯하였다. 자세히 보니 벽에 붙인 그림일 뿐이었으니, 사람의 솜씨로 이러한 경지에 이를 수 있으리라고는 여겨지지 않았다. 좌우의 벽 위에는 천신(天神)의 형상을 여럿 그려놓았는데, 온갖 모습이 다 갖추어져 있어 이루 다 기록할 수 없다. 또한 여자의 형상도 있었는데, 심원하고 아득하여 참으로 신선 같았다. 천주상 앞에 만들어놓은 자리에는 이목구비 없는 형상에 붉은 옷을 입히고 호모(胡帽)를 씌워두었다. 황제의 자리라고 하였으니, 특이한 일이었다. 그 앞에 주홍색 탁자와 향로, 향합, 기명(器皿) 따위가 놓여 있었는데, 모두 매우 기이하였다. 촛대 두 쌍을 세워놓았는데, 높이는 모두 한 장 남짓이었다. 그 바깥으로는 긴 탁자를 난간처럼 설치하여 사람들의 출입을 막았다. 탁자 위에는 화분 수십 개를 늘어놓았는데, 모두 종이와 밀랍으로 만든 것으로 꽃과 잎이 진짜 같아 분간할 수 없을 정도였다. 좌우의 익실(翼室)이 정전에서 앞쪽 전각까지 이어주었는데, 그곳에는 모두 천신의 형상이 그려져 있었다. 동쪽 벽 위에는 신장(神將)이 하나 있었는데, 그의 몸에는 날개 두 개가 달려 있었다. 발로는 박쥐같은 귀조(鬼鳥)를 밟고 날개를 수레바퀴 모양으로 한 채 막 땅으로 내려서는 형상이었다. 천신이 항마저(降魔杵)[14]로 귀조의 머리를 찧고 있었는데, 눈에서 광채가 뿜어져 나와 마치 살아 있는 듯 생동감이 느껴졌다. 세상에 신장이 없다면 모를까, 만약 있다면 그 형상이

14) 항마저(降魔杵) : 마귀를 굴복시키는 방망이.

펼시 이와 같을 듯 하였다. 익실의 신상(神像) 앞에도 모두 탁자를 놓아두었고, 그 밖으로 난간을 설치하여 사람들이 가까이 다가오지 못하게 막았다. 익실 중앙에는 천녀(天女)를 그린 병풍을 세우고 향탁을 두었다 대체로 용마루와 난간과 벽은 모두 돌 빛깔로 채색하고 푸른색이나 붉은색으로 사이사이 돌의 무늬를 그려두었기 때문에 진짜 돌과 정말로 비슷해 보였다. 그 안으로 들어갔을 때 처음에 냉기 같은 것이 느껴져 따라온 자들 모두 돌이라고 생각했는데, 내가 손톱으로 긁어 보인 뒤에야 돌이 아님을 알게 되었다. 건물을 지은 방식을 보면 모두 벽만 세우고 처마와 용마루가 없어 마치 나무 궤짝 같았다. 신상을 둔 곳에는 금빛 기둥들이 촘촘하게 서 있는데. 나선형 문양이나 대숲 모양이 영롱하게 새겨져 있었으니, 모두 생각지도 못한 것이었다. 문의 빗장과 자물쇠는 모두 이어붙인 흔적이라고는 찾아볼 수 없었다. 대개 서양 나라들의 풍속에서는 천주를 숭상하는 것을 마치 서역에서 부처를 받들 듯이 하여 으레 천주당을 지어 천주를 모시는데, 이 천주당도 서양인이 지은 것이었다. 나는 전각 안을 두루 살펴보고 서쪽의 익실로 들어갔는데, 벽을 어루만지다 우연히 문 하나를 발견하였다. 그 문으로 들어가 보니 위로 올라갈 수 있도록 빙빙 굽어 돌아가는 사다리를 설치해두었기에 사다리를 잡고서 올라가 보았다. 굽이굽이 돌아가며 사다리를 밟고 올라가니, 사다리가 끝나는 곳이 바로 전각의 꼭대기 층이었다. 서쪽에 자명종이 있어서, 한동안 기계 장치가 움직이는 모습을 자세히 살펴보았다. 다시 내려오니 문지기가 말하지 않고 올라갔다며 화를 내고는 앞문을 열어 나가라고 하더니 우리들이 나오자마자 문을 잠갔다. 박태중이 문지기를 불러 기(紀)씨에게 알려달라고 하자, 문지기는 기씨가 올해 7월에 이미 죽었고, 지금은 다른 서양인 8명이 이곳에 와 있다고 하였다. 서양인이 이 지역에 오면 모두 이곳에 머무는 듯하였다. 마침내 그들에게 알리도록 하였더니, 잠시 후 들어오라고 하였다. 박태중을 먼저 들여보내 내가 온 것을 전하도록 하자, 잠시 후 어떤 사람이 내게 들어오라고 하였다. 나는 천주당의 바깥문으로 나갔다가 작은 중문(中門)으로 들어갔는데, 마침 집을 수리하느라 커다란 벽돌과 잘라놓은 돌들을 가지고 많은 장인(匠人)이 분주하게 움직였다. 건물을 지을 때는 모두 벽돌을 쓰고, 기둥과 들보는 적게 사용하는 듯하였다. 중당(中堂)에 들어가니, 서양 인 세 사람이 서쪽에 앉아서 동쪽을 바라보고 있었으며, 동쪽에 화뉴(花杻) 의자를 놓아두었다. 내가 들어가자 모두 읍하며 앉으라고 하였 는데, 예의를 갖추는 모습이 매우 공손하였다. 세 사람은 긴 수염을 하고 보통 사람과는 달라 보였으며, 코가 높아 콧등이 뾰족하면서도 아랫부분은 처져 있었다. 눈썹은 풍성하고 머리카락은 가늘었다. 눈 빛은 강렬하면서도 유리처럼 맑았으며 무언가를 볼 때는 눈동자를 굴 릴 것 같지도 않았다. 두 번째 자리에 앉은 사람은 커가 9척 남짓 되 었다. 모두 변발을 하고 청나라 옷을 입고 있었다. 당 안에 비치되어 있는 기구들은 모두 기이하였는데, 자명종과 천리경 같은 것이 많았 다. 북쪽 벽에는 족자 하나가 걸려 있었는데, 천상의 여인이 머리를 풀어 헤치고 운무(雲霧) 속에 서 있는 것을 그린 것이었다. 그 자태가 매우 우아하고 고결하며 자연스러워 마치 세상 밖에서 가만히 이치를 지득(自得)한 듯 보였고, 아래를 내려다보는 눈빛은 마치 무언가 생각 하는 듯하였다. 동쪽 벽에는 꽃나무, 반도(蟠桃)[15], 괴석(怪石) 등 여러 가지가 그려져 있었는데, 구불구불 서로 얽히며 여러 겹으로 덮여 있 는 모습이었다. 멀리서 보면 갈피가 분명하여 한 무더기의 석가산(石 假山)[16] 같았지만, 가까이서 보면 어지럽게 얽혀 있어 무엇인지 분별 할 수 없었다. 동쪽 방에는 비단 휘장이 드리워져 있었는데, 종자(從

---

15) 반도(蟠桃) : 3천년에 한 번씩 열려 신선들이 먹는다는 신화 상의 복숭아.
16) 석가산(石假山) : 뜰이나 정원에 특이한 돌들을 모아 쌓아서 만든 인공 산.

者)가 걷어 올리자 주홍빛 침상 위에 깔아놓은 이불과 화려하게 수놓은 융단이 보였다. 또 작은 방이 있었는데, 휘장과 기물들이 하나하나 정교하고 기이하였다. 세 사람은 모두 한어(漢語)로 말할 줄 알았지만, 분명하게 하지는 못하였고 글 또한 알지 못하였다. 곁에 앉은 한인(漢人)은 강남 출신의 거인(擧人)으로 이곳에 있으면서 통역을 해준다고 하였으나, 박태중이 통역을 해보았지만 끝내 분명하게 통하지 않았다. 결국 내가 글을 써서 거인에게 주면, 거인이 그 글을 가지고 세 사람 앞으로 가서 번역하여 말해주고, 다시 세 사람의 말을 글로 써서 내게 보여주었다. 내가 글로 써서 물었다. "저는 천지의 동쪽 끝에 살고 당신은 천지의 서쪽 끝에 사는데, 지금 이곳에 서 얼굴을 마주하니, 어찌 하늘이 베푼 인연이 아니겠습니까? 하물며 영묘한 마음은 그대와 내가 다르지 않을 것이니, 마음이 서로 통한다면 어찌 거리가 멀고 가까운 것을 따지겠습니까? 저의 성은 아무개이고, 이름은 아무개이니 세 분의 성명을 알고 싶습니다." 답한 글에서 말하였다. "첫 번째 사람은 소림(蘇霖)[17]이고, 두 번째 사람은 장안다(張安多)[18]이고, 세 번째 사람은 맥대성(麥大成)[19]입니다." 소림이 말하였다. "이노야(李老爺)의 말씀이 매우 분명하고 사리에 통달해 있으니, 늦게 만난 것이 애석합니다." 대화를 나누다가 첫 번째 자리에 앉아 있던 사람이 종자를 시켜 거울 하나를 가져오게 하여 내 앞에 세워놓았다. 거울은 지름이 3

---

17) 소림(蘇霖) : 사우레즈(Joseph Suarez, 1656~1736). 포르투갈 출신 예수회 선교사로 1684년 중국에 입국하여 강남(江南)과 광동(廣東)에서 전교하였다. 1688년부터 흠천감(欽天監) 감원으로 봉직하였다.

18) 장안다(張安多) : 미상.

19) 맥대성(麥大成) : 카르도소(Joannes Fr. Cardoso, 1676~1723). 포르투갈 출신 예수회 선교사로 1710년 중국에 입국하였다. 강희(康熙) 연간 전국에 시행된 지도 측정 사업에 동참하여 1711년 산동(山東) 지역, 1713년 강서(江西), 광동(廣東), 광서(廣西) 지역을 탐사하고 지도를 작성하였다. 方豪, 『中國天主敎史人物傳』, 권2, 香港, 1970, 298~306쪽 참조.

척 남짓 되었으며, 한 면은 볼록하고 한 면은 오목하였다. 화뉴(花杻)로 받침대를 만들었으며, 높이는 사람의 키만 하였고, 회전하는 장치가 있었다. 처음에 볼록한 면에 비춰보자 사람이 갓난아이처럼 작아 보였고, 잠시 후 회전시켜 오목한 면에 비춰보자 사람이 모두 거꾸로 보였다 그가 나에게 앞으로 가까이 가서 보라고 하였는데, 그렇게 하였더니 얼굴이 대야만 하게 크게 보이면서 거꾸로 보이지는 않았다. 내가 기물들을 둘러보자 그 사람이 천리경을 꺼내어 보여주었다. 길이는 2장 남짓 되었는데, 장소가 협소하여 멀리까지 바라볼 수 없었다. 책상 위에는 서책이 많이 쌓여 있었는데, 모두 가죽으로 장정을 하였다. 살펴보니 서양 글자로 씌어 있었는데, 글자 모양은 대략 범어(梵語)와 비슷하였다. 나는 소림에게 글을 써보도록 하였다. 그가 사용하는 붓은 거위 깃털이나 독수리 깃으로 만들었는데, 깃털의 기둥이나 밑동을 비스듬히 깎아 뾰족하게 하였다. 수정으로 만든 조그만 항아리에 솜을 넣어 먹물을 적셔놓았는데 그 붓을 거기에 담가놓았다가 글씨를 썼다. 한 번 담가서 대여섯 줄을 써도 먹물이 마르지 않았다 글씨는 왼쪽부터 가로로 써 내려갔으니, 『대원열전(大宛列傳)[20]에서 "가죽에다 글씨를 가로로 쓴다."라고 한 말과 같았다. 서방(西方) 사람들이 쓰는 글씨는 대체로 이와 같아 붓의 운용이 나는 듯이 신속하며 먹줄을 잡아당긴 듯 정연하게 행을 맞추었다. 또 자명종을 꺼내 보였는데, 사면에 모두 유리를 붙여놓았고, 윗부분은 오금(烏金)을 덮었다. 작은 줄을 끌어당기면 곧바로 종이 울렸는데. 제작의 정교함이 극치를 이루었다. 탁자 위에는 주홍색 정(釘)[21]이 많이 놓여 있었는데, 크

---

20) 대원열전(大宛列傳) : 사마천(司馬遷)의 『사기(史記)』제63편의 대원국(大宛國)에 관한 기록. 대원은 고대 중앙아시아 동부 페르가나 지방에 있던 나라.

21) 주홍색 정(釘) : 서류나 서신 봉투 등의 밀봉을 위한 작은 못 모양의 붉은색 밀랍 덩어리.

기가 붓 대롱만 하였다. 어디에 쓰는 것인지 묻자, 종자를 시켜 촛불을 켜 가지고 오도록 하였다 초는 손가락만큼 가늘었으며, 국수처럼 구불구불 서려 있고, 길이는 거의 몇 십 척쯤 되었다. 손을 대는 대로 구부러지기도 하고 펴지기도 하여 밀랍으로 만든 초는 아닌 듯하였다. 그 사람이 붉은 정의 윗부분을 촛불 위에 대고 사르자 정에 곧 불이 붙었다. 그러고는 불에 달구어진 정의 끝부분을 종이에 떨구고 접어서 봉하였다. 다시 한 방울 떨어뜨린 뒤, 작은 구리 도장을 그 위에 찍으니, 붉은색 글자가 매우 분명하게 보였다. 내가 물었다. "여기에 도장을 찍는 것은 용도가 무엇입니까?" 그가 답하였다. "서찰이나 그 밖의 것에 봉인 표시를 할 때 모두 이 도장을 사용합니다." 내가 또 말하였다. "세 분 중에서 혹시 우리 관사에 와주실 수 있는 분이 있는지요?" 이 사람들을 대인께 보여드리고 싶었기 때문이다. 그 사람이 깃털 붓으로 종이에 글을 써주고는, 손가락으로 짚어가며 말한 내용을 보여주었다. "이노야께서 사리에 매우 밝아 공경할 만하니, 마땅히 관사에 가도록 하겠습니다." 왕사가 곁에 있다가 말하였다. "물건의 매매를 하지 못하도록 문금(門禁)을 매우 엄격하게 하기 때문에 오실 수 없을 것입니다." 그러자 그 사람이 다시 주저하다가 답하였다. "당연히 방문할 것인데, 문금이 들어갈 수 있을 상황이 되면 가도록 하겠습니다." 내가 왕사를 꾸짖으며 말하였다. "너는 일을 처리할 줄도 모르는구나. 매매하는 사람들의 경우 금지된 물품을 가지고 올까 염려되어 출입을 금할 수도 있지만, 9만 리 밖에서 온 서양인이 너희들이 매매하는 일과 무슨 상관이 있겠느냐?" 박태중도 그를 꾸짖자, 왕사가 얼굴을 붉히며 물러섰다. 그렇지만 그는 끝내 뒤따라오지 않았다. 드디어 내가 작별 인사를 하고 나오니, 세 사람이 모두 문 밖까지 나와 전송해주었는데 작별하는 모습이 정중하였다. -(하략)-

-(上略)- 至天主堂 使行方坐鬪間 俄而其守者出來 先開天主殿 余與
一行 皆入遍看 大人欲上 看西邊自鳴鐘 守者云 若盡驅出雜人 方可上看
遂使從者盡出門外 三使臣及余 同上樓梯 看自鳴鐘 遂還下 入見西洋人
乃項日余坐之房也 蘇霖. 張安多 麥大成 三人皆在 戴進賢亦在 而面目比
三人清明 蘇張麥皆見余 欣迎握手致款 大人與副使書狀 列坐 余亦旁坐
以書問答 旁坐欽天監官兩人 執筆傳聞答 一名邵雲龍 一名孫爾茂云 大
人問答云云 送面幣紙扇等物 三行出房遍看諸房珍玩奇異之物 不可勝君
而尙未朝飯 故遂皆還 西洋人出門送之 大人請來于館所 則言當於數日內
進去云矣 余獨留在 將欲更細看也 西洋人邀入他房坐定 余更以三扇送項
日三人 又以扇及各色扇子紙 贈戴哥 與打話 欲以飯待 辭以已喫 出西洋
餅三十立 其狀類我國中薄桂 而脆軟甘昧 入口卽消 誠異味也 問其方 則
以砂糖和雞卵麵末爲之 先王末年厭食 思異味 御醫李時粥言 會赴燕時
治瀋陽將軍松珠病 以雞卵餅食之 而味極脆軟奇絕 彼中亦以爲稀異之味
云 請依法造成 內局造之 而終不能善 蓋此物也 余喫一丁 彼卽進茶 蓋
食此後飲茶 則善消不滯故也 腹中甚安穩 不飽而忘飢 余求見西洋畫 出
示畫像七簇 皆西洋人出來中國 而中國人畫其像者也 利瑪竇 湯若望 龍
華明 安文思 皆明時入來之人 淸時人亦有三人像 利瑪寶氣像儒雅淸明
類學問中人 眼有精彩 頭戴程子巾 坐旁有一小冊 揭視而西洋字 而以小
紙作畫如手掌 納冊中數十丈 余請得一二丈 蘇戴二人 各出他小畫二三丈
贈之 其中小錦片塗墨 而空人形 若陰刻印本者然 畫作女人抱子狀 欲與
而還置 甚有吝惜意 余問其故 答 此是天母之像 若慢屑待之 與受皆不好
云 余曰 天主之敎 若行於東國 是亦諸公之功 天主之像 流布何害 三人

22)「九月二十七日辛卯」: 1720년 9월 27일.

皆以爲君言極是 遂與之 又出大冊三卷 長廣皆二三尺 厚半尺許 一畫西
洋人主及皇后 他人物 山川 城郭 居邑 海島 皆以西洋書細書 不可下矣
西洋主作披髮狀 衣無縫長衣 皇后作卷髮 而鬢鬆如雲 域郭制度 亦皆異
常 又有雲霧中 畫一人持鐵杆 而亦不類雷公之狀 卷裡甚多 其像問何物
答 此如中國之龍 龍飛行雲中 行雨使雷電云 意者 天神人鬼之間 自有一
種異物 未可知也 草木多奇異 未曾見者 果多形如螺殼者 草多葉如芭蕉
者 花多葵菊之類 禽獸則獅象虎熊牛馬屬 皆類中國 而有形如鼠 而大若
牛者 名曰貘 有若犀 而項長於身 名西牛 其他奇異形狀 不可勝玩 筆法
精奇 非中國所及 禽獸草木 各極其態 一草一獸 皆疊畫三四本 更與蘇戴
諸人 遍歷諸房 細看一室 中別置朱紅椅子十餘 朱卓五介 北壁納石函貯
水 函底通三穴 以銅作龍頭插穴中 龍口爲開閉關鍵 開則龍口噴水 其下
承以石櫃 龍中水落櫃中 而流出壁外 其旁掛長布十餘尺 乃飯後諸人盥手
處也 此屋亦西洋人會食所也 一屋中多置地圖 渾天儀 地毯等物 卓上有
一機 一頭側立圓木板 板上以五彩雜抹 縱橫散亂 無條理 或有似鳥頭者
或有似鳥翼者 菫可指名而已 離木板三尺許 橫堅圓筒一頭付水晶 水晶中
高而多作廉稜 一頭有四小空 菫如針孔 人以眼著小孔 透水晶 而視板面
則向之散亂者 皆湊成一物 或鶴啄松枝 或鸕鶿浮水 種種如生物飛動 板
上畫終莫下其何者爲頭何者爲足 極可怪 蓋水晶廉稜能離合人視物 故隨
其離合之勢而爲畫 使湊合一板之點畫 以成完鳥 匠心之妙 可奪神巧 板
上書視學二字 旁書以散聚以聚散六字 庭中有小井 無水 旁穿穴 插銅筒
筒大如人臂 曲柄而高出井上 其下承以竹筧 以達于池 小井之北百步 屋
後有井 井中設機 使人運其機 水由地中行 從銅筒口噴出 直湧平地上 落
于筧 而入于池 蘇戴又引入一房 卓上有水晶瓶 高三尺許 貯酒若空 酌酒
勸 余其酒味甘而清爽 異香逆鼻 飲後但微醺 而亦不醉 遂辭出 諸人皆送
至門 聞象房在不遠 遂往見 自天主堂 向西行數百步 有象房 以一扇給門者
入去 有屋三十八間 每間各置一象 無羈靮 無槽閑 而但立甎上 終無移足者

-(상략)- 천주당에 이르자 사신 일행이 마침 문간에 앉아 있었다. 잠시 뒤에 문지기가 나와서 먼저 천주전(天主殿)을 열어주어 나와 일행들이 모두 들어가 두루 살펴보았다. 대인께서는 위층으로 올라가 서편에 있는 자명종을 보려고 하였다. 문지기가, "잡인들을 모두 쫓아내야만 올라가 보실 수 있습니다."라고 하기에, 마침내 종자들을 모두 문밖으로 내보냈다. 삼사신과 나는 함께 누각에 설치된 사다리를 타고 올라가 자명종을 구경하였다. 다시 내려와 서양인을 만나러 들어갔는데 지난번에 내가 앉았던 방이었다. 소림(蘇霖)·장안다(張安多)·맥대성(麥太成) 세 사람이 모두 있었다. 대진현(戴進賢)24)도 있었는데, 얼굴이 세 사람에 비해 맑고 환하였다. 소림·장안다·맥대성은 모두 나를 보고 반갑게 맞이하며 악수를 나누고 정을 표하였다. 대인은 부사와 서장관과 함께 나란히 앉고 나도 옆에 앉아 글을 써서 이야기를 주고받았다. 그들 곁에는 흠천감(欽天監) 관원 두 사람이 앉아서 붓을 잡고 문답하는 내용을 글로 옮겼는데 한 사람은 이름이 소운룡(邵雲龍)이고 또 다른 사람은 이름이 손이무(孫爾茂)라고 하였다. 대인은 이러저러한 이야기를 나누고는, 예물로 종이와 부채 등의 물건을 주었다. 삼사신은 그 방에서 나와 여러 방에 있는 진기한 물건들을 두루 구경하였는데 이루 다 볼 수가 없었다. 아직 아침 식사를 하지 않아 모두들 관사로 돌아갔다. 서양인들이 문밖까지 나와 전송해주었다.

---

23) 『일암연기』 권3

24) 대진현(戴進賢) : 쾨글러(Ignatius Kögler, 1680~1746). 독일 출신 예수회 선교사. 1715년 중국에 입국하여 1717년(康熙 56)부터 흠천감(欽天監) 감원(監員), 1725년부터 흠천감 감정(監正)으로 봉직하였다. 『황도총성도(皇道總星圖)』, 『의상고성(儀象考成)』 등을 저술하고 수많은 천문 의기를 제작하였다. 方豪, 앞의 책, 권3, 74~82쪽 참조.

대인께서 우리의 처소에 방문해달라고 초청하였더니 그들은 며칠 내로 찾아가겠다고 말하였다. 나는 더 자세히 보고 싶어 혼자 남았다. 서양인들이 나를 다른 방으로 맞아들여 앉도록 하였다. 나는 다시 부채 세 자루를 지난번에 만났던 세 사람에게 주고, 또 부채와 여러 가지 빛깔의 선자지(扇子紙)[25]를 대진현에게 주면서 그와 이야기를 나누었다. 식사를 대접하려고 하기에 이미 먹었다고 사양하니, 서양 떡 30개를 내왔다. 그 모양이 우리나라의 박계(薄桂)[26]와 비슷했는데, 부드럽고 달았으며 입에 들어가자마자 녹았으니 참으로 기이한 맛이었다. 만드는 방법을 묻자, 사탕(砂糖)과 계란과 밀가루로 만든다고 하였다.[27] 선왕[28]께서 말년에 음식에 물려 색다른 맛을 찾자, 어의 이시필(李時弼)[29]이 말하였다. "연경에 갔을 때 심양장군(瀋陽將軍) 송주(松珠)의 병을 치료해주고 계란 떡을 받아먹었는데, 그 맛이 매우 부드럽고 뛰어났습니다. 저들 또한 매우 진기한 음식으로 여겼습니다." 이시필이 그 제조법에 따라 만들기를 청하여 내국(內局)에서 만들어보았지만 끝내 좋은 맛을 낼 수가 없었는데, 바로 이 음식이었던 것이다. 내가 한 조각을 먹자 그들이 곧 차를 내왔는데, 이것을 먹은 후에 차를 마시면 소화가 잘되어 체하지 않기 때문이다. 뱃속이 매우 편안했으며, 배는 부르지 않으면서도 시장기를 잊을 수 있었다. 내가 서양화를 보

---

25) 선자지(扇子紙) : 부채를 만드는 데 쓰는 질기고 단단한 한지. 이승철,『우리가 정말 알아야 할 우리 한지』, 현암사, 2002 참조.

26) 박계(薄桂) : 박계는 약재로 쓰이는 계수나무 수피인데 여기에서는 박계(朴桂)를 잘 못 표기한 듯하다. 朴桂는 밀가루에 꿀과 소금을 섞고 반죽하여 높은 온도에서 지져낸 유밀과(油蜜菓)에 속하는 한과로 주로 제향음식에 쓰인다. 한복진,『우리가 정말 알아야 할 우리 음식 백가지』1, 현암사, 1998 참조.

27) 카스텔라 인 듯하다.

28) 선왕 : 숙종(肅宗).

29) 이시필(李時弼) : 이시필(1657~1724)은 숙종의 어의로 1711년 동지사(冬至使)를 따라 사행하였다. 조선의 음식 조리서 『수문사설(搜聞事說)』을 편찬하였다.

고 싶어 하자, 초상화 일곱 족자를 꺼내어 보여주었다. 모두 중국에
온 서양인으로 중국 사람들이 그들의 모습을 그린 것이었다. 이마두
(利瑪竇)[30]·탕약망(湯若望)[31]·용화민(龍華民)[32]·안문사(安文思)[33]는　모
두 명나라 때 들어온 사람들이었고, 청나라 때 들어온 사람들을 그린

---

30) 이마두(利瑪竇) : 마테오 리치(Matteo Ricci, 1552~1610). 적응주의 전교방법으로
근대 동양의 그리스도교 개교에 성공한 이탈리아 출신 예수회 선교사. 1583년
중국에 입국하여 수많은 난관을 극복하고 1601년 북경을 전교 근거지로 삼아
많은 유가 사대부들의 후원과 도움을 얻어 그리스도교가 천주교로 뿌리내릴 수
있게 하였다. 『천주실의(天主實義)』를 비롯하여 『교우론(交友論)』, 『서양기법
(西洋記法)』, 『이십오언(二十五言)』, 『기인십편(畸人十篇)』 등 다수의 중요 종교
서를 한문으로 집필 간행하였고, 중국전교회고록『Della entrata della compagnia
Gesu e christianita nella Cina(예수회에 의한 그리스도교의 중국 전교)』, 세계지
도『곤여만국전도(坤與萬國全圖)』, 수학서『기하원본(幾何原本)』 등을 저작 혹
은 번역함으로써 동서 문화 교류에도 크게 기여하였다. 方豪, 앞의 책, 권1, 72~
82쪽 참조.
31) 탕약망(湯若望) : 아담 샬(Adam Schall von Bell, 1592~1666). 독일 출신 예수회
선교사. 중국 최초의 공식 서양인 관리(官吏). 1622년 중국에 입국하여 명 왕조
에 22년, 청 왕조에서 22년 총 44년 동안 전교하여 마테오 리치를 이은 '중국
천주교 제2 창설자'로 일컫는다. 명대에는 서광계 등과『崇禎曆書』편찬에 참
여하고, 청 건국 후에는 1644년 흠천감 감정(欽天監監正)에 임명되고『西洋新法
曆書』를 편찬함으로써 동아시아 제국에 시헌력 반포를 주도하는 등, 명말 청초
서양역법의 중국 도입에 중심 역할을 담당하였다. 위의 책, 권2, 1~15쪽 참조.
32) 용화민(龍華民) : 본문과 번역문에 기록된 용화명(龍華明)은 용화민(龍華民)의
오류여서 임의로 바로 잡는다. 롱고바르드(Nicolas Longobardi, 1559~1654)는
이탈리아 출신 예수회 선교사로 1597년 중국에 입국해 소주(韶州)에서 전교 후
1609년 북경의 마테오 리치와 합류하였다. 1610년 리치 사망 후 그를 이어 중
국예수회총회장직을 계승하였다. 『성교일과(聖敎日課)』등 중국 신도들에게 유
용한 많은 기도서를 저술, 번역하였다. 위의 책, 권1, 96~98쪽 참조
33) 안문사(安文思) : 마갈엥스(Gabriel de Magalhaens, 1609~1677). 포르투갈 출신
예수회 선교사로 1640년 중국에 입국해 전교하였고 특히 부글리오(Ludovicus
Buglio, 利類思, 1606~1682)와 함께 1640년 사천(四川)에 최초로 개교한 공로가
크다. 명말 장헌충(張獻忠)에게 포로가 되어 그 휘하에 있다가 청이 건국되자
북경에서 당시 흠천감감정 아담 샬 아래에서 봉직하였다. 북경 동천주당을 건
립해 전교하였다. 위의 책, 권2, 81~90쪽 참조.

세 명의 초상화도 있었다. 이마두는 품위 있고 밝은 기상을 지녔으며, 학문하는 사람처럼, 눈에는 광채가 있고 머리에는 정자관(程子冠)을 쓰고 있었다. 앉아 있는 자리 옆에 조그만 책 한 권이 있었다. 들추어보니 서양 글자로 씌어 있었으며, 작은 종이에다 손바닥만 하게 그린 것이 책 속에 수십 장 끼워져 있었다. 내가 한두 장 얻고 싶다고 하자, 소림과 대진현 두 사람이 각기 다른 그림 두세 장을 꺼내주었다. 그중에 자그마한 비단 조각에 먹을 칠하고 사람의 형상은 비워두어 음각(陰刻)으로 찍어낸 듯 한 것이 있었다. 여인이 아이를 안고 있는 모습을 그린 것이었는데 나에게 주려다가 도로 놔두며 매우 아까워하는 기색을 보였다. 내가 그 까닭을 물으니, 대답하였다. "이것은 천모(天母)의 상인데 함부로 대한다면 준 자나 받은 자 모두에게 좋지 않습니다." 내가 말하였다. "천주의 가르침이 만약 우리나라에서도 행해진다면, 이는 또한 여러분의 공이 될 것입니다. 천주의 화상이 유포된다고 해서 무슨 해가 되겠습니까?" 그러자 세 사람은 모두 내 말이 매우 옳다고 하면서 마침내 그림을 주었다. 또 커다란 책 세 권을 꺼냈는데 길이와 너비가 모두 2~3척은 되었고, 두께는 반 척쯤 되었다. 한 책에는 서양 임금과 황후가 그려져 있었고, 그 밖에 인물·산천·성곽·마을·바다·섬 등이 그려져 있었다. 그림마다 서양 글자가 작게 씌어 있었는데 알아볼 수가 없었다. 서양 임금은 머리를 풀어헤친 모습을 하고 있었으며, 재봉질하지 않고 길게 늘어뜨린 옷을 입고 있었다. 황후는 곱슬머리로 마구 헝클어진 것이 구름 모양 같았다. 성곽의 제도도 모두 특이하였다. 또 운무(雲霧) 가운데 쇠방망이를 든 사람 하나가 그려져 있었는데, 뇌공(雷公)의 모습과는 달라 보였다. 책 속에 이러한 형상이 매우 많기에 무엇이냐고 물으니, 대답하였다. "이것은 중국의 용(龍)과 같은 것으로 구름 속을 날아다니며 비를 내리게 하고, 천둥과 번개도 치게 합니다." 생각건대 천신(天神)과 인귀(人鬼) 사이에 또 하나의 이물(異物)이 있는 듯 하였으나 알 수는 없었다. 초목도 대부분 기이하여 이전에 보지 못한 것들이었다. 과일은 모양이 소라껍데기 같은 것이 많았으며, 풀은 잎이 파초처럼 넓적한 것이 많았고, 꽃은 해바라기와 국화 종류가 많았다. 짐승은 사자·코끼리·호랑이·곰·소·말 등이었는데 모두 중국의 짐승과 비슷하였다. 생김새가 쥐 같으면서 크기가 소만한 것도 있었는데, 이름이 맥(貘)[34]이라고 하였다. 또 무소 같은 것도 있었는데, 목이 몸뚱이보다. 길었으며, 서우(西牛)라고 불렀다. 그 밖에도 기이하게 생긴 것이 많았지만 이루 다 구경할 수가 없었다. 필법이 정교하고 기이하여 중국의 화법으로는 미칠 수 있는 바가 아니었다. 짐승과 초목은 각각의 모습을 극진히 그려냈고, 풀 한 포기, 짐승 한 마리를 모두 서너 장씩 중첩해서 그려놓았다. 다시 소림·대진현 등과 함께 여러 방을 두루 지나다니며 구경하였다. 한방을 자세히 살펴보니, 중앙에 특별히 주홍색 의자 10여 개와 붉은 탁자 다섯 개가 놓여 있었다. 북쪽 벽에는 석함(石函)을 들여놓고 물을 담아두었는데, 석함의 바닥에 구멍 세 개를 뚫어놓고 구리로 만든 용의 머리를 구멍에다 꽂아 놓았다. 용의 입에는 여닫는 장치가 만들어져 있었다. 열면 용의 입에서 물이 뿜어져 나와 그 아래의 석궤(石櫃)로 들어가고, 용의 물이 석 궤 속으로 떨어지면서 벽 밖으로 흘러 나왔다. 그 옆에는 10여 척 되는 긴 베를 걸어 놓았는데, 식사를 하고 나서 사람들이 손을 씻는 곳이었다. 이 방은 서양인들이 모여서 식사를 하는 곳이다. 또 다른 방에는 지도와 혼천의(渾天儀)와 지구의(地球儀) 등의 물건이 많이 놓여 있었다. 탁자 위에 기기 하나가 있었는데 한쪽 끝에

---

34) 맥(貘) : 중앙아메리카, 남아메리카, 동남아시아 등지의 숲, 초원, 삼림에 서식하는 몸길이 180~250cm, 몸무게 225~300kg, 꼬리길이 75~120cm의 포유류 동물 테이퍼(tapir). 인류가 지구상에 존재하기 전부터 있던 진화하지 않은 동물이어서 학자들은 '살아있는 화석'이라 부르기도 한다. 『두산백과』, 「맥(貘)」 조 참조.

둥근 목판이 비스듬히 세워져 있었다. 목판 위에는 오색(五色)을 종횡으로 산만하게 섞어 칠하여 일정한 무늬를 이루지 않았다. 새의 머리 모양 같은 것도 있고, 새의 날개 모양 같은 것도 있었는데, 이는 그저 내가 이름을 붙여본 것일 따름이다. 목판에서 3척쯤 떨어진 곳에 원통이 비스듬히 세워져 있고, 원통의 한쪽 끝에 수정이 부착되어 있었다. 수정은 가운데가 불룩하고 모서리 진 곳이 많았다. 다른 한쪽 끝에는 조그만 구멍 네 개가 있었는데, 겨우 바늘구멍만 하였다. 사람이 그 조그만 구멍에 눈을 갖다. 대고 수정을 투과하여 목판의 그림을 보면, 아까 산만하게 흩어져 보였던 것들이 모두 모여들어 하나의 사물을 이루었다. 학이 소나무 가지를 쪼기도 하고 비오리가 물에 떠다니기도 하여 그림마다 마치 살아 있는 것들이 날아 움직이는 듯하였다. 그렇지만 목판 위의 그림을 가지고는 어떤 것이 머리가 되고 발이 되는지 끝내 분간할 수 없었으니, 참으로 기이하였다. 수정의 모서리를 통해 사람이 보는 물건의 색을 이합(離合 : 모으거나 흩어버림)시키기 때문에 그 이합의 형세에 따라 그림이 만들어지며, 목판에 그려진 점과 획을 모여들게 하여 완전한 새의 모양을 이루었던 것이다.[35] 장인의 기묘한 정신으로 신의 기교를 빼앗았다고 할 만하다. 목판 위에는 '시학(視學)'이라는 두 글자가 씌어 있고, 그 옆에는 '이산취 이취산(以散聚 以聚散)'이라는 여섯 글자가 씌어 있었다. 뜰 안에 작은 우물이 하나 있는데 물은 없었다. 그 옆에다 구멍을 뚫어 구리로 만든 관을 꽂아 놓았는데 관의 굵기는 사람 팔뚝만 하였다. 구부러진 손잡이가 우물 위로 높이 튀어나와 있었고 그 아래쪽은 대나무 홈통으로 이어져 연못까지 닿아 있었다. 그 작은 우물의 북쪽으로 100보쯤 떨어진 건물 뒤에도 우물이 있었다. 우물 속에 기기가 설치되어 있었는데, 사람

---

35) 확대경을 장치해놓고 그 속에 넣은 여러 재미있는 그림을 돌리며 구경하는 요지경(瑤池鏡)인 듯하다.

이 그 기기를 작동시키면 물이 땅 속을 지나 구리로 만든 관의 주둥이로 쏟아져 나와 평지 위로 곧장 샘솟았다가 대나무 홈통으로 떨어져서 연못까지 흘러 들어갔다. 소림과 대진현이 또 다른 방으로 데리고 들어갔다. 탁자 위에 수정으로 만든 병이 있었는데, 길이가 3척쯤 되었고 술이 담겨 있으면서도 비어 있는 듯하였다. 술을 따라 내게 권하였는데, 술맛은 감미롭고 상쾌하면서도 색다른 향이 코를 자극하였다. 마시고 나자 조금 훈훈하기만 하고 취하지는 않았다. 드디어 작별을 하고 나오니 사람들이 모두 문까지 와서 전송해주었다. 상방(象房)이 멀지 않은 곳에 있다고 하기에 가보았다. 천주당에서 서쪽으로 수백 보를 가자 상방이 나왔다. 문지기에게 부채 한 자루를 주고 들어가 보았다. 38칸짜리 건물의 모든 칸에 코끼리를 한 마리씩 두었다. 굴레로 매어놓지도 않고 구유 등으로 가로막지도 않았는데, 코끼리는 벽돌 위에서 있기만 하고 끝내 발을 움직이는 일이 없었다.

「九月 二十九日 癸巳 晴 日暖」36)

食後 西洋人戴進賢蘇林來見大人 欽天監正邵雲龍曆科博士孫爾茂 亦
隨來 而從人十餘 蘇則乘轎來矣 大人延坐炕上 余陪坐 俄副使亦來 兩人
以吸毒石 呂宋果 西洋刀．水晶盒 西洋畫 西洋人所著三種冊納于大人 又
以吸毒石 呂宋果．西洋紙 水中天 別贈余 副吏書狀許 亦各有贈 吸毒石
呂宋果 各有治法 吸毒石 乃毒蛇頭中之石 其書皆發明天主之敎 畫則乃
印畫西洋天主堂也 大人與余雜書問之 蓋戴進賢能看漢字 而不能書 使孫
爾茂代書答之 饋以栗餠 海松子餠 藥果 鰒魚等物 又飮以桂糖酒 皆飮一
二呷而已 臨去 三房各贈壯紙 刀子 文魚 扇子之屬 孫邵兩人許 亦畧贈
紙扇 別爲饌 待其從人而送之 蘇林邀余必再來 余言數日後當去 大人欲
見西洋人物 禽獸 花草雜畫 言之 戴指余曰 彼必鏡舌 余答 余看後來言
之矣 答 此畫不可於多人處雜看 請於靜處獨看 當送示之 且以鼻烟末少
許贈余 余曰 此何用 卽少撮近鼻孔吸之曰 如此 則頭目百病 外感風寒皆
療 皇帝近來亦學於吾輩爲此 北京人亦多漸學爲之云 又言 身毒天竺國去
中原三萬里 西洋去天竺六萬餘里 旱路多峻嶺及食人掠人之國 經過甚難
大洋中泛舡而來 或一歲二歲方到云 辭出 余送至門而還 聞蘇戴歷見通官
金四傑 金求得鼻烟云 -(下略)-

【역문】「9월 29일 계사일. 맑고 온난」37)

식사 후에 서양인 대진현과 소림이 대인38)을 뵈러 왔다. 흠천감(欽

---

36) 「九月二十九日癸巳」: 1720년 9월 29일.
37) 『일암연기』권3
38) 대인 : 연행의 정사(正使)인 이기지의 부친 이이명(李頤命, 1658~1622).

天監) 감정(鑑正) 소운룡(邵雲龍)과 역과박사(曆科博士) 손이무(孫爾茂)도 따라왔으며, 종자가 열 명 남짓 되었다. 소림은 교자(轎子)를 타고 왔다. 대인께서 맞이하여 캉 위에 앉고, 나도 모시고 그 옆에 앉았는데, 잠시 후에 부사도 들어왔다. 두 사람은 흡독석(吸毒石), 여송과(呂宋果)[39], 서양칼, 수정합(水晶盒), 서양화(西洋畫), 서양인이 쓴 책 세 종류를 대인께 드렸다. 또 흡독석, 여송과, 서양종이, 수중천(水中天)을 나에게 따로 주었고, 부사와 서장관에게도 각기 준 것이 있었다. 흡독석과 여송과는 저마다 사용법이 있는데, 흡독석은 곧 독사의 머릿속에 든 돌이다. 책은 모두 천주교에 대하여 설명해놓은 것이고, 그림은 서양의 천주당을 인화(印畫)한 것이었다. 대인과 나는 글을 써서 이것저것 물어보았다. 대진현은 한자를 알아볼 수는 있으나 쓰지는 못하여 손이무에게 대신 글을 쓰게 하여 답하였다. 율병(栗餅)[40], 해송자병(海松子餅)[41], 약과(藥果), 전복 등의 음식을 대접하고, 또 계당주(桂糖酒)[42]를 권하였는데, 모두들 한두 차례 마실 뿐이었다. 떠날 즈음에 삼사신이 그들 각자에게 장지(壯紙)[43], 칼, 문어, 부채 등을 주었으며, 손이무와 소운룡 두 사람에게도 소략하나마 종이부채를 주었다. 또한 따로 준비한 음식으로 종자들을 대접하여 보냈다. 소림이 나에게 꼭 다시 방문해달라고 하기에 나는 며칠 후에 가겠다고 말하였다. 대인께서 서양의 인물, 짐승, 새, 꽃, 풀 등 여러 가지가 그려진 그림책을

---

39) 여송과(呂宋果) : 보두(寶豆)나무의 타원형 씨로 길이 2~3cm, 너비 1~2cm, 두께 1.5cm 정도의 냄새는 거의 없고 맛은 매우 쓴 약재. 진통, 지혈, 구충, 해독제로 사용한다. 김창민 등 (편), 『한약재감별도감』, 아카데미서적, 2014 참조.

40) 율병(栗餅) : 밤을 쌀가루에 섞어서 찐 떡.

41) 해송자병(海松子餅) : 잣을 쌀가루에 섞어서 찐 떡.

42) 계당주(桂糖酒) : 계피와 꿀을 소주에 넣어 담근 술.

43) 장지(壯紙) : 부기용(簿記用)으로 많이 사용한 크고 두껍고 질긴 종이. (이승철, 앞의 책, 참조.)

보고 싶다고 말하자, 대진현이 나를 가리키며 말하였다. "저 사람이 필시 이런저런 말을 한 것이군요." 내가 대답하였다. "내가 구경하고 와서 말씀드렸습니다." 그러자 그가 대답하였다. "그 그림은 사람들이 번잡한 곳에서 함께 보아서는 안 되니 조용한 곳에서 혼자 보십시오. 반드시 보내 드려 보실 수 있도록 하겠습니다." 또한 내게 비연(鼻烟) 가루를 조금 주었다. 내가 물었다. "이것은 어디에 쓰는 것입니까?" 그러자 곧바로 가루를 조금 집어서 콧구멍 가까이에 대고 숨을 들이쉬며 말하였다. "이같이 하면 머리와 눈의 모든 질병과 감기로 몸이 떨리는 증상 등이 모두 치유됩니다. 근래에 황제께서도 저희들에게 배워 이것을 하고 있으며, 북경 사람들 중에도 점차 이것을 배우는 이들이 많아지고 있습니다." 또 말하였다. "신독국(身毒國)과 천축국(天竺九)[44]은 중원(中原)과의 거리가 3만 리이고, 서양과 천축국의 거리는 6만여 리입니다. 육로에는 험준한 산도 많고 사람을 잡아먹거나 노략질하는 나라도 많아 다니기가 매우 어렵습니다. 바다에 배를 띄워 오게 되면 한 해나 두 해 정도면 도착합니다." 작별 인사를 하고 나가기에 내가 문까지 가서 전송하고 돌아왔다. 들으니, 소림과 대진현이 통관 김사걸을 만나보았는데, 김사걸도 비연을 달라고 하여 얻어냈다고 한다. -(하략)-

---

44) 신독국(身毒國)과 천축국(天竺九) : 오늘날의 인도 및 파키스탄 지역을 다스리던 제후국. 신독국은 전한(前漢) 때까지 214년간 중원 북방과 서역지방을 다스렸고, 후한(後漢) 때 다섯 개 제후국인 오(五)천축국으로 분리되었다.

「十月 初三日 丙申 晴」45)

朝 大人作書于西洋人 問曆法 歲差 渾天儀法 造琉璃法 造青瓦法 且
送刀子 付王四傳之 -(下略)-

【역문】「10월 3일 병신일. 맑음」46)

아침에 대인47)께서 서양인에게 편지를 써 역법·세차(歲差)·혼천의
법(渾天儀法), 유리 만드는 방법·청기와 만드는 방법을 물었다. 칼도
보냈는데, 이를 왕사(王四)에게 전달해달라고 부탁하였다. -(하략)-

---

45) 「十月初三日丙申」: 1720년 10월 3일.
46) 『일암연기』 권3
47) 대인 : 이기지의 부친 이이명(李頤命).

「十月 初五日 戊戌 陰曉而風」

-(上略)- 是日 西洋人答書 送西洋叉刀 西洋畵 日影 扇子 -(下略)-

【역문】「10월 5일 무술일. 흐리고 바람」[48]

　-(상략)- 이날 서양인이 답장과 함께 서양 차도(叉刀)[49]·서양화·일
영(日影)[50]·부채를 보내왔다. -(하략)-

---

48) 『일암연기』 권3
49) 차도(叉刀) : 서양 음식을 먹는 식탁 용구인 포크(fork)와 나이프(knife).
50) 일영(日影) : 해시계.

「十月 初六日 己亥 陰曉而風夜雨」[51]

-(上略)- 甲軍持西洋自鳴鐘入來 乃與頃日天主堂所見者一樣也 大董
如鷄卵 中設機輪自轉 問 何處得來 答 諸王家物 -(下略)-

【역문】「10월 6일 기해일. 흐리고 바람. 밤에 비오다」[52]

-(상략)- 갑군이 서양의 자명종을 가지고 들어왔는데 지난번 천주
당에서 보았던 것과 같은 모양이었다. 크기는 겨우 계란만 하였고 중
간에 있는 톱니바퀴가 저절로 돌아갔다. 내가 "어디에서 가져왔는가?"
하고 물으니, "왕들의 집에서 쓰던 물건입니다."라고 갑군이 대답하였
다. -(하략)-

---

51) 「十月初六日己亥」: 1720년 10월 6일.
52) 『일암연기』 권3,

「十月 初十日 癸卯 晴」53)

-(上略)- 訪東華門外天主堂 入東安門 問于路人 皆言無有 一人言 乃
在東安門外云 還出門 遇趙華 問 何去 余答 往看天主堂 迴路當歷入云
馬上交揖而過 入東邊衚衕數十步 至天主堂 實與館所不遠 自前每尋東安
門內 故不能尋矣 使門者入通 俄而西洋費姓人出迎 蓋前日蘇戴兩人言
費在此不遠地 欲相見云 故來訪 其人邀入 揖余先行 余累辭而絕讓 路紆
迴 行墻屋間 至一屋 屋制度 及屋中所有之物 大抵與西天主堂略同 坐定
進茶 卽招漢人解書者 持筆硯 置前問答 各通姓名 其人姓費名隱 高準多
鬚 與蘇戴一樣 四壁卦西洋畫障子 壁掛自鳴鐘二介坐 聞一時齊打午時鍾
余問 頃日 有欲相訪之意 故兹來見先生 今蒙款接多謝 其人能讀之 而却
不能手書 倩漢人書答 我從西洋 來行聖教 與君今日會 實是前緣 余曰
天主之教 尚今不行於中國 此緣佛教方大行 故天主之教不得行 君輩何不
告于皇帝 天下佛寺變作天主堂 僧人變作耶蘇會士乎 答 中國奉天主聖教
者 甚多 咸以順理存心 皇上萬幾之績 俱亦順理 莫非崇奉天主 佛教誕妄
乖戾 人亦醒悟 現今外省 有曾毀佛寺 建成天主堂者矣 余曰 西洋書冊
何不以漢字飜出 答 西洋書聲音長短不一 飜出漢字 甚難 而亦有譯解者
字音雖不同 道理則一也 彼又問 貴邦建都何地 從何等地名來此 乞指明
路程 答 我國建都漢陽 乃一國之中也 自王京 從京畿道 黃海道 平安道
渡鴨綠江 入柵門而來 余又問 西洋來的郞先生 聞隨駕 往暢春苑云 何日
迴來 答 皇上迴京 可還 問 郞先生之外 又有西洋人善畫者乎 答 止有郞
一人 亦有中國畫手 習西洋畫者 甚多 而不及西洋畫遠甚 余以雪花紙一
丈 僧頭扇一柄給之 其人稱謝 摩挲其紙 余曰 君若有用處 當再送 答 此
已多 何敢望再惠 傍掛一障 而畫人頭髮 鬖鬆四垂 余問 此何人 頭髮何

53)「十月 初十日 癸卯」: 1720년 10월 10일.

以如此 答 是西洋皇帝像 本國之法 以頭髮粧飾在外 如頂帽一般 又出冊

三卷 視之 皆西洋畫 人物城池 及天主堂數十制 箇箇奇怪 箇箇不同 不

可盡狀矣 又出地圖示之 中國則以漢字書之 外國以西洋字書之 亦書我國

而山川形勢 大略不差 可怪 旁有千里鏡 而大如棟 長三丈餘 問 何用 答

以此看星 星大如拳云 又出一物 圓徑寸許 以木爲郭 當中內外 皆安琉璃

琉璃之內 有若黑繪者數重 使着眼視日 日形分明如視月 可終日視日而眼

不眩 此乃日食及日變時 視日之具也 又出一物 以水晶爲之 長二寸餘 大

如兩指大 而作三稜 使橫着於鼻梁而視日 渾天皆作青紅黃白色 如數百彩

虹 金光四散 瑞彩漫天 眩耀凌亂 頃刻萬變 又一轉其稜 而着之天上 則

却清明 而五彩却在虛空中變幻 尤奇怪恍惚 又一轉 則天上虛空無物 而

五彩却鋪地上庭字墻屋 皆入金色中起滅 若海中蜃樓狀 此則無甚緊用 而

亦一奇觀矣 西邊屋中多畫 請人看 使人先入 收拾藏置 而後同入 未知何

物也 四壁畫天主 天神之狀 而北壁一天神在雲霧中 口噴白氣一道 氣闊

處 有嬰兒卧地 其旁有兩牛並立 未可知也 又有一人背負架 架狀若十字

乃天主受厄狀云 壁上皆障子 卓上皆作龕 龕中多立方尺屏風 畫天主 而

塗以琉璃 遠見如生人行步其中 又有水晶圓珠如拳大 中以象牙作天主狀

玲瓏隱見 不可摸狀 壁上掛自鳴鍾 而無時刻 亦不轉運 問之則答 此名鬧

鍾 而常時則不鳴 若定時設機 則至時自鳴 輪軸亂轉 如雷鍾聲甚鬧 倘欲

五更要去暢春苑 則鳴之以醒眠云 燈爐 刀几 鎖鑰之屬 制作多奇巧 不可

盡述 又以木作渾天儀 大如小兒頭 刻星宿黃赤道 北高南低 爲兩極 以銅

作圜象地 刻周天度數 而安渾天於其上 半入地 半出地 側立迴轉 而天體

之出地面者 長短盈縮 每各不同 制作精奇 不失毫分 俄而設饌以待 西洋

餅 西洋糖 山查片 櫻桃片 梨棗 葡萄之屬 皆精潔 餅則與戴蘇所出者一

樣 蘸熱茶片刻啖之 却如軟粥 柔滑可口 費敎食法 又出西洋葡萄酒一鍾

色紅黑 味極芳烈清爽 余本不飮 而盡一鍾 亦不醉 腹中和泰 微醺而已

問 此以西洋法造成否 自西洋來否 答 西洋人近有出來者 方在此 而不會

漢語 故亦不出見 其人來時 持此酒來云 問 西洋葡萄 比中國葡萄 如何
答 顆大而長有寸餘者 味勝中國 以此釀酒 可數十年不敗 茶罷 余辭出
以一寸長千里鏡贈之 出屋門問 此但有屋 而無天主堂乎 答 未及建 方營
建而像設 姑安於中門內屋 引余入看 四壁之畵 一如西天主堂 當中作女
子抱子狀 乃天主之母抱天主像也 南邊書一人 狀貌甚偉 問之則答聖人像
不可知也 費隱叩頭拜禮於畵前 口中低聲念念 且念且拜 自後門又出西洋
人三人 隨而拜跪 念聲時 每以手指指鼻 未可解也 出門 而費隱方作別 -
(中略)- 余作書於費隱 送一束紙一扇 且以一束紙 一扇送郎哥 使費傳致
且求葡萄酒少許 送小瓶付王從仁送之 夜往副房 書狀亦來 共射韻 至夜
深而還

【역문】「10월 10일 계묘일. 맑음」[54]

-(상략)- 동화문[55] 밖의 천주당을 방문하려고 동안문[56]으로 들어가
지나가는 사람에게 물으니 모두들 없다고 하였다. 한 사람이 말하기
를, "바로 동안문 밖에 있습니다." 라고 하여, 다시 문을 나오다 조화
(趙華)를 만났다. 그가 "어디에 가십니까?"하고 묻기에, 내가 "천주당을
구경하러 가는데, 돌아오는 길에 댁에 들르겠습니다." 라고 대답한 뒤,
말 위에서 서로 읍을 하고 헤어졌다. 동쪽 호동으로 수십 보쯤 들어가
자 천주당이 나왔다. 사실 관사와 멀지 않은 곳 이었는데, 전에는 늘

---

54) 『일암연기』 권3
55) 동화문 : 1420년(明 영락 18) 자금성 동남쪽에 건립되었다. 청초에는 내각 관원
   들만 출입하였으나 건륭 중기부터 연로한 1품, 2품 관원들도 특별 출입이 허락
   된 궁문이다.
56) 동안문 : 북경 황성 자금성(紫禁城)의 사대문(四大門; 천안문, 지안문, 동안문,
   서안문) 가운데 동문.

동안문 안쪽에서 찾았기 때문에 찾을 수 없었던 것이다. 문지기를 시켜 들어가 통지하도록 하자, 잠시 후 서양인 비(費)씨[57]가 나와서 맞이하였다. 전에 소림과 대진현 두 사람이 말하기를, "비씨가 여기서 멀지 않은 곳에 있으니 만나보셨으면 합니다."라고 하였기에, 이 때문에 방문하였던 것이다. 그 사람이 맞이하여 나에게 앞서 가라고 하면서 읍을 하기에 내가 누차 사양하였지만 끝내 양보하지 못하였다. 구불구불 이어진 길을 따라 담장과 건물 사이로 걸어가 한 건물에 이르렀다. 건물의 제도와 집안에 있는 물건들이 서천주당(西天主堂)[58]과 대략 같았다. 자리에 앉자 차를 내오고, 곧장 글을 아는 한인(漢人)을 불러 붓과 벼루를 가져다가 앞에 두고 서로 문답하였다. 각자 통성명을 하였는데 그 사람은 성이 비(費)이고 이름은 은(隱)으로 코가 높고 수염이 덥수룩한 것이 소림, 대진현과 같았다. 사방의 벽에는 서양화 족자가 걸려 있었다. 벽에 자명종 두 개가 걸려 있었는데, 동시에 나란히 정오를 알리는 종소리를 울렸다. 내가 말하였다. "전부터 방문하고 싶은 마음이 있었기에 이렇게 선생을 뵈러 온 것입니다. 지금 정성스럽게 대해주시니 매우 감사합니다." 그 사람은 글자를 읽을 줄은 알았지

---

57) 비(費)씨 : 비은(費隱). 오스트리아 출신 예수회 선교사 하비에르 프리델리(Xavier Fridelli, 1673~1743). 강희제가 선교사들에게 의뢰한 중국 전역의 지리적 측정과 지도그리기 사업에 참여하여 『황여전람도(皇輿展覽圖)』완성에 크게 기여하였다. 方豪, 앞의 책, 권2, 298~306쪽 참조.

58) 이 날 이기지가 방문한 성당은 동천주당(東天主堂) 곧 동당이다. 이기지는 동당을 방문하며 이전에 방문했던 곳을 서천주당(西天主堂) 곧 서당)이라 하였으나 서천주당이 아닌 남천주당(南天主堂) 곧 남당)이다. 남당은 아담 샬(Adam Schall von Bell, 湯若望, 1592~1666)이 청(淸) 순치제(順治帝)로부터 하사받은 부지에 1650년 착공 1652년 준공한 중국 최초의 유럽식 건축양식 성당이다. 북경의 유일한 천주교회였으므로 처음에는 단순히 천주당으로 불리다가, 1662년 동당이 세워지자 서당이라 칭하였고, 1703년 북경 북부에 북당(北天主堂 곧 북당)이 건립되자 그 후 남당(南堂)으로 불렸다. 서당은 1723년 건립되었으므로 이기지가 사행했던 1720년에는 서천주당은 없었다. 장정란, 앞의 책, 62~67쪽 참조.

만 직접 쓰지는 못하였으므로, 한인을 시켜 글로 써서 답을 하였다. "나는 서양에서 성인의 가르침을 전파하기 위해 왔습니다. 그대와 오늘 만난 것은 실로 전생의 인연일 것입니다." 내가 말하였다. "천주의 가르침이 지금껏 중국에 행해지지 않고 있는데, 이는 불교가 크게 유행하고 있기 때문에 천주의 가르침이 행해지지 못하는 것입니다. 그대들은 어찌하여 황제께 아뢰어 천하의 불사(佛寺)들을 천주당으로 바꾸고, 승려들을 야소회(耶蘇會)의 사도로[59] 바꿔 놓으려 하지 않습니까?" 그가 대답하였다. "중국에 천주의 성스러운 가르침을 받드는 자가 매우 많으나 모두 이치를 따르면서 마음을 보존하고 있는 것입니다. 황제께서 온갖 중요한 일을 처리 할 때에도 모두 이치를 따르고 있으니, 천주를 받들어 모시지 않음이 없는 것입니다. 불교가 탄망(誕妄)하여 이치에 어긋난 것을 사람들도 잘 알기 때문에 지금 다른 성(省)에서는 이미 불사를 없애고 천주당을 건립하는 자들이 있습니다." 내가 말하였다. "서양의 서책들을 어째서 한자로 번역하여 출판하지 않습니까?" 그가 대답하였다. "서양의 책은 소리와 장단이 달라서 한자로 번역해 출판하는 것이 매우 어려운 일입니다. 그러나 또한 번역한 것들이 있기도 하니, 글자와 소리는 다르지만 이치는 하나입니다." 그가 또 물었다. "귀국에서는 도읍을 어디에 세웠습니까? 어떤 지역을

---

59) 야소회(耶蘇會)의 사도 : 예수회 선교사의 지칭. 예수회는 1540년 이그나티우스 로욜라(Ignatius Loyola)가 프란시스코 하비에르(Francisco Xavier) 등과 함께 회원 각자 및 다른 사람들의 그리스도교적 수련과 인격의 완성으로 하느님께 봉사하는 것을 목적으로 파리에서 창설한 가톨릭 남자 수도회다. 예수회는 교육과 학문을 통한 봉사와 선교 활동, 특히 16세기 이후 유럽 고등교육을 발전시키고 교황을 보좌하며 가톨릭 개혁운동에 기여한 바 크다. 예수회의 아시아 진출은 1542년 하비에르가 전교를 위해 인도를 거쳐 일본으로, 1582년에는 마태오 리치(Matteo Ricci, 李瑪竇)가 중국으로 입국하며 시작되었다. 특히 마태오 리치가 저술한 한문서학서 『天主實義(천주실의)』는 조선에도 전해져 자생적 천주교회 창설의 계기가 되었다.

거쳐서 여기에 오셨습니까? 노정을 자세히 알려주시기 바랍니다." 내가 대답하였다. "우리나라는 도읍을 한양에 세웠는데 이곳이 나라의 중심입니다. 서울에서부터 경기도, 황해도, 평안도를 거쳐 압록강을 건너고, 책문(柵門)⁶⁰⁾으로 들어와 이곳까지 왔습니다." 내가 또 물었다. "서양에서 온 낭(郎) 선생이⁶¹⁾ 황제의 행차를 따라 창춘원⁶²⁾에 갔다고 들었는데, 언제 돌아옵니까?" 그가 답하였다. "황제께서 북경으로 돌아오면 올 수 있습니다." 내가 물었다. "낭 선생 말고도 또 서양인 중에서 그림을 잘 그리는 사람이 있습니까?" 그가 대답하였다. "오직 낭 선생 한 사람뿐입니다. 중국 화가들 중에서도 서양화를 익힌 자가 매우 많지만, 서양화에 크게 미치지 못합니다." 내가 설화지(雪花紙)⁶³⁾ 한 장(文)과 승두선(僧頭扇)⁶⁴⁾ 한 자루를 주자, 그가 인사를 하면서 종이를 손으로 어루만졌다. 내가 말하였다. "만일 그대가 쓸 곳이

---

60) 책문(柵門) : 평안도 의주로부터 약45㎞ 떨어진 만주의 국경 마을로 구련성(九連城)과 봉황성(鳳凰城) 중간에 있다. 목책으로 경계를 둘러서 책문이라 하였는데 조선 사신이 청에 입국할 때 처음 통과하는 관문이었다.

61) 낭(郎) 선생 : 낭세녕(郎世寧). 1715년 중국에 입국하여 강희(康熙)·옹정(雍正)·건륭(乾隆) 연간에 궁정화가로 활약한 이탈리아 출신 예수회 선교사 카스틸리오네(Giuseppe Castiglione, 1688~1766). 그는 전통 중국과 서양화법을 조화시켜 새로운 절충적 화법을 구사하며 근대 동서양 미술 교류의 가교 역할을 하였다. 옹정 원년(1723)부터 사망 때까지 황궁 내 여의관(如意館)에 상주하며 동료 선교사나 중국 화가들과 공동작품을 창작하고, 건륭제의 명을 받아 만주족과 한족 어린이를 뽑아 서양유화를 가르치고, 원명원(圓明園)의 서양식 건축의 설계 시공을 지휘하였다. 카스틸리오네의 그림『백준도권(白駿圖卷)』은 대표 걸작으로 꼽힌다. 간혹 낭석녕(郎石寧)으로 표기한 자료도 있는데 이기지도 낭석령으로 기록하고 있다. 方豪, 앞의 책, 권3, 86~95쪽 참조.

62) 창춘원 : 창춘원(暢春園)은 1690년(강희 29)에 현재 북경 해정구(海淀區) 원명원 남쪽, 북경대학 서쪽에 건립한 궁궐 밖 황제의 별장이다.

63) 설화지(雪花紙) : 강원도 평강(平康)에서 제조한 백지. 눈처럼 희다고 설화지라 하였다. 이승철, 앞의 책.

64) 승두선(僧頭扇) : 합죽선의 한 종류로 선두 모양이 스님 머리(僧頭)처럼 생겼다 하여 붙인 이름.

있으면 또 보내드리겠습니다." 그가 대답하였다. "이것도 이미 많은데, 어찌 또 주시기를 바라겠습니까?" 옆에 족자 하나가 걸려 있었다. 그림 속에 있는 사람은 머리카락을 풀어 헤쳐 사방으로 늘어뜨리고 있었다. 내가 물었다. "이는 어떤 사람이며 머리숱이 어째서 이러합니까?" 그가 대답하였다. "이는 서양 황제의 초상입니다. 서양 법식에는 머리 위에 두발 장식을 하는데, 이는 모자와 매 한가지입니다." 또 세 권의 책을 꺼냈는데, 인물, 성지(城池), 천주당 등 수십 종류를 그려 놓은 것으로, 하나하나가 기이하고 저마다 달라서 그 모습을 이루 다 형용할 수가 없다. 또 지도를 꺼내 보여주었는데, 중국은 한자로 써 있고 그 밖의 나라들은 서양 글자로 써 있었다. 우리나라도 그려놓았는데, 산천의 형세가 대체로 어긋남이 없었으니, 기이한 일이다. 옆에 천리경이 있는데 크기가 용마루만하고 길이는 3장쯤 되었다. 내가 "어디에 사용하는 것입니까?" 라고 묻자, "이것으로 별을 보면, 별의 크기가 주먹만 해 보입니다."라고 그가 대답하였다. 또 물건 하나를 꺼냈는데, 원의 지름이 1촌쯤 되는 것을 나무로 테두리를 만들어 둘렀다. 테두리 안에 있는 것은 속과 겉이 모두 유리로 되어 있었고 유리의 안쪽에는 마치 검은 비단 같은 것이 몇 겹 있었다. 그것에 눈을 대고 해를 보게 하였는데, 해의 모양이 달을 보는 것처럼 분명하였다. 하루종일 해를 보아도 눈이 부시지 않을 것 같았다. 이것은 일식이나 일변(日變) 때 해를 보는 도구였다. 또 물건 하나를 꺼냈는데 수정으로 만들었으며, 길이는 2촌 남짓 되었다. 크기는 두 손가락 크기만 하였고, 세 모서리가 있었다. 그것을 콧등에다 가로로 걸쳐놓고 해를 보자 온 하늘이 모두 푸르고 붉고 노랗고 하얀 빛으로 변하여 수백 빛깔의 화려한 무지개 같았다. 금빛이 사방으로 흩어지고 상서로운 빛깔들이 하늘에 가득하면서 아찔하게 빛나고 어지러웠는데, 잠깐 동안에도 수없이 변화하였다. 다시 한쪽 모서리로 돌려 하늘 쪽으로 대자 갑자기

하늘이 맑아 보였지만 다섯 가지 빛깔은 여전히 허공중에 있으면서 기묘하게 변해 더욱 기이하고 황홀하였다. 다시 한 번 돌려보니, 하늘은 텅 비어 아무것도 없는데 다섯 가지 빛깔이 지상의 집과 담장에 펼쳐졌다. 모든 것이 금빛 속으로 들어가 나타나기도 하고 사라지기도 하였는데, 마치 바다의 신기루 같았다. 이것은 긴요한 물건은 아니었지만 또한 하나의 기이한 볼거리였다. 서쪽의 건물 안에 그림이 많아서 들어가 구경하고 싶다고 하자, 사람을 시켜 먼저 들어가 무언가를 수습해 숨겨두게 한 뒤에 함께 들어갔다. 그것이 무엇인지는 알 수 없었다. 네 벽에 천주(天主)와 천신(天神)의 모습을 그려놓았는데, 북쪽 벽의 한 천신은 구름과 안개 속에 있으면서 입으로 하얀 기운 한 줄기를 내뿜고 있었다. 기운이 뿜어나간 곳에서는 어린 아이가 땅에 누워 있었고 그 곁에는 소 두 마리가 나란히 서 있었는데, 무슨 의미인지 알 수 없었다.65) 또 어떤 사람이 나무 말뚝을 지고 있었는데 나무의 모양이 '십(十)'자와 같았다. 이는 곧 천주가 고난을 겪는 모습이라고 하였다. 벽 위에는 모두 족자가 있었고, 탁자 위에는 모두 감실을 만들어놓았다. 감실 안에는 대부분 사방 1척의 병풍이 세워져 있었는데 천주를 그리고 유리로 붙여놓아 멀리서 보면 살아 있는 사람이 그 속에서 걸어 다니는 것 같았다. 또 수정으로 만든 둥근 구슬이 있었는데 커다란 주먹만 했으며 그 속에 상아로 천주의 형상을 만들어 놓아 영롱하고 은은하게 비쳤으나 그 모습을 무어라 표현할 수 없다. 벽 위에 자명종을 걸어놓았는데 시각 표시가 없고 작동하지도 않았다. 그 이유를 묻자, 그가 이렇게 대답하였다. "이것은 요종(鬧鐘)이라 하는 것으로 보통 때는 울리지 않습니다. 만약 시각을 정해놓고 기계를 조작

---

65) "네 벽의 천주와 천신의 모습을 그려놓았는데 … 알 수 없었다." : 이스라엘 예루살렘 남쪽 베들레헴의 한 마구간에서 태어났다는 예수의 탄생을 묘사한 그림인 듯하다.

해놓으면 그때가 되어 저절로 울리는데, 둥그런 축이 이리저리 돌면서 우레 같은 종소리를 내므로 매우 시끄럽습니다. 간혹 오경(五更)에 창춘원에 가야 하는 일이 생기면 이것을 울리게 하여 잠에서 깹니다." 등불과 화로, 칼과 도마, 자물쇠 같은 것들은 만든 솜씨가 매우 기이하고 공교로워 이루 다 설명할 수 없다. 또 나무로 만든 혼천의가 있었는데, 크기가 어린아이의 머리만 하였다. 별자리와 황도(黃道)·적도(赤道)를 새겨 놓았으며, 북쪽을 높은 쪽, 남쪽을 낮은 쪽으로 하여 양극(兩極)을 만들었다. 구리로 지구를 본뜬 원권(圓圈)을 만들어 놓고 여기에 주천도수(周天度數)[66]를 새겼다. 그리고 그 위에 혼천상(渾天像)을 설치하였는데, 반은 지표면 속으로 들어가고 반은 지표면 밖으로 나와 있었다. 비스듬히 선 채로 돌아가는데 지표면 위로 나온 천체의 길이와 나와 있는 정도가 매번 각각 달랐다. 제작법이 매우 정교하여 조금도 착오가 없었다. 잠시 후 음식을 차려 대접해주었는데 서양 떡·서양 사탕·산사편(山査片)[67]·앵두편·배·대추·포도 등의 종류로 모두 정갈하였다. 떡은 대진현과 소림이 내왔던 것과 같은 종류였다. 따뜻한 차에 담갔다가 조각내어 먹으니 마치 연한 죽처럼 부드러워 먹을 만하였는데 먹는 방법을 비씨가 가르쳐 주었다. 또 서양 포도주 한 잔을 내왔는데 색은 검붉고 맛은 매우 향긋하고 상쾌하였다. 나는 본디 술을 마실 줄 모르는데 한 잔을 다 마시고도 취하지 않았다. 뱃속이 따뜻해지면서 취기가 약간 오를 따름이었다. 내가 물었다. "이것을 서양식으로 빚었습니까? 서양에서 가져왔습니까?" 그가 대답하였다.

---

66) 주천도수(周天度數) : 태양이 하늘(지구)을 한 바퀴 돌아 제 자리로 돌아오기까지 소요되는 공전(公轉) 주기를 나누어 표시한 365.25도수.

67) 산사편(山査片) : 산사를 씨를 바르고 중탕으로 찐 후 체에 걸러서 설탕과 꿀을 넣고 끓인 뒤 녹두녹말을 섞어 묵처럼 쑤어 네모진 그릇에 쏟아 식혀 굳은 후 편으로 썬 중국 과자.

"최근에 온 서양인이 지금 이곳에 머무는데 한어(漢語)를 알지 못하기 때문에 나와 뵙지 못하고 있습니다. 그 사람이 올 때 이 술을 가져왔습니다." 내가 물었다. "서양 포도는 중국 포도와 견주어 어떻습니까?" 그가 대답하였다. "열매가 커서 길이가 1촌 남짓 되는 것이 있으며 맛이 중국 것보다 낫습니다. 이것으로 술을 빚으면 수십 년이 지나도 부패하지 않습니다." 차를 다 마시고 내가 인사하고 나서는데 길이가 1촌쯤 되는 천리경을 주었다. 건물 문을 나서면서 물었다. "여기에는 단지 건물만 있고 천주당은 없습니까?" 그가 대답하였다. "아직 짓지 못하였습니다. 건물을 다 짓고 천주상을 설치하려고 하는데, 우선 중문(中門) 안에 있는 건물에다 안치해두었습니다."[68] 그러면서 나를 데리고 들어가서 구경시켜주었다. 네 벽의 그림은 서천주당[69]과 같아 보였으며, 중간에 여인이 아이를 안고 있는 형상을 만들어놓았는데 곧 천주의 어머니가 천주를 안고 있는 모습이었다. 남쪽에 한 사람을 그려놓았는데, 모습이 매우 위엄이 있었다. 물어보니 성인의 형상이라고 대답하였지만 어떤 사람인지는 알 수 없었다. 비은(費隱)은 그림 앞에서 머리를 바닥에 대며 절을 하고 입속으로는 낮은 소리로 주문을 외웠다. 주문을 외우면서 절할 때 뒷문에서 또 서양인 두 사람이 나오더니 따라서 절을 하고 꿇어앉았다. 주문을 외울 때 매번 손가락으로 코를 가리켰는데, 무슨 의미인지는 알 수 없었다. 문을 나와서 비은과 작별하였다. -(중략)- 나는 비은에게 편지를 쓰고 종이 한 묶음과 부채 하나를 보냈다. 또 낭가(郎哥)[70]에게 보낼 종이 한 묶음과 부채 하

---

68) 이 날 이기지가 방문한 성당은 1662년 건립된 동당(東堂)인데 건립 후 200여 년 동안 지진, 내전 등으로 세 차례나 훼손되고 현존 동당은 1905년 중건한 것이다. 1720년에 아직 천주당을 짓지 못 하였다는 프리델리(Fridelli, 費隱)의 답변은 아마도 이 시기에 중건 중이었기 때문으로 짐작한다.

69) 서천주당 : 남천주당이다. 동천주당 서쪽에 있으므로 서천주당이라 하였다.

70) 낭가(郎哥) : 낭세녕.

나를 비은을 시켜 전하도록 하였다. 또 약간의 포도주를 얻고 싶다고 하면서 작은 병을 왕종인에게 주어 보냈다. 밤에 부사의 방에 갔더니 서장관도 왔기에 함께 사운(射韻)[71]을 하다가 밤이 깊어서야 돌아왔다.

---

71) 사운(射韻) : 한시의 어떤 운자(韻字)를 제시하면 그 운자가 든 시구(詩句)를 알아맞혀 암송하는 놀이.

「十月 十一日 甲辰 晴」[72]

朝 王從仁受費隱之答書以來 送葡萄酒一瓶 以靑琉璃瓶貯送 納于大人
共酌小盃 味冽而不甚醉 -(中略)- 過長安街 至正陽門內 折而西 循城內
面 至天主堂 前面日影高出半空 望之可喜 -(下略)-

【역문】「10월 11일 갑진일. 맑음」[73]

아침에 왕종인이 비은의 답서(答書)를 가지고 왔다. 푸른 유리병에
담은 포도주 한 병을 함께 보내왔기에 대인께 드렸다. 조그만 잔에 따
라 함께 마셨는데 맛이 상쾌하였으며, 그다지 취하지도 않았다. -(중
략)- 장안가(長安街)를 지나 정양문[74] 안쪽에서 방향을 꺾어 서쪽으로
갔다. 성 안쪽 길을 따라 천주당에 이르렀다. 앞쪽으로 일영(日影)이
하늘높이 솟아 있었는데 멀리서 바라보기만 해도 즐거웠다. -(하략)-

---

72) 「十月 十一日 甲辰」: 1720년 10월 11일.

73) 『일암연기』 권3

74) 정양문 : 정양문(正陽門)은 옛 북경 내성(內城)의 아홉 개 성문 중 남쪽 중앙에
   나 있는 남문이며 정문. 속칭 전문(前門)이라고도 하였다.

「十月 十二日 乙巳 晴 自數日頗寒 是日却和暖如春」75)

-(上略)- 夕 作書於西洋費隱 謝葡萄酒 送各色扇子紙十五丈墨三丁煙
竹一介鰒魚紅蛤少許 求鼻烟及西洋韭種 使王從仁傳之 夕 往三房 與副
使射韻 夜深而還

【역문】「10월 12일 을사일. 맑음. 며칠 동안 꽤 추웠는데, 이날은 그래
도 봄 날씨처럼 따뜻하였다」76)

-(상략)- 저녁 때 서양인 비은에게 편지를 써 포도주를 보내준 것에
사례하고, 각종 색상의 선자지(扇子紙) 15장, 먹 3개, 연죽(煙竹)77) 1개,
전복과 홍합 약간을 보내면서 비연(鼻烟)과 서양 구자(韭子)78)의 종자
를 부탁하였는데, 왕종인에게 이를 전하도록 하였다. 저녁에 서장관의
방에 가서 부사와 함께 사운(射韻)을 하였다. 밤이 깊어 돌아왔다.

75) 「十月 十二日 乙巳」 : 1720년 10월 12일.
76) 『일암연기』 권3
77) 연죽(煙竹) : 담뱃대.
78) 서양 구자(韭子) : 한약재로 쓰는 부추씨.

「十月 十三日 丙午 晴」79)

王從仁持西洋費隱答書而來 言韮種新者尚未到 陳者已告竭 不能應副
鼻烟容改日遣价賚呈 郎先生許所送物已傳致 其原謝刺並付上云云 其刺
小紅紙 上書領謝 下書郎石寧拜 -(中略)- 費隱途人致書 送西洋鼻烟一盒
並角盒夜香花鼻烟一封 來人言 費方往暢春苑 而作此書付渠傳之云 以
一扇紙一束給來人 作答送之 言郎先生竊願一見 若或入城須通于吾云
-(下略)-

【역문】「10월 13일 병오일. 맑음」80)

　왕종인이 서양인 비은의 답장을 가져왔는데, 편지에서 다음과 같이
말하였다. "서양 구자의 종자는 아직 새로 도착한 것이 없고, 묵은 것
은 이미 다 써버려 부탁에 응할 수 없습니다. 비연은 괜찮다면 내일
사람을 보내서 드리도록 하겠습니다. 낭 선생에게 보낸 물건은 이미
전해주었고, 그가 고마움의 뜻을 담아 쓴 명함을 함께 첨부하여 보냅
니다." 그 명함은 붉은색 작은 종이로, 위에는 '영사(領謝)'81)라 적혀있
고, 아래에는 '낭석녕(郎石寧) 배(拜)'라고 적혀 있었다. -(중략)- 비은이
사람을 시켜 편지를 보내왔고, 서양 비연 한 합(盒)과 각합(角盒)・야향
화(夜香花)82)・비연 한 봉지를 함께 보내주었다. 심부름한 사람이 말하
기를, 비은이 창춘원으로 가면서, 이 편지를 써서 자기에게 전해달라

---

79) 「十月 十三日 丙午」: 1720년 10월 13일.

80) 『일암연기』 권3

81) 영사(領謝): 선물을 고맙게 잘 수령했다는 인사말.

82) 야향화(夜香花): 관상용 꽃으로 밤중에 향기가 퍼지므로 야향화라 부른다. 한국
　　과 일본에서는 야래향(夜來香)이라 한다.

고 부탁하였다고 한다. 부채 한 자루와 종이 한 묶음을 심부름한 사람에게 주고는 답장을 써서 보냈는데, 편지에 이렇게 말하였다. "낭 선생을 한번 만나고 싶으니, 낭 선생이 도성에 들어오면 꼭 나에게 연락해주었으면 합니다." -(하략)-

「十月 十六日 己酉 大風」83)

-(上略)- 余言 余欲看天主堂 你須先去 遂入東巷 至天主堂前 問 費先
生在否 門者言 今日往暢春苑云 遂還出 -(下略)-

【역문】「10월 16일 기유일. 큰 바람 불다」84)

-(상략)- 내가 말하였다. "나는 천주당을 구경하려 합니다. 그대는
먼저 가시지요." 그러고는 마침 내 동쪽 거리로 들어갔다. 천주당 앞
에 도착하여 물었다. "비 선생(費先生)은 계시는지요?" 문지기가 말하
였다. "오늘은 창춘원에 가셨습니다." 그래서 다시 나왔다. -(하략)-

83) 「十月 十六日 己酉」: 1720년 10월 16일.
84) 『일암연기』 권3

「十月 十八日 辛亥 晴」85)

朝 作書於西洋費隱 付王從仁 問郎石寧之來否 且使邀來 送鑷子一介
答書言 郎尙在暢春苑 明日欲出暢春 當言于郎使於二三日內入城 入城則
卽通云 -(下略)-

【역문】「10월 18일 신해일. 맑음」86)

아침에 서양인 비은에게 보내는 편지를 써 왕종인에게 주면서, 낭
석녕이 돌아왔는지를 물어서 모시고 오게 하였다. 족집게도 한 개 보
냈다. 답서(答書)에서 다음과 같이 말하였다. "낭석녕은 아직 창춘원에
있습니다. 내일 창춘원에 가려고 하는데, 낭석녕에게 2~3일 내로 성
에 들어오라고 말할 것이니, 성에 들어오면 바로 알려 드리겠습니다."
-(하략)-

---

85) 「十月 十八日 辛亥」: 1970년 10월 18일.
86) 『일암연기』 권3

「十月 二十日 癸丑 晴」87)

-(上略)- 西洋人戴進賢費隱來上房 余卽進去同話 俄副使書狀亦來會
費見余言 昨者虛枉驚感 浙江貢生吳煜 亦隨來 余書示煜 則轉示戴 依其
言書答 余問 郎石寧何時入城 答 在皇上所 皇上每使之書圖 不得暫離云
間 項日吾往天主堂時 西洋人一人新到云 九萬里海路 決無獨來之理 同
來者 何往 答 商賈船 每歲往來 修道一二人 每歲出來 而船商賈買賣於
廣東廣西地方 而還歸云 問 買賣何物 答 但載西洋銀子而來 買人參自絲
錦緞茶葉等物而去 問 修道人來此者 或有還歸者乎 答 來時 發願天主之
前 願行敎化 永別家屬 更不迴去 問 天主堂宮殿 如是壯麗瑰奇 西洋人
所用 亦極華美 此處料祿奉錢 能辦此乎 答 皇上賜廩 而我輩皆不受 造
殿物力 及日用所需 皆以西洋來的銀子買用 年年西洋商賈船 來時多寄銀
子 此自足用 不藉此處之物云 問 諸位在西洋時 有妻子乎 答 修道人 元
來與童子一樣 我們儘無妻子 問 西洋海路程道 旣是九萬里 則幾年來中
國乎 答 若遇順風 或半年來泊廣東 或有一二年來者 不可期限 問 項惠
葡萄酒 味極淸冽 此能治病乎答 大補氣血 養精長力 問 釀法如何 答 須
九月內 收極熟葡萄一百斛 用細羅布做成帒 濾出淸汁 然後 放大鍋內 煮
收一半 每一斛 加上好滴火燒酒一斛 入鐔內藏 過一年後 取看顏色卽成
問 西洋天文書 有以漢字翻出者乎 答 俱在皇上內庭 不可輕易取看 今我
輩推測 皆在西洋時 習學 工夫已成 然後來 費隱以西洋各物 進三使臣及
余 地圖八丈 天文圖二丈 西洋書四卷 西洋畫六丈 鼻烟盒 路鏡 西洋香
等物 獻大人 推步書一卷 西洋畫三丈 手巾布等物 與余 副房三房亦有所
送 大人使廚房設饌相待 以壯白紙 扇子 筆墨 丸藥 銀粧刀等物 答禮兩
人 副房三房亦皆答之 費言 項日李進士先生 多有所惠 且屢顧鄙處 故

---

87) 「十月二十日癸丑」 1720년 10월 20일.

敢來進幣 此所贈 不敢領答 薄物安足辭 尊旣有贈 豈可無答耶 余言 頃
日所示 西洋禽獸 魚虫 草木畫 大人欲見之 未可借送耶 答 明日當送 隨
來浙江人序班 亦給扇紙 答 一介寒儒 一見蒙賜 可感 戴費皆辭出 余送
至外門而還 -(下略)-

【역문】「10월 20일 계축일. 맑음」[88]

-(상략)- 서양인 대진현과 비은이 상방(上房)[89]에 왔다. 나는 즉시
그곳으로 가서 함께 이야기를 나누었는데, 잠시 뒤에 부사와 서장관도
왔다. 비은이 나를 보고 말하였다. "지난번에는 헛걸음을 하고 가셨다
고 하여 매우 놀랐습니다." 절강(浙江) 출신의 공생(貢生)[90]인 오욱(吳
煜)이 따라왔다. 내가 글을 써서 오욱에게 보여주면 그가 대진현에게
그것을 보여주고, 대진현이 말한 대로 대답하는 말을 써주었다. 내가
물었다. "낭석녕(郎石寧)[91]은 언제 성에 들어옵니까?" 그가 대답하였다.
"황제의 처소에 있는데, 황제가 늘 그림을 그리게 하여 잠시도 떠나 있
을 수가 없습니다." "며칠 전에 내가 천주당에 갔을 때 서양인 한 사람
이 새로 왔다고 들었습니다. 9만 리 바닷길을 결코 혼자 올 수는 없었
을 텐데 같이 온 사람들은 어디로 간 것입니까?" "매년 상선(商船)이 오
가기 때문에 수도사도 한두 사람이 해마다 나오게 됩니다. 상선의 장
사치들은 광동과 광서 지방에서 물건을 매매하여 돌아갑니다." "어떤

---

88) 『일암연기』 권3
89) 상방(上房) : 관청의 우두머리가 거처하는 방. 일반 가옥에서는 집안의 윗사람
    이 기거하는 방. 여기에서는 사행원 중 정사가 묵던 방을 의미한다.
90) 공생(貢生) : 명청(明淸)시대 각 성(省) 향시에 합격한 수재(秀才)들 중 뽑혀 국
    자감에서 공부하며 대과를 준비하는 사람.
91) 낭석녕(郎石寧) : 낭세녕(郎世寧).

물건을 매매합니까?" "단지 서양의 은자(銀子)를 싣고 와서 인삼·백사(白絲)[92]·금단(錦緞)[93]·차엽(茶葉) 등의 물품을 구입해 갑니다." "수도사로 이곳에 온 사람들 가운데 고국으로 돌아가는 경우도 있습니까?" "올 때 천주 앞에서 발원하면서 교회를 행하겠다고 다짐하고 가족들과 영원히 이별하기 때문에 다시 돌아가지는 않습니다." "천주당 건물이 이처럼 장엄하고 화려하고 기이하며, 서양인들이 쓰는 물건 또한 매우 화려하고 아름답습니다. 이곳에서 받는 녹봉만으로도 이런 것들을 마련할 수 있습니까?" "황제께서 내려주는 녹봉이 있지만 우리들은 모두 받지 않습니다. 천주당을 짓는 데 드는 물자와 인력, 그리고 일상용품은 모두 서양에서 보내준 은자로 사서 씁니다. 해마다 서양의 상선이 오면서 은자를 많이 가져다주어, 이것만으로도 충분히 쓸 수 있으므로 이곳의 물건들을 빌리지는 않습니다." "여러분은 서양에 계실 때 처자(妻子)가 있었습니까?" "수도사는 원래 어린아이와 마찬가지여서 우리들은 모두 처자가 없습니다." "서양까지 바닷길로 9만 리라고 하는데, 중국까지 오는 데 몇 년이 걸립니까?" "순풍(順風)을 만나면 반년 만에 광동에 도착하기도 하는데, 간혹 1~2년 걸려 오는 경우도 있으니, 걸리는 시간을 단정할 수 없습니다." "지난번에 보내주신 포도주는 맛이 매우 상쾌하고 시원하였는데, 이것으로 병을 치료할 수 있습니까?" "혈기를 크게 보강해주고 정기를 길러줍니다." "술은 어떤 방법으로 빚습니까?" "9월 중에 잘 익은 포도 100곡(斛)을 수확하여, 고운 명주로 만든 자루를 이용해 맑은 즙을 짜냅니다. 그런 다음에 큰 솥 안에다 붓고 끓여서 절반으로 만듭니다. 이렇게 만든 것 1곡에 매우 좋은 화소주(火燒酒) 1곡씩을 첨가해 커다란 항아리에 넣어서 보관하고 1년이 지난 다음에 꺼내서 그 색깔을 가지고 완성되었는지를 봅니다." "서

92) 백사(白絲) : 비단의 원료인 생사(生絲).
93) 금단(錦緞) : 색채와 무늬가 있는 비단.

양의 천문학 서적 중에 한자로 번역해낸 것이 있습니까?" "모두 황제의 내정(內庭)에 있어서 함부로 가져다 볼 수가 없습니다. 지금 우리들이 천문을 관측할 수 있는 것은 모두 서양에 있을 때 학습하여 공부가 다 된 후에 오기 때문입니다." 비은이 서양의 갖가지 물건을 삼 사신과 나에게 주었다. 지도 여덟 장, 천문도 두 장, 서양 서적 네 권, 서양화 여섯 장, 비연합(鼻烟盒), 노경(路鏡), 서양향 등의 물건을 대인께 드렸고, 추보서(推步書)[94] 한 권, 서양화 세 장, 수건포(手巾布) 등의 물건을 나에게 주었다. 부사와 서장관에게도 준 것이 있었다. 대인께서 주방(廚房)을 시켜 음식을 차려 대접하도록 하고, 장백지(壯白紙)[95]·부채·붓과 먹·환약(丸藥)·은장도 등의 물건으로 두 사람에게 답례하였다. 부사와 서장관 또한 그들에게 답례하였다. 비은이 말하였다. "지난번에 이진사(李進士) 선생이 보내준 것이 많고, 또한 여러 차례 누추한 곳을 찾아주었기에 감히 와서 폐백을 올리는 것 입니다. 이번에 드리는 것은 감히 보답하지 않을 수 없어서인데, 변변치 않은 것들을 가지고 어떻게 사례가 되겠습니까마는, 존장(尊長)께서 이미 보내준 것이 있는데 어찌 답례가 없을 수 있겠습니까?" 내가 말하였다. "지난날 보여주셨던 서양의 새와 짐승, 물고기와 벌레, 풀과 나무를 그린 그림을 대인께서 보고 싶어 하시는데 빌려볼 수 없는지요?" 그가 말하였다. "내일 보내 드리겠습니다." 따라왔던 절강 출신 서반(序班)[96]에게도 부채와 종이를 주었더니, 그가 대답하였다. "일개 한미한 선비를 한번 보시고 물건을 내려주시니 감사드립니다." 대진현과 비은은 모두 인사하고 나갔다. 나는 바깥문까지 나가 전송하고 돌아왔다. -(하략)-

---

94) 추보서(推步書) : 천체 운행 관측 서적.
95) 장백지(壯白紙) : 지질이 두껍고 질기며 지면에 윤이 흐르는 부기용(簿記用)으로 많이 사용한 크고 두꺼운 종이.
96) 서반(序班) : 명·청시대 조선 사행의 외교창구 역할을 담당하던 예부의 하급관직.

「十月 二十一日 甲寅 晴」97)

－(上略)－ 午 費隱送葡萄酒一缸 及西洋卵瓶二十塊 橙實 桃李 雜色煎
四器 味極香甘 咨官尚未發 大人以餅及果煎 略送于領相 使咨官往傳之
西洋禽獸蟲魚畫一冊 西洋城地 人物畫一冊 天主堂各樣畫三冊亦來 而來
人言 此冊 曾前不出天主堂外一步地 老爺要見 故送來 必於今日內立待
看後 還持去 大人使譯筆言 今日決不可盡看 明朝當早送云 以海參紅蛤
全腹精米答之 余陪大人 細翫其畫 筆法儘精妙新奇 物物酷肖生者 且雖
微細之物如蝶峰之屬 必畫數十種 如粉蝶 繡蝶 蜜蜂 囊峰 種種形色 各
爭毫分異同 而必窮其類之數 觜眼鬚眉 各極其態 不設彩 不書名 而一見
知其了然爲某蟲某獸 猝然開卷 蟲魚蠢動飛走 如可手掬 每畫之下 以西
洋字 書其名字性情 而不可解矣 城池制度 亦奇異 或六稜 或八面 或水
裡 或山上 隨地形而築城 城內人家鱗鱗 街路井井 畫僅二尺 而若登高俯
視 滿城人家 但見其瓦甍 蓋以墨之濃淡 作明暗隱現之色 能令人看作遠
近高低之狀 人工之妙 可奪造化 天主堂制度各異 有百餘形狀 不可盡
記 大抵多簇立楹 壁多設虹門 上不覆瓦 或平或圓 層層積累 多用甃石
矣 －(下略)－

【역문】「10월 21일 갑인일. 맑음」98)

－(상략)－ 낮에 비은이 포도주 한 항아리와 서양 계란 떡99) 스무 덩
어리, 등자(橙子)나무 열매100), 복숭아와 자두 및 여러 가지 빛깔의 전

---

97)「十月 二十一日 甲寅」: 1720년 10월 21일.
98)『일암연기』권3,
99) 서양 계란 떡 : 카스텔라.
100) 등자(橙子)나무 열매 : 오렌지.

병 네 그릇을 보내왔는데, 맛이 매우 향기롭고 달콤하였다. 재자관[101] 이 출발하기 전에 대인께서 떡과 과일 전병 약간씩을 영상(領相)에게 보내면서 재자관이 직접 가서 전해주도록 하였다. 서양의 새와 짐승, 물고기와 벌레 등을 그린 그림책 한 책과 서양의 성(城)과 영지(領地) 및 인물을 그린 그림책 한 책, 여러 모습의 천주당을 그린 그림책 3책 이 또한 들어왔다. 가지고 온 사람이 말하였다. "이 책이 전에는 천주 당 밖으로 한 발자국도 나온 적이 없었는데, 노야(老爺)께서 보고자 하 셔서 가지고 온 것입니다. 보시기를 서서 기다리고 있다가 반드시 오 늘 안에 다시 가져가야 합니다." 대인께서 역관을 시켜, 오늘 안에는 결코 다 볼 수 없고 내일 아침에 일찍 보내주겠다고 하시면서 해삼, 홍합, 전복, 찹쌀을 답례로 주었다. 나는 대인을 모시고 그 그림을 자 세히 살펴보았다. 필법이 매우 정묘(精妙)하고 신기해서 묘사한 모든 것이 살아 있는 듯하였다. 나비와 벌 따위의 아주 작은 동물일지라도 반드시 수십 종을 그렸다. 이를테면 흰나비·무늬 나비·꿀벌·낭봉(囊 蜂) 등의 경우에 저마다의 모습과 색깔에 나타나는 털끝만한 차이라도 따져가며 반드시 그 부류에 속하는 것들을 다 그렸다. 부리, 눈, 수염, 눈썹까지도 각각 그 모양을 지극히 묘사하였기에 채색하지 않고 각각 의 이름을 적지 않았더라도 한번 보면 그것이 어떤 벌레이고 어떤 짐 승인지를 분명히 알 수 있었다. 책을 펼치면 갑자기 벌레와 물고기가 꿈틀거리며 움직이거나 날아올라 마치 손에 잡힐 듯하였다. 모든 그 림의 아래쪽에는 서양 글자로 그 이름과 성질을 써두었는데 무슨 말 인지 이해 할 수 없었다. 성지(城池) 의 제도도 기이하였다. 모서리가 여섯 개인 경우도 있고, 8면으로 지어진 것도 있다. 물속에 짓거나 산 꼭대기에 지은 것도 있다. 지형에 따라 성을 축조하였던 것이다. 성안

---

101) 자관(咨官) : 조선에서 중국 예부(禮部)에 보내는 공문인 자문(咨文)을 책임진 관 원. 자문 내용이 중요할 경우 자관을 특별히 정해 파견하였다.

에는 인가가 즐비하고 길거리는 반듯반듯하였다. 그림으로는 겨우 2척이지만, 꼭대기에 올라가 내려다보면 성에 가득한 인가들이 단지 그 기와지붕만 보일 것이다. 대개 먹의 농담을 통해 색상이 드러나거나 감추어지도록 명암을 표현하여 사람들로 하여금 원근과 고저의 모습 그대로 볼 수 있게 하였으니, 사람의 교묘한 솜씨가 조화옹의 재주를 뺏어왔다고 할 만하다. 천주당의 제도는 각기 달라 100여 개의 모습이 있었으니 이루다 기록할 수 없다. 대개 돌기둥을 줄지어 세워놓은 경우가 많고, 벽면에는 대부분 홍예문을 만들어놓았다. 위쪽에는 기와를 덮지 않고 평평하거나 둥글게 만들었으며, 대부분 벽돌을 사용하여 층층으로 쌓아올렸다. -(하략)-

-(上略)- 遂往東天主堂 門前有太平車 問之 則西天主堂蘇霖來云 入
門而 費隱蘇霖皆出迎 延入坐定 進茶 余來時 携昨日所送西洋畫冊五卷
而還之 蘇霖問大人安否 旁有一人尖鼻鬚鬢 亦西洋人 問之則今年來中國
故不能通話云 俄而又有一人入來 同蘇費坐問之 則亦西洋人 在此堂內
姓名羅懷中 吳煜亦在座 服事費蘇兩人 恭虔若下官 問 君是貢士 何故在
這裡 答 西洋先生 請來置幟若記室云 且以二扇送余 使獻大人 一書〈減
字木蘭花〉一畫指頭畫山水 費隱出示一書 乃抵余書而未及送者也 其書
問 三使臣職名姓名 故皆書示之 費又出一畫 言是郎石寧送余之畫 以厚
紙畫小狗 剪紙但存狗形 側立地上 猝見如生物 且出地圖 問東國路程 遂
書自通州 至冊門之路 一一按驗地圖 蓋費隱隨穆克登往義州 且往寧古塔
歸東邊地圖 而皆書清字 不可解矣 又出一畫帖 皆畫西洋山水 樓坮 園林
而筆劃精細 若秋毫之末 問 這畫是印的 答 是陰陽銅板印的云 又可奇異
一畫花木 中有石假山 高數丈 而上顚湧水二三丈 四散如珠如霧 亂洒於
花卉 若細雨輕霖 又有石坮銅盤數十層若塔狀 其下平地 繞塔有四龍頭
水自龍口湧起數丈 落於坮腰銅盤 而其水却自塔顚之傍 湧出射天 折而下
散 落於十層銅盤 若罩輕穀 又有水自三層樓上甍顚而出 細布簷端而下
四面作水簾 又有浴室 水自屋樑散下若細雨 室中作人浴狀 問 此是何法
答 此畫 乃西洋大家花園內戲法 種各樣花卉 設各樣奇巧之事 或作水機
或激流泉 件件不一 其下設機 自然湧出 水自遠來者 其勢益大云 以余目
睹者 八里堡佟家墳圓裡水器 能以一筒水 湧起十餘丈 西天主堂 以小井
水 引地中百餘步而湧出 用此機巧於川溪潭池源大之水 無怪其千變萬化
也 又出一畫 乃畫西洋人屋 屋皆作二層 多不覆瓦而平 其顚間間作鬥 一

---

102)「十月 二十二日 乙卯」: 1720년 10월 22일.

屋或數十間　費言　屋制四面看之　皆如此云　又出西洋卵餅及西洋酒待之
余以雪花紙十丈　紫金菱花三十丈　與費而辭出　三人皆送至門　余再入天主
殿　更細見障畫　問有兩翼者　則答是天神　蘇霖言　人人皆有元神　形相不同
人雖不知　神自守身　亦此神之類云　出門　而兩人握手作別　甚慇懃　歸時
路上遇通官輩還家者三人　問　往何處　答　西洋人來見　不可不回謝　故往見
耳　歸館　聞鄭泰賢及金振泌往說官家　則以其姪女之病極重　擧家皆往病家
稅官之子　自關中　臂鷹往暢春院　皇帝所　不見而還矣　大人以郞石寧畫狗
立置于卓上　諸裨譯人　入門猝見者　直以爲生狗　迫視後　方知其畫　遂以其
畫立于地上　招寺中僧狗視之　狗輒直前撓尾　來嗅畫狗　恐其咬傷　逐輒吏
前　-(下略)-

【역문】「10월 22일 을묘일. 맑고 온난」[103]

　-(상략)- 드디어 동천주당으로 갔다. 문 앞에 태평거가 있기에 물어
보니 서천주당[104]의 소림이 왔다고 하였다. 문으로 들어서자 비은과
소림이 함께 나와 맞이하여 데리고 들어가 자리에 앉은 뒤 차를 내왔
다. 나는 오면서 어제 보내준 서양화 책 다섯 권을 가져와 돌려주었
다. 소림이 대인의 안부를 물었다. 그 옆에 코가 우뚝하고 수염이 덥
수룩한 사람이 있었는데 그도 서양인이었다. 그에 대해 물었더니, 올
해 중국에 왔기 때문에 대화를 나눌 수 없다고 하였다. 잠시 후에 또
한 사람이 들어와 소림·비은과 함께 앉았다. 그에 대해 물어보니, 그
또한 서양인으로 이 천주당에 있으며 성명은 나회중(羅懷中)이라고 하
였다. 오욱(吳煜)도 자리에 있으면서 비은과 소림 두 사람의 일을 도왔

103) 『일암연기』 권3
104) 서천주당 : 남천주당이다. 동천주당 서쪽에 위치해 서천주당이라 하였다. 서천
　　주당은 당시 아직 건립되지 않았다.

는데 마치 아래 벼슬아치 인 듯이 공손하게 대하였다. 내가 물었다. "그대는 공사(貢士)인데 어째서 이곳에 있습니까?" 그가 답하였다. "서양 선생들이 막하로 와서 기실(記室)[105]처럼 지내달라고 하였기 때문입니다." 또한 부채 두 자루를 나에게 주면서 대인께 드리라고 하였는데, 하나에는 〈감자 목란화(減字木蘭花)〉[106]가 씌어 있고, 하나에는 손가락으로 그린 산수화(山水畵)가 있었다. 비은이 편지 하나를 꺼내 보였다. 나에게 편지를 썼다가 미처 보내지 못한 것이었다. 그가 글로 써서 삼 사신의 관직명과 성명을 묻기에 내가 모두 써서 보여주었다, 비은이 또 그림 하나를 꺼내더니 낭석녕(郎石寧)이 내게 주라고 보내온 것이라고 하였다. 두꺼운 종이에 작은 개를 그린 다음, 종이를 잘라서 개의 모양만 남겨놓은 것인데, 땅 위에 비스듬하게 세워놓으니 언뜻 보면 살아 있는 것 같았다. 또 지도를 꺼내더니 우리나라로 가는 노정을 물었다. 그래서 통주에서 책문까지의 노정을 글로 써주었더니, 하나하나 지도에서 살펴보았다. 비은은 목극등(穆克登)[107]을 따라 의주에 갔다가 영고탑[108]까지 갔는데, 돌아와서 동쪽 변경의 지도를 그린 것이다. 그런데 모두 만주어로 씌어 있어 알아볼 수 없었다. 또 화첩 하나를 꺼냈는데, 모두 서양의 산수·누대·원림(園林)을 그린 것으로 필획이 정교하고 가늘어 마치 가는 털끝과 같았다. 내가 물었다.

---

105) 기실(記室) : 문서 담당관, 곧 서기(書記).

106) 감자목란화(減字木蘭花) : 송(宋)나라 시인 진관(秦觀, 1049~1100)의 시. 원래 글자 수보다 줄인 송사(宋詞)의 한 종류 노래를 부르던 가사였다.

107) 목극등(穆克登) : 청 강희(康熙) 시기의 오라(烏喇 길림지역) 총관(總管). 1712년(숙종 38) 조선과 청 사이에 국경분쟁이 발생하자 목극등이 파견되어 두 나라 경계를 확정짓고 이 때 백두산정계비(白頭山定界碑)를 세웠다. 그 때 비은이 수행하였다. 비은은 강희 연간에 시행한 중국 전역을 측량해 지도를 작성하는 대사업에 참여하였다. 비은은 만주서부, 봉천, 조선 북부, 두만강과 압록강까지 북위40도~45도 일대를 측량하였다. 方豪, 앞의 책, 권2, 298~306쪽 참조.

108) 영고탑(寧古塔) : 중국 흑룡강성(黑龍江省) 영안현성(寧安縣城).

"이 그림은 찍어낸 것입니까?" 그가 대답하였다. "음각과 양각으로 동판에 새겨 찍어낸 것입니다." 이 또한 기이하였다. 그림 가운데 하나는 꽃나무들을 그린 것이다. 그 중간에 석가산(石假山)이 있는데 높이는 몇 장(丈)쯤 되고 꼭대기에서 2~3장 되는 물줄기가 뿜어져 나와 구슬이나 안개처럼 사방으로 흩어져 꽃 위로 어지럽게 뿌려지는 것이 마치 이슬비가 부슬부슬 내리는 것 같았다. 또 어떤 그림에는 석대(石臺)와 동반(銅盤)이 탑처럼 수십 층 쌓여 있으며, 그 아래 쪽 바닥에는 탑주 위로 용의 머리가 네 개 있었다. 용의 입에서 물줄기가 몇 장쯤 뿜어져 나와 석대의 허리쯤에 있는 동반으로 떨어졌다. 그 물줄기는 다시 탑 꼭대기의 옆쪽으로 하늘을 향해 뿜어졌다가 아래쪽으로 흩어지며 10층에 있는 동반으로 떨어지는데, 마치 앓은 비단 그물과도 같았다. 또 3층 누각의 용마루 꼭대기에서 물줄기가 나와 처마 끝에서 가늘게 퍼지며 떨어지는 그림이 있는데, 그렇게 떨어지는 물이 사방에 물 주렴을 만들었다. 또 욕실 그림이 있었는데, 건물의 대들보에서 물줄기가 마치 가랑비처럼 흩뿌리며 떨어졌다. 방 안에는 사람이 목욕하는 모습을 그려놓았다. 내가 물었다. "이것은 무엇을 하는 것입니까?" 그가 대답하였다. "이 그림은 서양의 저택에 있는 화원(花園) 안에서 즐기는 방식을 그린 것입니다. 각양각색의 꽃을 심고 온갖 신기한 것들을 설치해두는데, 수기(水機)를 만들어놓기도 하고 흐르는 샘물을 역류하게도 하는 등 하나하나 일정하지 않습니다. 그 아래에는 기계를 설치하여 물이 저절로 뿜어져 나옵니다. 물줄기가 멀리서부터 오면 그 형세가 더욱 대단합니다." 내가 눈으로 직접 본 것은 팔리보(八里堡)에 있는 동가(佟家)의 분원(墳園)안에 있는 수기(水器)로, 한통의 물로 10여 장을 뿜어 올릴 수 있었다. 서천주당에서는 조그만 우물에 있는 물을 땅속에서 100여 보를 끌어 올려 뿜어내니 이런 기계를 계곡이나 연못처럼 큰 규모의 물에 시용한다면 천변만화의 모습을 펼쳐 보이는 것도 이상할 것이 없다 하겠다. 또 그림 한 장을 꺼냈는데 곧 서양 사람의 집을 그린 것이었다. 집은 모두 2층으로 지었으며 대부분 기와를 덮지 않고 평평하였다. 그 꼭대기에는 간혹 문을 만들어 놓았다. 어떤 집은 수십 칸이 되는 것도 있었다. 비은이 말하였다. "집 모양은 사방 어디에서 보든지 모두 이와 같습니다." 또 서양의 계란 떡과 서양 술을 가져다 대접하였다. 나는 설화지(雪花紙) 열 장과 검붉은 색의 능화지(菱花紙)[109] 30장을 비은에게 준 뒤 작별 인사를 하고 나왔다. 세 사람이 모두 문까지 나와 전송해주었다. 나는 천주전(天主殿)으로 다시 들어가 병풍에 그려진 그림을 자세히 보았다. 두 날개가 있는 것이 무엇이냐고 물었더니, 천신(天神)이라고 대답하였다. 소림이 말하였다. "사람들마다 모두 자신의 신이 있는데, 그 모습이 서로 다릅니다. 사람들은 알지 못하지만 이 신이 본래 그 사람을 지켜주는데, 이 또한 신과 같은 종류입니다." 문밖으로 나와 두 사람과 악수를 하고 작별하였는데, 매우 은근한 마음이 들었다. 돌아가는 길에 귀가하는 통관 세 사람을 만났다. 그들이 물었다. "어디에 갔습니까?" 내가 대답하였다. "서양 사람들이 찾아왔기 때문에 답례하지 않을 수 없어서 찾아가 만나보고 오는 길이오." 관사로 돌아와 들으니, 정태현과 김진필이 세관의 집에 갔는데, 그 집 조카딸의 병세가 위중하여 모든 식구들이 병자가 있는 집으로 갔으며, 세관의 아들은 궁궐에 있다가 사냥하러 창춘원의 황제 처소에 갔기 때문에 만나지 못하고 돌아왔다고 한다. 대인께서 낭석녕이 그린 개 그림을 탁자 위에다 세워두었다. 비장들과 역관들이 문으로 들어오다가 얼핏 보고는 곧바로 살아 있는 개라고 생각하다가 가까이 다가가서 본 뒤에야 그것이 그림인 줄을 알았다. 그래서 그 그림을 땅 위에 세워놓고 절의 승려들이 키우는 개

---

109) 능화지(菱花紙) : 마름꽃 무늬가 있는 종이.

를 불러다 그림을 보여주었더니 그 개가 곧바로 개 그림 앞으로 가서 꼬리를 흔들다가 다가가 냄새를 맡았다. 그 개가 그림을 물어 훼손할까 걱정되어 쫓아버렸으나, 바로 다시 앞으로 다가갔다. -(하략)-

「十月 二十四日 丁巳 晴」110)

-(上略)- 食後 西洋蘇霖費隱又來 余往上房同見 欽天監官孫爾蕙邵雲
龍亦隨來 余書示 數日之內 又復來臨 深荷厚情 兩人皆能看解 而不能書
如前替孫爾蕙答曰 聞得大人之事已完 皇上下優旨 我們聽知 甚是欣喜
因大人起身日近 故特來相送 蘇霖以自鳴小鍾千里鏡黃膏黑膏各三四丁
膏藥名得利雅㖆者一盒日影公暑献大人 以七克三卷坤輿圖二卷天主實義
二卷呂宋果三箇贈余 張安多亦以地毬圖八丈天文圖二丈西洋畫七丈寄余
蘇霖又以西洋卵餅三器 分饋三房各四十介 新軟 比前來者尤好 自鳴鐘比
拳稍大 而制作精奇 日晷亦精妙 但以西洋字書十二時 不可解 黃膏黑膏
付於諸般毒腫云 其狀似彩黑丁 得利雅㖆如黑湯 脾胃不和霍亂胸痞等疾
皆服之云 俄而副使書狀皆來見 亦以書冊呂宋果贈余之數贈之 蓋自鳴鐘
千里鏡再昨余見 蘇費 欲得 故送來也 大人使鄭泰賢傳言 多惠貴物 雖感
厚意 心甚不安 答 大人們與我們 相與情親 曾前厚受賜物 迄今銘感 我
們無可迴敬 雖有微物數件 不甚要緊所重者 書數本 諸大人迴家後 漫漫
細看 自多妙處 余亦書 多多送與 何以爲謝 心裡甚是不安 答 微物略表
寸心 情深不在物也 余問自鳴鐘日晷所書十二時字 答 此非十二辰 乃一
二三四字也 丑一正二 寅三正四 卯五正六 辰七正八 巳九正十 午十一正
十二 未一正二 申三正四 酉五正六 戌七正八 亥九正十 子十一正十二
其書以十一十二 各爲一字 問之 則以十二爲成數 如中國之十數 自十三
更數爲一矣 以丑未起於一數 而不起於子午者 定一陽起於子之半 子之初
猶屬於陰 不可起一數 至于正 方微有一陽 可起一數 而一時分陰陽不可
故以丑初爲陽之首而爲一 未初起一亦然矣 其字有楷有草 極簡便易書 再
昨余往天主堂時 指石刻日影 請印去 蘇言 此表側立四十度 不可用於朝

110)「十月 二十四日 丁巳」: 1720년 10월 24일.

鮮 朝鮮則當用三十六度云 是日 指所持來日晷曰 此是公器 普天之下俱
用得 蓋以銅作半月形爲圓圈 四分之一刻九十度 此以周天三百六十度 分
爲四破也 以此側立爲柱 又以圓圈加於柱上 隨意高低 各隨其地之度數
圓圈上刻十二時 當中立表 以測日影 蓋北極出地 諸處度數各異 我國則
北極出地三十六度 故如是耳 此贈之物頗厚 亦不可草草償之 欲於後日寄
送 問 西洋餠以何物造成 答 以白麵白糖鷄卵造成云 問 西洋國王亦有革
代之事乎 答 有之 今是四葉 與中國皇上一樣矣 問 子子相傳乎 答 然 問
無子 則若何 答 無子 則取同姓立之 不立異姓 大人書問 皇曆諸書 欲買
去 而難得 答 此書不敢賣 不但中國人不敢賣 西洋人亦也不敢送云 蓋皇
曆之書有禁 自劉基始其法 尙行於淸也 夕時 辭出 余出送中門 蘇霖言
中國之規 送人出門 而朝鮮之規 但立炕而送之 老爺不必送出 余問 西洋
之規若何 答 如中國規 亦出門送人云 -(下略)-

【역문】 「10월 24일 정사일. 맑음」[111]

-(상략)- 식사 후에 서양인 소림과 비은이 또 찾아왔다. 나는 상방
에 가서 함께 만나 보았는데, 흠천감 관원 손이혜(孫爾蕙)[112]와 소운룡
(邵雲龍)도 따라와 있었다. 내가 글을 써서 말하였다. "며칠 사이에 또
다시 와주시니, 후의에 깊이 감사드립니다." 두 사람 모두 글을 알아
볼 수는 있지만 쓰지는 못하여 전처럼 손이혜가 대신 답을 하였다.
"대인께서 하실 일이 이미 끝나고, 황제께서 융숭한 조칙을 내려주셨
다고 들었습니다. 우리들도 소식을 듣고 매우 기뻤으며, 대인께서 떠
날 날이 가까워졌기에 특별히 전송하러 온 것입니다." 소림이 작은 자

---

111) 『일암연기』 권3

112) 손이혜(孫爾蕙) : 9월 28일에 사행원 숙소를 방문했던 손이무(孫爾茂)인 듯하다.
무(茂)를 혜(蕙)로 잘못쓴 것 같다.

명종과 천리경, 황색과 흑색의 고약(膏藥) 각각 3~4정(丁), 득리아격(得利雅嗶)이라 부르는 고약 1합(盒), 일영공구(日影公晷)를 대인께 드렸다. 그리고 『칠극(七克)』[113] 세 권, 『곤여도(坤輿圖)』[114] 두 권, 『천주실의(天主實義)』[115] 두 권, 여송과(呂宋果) 세 개를 내게 주었다. 장안다(張安多)도 「지구도(地毬圖)」 여덟 장, 「천문도(天文圖)」 두 장, 서양화 일곱 장을 내게 보내주었다. 소림은 또 서양의 계란 떡 세 그릇을 가져와 삼 사신에게 각각 40개씩 나누어주었는데, 신선하고 부드러웠다. 전에 가져왔던 것보다 훨씬 훌륭하였다. 자명종은 주먹보다 조금 큰 크기로, 만든 솜씨가 정밀하고 신기하였다. 일구(日晷)[116]도 정밀하고 기묘하였는데, 서양 글자로만 열두 시각이 씌어 있어 알아볼 수 없다. 황색과 흑색의 고약은 모든 종기에 붙이는 것이라고 하였는데, 그 모양이 채흑정(彩黑丁) 같았다. 득리아격(得利雅嗶)은 흑탕(黑湯) 같았는데, 비위(脾胃)가 편치 않거나 곽란(霍亂)이 일어날 때, 또는 가슴이 답답한 질병 등에 모두 복용한다고 하였다. 조금 있으니 부사와 서장관도 찾아왔는데, 그들에게도 서책과 여송과를 내게 주었던 것만큼 주었다. 자명종과 천리경은 그저께 내가 소림과 비은을 만났을 때 보

---

113) 『칠극(七克)』: 스페인 출신 예수회 선교사 판토하(Diego de Pantoja, 龐迪我, 1571~1618)가 중국에서 선교하며 한문으로 저술한 천주교 윤리 수양서(修養書). 죄악의 근원이 되는 일곱 가지 뿌리(교만, 질투, 탐욕, 분노, 식탐, 음란, 게으름)를 덕행(德行)으로 극복함으로써 자신을 이겨야(克己) 한다는 내용이다. 1614년 간행되었다.

114) 곤여도(坤輿圖): 서양식 세계지도책. 마태오 리치(Matteo Ricci, 利瑪竇, 1552~1610)의 「곤여만국전도(坤輿萬國全圖)」, 페르비스트(Verbiest,F. 南懷仁, 1623~1688)의 「곤여전도(坤輿全圖)」 등의 총칭.

115) 『천주실의(天主實義)』: 그리스도교가 유학을 보완해 준다는 예수회의 보유론(補儒論)적 적응주의 선교 사상을 집약한 마태오 리치(Matteo Ricci) 저술 천주교 교의서(敎義書). 저술연도는 1593 ~1596년간인데, 간행 이전에 이미 초고본(草稿本)이 널리 소개되었다, 1603년 북경(北京)에서 간행되었다.

116) 일구(日晷): 해 그림자를 이용해 만든 해시계.

앗던 것이다. 소림과 비은이 말하였다. "갖고 싶어 하셨기에 드리려고 가져왔습니다." 대인께서 정태현을 시켜 말을 전하였다.

"귀중한 물건을 많이 주시니, 후의에 감사합니다만 마음이 매우 편치 못합니다." 그러자 그들이 대답하였다. "대인들과 저희들은 서로 나눈 정이 애틋하고, 지난번에 후하게 주신 물건을 받고 지금까지 깊이 감사한 마음을 갖고 있으면서도, 저희들은 공경하는 마음으로 되갚을 길이 없었습니다. 하찮은 물건 몇 가지라서 그다지 요긴하고 소중한 것은 아니지만, 서책 몇 권은 대인들께서 귀국한 뒤에 천천히 잘 살펴보시면 절로 오묘한 것이 많이 들어 있을 것입니다." 나도 글로 썼다. "이처럼 많이 보내주시니 어떻게 감사를 드려야 할지 몰라 마음이 매우 편치 못합니다." 그들이 대답하였다. "보잘 것 없는 물건으로 대략 성의만 표한 것이니, 마음은 물건에 있는 것이 아니지요." 내가 자명종과 일구에 열두 시각을 써놓은 글자에 대해 묻자, 그가 대답하였다. "이것은 12지(支)를 말하는 것이 아니라 일(一), 이(二), 삼(三), 사(四)라는 글자입니다. 축(丑)이 1이고 정(正)은 2이며, 인(寅)이 3이고 정은 4이며, 묘(卯)가 5이고 정은 6이며, 진(辰)이 7이고 정은 8이며, 사(巳)가 9이고 정은 10이며, 오(午)가 11이고 정은 12이며, 미(未)가 1이고 정은 2이며, 신(申)이 3이고 정은 4이며, 유(酉)가 5이고 정은 6이며, 술(戌)이 7이고 정은 8이며, 해(亥)가 9이고 정은 10이며, 자(子)가 11이고 정은 12입니다." 11과 12를 각각 별도의 글자로 쓴 것에 대하여 물었더니 이렇게 대답하였다. "12를 성수(成數)로 삼으니, 이는 중국에서 10을 성수로 삼는 것과 같습니다. 13부터 다시 숫자를 1로 시작합니다. 1의 수가 자(子)와 오(午)에서 시작되지 않고 축(丑)과 미(未)에서 시작된다고 하여, 자(子)의 중반에서 일양(一陽)이 생겨나는 것을 정합니다. 자(子)의 초(初)는 여전히 음(陰)에 속하기에 1이라는 수로 표시할 수 없습니다. 자(子)의 정(正)에 이르면 그제야 희미하게 일양(一陽)이 만들어져 1의 수가 생기기 시작하지만, 음과 양으로 구분할 정도로 하나의 시(時)가 될 수는 없습니다. 그래서 축(丑)의 초를 양(陽)의 처음으로 보아 1이라 한 것이고, 미(未)의 초에서 1을 시작하는 것도 그렇게 보면 됩니다." 그 글자들은 해서로도 쓰이고 초서로도 씌었는데, 매우 간단하여 쓰기 쉬웠다. 그저께 내가 천주당에 갔을 때 돌에 글자를 새긴 일영(日影)을 가리키며 탁본하고 싶다고 하였을 때, 소림이 말하였다. "이것의 구표(晷表)[117]는 40도가 기운 채 서 있기 때문에 조선에서는 사용할 수 없고, 조선에서는 36도 기운 것을 사용해야 합니다." 그런데 이날은 가져온 일구를 가리키며 말하였다. "이것은 공구(公晷)로 온 세상에서 모두 사용할 수 있습니다." 구리를 사용하여 반달 모양으로 원권(圓圈)을 만들고 4분의 1마다 90도씩 새겨놓았다. 이것은 주천도수(周天度數)인 360도를 넷으로 나누어놓은 것이다. 이 원권을 비스듬히 세워 기둥으로 삼고, 또 하나의 원권을 그 기둥 위에 더하고 높낮이를 마음대로 하여 각각 그 지역의 도수(度數)에 따랐다. 원권 위에는 열두 시각을 새겨놓고, 가운데에 구표를 세워 해 그림자를 측정한다. 대개 북극출지(北極出地)는 지역마다 도수가 각기 다른데, 우리나라의 경우 북극출지가 36도이므로 이렇게 말하였던 것이다. 이번에 준 물건은 매우 과한 것이라서 소략하게 보답할 수가 없어 답례할 것을 나중에 다른 사람 편에 보내리라 생각하였다. 내가 물었다. "서양 떡은 어떤 재료로 만듭니까?" 그가 대답하였다. "밀가루와 설탕과 계란으로 만듭니다." "서양에서도 국왕의 자리를 대를 물려 전하는 일이 있습니까?" "있습니다. 지금이 4대째이니, 중국의 황제와 마찬가지입니다." "아들에서 아들로 왕위를 전합니까?" "그렇습니다." "아들이 없으면 어떻게 합니까?" "아들이 없으면 동성(同姓)의 인물을

---

117) 구표(晷表) : 해시계의 기둥.

데려다 왕으로 세웁니다. 다른 성의 인물로 세우지는 않습니다." 대인께서 글로 써서 물었다. "성력(星曆)에 관한 책들을 구입해 가려 하는데, 구하기가 어렵습니다." 그가 대답하였다. "그러한 책은 감히 팔 수 없습니다. 중국인만 감히 팔 수 없는 것이 아닙니다. 서양인이라 해도 감히 보내 드리거나 할 수 없는 것입니다." 대개 성력에 관한 책의 매매는 법으로 금하였는데, 유기(劉基)[118]로부터 시작된 법령이 청나라에서까지 여전히 시행되고 있는 것이다. 그들은 저녁때가 되자 작별 인사를 하고 떠났다. 내가 중문(中門)까지 나가 전송하자, 소림이 말하였다. "중국인의 법도로는 문까지 나가 사람을 전송하지만, 조선의 법도는 캉에서 일어나 전송하니, 노야께서 굳이 나와서 전송하실 것은 없습니다." 내가 물었다. "서양의 법도는 어떠합니까?" 그가 대답하였다. "중국의 법도와 같아서 문까지 나와 전송합니다." -(하략)-

---

118) 유기(劉基) : 유기(1311~1375)는 원말(元末) 명초(明初)의 정치가 겸 문인. 1358년 주원장(朱元璋)의 모사(謀士)가 되어 명나라 건국에 중요한 역할을 하였으며, 건국 후 어사중승(御史中丞) 태사령(太史令) 등 관직을 맡아 역법(曆法) 제정과 군정체제 건립에 공헌하였다. 천문·기상·역법·군사 분야에 정통하였다.

「十月 二十六日 己未 晴寒」119)

　　來此後 初寒也 大人使乾糇辦出各物 送蘇霖 白綿紙十束玳瑁銀粧刀二
柄青黍皮十丈倭蔘菱花一軸馬障泥二部筆十柄墨十笏淸心元十九大小匣
草二十五匣 爲報自鳴鐘千里鏡日晷之贈也 早飯 余與鄭泰賢 同往宣武門
內天主堂 是日 寒凜而風 沙塵滿道 極難行 余衣厚裘猶寒 而見道上人
多是薄衣無綿 而無寒色 風逆而塵撲面 雖六七歲兒童 亦皆不瞬 此皆恒
習 而能耐也 至天主堂 使人通之 邀入前日所坐 房裡蘇霖戴進賢張安多
三人及他西洋人三人皆來會 其中一人 眼睛如碧珠 碧珠之內有白圈 白圈
之內有瞳 人鬚髮鬇大卷曲 而色眞黃 相貌極怪異 使鄭泰賢通話於蘇言
昨者 枉顧 兼惠珍異之物 多謝多謝 略將薄物 以答盛意 出所持來 各物
與之 答 吾之所贈 不過畫紙玩目之具 而今所贈 如是着案 有不敢受 余
言 些少之物 安足辭 君居極西 吾在極東 天緣相逢 各以其土物 相贈遺
而已 何論多少 蘇卽受置 又以壯紙二束大小烟十二匣鑷子一介贈戴進賢
贈張安多亦如贈戴之數 大人使廚房作我國甑蒸米餠二盒 送來贈之 諸人
各喫奧少許 皆云好好 以西洋錚錚盛二盒還之 來時 携自鳴鐘 問蘇曰 此
鐘不能善運 且不能隨時而鳴 請修治而去 其中一人言 渠在西華門外天主
堂 再明 若來其處 當以此鐘 破視裡面 且告妙理云 余約以再明往見 問
其姓名 則杜德美云 余以文字書問 自古皆言周天三百六十五度四分度之
一 而今西洋之法 去五度四分度之一 但用三百六十度 然則中國數千年曆
法 皆誤耶 西洋不通中國之前 造曆置閏節氣皆不差爽 何也 五度四分度
之一 有剩餘 故參差不齊 贏不足生焉 此所以有氣盈朔虛 而置閏月者也
堯典曰 朞三百有六旬有五日 以閏月 定四時 成歲 然則堯典之言亦誤耶
欽天監官孫爾蕙 以余所書示戴進賢 聽其言 而書示曰 西洋之人 並不知

---

　119)「十月 二十六日 己未」：1720년 10월 26일.

中國曆法 亦不知堯典 但在西洋時 測候天象 度度究竅 毫分不差 則恰為
三百六十度 更無一分餘剩 測候之法 極精細 如數手中念珠 萬無一誤 且
以三百六十度 造曆法 驗之于天象 則日月食及五星躔度凌犯 如合符節
無一不中 以中國法五度四分度之一算之 則日月食多不中 或當食不食 或
不當食而反食 西洋之法 上算過去千年 下算未來千年 皆知某日日食 某
月月食 時刻不差 至於五星凌犯亦然 此豈非三百六十度 眞正無疑之明驗
耶 余又問 日月食 皆係天変 人君修德 則或當食不食 政事昏亂 則日食
數見 是以孔子作春秋 必書日食以為大變 蓋人事之善惡 有以感而致之
至於五星凌犯亦然 若如君言 則日月食五星凌犯 自有一定年月日時 此不
定為天變乎 答 日月食五星凌犯 自古至今 皆有應行年時 並不為天變 不
干人事 余又問 二十八宿 漸漸移度 宋時人測候言 虛危之間 為子之正中
張三度 為午之正中云 星宿比上古 已差東矣 卽今 則危三四度 為子之中
然則此後數千年 二十八宿盡為易位耶 答 二十八宿 隨黃道 每年往東行
五十一秒 自宋時至今 年代久遠 自然與前漸遠 余又問 上古時 以十二方
位 配二十八宿 定其神名 如子鼠丑牛之額是也 十二方位不移 而二十八
宿漸移 然則十二神名亦隨而變耶 答 上古以來 支干相配時辰 十二宮名
一定不移 仍以子鼠 丑牛為號 並非以星宿為準則 余又問 子當虛日鼠故
為鼠 丑當牛金牛故為牛 寅當尾火虎故為虎 卯當房日兔見故為兔 辰當亢
金龍故為龍 巳當翼火蛇故為蛇 午當星日馬故為馬 未當鬼金羊故為羊 申
當觜火猴故為猴 酉當昴日雞故為雞 戌當婁金狗故為狗 亥當室火豬故為
豬 十二神名莫不皆然 而卽今則子當危月燕 子之神變為燕 而丑當女士蝠
丑之神變蝠耶 且昏星漸移 則東方蒼龍七宿 角亢氏房心尾箕 當移入於南
方 南方朱鳥七宿 移入於西方 西方白虎七宿 移入於北方 北方玄武七宿
移入於東方 然則天地四方 都易位耶 子午正針 土圭南北 亦隨天而變耶
此等處 甚多可疑 願一一示破 孫爾蕙持余所書 遍誦與戴蘇諸人 半晌相
議 有茫然難對之狀 末乃書答曰 二十八宿 隨四季行走 方向不一 每年星

行五十一秒 其子午正針 一定不移云 而其言甚不明白 蓋西洋人 但以其
法測候而已 元不推考中國曆法 與之辨詰同異 亦不解中國天星時辰名目
故猝當余問 皆語塞不能答 欽天監官二人 亦不能深解天學源委 但一遵西
洋人語 而翻以漢字造曆而已 故不能盡解西洋之術 而參究中國之法也 諸
人相顧 屢稱他的狠明白 狠者方音甚也 余又問 古者聖人 以中國之地上
配二十八宿 名為分野 春秋時及漢唐以來 以分野占星 其說多驗而不差
不可為非矣 星宿漸移 而中國之地一定不移 則北京箕尾之分 南京斗牛之
分 亦皆移入他宿之分 分野占驗 則却依舊不變耶 抑以卽今移入之分野
而占之耶 孫爾蕙書 西洋先生 但定新法測候 不差 其分野之說 未究也云
恨不與中國知天學者 相問答 以破此疑也 余又問蘇曰 前惠自鳴鐘 不能
隨時鳴鐘 此有病而然耶 答 如此小者 只可看玩 不可知時 凡自鳴鐘 愈
大愈好 大者甚貴價 或至三四百兩云 因出示一鐘 高廣二尺許 以金銀粧
餙四面 以玻瓈作窓 透視裡面 制作精工 珍異輪機甚錯 比我國自鳴鐘倍
焉 左懸銀鐘 右懸銀磬 十二若鱗甲 時至 則次第擊十二磬 一磬才了 又
擊一磬 其聲清越 若奏樂磬而擊鐘 鐘則隨時 異其數矣 卓上置綠色玻瓈
片數十 厚四五分 問 此何用 答 磨切作各樣器用 瑩而堅 不似琉璃之易
破 問 造與琉璃同乎 答 造琉璃甚易 而造玻瓈難 以軟土石末 各種數十
件合成 甚難凝合 問 磨潤 用何物 答 以細沙磨訖 以木賊潤之 則自生光
矣 辭出 見左邊屋新成 而北壁門開 而有犬露面門扉 引頸窺外 諦視則元
無門焉 但畫門扇於壁 作半開狀 而畫狗其下 筆畫塗抹甚不精細 而近視
則畫 却立十步外 則分明是生狗 門扇之內 甚深邃 若映見一邊壁 尤可怪
也 問之 為郎石寧畫云 其人所長 似是畫狗也 諸人出送于門外 −(下略)−

【역문】「10월 26일 기미일. 맑고 추웠다」120)

이곳으로 온 뒤 처음으로 겪는 추위였다. 대인께서는 건량(乾粮)을 시켜 각종 물품을 마련하여 소림에게 보내주었다. 백면지(白綿紙)121) 열 묶음, 대모(玳瑁) 은장도(銀粧刀)122) 두 자루, 청서피(靑黍皮)123) 열 장, 왜능화지(倭菱花紙)124) 한 축(軸), 마장니(馬障泥)125) 두 부(部), 붓 열 자루, 먹 열 개, 청심원 열 알, 크고 작은 갑초(匣草)126) 스물다섯 갑으로, 자명종과 천리경, 일구를 준 데 보답한 것이다. 아침을 먹고 정태현과 함께 선무문 안에 있는 천주당으로 갔다. 이날은 매우 추운 데다가 바람까지 불어 먼지가 길에 가득해 다니기가 매우 힘들었다. 나는 두터운 가죽옷을 입고도 추웠는데 길을 다니는 사람들을 보니 대부분 얇은 옷에 솜도 넣지 않았는데도 추운 기색이 없었다. 맞바람 이 불어 흙먼지가 얼굴을 때리는데 예닐곱 살 되는 아이들마저 모두 눈도 깜빡거리지 않았다. 이들에게는 모두 늘 겪는 일인지라 잘 참을 수 있는 것이다. 천주당에 도착하여 사람을 시켜 알렸더니 전에 앉았

---

120) 『일암연기』권3
121) 백면지(白綿紙) : 공물로 많이 쓰인 희고 품질이 좋은 백지.
122) 대모(玳瑁) 은장도(銀粧刀) : 바다거북의 일종인 대모의 등껍질로 만든 은장도와 칼집인 듯하다. 실제로 1262년(원종 3)에 대모초자(玳瑁鞘子; 대모로 만든 칼집) 3개를 중국 원나라에 바쳤다는 기록이 있다. (고려사 권25, 28장 세가25 원종3 년 조). 따라서 저본 역서의 "대모(玳瑁)와 은장도(銀粧刀) 두 자루"는 "대모(玳瑁) 은장도(銀粧刀) 두 자루"가 옳은 듯 하여 임의 교정하였다. 세종대왕기념사 업회(편), 『한국고전용어사전』, 2001 참조.
123) 청서피(靑黍皮) : 푸른 담비 가죽.
124) 왜능화지(倭菱花紙) : 일본산 능화지(마름꽃무늬가 새겨진 고급종이)인 듯하다. 실제로 조선통신사의 일본 행차 때 일본에서 조선으로 전달된 선물 목록 중 능 화지는 큰 비중을 차지하고 있다.
125) 마장니(馬障泥) : 말다래. 말 옆구리 좌우에 늘어뜨려 흙이 튀어 오르는 것을 막 는 말안장의 부속품.
126) 갑초(匣草) : 담배갑.

던 곳으로 맞이해 들어갔다. 방 안에는 소림, 대진현, 장안다 세 사람과 다른 서양사람 세 명이 모두 모여 있었다. 그중 한 사람은 눈이 푸른 구슬 같았다. 푸른 구슬 안에 흰 원이 있고, 흰 원 안에 눈동자가 있었다. 그 사람은 수염과 머리털이 매우 덥수룩하고 곱슬거리며 진한 황색이어서 모습이 매우 괴이하였다. 정태현을 시켜 소림에게 말하였다. "지난번에 관사를 찾아주시고 또 진기한 물건들을 주셨으니 참으로 감사드립니다. 변변치 못한 물건 몇 가지로 후의에 보답하고자 합니다." 가지고 온 것을 꺼내어 각각의 물건을 주려고 하자, 소림이 말하였다. "저희가 드린 것은 그림과 눈요깃거리에 불과한데, 지금 주시는 것들은 이처럼 요긴하게 쓸모 있는 것들이니 감히 받을 수 없습니다." 내가 말하였다. "보잘것없는 물건을 어찌 사양하십니까? 그대들은 서쪽 끝에 살고 우리는 동쪽 끝에 살다가, 하늘의 인연으로 서로 만났습니다. 각자 그 토산물을 선물하는 것일 뿐인데, 어찌 많고 적음을 논하십니까?" 그러자 소림이 선물을 받아두었다. 또 장지 두 묶음과 크고 작은 담배 열두갑, 집게 한 개를 대진현에게 주었으며, 장안다에게도 대진현에게 준 수량과 똑같이 주었다. 대인이 주방(廚房)을 시켜 우리나라의 시루떡 두 찬합을 만들어 보내온 것을 그들에게 주었다. 그들이 각각 조금씩 먹어보고 다들 맛이 좋다고 하고는 두 찬합에 서양 떡을 담아 돌려주었다. 올 때 자명종을 가져와, 소림에게 말하였다. "이 자명종이 잘 작동되지 않고, 때맞춰 울리지도 않습니다. 수리해갔으면 합니다." 그중 한 사람이 말하였다. "나는 서화문 밖의 천주당에 있습니다. 만약 모레 그곳으로 오신다면 이 종을 분해하여 그 안을 보여드리고 정밀한 이치도 알려 드리겠습니다." 내가 모레 찾아가 보기로 약속하고 그 성명을 물으니 두덕미(杜德美)[127]라고 하

---

127) 두덕미(杜德美) : 프랑스 출신 예수회 선교사 자르투(Pierre Jartoux, 1668~1720). 강희제(康熙帝)가 1707~1718년까지 추진한 전국지도 제작을 위한 측량 사업에

였다. 내가 글을 써서 물었다. "예부터 모두들 주천도수는 365와 4분의 1도라고 하였습니다. 그런데 지금 서양의 방법은 5와 4분의 1도를 제하고서, 다만 360도만 사용하고 있습니다. 그렇다면 중국에서 수천 년간 전해 내려온 역법이 모두 틀렸다는 것입니까? 서양이 중국과 통하기 전에도, 역법을 제정하거나 윤달을 두고 절기(節氣)를 정함에 있어 모두 오차가 없었음은 어째서 그런 것입니까? 5와 4분의 1도가 남기 때문에 들쭉날쭉 가지런하지 못하고, 남거나 부족한 일이 생긴 것입니다. 이 때문에 기영삭허(氣盈朔虛)[128]에 따라 윤달을 둔 것입니다. 「요전(堯典)」에서, '기(朞)는 365일인데, 윤달을 두어 사시(四時)를 정하고 해를 이룬다.'라고 하였는데, 그렇다면 「요전」의 말 또한 틀린 것입니까?" 흠천감 관원 손이혜(孫爾蕙)가 내가 쓴 것을 대진현에게 보여주고 그의 말을 들은 뒤 글로 써서 나에게 보여주었다. "서양 사람들은 모두들 중국의 역법에 대해서 알지 못하고, 「요전」에 대해서도 모릅니다. 단지 서양에 있을 때 천상(天象)을 측정하여 도수를 일일이 밝혔는데 털끝만한 차이도 없이 360도가 되었으며 1분의 남음도 없었습니다. 측정하는 방법은 극히 정밀하고 미세하여 마치 손 안의 염주를 세는 것과 같으니 만에 하나도 틀림이 없을 것입니다. 또한 360도로 역법을 만들어 천상(天象)에 적용해보니 일식과 월식 및 오성(五星)이 운행하는 도수와 능범(凌犯)[129]이 부절(符節)[130]을 맞추듯 딱 들어맞아

참여하였다. 그 결과 1718년 북은 동북 흑룡강(黑龍江), 남은 대만(臺灣), 서는 티베트에 이르기까지의 전국 현지 측량에 기초한 중국전도(全圖)인 총 32폭의 『황여전람도(皇輿全覽圖)』를 제작할 때 두덕미가 총책을 맡아 성공하였다. 저술로 『주경밀솔(周經密率)』 및 『구정현정시첩법(求正弦正矢捷法)』각 한 권이 있다. 方豪, 앞의 책, 권2, 298~306쪽 참조.

128) 기영삭허(氣盈朔虛) : 1년을 360일로 할 때 태양력 주기 366일은 남고, 태음력 주기 354일은 모자라는 현상.

129) 능범(凌犯) : 달이 별 또는 행성(行星)을 가리는 현상과 5행성(수성·금성·화성·목성·토성)이 별을 가리는 현상을 말한다. 세종대왕기념사업회(편), 『한국고전

서 하나도 어긋남이 없었습니다. 중국의 역법인 365와 4분의 1도로 계산해보면, 일식과 월식이 맞지 않는 것이 많았으며, 일식과 월식이 있어야 할 때 일어나지 않고, 일식과 월식이 없어야 할 때 도리어 일어나기도 하였습니다. 서양의 역법으로는 위로는 과거 천 년을 계산하고 아래로는 미래의 천 년을 계산한다 하더라도, 모두 어떤 날에 일식이 있고 어떤 달에 월식이 있는 지를 알아서 그 시각이 틀림이 없었습니다. 오성(五星)이 능범하는 것에서도 또한 그러합니다. 이것이 어찌 360도가 참으로 정확하며 의심할 바 없다는 명백한 증거가 아니겠습니까?" 내가 또 물었다. "일식과 월식은 모두 천하의 변고와 관련 있으니, 임금이 덕을 닦으면 간혹 일식과 월식이 있어야 하는데도 일어나지 않으며, 정사가 혼란스러우면 일식이 자주 나타납니다. 그래서 공자께서 『춘추(春秋)』를 지으시면서 반드시 일식을 큰 변고로 기록하셨으니, 대개 인사(人事)의 선악에 어떤 감응하는 바가 있어 일식이 생기는 것입니다. 오성이 능범함에서도 그러한 것입니다. 그대의 말에 따른다면, 일식과 월식, 오성이 능범함은 그 스스로 일정한 연월일시가 있게 되는데, 이는 천하의 변고에 따라 정해지는 것이 아니라는 것입니까?" 대진현이 대답하였다. "일식과 월식, 그리고 오성이 능범함은 예로부터 지금까지 모두 응당 행해지는 때가 있는 것이며, 천하의 변고 때문에 일어나는 것도 아니고 인간사와도 관계가 없습니다." 내가 또 물었다. "28수(宿)는 점점 도수가 옮겨가고 있습니다. 송나라 때 사람들이 천문을 살펴보고 말하기를, '허수(虛宿)와 위수(危宿) 사이가 자(子)의 정중(正中)이고, 장수(張宿) 3도가 오(午)의 정중이 된다.'라고

용어사전』, 2001 참조.
130) 부절(符節) : 주로 사신이 가지고 다니던 돌이나 대나무 옥 등으로 만든 부신(符信)으로, 둘로 갈라 하나는 조정에 보관하고 하나는 본인이 가지고 신표(信標)로 사용하였다. 위의 책 참조.

하였으니, 별자리가 상고(上古)시대에 비해 이미 동쪽으로 옮겨갔습니다. 지금은 위수(危宿) 3~4도가 자(子)의 정중이 됩니다. 그렇다면 수천 년 후에는 28수의 위치가 모두 바뀌게 되는 것입니까?" 대진현이 말하였다. "28수는 황도(黃道)를 따라서 매년 동쪽으로 51초(秒)씩 이동합니다. 송나라 때부터 지금까지는 세월이 오래 흘렀기 때문에 자연히 이전에 비하여 조금 멀어진 것입니다." 내가 또 물었다. "상고시대부터 12방위에 28수를 배치하여 그 신(神)의 이름을 정하였습니다. 자(子)는 쥐, 축(丑)은 소와 같은 것이 그러합니다. 12방위는 옮겨지지 않는데, 28수가 점점 옮겨간다면 12신의 이름도 이에 따라 변경해야 하는 것입니까?" 대진현이 말하였다. "상고시대 이래로 간지는 시진(時辰)과 짝하였습니다. 12궁의 이름은 일정하여 옮겨가는 것이 아닙니다. 그래서 자(子)를 쥐, 축(丑)을 소로 이름붙이는 것은 결코 별자리를 기준으로 삼은 것이 아닙니다." 내가 또 물었다. "자(子)는 허일서(虛日鼠)에 해당하기 때문에 쥐가 된 것이고, 축(丑)은 우금우(牛金牛)에 해당하기 때문에 소가 된 것이고, 인(寅)은 미화호(尾火虎)에 해당하기 때문에 호랑이가 된 것이고, 묘(卯)는 방일토(房日兔)에 해당하기 때문에 토끼가 된 것이고, 진(辰)은 항금룡(亢金龍)에 해당하기 때문에 용이 된 것이고, 사(巳)는 익화사(翼火蛇)에 해당하기 때문에 뱀이 된 것이고, 오(午)는 성일마(星日馬)에 해당하기 때문에 말이 된 것이고, 미(未)는 귀금양(鬼金羊)에 해당하기 때문에 양이 된 것이고, 신(申)은 자화후(觜火猴)에 해당하기 때문에 원숭이가 된 것이고, 유(酉)는 앙일계(昴日鷄)에 해당하기 때문에 닭이 된 것이고, 술(戌)은 누금구(婁金狗)에 해당하기 때문에 개가 된 것이고, 해(亥)는 실화저(室火猪)에 해당하기 때문에 돼지가 된 것입니다. 12신(神)의 이름이 모두 그러하지 않은 것이 없습니다. 지금은 자(子)가 위월연(危月燕)에 해당되는데, 자(子)의 신(神)이 변해서 제비가 되고, 축(丑)은 여토복(女土蝠)에 해당되는데, 축(丑)의 신이 변해서 박쥐가 된 것입니까? 또한 혼성(昏星)이 점점 옮겨간다면 동방(東方) 창룡(蒼龍) 7수인 각(角)·항(亢)·저(氐)·방(房)·심(心)·미(尾)·기(箕)가 마땅히 남방으로 옮겨가고, 남방(南方) 주조(朱鳥) 7수가 서방으로 옮겨가고, 서방(西方) 백호(白虎) 7수가 북방으로 옮겨가고, 북방(北方) 현무(玄武) 7수가 동방으로 옮겨가게 됩니다. 그렇다면 천지사방이 모두 위치가 바뀌는 것입니까? 자오정침(子午正針)과 토규남북(土圭南北) 또한 하늘을 따라 변하게 되는 것입니까? 이러한 점들에 매우 의심스러운 것이 많으니 하나하나 깨우쳐주시기 바랍니다." 손이혜는 내가 쓴 글을 가지고 대진현과 소림 등 여러 사람들과 함께 읽으면서 한참 동안 서로 의논하였는데 막연하여 대답하기 어려워하는 기색이 보였다. 마침내 글을 써서 답을 하였다. "28수는 사계절을 따라 움직이는 것이라 방향이 일정하지 않습니다. 매년 별이 51초(秒)씩 움직이지만, 자오(子午)의 정침(正針)은 일정하여 옮겨가지 않습니다." 그러나 그 말이 그다지 분명하지 않았다. 대개 서양인들은 단지 그들의 법칙에 따라 관측할 뿐, 원래부터 중국의 역법을 따져보지 않아, 그들과 함께 같고 다른 점을 토론하려 해도 중국의 별자리와 시진(時辰)의 명칭을 이해하지 못하고 있기 때문에 나의 갑작스런 질문을 당하자 모두 말문이 막혀 답을 할 수 없었던 것이다. 흠천감 관원 두 사람도 천문학의 연원을 깊이 이해하지 못하고, 다만 한결같이 서양인들의 말에 따라서 한자로 번역하여 역서(曆書)를 만들기만 할 뿐이다. 이 때문에 서양의 기술을 모두 이해하지도 못한 채 그것을 참고하여 중국의 천문학을 연구하고 있는 것이다. 그들이 서로를 돌아보면서 여러 차례 "그가 한 말이 매우 분명하다[他的狠明白]"라고 하였는데, '한(狠)'이란 저들 말로 '매우'라는 뜻이다. 내가 또 물었다. "옛날의 성인은 중국의 땅을 위로 28수에 짝하게 하고 분야(分野)라 일컬었습니다. 춘추시대와 한(漢)·당(唐) 이래로 분야로 별자리 점을 쳤는데 그 설이 많이 입증되고 어긋남이 없었으니 잘못된 것이라고 할 수 없습니다. 별자리가 점점 이동하는데 중국 땅은 일정하여 옮겨지지 않는다면 북경의 기수(箕宿)·미수(尾宿) 분야와 남경의 두수(斗宿)·우수(牛宿) 분야가 또한 모두 다른 별자리의 분야로 들어가게 될 것입니다. 그렇다면 분야에 따라 점을 치고자 할 때 여전히 옛날 것에 따라 바꾸지 말아야 하는 것입니까? 아니면 오늘 날의 옮겨진 별자리로 점을 쳐야 하는 것입니까?" 손이혜가 다음과 같이 글로 써서 답하였다. "서양의 선생들은 다만 새로 정한 방법으로 관측하여 차이가 없었을 뿐이고, 분야의 설에 대해서는 살펴보지 못하였습니다." 천문학을 중국인과 문답하여 이 의문을 깨뜨리지 못한 것이 한스러웠다. 내가 또 소림에게 물었다. "지난번에 주셨던 자명종은 때맞추어 종이 울리지 않는데 이것은 고장이 나서 그런 것입니까?" 그가 대답하였다. "이처럼 작은 것은 단지 보면서 즐길 뿐이지, 이것으로 시간을 알 수는 없습니다. 자명종은 클수록 좋은데 큰 것은 가격이 매우 비싸 300~400냥에 이르기도 합니다." 그러면서 자명종 하나를 꺼내 보여주었는데, 높이와 너비가 2척(尺)쯤 되었으며, 금과 은으로 사면을 장식하고, 파려(玻瓈)[131]로 창을 만들어 그 속을 들여다볼 수 있게 하였다. 매우 정교하게 제작되었으며 진기한 톱니바퀴들이 매우 뒤섞여 있어 우리나라 자명종의 두 배는 되었다. 왼쪽에는 은종(銀鍾)을 매달았고, 오른쪽에는 은경(銀磬)[132]을 매달았는데, 12개가 마치 비늘처럼 되어 있었다. 시각이 되면 차례대로 12개의 은경을 치는데, 하나의 은경을 치는 것이 막 끝나면 또 하나의 은경을 쳤다. 그 소리가 맑고 높아서 마치 음악에서 경(磬)을 울리고 종을 치며 연주하는 듯하였다. 종은 시각에 따라 그 치는 횟수를 달리하였다. 탁자 위에는 녹색의 파려 조

---

131) 파려(玻瓈) : 수정.
132) 은경(銀磬) : 은으로 만든 작은 방울. 일종의 타악기.

각 수십 개를 두었는데 두께가 4~5푼[分] 정도 되었다. 내가 물었다. "이것은 어디에 쓰는 것입니까?" 그가 대답하였다. "자르고 갈아서 각종 물건을 만드는 용도로 쓰는데, 반짝거리고 단단하여 유리처럼 쉽게 깨지지 않습니다." "유리와 만드는 방법이 같습니까?" "유리를 만드는 것은 매우 쉽지만, 파려를 만드는 것은 어렵습니다. 부드러운 흙과 돌가루에 수십 건의 각종 재료를 합성하여 만드는데, 응고시키기가 매우 어렵습니다." "이것을 가는 데는 어떤 물건을 사용합니까?" "가는 모래로 갈고 나서 목적(木賊)[133]으로 윤을 내면 저절로 빛이 납니다." 인사하고 나오다가 보니, 좌측에 새로 지은 건물의 북쪽 벽에 붙은 문이 열려 있고, 개가 문틈으로 얼굴을 내민 채 밖을 살펴보고 있었다. 자세히 보니 문은 원래 없었고, 단지 벽에 반쯤 열린 모양으로 문을 그리고 개를 그 아래에 그려놓은 것이었다. 붓으로 찍어 바른 것이 그다지 정밀하고 자세하지는 않았지만, 가까이 가서 보면 그림인데, 열 걸음 떨어져서 보면 분명히 살아 있는 개였다. 문의 안쪽이 매우 깊숙하게 느껴져, 마치 한쪽 벽면이 비쳐 보이는 듯하니, 더욱 특이하였다. 물어보니 낭석녕의 그림이라고 하였다. 그 사람이 잘 그리는 것이 이러한 개 그림인 듯하였다. 사람들이 문 밖까지 나와 전송해주었다. —(하략)—

---

133) 목적(木賊) : 사철 푸른 여러해살이 양치식물. 줄기 전체를 약재로 쓰는데 줄기에 다량의 규산염을 함유하고 있어 이로 인해 줄기가 딱딱해져 공예품 제조의 연마재로 쓰인다. 장준근, 『몸에 좋은 산야초』, 넥서스, 2009 참조.

「十月 二十七日 庚申 晴而寒」134)

-(上略)- 蘇霖送人 以假寶二封 各十餘枚 送大人及余 若虹鸞而無用
處 且以地球圖送于朴泰重 上面書瓢老爺收 誤傳於書狀 書狀與副使適來
上房 一場大笑 蓋我國方言 以瓢爲朴 因此 而此處人却以朴姓爲瓢 極可
笑 -(下略)-

【역문】「10월 27일 경신. 맑고 추웠다」135)

　-(상략)- 소림이 사람을 보내 대인과 나에게 가보(假寶)136) 2봉, 각
10여 매(枚)를 보내왔는데, 홍란(紅鸞)137) 같아 보였으며 쓸 일이 없었
다. 또한 지구도(地球圖)를 박태중에게 보내왔는데 윗면에 "표노야(瓢
老爺)께서 받아주십시오."라고 씌어 있어 서장관에게 잘못 전해졌다.
서장관과 부사가 마침 상방에 와 있다가 한바탕 크게 웃었다. 대개 우
리나라 방언으로 '표(瓢)'를 '박(朴)'이라고 하는데, 이 때문에 이곳 사
람이 박(朴)이라는 성을 표(瓢)로 여긴 것이니 참으로 우스운 일이다.
-(하략)-

---

134) 「十月 二十七日 庚申」 : 1720년 10월 27일.

135) 『일암연기』 권3

136) 가보(假寶) : 예수나 성모 마리아 혹은 성인들의 화상(畵像)이나 성서 구절, 또는
　　성인들의 잠언을 담은 작은 그림이나 카드인 상본(像本)인 듯하다. 작은 크기
　　상본은 선교 활동이 본격화된 16세기 이후 제작된 것으로 여겨지는데 동양에
　　온 선교사들은 상본을 전교의 도구로 활용하였다.

137) 홍란(紅鸞) : 발전, 화합, 성취 등의 경사를 관장하는 신살(神殺)의 하나. 개인의
　　기쁨이 가정 내에 미치고 화합과 화해가 이루어진다고 한다. 노영준, 『역학사전』,
　　백산출판사, 2006 참조.

數日之寒此處 他年所空有云 再昨 與西洋人杜德美相約 故早飯 與鄭
泰賢出門 王從仁正叔萬億從焉 入東安門 循宮城外而行 出萬歲山前 城
外濠水盡凍合 北風吹面 行子多凌兢 過玉蝀金鰲兩門 太液池氷合如千頃
琉璃 五龍亭倒影如畫 西行 折而南百餘步 至天主堂 堂在宮城之外宮墻
之內 西華西兩門之間 守門者見余來 卽出迎入 杜德美預言之也 入兩門
守者入西邊客室 請坐椅子 卽入通西洋人 室中西壁 多掛西洋畫及地毯圖
一簇畫人馬戰爭之狀 而弓甚長 矢鏃如鷹舌 馬皆絶大 南壁挂玻瓈大員盤
中以黃金作雲峯墳起寸許 制度珍異 炕上置三繡茵 朱紅椅子十餘座 皆掛
金絲繡龍被 當中置大銅炉 經四五尺 熾炭其中 氣暖如春 俄而西洋人四
人出來揖 余坐炕上 渠皆坐椅子 亦揖鄭泰賢 坐炕下主壁椅子 蓋此處待
客之道 尊客則必坐以炕 雖敵己以下必使主壁 主人坐客位 問 杜先生在
否 答 再昨 自南天主堂還 卽得病方臥 不可出來 問 可就見臥內否 答 不
能起坐 不可見云 又有一人入來 面麻眇一目 浙江貢生楊達也 天主堂三
處 皆有浙江貢生 以通筆舌 問西洋四人姓名 一白晉 一雷孝思 一湯尚賢
一殷弘緒 四人中殷之相貌 甚豊盈魁偉 和氣滿面 不似西洋人 使鄭泰賢
通話 而西洋人漢語甚齟齬 多未曉 余要筆硯 一人出鼻煙與之 蓋筆硯鼻
煙漢語同音 鼻當急筆有餘韻 而余話亦口生不能了了故也 余言 寫字的筆
硯 其人大笑 使從者拿四具置卓上 盤龍硯石 制度奇異 余書 極東極西之
人 相逢於此 當是天緣 雷孝思使楊達書答 此審幸會 俱有天主深意 我們
人類 俱係天主所生 四海盡屬弟兄 相去雖萬里 亦弟兄也 余答 四海皆兄
弟云者 誠確論 先儒言民吾同胞 凡天地間 圓首橫目之民 皆吾同胞兄弟
云 不別西海東海 但貴一介 心相友愛 四人見書 皆點頭 余問 湯先生 或

---

138)「十月 二十八日 辛酉」: 1720년 10월 28일.

湯若望之同宗耶 答 不是 與湯若望 非一國之人 蓋西洋有三十餘國矣 又
問 諸公之姓名 在西洋時 亦如此呼 答 在西洋時 別有姓名 而一姓或三
四字 且不與中國字相同 故來中國後 各定姓名如此云 白晉言 曾與穆克
登 往見長白山 見朝鮮地方 朝鮮亦有大城云 未知見何城也 且問 自登萊
往朝鮮 海路多少如何 答 不能詳知 而不過二三千里 問 有舟楫往來者乎
答 山東漁採人 多往來朝鮮海邊 問 山東海亦多漁採處 何以往朝鮮 答
山東海無海參 朝鮮海中 海參甚大 故多往漁採 其人但首肯而已 楊尚賢
言于鄭泰賢曰 吾們欲出往朝鮮 作天主堂 使天主之教 無遠不行 可乎 蓋
問海路 亦有意也 鄭泰賢答 此係於我國朝廷 非我們所可遙度 但此處皇
上能許諸先生出去乎 答 我們元不受官於此處 但為行教而來 行止隨意
大西洋小西洋中國外國 無處不可往 皇上亦不照管我輩之來去矣 前此西
洋人 雖不明言東出 而每問我國路程 多有欲往之意 蓋其人品雖詭異 而
甚高潔 有厭薄此處胡俗之意 見我國人衣冠文物 有艷慕之色 曾見蘇霖
問 在西洋時 亦剃頭否 答 來此後剃頭 國俗如此 我輩亦不得免云 因捫
其頭 頗有愧色 西洋人與佛曾為仇讐 亦嫌其與僧同也 以此亦可推知矣
然我國萬無接住之理 且久居我國 洞知虛實 而還出 則亦有可慮 故我每
推託 示以不可出來之意 而靳靳猶問路程 亦可悶也 俄而進饌 連進豬羊
鷄鵝雜湯六七器 下著數三 從者輒更進一碗 而味極珍濃 來此後 初喫也
又進蒲萄酒三鍾 味勝前飲者 余連飲二鍾 而亦甚醉 入口爽然 入喉薰然
其味不可形言 瓊漿玉液 想無以加此矣 又進餅四五種 亦有前見卵餅 而
霜花糖餅之屬 皆軟脆可食 又進魚湯之屬三四楪 鷄卵湯羊猪髓蕩 進進不
已 又進白米飯 意以為饌止此矣 從者以大俎 盛全體熟猪二首 熟鵝二首
以刀薄割片 連續置前 味皆濃軟 余言 已胞 不可再喫 請勿更進 答 不必
多喫 但少嘗無妨 食訖 進烹猪湯 蓋代飯後水也 余喫清茶來 連喫數鍾
諸人却請余往看天主堂 遂同出迤西 過屋數重 入天主堂 其大微不及宣武
門內之堂 而制度略同焉 深邃明朗 如入別世界 珍異之物 不可勝記 主壁

高處 畵天主堂 棟樑交錯 掩暎高深 廉角側轉 如可隱身 最可怪者 圓柱
簇立 中高邊殺 圖體分明 如可捫抱 畵天主側臥雲上 手撫大珠狀 鬚髮鬆
然 眼光照人 其珠大如人頭 而青色炯然玲瓏 若琉璃水晶 透見一邊 設彩
之神奇 不可解矣 天主之下 畵五人 並立仰視天主 而顙蹙眼瞪 眞如生人
如可摸捉 前置花杻大卓 錯以白玉瑪瑠 炯潤照影 天主畵之下 壁貼玻瓈
方鏡 而色黑而明 若透視壁外 深十餘丈者然 鄭泰賢以為壁外又有天主堂
云 可笑 西邊畵天神 有兩翼而以足踏一鬼 四稜鐵槍 春其頭 勃勃如生身
不貼壁 槍稜墳高 如刀刃向外 極可怪 余問殷弘緖 這鬼何物 答 鬼有餓
鬼飽鬼二種 此是飽鬼云 卓下有西洋錦十餘疋 一一出示 錦長二丈餘 廣
倍於大緞 皆作如畵 綃機而加錦其上 一用銀絲織成 以金絲為花紋 其紋
有高有低 高或寸許 全疋 不用一絲 直以金銀 細鍊如髮 而合紋織之 以
其極細故 却柔軟如蚕絲 又有紅白雜織錦 而厚如我國試卷紙 各色錦 皆
以金銀絲垂邊幅 若馬騣焉 東邊有小門 開門 則卽房子 而器玩珍寶眩耀
怪奇 玻瓈大方鏡 方四尺許 黑黯如漆 光照一室 水晶雕龍 玲瓏燈檠 長
五六尺 如永雪堆壁 他不可盡記 西洋人導入南邊 方委曲行 出一門 却是
天主堂東門也 行過一屋門 一人自門出 作禮邀入 亦西洋人 鬚眉皓白 擧
止寬裕 問名 則巴多思云 言有病不得出待尊客 屋內鋪花文膩石 光潤如
鏡 卓上置水晶瓶琉璃葫蘆青鸎瓶高二尺 壁上掛自鳴鍾 方打未時鍾 蓋西
洋畵及自鳴鍾 每屋有之 而制度各異 使鄭泰賢問答寒喧 坐邊有西洋鵝翎
筆 巴多思要余書字 余却以西洋法 從左房 行書西洋字 一二三四至十二
字 諸人驚怪稱奇 巴又自書草書數行以示曰 此是西洋草字 須學習久久而
後 可書云 還出客室前 引入北邊屋 北壁上扁荷龍光三字 而塗金 畵大如
椽 下書賜巴多思 乃皇帝筆云 屋中方裑西洋畵屛一貼 方二丈半 大畵西
洋山水城郭人物 筆法奇壯 所裑之紙 乃我國壯紙也 又引入東邊屋 乃藏
書所也 四邊設架 積西洋冊萬餘卷 大者方四五尺 小者董一寸餘 皆以皮
為衣 冊葉單而不摺 以絲縫合冊後 字與畵 皆銅板印出云 而畵如毫髮 愈

看愈分明 出大册三卷 示之曰 此是西洋本草 乃南天主堂所見者也 更細
看 則一獸皆畫數個 正面側面行坐之狀 各極其態 又畫其臟腑骨節於其旁
雖微細之物亦然 其窮極物理 到底精確如此 出門 見客室西邊 屋上懸五
鍾 而桴自撃之 其聲響嘵殷屋 余來入見 屋中諸人引入 壁上高處 安大自
鳴鐘 方五尺 輪機甚錯 倉卒不能究竟 鐵索繫於輪機 回轉低昻 索一端上
出屋上 引桴撃鍾 其數隨時各異 諸人又引還客室中 卓上之饌已掇 與從
者 更排各種果實二十餘器 以待之 坐定 又進葡萄酒 余言 俄者所喫 已
極過多 何必又如是哉 答 飽後 喫諸果 飲食易消 不必盡喫 但略嘗各種
云 山查煎梨煎櫻桃煎橘餅橙糟棗糖之屬 介介珍甘 指乾葡萄曰 此是西洋
葡萄 味甚佳云 其大如乾棗 味爽 大勝於北京乾葡萄 余却以紙裹諸乾果
五六種 歸獻大人 食罷 辭出 殷弘緒以天主實義二冊 分與余及鄭泰賢 初
到 以壯紙二束筆墨南草送于杜德美 以玻瓈小方鏡二介西洋手巾二介西
洋畫二張西洋紙一束 答之 且傳言 自鳴鐘 今日日晚 明日 當送人持去
開示裡面云矣 諸人皆出門相送 聞正叔之言 以其饌饋渠輩 不可盡食 牽
馬兩人及韓興五奴李世芳奴及他驛子五人 隨余觀光而來 盡皆飽珍饈 餘
其半而來 景先以霜花納懷 其處人大笑 蓋笑其珍饌滿前 而懷其最賤者
也 路上從者皆言 今日飲食 生後初見 余曰 不但汝輩 吾亦初見 鄭泰賢
曰 略算乾物 以十兩銀 不可辦出云 蓋杜德美 邀余約日 而設饌以待之也
-(下略)-

【역문】「10월 28일 신유일. 맑고 추웠다」[139]

며칠째 이곳에 추위가 이어졌는데 예년에는 드문 경우라고 하였다.
그저께 서양인 두덕미와 약속하였기에 아침을 먹고 정태현과 함께 문

---

[139] 『일암연기』권3

을 나섰다. 왕종인·정숙·만억도 따라왔다. 동안문으로 들어가 궁성 바깥쪽 길을 따라 만세산 앞으로 나가니, 성 밖 해자의 물이 모두 얼어붙어 있었다. 북풍이 얼굴을 때려 행인들 중에 추위에 떠는 자가 많았다. 옥동문과 금오문을 지나가는데 태액지[140]가 얼어붙어 드넓은 하얀 유리로 덮인 듯하였고, 오룡정이 거꾸로 비친 모습이 그림 같았다. 서쪽으로 가다가 남쪽으로 길을 꺾어 100여 보를 가서 천주당에 이르렀다. 천주당은 궁성의 바깥쪽이자 궁장(宮墻)의 안쪽에 있으니, 서화문과 서안문(西安門)의 사이에 있는 것이다.[141] 문지기가 내가 오는 것을 보고는 즉시 나와 맞아들였는데, 두덕미가 미리 말해두었던 것이다. 두 개의 문을 통과하자 문지기가 서쪽의 객실로 들어가 의자에 앉기를 청하고는 곧바로 들어가 서양인에게 알렸다. 방 안 사방의 벽에는 서양화와 지구도(地球圖)가 많이 걸려 있었다. 족자 하나에는 사람이 말을 타고 전쟁하는 모습이 그려져 있었는데 활이 매우 길었고, 화살촉은 매의 혀처럼 생겼으며, 말은 모두 매우 컸다. 남쪽 벽에는 파려로 만든 커다란 원반이 걸려 있었다. 원반의 중앙은 구름에 둘러싸인 봉우리가 1촌 정도 튀어나오게 황금으로 만들어져 있었으니, 만든 방법이 매우 신기하였다. 캉 위에는 삼색 실로 수놓은 자리를 깔았으며, 붉은 의자 10여 개에는 모두 금실로 용을 수놓은 덮개를 걸쳐놓았다. 가운데에는 커다란 구리 화로를 놓아두었는데 지름이 4~5척은 되었고, 그 속에는 석탄이 타고 있어 봄날처럼 따뜻하였다. 잠시 후에 서양인 네 사람이 나와 읍을 하였다. 나는 캉 위에 앉고, 그들은 모두 의자에 앉았다. 정태현에게도 읍을 하고 캉 아래의 주벽(主

---

140) 태액지(太液池) : 자금성 서측의 연결된 호수 북해(北海), 중해(中海), 남해(南海)를 합친 명칭. 해(海)는 원(元) 시기부터 쓴 몽골어 해자(海子)로 수역(水域)의 의미이다.

141) "서쪽으로 가다가 … 서안문 사이에 있는 것이다." : 북천주당(北堂)이다.

壁)¹⁴²⁾에 놓인 의자에 앉게 하였다. 대개 이곳에서 손님을 대하는 방식은, 손님을 높인다면 반드시 캉에 앉게 하고, 비록 자신보다 낮은 지위라도 반드시 주벽(主壁)에 앉게 하며, 주인이 손님 자리에 앉도록 되어 있었다. 내가 물었다. "두 선생(杜先生)은 계십니까?" "그저께 남천주당에서 돌아온 뒤 병환으로 누워 있어 나올 수가 없습니다." 라고 답하였다. 내가 물었다. "누워 계신 곳에 가볼 수 있습니까?" "두 선생이 일어나 앉을 수 없으니 만날 수 없습니다." 라고 답하였다. 또 한 사람이 들어왔다. 얼굴에 마마 자국이 있고 애꾸눈이었는데, 절강(浙江) 공생(貢生) 양달(楊達)이었다. 천주당 세 곳에 모두 절강 공생이 있어 필담으로 통역을 한다고 한다. 서양인 네 사람의 성명을 물으니, 한 사람은 백진(白晉)¹⁴³⁾, 한 사람은 뇌효사(雷孝思)¹⁴⁴⁾, 한 사람은 탕상현(湯尙賢)¹⁴⁵⁾, 한 사람은 은홍서(殷弘緒)¹⁴⁶⁾였다. 네 사람 중에서 은

---

142) 주벽(主壁) : 여러 사람을 좌우 양옆으로 앉히고 그 가운데를 차지해 앉는 주장 자리.

143) 백진(白晉) : 조아힘 부베(Joachim Bouvet, 白晉 또는 白進, 1656~1730). 프랑스 출신 예수회 선교사로 루이 14세가 학술교류와 전교를 위해 파견한 선교사 6인 중 한 명이다. 1687년 중국에 입국하여 1688년부터 동료 선교사 제르비용(Gerbillon J., F. 張誠, 1654~1707)과 함께 강희제(康熙帝)의 수학·천문·의학·화학·약학 분야 시강(侍講)이 되었다. 1693년 강희제의 프랑스 선교사 초빙 명령으로 귀국했다가 1699년 10명을 인솔하고 와서 중국 프랑스 예수회 입지가 강화되었다. 강희제의 전국지도 『황여전람도(皇輿全覽圖)』 제작에 참여하였고, 저서에 『고금경천감(古今敬天鑒)』, 『천학본문(天學本文)』이 있다. 方豪, 앞의 책, 권2, 278~287쪽; 徐宗澤, 『明淸間耶蘇會士譯著提要』, 中華書局, 1949 참조.

144) 뇌효사(雷孝思) : 레지(Regis, J. B., 1663~1738), 프랑스 출신 예수회 선교사로 1698년 중국에 입국하여 1708년부터 강희제의 전국 측량 사업과 『황여전람도(皇輿全覽圖)』 제작에 참여하였다. 『역경(易經)』을 라틴어로 번역하였다. (方豪, 위의 책, 권2, 278~287쪽; 徐宗澤, 위의 책, 참조.)

145) 탕상현(湯尙賢) : 토르테(Torte, P. V. du, 1669~1724). 프랑스 출신 예수회 선교사로 1701년 중국에 입국하여 1713년부터 강희제의 전국 측량 사업과 『황여전람도(皇輿全覽圖)』 제작에 참여하였다. 『역경(易經)』을 라틴어로 번역하였다. 方豪, 위의 책, 권2, 278~287쪽; 徐宗澤, 위의 책, 참조.

홍서의 모습은 매우 풍채가 크고 웅걸차 보였으며, 온화한 기운이 얼굴에 가득하여 서양인 같지 않았다. 정태현을 시켜 통역하게 하였는데, 서양 사람들은 한어(漢語)가 매우 서툴러 알아듣지 못하는 것이 많았다. 내가 붓과 벼루를 달라고 하자, 한 사람이 비연(鼻烟)을 꺼내주었다. '필연(筆硯)'과 '비연(鼻烟)'은 한어로는 음이 같으며, '비(鼻)'는 급하게 발음하고, '필(筆)'은 여운이 있는 성조인데, 내가 한어 발음이 서툴러 분명하지 않았던 것이다. 내가 "글씨 쓰는 필연(筆硯)을 말한 것입니다."라고 하자, 그 사람들이 크게 웃고, 종자를 시켜 문방사구(文房四具)를 가져다 탁자 위에 두게 하였다. 용이 서린 모양을 새긴 벼룻돌은 만든 방법이 특이하였다. 내가 쓰기를, "극동(極東)과 극서(極西) 사람이 이곳에서 만났으니, 이는 하늘이 내린 인연입니다." 라고 하자, 뇌효사가 양달을 시켜 글로 써서 답하였다. "이번의 다행스러운 만남에는 모두 천주의 깊으신 뜻이 있는 것입니다. 우리 인류는 모두 천주를 통해 태어났기에 사해(四海)가 모두 형제에 속합니다. 수만 리 떨어져 있어도 또한 형제입니다." 내가 말하였다. "사해가 모두 형제라고 한 것은 참으로 타당한 말씀입니다. 선유(先儒)께서 '백성은 우리의 동포'라고 하였으니, 천지 사이에 머리가 둥글고 눈이 옆으로 찢어진 백성은 모두 우리의 동포 형제가 되는 것입니다. 그러니 서양과 동양을 구별하지 말고 보잘것없는 사람일지라도 귀하게 여기며 마음으로 서

---

146) 은홍서(殷弘緒) : 당트르꼴르(Francois Xavier d'Entrecolles, 1664~1741). 프랑스 출신 예수회 선교사. 1706년 중국에 입국하여 강서성(江西省)에서 전교하였다. 이때 전교 외에 경덕진(景德鎭)의 도자 제작 기술을 신자 장인들로부터 배우고 중국 도자 제조 기술을 상세히 소개한 두 통의 편지를 본국으로 보냈다. 첫 번째는 1712년 10월 1일 요주(饒州)에서, 두 번째는 10년 후인 1722년 1월 25일 경덕진에서 쓴 이 편지들은 『"Lettres edifiantes et curieuses』로 출판되었고, 이는 중국 도자 제조 기술이 서구에 알려진 최초의 사례. 저서로 『주경체미(主經體美)』8권, 『충언역이(忠言逆耳)』, 『훈위신편(訓慰神編)』 등이 있다. 徐宗澤, 『위의 책』; 방병선, 『중국도자사 연구』, 경인문화사, 2013 참조.

로 아끼고 사랑해야 합니다." 네 사람이 내가 쓴 것을 보고 모두 머리를 끄덕였다. 내가 물었다. "탕 선생께서는 혹시 탕약망(湯若望)[147]과 일가입니까?" "아닙니다. 탕약망과는 같은 나라 사람도 아닙니다. 서양에는 30여 개의 나라가 있습니다." 라고 답하였다. 내가 물었다. "여러분들의 성명은 서양에 있을 때에도 지금과 같았습니까?" "서양에 있을 때에는 따로 성명이 있었습니다. 성(姓) 하나가 혹 서너 글자가 되는 경우도 있고, 중국의 글자와 같지도 않습니다. 이 때문에 중국에 온 이후에 각자 성명을 이처럼 정한 것입니다." 라고 답하였다. 백진(白晋)이, "일찍이 목극등(穆克登)과 함께 장백산(長白山)에 가본 적이 있습니다. 조선 지역을 보았더니, 조선에도 큰 성(城)이 있었습니다." 라고 하였는데, 그가 어떤 성(城)을 보았다는 것인지 알 수 없었다. 또 그가 "등주(登州)와 내주(萊州)에서 조선으로 가는 해로의 거리는 얼마나 됩니까?" 라고 물었는데, "자세히 알지는 못하나, 2000~3000리를 넘지는 않습니다." 라고 답하였다. 그가 "배로 왕래하는 자들이 있습니까?" 라고 묻기에, "산동의 어부들이 조선의 해변까지 많이 왕래합니다."라고 답하였다. 그가 물었다. "산동의 바다에도 고기 잡는 곳이 많은데 어째서 조선까지 갑니까?" 내가 답하였다. "산동의 바다에는 해삼이 없는데, 조선의 바다에는 해삼이 매우 큽니다. 그래서 많이 와서 잡아갑니다." 그랬더니 그 사람은 고개를 끄덕일 뿐이었다. 탕상현이 정태현에게 물었다. "우리들은 조선으로 가서 천주당을 짓고 천주의 가르침을 멀리까지 포교하고 싶습니다. 가능하겠습니까?" 해로에 대하여 물은 것은 의도가 있었던 것이다. 정태현이 답하였다. "이는 우리나라 조정에 달린 것이지 우리들이 멋대로 할 수 있는 것이 아닙니다. 그나저나 이곳의 황제께서 선생들이 떠나는 것을 허락하시겠습니

---

147) 탕약망(湯若望) : 아담 샬(Adam Schall von Bell)

까?" 그가 말하였다. "우리들은 보낼 이곳에서 관직을 받은 것이 아니고, 단지 포교를 위해 왔기에 떠나고 머무는 것을 우리 뜻대로 합니다. 대서양과 소서양, 그리고 중국과 그 밖의 나라들을 어디라 하더라도 못 갈 곳이 없습니다. 황제도 우리들이 오가는 것을 간섭하지 않습니다." 전에도 서양인들은 비록 동쪽으로 가겠다고 분명히 말하지는 않았어도 매번 우리나라로 가는 노정을 물어보며 가고 싶다는 뜻을 보인 적이 많았다. 대개 이들의 인품은 특이하면서도 매우 고결하였는데, 이곳의 오랑캐 풍속에 대해 싫어하는 뜻이 있었기에 우리나라 사람의 의관과 문물을 보고는 흠모하는 기색이 있었다. 전에 소림을 만났을 때 서양에 있을 때도 머리를 깎았느냐고 물었더니, "이곳에 온 뒤에 머리를 깎았습니다. 나라의 풍속이 이와 같아 우리들도 깎지 않을 수 없었습니다."라고 하면서 머리를 문지르며 자못 부끄러워하는 기색이 있었다. 서양인은 불승(佛僧)과는 원수지간이니, 승려들과 같아지고 싶어 하지 않는 것을 이를 통해서도 미루어 알 수 있는 것이다. 그러나 만에 하나라도 우리나라에 와서 살 수는 없는 것이니, 우리나라에 오랫동안 살다가 그 실상을 자세히 알아낸 뒤 돌아간다면 우려할 일이 생기기 때문이다. 그래서 내가 그들의 의중을 매번 헤아려 우리나라에 올 수 없다는 뜻을 은근히 내비쳤던 것이다. 그런데도 여전히 간절하게 노정을 물어오니 또한 난처한 일이다. 잠시 후 음식을 내왔는데, 돼지·양·닭·거위 등으로 만든 여러 가지 탕 예닐곱 그릇을 연속해서 올렸다. 두어 번 젓가락을 대자, 종자(從者)가 한 그릇씩 또 내왔는데 맛이 매우 좋고 진기한 것으로 이곳에 온 이후 처음 먹어보는 것이었다. 또 포도주 세 잔을 내왔는데 지난번에 마신 것보다 맛이 더 좋았다. 나는 연거푸 두 잔을 마셨을 뿐인데도 많이 취하였다. 입에 들어갈 때는 상쾌하고 목으로 넘어갈 때는 부드러워 그 맛을 형언할 수 없었다. 선인(仙人)의 음료라 하더라도 이보다 낫지는 못할 것이라는 생각이 들었다. 또 떡 네다섯 종류를 내왔다. 지난번에 보았던 계란떡도 있고 상화병(霜花餠)[148]처럼 만든 달콤한 떡도 있었는데, 모두 부드러워 먹을 만하였다. 또 어탕(魚湯) 서너 그릇을 내왔으며, 계란탕, 양과 돼지의 뼈를 우린 탕 등을 계속해서 내왔다. 또 백미로 지은 밥을 내오기에, 식사가 여기에서 그치는가 하였더니, 종자가 커다란 도마에 통째로 익힌 돼지 두 마리와 거위 두 마리를 담아와 칼로 얇게 편을 썰어 계속 앞에 놓아주었다. 모두 맛있고 부드러웠다. 내가 "이미 배가 불러 더 먹을 수가 없으니 더는 내오지 마십시오." 라고 하자, "많이 드실 필요는 없고, 조금씩 맛보셔도 괜찮습니다." 라고 하였다. 식사를 마치자 돼지를 고아 만든 탕을 내왔는데, 식후에 마시는 물 대용이었다. 나는 맑은 차를 연달아 몇 잔 마셨다. 사람들이 이제는 나에게 천주당으로 가서 구경하게 해달라고 하였다. 이에 함께 나가 서쪽으로 가서 몇 개의 방문을 지나 천주당으로 들어갔다. 그 크기는 선무문 안의 천주당[149]에 비해 조금 작았으나 지은 방식은 대체로 비슷하였다. 깊숙하게 지었으면서도 밝고 환하며 마치 별천지에 들어온 듯 하였으며, 진기한 물건들은 이루 다 기록할 수 없었다. 주벽(主壁)[150]은 높은 곳에 천주당이 그려져 있었으며, 용마루와 대들보가 엇갈리게 배치되어 빛을 가린 채 높고 깊어 보였으며, 모퉁이 옆으로 돌아가면 마치 몸을 숨길 수 있을 듯하였다. 가장 특이한 점은, 죽 늘어선 둥근 기둥이 가운데는 불룩하고 주변으로 갈수록 낮아지면서 그 둥근 모양이 선명해져 마친 손으로 만지거나 안을 수 있을 듯하다

---

148) 상화병(霜花餠) : 밀가루를 막걸리로 반죽해 발효시킨 뒤 팥소를 넣고 둥글게 빚어 쪄 낸 떡. 상화병이라는 이름은 떡이 하얗게 부풀어진 상태가 흰 서리를 맞은 꽃과 같다고 해서 붙은 것이다. 정재홍,『한국의 떡』, 형설출판사, 2003 참조.
149) 선무문 안의 천주당 : 남천주당.
150) 주벽(主壁) : 천주당 안에서 가장 중심이 되는 제대(祭臺).

는 것이었다. 그림에서 천주는 구름 위에 옆으로 누워 손으로는 커다란 구슬을 어루만지고 있는 모습으로[151] 수염이 덥수룩하고 안광(眼光)이 사람을 쏘아보았다. 그 구슬은 크기가 사람 머리만 하였으며 푸른빛이 유리와 수정처럼 영롱하였는데, 한쪽을 투시해 볼 수 있도록 만든 신기한 채색이 어떻게 이루어진 것인지 이해할 수가 없었다. 천주의 아래쪽에는 다섯 사람이 그려져 있는데, 모두 천주를 올려다보고 있었고, 이마는 찡그리고 눈빛은 반짝여 참으로 살아있는 사람 같아 마치 만져볼 수 있을 듯하였다. 앞에는 커다란 화뉴(花杻) 탁자가 놓여 있는데, 백옥과 마노석의 색이 교차하며 반짝반짝 빛을 발하였다. 천주를 그린 그림의 아래쪽 벽에는 파려로 만든 네모난 거울을 붙여 놓았는데 색깔이 검은데도 밝아서 마치 벽 바깥을 투시하는 것 같았고, 깊이가 10여 장은 되어 보였다. 정태현이 벽 바깥쪽에서 천주당이 또 하나 있다고 하였으니, 우스운 말이다. 서쪽에는 천신(天神)을 그렸는데, 날개가 두 개 달렸고 발로 귀신 하나를 밟고 있었다. 네모난 철창(鐵槍)으로 그 머리를 찧고 있었는데 마치 벽에 붙은 것이 아니라 생생하게 살아 있는 것 같았다. 창의 칼날이 밖을 향한 듯이 툭 튀어나와 있어 참으로 특이하였다. 내가 은홍서에게 물었다. "저것은 어떤 귀신입니까?" 그가 대답하였다. "귀신에는 아귀(餓鬼)와 포귀(飽鬼) 두 종류가 있는데, 이것은 포귀입니다." 탁자 아래에는 서양 금단(錦緞) 10여 필이 있었는데, 일일이 꺼내 보여주었다. 금단의 길이는 2장 남짓 되었고 너비는 대단(大緞)의 곱절은 되었으며, 모두 그림처럼 문양을 만들어 넣었다. 베틀로 직조한 것 위에 금단을 덧대었는데, 한결같이 은사(銀絲)로 짜고 금사(金絲)로 꽃무늬를 만들어 넣었다. 꽃무

---

151) 원문의 "側臥雲上 手撫大珠狀"이 번역 저본에서 빠졌기에 "구름 위에 옆으로 누워 손으로는 커다란 구슬을 어루만지고 있는 모습으로"를 임의로 번역해 보완하였다.

늬는 높낮이가 있어 두꺼운 것은 1촌 가량 되었다. 모두 무명실은 한 가닥도 쓰지 않고, 다만 머리카락처럼 가늘게 만든 금사와 은사로 무늬를 넣어 짰는데, 지극히 섬세하게 짰기 때문에 명주실처럼 부드러웠다. 또한 붉은 색과 흰 색을 섞어 짠 금단이 있는데 두께는 우리나라의 시권지(試卷紙)[152]와 같았다. 각종 색상의 금단은 모두 금실과 은실을 테두리에 드리워 마치 말갈기 같았다.[153] 동쪽에 작은 문이 있었는데 문을 열어보니 방이었다. 진기한 기물들이 번쩍거리며 빛났는데 기이한 모습이었다. 파려로 만든 네모난 큰 거울은 사방이 4척쯤 되었으며, 칠을 한 듯 검고 어두웠으나, 온 방안을 환하게 비추었다. 수정에 용을 조각한 영롱한 등잔걸이는 너비가 5~6척 쯤 되었는데 마치 얼음과 눈이 벽에 쌓여 있는 듯하였다. 다른 것들은 이루 다 기록할 수 없다. 서양인이 남쪽으로 데리고 들어가 이리저리 구불구불 지나서 어떤 문으로 나왔는데 바로 천주당 동문이었다. 문 하나를 지나자 한 사람이 문에서 나와 예를 갖추며 맞이하였는데 역시 서양인이었다. 수염과 눈썹이 희고 행동거지가 넉넉하며 여유로웠는데, 이름을 묻자 파다사(巴多思)[154]이며 병이 나서 밖으로 나와 손님을 맞이할 수

---

152) 시권지(試卷紙) : 조선시대 과거시험에 사용하기 위해 응시자 각자가 준비해 제출하던 두툼한 한지 합지.

153) "각종 색상의 금단은 … 마치말갈기 같았다." : 사제가 미사 드릴 때 입는 제의(祭衣) 인 듯하다.

154) 파다사(巴多思) : 파다명(巴多明)을 잘 못 알았던 듯하다. 이 시기 북경 북당에 있던 선교사는 프랑스 출신 예수회 선교사 파다명이다. 파다명(Dominique Parrenin, 1665~1741)은 1698년 중국에 입국하였는데 만문(滿文)과 한문(漢文)에 정통하여 강희제와 옹정제 시기 40년 동안 외교문서 번역 업무를 전담하였다. 특별히 강희제의 중국 전국 측량과 지도 작성 사업은 파다명의 건의에 의한 것이었으며, 1729년 옹정제의 특명으로 차세대 외교관 양성을 위해 만주족 및 한족 아동들을 대상으로 라틴어 교육을 담당하기도 하였다. 옹정제의 천주교 금지령 시기에 선교사에 대한 탄압이 없었던 것은 파다명의 공로이다. 저술로『덕행보(德行譜)』,『제미편(濟美篇)』등이 있다. 方豪, 앞의 책, 권2, 295~297쪽; 徐宗澤, 앞의

없었다고 하였다. 건물 안에는 꽃무늬 대리석을 깔아놓았는데 거울처럼 빛이 났다. 탁자 위에는 수정병(水晶瓶)과 유리병, 청란병(靑鸞瓶)을 놓아두었는데 높이가 2척쯤 되었다. 벽에는 자명종을 걸어놓았는데 마침 미시(未時)를 알리는 종이 울렸다. 서양화와 자명종은 방마다 있었는데 그 모양이 각기 달랐다. 정태현을 시켜 그에게 인사를 하게 하였다. 자리 옆에 서양의 거위 깃털로 만든 붓이 있었는데 파다사가 나에게 글자를 써보라고 하였다. 나는 서양인들이 글씨를 쓰는 방법대로 왼쪽에서부터 나란히 서양글자를 Ⅰ·Ⅱ·Ⅲ·Ⅳ부터 Ⅻ까지 썼다. 사람들이 놀라고 기이하게 여기며 대단하다고 말하였다. 파다사는 초서(草書) 몇 줄을 써서 보여주며 말하였다. "이것은 서양의 초서입니다. 오랫동안 익힌 후에야 쓸 수 있습니다." 다시 객실 앞으로 나와 북쪽 방으로 데리고 들어갔는데, 북쪽 벽 위의 편액에는 '하용광(荷龍光)'이라는 세 글자가 씌어 있었고, 금칠을 해놓았다. 글자의 획은 굵기가 서까래 정도 되었으며, 아래에는 "파다사에게 내려줌."이라고 씌어 있었다. 황제의 글씨라고 하였다. 방 안에는 마침 서양화 병풍 하나를 배접하고 있었다. 너비는 2장반쯤 되었고, 서양의 산수·성곽·인물을 그린 큰 그림인데 필법이 기이하고 웅장하였다. 배접에 사용된 종이는 우리나라의 장지였다. 또 동쪽 건물로 데리고 갔는데, 책을 보관하는 곳이었다. 사방에 시렁을 설치하고 서양 책 만여 권을 쌓아두었다. 큰 것은 가로 세로가 4~5척은 되었고 작은 것은 1촌 남짓밖에 되지 않았는데, 모두 가죽으로 장정하였다. 책장은 반으로 접지 않고 단엽(單葉)으로 되어 있으며 실로 묶었다. 글자와 그림은 모두 동판으로 찍어낸 것이라고 한다. 그림들은 터럭처럼 가는 획으로 그렸는데 보면 볼수록 더욱 또렷해 보였다. 커다란 책 세 권을 보여주면서 말하였다.

책, 참조.

"이것이 서양의 본초(本草)입니다." 바로 남천주당에서 보았던 것이다. 다시 자세히 살펴보니, 한 마리 짐승이라도 정면과 측면, 앉은 모습과 걷는 모습으로 몇 가지씩 그려놓아 각각 그 모습이 완벽하게 그려졌다. 또 장기(臟器)와 뼈마디를 그 옆에 그려놓았는데 비록 조그만 동물이라도 그렇게 하였다. 사물의 이치를 끝까지 탐구하여 모든 것을 이와 같이 정확하게 그렸다. 문밖으로 나와 객실 서쪽을 보았더니 옥상에 종 다섯 개가 걸려 있었다. 북채가 저절로 종을 쳤는데, 그 소리가 매우 맑게 방에 울려 퍼졌다. 내가 들어가 구경하자 건물 안에 있던 사람들이 안내해주었다. 벽의 높은 곳에 커다란 자명종을 설치하였는데 둘레가 5척이었고 톱니바퀴가 매우 복잡하게 얽혀 있어 짧은 시간 안에 그 원리를 이해할 수는 없었다. 쇠줄이 톱니바퀴에 걸려 위아래로 회전하였고, 쇠줄의 한쪽 끝이 옥상 위로 올라가며 그것이 북채를 당겨 종을 쳤는데, 그 횟수가 시각에 따라 각기 달랐다. 사람들이 다시 나를 객실 안으로 데리고 돌아왔는데, 탁자 위에 있던 음식은 이미 치우고 종자(從者)와 더불어 각종 과일 스무 그릇 정도를 벌여놓고 대접하였다. 자리에 앉자 또 포도주를 내왔다. 내가 말하였다. "아까 먹은 것이 이미 매우 많은데 어째서 이처럼 많이 차리셨습니까?" 그가 답하였다. "배불리 먹은 뒤에 과일을 먹으면 음식 소화가 잘됩니다. 다 먹을 필요는 없고 종류별로 조금씩만 맛보아도 됩니다." 산사전(山査煎)·이전(梨煎)·앵도전(櫻桃煎)·귤병(橘餠)·등당(橙糖)[155]·조당(棗糖) 등이 저마다 진기하고 달콤하였다. 건포도를 가리키며 말하였다. "이것은 서양 포도인데 맛이 매우 좋습니다." 그 크기가 말린 대추만 하였는데, 북경의 건포도보다 맛이 훨씬 상큼하였다. 나는 돌아가 대인께 드리려고 말린 과일들을 종이에 싸두었다. 다 먹고 나서 인사하고

---

155) 등당(橙糖) : 귤보다 크며 향기롭고 껍질이 두텁고 주름이 있는 귤 종류.

나오는데, 은홍서가 『천주실의(天主實義)』 두 책을 나와 정태현에게 주었다. 처음 왔을 때 장지 두 묶음, 붓과 먹, 남초(南草)[156]를 두덕미에게 보내주었더니, 파려로 만든 네모난 작은 거울 두 개와 서양 수건 두 장, 서양화 두 장, 서양종이 한 묶음으로 답례하였다. 또, "오늘은 날이 늦었으니, 자명종은 내일 사람을 보내면서 가져가게 하여 내부를 열어서 보여드리도록 하겠습니다."라는 말을 전하였다. 사람들이 문까지 나와 전송하였는데, 정숙의 말을 들으니, 그들에게 보내준 음식을 이루 다 먹을 수 없었다고 하였다. 경마잡이 두 사람과 한흥오의 종과 이세방의 종 및 다른 역자(驛子)[157] 다섯 사람이 나를 따라 구경 왔는데, 모두들 진기한 음식을 배불리 먹고 반도 넘게 남기고 왔다고 하였다. 경선(景先)이 상화병을 품속에 넣어왔다고 하여 사람들이 큰 소리로 웃었다. 그가 진수성찬을 앞에 두고 가장 보잘것없는 음식을 품속에 넣었기 때문이다. 길을 가며 종자들이 모두 말하였다. "오늘 먹은 음식은 난생 처음 본 것들입니다." 내가 말하였다. "너희들뿐만 아니라, 나도 처음 본 것들이다." 정태현이 말하였다. "말린 과일의 값만 대략 계산해보아도 은 열 냥으로는 마련해내지 못할 것입니다." 두덕미가 나를 초대하여 날짜를 약속하고 음식을 차려 대접한 것이었다. -(하략)-

---

156) 남초(南草) : 담배.
157) 역자(驛子) : 역참(驛站)에 소속되어 그에 관련된 각종 역(役)을 부담하는 역리(驛吏). 관직 체계의 말단에 위치하는 존재로 역마의 보급, 군사정보나 왕명의 전달, 사신 왕래에 따른 접대, 공물의 운반 등의 임무를 수행하였다. 세종대왕기념사업회(편), 『한국고전용어사전』, 2001 참조.

「十月 二十九日 壬戌 晴而寒」158)

-(上略)- 西洋蘇霖送人 寄葡萄酒方文 西洋膏藥用方 答送之 -(下略)-

【역문】「10월 29일 임술일. 맑고 추웠다」159)

-(상략)- 서양인 소림이 사람을 통해 포도주 만드는 방법과 서양 고약의 사용 방법을 적은 글을 보내왔기에 답신을 보냈다. -(하략)-

---

158) 「十月 二十九日 壬戌」: 1720년 10월 29일.
159) 『일암연기』 권3

-(上略)- 至天主堂 問 費先生有無 門者言 才往南天主堂 但有徐老爺
而不能通漢語云 第使通之 卽迎入屋中 卽前日所見者 相視默然 極無味
從者言 相公稍可通話 卽邀來 卽前日解字者 而亦浙江人也 稍能通話 蓋
與之同處 熟習而然也 坐定 進茶及西洋餑餑 以水晶鍾 酌西洋酒 飲之
余書 行期不遠 欲見費先生 作別而來 適値不在悵悵 費先生回來 爲傳此
言也 答 費老爺往南天主堂 目下回來 少待如何 余書 忙不可待 問徐之
名 答懋昇云 問 天主堂方造建 財力從何處出 答 皇上給錢粮 亦有西洋
銀子 徐懋昇出地圖冊及紙造渾天儀 以紙褙作圓圈五六 周天度數 地平南
北極黃赤道日月運行節氣 各作大小圈 外圈徑尺餘 而裡面地形 董如彈子
其人輪轉 示日月往來道 以日當冬至而轉于天 則掠地平南邊 出地三分之
一 入地三分之二 夏至反是 而行天中 春秋分 半出地 半入地 一見了然
洞知天地日月之運 如可燭照數計 地平則不動 而南北極圈 作來往高低
方出地四十度 乃中國所見也 却縮四度言 朝鮮當三十六度 日月之運 稍
異中國矣 看地球圖 西洋去赤道 比中國尤北 故問 西洋當幾度 答 地方
甚大 有四十餘度 或五度六十度七十度北邊海島 有八十餘度 余以渾天儀
硏作北極出地九十度 北極正當天中 以日輪當冬至而轉之 日輪一周天 而
長在地下 無出地時 又當夏至而轉之 日輪一周天 而長在地上 無入地時
余問 西洋北邊 夏至有晝無夜 冬至有夜無晝乎 其人昨舌 連稱明白 答
儘然 極北地方 春分至秋分 有晝無夜 秋分至春分 有夜無晝 西洋地方極
大 晝夜不等 但以晝言之 有六時七時八時九時處 亦有一晝爲一朔之地
亦有日纔沒而卽出處云 蓋尤近北 而日長短 尤參差不齊 其言其術 的確
無疑 可以洗萬古管豹之陋也 唐太宗北征 日暮後 烹羊胛 羊胛未熟 而日

---

160)「十月 三十日 癸亥」: 1720년 10월 30일

卽出 每以此為疑 不知其故 今見此渾天儀 想其時 必是春分後秋分前也
若是秋分後 則羊胛未熟 而日便沒 當時 唐太宗及其後看史者 皆但以為
北邊夜短晝長 而實不知春分秋分之互有長短也 即此一事 可驗其術之不
妄 亦可知天圓地亦圓之說眞正無疑也 曾見皇極經世書 言日不過八時 蓋
據中國所見而言 而今有九時十時一朔之地 則邵子之言 亦非大觀也 余問
天之一度 當地之幾里 答 當一千九百里云 余言 此貌樣渾天儀 有銅造者
乎 答 有之 問 有漢字書者乎 答 無有 問 此物旣有銅造的 此紙造的 當
是當初取樣的 吾請買去 以玩天地日月 如何 答 此是西洋字 老爺若欲得
此物 當別作一個 寫中國字 以待須去 後作一字以寄 則當奉送云 遂辭出
其人送至門 -(下略)-

【역문】「10월 30일 계해일. 맑고 따뜻함」[161]

-(상략)- 천주당에 가서 물었다. "비(費) 선생은 계십니까?" 문지기
가 말하였다. "방금 남천주당에 가셨습니다. 서 노야(徐老爺)만 계신데
한어(漢語)를 하지 못하십니다." 문지기를 시켜 내가 왔다고 알리도록
하자, 곧바로 건물 안으로 데리고 들어갔다. 전에 봤던 사람인데, 서
로 묵묵히 바라보기만 하니 너무 재미가 없었다. 종자(從者)가 "상공
(相公)이 조금 말이 통합니다." 라고 한 뒤 곧바로 사람을 데려왔다.
전에 글자를 풀이해준 사람이었는데 역시 절강(浙江) 사람이었다. 그
가 조금이나마 말이 통하는 것은 서양인들과 함께 거처하며 서양 말
을 익혔기 때문이다. 방에 들어가 앉자 차와 서양 발발(餑餑)[162]을 내
왔으며, 수정으로 만든 잔에 서양 술을 따라주기에 마셨다. 내가 글을

---

161) 『일암연기』 권3
162) 서양 발발(餑餑) : 설탕을 많이 넣은 둥근 보리떡.

써서 말하였다. "출발하기로 한 날이 멀지 않아 비 선생을 만나보고 작별인사를 드리러 왔는데, 마침 계시지 않으니 안타깝습니다. 비 선생께서 돌아오시면 이 말을 전해주십시오." 그가 대답하였다. "비 노야께서는 남천주당에 가셨습니다. 금방 돌아오실 테니, 조금 기다리시는 것이 어떻겠습니까?" 내가 글을 써서 말하였다. "바빠서 기다릴 수 없습니다." 그의 이름을 물으니 무승(懋昇)[163]이라고 답하였다. 내가 물었다. "천주당을 건립하는 데 필요한 재물은 어디에서 나옵니까?" 그가 대답하였다. "황제께서 돈과 양식을 지급해주고, 또 서양에서 보내준 은자(銀子)도 있습니다." 서무덕(徐懋德)이 지도책과 종이로 만든 혼천의를 꺼내 보여주었다. 종이를 배접하여 원권(圓圈) 대여섯 개로 주천도수, 지평(地平), 남극과 북극, 황도(黃道)와 적도(赤道), 해와 달의 운행 절기를 만들어놓았다. 각기 크고 작은 원권으로 만들었는데, 바깥쪽 원권은 지름이 한 자 남짓하고 안쪽에 있는 지구 모양은 겨우 탄알만 하였다. 그가 혼천의를 돌려가며 해와 달이 지나는 길을 보여주었다. 해는 동지(冬至)가 되었을 때 하늘을 돌아 지평(地平)의 남쪽을 스치며 지나가는데 땅위로 나온 것이 3분의 1이고 땅 밑으로 들어간 것이 3분의 2였다. 하지(夏至)에는 이와 반대로 해가 하늘 중앙을 지나갔다. 춘분과 추분에는 해가 반은 땅 위로 나오고 반은 땅 밑으로 들어갔다. 한번만 봐도 천지와 일월의 운행을 환히 알 수 있어서 마치 촛불로 비춰보고 수판으로 세는 듯하였다. 지평은 움직이지 않았고, 남극과 북극의 원권은 위아래로 움직이도록 만들어져 있었다. 땅 위

---

163) 무승(懋昇) : 서무승이 아니라 서무덕(徐懋德, Andreas Pereira, 1690~1743)이다. 포르투갈 출신 예수회 선교사로 1716년 중국에 입국하였다. 화남(華南)지방 여러 곳에서 전교하다가 북경 흠천감 감원으로 수력에 참여하고 1725년 쾨글러(Kögler, 戴進賢)가 흠천감 감정이 되자 감부(監副)로 봉직하였다. 1742년에 쾨글러와 함께 『역상고성(曆象考成)』후편을 간행하였다. 徐宗澤, 앞의 책, 411쪽 참조 (* 이하 서무덕(徐懋德)으로 임의 수정해 표기한다.)

에서 40도 나온 곳이 곧 중국에서 보는 바였다. 서무덕이 거기에서 4도를 줄이고서 말하였다. "조선은 36도에 해당하니 일월의 운행이 중국과는 조금 다릅니다." 내가 지구도(地球圖)를 보니 서양은 적도를 기준으로 할 때 중국보다 더 북쪽에 있었다. 이에 내가 물었다. "서양은 몇 도에 해당됩니까?" 그가 대답하였다. "지역이 매우 커서 40~50도, 혹은 60~70도 되는 곳이 있으며, 북쪽 바다에 있는 섬은 80도가 넘는 곳도 있습니다." 내가 혼천의를 돌려 북극출지(北極出地)를 90도에 맞춰놓으니 북극이 천중(天中)에 위치하였다. 일륜(日輪)을 동지에 두고 돌리자 해가 하늘을 한 번 돌 동안 오래도록 대지 아래에 있고 대지 위로 나오는 경우가 없었다. 또 하지에 두고 돌리자 해가 하늘을 한 번 돌 동안 오래도록 대지 위에 있고 대지 아래로 들어가는 경우가 없었다. 내가 물었다. "서양의 북쪽 끝에서는 하지에는 낮만 있고 밤이 없으며, 동지에는 밤만 있고 낮이 없습니까?" 그 사람이 깜짝 놀라 말을 못하다가 제대로 알고 있다며 계속해서 칭찬하고 대답하였다. "참으로 그렇습니다. 북극지방에는 춘분에서 추분까지는 낮만 있고 밤이 없으며 추분에서 춘분까지는 밤만 있고 낮이 없습니다. 서양은 지역이 매우 커서 낮과 밤이 일정하지가 않고, 단지 낮으로만 말한다면 6시(時)·7시·8시·9시인 곳이 있으며, 한낮이 한 달이나 되는 곳도 있습니다. 또한 해가 방금 졌는데 곧바로 뜨는 곳도 있습니다." 대체로 북극에 가까울수록 밤낮의 길이가 더욱 들쭉날쭉하여 가지런하지 않았다. 그의 말과 그가 보여준 기술은 정확하고 의심할 바 없어서, 이를 통해 만고에 대롱으로 표범을 들여다보는 비루한 안목을 씻어버릴 만하였다. 당나라 태종이 북쪽을 정벌하러 나갔을 때, 해가 진 뒤에 양의 어깨살을 삶았는데, 그것이 익기도 전에 해가 곧바로 떴다고 하였다. 나는 늘 그 이유를 알지 못한 채 의아하게만 여겼는데, 지금 이 혼천의를 보고서 그때를 상상해보니 이는 분명 춘분이 지나고 추분이 되기 전이었을 것이다. 만약 추분이 지난 뒤였다면 어깨살이 익기도 전에 해가 다시 졌을 것이다. 그 당시의 당태종이나 후대에 역사서를 본 사람들은 모두 단지 이곳이 북쪽이기 때문에 밤이 짧고 낮이 일렀을 것이라고만 여기고, 실제로 낮과 밤이 춘분과 추분에 따라 번갈아서 길고 짧아지는 줄은 몰랐던 것이다. 이 한 가지 일만 가지고도 그들의 기술에 오차가 없음을 확인할 수 있고, 또한 하늘이 둥글고 땅 또한 둥글다는 설이 참으로 의심할 바 없음을 알 수 있겠다. 일찍이 『황극경세서(皇極經世書)』[164]를 보니 "하루의 낮 시간은 8시(時)를 넘지 않는다."라고 하였는데, 이는 대개 중국에서 보는 관점에 따라 말한 것이다. 그러나 지금 9시, 10시, 혹은 한 달에 이르는 지역이 있으니, 소옹(邵雍)의 말 또한 대단한 견해는 아니라 하겠다. 내가 물었다. "하늘의 1도(度)는 땅의 몇 리에 해당합니까?" 그가 대답하였다. "1,900 리에 해당합니다." "이러한 모양의 혼천의를 동(銅)으로 만든 것이 있습니까?" "있습니다." "혼천의에 한자(漢字)로 글자를 표시한 것이 있습니까?" "없습니다." "이미 이것을 동으로 만든 것이 있고, 종이로 만든 이것도 그와 똑같이 만들었다면, 저는 이것을 사 가지고 돌아가 천지와 일월의 운행을 완상하고 싶은데, 괜찮은지요?" "이것은 서양의 글자입니다. 만일 노야(老爺)께서 이 물건을 갖고 싶다면, 중국 글자를 써넣어 하나를 따로 만들어두었다가, 귀국할 무렵 편지를 보내주시면 보내 드리도록 하겠습니다." 드디어 인사하고 나오는데 그가 문까지 전송해주었다. -(하략)-

---

164) 황극경세서(皇極經世書) : 중국 송(宋)의 성리학자 소옹(邵雍, 1011~1077)의 저서. 『주역(周易)』에 의거해 수리(數理)로써 천지만물의 생성변화를 설명한 책. 세종대왕기념사업회(편), 『한국고전용어사전』, 2001.

「十一月 初一日 甲子 晴」165)

-(上略)- 費隱送書 謝余往別之意 且問山東海路 而余答以不知
-(下略)-

【역문】「11월 1일 갑자일. 맑음」166)

-(상략)- 비은이 내가 찾아가 작별하고 싶어 하는 마음에 감사하는
편지를 보내왔다. 그러면서 산동에서 출발하는 해로에 대해 묻기에
알지 못한다고 답하였다. -(하략)-

---

165)「十一月 初一日 甲子」: 1720년 11월 1일.
166)『일암연기』권3

「十一月 初二日 乙丑 晴極寒」167)

　-(上略)- 費隱送書 兼送日規小木片 而且示解看之法 文未明白 不可
解矣 日莫未能答 言明日當送人作答云 夕 往副房 副使與書狀圍棋 余亦
與書狀一局而還 是日 書冊始盡入 夕 頭痛頗甚 夜 以西洋鼻烟取嚏 出
微汗 卽差

　【역문】「11월 2일 을축일. 맑고 매우 추웠다」168)

　-(상략)- 비은이 편지와 함께 작은 나무 조각으로 만든 일규(日
規)169)를 보내왔다. 일규를 보는 방법도 적어 보냈으나, 글이 분명하
지 않아 이해할 수 없었다. 날이 저물어 답신을 보내지 못하고 내일
사람을 보내 답신을 전하겠다고 하였다. 저녁에 부사의 방에 가니 부
사와 서장관이 바둑을 두고 있었다. 나도 서장관과 한 판을 두고 돌아
왔다. 이날 비로소 서책이 모두 들어왔다. 저녁에 두통이 몹시 심하여
밤에 서양 비연(鼻烟)을 가져다가 들이마셨는데, 땀이 조금 나더니 곧
나아졌다.

167) 「十一月 初二日 乙丑」: 1720년 11월 2일.
168) 『일암연기』 권3
169) 일규(日規): 해시계.

「十一月 初三日 丙寅 晴」170)

-(上略)- 作書於費隱 送油芚銀粧刀壯紙十束筆十墨十 使正叔與王從
仁往傳 他甲軍輩及提督奴防塞 使不得出入 蓋他甲軍猜王從仁之使喚於
吾 而頻得賜與 每事防塞 可痛 使譯官言于通官而出送 則日已暝 約明日
出送 大人口呼草 送費隱書 -(中略)- 夕 費隱送書作別 自門陳傳之 作答
送之 畧曰 蒙此專人賜答 欣慰沒量 而況辭語鄭重 逈出尋常 不知不佞何
以得此 執事只自感戢 一見傾蓋 方樂新知 遽爾分手 後會難期 此心怊悵
非筆可旣 山川間阻 雅儀日遠 幸望時因西風 爲寄聲息

【역문】「11월 3일 병인일, 맑음」171)

-(상략)- 비은에게 편지를 쓰고, 유둔(油芚)172), 은장도(銀粧刀), 장지
열 묶음, 붓 열 자루, 먹 열 개를 보냈다. 정숙과 왕종인을 시켜 가서
전하도록 하였는데, 다른 갑군들과 제독의 종이 가로막고 출입하지
못하게 하였다. 왕종인이 나에게 불려와 자주 선물 받는 것을 다른 갑
군들이 시기하여 매사에 가로막았으니, 통탄할 일이다. 역관을 시켜
통관에게 말하여 내보내려 하였는데, 날이 이미 저물어 내일 내보내
주겠다고 약속하였다. 대인께서 구술하여 받아쓰게 한 편지를 비은에
게 보냈다. -(중략)- 저녁에 비은이 작별의 편지를 보내와 문틈으로
전해 받았다. 답장을 써서 보냈는데, 대략 다음과 같은 내용이다. "이
처럼 따로 사람을 보내 답장을 전해주시니, 한량없는 기쁨과 위로라

---

170)「十一月 初三日 丙寅」: 1720년 11월 3일.
171)『일암연기』권3
172) 유둔(油芚) : 두꺼운 종이에 기름을 먹여 방석처럼 깔고 앉게 만든 물건.

하겠습니다. 게다가 말씀이 남달리 정중하시니, 제가 어떻게 이런 대우를 받게 되었는지 모를 일인데, 선생께서는 그저 고마워하실 뿐이네요. 처음 만나 몇 마디 말을 나눈 뒤 새롭게 알게 된 것을 막 즐거워하고 있었는데, 갑작스럽게 이별하면서 이후의 만남을 기약하기 어려우니, 슬픈 이 마음을 붓으로 다할 수 없습니다. 산천에 가로막혀 선생의 아름다운 풍모와 날로 멀어질 터인데, 때때로 서풍을 따라 소식을 전해들을 수 있기를 바랄 뿐입니다."

朝 使正叔及驛子葛孫 送書東天主堂並物 又作書西天主堂杜德美言 頃
造高軒 適値愆候 終失一面 悵嘆何極 未審即日 已得瘳安 白雷殷湯四先
生 具安穩 末日者之會 眷待出常 珍羞淋漓 情意款洽 兼以佳貺 深感盛
意 不知攸謝 某行期在近 勢難更投門屛 馬首東歸 一心猶懸於几案之間
西望流悵而已 無物表情 略呈土産數種 零些愧汗 送花紋席一立壯紙三束
扇三柄筆墨各七 使王從仁之父起鳳往傳之 提督奴入來 譯官言之 而始許
出送 費隱答書云云 送膏藥三種地圖五張呂宋苦果一封西洋針一封火柴
一封多鏡一介 且以錢六百六十文畫二丈催生石二介分給正叔葛孫云 起
鳳回來言 杜先生初二日已死 他西洋人 作答以送云 數日間人事 亦可悲
也 其書云云 下書遠西湯尚賢雷孝思白晉殷弘緒等同頓首 兼送一人 持自
鳴鐘而來 其人自言 是杜先生之弟子 姓名袁文林 山西太原府祈縣人 其
父爲擧人 來北京 故渠亦隨來云 而爲人極精詳明白 余言 杜先生 一見如
舊 遽爾奄忽 吾心裡甚痛 答 西洋人中 杜先生最賢明 曉天文曆法 肚裡
極明白 不幸以中風 數日不起 仍泣下 且言 杜先生邀老爺 至天主堂 欲
示自鳴鐘裡面 今持來開示修治 以成杜先生之遺意 余與其人往上房 於大
人前 開自鳴鐘裡面 其人器械精利 皆西洋法云 一一破開輪機 翻視裡面
曲折 更爲合成 且言 西洋先生 今日 盡入關中 問 緣何事入闕 答 今日
皇上入受朝參 西洋人同拉兒素入朝參 拉兒素之話 惟西洋人通之故也 拉
兒素者 卽大鼻㺚子也 問 緣何能通話 答 地方相接故耳 問 曾聞拉兒素
在中國東北 怎與西洋接境 答 元在中國西北 在西洋東北萬餘里 去中國
二萬餘里 又云 他不是朝貢 只因買賣皮物而來 自長城外蒙古地方 入居
庸關 宿清河縣 而入北京 一百三十人來云 問 曾前我國使臣東還時 拉兒

---

173)「十一月 初四日 丁卯」: 1720년 11월 4일.

素同行 過薊州云 儞云在西邊 未可知也 答 其時 當適有事 作路東出云
合成自鳴鐘未了 而門將閉 使譯輩姑留通官 少遲閉門 而甲軍輩突入上房
大呼拿去其人 所見極駭惡 凡禁雜胡出入 乃軍奴之任 大人使兵房軍官
杖軍奴三棍 通官輩言 大鼻犍子地 女人極稀 十男共鰥一女 輪番更宿 法
律甚嚴 或有越次交奸者 九人共殺之 生子 則不能辨其父 十人以次第為
其子云 蓋與禽獸無異 西洋人亦以禽獸待之 蓋如中國之北狄矣 -(下略)-

【역문】「11월 4일 정묘일. 맑음」[174]

　　아침에 정숙과 역자(驛子) 갈손(葛孫)을 시켜 동천주당에 편지와 함
께 물건을 보냈다. 또 서천주당의 두덕미에게 다음과 같이 편지를 보
냈다. "얼마 전에 천주당에 갔는데 마침 병환 중이라 하여 끝내 뵙지
못하였으니 슬픔과 탄식을 헤아릴 수 없습니다. 지금은 나으셨는지 모
르겠습니다. 백진(白晉)·뇌효사(雷孝思)·은홍서(殷弘緖)·탕상현(湯尚賢)
네 선생께서는 모두 편안하십니까? 지난달 말일에 만났을 때, 후하게
대해주셨으니, 진수성찬에 담긴 정성이 곡진하였습니다. 아울러 주신
선물에 담긴 마음에 깊이 감동하였으니, 이를 어찌 보답해야 할는지
모르겠습니다. 저는 떠날 날이 다가와 다시 찾아뵐 형편이 되지 않습
니다. 말 머리는 동쪽을 향하나 온 마음이 당신을 향해 있으니 서쪽을
바라보며 슬퍼할 뿐입니다. 정을 표할 만 한 것이 없어 토산품 몇 가
지를 드립니다. 보잘것없고 미미한지라 부끄러워 식은땀이 납니다.
화문석(花紋席)[175] 하나, 장지 세 묶음, 부채 세 자루, 붓과 먹 각각 일
곱 개를 보냅니다." 왕종인의 아버지 왕기봉을 시켜 전하게 하였다.

---

174) 『一庵燕記』 권3
175) 화문석(花紋席) : 왕골을 이용해 꽃무늬 등 모양을 놓아 짠 돗자리.

제독의 종이 들어왔기에 역관이 그에게 말을 하여 비로소 보내도 좋다는 허락을 받았다. 비은이 답장에서 이런저런 말을 하고, "고약 세 가지, 지도 다섯 장, 여송 고과(呂宋苦果) 한 봉지, 서양 바늘 한 봉지, 성냥 한 봉지, 다경(多鏡) 한 개를 보냅니다. 또 돈 600문(文), 그림 두 장, 최생석(催生石)176) 두 개를 정숙과 갈손에게 나누어주십시오."라고 하였다. 왕기봉이 돌아와서 말하였다. "두(杜) 선생은 이미 2일에 돌아가셨기 때문에 다른 서양 사람이 답장을 써서 보내주었습니다." 며칠 사이에 벌어진 사람의 일이란 게 또한 이처럼 서글펐다. 그 편지에서는 이런저런 말을 한 다음에, 편지 아래쪽에 "멀리 서양에서 온 탕상현, 뇌효사, 백진, 은홍서 등이 함께 인사드립니다."라는 말을 써놓았다. 그리고 한 사람을 보냈는데, 그 사람이 자명종을 가지고 왔다. 그 사람이 말하기를, 두 선생의 제자로, 이름은 원문림(袁文林)이라 하였다. 산서성 태원부(太原府) 기현(祈縣) 사람인데, 아버지가 거인(擧人)으로 북경으로 오게 되어 따라온 것이라 하였다. 사람이 매우 똑똑하고 사리에 밝아 보였다. 내가 말하였다. "두 선생과는 만나자마자 오랜 친구와 같았습니다. 그런데 이처럼 갑자기 세상을 떠나니 제 마음이 너무나 아픕니다." 그가 말하였다. "서양사람 중에서 두 선생이 가장 현명하고, 천문 역법에도 밝았으며, 속에 품은 생각도 매우 분명하게 말씀하셨습니다. 불행히 중풍을 만나 며칠 만에 일어나지를 못하셨습니다." 그리고 눈물을 흘리더니, 다시 말하였다. "두 선생은 노야(老爺)를 천주당으로 초대하여 자명종의 내부를 보여주려 하였습니다. 지금 가져온 자명종을 열어서 보여 드리고 수리하여 두 선생인 남긴 뜻을 따르도록 하겠습니다." 나는 그와 함께 상방으로 가서 대인 앞에서 자명종을 열어보았다. 그는 기계에 매우 밝았는데, 모두 서양의 방법을

176) 최생석(催生石) : 일종의 푸른색 보석.

따른다고 하였다. 톱니바퀴를 일일이 분해하여 내부의 구조를 환히 보여주고는 다시 조립해놓았다. 그러고는 그가 말하였다. "서양 사람들은 오늘 모두 궁궐에 들어갔습니다." "무엇 때문에 입궐하였습니까?" "오늘 황제께서 조참(朝參)을 하는데 서양인들은 납아소(拉兒素) 사람과 함께 조참에 참여합니다. 납아소 사람이 하는 말은 오직 서양인만 알아듣기 때문입니다. 납아소는 곧 대비달자[177]를 말합니다." "어째서 말이 통합니까?" "땅이 인접해 있기 때문입니다." "납아소는 중국의 동북쪽에 있다고 들은 적이 있는데 어떻게 서양과 땅이 인접할 수 있습니까?" "납아소는 원래 중국의 서북쪽에 있고, 서양의 동북쪽 만여 리 되는 곳에 있으니, 중국과는 2만여 리의 거리입니다." 그가 또 말하였다. "그들은 조공(朝貢)을 하지 않고 단지 가죽 제품을 매매하기 위해서 옵니다. 만리장성 밖의 몽골 지방에서 거용관(居庸關)[178]으로 들어와 청하현(淸河縣)에서 자고 북경으로 들어오는데, 130명이 왔습니다." "전에 우리나라 사신이 귀국할 대 납아소 사람과 동행하여 계주(薊州)를 지났다고 합니다. 그대는 서쪽에 있다고 말을 하니, 이해가 되지 않습니다." "그때는 마침 일이 있어 동쪽으로 길을 잡은 것이겠지요." 자명종을 다 조립하지 못하였는데 관사의 문을 닫으려고 하였다. 역관들을 시켜 통관에게 조금만 늦게 문을 닫고 잠시 기다려 달라고 하였다. 그러나 갑군들이 상방으로 들이닥쳐 크게 소리지르며 그 사람을 끌고 갔는데, 극히 포악스러웠다. 무릇 오랑캐 잡인의 출입을 금하는 것이 군노(軍奴)의 책임인지라, 대인께서 병방(兵房) 군관(軍官)을 시켜 군노에게 곤장 세 대를 치게 하였다. 통관들이 말하였다. "대비달자의 땅은 여인이 극히 드물어서 남자 열 명이 여자 하나와 통정을 하며, 순서를 정해놓고 밤을 같이 지내는데, 법률이 매우

---

177) 대비달자 : 코가 큰 북방 사람이란 뜻으로 러시아 사람을 지칭한다.
178) 거용관(居庸關) : 중국 북경 북서쪽 60km지점에 있는 관문(關門)

엄격합니다. 간혹 순서를 뛰어넘어 간통을 한 자가 있으면 아홉 사람이 함께 그를 죽입니다. 자식을 낳아도 누가 아버지인지를 알 수가 없어 열 사람이 차례를 정하여 자기 자식으로 삼습니다." 대개 짐승과 별 차이가 없고, 서양 사람들도 그들을 짐승처럼 대하였으니, 중국 북쪽의 오랑캐와 매한가지였다. -(하략)-

「十一月 初五日 戊辰 晴而溫」179)

-(上略)- 食後 袁文林又來 同往上房 治自鳴鐘 誤折一柱 言 明早 當送人 拿去改送云 問 杜德美死後斂葬之節 答 死後二日 入棺 十餘日後 當葬 諸西洋人連日誦經 至初八日止 問 何經 答 西洋之經 問 葬何地 答 阜城門外 西洋人曾多葬在此地 葬法一如漢人 不似淸人之燒火 亦立大石碑 以記行蹟云 大人待以藥果燒酒 且給二扇及壯紙 其人以小輪日影 納之而去 余寄書白殷諸人 弔杜德美曰 恭聞杜先生 奄歸冥寂 驚愕悲慟 不知所云 俺與杜先生 俱以九萬里外 天涯地角之人 萍水相逢 一見如舊 歡意未關 人事遽變 如夢如幻 能不愴恨 感念交情 爲之一涕 俺尙如此 況諸公情同兄弟 異域相依者乎 誼當奠卮一哭 而行期在近 無由致身 尤增悲咽云 -(下略)-

【역문】「11월 5일 무진일. 맑고 따뜻함」180)

　-(상략)-식사 후에 원문림이 다시 찾아왔다. 함께 상방으로 가서 자명종을 수리하다가, 실수로 기둥 하나를 부러뜨렸다. 그가 말하였다. "내일 아침에 사람을 보내 가져갔다가 고쳐서 보내 드리겠습니다." 내가 두덕미가 죽은 뒤에 염장(斂葬)한 절차를 물었더니, 그가 대답하였다. "죽은 후 이틀이 지나 입관하고, 10여 일 후에 장례를 지냅니다. 서양인들이 날마다 경(經)을 외우다가 이달 8일이 되면 그칩니다." "무슨 경입니까?" "서양의 경서입니다." "어느 곳에다 장사 지냅니까?" "부성문 밖인데, 예전부터 서양인은 이곳에다 많이 장사 지냈습니다. 장

179)「十一月 初五日 戊辰」: 1720년 11월 5일.
180)『일암연기』권3

사 지내는 법은 한인(漢人)과 같습니다. 청인(淸人)처럼 화장하지는 않습니다. 또한 큰 비석을 세워서 행적을 기록합니다." 대인이 약과와 소주를 대접하고, 또 부채 두 자루와 장지를 주었다. 그는 소륜(小輪)으로 된 일영(日影)을 주고 갔다. 백진과 은홍서 등 여러 사람에게 다음과 같이 두덕미를 조문하는 글을 보냈다. "두 선생이 갑자기 저 세상으로 돌아가셨다 하니, 경악스럽고 비통하여 할 말을 잃었습니다. 저와 두 선생은 모두 9만 리 밖의 이 세상 끝에서 온 사람으로 부평초 같은 나그네 신세로 만났는데 한번 만남에 오랜 친구와 같았습니다. 기쁨이 무르익기도 전에 인생사가 꿈과 환상같이 순식간에 바뀌어버렸으니 슬퍼하지 않을 수 있겠습니까? 사귀었던 정을 느끼며 눈물을 떨구게 됩니다. 저도 이러한데 하물며 이역에서 서로 의지하며 마음을 함께한 형제들인 여러 공들께서는 어떠하겠습니까? 마땅히 술잔을 올리며 곡을 해야 하겠으나 떠날 기일이 촉박하여 직접 가볼 도리가 없으니 더욱 슬프기만 합니다." -(하략)-

「十一月 十一日 甲戌 晴」181)

-(上略)- 西天主堂殷弘緒等四人 使袁文林傳書 且送西洋卵餅二盒吸
毒石二介鼻烟畵磁小壺二介西洋手巾二端玻瓈方鏡一介 其書辭簡妙 不
知誰人所代筆也 袁文林且持前去自鳴鍾而來 言已繕治云 遂與同往大人
所 招鄭泰賢問答 杜先生已葬否 答 初八日 運柩出城 待明春 當葬云 問
昨聞大鼻毽子往暢春苑 皇帝觀其舞云 然否 答 西洋諸先生亦出暢春苑
皇帝引見鼻毽 對坐賜宴 今番拉兒素上使甚知禮貌 故皇帝嘉之 待之甚厚
云 問 你文筆如此 何不做八股文章赴擧 但在天主堂 答 在彼學籌數曆法
學成 亦可做官云 且以玟瑁鼻烟盒進于大人言 今日 又隨西洋人 往暢春
苑 甚忙 仍起去 以筆墨各三贈之 且傳頃日所見浙江貢生楊達 欲得扇子
以一扇給之 余作答書於殷弘緒諸人曰 承拜辱字 辭意款曲 有逾尋常 兼
以各種珍異之貺 厚情無窮 何敢當也 只自感佩而已 恭聞杜先生靈柩已出
城 瞻望揮淚 愴慟何言 俺們行期已在五六日後 如得暇隙 擬欲再候門屛
尊駕之光臨 何敢望也 來价告忙 不能一一 某日某頓首 -(下略)-

【역문】「11월 11일 갑술일. 맑음」182)

-(상략)- 서천주당의 은홍서 등 네 사람이 원문림을 시켜 편지를 전
해왔다. 또 서양 계란 떡 2합(盒), 흡독석 두 개, 비연(鼻烟), 그림 그려
넣은 작은 도자기 병 두 개, 서양 수건 두 장, 파려방경(玻瓈方鏡) 하나
를 보내왔다. 편지에 쓴 말이 간결하면서도 뛰어났는데 어떤 사람이
대신 써준 것인지 알 수 없었다. 원문림이 지난번에 가져갔던 자명종

---

181)「十一月十一日甲戌」: 1720년 11월 11일
182)『일암연기』권3.

을 가져와서는 수리를 다 마쳤다고 말하였다. 그래서 대인의 처소로 함께 가서 정태현을 불러 문답을 나누었다. "두 선생(杜先生)의 장례는 치렀습니까?" "8일에 운구하여 성 밖으로 나갔고, 내년 봄을 기다려 장례를 치를 것입니다." "어제 들으니, 대비달자가 창춘원에 가서 황제가 그들의 춤을 구경하였다고 하던데, 그렇습니까?" "서양인 선생들도 창춘원에 갔습니다. 황제께서 대비달자를 불러들여 마주앉아 연회를 베풀었는데, 이번 납아소(拉兒素) 상사(上使)는 예절을 잘 알아서 황제께서 가상히 여기어 매우 후하게 대우해준 것이라고 합니다." "그대의 문필이 이와 같은데, 어째서 팔고문[183]을 지어 과거에 응시하지 않고, 천주당에만 있는 것입니까?" "그곳에 있으면서 수학과 역법을 배워 학문을 이루어도 벼슬을 할 수 있습니다." 그가 대모(玳瑁)로 만든 비연합(鼻烟盒)을 대인께 드리며 말하였다. "오늘도 서양인을 따라 창춘원으로 가야 하기에 매우 바쁩니다." 그러고는 자리에서 일어났다. 붓과 먹을 각각 세 개씩 주었고, 지난번 만났던 절강 출신의 공생(貢生) 양달(楊達)이 부채를 얻었으면 한다기에 부채 한 자루도 주었다. 나는 은홍서 등 여러 사람에게 다음과 같이 답장을 하였다. "보내주신 편지를 받으니 내용이 매우 정성스러워 각별한 정이 느껴졌습니다. 아울러 각종 진기한 선물까지 주시니 끝없는 후의를 어찌 감당하겠습니까? 다만 스스로 감사함을 마음에 새길 따름입니다. 듣건대, 두 선생의 영구(靈柩)가 이미 성을 나갔다고 하니 멀리 바라보면서 눈물만 흘릴 뿐 애통함을 어찌 말로 할 수 있겠습니까? 우리들은 떠날 날이

---

183) 팔고문(八股文) : 중국 명(明)·청대(淸代) 과거시험에서 통용된 특별한 형식의 문장. 이 문체는 파제(破題), 승제(承題), 기강(起講), 입제(入題), 기고(起股), 중고(中股), 후고(後股), 속어결구(束語結句)의 여덟 부분으로 구성되는데, 이로써 『사서오경(四書五經)』의 한두 구(句) 또는 여러 구를 제(題)로 하여 경전 내용에 의미를 부연해 논술식으로 서술하는 것이다.

벌써 5~6일 후로 다가왔습니다. 만일 겨를이 있다면 다시 찾아가 문안을 여쭙고자 합니다. 여러분이 와주시는 것을 어찌 감히 바라겠습니까? 심부름 온 사람이 바쁘다고 하기에 일일이 말씀드리지 못합니다. 모일(某日)에 아무개가 인사드립니다." -(하략)-

「十一月 二十二日 乙酉 晴」184)

今日 王考忌日也 大人於異域 過此日 愴痛一倍 朝 徐懋昇寄書 兼
送紙造小渾儀 經半尺許 以漢字書之 答書言 承拜辱字 兼領渾儀之惠
感荷聖眷 不知攸謝 此物雖小 可以玩天地日月之運 歸詑東國 足揚西
學之精妙 然形小可欠 大者一座 若蒙再惠 尤可感佩 明春 我使回還
幸付寄也 郞費兩先生 亦望致謝 俺們行期在再明明日 或可進敍爲別云
-(下略)-

【역문】「11월 22일 을유일. 맑음」185)

오늘은 할아버지의 기일(忌日)이다. 대인께서는 이국땅에서 이날을
지내게 되어 곱절이나 서글프고 침통해하셨다. 아침에 서무덕(徐懋
德)186)이 편지와 함께 종이로 만든 조그만 혼천의를 보내왔는데, 지름
은 반 척 쯤 되었고 한자로 씌어 있었다. 내가 답신을 보냈다. "편지와
혼천의를 받는 은혜를 입고 인사를 올립니다. 살펴주시는 마음 감격스
러우나 어떻게 감사드려야 할지 모르겠습니다. 이 물건은 비록 조그맣
지만 천지(天地)와 일월(日月)의 운행을 살펴볼 수 있습니다. 우리나라
에 돌아가서 자랑하면 서양 학문의 정묘함을 알리기에 충분할 것입니
다. 그렇지만 조금 작은 것이 흠이니, 만약 큰 것 하나를 다시 주신다
면 더욱 감사하겠습니다. 내년 봄에 우리나라 사신이 다시 오면, 그 편
에 부쳐주시기 바랍니다. 낭석녕과 비은 두 선생께도 또한 감사의 인

---

184) 「十一月 二十二日 乙酉」 : 1720년 11월 22일.

185) 『일암연기』 권3

186) 서무덕(徐懋德) : 주 142) 참조.

사 전해주십시오. 저희가 떠날 날이 글피인데, 혹시 찾아뵙고 작별할
수 있을지도 모르겠습니다." -(하략)-

「十一月 二十四日 丁亥 晴而大風」[187]

-(上略)- 還出 至東天主堂 費隱不在 徐懋昇出迎 邀坐 勸茶及西洋糖餅卵餅三四楪 前日浙江人亦在坐 作字問答 余書 俺今日回程 為作別而來 徐出紙 造渾天儀示之 比前來者大倍之 以漢字書之 方半成未完 六七日後 可了工云 坐旁有沙漏 極精妙 其大董一寸 而中貯黑沙 極細而硬 下如針之孔而不濡滯 乃西洋沙云 壁上自鳴鐘 小圈數轉 下垂銅鎚 東西來往 一往為一秒云 作別出門 徐亦隨至門外 握手為別 -(下略)-

【역문】「11월 24일 정해일. 맑고 큰 바람 불다」[188]

-(상략)- 다시 나와서 동천주당에 갔더니, 비은은 없었고 서무덕[189]이 나와 맞이하였다. 데리고 들어가 앉으라고 하고서 차와 서양의 당병(糖餅)과 계란 떡 서너 접시를 권하였다. 지난번에 통역해주었던 절강 사람도 앉아 있어서 글로 써서 문답하였다. 나는 이렇게 썼다. "제가 오늘 돌아가기에, 작별하러 왔습니다." 서무덕이 종이로 만든 혼천의를 꺼내어 보여주었는데, 지난번에 본 것보다 크기가 두 배는 되었고 한자로 씌어 있었다. 아직 마무리되지 않고 반쯤 만들었는데 6~7일 지나면 일을 마칠 수 있다고 하였다. 앉은 자리 옆에는 모래시계가 있었는데 매우 정밀하고 기묘하였다. 크기는 겨우 1촌쯤 되었으며, 속에 매우 곱고 단단한 검은 모래가 들어 있었다. 바늘 구멍만한 곳으로 막힘없이 내려가는데, 이는 서양 모래라고 하였다. 벽에 걸린 자명종

---

187) 「十一月 二十四日 丁亥」 : 1720년 11월 24일.

188) 『일암연기』, 권3

189) 서무덕 : 주 142) 참조.

은 작은 테두리로 몇 바퀴 둘러놓았으며, 구리로 만든 시계추가 아래로 늘어진 채 좌우로 왔다 갔다 하였는데, 한 번 움직이는 것이 1초라고 한다. 작별하고 문을 나서자 서무승도 문밖까지 따라 나와 악수하고 헤어졌다. -(하략)-

〈주석 : 장정란〉

『壬子燕行雜識』

「壬子燕行雜識」 上1)

　-(上略)- 往見天主堂 堂卽西洋國人所創也 西洋之道 以事天爲主 不但與儒道背異 亦斥仙佛二道 自以爲高 康熙甚惑之 象天上 作是廟 中間毁壞 雍正又新創之 在所在數十式 不勞歷覽 故往賞之 入門 便覺丹碧眩耀 目難定視 旣是象天上者 故其高幾摩星漢 其畫日月星辰固也 壁上多畫陰鬼 有同禪房十王殿 見之 幽闇無陽明氣象 可怪也 守直人費姓者 西洋國人也 出見 持茶以待之 年今六十 碧眼高鼻 鬚鬢屈盤 披髮圓冠 闊袖長衣 問其國距北京幾里 答曰 海路爲九萬里 陸路五六萬里 與大鼻撻子地界相接云 -(中略)- 天主堂主胡費姓人 送三山論學記 主制羣徵各一冊 彩紙四張 白色紙十張 大小畫十五幅 吸毒石一箇 苦果六箇 以若干種爲答禮 所送二冊 卽論西洋國道術者也 所謂吸毒石 其形大小如拇指一節而區長 色青而帶黑 其原由則小西洋 有一種毒蛇 其頭內生一石 如扁豆

---

* 이의현(李宜顯, 1669~1745)의 1732년 연행록. 자 덕재(德哉), 호 도곡(陶谷). 이의현은 조선 숙종(肅宗) 영조(英祖) 시기의 문신 학자로 1720년(숙종 46) 경종이 즉위하자 동지사(冬至使) 정사(正使)로, 1732년(영조 8)에는 사은사(謝恩使) 정사(正使)로 청나라에 두 차례 사행하였다. 이때의 견문 기록이 「경자연행잡지(庚子燕行雜識)」와 「임자연행잡지(壬子燕行雜識)」로 1766년 활자본 32권 16책으로 간행된 그의 문집 『도곡집(陶谷集)』에 실려 있다.
* 「임자연행잡지(庚子燕行雜識)」에는 1732년 4월 3일 사은 정사(謝恩正使) 임명 사실부터, 7월 8일 사행 출발 12월 귀국 복명(復命)까지 137일간 여정을 기록하였다.
* 역문 : 김창효 등, 『도곡집』, 한국고전번역원 한국문집번역총서, 성신여자대학교 고전연구소·해동경사연구소, 2014~2015.
1) 1732년(영조 8) 임자년에 사은사(謝恩使) 정사(正使)로 북경을 다녀온 견문기록. 「임자연행잡지(壬子燕行雜識)」는 『도곡집』 권30에 실려 있다.

仁大 能拔除各種毒氣 此生成之吸毒石也 土人將此石捶碎 同本蛇之毒及
本地之土 搗末和勻 造成一石 式如圍棊子 乃造成之吸毒石也 其用法則
此石能治蛇蝎蜈蚣毒蟲傷嚙 並治癩疽一切腫毒惡瘡 其效甚速 若遇此患
卽將吸毒石 置于傷嚙處及癩疽惡瘡之上 此石便能吸拔其毒 緊粘不脫 俟
將毒吸盡時 方自離解 是時急持吸毒石 浸于乳汁之內 浸至乳略變綠色爲
度 後將此石取出 以淸水洗淨抹乾 收貯以待後用 其所浸之乳汁 旣有毒
在內 須掘地傾掩 免傷人物 如傷毒及瘡毒或未盡 仍置吸毒石吸拔之 其
法如前 若吸毒石離解不粘 是其毒已盡 患可徐痊 乳汁須預備半鍾爲要
或人乳或牛乳俱可 倘是時無乳汁可浸 或浸之稍遲則此石受傷 後不堪用
矣 所謂苦果 其形或圓或長 色黃黑 其大不過一寸 用法則能療內外之患
一治婦人難産 用淸水磨服 卽産 一治癨亂吐瀉 用淸水磨服 一治瘧疾 用
淸水磨服 一治食積 用淸水磨服 一治凡諸火證 用淸水磨服 一治凡諸瘡
毒 用乾燒酒磨敷 卽能止疼痛 徐徐自愈 更有他用 其功不能盡述 此果大
者可作十服 小者可作七八服

【역문】「임자년 연행에서 알게 된 여러 상식」(상)[2]

-(상략)- 천주당(天主堂)을 가서 보았다. 천주당은 서양 사람이 창건
한 것이다. 서양의 도(道)는 하늘을 섬기는 것을 주로 하여 비단 유도
(儒道)와 어긋날 뿐만 아니라, 또한 선(仙), 불(佛)의 두 도(道)도 배척
하고서 스스로 높은 체한다. 강희가 몹시 혹하여 천상(天上)을 상징하
여 이 묘(廟)를 지은 것이다. 중간에 무너진 것을 옹정이 또 새로 세웠
다.[3] 있는 곳이 수십 보밖에 되지 않아서 두루 보기에 힘이 들지 않기

2) 『임자연행잡지』, 雜識
3) "천주당을 가서 보았다 … 옹정이 또 새로 세웠다." : 사신 숙소에서 가까운 천
   주당은 남당(南天主堂)이며, 강희(康熙)와 옹정(雍正) 시기에 건립하였다는 것은

때문에 가서 구경한 것이다. 문에 들어서니 문득 단청이 휘황하여 똑바로 쳐다볼 수가 없다. 천상을 상징한 것이다 보니, 그 높이가 거의 하늘에 닿을 만하다. 거기에 일월(日月)과 성신(星辰)을 그린 것은 물론이고, 벽에는 음귀(陰鬼)를 많이 그려서 선방(禪房)의 시왕전(十王殿)⁴⁾과 같다. 보기에 어둡고 밝은 기상이 없으니 괴상한 일이다. 수직(守直)하는 사람은 성이 비(費)인데 서양 사람이다.⁵⁾ 나와서 우리를 보고 차를 가져다 대접한다. 나이는 지금 60세인데, 푸른 눈에 높은 코이고, 수염이 구부러져 서렸다. 머리를 풀고 둥근 관(冠)을 썼으며, 넓은 소매의 긴 옷을 입었다. 그 나라가 북경에서 몇 리나 떨어졌느냐고 물었더니, 대답하기를, "해로로 9만 리요 육로로 5, 6만 리나 되는데, 대비달자(大鼻韃子)⁶⁾와 국경이 서로 닿아 있습니다."고 한다. -(중략)- 천주당(天主堂)의 주인인 비씨(費氏) 성을 가진 사람⁷⁾이, 『삼산논학기(三山論學記)』⁸⁾와 『주제군징(主制群徵)』⁹⁾ 각 1책과 채색 종이 4장, 백색

오류이다. 남당은 1650년 순치제(順治帝, 재위:1644~1661)가 당시 흠천감감정(欽天監監正) 아담 샬(Adam Schall von Bell 湯若望, 1592~1666)에게 선무문(宣武門) 내에 교회 신축 부지를 하사하여 아담 샬이 설계해 1652년 완공된 중국 최초의 서양식 성당이다. 이때 순치제는 '흠숭천도(欽崇天道)'의 친필 금자(金字) 편액을 하사하였다. 아담 샬의 라틴어 회고록 Historica Relatio (Ratisbonae, 1672)에 그 경위가 상세히 기록되어 있다. 장정란, 『그리스도교의 중국 전래와 동서문화의 대립』, 부산교회사연구소, 1997, 62~67쪽 참조.

4) 시왕전(十王殿) : 선방(禪房)의 시왕전(十王殿) : 불교에서 사후 심판관인 열 명의 대왕(十王)을 모신 사찰 내 전각.

5) 비은(費隱) : 하비에르 프리델리(Xavier Fridelli, 1673~1743). 오스트리아 출신 예수회 선교사로 1705년 중국에 입국하였다. 강희제가 선교사들에게 의뢰한 중국 전역의 지리적 측정과 지도그리기 사업에 참여하여 『황여전람도(皇輿展覽圖)』 완성에 크게 기여하였다. 方豪, 『中國天主教史人物傳』, 권2, 香港, 1970, 298 - 306쪽 참조.

6) 대비달자(大鼻韃子) : 러시아. 러시아인의 큰 코 때문에 중국인들이 붙인 호칭.

7) "천주당의 주인인 비씨 성을 가진 사람" : 비은(費隱).

8) 『삼산논학기(三山論學記)』 : 예수회 선교사 알레니(Aleni, J. 艾儒略, 1582~1649)

종이 10장, 크고 작은 그림 15폭, 흡독석(吸毒石)10) 1개, 고과(苦果)11) 6개를 보냈다. 이에 약간의 물건으로 답례를 했다. 그들이 보낸 두 가지 책은 곧 서양국의 도술을 말한 것이다. 이른바 흡독석이라는 것은 그 모양과 크기가 마치 엄지손가락 한 마디만 하다. 납작하고 빛은 푸르고도 검다. 그 유래를 말하면 다음과 같다. 소서양(小西洋)12)에 독사한 종이 있는데, 그 머릿속에 돌 하나가 난다. 크기가 편두인(扁豆仁 : 한약재로 덩굴콩의 일종)만 한데 각종 독기를 뽑아 없앨 수 있으니 이것이 자연적으로 생성된 흡독석이다. 토인(土人)이 이 돌을 가져다가 빻아, 그 독사의 독과 본토(本土)의 흙과 함께 가루로 만들고 섞어서 돌 하나를 만든다. 모양이 마치 바둑돌과 같은데, 이것이 만들어진 흡독석이다. 그 용도를 보면, 이 돌은 능히 뱀이나 전갈, 지네 등 독충에 물린 것을 고치고, 또 모든 종기와 종기의 독과 악성 부스럼을 치료하는 데 그 효험이 몹시 빠르다. 만일 이러한 병에 걸리면 바로 이 흡독석을 가져다 물린 곳이나 종기나 악성 부스럼이 난 위에 놓기만 하면, 이 돌이 능히 그 독을 빨아낸다. 만일 독이 끈끈해서 잘 떨어지지 않을 때는 독기를 모두 빨아낼 때까지 기다리면 저절로 떨어지게 된다. 이때 빨리 이 흡독석을 가져다가 유즙(乳汁) 속에 담가 우윳빛이 약간 푸른빛으로 변하도록 내버려 둔 후에 이 돌을 꺼내서 맑은 물로 깨끗이 닦아서 말려 두면 후일에 쓸 수 있다. 그 돌을 담갔던 젖에는 이미 독기가 있으므로 반드시 땅을 파고 묻어서 사람이 피해를 입는 일을 방지해야 한다. 만일 물린 곳의 독기나 종기의 독기가 다 가시지 않았

　　가 저술하여 1625년 항주(杭州)에서 간행한 천주교 교리서(敎理書).

　9) 『주제군징(主制群徵)』 : 예수회 선교사 아담 샬(Adam Schall von Bell 湯若望, 1592~1666)이 저술하여 1623년 강주(絳州)에서 간행한 천주교 교의서(敎義書).

10) 흡독석(吸毒石) : 독기를 빨아내는 돌.

11) 고과(苦果) : 쓴맛 열매인 여주.

12) 소서양(小西洋) : 서인도양(西印度洋).

으면, 계속해서 흡독석을 놓고 독기를 뽑아내야 하는데 그 법은 전과 같다. 만일 흡독석이 떨어지고 끈끈하지 않으면 이것은 독기가 이미 다한 것이니, 병은 서서히 나을 것이다. 유즙은 모름지기 반 종지쯤 미리 준비해야 한다. 사람의 젖이나 소의 젖이나 모두 좋다. 만일 이 때에 유즙이 없어서 담그지 못하거나, 혹 조금만 더디게 담가도 이 돌은 상처난 뒤에 쓰지 못하게 된다. 이른바 고과(苦果)라고 하는 것은 그 모양이 둥글기도 하고 길쭉하기도 하며, 빛깔은 누르고 검다. 그 크기는 한 치에 지나지 않는다. 이것의 용도는 능히 내외환(內外患)을 고친다. 하나는 부인의 난산을 고치는데, 이것을 갈아서 청수(淸水)와 먹으면 즉시 애를 낳는다. 또 하나는 곽란(癨亂)과 토사(吐瀉)를 고치는데, 갈아서 청수와 먹는다. 또 하나는 학질(瘧疾)을 고치는데, 갈아서 청수와 먹는다. 또 하나는 체증을 고치는데 갈아서 청수와 먹는다. 또 하나는 모든 화증을 고치는데, 갈아서 청수와 먹는다. 또 하나는 모든 창독(瘡毒)을 고치는데, 마른 것을 소주에 갈아서 붙이면 즉시 아픈 증세가 그치고 서서히 저절로 낫는다. 이것은 다른 병에도 쓰는데 그 효험을 다 말할 수가 없다. 이 고과는 큰 것은 열 번 먹을 만하고, 작은 것도 일고여덟 번은 먹는다.

〈주석 : 장정란〉

백과사전

『星湖僿說』

「時憲曆」

今陰陽家推尋吉凶不用湯若望時憲曆猶守大統曆夫郭太史授時曆出扵
元世祖時幾扵大成曆家猶以不用消長為欠大統曆者明太祖時元統之所造
距授時不過百年而至順治湯若望又不容不改也且時憲不計天行度分只憑
人目所見此人曆也非天曆也與月日推命何干故陰陽之術皆遵大統又無如
大統之不能無差何也從前曆法久則必改時憲之出而更無人理會只據大統
之成法一年之間平分二十四氣而推之久至月日之差又將奈何凡推命元無
準信究極其本更何處揍泊起數乎崔相錫鼎命曆官就時憲中分俵二十四氣
時刻長短分數殊不知氣序之遷移本不如此也試考冬夏日數不同可見

* 『성호사설』은 이익(李瀷, 1681~1763)이 40세 전후부터 책을 읽다가 느낀 점이나
홍미 있는 사실을 기록해 둔 것들을 그의 나이 80에 이르렀을 때에 집안 조카들
이 정리한 책으로, 총 3,007편의 항목에 관한 글이 실려 있다. 이익은 조선 영조
때 실학자로, 자는 자신(子新), 호는 성호(星湖)이며 본관은 여주(驪州)이다. 둘째
형 이잠(李潛)이 당쟁으로 옥사한 후 벼슬을 단념하고 평생 첨성리에 칩거하며
학문에 몰두해 성리학을 바탕으로 천문·지리·율산·의학에 이르기까지 두루 능통
하였으며, 서학에도 관심을 가졌다. 이이(李珥)와 유형원(柳馨遠)의 영향을 받아
당시 사회제도를 실증적으로 분석하고, 개편하기를 주장하였다.
* 번역 : 한국고전번역DB.
* 모든 각주는 한국고전번역DB 번역문의 원 각주를 재인용하였다.

【역문】「시헌력」1)

　지금 음양가(陰陽家)들이 길흉을 점칠 때 아직도 독일(獨逸) 사람 탕약망(湯若望)2)의 시헌력(時憲曆)을 쓰지 않고 굳이 대통력(大統曆)을 사용한다. 저 곽 태사(郭太史)의 수시력(授時曆)이 원 세조(元世祖) 때에 나온 것으로 거의 완벽에 가까운 것이나, 역가(曆家)에서는 소·장(消長)법을 쓰지 않은 것을 결점으로 생각한다. 대통력이란 명 태조(明太祖) 때에 원통(元統)이 만든 것인데 수시력을 만든 때와는 그 사이가 백 년이 못 되었고 순치(順治) 때에 이르러는 탕약망이 또 개정하지 않을 수 없게 되었던 것이다. 또 시헌력은 하늘이 운행하는 도수는 계산하지 않고 사람의 눈으로 볼 수 있는 것만 가지고 만들었으니 이것은 인간의 역서(曆書)요 하늘의 역서가 아니니 달과 날을 가져 운명을 감정하는 것과 무슨 관계가 있겠는가? 그러므로 음양가들은 모두 대통력을 따른다. 그러나 대통력에도 틀린 것이 없을 수 없음은 어찌할 것인가? 예부터 역법이 오래되면 반드시 고쳐 왔는데 시헌력이 나오고 나서는 아무도 이를 이해하는 사람이 없고 다만 대통력이라는 기성 역법에만 의거하여 1년을 24기로 평균하게 나누어 추정하고 있으니, 만일 오래되어 달과 날의 운행에 차이가 생길 적에는 어떻게 할 것인가? 대체 운명을 추정한다는 것이 본래 믿을 만한 근거가 없는 것이니 그 근본을 추구해 보았자 도대체 어디서부터 숫자를 시작할 것인가? 대신 최석정(崔錫鼎)이 역관(曆官)에게 명하여 시헌력 가운데서 24기의 시간의 장단(長短)과 분수(分數)를 표시하게 했는데, 이것은 절기의 변천이 본래 이렇게 된 것이 아니라는 것을 모르기 때

---

　1)『성호사설』권1, 天地門
　2) 탕약망(湯若望, 1591~1666) : 독일인 천주교 선교사로 명나라에 들어왔다가 청조(淸朝)에서 흠천감 정(欽天監正)이 되어 역법을 새로 제정한 사람이다. 본래 이름은 샬 폰 벨(Johann Adam Schall von Bell)이다.

문이다. 겨울과 여름의 날수를 생각해 보아도 서로 같지 않음을 알
수 있다.

「首艮尾坤」

天問畧云所謂天河者小星稠密故其體光顯相連若白練西國有視遠鏡能
察如此也未知然否世人謂天河必一道橫亘若水勢然也據中國觀之則其體
首艮尾坤今中國之水皆東注黃河則自乾至巽然後入海也我國大水三鴨綠
也大同也漢水也鴨綠者浿也大同者灑也漢水者帶也此三水皆首艮尾坤上
下同符詩曰倬彼雲漢為章于天一隅箕邦與天河同章亦異矣

【역문】「수간미곤」[3]

『천문략(天問畧)』[4]에, "은하수라는 것은 작은 별들이 총총히 모여
있기 때문에 그 자체가 빛을 발하여 흰 비단처럼 연속되어 있는 것이
다."고 하였다. 서양에는 망원경이 있기 때문에 관찰한 것인데 꼭 그
런지 알 수 없다. 세상 사람들은 은하가 강물처럼 가로 뻗쳐 있다고 생
각한다. 중국의 위치에서 본다면 그 머리는 동북이요 꼬리는 서남쪽이
다. 지금 중국의 물은 모두 동쪽으로 황하로 들어가서 서북에서 동남
쪽으로 흘러서 바다에 들어간다. 우리나라는 큰 강이 셋이니 압록강·
대동강·한강이다. 압록강이 격(浿)[5], 대동강이 산(灑)[6], 한강이 대(帶)
다. 이 세 강은 모두 동북에서 서남쪽으로 흘러서 하늘과 서로 들어맞
는다. 『시경』에, "높은 저 은하수 하늘에 문채를 이루었다." 했는데, 조
그마한 우리나라가 하늘의 은하수와 문채가 일치하니 이상한 일이다.

---

3) 『성호사설』 권1, 天地門
4) 『천문략(天問畧)』: 명(明)대에 서양 선교사 양마락(陽瑪諾)이 지은 책. 천문학에
   대하여 문답식으로 서술한 계몽서.
5) 격(浿) : 『사기(史記)』와 『한서(漢書)』에서는 패(浿)로 썼음.
6) 산(灑) : 『삼국사기(三國史記)』와 『당서(唐書)』에는 모두 살(薩)로 되었음.

「日徑地徑」

陽瑪諾天問畧云日大扵地一百六十五倍奇後士云五倍奇大小絶不同必
有一誤也假使後說為得地徑之三萬則十分明白五倍之則日徑十五萬里奇
兩說皆不言距地遠近不可曉若不知遠近則其大小亦無由測得必有其說矣

【역문】「일경지경」7)

　　양마락(陽瑪諾)의 『천문략(天問略)』에, "태양은 땅보다 1백 65배 남짓
하다." 하였고, 뒤의 사람은, "5배 남짓하다." 하였다. 차이가 너무 큰
것으로 보아 반드시 하나는 잘못된 듯하다. 가령 후자가, "땅의 지름
이 3만 리다." 한 것이 정확하다면 태양의 지름은 15만 리 남짓하다.
그런데 두 학설이 모두 땅과의 거리를 말하지 아니하였으니 거리를
모르고서 어떻게 크기를 측정할 수 있겠는가? 반드시 이에 대한 설명
이 있을 것이다.

---

7) 『성호사설』 권1, 天地門

職方外紀歐邏巴尼歐白亞海潮一日七次昔有名士亞利斯多者遍究物理
惟此潮不得其故遂赴水死其諺云亞利斯多欲得此潮此潮反得亞利斯多尹
勿章擧此来問余荅云天下之潮其早晏由月盛衰由日大地四方莫不如此南
懷仁坤輿圖說亦可證豈有一日七潮之理潮者水隨氣湧以中國之東海驗之
自赤道水宗北至碣石不啻數萬餘里皆一日再至可見氣也而非水也天地之
氣晝夜左旋凡居赤道以北者潮皆北上其大勢即然也若果一日七至則其所
從源必近源在何地大勢南北之間其有數進數退之理乎此必不然凡世間理
外荒恠事莫非鬼魔所為我國數十年前南海潮方退而復上一日三潮漲扵岸
上魚族多死時有狀啓此即水恠海神之作為非常理之所可究西洋事亦必一
時偶有之變恠而亞利斯多其智術所未及者耳輿地備考者即抄畧一統志而
成書者也有一條云瓊州海潮大小隨長庚星不繫月之盈缺半月東流半月西
流其說可異大海之水豈有逆天東流之理長庚金星之在日後而見扵西方者
其在日前則啓明常附日而轉故與日齊行則隱而不見謂之長庚則惟西見二
百四十也其餘日則將如何且金星五百五十餘日一周天豈有半月改變之
理而東流西流源委不同半月之間水自何来復従何歸其不足信明矣抑又思
之風火之氣流行扵大地中其或噴激注射處徃徃可驗如蜀之火井倭之熱田
西國火山爆石或至百里外水従氣流故海中氣湧處潮必如此

【역문】「일일칠조」[8]

『직방외기(職方外紀)』[9]에 보면, "구라파의 니구백아해(尼歐白亞海)에

8) 『성호사설』 권1, 天地門
9) 직방외기(職方外紀) : 명(明)대에 서양인 이마두(利瑪竇)가 『만국도지(萬國圖志)』

는 밀물이 하루에 일곱 번씩 들어온다. 옛날 아리사다(阿利斯多)라는 명사는 물리학을 연구했는데, 이 밀물의 이치만은 알 도리가 없어서 마침내 물에 빠져 죽었다. 그리하여 그 지방 속담에 '아리사다가 이 밀물을 잡으려 했는데 반대로 이 밀물이 아리사다를 잡았다'고 하였다." 하였다. 윤유장(尹幼章)이 이 사실을 나에게 묻기에 나는 이렇게 대답하였다. "천하 밀물 시간의 차이는 달에 의하여 발생하고 힘이 크고 작은 것은 태양에 의한 것이다. 이것은 이 땅위에 어디에서나 마찬가지이니, 남회인(南懷仁)의 『곤여도(坤輿圖)』 설에서도 증명된다. 그런데 어떻게 하루에 밀물이 일곱 번이나 생길 수가 있는가? 밀물은 물이 대기에 의하여 솟아오르는 것이다. 중국의 동해를 보더라도 적도(赤道)의 수원에서 북으로 갈석(碣石)까지 수만 리가 넘는데도 하루에 두 번씩 밀려오는 것을 보면 이는 대기의 힘에 의한 것이요 물의 힘이 아니다. 하늘과 땅의 힘이 밤낮으로 왼쪽으로 돌아가는데, 모든 적도 이북에 있는 것은 물이 북쪽으로 올라가니 이는 대기 때문이다. 만일 과연 하루에 일곱 번씩 온다고 하면 그 진원지가 가까워야 할 터인데 그 진원지가 어디에 있단 말인가? 대기가 남북 사이에서 여러 번 나왔다 들어갔다 할 수 있겠는가? 이는 결코 그렇지 못할 것이다. 세상에서 이치 밖에 생기는 비정상적인 사태는 모두 도깨비의 장난이다. 우리나라에서 수십 년 전에 남해에서 밀물이 물러났다가는 다시 올라와서 하루에 세 번이나 밀물이 들어 해안에 넘치고 어족들이 많이 죽었다. 이때에 보고가 올라왔었는데, 이것은 일시적인 물의 이변으로서 물귀신의 장난이요 정상적인 이치로는 규명될 수 없다. 서양의 문제도 반드시 일시적으로 우연히 발생한 이변이었을 것인데, 아리사다라는 사람은 그의 학술이 모자랐을 뿐이다." 『여지비고(輿地備考)』는 『일

를 저술했는데, 같은 서양인 애유략(艾儒略)이 세계 여러 나라의 풍속과 문화를 서술하여 오주(五洲)의 지도 뒤에 붙인 것. 모두 5권.

통지(一統志)』에서 뽑아서 만든 책이다. 거기에 이르기를, "경주(瓊州)의 바다 밀물은 크고 작은 것이 장경성(長庚星)에 의하여 발생하며 달이 만월인가 아닌가와는 관계없이 반 달 동안은 동으로 흐르고 반 달은 서로 흐른다." 하였는데, 이 말은 정말 이상하다. 큰 바다의 물이 어째서 하늘과 반대 방향인 동쪽으로 흐를 수가 있겠는가? 장경(長庚)은 금성(金星)으로 태양이 진 뒤에 서쪽에서 나타나는 것이니, 해가 뜨기 전에는 계명(啓明)이다. 이 별은 언제나 태양과 붙어서 돌기 때문에 태양과 나란히 다닐 때에는 숨어서 보이지 않는다. 장경이라 함은 서쪽에서 나타나는 2백 40일 뿐이니 그 나머지의 날에는 어떻게 되는가? 또 금성은 5백 50여 일에 하늘을 한바퀴 도는 것이니 어찌 반 달을 주기로 하여 변경될 수가 있겠으며. 동으로 흐르며 서로 흐르는 데에 대한 근거가 없다. 반 달 사이에 물이 어디로 갔다가 어디로 간단 말인가? 믿을 가치가 없음이 분명하다. 또 다시 생각해 보면, 바람과 불 기운이 땅속에 흘러다니다가 간혹 내뿜고 용솟음치는 경우가 있다. 이것은 여기저기서 증명할 수 있으니, 촉(蜀)의 화정(火井)과 일본의 열전(熱田) 같은 것이 있고, 서양에서는 화산(火山)에 돌이 터져나가서 백리 밖에까지 날아간다고 한다. 물도 대기에 따라서 흐르기 때문에 바다 가운데서 대기가 용솟음칠 때에는 밀물이 반드시 이렇게 될 것이다.

「女國」

　古今言西方有女國按職方外紀但云韃靼迤西舊有女國國俗惟春月容男子一至其地生子男輒殺之今亦為他國所併存其名耳此說最近然生男輒殺則春月所容必丐于異國恐是一時之俗也按漢書地理志中土十二州中大抵女多男少豫青兗并四州二男三女楊州二男五女荊州一男二女幽州一男三女惟雍州三男二女冀州五男三女蓋雍州男最多幽州女最多以地勢西北高而東南低故山氣多男澤氣多女也然幽州即遼東西之地故其山醫巫閭其利魚塩今聞其地不啻女少我國人每偷賣女人扵彼境是不可曉也舜肇十二州冀兗青徐荊揚豫梁雍幽并營至禹貢去幽并營為九至周官去徐梁營而添幽并男女多少亦必綮在其中而其女國在北胡之西介居亞細歐羅之間意者本為女多之方故仍成流俗耶 -(下略)-

【역문】「여국」10)

　옛날부터 서쪽에 여국(女國)이 있다고 한다. 『직방외기(職方外紀)』에 보면, 다만 "달단(韃靼)의 서쪽에 옛날의 여국이 있었다. 그 나라 풍속에는 봄철에 남자 한 사람만이 그곳에 오는 것을 허용하였고 아들을 낳으면 죽여 버렸는데 지금은 다른 나라에 병합하고 그 명칭만 남아 있다."고 하였으니 이 말이 가장 근사하다. 그러나 아들을 낳기만 하면 죽여 버렸다고 하니, 그럼, 봄철에 들어오는 남자는 반드시 다른 나라에서 빌려오는 것일 터인즉 이는 한때의 습속일 것이다. 『한서(漢書)』 지리지(地理志)에 보면, 중국 12주 가운데서 대체로 남자가 적고 여자가 많은 주(州)가 많다. 예주(豫州)·청주(靑州)·연주(兗州)·병주(幷

10) 『성호사설』 권1, 天地門

州)의 4주는 남자 2에 여자 3, 양주(揚州)는 남자 2에 여자 5, 형주(荊州)는 남자 1에 여자 2, 유주(幽州)는 남자 1에 여자 3의 비율이나 옹주(雍州)는 남자 3에 여자 2, 기주(冀州)는 남자 5에 여자 3의 비율로서, 대체로 옹주는 남자가 가장 많고 유주는 여자가 가장 많다. 그러나 유주는 요동의 요소이다. 그 산(山)은 의무려(醫巫閭)이고 그 소산물은 고기와 소금이다. 지금 들으면 그 지역에는 여자가 적을 뿐 아니라 우리나라 사람들이 몰래 여자들을 그곳에 팔아넘기곤 한다고 하니, 알 수 없는 일이다. 순(舜)이 기주·연주·청주·서주(徐州)·형주·양주·예주·양주(梁州)·옹주·유주·병주·영주(營州)의 12개 주를 설치하였는데, 우공(禹貢)에 와서 유주·병주·영주를 폐지하고 9주로 만들었고, 주관(周官)에 이르러는 서주·양주·여주를 폐지하고 유주와 병주를 첨가하였다. 남자와 여자가 많고 적은 문제도 그 가운데 있을 것인데, 그 여국은 북호(北胡)의 서쪽으로서 아세아(亞細亞)와 구라파(歐羅巴) 중앙에 끼여 있을 것이니, 생각건대 본래 여자가 많은 지역이었기 때문에 풍속이 그대로 이루어진 듯하다. -(하략)-

「日天之極」

西洋曆法日天之北極比星辰天之極稍東稍高故其腹赤道比星辰天之赤
道半北半南斜而交貫日不及天一日一度夏至在赤道北兩道相距十二度積
十五日有奇二十四氣之一則日道漸南兩道相距差十一度至秋分入扵交貫
為晝夜平均自此漸南每一氣之間差一度至冬至差十二度自此又漸北歷六
氣復入扵交貫又出扵北歷六氣而為夏至為日天之極為星辰天之帶動故在
人看則三百六十五日其道各不同其實日行惟有一道周天而未嘗移易也然
則日天之極比星辰天之極差東二十四度矣

【역문】「일천지극」11)

　서양의 천문학에서는, "태양 노선의 북극(北極)은 성신(星辰) 노선의
북극보다 약간 동쪽이며 약간 높다. 그러므로 그 중심부의 적도는 성
신 노선의 적도에서 볼 때 반은 남쪽, 반은 북쪽으로 비스듬히 서로
교차된다. 태양의 속도는 하루에 하늘보다 1도씩 느려 하지(夏至)에
적도 북쪽에 있으면서 서로의 거리가 12도가 된다. 15일 남짓한 일자
는 24기(氣) 중의 1을 지나면 곧 태양의 노선은 조금씩 남쪽으로 옮겨
서 두 노선의 거리 차는 11도가 되고 추분(秋分)에 와서 서로 교차될
시기에 밤과 낮이 평균을 가진다. 이때부터 조금씩 남으로 옮겨서 1
기(氣)12) 동안에 1도씩 차가 생기어 동지(冬至)에 와서 12도의 차를 나

---

11) 『성호사설』 권1, 天地門
12) 기(氣) : 중국 고대 천문학에서 하늘의 도수를 3백 60도로 나누고 춘분(春分)에
　　서 시작하여 영(零)도, 하지(夏至)까지가 90도, 추분(秋分)까지가 1백 80도, 동지
　　(冬至)가 2백 70도, 다시 춘분까지에 오면 3백 60도가 된다. 그 사이에 서로 도
　　의 간격을 각기 6으로 나누어서 24절기(節氣)라 하는데 절기는 기(氣)라고 하기

타낸다. 이때부터 또 조금씩 북으로 옮기어 6번의 기(氣)를 지나면 다시 교차기로 들어가고 또 북으로 나와서 6번의 기를 지나면 하지가 된다. 태양 노선의 북극은 성신 노선의 대동(帶動)이기 때문에 사람으로 볼 때에는 3백 65일 동안 날마다 노선을 달리하는 것 같으나 사실은 태양의 노선은 한 길뿐이어서 하늘을 한바퀴 돌 때까지 변동되는 일이 없다. 그렇다면 태양 노선의 북극은 성신노선의 북극보다 동쪽으로 24도의 차가 있다.

도 함.

「日天之行」

湯若望主制羣徵曰太陽西行四刻約應地四百五十二萬里然則一刻行一
百一十三萬里一日九十六刻則合一萬八百四十八萬里也又曰物行之速莫
如銃彈徑刻之一分得九里如欲繞地一周非七日不可是太陽四刻之行乃銃
彈三百四十八日之行然則銃彈七日行九萬七百二十里則其三百四十八日
之行乃四百五十一萬零八十里也又曰列宿天近赤道恒星則一刻行五千二
百六十一萬里較疾于太陽四十六倍零又六十二萬五千里也然則列宿天九
十六刻行五億四千九百六十萬里也以此推之太陽天徑三千六百一十六萬
里半之為地心則為一千八百八萬里人去地心一萬五千里則太陽之去人實
為一千八百六萬五千里也列宿天一日行三百六十六度四分度之一則一度
之行準地一千三百七十八萬七千三百零三里也除一度為列宿天之圍則為
五億三千五百八十一萬二千六百九十七里也其徑為一億六萬七千八百六
十萬四千二百三十二里也半之為地心為八萬三千九百三十萬二千一百一
十六里去地面一萬五千里則列宿天之去人實為八萬三千九百二十八萬三
千九百二十八萬七千一百一十六里也地圓何以知九萬里以玉衡望北極北
進二百五十里則極高一度南退二百五十里則極低一度自北漠至南溟數萬
里之間莫不皆然則數萬里之外亦可知也歷四萬五千里則已半天易矣九萬
里而環復故不出門而筭如燭照也人多不能究尋足迹之外皆瞠然不信若曰
地大扵月三十八倍又三分之一大扵地一百六十五倍又八分之三金星大
似月則其不駭而恠者鮮矣又按明史本末鄭世子載堉疏云天之一度應地二
千九百三十二里依西曆法以三百六十六度相乘則天圓一百七萬三千九百
一十二里也與此不合天度之准地此無巧器可以驗視只憑彼說為據未知孰
為得失然西洋之術極精當従更考陽瑪諾天問畧則云自地面至太陽中心相
隔一千六百萬餘里自地心至地面為一萬五千里合為一千六百一萬五千餘
里倍之為日天之徑則為三千二百三萬里三倍之為日天之圍則為九千六百

九萬餘里也以三百六十除之得二十六萬六千九百餘里此日天一度之數而
減地心一萬五千里則地面之距日為一千六百萬餘里矣與主制羣徵略不同
意者從分刻銃彈推說故毫釐之差不禁其剩餘耶

【역문】「일천지행」13)

　탕약망(湯若望)의 『주제군징(主制羣徵)』에, "태양(太陽)이 서쪽으로 4
각(刻)을 돌아가면 대략 지구(地球)의 4백 5십 2만 리(里)에 맞먹는다.
그러면 한 번 돌아가는 각도는 1백 13만 리가 되고, 1일(日)은 96각이
되니, 이것을 합산하면 1억 8백 48만 리가 된다." 하였고 또, "물건으
로서 빨리 가는 것은 총탄(銃彈)만한 것이 없어서 1분(分) 사이에 9리
를 갈수 있으니 만약 지구를 한 바퀴 돌려면 7일이 걸리지 않고는 되
지 않아서, 태양이 4각 동안 돌아가는 거리는 바로 총탄이 3백 48일
돌아가는 거리가 된다. 그러면 총탄의 7일 동안 돌아가는 것은 9만 7
백 20리가 되니, 총탄의 3백 48일 동안 돌아가는 거리는 4백 51만 영
(零) 8리가 된다." 하였다. 또, "열수천(列宿天)14)은 적도(赤道)에 가깝기
때문에 항성(恒星)은 1각에 5천 2백 61만 리를 돌아서 태양보다 46배
(倍) 영(零) 62만 5천 리를 더 빠르게 돌아간다. 그러면 열수천은 96각
에 5억 4천 9백 60만 리를 돌아간다." 하였다. 이것으로 미루어 보면
태양천의 직경은 3천 6백 16만 리다. 그 절반이 지구의 중심이 되면
그 사이는 1천 8백 8만 리가 되고, 사람이 지구의 중심에 가기는 1만
5천 리가 되면, 태양과 사람 사이는 실제로 1천 8백 6만 5천 리가 된
다. 열수천은 1일에 3백 66도(度) 4분도(分度)의 1을 돌고 있은즉, 1도

---

13) 『성호사설』 권2, 天地門
14) 열수천(列宿天) : 많은 별들이 있는 하늘이란 말. 『사기(史記)』 천관서(天官書)에
　　"달이 열수와 떨어져 있는 것이다[月所離列宿]." 하였음.

의 돌아가는 것은 지구를 표준하여 1천 3백 78만 7천 3백 영 3리가 된다. 여기서 1도를 빼면 열수천의 둘레가 되어서 그 거리는 5억 3천 5백 81만 2천 6백 97리가 되고, 그 직경은 1억 6만 7천 8백 60만 4천 2백 32리가 된다. 여기의 절반이 지구의 중심이 되어서 그 거리는 8만 3천 9백 30만 2천 1백 16리가 되니, 지면(地面)의 1만 6천 리를 빼면 열수천과 사람 사이의 거리는 실제로 8만 3천 9백 28만 7천 1백 16리가 된다. 지구 둘레가 9만 리라는 것을 어떻게 아는가? 옥형(玉衡)[15]으로 북극을 바라볼때 북쪽으로 2백 50리를 나가면 북극이 1도(度)가 높고, 남쪽으로 2백 50리를 물러가면 북극이 1도가 낮다. 저 극북에서부터 극남(極南)에 이르기까지 수만 리 사이가 그렇지 않은 곳이 없은즉 수만리 밖도 따라서 알 수 있다. 옥형의 측도(測度)가 4만 5천 리를 지나면 벌써 하늘의 중심은 바뀐다. 이렇게 돌아가므로 9만 리의 숫자는 방안에 앉아서도 환하게 계산이 나온다. 사람들은 대개 자세히 연구는 해보지 않고 자신이 가보지 못한 곳의 일은 모두 의심하고 믿으려 하지 않으니, 만약 "지구의 크기가 월구(月球)의 38배 하고도 3분의 1이 더 많다 하며, 태양의 크기는 지구보다 1백 65배 하고도 8분의 3이 많다 하며, 금성(金星)의 크기는 달과 같다." 하면 깜짝 놀라며 이상하게 여기지 않을 사람은 없을 것이다. 또 상고해보건대 『명사본말(明史本末)』에 "정세자 재육(鄭世子載堉)의 소(疏)에 '하늘의 1도는 땅의 2천 9백 32리와 맞먹는다.' 했다."고 하였다. 서역법(西曆法)에 따라 3백 66도로 승(乘)하면하늘의 둘레는 1백 7만 3천 9백 12리가 되어서 재육의 소와 맞지 않는다. 하늘의 도수로 땅의 도수를 맞추는 법은 지금 좋은 계기가 없어서 실험할 방법이 없고 다만 서역법에 의거할 뿐이

---

15) 옥형(玉衡) : 옛날에 천문(天文)을 관측(觀測)하던 기계로 중고(中古)의 혼천의(渾天儀)의 종류. 『서경(書經)』 순전(舜典)에, "선기옥형을 살펴서 칠정을 맞추었다[在璿璣玉衡以齊七政]." 하였음.

니, 누구의 말이 옳은지는 알 수 없으나 서양의 기술이 대단히 정밀하니 그것을 따르는 것이 옳을 것이다. 다시 양마락(陽瑪諾)[16]의 『천문략(天問略)』을 상고해 보면, "지면에서 태양의 중심까지는 1천 6백만여 리가 되고 땅의 중심에서 지면까지는 1만 5천 리가 되니 이것을 합하면 1천 6백 1만 5천여 리가 되고, 이것을 배로 가하면 일천(日天)의 직경이 되어서 3천 2백 3만 리의 계산이 나오고, 또 이것을 3배로 가하면 일천의 둘레가 되어서 9천 6백 9만여 리의 계산이 나오니, 이것을 3백 60으로 제하면 26만 6천 9백여 리가 된다. 이것은 일천 1도의 숫자이니 여기서 지심의 1만 5천 리를 제하면 지면에서 태양의 거리는 1천 6백만여 리가 된다.' 했다."고 하여 탕약망의 『주제군징』과 약간 같지 않은 점이 있으니, 생각건대, 총탄 속도의 분각(分刻)을 가지고 추산한 것이기 때문에 호리(毫釐)의 차이만 나도 끝에 가서 남는 숫자는 없을 수 없는 것이 아닌가 한다.

---

16) 양마락(陽瑪諾) : 포르투갈 사람으로 본명은 Diaz Emmanuel. 예수회선교사로 명나라에 파견되어 활동하였다.

「衛朴」

朱子譏衛朴自以無目而廢天下之視然精神至處無物不透朴事殊可異也
朴淮南人能不用筭但口誦乘除不差一筭凡大曆令人就耳讀有一筭差即覺
又運筭如飛人眼不能逐人有故移其一筭者朴自上至下手循一遍即撥正之
春秋日蝕三十六諸曆通驗密者不過得十六七惟一行二十七朴乃得三十五
惟莊公十八年一蝕疑史誤自仲康五年癸巳至熙寧六年癸丑凡三千二百一
年書傳所載日蝕凡四百七十五衆曆各有得失朴所得獨多信乎茲雖有目復
何益然此未可專信也古今有覆棊者杜牧詩所謂一燈明暗覆吳圖是也暗中
不錯一下近聞峽裡甞有能象棊者衆莫能敵以此推之朴之事容有此理雖不
合廢人之視惟朴則不以無目而少損也然日蝕事必有傅會曆法得西洋術十
四條然後方始不漏雖郭守敬不能泛合所以自元以上不免頻易其書其一定
筭而交食皆合者惟今時憲曆為然前史所載當食不食不當食亦食何也不過
術猶未精也朴若已能其術一一皆合則何不傳扵後而必待西洋人釐正完備
乎此如葬師能扵舊壙說前事吉凶而方来則無以處也吾扵朴未之凖信

【역문】「위박」[17]

주자는, "위박은 눈이 없는 사람으로서 세상 사람의 눈을 못 보게
만들어 놓았다."고 비난조로 말하였다. 그러나 정신력이 철저하면 무
엇이고 통하지 못하는 것이 없는 것이니 박(朴)의 사적은 특별히 기적
에 해당한다. 박은 회남(淮南) 출신이다. 산가지를 갖지 않고 다만 입
으로 곱셈과 나눗셈을 암송하여 하나도 틀리지 아니하였다. 모든 역
서(曆書)에 대하여 다른 사람에게 읽도록 하고 자기는 귀로 들으면서

---

17) 『성호사설』 권2, 天地門

계산이 하 나라도 틀린 것이 나오면 바로 발견하고 또 산가지를 사용하는 데도 비호처럼 빨라서 사람의 눈이 그를 쫓아가지 못하였다. 사람이 일부러 산가지 하나를 슬며시 옮겨 놓으면 박은 위에서 아래까지 손으로 더듬어보고는 단번에 바루어 놓았다. 『춘추』에 일식(日蝕)을 기록한 것이 36번인데 여러 천문학에 정통한 사람도 16~17번 이상을 알아맞히지 못했고 일행(一行)만이 27번의 것을 알아맞혔을 뿐인데 박은 35번의 것을 알아냈고, 다만 장공(莊公) 18년의 한 차례의 일식은 역사가 잘못 기록된 듯하다고 하였다. 중강(仲康) 5년 계사에서 희령(熙寧) 6년 계축까지가 3천 2백 1년인데 기록에 나타난 것은 모두 4백 7십 5번이다. 여러 역서(曆書)가 서로 잘못이 있는데 박이 알아낸 것이 홀로 많았으니 정말 이렇다면 눈이 있은들 더 나을 것이 무엇이랴? 그러나 이것은 전적으로 믿을 수는 없다. 옛날이나 지금이나 복기(覆棋)[18]를 하는 사람이 있다. 두목(杜牧)의 시에,

등불이 깜박거리어 바둑판을 엎어놓았다   燈明暗覆吳圖

한 것이 바로 그 말이다. 어두운 데에서 한 수도 틀리지 않는 것이다. 근자에 들으니, 시골에 소경이 장기를 잘 두어 근방에서는 상대할 사람이 없다고 한다. 이런 것들로 미루어보아 박의 사실도 그럴 수가 있다고 생각된다. "남의 눈을 못보게 만들었다."고까지 할 것은 없으니 박으로 말하면 눈이 없는 것이 조금도 손해될 것이 없다. 그러나 일식 문제에 대한 것은 반드시 꿰어맞춘 얘기일 것이다. 역서(曆書)의 법은 서양의 학술 14개 항목을 받아들인 뒤에 비로소 틀림없게 되었다. 곽수경(郭守敬)[19] 같은 사람도 다 맞추지 못하였다. 그러므로 원대(元代)

---

18) 복기(覆棋) : 바둑을 두고 나서 판 위의 돌을 다 쓸어버리고 암송으로 본래처럼 다시 놓는 것이다. 본문에서는 캄캄한 곳에서 바둑을 둔다는 뜻으로 쓴 듯함.

이전에서는 역서를 자주 바꾸어 꾸미지 않을 수 없었고 한번 계산을 세워가지고 초하루·보름과 일식이 다 들어맞는 것은 지금의 시헌력(時憲曆)만이 그러하다. 과거의 역사에 일식 할 시기에 일식이 되지 않고 일식을 하지 않을 시기에 일식이 된 이유는 무엇인가? 학술이 정확하지 못한 데 불과하다. 박이 만일 그 방법을 잘 알아서 하나하나 다 들어맞췄다면 어째서 그 학술을 후대에 전하지 아니하고 서양 사람의 방법을 가지고 수정하기를 기다려서 비로소 완전히 갖추게 했겠는가? 이것은 풍수가 옛 무덤을 보고 과거의 길흉은 얘기하지만 미래에 대한 것은 아무 대책이 없는 것이나 마찬가지다. 나는 박에 대한 얘기를 꼭 그대로 믿지는 않는다.

---

19) 곽수경(郭守敬) : 원 나라 때의 천문학자. 수시력(授時曆)을 지음.

「水利」

利莫大扵水利生民之命懸扵衣食衣食繫乎水旱天之所為民不能奈何其
在人力猶有可致之道夫有雨澤之水有井泉之水有川溪之水雨澤時溢恨不
能儲以待也井泉恒瀦恨不能挈以上也川溪流下恨不能決以分也苟使無用
之物歸之有用斯民豈有饑寒之患我國初築隄儲水今遺址處處皆有已淤塞
廢壞不復修治悉為豪民墾畝也挈水之功在乎水車如龍尾之制出自西洋其
利博大我邦未之知也決水旁流間多行者人或以私財圖之力盡而止率不免
産破而功虧也如金隄之碧骨隄刱自新羅詫觧王時聖朝太宗時重修之分為
五渠漑田萬結柳磻溪馨遠云若堅修碧骨荢數三隄則蘆嶺以外無凶歉矣今
時則都廢而不舉國貧民竭不亦宜乎

【역문】「수리」20)

이용의 가치는 수리(水利)보다 더 큰 것이 없다. 백성의 생명은 의
식에 달렸고 의식은 하늘의 기후에 달렸다. 하늘이 하는 것은 사람이
어떻게 할 도리가 없으나 그런대로 사람의 힘으로 할 수 있는 것이 있
다. 비에 괸 물이 있고 우물물이 있고 개천물이 있다. 비에 고인 물은
그것을 저장하여 기다리지 못하는 것이 안타깝고, 우물은 늘 괴어 있
으나 그것을 퍼 올리지 못하는 것이 안타깝고, 개천물은 아래로 흘러
가는 것을 터서 갈라쓰지 못함이 안타깝다. 만일 쓸 수 없는 물건을
효과 있게 쓸 수 있게 한다면 백성이 굶주리며 추울 염려가 있겠는가?
우리 왕조 초기에 제방을 쌓고 물을 저장하게 했는데 그 유지가 여러
곳에 보인다. 그러나 지금은 벌써 메워지고 무너진 것을 다시 보수하

---

20) 『성호사설』권2, 天地門

지 아니하고 모두 토호들의 경작지가 되고 말았다. 물을 끌어올리는 작업은 무자위에 달렸다. 용미(龍尾)21)와 같은 양식은 서양에서 나온 것으로 그 성과가 매우 큰데 우리나라에서는 아직 이것을 모른다. 물고를 터서 옆으로 흐르게 하는 방법은 실시하는 사람이 간혹 있으나 개인의 힘으로 시도하기 때문에 힘이 떨어지면 중지하고 말게 되니 대개는 재산만 없애고 성과는 거두지 못하게 된다. 김제(金隄)22)의 벽골제(碧骨隄)23) 같은 것은 신라 흘해왕(訖解王)24) 때에 창조하였고 우리 왕조에 와서 태종(太宗) 때에 중수하였다. 봇도랑을 네 곳으로 나누어 논 4만 결(結)25)을 관개(灌漑)한다. 반계(磻溪) 유형원(柳馨遠)26)은 "만일 벽골제 같은 것을 두세 곳만 만들어 놓는다면 노령(蘆嶺) 밖은 흉년이 없을 것이다." 하였다. 지금은 모두 못쓰게 되어 이용하지 못하고 있으니, 국가가 빈궁하고 백성이 못살게 되는 것이 당연하지 않은가?

---

21) 용미(龍尾) : 물을 끌어올리는 기구. 둥근 통 안 가운데 굴대가 있는데, 이를 돌려서 물을 퍼 올린다.

22) 김제(金隄) : 지금의 전라북도 김제(金隄)를 말함.

23) 벽골제(碧骨隄) : 전라북도 김제에 있던 관개용 저수지의 이름. 지금도 그 유지(遺址)가 남아 있다.

24) 흘해왕(訖解王) : 신라 제 16대 임금으로 310년부터 356년까지 재위(在位)했다.

25) 결(結) : 농지의 면적을 나타내는 단위로, 토지를 기준으로 측량한 단위가 아니라 수확량에 따른 단위이다. 조선시대 결부법(結負法)에 따르면, 1결은 100부(負), 1부는 10속(束), 1속은 10파(把)이다.

26) 유형원(柳馨遠) : 조선 중기의 학자로 자는 덕부(德夫), 호는 반계, 본관은 문화(文化)이다. 흔히 실학(實學)의 비조(鼻祖)라고 일컬어지는 인물로, 전제(田制)·조세(租稅) 등 현실적인 제반 문제에 대한 개혁안을 제시하였다. 본격적으로 실학시대를 연 다음 시대의 성호 이익에게 큰 영향을 끼쳤다. 저서로『반계수록(磻溪隨錄)』이 전한다.

「渾盖」

儒者論天有盖天渾天盖天之說見扵周髀云天似覆盆盖以斗極為中中高
而四邊下日月旁行繞之日近而見之為晝日遠而不見為夜蔡邕以為驗之不
合遂棄之無所師承也至明萬曆間西洋曆法出而後知其實有底道理盖割渾
天一弧也按梁崔靈恩傳靈恩立義以渾盖為一焉爾雅云南戴日為丹穴北戴
斗極為空桐夫地在天內只一彈丸而有戴日戴極之地則其理可推也唐史所
云骨利幹之地煑羊胛適熟日已復出者卽夏至近北之處故然耳若至扵戴極
地則春分以後秋分以前日未嘗入盖天之說扵是明矣此說起扵上古中絶者
累世至靈恩更申之然世既不信說亦未著復遇西國人始明其亦有數存扵其
間耶余每以此理談扵人莫不瞠然為駴殆其復晦于後者乎書集傳云論天只
有三家渾盖及宣夜是也按爾雅疏云論天凡有六等一曰盖天二曰渾天三曰
宣夜昔云殷代之制 -(下略)-

【역문】「혼개」27)

유학자들이 하늘을 말하는데 혼천설(渾天說)과 개천설(盖天說)이 있
다. 개천설은『주비(周髀)』28)에 나타났는데, "하늘은 동이를 엎어놓은
것과 같다."는 것이다. 대체로 "두극(斗極)을 중앙으로 보고 중앙은 높
고 사변(四邊)은 낮으며 해와 달은 옆으로 다니며 하늘을 돌고 있다.
해가 가까워지면 보이는데 그것은 낮이요, 해가 멀어지면 보이지 않
는데 그것은 밤이다."라는 내용이다. 채옹(蔡邕)29)은, "맞추어 보았으

---

27)『성호사설』권2, 天地門
28) 주비(周髀) : 옛적 천문학에 관한 수학.『진서(晉書)』천문지(天文志)에 그 설이
　　소개되었고 따로『주비산경(周髀算經)』이라는 책이 있음.
29) 채옹(蔡邕) : 한(漢)의 학자.

나 맞지 않는다." 하여 그 학설을 버려두었다. 그리고 나서 계승한 사람이 없었다. 명(明) 나라 만력(萬曆) 연간에 와서 서양의 역법(曆法)이 들어오고 나서 그 학설이 실제에 맞는 사실이라는 것을 알게 되었다. 대체로 혼천(渾天)을 쪼개놓고 한쪽 부분이다. 양최(梁崔)의 영은전(靈恩傳)에 보면 영은은, "혼천이나 개천설은 같은 것이다." 주장하였다. 『이아(爾雅)』에는 남쪽에 해를 이고 있는 곳이 단혈(丹穴)이요 북쪽에 두극(斗極)을 이고 있는 곳이 공동(空桐)이라 하였다. 땅은 하늘 안에 있는 탄환 하나만 한 것인데도 해를 인 곳과 두극을 인 곳이 있다 하였으니 그 이치를 미루어 알 수 있다. 『당사(唐史)』에 기록된, "골리간(骨利幹)이라는 지방은 양의 등심을 구워서 익을 만한 시간이면 해가 벌써 다시 떠오른다."는 것은 곧 하지(夏至)에 북쪽과 가까운 거리에 있는 곳이기 때문에 그런 것이다. 두극을 이고 있는 곳이라면 춘분(春分) 이후부터 추분(秋分)이 될 때까지는 해가 지는 일이 없을 것이다. 개천(蓋天)의 학설은 여기서 증명된다. 이 설이 상고시대에 발생했다가 여러 세대 동안 중단되었고 영은(靈恩)에게 이르러 다시 인정되었으나 세상에서 믿어 주지도 않고 그의 학설도 발표되지 않았다가 서양 사람을 만나서 다시 밝혀졌으니 그것은 무슨 운수가 그사이에서 작용한 것 같다. 나는 이 이치를 항상 사람들에게 얘기하는데 모두들 눈을 둥그렇게 하면서 놀라고 있다. 후대에 가서는 다시 묵살당할지 모르겠다. 『서집전(書集傳)』30)에, "하늘을 논하는 데 다만 세 가지의 학설이 있으니, 혼천(渾天)·개천(蓋天) 및 선야설(宣夜說)이다." 하였다. 『이아(爾雅)』 소(疏)31)에 보면 하늘에 대한 설이 여섯 가지가 있다. 1은

---

30) 『서집전(書集傳)』: 『서경(書經)』의 주석책. 송(宋)의 채침(蔡沈)이 그의 스승 주희(朱熹)의 가르침을 받아 편술한 것임.

31) 『이아(爾雅)』 소(疏) : 이아(爾雅)는 십삼경(十三經) 중의 하나. 곽박(郭璞)의 주(注)에 대하여 송(宋)의 형병(邢昺)이 소(疏)를 지었음.

개천, 2는 혼천, 3은 선야(宣夜)다. 이것은 옛날 은대(殷代)의 제도라
한다. -(하략)-

「地毬」

地毬上下有人之說至西洋人始詳近世或薦李時言有將才金荷潭謂吾聞
某崇信西說此猶不知其非况窺敵制變耶荷潭素稱明智多所臆中而此猶不
知其然則其識之不深可想金參判始振亦深非其說南斯文克寬著說辨之云
今有一卵蟻從皮殼上周行不墜人居地面何以異是余謂南之誚金以非攻非
也蟻附扵卵能無墜者以蟻足粘著也今有虫豸緣壁失足便墜何以曉人此宜
以地心論從一點地心上下四旁都湊向內觀地毬之大懸在中央不少移動可
以推測也卵在地毬一面卵亦離地便墜下矣卵之下面顧可以附行耶

【역문】

「지구」[32]지구 아래 위에 사람이 살고 있다는 말은 서양(西洋) 사람
들에 의하여 비로소 자세히 알게 되었다. 근세(近世)에 어떤 사람이 이
시언(李時言)을 천거하면서, "훌륭한 장재(將才)가 있다." 하니, 김하담
(金荷潭 하담은 호. 이름은 시양(時讓))[33]은 말하기를, "내가 들으니 '아
무개는 서양의 학설을 믿는다.' 하니, 이 사람은 서양 학설의 잘못된
줄도 모르거든 하물며 적진을 엿보고 적의 행동을 제지할 수 있느냐?"
하였다. 하담은 본래 밝고 슬기로워서 그의 계획대로 들어맞는 일이
많다고 이름이 있는 사람이다. 그런데 여기에 대하여 그렇게도 모르
니 그의 학식이 깊지 못한 것을 짐작할 수 있다. 참판(參判) 김시진(金
始振)도 지구 아래 위에 사람이 살고 있다는 말을 몹시 그르게 여겨서

---

32) 『성호사설』 권2, 天地門
33) 김하담 : 조선 중기의 문신인 김시양(金時讓, 1581~1643)을 말함. 하담은 그의
    호이다.

남극관(南克寬)이 글을 지어 변명하기를, "여기에 계란(鷄卵) 한 개가 있는데 개미가 계란 껍데기에 올라가 두루 돌아다녀도 떨어지지 않으니 사람이 지면에서 사는 것이 이것과 무엇이 다르랴?" 하였다. 나는 남극관이 김시진을 나무란 것은 잘못된 말로 잘못을 공격한 것이라고 생각한다. 개미가 계란 껍질에서 돌아다녀도 떨어지지 않는 것은 개미의 발이 잘 달라붙는 때문이다. 여기에 발이 없는 벌레가 있어서 벽에 기어 올라가다가 꿈틀하면 당장 떨어지고 마니 이런 비유를 가지고 어떻게 다른 사람을 깨우쳐 줄 것인가? 이 문제는 마땅히 지심론(地心論)은 따라야 할 것이다. 일점(一點)의 지심에는 상하 사방이 모두 안으로 향하여 있어서 큰 지구가 중앙에 달려 있음을 볼 수 있으니 조금도 움직이지 않는 것은 추측해 알 수 있는 것이다. 계란은 지구 한쪽에 붙어 있으니 계란도 지구를 뜨기만 하면 당장 떨어지고 만다. 그렇다면 계란 밑에도 개미가 기어 다닐 수 있겠는가?

「曆象」

漢律曆志黃帝造曆世本容成造曆尸子義和造曆容成即黃帝之臣義和又
帝堯之臣堯命義和曆象日月星辰敬授人時意者曆法始於黃帝而精扵帝堯
也帝堯乃帝嚳子也按祭法云帝嚳能序星辰以著象帝嚳之前未有能序者可
知星辰未序而其能明扵曆象耶堯能修嚳之功曆象日月星辰所以加密而非
堯之剏智為之也凡器數之法後出者工雖聖智有所未盡而後人因以增修宜
其愈久而愈精也自漢興四百年五改曆由魏訖隋十三改由唐至周十六改宋
三百餘年至十八改由金熙宗訖元三改明興劉基奏行大統曆乃國初監正元
統所定而其實元太史郭守敬所造授時曆也今行時憲曆即西洋人湯若望所
造扵是乎曆道之極矣日月交蝕未有差謬聖人復生必從之矣

【역문】「역상」34)

　『한서』 율력지(律曆志)에 "황제(黃帝)35)가 역서(曆書)를 만들었다."
하였고, 『세본(世本)』36)에는 "용성(容成)37)이 역서를 만들었다." 하였
고, 『시자(尸子)』38)에는 "희·화(羲和)39)가 역서를 만들었다." 하였다.

---

34) 『성호사설』 권2, 天地門
35) 황제(黃帝) : 중국 고대 전설상의 황제(皇帝)로, 헌원씨(軒轅氏)라고도 함. 복희
　　씨(伏羲氏)·신농씨(神農氏)와 더불어 삼황(三皇)이라고 하며, 도량형(度量衡)·역
　　법(曆法)·음악(音樂)·잠실(蠶室) 등 많은 문물 제도를 확립하였다고 한다.
36) 『세본(世本)』 : 고서(古書)의 이름. 『한서』「예문지(藝文志)」등에 그 이름이 전하
　　나, 지금은 전하지 않는다.
37) 용성(容成) : 중국 고대 전설상의 인물. 황제(皇帝)의 사관(史官)으로 율력(律曆)
　　을 만들고, 장생술(長生術)을 터득하였다고 한다.
38) 『시자(尸子)』 : 고서의 이름. 중국 전국시대 초(楚)나라 시교(尸佼)가 지었다고
　　함. 이 책은 송(宋)나라 때까지 전해졌는데, 그 뒤에 없어졌다고 한다.
39) 희·화(羲和) : 희씨와 화씨는 요임금의 신하로 천문(天文)을 관측하고 책력을 만

용성은 곧 황제의 신하요, 희·화는 또 요(堯)의 신하다. 요가 희·화에
게 명하여 "해와 달과 별이 다니는 것을 측정하여 민간에 시기를 알려
주어라." 하였으니, 생각건대 역법(曆法)은 황제 때에 시작되어 요 때
에 와서 정밀하게 된 듯하다. 요는 제곡(帝嚳)의 아들이다. 제법(祭法)
에 보면 "제곡이 별의 궤도를 측정하여 그 형상을 나타냈다." 하였으
니, 제곡 이전에는 측정한 사람이 없었던 것을 알 수 있다. 별을 측정
하지 못하고 역법에 밝을 수 있겠는가? 요가 곡(嚳)의 공부를 배워서
해·달·별을 측정하고 이를 더 정밀히 연구한 것이며, 요가 지혜를 짜
서 창안한 것은 아니다. 모든 기계와 수학의 법은 후대로 내려올수록
더 정교한 것이며, 아무리 성인의 지혜를 가진 자라도 철저하지 못한
것이 있다. 후대의 사람이 그것을 토대로 하여 더욱 보충 연구하면 시
대가 내려갈수록 더욱 정확해지게 마련이다. 한(漢) 나라는 개국 이래
다섯 번 역법을 고쳤고, 위(魏)에서 수(隋)까지 열세 번 고쳤고, 당(唐)
에서 주(周)[40]까지 열여섯 번 고쳤고, 송(宋)은 3백 년 동안 열여덟 번
고쳤고, 금 희종(金熙宗)에서 원(元)까지는 세 번 고쳤고, 명(明)이 개국
하여 유기(劉基)의 건의로 대통력(大統曆)을 실시했는데, 이것은 국초
에 감정(監正)[41] 원통(元統)이 수정한 것이지만 사실은 원(元)의 태사
(太史)[42] 곽수경(郭守敬)이 만든 수시력(授時曆)이다. 지금에 실시하는
시헌력(時憲曆)은 곧 서양 사람 탕약망(湯若望)이 만든 것인데 여기에
서 역법은 극치에 달하였다. 해와 달의 교차, 일식·월식이 하나도 틀
리지 않는다. 성인이 다시 나오더라도 반드시 이를 따를 것이다.

들었다고 한다. 『서경』「요전」에 보인다.
40) 주(周) : 여기서의 주나라는 당나라 이후 오대(五代)의 후주(後周)를 가리킨다.
41) 감정(監正) : 흠천감(欽天監)의 장(長)을 일컫는다. 흠천감은 명나라 때 천문·역
    수(曆數)·점후(占候) 등을 맡아보던 관청이다.
42) 태사(太史) : 천문(天文)·역법(曆法) 등을 담당하는 관리이다.

「一萬二千峯」

李稼亭長安寺碑云金剛之勝非獨名天下實載之佛書其華
嚴經所說東北海中有金剛山曇無竭菩薩與一萬二千菩薩常說般若者是也一萬二千者即菩薩之數而東人謂有一萬二千峯古今循用不可變矣余曾遊此山峯巒雖多何至此數乎意者舊俗愚蠢只見有一萬二千字而依俙作峯看不勘抎本書悠悠塗說可笑此山本名楓嶽僧徒以佛書故目之以金剛佛書又謂東海中八萬由旬河崙辨其非楓嶽余考萬國全圖大地一周不過九萬里豈復有八萬由旬此不過佛氏誇張之語不必據以爲信

【역문】「일만이천봉」[43]

이가정(李稼亭)[44]이 지은 장안사(長安寺) 비문(碑文)에, "금강산(金剛山)의 뛰어난 경치는 다만 천하에 이름이 났을 뿐만 아니라 실제로 불경(佛經)에도 기록되었으니, 『화엄경(華嚴經)』[45]에 말한, '동북쪽 바다 가운데 금강산이 있으니 담무갈보살(曇無竭菩薩)[46]이 1만 2천의 보살로 더불어 항상 『반야경(般若經)』을 설법(說法)했다.' 한 그것이 바로 이곳이다." 하였으니, 1만 2천이라는 숫자는 곧 보살의 숫자다. 그런

43) 『성호사설』 권2, 天地門
44) 이가정 : 고려 말기의 학자 이곡(李穀)으로, 자는 중부(中父), 호는 가정(稼亭), 본관은 한산(漢山)이다. 중국에서 과거에 급제해 벼슬살이를 하였고, 귀국해 정당문학(政堂文學)을 지냈다. 저서로 『가정집(稼亭集)』이 전한다.
45) 『화엄경(華嚴經)』 : 『대방광불화엄경(大方廣佛華嚴經)』의 약칭으로, 석가가 도를 깨달은 뒤 부처의 만행(萬行)·만덕(萬德)을 칭송한 불경이다.
46) 담무갈보살(曇無竭菩薩) : 건타월성(揵陀鉞城)에 주석하며 반야바라밀(般若波羅蜜)을 설법하던 보살의 이름. 담무갈은 범어(梵語)로 법성(法盛)·법상(法上) 등의 뜻이다.

데 우리나라 사람들은 1만 2천 봉우리가 있다고 하여 그대로 인습하기 때문에 변경할 수가 없다. 나도 일찍이 이 산을 구경했는데 봉우리가 비록 많다고는 하지만 어찌 그렇게 많을 수야 있겠는가? 나의 생각으로는, 옛날 사람들은 너무 어리석고 순진하여 1만 2천이라는 글자만을 보고 그저 봉우리의 숫자거니 여기며, 이 비문(碑文)은 자세히 보지도 않고 덮어놓고 하는 말이니 가소로운 일이다. 이 산의 본 이름은 풍악(楓嶽)이었는데 중들이 불경의 말을 따다가 고의로 금강이란 이름을 붙였고, 또 불경에 "동해(東海) 가운데까지는 8만 유순(由旬)[47]이 된다."는 말이 있어서, 하윤(河崙)[48]이 풍악을 지목한 것이 아님을 변명해 놓았다. 내가 상고해 보건대 『만국전도(萬國全圖)』[49]에, "지구(地球)의 둘레가 9만 리에 지나지 않는다." 하였으니, 어찌 또 8만 유순[50]이 있을 수 있겠는가? 이것은 불씨(佛氏)의 과장하는 말에 불과한 것이니 반드시 증거가 되어 믿을 것이 못 된다.

---

47) 유순(由旬) : 고대 천축국(天竺國)에서 사용하던 이수(里數)의 이름. 대체로 하루에 행군하는 일정을 의미하는데, 길이 평탄하고 험한 것에 따라 다르기 때문에 상·중·하 세 등급으로 구분되어 있었다고 한다.

48) 하윤(河崙) : 조선 초기의 문신으로, 자는 대림(大臨), 호는 호정(浩亭), 본관은 진주이다. 저서로 『호정집(浩亭集)』이 있다.

49) 『만국전도(萬國全圖)』 : 16세기 말 17세기 초 중국에서 제작된 세계 지도로는 이마두(利瑪竇)의 『지여만국전도(地輿萬國全圖)』, 방적아(龐迪我)·웅삼발(熊三拔)의 『만국지해전도(萬國地海全圖)』, 애유략(艾儒略)의 『직방외기(職方外紀)』에 들어 있는 「만국전도」 등이 있는데, 성호가 본 것이 어느 것인지는 자세하지 않다.

50) 8만 유순 : 하유순(下由旬)이 30리라는 설과 40리라는 설이 있는데, 최저인 30리로 잡아도 8만 유순은 240만 리가 된다. 따라서 지구의 둘레가 9만 리라면 인도에서 금강산까지 240만 리가 된다는 설은 성립하지 않는다.

「天行健」

開圓之法徑一圍三也自中心推外一尺則圓徑二尺故外圍六尺也又推一
尺則圓徑四尺故外圍十二尺也每推一尺圍加六尺也從地面北走二百五十
里則北極高一度南走二百五十里則北極低一度故周地環復九萬里而三百
六十五度盡矣故曰地圍九萬里其徑三萬里半之則地心之距地面卽一萬五
千里矣從地面向天一萬里則圍增六萬里合地圍九萬里已是十五萬里廣雅
云天之距地二億一萬六千七百八十一里添地心萬五千里則二億三萬一千
七百八十一里六倍之其爲圍一兆三億九萬一千三百八十六里矣近世湯若
望之術曰五億三千三百七十八萬里有奇無論彼此得失天亦物也一日之間
恐無環復之理莊周云天其運乎地其處乎亦疑及此也謂天果運乎地果處乎
安知非天處而地運乎地運扵內則三光旋囘如乘舟而舟囘只見岸囘而不自
覺其身旋也朱子曰亦安知天運扵外而地不隨之而轉耶今坐扵地但知地之
不動此語亦可商量然乾之象曰天行健聖人無所不知此一句爲可信且從之

【역문】「천행건」51)

　원(圓)의 둘레를 산출하는 법은 지름이 1이라면 둘레는 3이 된다.
중심에서부터 밖으로 재서 1척이면, 원의 지름은 2척이 된다. 그러므
로 외위(外圍 원의 둘레)는 6척이 된다. 또 1척을 더하면 원의 지름은
4척이 된다. 그러므로 외위는 12척이 된다. 1척을 더할 때마다 둘레는
6척을 더하게 된다. 지면으로부터 북으로 2백 50리를 가면 북극이 1
도(度) 높아지고, 남으로 2백 50리를 가면 북극이 1도 낮아진다.52) 그

러므로 땅의 둘레를 한바퀴 돌아오면 9만 리로서 3백 65도가 모두 끝난다. 그러므로 땅의 둘레가 9만 리라고 하는 것이다. 그 지름이 3만 리이니 이를 반으로 하면 지심(地心, 지구의 중심)에서 지면까지의 거리는 곧 1만 5천 리이다. 지면(地面)으로부터 하늘로 향하기를 1만 리를 하면 둘레가 6만 리를 더하게 되고, 지구의 둘레 9만 리를 합치면 이미 15만 리가 된다. 『광아(廣雅)』에, "하늘은 땅과의 거리가 2억 1만 6천 7백 8십 1리이다." 하였으니 지심(地心) 1만 5천 리를 합치면 2억 3만 1천 7백 81리가 되고, 이를 6배하면 그 둘레가 1조 3억 9만 1천 3백 86리가 된다. 근세(近世)의 탕약망(湯若望)의 방법에, 5억 3천 3백 78만 리 하고, 또 나머지가 있다."고 했으니, 피차의 득실을 막론하고 하늘도 또한 물체(物體)인데, 하루 사이에 한바퀴 돌아올 도리가 없을 듯하다. 장주(莊周)가, "하늘이 운행하는 것인가, 땅이 그 자리에 있는 것인가?" 했으니, 또한 의심이 여기에 미친 것이다. "하늘이 과연 운행하는 것인가, 땅이 과연 그 자리에 있는 것인가? 한다면 어찌 하늘이 제자리에 있고 땅이 운행하는 것이 아님을 알랴? 땅이 안에서 운행한다면 삼광(三光)[53]이 선회(旋回)함이 마치 배에 타고 배가 돌면 오직 언덕이 돌아감을 볼 뿐으로 스스로 그 몸이 돌어감을 깨닫지 못하는 것과 같을 것이다. 주자가, "또 어찌 하늘이 밖에서 운행하고 땅이 이에 따라서 돌지 않음을 알랴. 이제 땅에 앉아 있으면서 땅의 움직이지 않음을 알 뿐이다." 했다. 이 말도 또한 생각해 볼 만하다. 그러나 건괘(乾卦)의 상(象)에, "하늘의 운행이 건전하다."[54] 했다. 성인은 알지

書) 수지원형지험(隨地圓形之驗)에 "曆家論地與海並爲圓形 以應天上之經緯…… 天之彼此相距 約二百五十里爲一度"라는 기록이 보임. 『신법산서』는 명말에 서광계(徐光啓)·탕약망(湯若望) 등이 지었음.

53) 삼광(三光) : 해·달·별.

54) 하늘의 운행이 건전하다 : 『주역』 건괘(乾卦)의 상전(象傳)에 보임.

못하는 것이 없으니, 이 한 구절이 믿을 수 있는 것으로서 이에 따라
야 한다.

「泛海陸行」

地在天內上下不分面背無別而泛海者自東而西易自西而東難此因潮自
東來也陸行亦然亦因天左旋故大氣帶動也此則明者自知之聞西洋人泛海
陸行自北而南易自南而北難此恐北爲上南爲下故爾

【역문】「범행육행」55)

　지구가 허공에 떠 있어 위아래가 구분이 없고 앞뒤도 분별이 없는
데, 동에서 서로 가기는 쉽고 서에서 동으로 가기는 어려우니, 이는
조수가 동으로부터 오는 때문이다. 육지에서 다니는 것도 또한 그러
하니, 이는 하늘이 좌로 돌므로 대기도 함께 움직이는 때문인데, 지혜
가 밝은 자는 스스로 알고 있다. 들건대, 서양 사람들이 바다를 건너
고 육지를 달리는데, 북에서 남으로 가는 것은 쉽고 남에서 북으로 가
는 것은 어렵다고 하니, 이는 아마도 북은 위가 되고 남은 아래가 되
는 때문일 것이다.

---

55) 『성호사설』 권3, 天地門

「陸若漢」

壬辰之後陳慰使鄭斗源赴燕遇西洋人陸若漢者年九十七精神秀發飄飄
若神仙中人云来時減紅夷毛夷之梗者到廣東進紅夷炮天子嘉之待以賓師
送扵登州並力恢復遼東亦以大炮授斗源使啓知于國王又授治曆緣起一卷
天問畧一卷遠鏡說一卷職方外紀一卷西洋貢獻神威大鏡疏一卷及千里鏡
自鳴鍾鳥銃藥筒等物遠鏡者百里外能看望敵陣細微可察鳥銃不用火繩而
石火自發其放丸比我國二放之間可放四五丸紅夷炮丸大如斗可及八十里
云云盖若漢者利瑪竇同時来者其所贈皆不可泯者余所得見天問職方數種
書其餘無存

【역문】「육약한」56)

임진년(1592, 선조 25) 난리 뒤에 진위사(陳慰使) 정두원(鄭斗源)57)이
연경(燕京)에 갔을 때 만났던 서양사람 육약한(陸若漢)58)이란 자는, 나
이 97세인데도 정신이 뛰어나고 표표한 모습도 신선과 같았다고 한
다. 그는 중국에 들어올 때 홍이(紅夷)와 모이(毛夷)의 해침을 없앤다
하고, 광동(廣東)에 이르러 홍이포(紅夷砲)59)를 바치니, 천자가 가상히
여겨 빈사(賓師)로 대우했다. 그는 등주(登州)에서 중국과 협력, 요동
(遼東)을 회복시켰다. 그는 또 정두원에게 대포(大砲)를 주어, 우리나라

---

56) 『성호사설』 권4, 萬物門
57) 정두원(鄭斗源) : 자는 정숙(丁叔), 호는 호정(壺亭), 또는 풍악산인(楓岳山人),
    시호는 민충(敏忠). 그는 1630년 진주사(陳奏使)로 명(明) 나라에 갔다가 이듬해
    에 귀국하였음.
58) 육약한(陸若漢) : 이탈리아 신부 로드리게즈(Rodriges, Joannes).
59) 홍이포(紅夷砲) : 화란(和蘭)에서 만든 대포. 무게는 3천 근, 길이는 세 길이 넘
    는다 함.

국왕에게 알리도록 하고. 또 『치력연기(治曆緣起)』1권, 『천문략(天問略)』1권, 『원경설(遠鏡說)』1권, 『직방외기(職方外紀)』1권, 『서양공헌신위대경소(西洋貢獻神威大鏡疏)』1권과 천리경(千里鏡)·자명종(自鳴鍾)·조총(鳥銃)·약통(藥筒) 등 물건을 주었다. 원경(遠鏡)이란 것은 백 리 밖에서도 적진(敵陣)을 능히 정탐할 수 있고, 미세한 물건까지도 모두 관찰할 수 있으며, 조총이란 것은 화승(火繩)[60]을 쓰지 않고도 불이 제대로 일어나게 되는데, 쏘는 시간은 우리나라 조총에 비해 두 번 쏠 동안에 네댓 번을 쏠 수 있고, 홍이포란 것은 포탄 한 개가 말[斗]만큼 커서 80리까지 그 힘이 미칠 수 있다 한다. 대개 약한이란 이는 이마두(利瑪竇)와 함께 왔던 자인데, 그가 우리에게 준 물건은 모두 없앨 수 없는 것들이다. 나는 『천문(天問)』과 『직방(職方)』이란 두 종류의 글은 얻어 보았으나 그 나머지는 보존된 것이 없다.

---

60) 화승(火繩) : 화약 심지.

「椰冠」

東坡椰子冠詩云天敎日飲欲全絲美酒生林不待儀註云椰樹高大葉長一
房生三十餘子如瓜肉似熊白味似胡桃內有漿一升淸如水甜如蜜猶不言如
酒字書云漿如酒謂之椰子酒其殼可爲酒器遇酒有毒則沸起若然雖類酒而
非釀醉之用袁絲之日飮無何其堪待以爲需耶東坡不飮酒故甜漿生樹而尚
庶幾酕醄酣暢云爾凡樹木之中揆材用莫有如椰樹者也職方外紀西域印弟
亞者卽天竺傍國也其地多産椰樹爲天下第一良材幹可造舟車葉可覆屋實
能療飢漿可止渴又可爲酒爲醋爲油爲飴糖堅處可削爲釘殼可盛飮食瓢可
索絢一木而一室之利畢頼之矣盖中國所得者與交趾相近而西國産者比此
尤異

【역문】「야관」61)

소동파(蘇東坡)의 야자관(椰子冠)에 대한 시에,

하늘이 원앙의 목숨 살리려고 날마다 술이나 마시게 하니
天敎日飮欲全絲62)
좋은 술이 저절로 숲에서 생겨나 의적 기다릴 필요가 없구나
美酒生林不待儀

---

61) 『성호사설』 권5, 萬物門
62) 하늘이 원앙(袁盎)~天敎日飮欲全絲 : 원문의 사(絲)는 한 문제(漢文帝)의 신하
   원앙(袁盎)의 자. 이 시는, 원앙이 오(吳) 나라로 가려 할 적에 그의 조카 원종
   (袁種)이 그 숙부 원앙에게, "남방은 비습하니 숙부는 하릴없이 술이나 마시며
   왕을 달래어 배반치 말게 할 뿐이오[南方卑濕 絲能日飮亡何 說王母反而己]."라
   는 말을 인용한 것임. 『史記』, 「袁盎傳」.

라고 했는데, 그 주에는 "이 야자는 나무가 높고 크며 잎은 길게 생겼다. 참외씨처럼 생긴 씨가 한 덩이에 30여 개씩 들었고 살은 웅백(熊白)과 같으며 맛은 호도(胡挑)와 흡사하다. 속에는 장(醬)이 한 되쯤 들어 있는데, 맑기는 물 같고 달기는 꿀과 같다." 하였으나, 술과 같다고는 하지 않았다. 자서(字書)에는, "속에 들어 있는 장이 술과 같기 때문에 야자주(椰子酒)라 한다. 그 껍질은 술잔으로 만들어 쓸 수도 있는데, 독한 술을 따라 부으면 장이 끓어 오른다." 하였으니, 만약 그렇다면 그 장이란 것은 술과는 같지만 사람을 취하게 하는 것은 아닌데, 원사(袁絲)가 하릴없이 술이나 마시면서 세상을 기다릴 수 있었을까? 동파는 술을 마시지 못한 까닭에 나무에서 나는 달콤한 야자물을 먹고도 오히려 〈취해서〉 거의 곤드레만드레하였을 것이다. 재목으로 쓰는 데도 여러 나무 중에 야자수만한 것이 없다. 『직방외기(職方外記)』[63]에, "서역(西域) 인제아(印弟亞)란 나라는 바로 천축국(天竺國)[64] 옆에 있는데, 그 지역에는 야자수가 많이 생산되어 천하에서 제일 좋은 재목으로 쓰인다. 줄기는 배와 수레를 만들 만하고 잎은 지붕을 덮을 만하며, 열매는 배고픔을 면할 수 있고 속에서 흘러나오는 물은 갈증을 풀 수도 있다. 또는 술과 식초를 만들 수도 있고 기름과 엿을 만들 수도 있다. 단단한 부분은 깎아서 못을 만들 수도 있고 껍질은 음식을 담을 수도 있으며 속은 새끼[素絢]를 꼴 수도 있으니, 한 나무에 한 집안이 쓸 수 있는 재료가 다 갖추어졌다." 하였다. 대개 중국의 야자수는 교지(交趾)[65]에서 생산되는 것과 서로 비슷하나, 서양[西國]에서 생산되는 야자수는 이와 비교하면 더욱 이상하리라.

---

63) 『직방외기(職方外記)』 : 서양사람 지애유략(至艾儒略)이 지은 글. 각국 풍토(風土)와 소산물을 본 바에 따라 기록하였음.

64) 천축국(天竺國) : 지금 인도(印度)의 옛 이름.

65) 교지(交趾) : 지금의 베트남 북부 통킨·하노이 지방의 옛 명칭.

「火浣布」

列子云周穆王征西戎西戎獻火浣布皇子以爲無此理亐001蕭叔曰皇子果
扵自信果扵誣理欤又孔叢子引周書云火浣布垢必投諸火秦貪而無厭西戎
閟而不獻魏志云漢梁冀以火浣布爲單衣魏文帝以爲必不然遂著典論言必
無乃刊石扵廟門外與石經並立明帝立西域重譯而来獻之扵是大臣乃試以
示百僚遂滅此論天下笑之漢武不信弦膠胡人見錦不信有蚤食樹吐絲所成
江南不信有千人氊帳江北不信有二萬斛船山中人不信有魚大如木海上人
不信有木大如魚要皆一套耳盖天下物無不有故有恒火之地則必將有火中
生者比如海之醎水沃諸草木皆死大海之中却有草樹生出何以異此神異經
云南方有火山長四十里生不燼之木晝夜火燃得暴風不熾猛雨不滅火中有
鼠重百斤毛長二尺餘細如絲恒在火中不出外而色白以水逐沃之即死取其
毛織以作布用之若垢污以火燒之即清潔晉殷臣奇布賦云泰康二年大秦國
獻火浣布尤奇乃作賦曰森森豐林在海之洲煌煌烈火焚焉靡休天性固然茲
殖是由牙萌炭中穎發爐隈葉因炎潔翹與焰敷焱榮華實焚灼莩珠燎無爍而
不燋在茲林而獨昵火焚木而不枯木吐火而無竭乃採乃柹是紡是績二說不
同未知何者爲得而要必是因其國人所傳而記之耳搜神記云崑崙之墟有炎
火之山山上有鳥獸草木皆生扵炎火之中故有火浣布若非其草木之花則其
鳥獸之毛也此論近之然至艾儒略職方外紀云火浣布是煉石而成非他物也
儒略是西洋人西洋之人親歷驗視必其可信

【역문】 「화완포」[66]

『열자(列子)』[67]에, "주 목왕(周穆王)이 서융(西戎)을 정복하매 서융이

---

66) 『성호사설』 권5, 萬物門

화완포(火浣布)를 공물로 바쳐 왔다. 그때 황자(皇子)가, "이런 물건은 없다."[68] 하니, 소숙(蕭叔)은, "황자는, 스스로를 믿는 데에 과감하고 이치를 속이는 데에 과감하도다." 하였다. 또 『공총자(孔叢子)』[69]에는 주서(周書)의 말을 인용해 이르기를, "화완포는 때가 끼면 반드시 불에 넣어서 때를 빼는 것인데, 진(秦) 나라에서 이를 보물로 여기고 탐을 내는 까닭에 서융은 감춰 버리고 공물로 바치지 않았다." 했으며, 『위지(魏志)』[70]에는, "한(漢) 나라 양기(梁冀)[71]가 화완포로 홑옷을 만들어 입었다는 것을 위 문제(魏文帝)[72]는 '그럴 리가 없다.' 하고, 드디어 '반드시 없으리라'는 뜻으로 글을 지어 돌에 새겨서 석경(石經)과 함께 묘문(廟門) 밖에 세우기까지 하였는데, 문제는 죽고 명제(明帝)가 즉위하자 서역(西域)에서는 이 말을 전해 듣고 화완포를 공물로 바쳐 왔다. 대신(大臣)들이 시험해 본 다음, 모든 관원에게 내어 보이고 드디어 돌에 새겼던 글을 없애버렸는데, 이것이 천하 사람의 웃음거리가 되었다." 하였다. 한 무제(漢武帝)는 활줄을 갖풀로 붙인다는 말을 믿지 않았고, 북쪽 오랑캐는 비단을 보고도 벌레가 나뭇잎을 먹고 토해 낸 실로 만든다는 것을 믿지 않았으며, 강남(江南) 사람은 천 명의 사람을 수용할 만한 방석과 장막이 있다는 말을 믿지 않고, 강북(江北) 사람은

---

67) 『열자(列子)』 : 전국 시대 열어구(列禦寇)가 지은 글.
68) 주목왕(周穆王)이~물건은 없다 : 이 대문은 『열자』 탕문편(湯問篇)에, "皇子以爲 無此物 傳之者妄矣"라 하였으니, 여기의 "無此理"라는 理자는 아마 오서인 듯하다. 우선 物자로 역해 둔다. 주 목왕(周穆王)은 주(周) 나라 제6대의 임금. 이름은 만(滿).
69) 『공총자(孔叢子)』 : 한(漢) 나라 때 공부(孔鮒)가 지은 글. 공자 및 그의 일족의 사실을 기록한 것.
70) 『위지(魏志)』 : 삼국 시대 위(魏) 나라 사실을 기록한 글. 위수(魏收)가 지었음.
71) 양기(梁冀) : 동한(東漢) 때 외척(外戚)으로서 세도를 부린 자.
72) 위 문제(魏文帝) : 성은 조씨(曹氏). 이름은 비(丕). 위 나라 제1대의 임금. 조조(曹操)의 아들.

2만 섬 곡식을 싣는 배[船]가 있다는 것을 믿지 않으며, 산중에 사는 자는 나무 둥지처럼 큰 물고기가 있다는 말을 믿지 않고, 바다에서 사는 이는 굵은 물고기와 같은 큰 나무가 있다는 것을 믿지 않으니, 이로 보면 누구든지 안 본 것을 모르기는 다 마찬가지이다. 대개 천하에는 무슨 물건이건 없는 것이 없는 까닭에 늘 불이 타오르는 지대가 있으면, 반드시 불 속에서 살아나는 물건이 있을 것이다. 비유하자면, 마치 짠 바닷물을 풀과 나무에 대면 모두 말라 죽게 되지만 큰 바다 속에서도 저절로 나서 사는 풀과 나무가 있는 것과 같은 것인데, 이 화완포도 뭐 이런 이치와 다르겠는가? 『신이경(神異經)』73)에는, "남방(南方)에 길 40리쯤 뻗친 화산(火山)이 있는데, 불에 타도 재가 되지 않는 나무가 나서 밤낮으로 불이 탄다. 폭풍이 불어도 더 번지지 않고 폭우가 쏟아져도 불이 꺼지지 않는데, 이 뜨거운 속에서도 무게가 백 근쯤 되는 쥐가 살고 있다. 털은 길이가 두 자가 넘고 가늘기는 실과 같은데, 늘 타는 불 속에만 있고 밖으로는 나오지 않건만 빛깔은 희다. 그 지방 사람들이 물을 대어 쫓으면 바로 죽게 되는바, 그 털을 뽑아 비단을 짜서 옷감으로 이용한다. 만약 옷이 때가 묻고 더러워지면 바로 불에 태워서 깨끗이 만든다." 하였다. 진(晉) 나라 은신기(殷臣奇)74)의 포부(布賦)에 이르기를, "태강(泰康)75) 2년에 대진국(大秦國)76)에서 화완포를 바쳐 왔는데, 전일 것보다 더욱 기품(奇品)이기에 다음과 같이 부(賦)를 짓는다." 하였다.

---

73) 『신이경(神異經)』: 한(漢) 나라 동방삭(東方朔)이 지은 책으로 허황한 말들이 적혀 있음.

74) 은신기(殷臣奇): 진 무제(晉武帝)의 신하.

75) 태강(泰康): 진 무제(晉武帝)의 연호(280~289).

76) 대진국(大秦國): 나라 이름. 옛날 로마 제국.

빽빽하게 들어선 무성한 숲이 바다 한복판 섬에 있도다

森森豐林在海之洲

활활 타오르는 뜨거운 불꽃은 밤낮을 가리지 않고
쉴새없이 타는구나　　　　　　　　　　煌煌烈火焚焉靡休

하늘이 태어나게 한 이 수풀 본질은
뜨거운 불꽃 속에서 자라나기 마련이다　天性固然玆殖是由

검은 숯더미에 새싹이 돋아서 불타는 구석에서
뭉긋뭉긋 커 오르지　　　　　　　　　芽萌炭中穎發爐隅

잎도 불꽃을 따라 깨끗해지고 높이도 불꽃과 함께 솟아난다

葉因炎潔翹與焰敷

불이 탈수록 열매는 빛나게 되고 불이 번질수록
꽃도 구슬처럼 곱다　　　　　　　　　焱榮華實焚灼蒣珠

햇불처럼 타는 불을 끄는 이도 없고 태우는 이도 없건마는

燎無爍而無燋

이 수풀에 있어서만 그렇게 되었구나　在玆林而獨昵
불은 아무리 타도 나무가 마르지 않고　火焚木而不枯
나무는 불을 토하되 다하지 않는구나　木吐火而無竭
이 숲을 따고 이 숲을 쪼개서 베도 만들고 비단도 짜낸단다

乃採乃析是紡是績

　이 두 말은 서로 같지 않으니, 어느 것이 옳은지 알 수 없으나, 요컨
대 이는 그 나라에서 전하는 말에 따라 제각기 기록했을 뿐일 것이다.
『수신기(授神記)』[77])에는, "곤륜(崑崙)[78]) 옛 터에 염과(炎火)라는 산이

---

77)『수신기(授神記)』: 진(晉) 나라 간보(干寶)가 지은 일종의 소설. 귀신에 대한 이
　야기와 불교에 대한 인과설(因果說)을 대충 적어 놓은 것.
78) 곤륜(崑崙) : 산 이름. 중국 서쪽에 있는 최대의 영산(靈山). 서왕모(西王母)가 살

있다. 그 산 위에는 조수(鳥獸)와 초목(草木) 모두가 염화 속에서 사는 까닭에 화완포가 생산되는데, 이것은 만약 초목에는 피는 꽃으로 만들지 않았다면 조수의 털을 뽑아 만들었을 것이다." 하였으니, 이 말이 근사하다 하겠다. 그러나 애유략(艾儒略)의 직방외기(職方外記)에는, "화완포란 것은 돌을 달궈서 만든 것이고 딴 물건이 아니다."고 하였다. 이 유략이란 자는 서양(西洋) 사람이니 이 서양 사람으로서 세계 각 지방을 친히 돌면서 실험해 보았다면 그의 말은 반드시 믿을 수 있을 것이다.

왔다는 낙토(樂土). 또는 옛날 서융(西戎)의 나라 이름이기도 함.

「靉靆」

靉靆者俗所謂眼鏡也字書謂出扵西洋然西洋利瑪竇以萬曆九年辛巳始
至余考張寧遼邸記聞云向在京時嘗扵胡灪寓所見其父宗伯公所得宣廟賜
物如錢大者二形色絶似雲母以金相為輪郭而衍之為柄紐制其末合則為一
歧則為二老人目昏不辨細字張此物于雙目字明盖此物自宣宗時已入于中
土矣西洋雖遼絶而西極天竺諸國與中華通物貨久矣天竺距西洋不遠其勢
必將傳至中土矣居家必備云出西域滿利國

【역문】「애체」79)

애채(靉靆)란 것은 세속에서 이르는 안경(眼鏡)인데 『자서(字書)』에
는, "서양서 생산된다." 하였으나, 서양사람 이마두(利瑪竇)는 만력(萬
曆)80) 9년 즉 신사년(1581, 선조 14)에 비로소 중국에 왔던 것이다. 나
는 장영(張寧)81)이 쓴 『요저기문(遼邸記聞)』에 상고하니, "지난번 내가
경사(京師)에 있을 때 호농(胡灪)의 우소(寓所)에서 그의 아버지 종백공
(宗伯公)이 선묘(宣廟)82)로부터 하사 받았다는 안경을 보았다. 큰 돈짝
만한 것이 두 개인데, 형태는 운모(雲母)83)와 흡사하고 테는 금으로 만
들었으며, 자루와 끈도 있어서 사용할 때에 그 끝을 합치면 하나로 되
고 가르면 둘로 된다. 노인들이 눈이 어두워 작은 글자를 분별하지 못
할 때에 이 안경을 양쪽 눈에 걸면 작은 글자도 밝게 보인다." 하였으

---

79) 『성호사설』 권4, 萬物門
80) 만력(萬曆) : 명 신종(明神宗)의 연호.
81) 장영(張寧) : 명 나라 사람. 자는 정지(靖之), 호는 방주(方洲).
82) 선묘(宣廟) : 명 신종(明神宗)의 묘호(廟號).
83) 운모(雲母) : 광물 이름.

니, 대개 이 애채란 안경은 선종(宣宗) 때부터 벌써 중국에 들어왔던 것이다. 또, "서양이 비록 멀다 할지라도 서역(西域) 지대 천축(天竺) 모든 나라는 중국과 물화(物貨)를 서로 통한지 오래고 천축은 또 서양과 거리가 멀지 않다. 지금 형세로 보아 이 애채란 안경이 장차 중국으로 전해 오게 될 것이고 가정에 있어서도 반드시 갖출 것이다." 하였으니, 이는 서역 만리(滿利)라는 나라에서 생산된다.

「畫像坳突」

近世使燕者市西洋畫掛在堂上始閉一眼以隻睛注視久而殿角宮垣皆突
起如真形有嘿究者曰此畫工之妙也其遠近長短分數分明故隻眼力迷現化
如此也盖中國之未始有也今觀利瑪竇所撰幾何原本序云其術有目視以遠
近正邪高下之差照物狀可畫立圓立方之度數于平版之上可遠測物度及真
形畫小使目視大畫近使目視遠畫圓使目視球畫像有坳突畫室屋有明闇也
然則此畫即其坳突一端耳又不知視大視遠莘之為何術耳

【역문】「화상요돌」84)

근세에 연경(燕京)에 사신 간 자는 대부분 서양화(西洋畫)를 사다가
마루 위에 걸어 놓게 된다. 〈그림을 볼 때에는〉 한쪽 눈은 감고 한쪽
눈으로 오래 주시해야만 전각(殿角)과 궁원(宮垣)이 모두 진형(眞形) 그
대로 우뚝하게 그려진 것임을 알 수 있다. 묵묵히 연구한 자는 말하기
를, "이는 화공(畫工)의 묘법이다. 원근·장단의 치수가 분명한 까닭에
한쪽 눈만으로 시력을 집중시켜야만 이와 같은 현실이 제대로 나타나
게 된다." 하는데, 이는 대개 중국에도 일찍이 없었던 것이다. 요즘 이
마두(利瑪竇)가 지은 『기하원본(幾何原本)』85) 서문을 보니, 거기에, "그
림 그리는 방법은 눈으로 보는 데에 있다. 멀고 가까운 것과 바르고
기운 것과 높고 낮은 것이 차이가 있음에 따라 시력을 경수해야만 무

---

84) 『성호사설』 권4, 萬物門
85) 『기하원본(幾何原本)』: 이태리 선교사 이마두가 중국에 와서 유클리드(Euclide)
    의 『기하학원본(幾何學原本)』을 한문으로 번역한 책. 이규경(李圭景)은 그의
    『오주연문장전산고(五洲衍文長箋散稿)』에서 기하원본변증설(幾何原本辨證說)을
    자세히 썼음.

슨 물건이건 제대로 그릴 수 있고, 둥글게 만들고 모나게 만드는 척도 (尺度)도 화판(畵板) 위에다 셈수를 틀림없이 해야만 물도(物度)와 진형 (眞形)을 멀리 헤아릴 수 있다. 작은 것을 그릴 때는 시력을 크게 보이 도록 하고, 가까운 것을 그릴 때는 시력을 멀리 보이도록 쓰며, 둥근 것을 그릴 때는 시력을 공[球] 보는 것처럼 써야 한다. 그리고 상(像)을 그리는 데에는 오목[坳]한 것과 우뚝[突]한 것이 있어야 하고, 집을 그 리는 데에는 밝은 곳과 어두운 곳이 있어야 한다." 하였다. 그런즉, 이 그림은 곧 그, '오목하게 하고 우뚝하게 한다.'라는 한 부분일 뿐이다. 그러나, '크게 보이고 멀리 보이도록 해야 한다.'는 따위는 무슨 방법 으로 하는지 알지 못하겠다.

「指南針」

術家定方位或主正針或主縫針二者皆似有據要之斷之以天上日影則縫
針為近之矣正針者只従南針南針出磁石較之日影則指午丙間此為地之正
南耶金性畏火不敢指正午耶大抵地居天內天轉於外氣圍扵內狀如瓜瓣故
土脉石脊必自北而南則得其正氣者成磁石也針之指南其理即然然較諸日
影其北直壬子南直午丙則不可誣也論者或以為針得地氣占地方位宜従南
針然泰西熊三拔簡平儀說云羅經自有正針處身嘗經歷大浪山去中國西南
五萬里過此以西針鋒漸向西過此以東針鋒漸向東各隨道里具有分數至中
國則泊于丙午之間矣其所以然自有別論云云據此針鋒所指亦隨地不同又
將安所準則哉針鋒所指距地東西雖有此異而大槩南北則必同大浪山在中
國西南五萬里若以直線橫度之不過二萬有餘里従大浪山東至二萬有餘里
而針至午丙之間西至二萬有餘里而針至午丁之間則合四萬有餘里而針易
一方矣従此而益東益西必無指丙指丁之理其將自午丙間而復西自午丁間
而復東必更有直指正午如大浪山者在東洋也然則周地九萬里而惟兩處為
縫要當以針鋒與日影合者為正耳彼云別有論恨不得見其詳說以意臆之地
毬雖圓必有陰陽判界之縫合處今圓瓜在地四周皆同然亦必上為陽下為陰
而縫在乎兩傍也従兩傍判開為二片看則惟判開處勢直其餘瓣理莫不微斜
其中間圍濶處益甚而二縫正相反其西縫上片自半以北漸左自半以南漸右
下片自半以北漸右自半以南漸左會于蒂其東縫反是磁針者得地之氣者也
必將隨處不同大浪山意者地之西縫也不獨大浪也従此直走二極必將同然
矣中圍者如天之赤道中國在赤道之北而即東西二縫之間乃上片之最中也
自大浪漸東至中國而止午丙間自此至東洋復漸向午過東縫處至下片之最
中處止午丁之間迹雖未遍必將如是而已也 -(下略)-

　술가(術家)에서 방위(方位)를 정할 적에는 혹은 정침(正針)87)을 표준하기도 하고 혹은 봉침(縫針)88)을 표준하기도 하니, 둘 다 근거가 있는 듯하다. 그러나 꼭 하늘 위의 해의 그림자로 판단한다면 봉침이 더 근사하다 하겠다. 정침이란 것은 지남침만 따라 돌고, 지남침이란 것은 자석(磁石)에서 생긴 것이니, 해의 그림자에 비교하면 오방(午方)과 병방(丙方) 중간을 가리키게 된다. 오방과 병방 중간이 전 지구의 정남(正南)이 되기 때문인가? 또는 금(金)의 성질이 불[火]을 두려워하여 감히 정오를 가리킬 수 없기 때문인가? 대저 지구는 하늘 안에 있고 하늘은 밖에서 운전하는데, 기(氣)가 안으로 뭉쳐서 둥근 모양이 흡사 외씨[瓜瓣]처럼 된 것이다. 까닭에 토맥(土脈)과 석척(石脊)은 반드시 북쪽에서 남쪽으로 뻗어나가는 것인즉, 여기서 정기(正氣)가 뭉쳐진 것이 자석으로 되었으니, 침이 남쪽만을 가리키는 것은 그 이치가 즉 그러한 것이다. 그러나 해의 그림자에 비교하면 지남침이 가리키는 북쪽은 바로 임자(壬子)란 방위이고, 남쪽은 바로 오병(午丙)이란 방위임은 속일 수 없는 것이다. 논자(論者)들은 혹, "지남침은 지기(地氣)를 얻어 만들어졌으니, 지구의 방향을 알려면 마땅히 지남침을 따라야 한다."고 하였다. 그러나 서양사람 웅삼발(熊三拔)89)의 『간평의설(簡平儀說)』90)에는, "나경(羅經)90)에 정침이 있어 제대로 방위를 가리키는바, 내가 일찍이 대랑산(大浪山)을 지났는데, 중국 서남쪽까지는 거리가 5

---

86) 『성호사설』 권4, 萬物門,
87) 정침(正針) : 늘 남쪽을 가리키는 지남침(指南針).
88) 봉침(縫針) : 늘 북쪽만 가리키는 나침(羅針).
89) 웅삼발(熊三拔) : 이탈리아 사람. 본명은 Sabbathin de Ursis. 천문(天文)·역산(曆算)에 밝았는데, 명 나라 만력 연간에 중국에 들어가 전교(傳敎)하였음. 저서에는 『간평의설(簡平儀說)』·『태서수법(泰西水法)』·『표도설(表度說)』 등이 있음.
90) 나경(羅經) : 패철.

만 리가 되었다. 여기서부터 서쪽은 지남침 끝이 점점 서쪽으로 향하고, 여기서부터 동쪽은 지남침 끝이 점점 동쪽으로 향하게 되며, 각각 거리에 따라 모두 도수가 있어, 중국에 이르니 지남침이 병방(丙方) 중간에 닿게 되었다. 이렇게 되는 이유는 내가 별도로 논한 것이 있다." 하였다. 이 말에 의거한다면 지남침이 가리키는 것도 지대에 따라 같지 않으니, 장차 어떤 방위를 표준으로 할 것인가? 지남침 가리키는 것이 비록 동쪽 서쪽 거리에 따라 이런 차이가 있다 할지라도 대개 남과 북이란 방위만은 꼭 같은 것이다. 대랑산이 중국 서남쪽까지 거리가 5만 리나 된다 할지라도 만약 가로를 직선으로 잰다면 2만 리 남짓한 거리에 불과한데, 대랑산에서 동쪽으로 2만 리 남짓한 거리에 이르러 지남침이 오방·병방 중간에 닿고, 서쪽으로 2만 리 남짓한 거리에 이르러 지남침이 오방·정방(丁方) 중간에 닿았다면 양쪽 이수를 합쳐서 4만 리 남짓한 거리인데, 지남침은 한 방위가 바뀌어진 셈이다. 그러나 여기서부터 더 동쪽으로 가거나 더 서쪽으로 간다 할지라도 지남침은 반드시 병방과 정방을 가리킬 이치가 없을 것이고, 또 오방과 병방 중간에서 다시 서쪽으로 가거나 오방과 정방 중간에서 다시 동쪽으로 간다 하더라도 지남침은 반드시 다시 바로 정오를 가리키게 되어, 대랑산처럼 생긴 산이 동양(東洋)에 있을 것이다. 그렇다면 지구의 주위가 9만 리인데, 오직 양쪽 끝이 서로. 맞닿게 되었으니, 요컨대 지남침이 해의 그림자와 합쳐지는 것을 올바른 표준으로 삼아야 마땅하겠다. 그는, '별도로 논한 것이 있다.' 했는데, 그 자세한 말을 얻어 볼 수 없으니 한스럽다. 그러나 나의 억견(臆見)으로는, 지구가 둥글다 할지라도 음(陰)과 양(陽)으로 갈라진 두 끝이 반드시 서로 합쳐지게 된 곳이 있을 것이다. 지금 둥근 참외가 땅에 있는 것을 보면, 사방으로 둥글게 생긴 모양은 모두 같다. 그러나 반드시 위는 양이 되고 아래는 음이 되었는데, 합쳐진 곳은 양쪽 옆에 있다. 이 양쪽 옆을 좇아 쪼개어 두 조각으로 만들어 보면, 오직 쪼갠 곳만이 곧게 되고 나머지 씨들은 조금씩 기울어지지 않은 것이 없으며, 그 중간으로 둘레가 넓은 곳은 더 심한 편인데, 양쪽 머리도 합쳐진 곳은 이와 정반대로 되었다. 서쪽 머리도 합쳐진 윗조각은, 반절부터 북쪽은 점점 왼쪽으로, 반절부터 남쪽은 점점 오른쪽으로 기울어지게 되고 밑조각은, 반절부터 북쪽으로 점점 오른쪽으로, 반절부터 남쪽은 점점 왼쪽으로 기울어지게 되어 꼭지에 와서 맞닿아졌는데, 그 동쪽 머리로 합쳐진 곳은 또 이와 반대로 되었다. 이로 본다면 자침(磁針)[91]은 지기(地氣)로 인해 만들어졌으니, 반드시 지대에 따라 가리킴이 같지 않을 것이고, 대랑산은 생각건대, 지구 서쪽 머리의 합쳐진 곳인 듯하다. 이는 오직 대랑산에서만 그럴 뿐 아니라, 이 대랑산에서 바로 동쪽 서쪽 두 끝까지 달려가 본다 하더라도 반드시 다 그럴 것이다. 중위(中圍)[92]는 하늘의 적도(赤道)[93]와 같은데, 중국은 즉 적도의 북쪽 지대로서 지구의 동쪽 서쪽 두 끝이 합쳐진 중간에 있으니, 이는 외[瓜]에 비유하면 윗조각에서 가장 중심으로 된 지대이다. 대랑에서 차츰 동쪽으로 중국까지 이르면 지남침이 오방과 병방 중간에 그쳐지고, 여기서부터 동양까지 이르면 지남침이 다시 차츰 오방으로 향해진다. 또 여기서 지구의 동쪽 끝이 합쳐진 곳을 지나 밑 조각에서 가장 중심으로 된 지대까지 이르면, 지남침이 오방과 정방 중간에 그쳐지게 될 것이다. 내가 비록 이런 지대에 두루 다녀 보지는 않았으나 이치로 본다면 반드시 이와 같을 뿐이리라. -(하략)-

---

91) 자침(磁針) : 지남침.
92) 중위(中圍) : 지구의 중심.
93) 적도(赤道) : 태양(太陽)의 행도.

「耽羅牧場」

耽羅牧場其高大者没數驅出遺在塲者皆駑劣下乘大宛之種今變為駑駭
而寒則厚衣暑則就陰止則剉豆昏晝不撤行則不過一息喂輒滿腹剉豆之不
足熱粥澆之是以馳不過三二百步汗流脚蹶止則或蹄齧風逸要駕傷人平時
騎乘猶且不堪况禦侮扵風沙絶域之外耶盖胡中牝必字牡必騸字則育繁騸
則馴良必至之理也詩曰駟牝三千牝馬之高大者許多則馬如何不駿而繁牫
余聞西洋之言喂馬寧參無菽喂菽則只增肥澤而剛勇之性換矣此說亦有理
凶歲人糜菽為粥啗必體重夢煩不與米參等即穀性重濁故也

【역문】「탐라목장」94)

탐라(耽羅) 목장에서는, 귀가 높고 몸집이 큰 말은 몰아내어 팔아 버
리고 남겨 두었다는 것은 모두 걸음도 잘못 걷는 나쁜 말들뿐이다. 대
원(大宛)95)에서 수입해 온 좋은 종자가 지금은 변해서 머리만 내두르
고 제자리에서 뛰기만 한다. 기르는 데는 추운 겨울철이 되면 옷을 두
껍게 입히고 더운 여름철이 되면 그늘에 세워 두며, 쉴 때는 먹이는
꼴과 콩을 밤낮으로 걷어치우지 않고, 길 갈 때는 1식(息)96)도 채 못
가서 배가 꽉 차도록 먹이는데, 꼴과 콩만으로는 오히려 부족해서 더
운죽을 끓여서 대어 주기까지 한다. 이러므로 말이 달리는 데 한 3백
보쯤도 못 가서 땀을 흘리고 다리를 꿇게 된다. 그냥 마판(馬板)에 매
어 두면 혹 발굽을 물어뜯기도 하고 오줌을 철철 싸기도 하면서 멍에

---

94) 『성호사설』 권5, 萬物門
95) 대원(大宛) : 한(漢) 나라 때 서역(西域)의 한 나라 이름. 좋은 말이 많이 생산되
   었다 함.
96) 1식(息) : 30리.

를 벗어 버리고 사람을 상운다. 평상시에 타고 달리는 데도 오히려 감내하지 못하거늘, 하물며 바람이 불고 모래가 날리는 저 변방 밖에서 외적을 막을 때에 있어서랴? 대개 호중(胡中)에는 암말에게는 반드시 암을 붙여 주고 수말에게는 반드시 불을 치게 된다. 암을 붙여야만 씨가 많이 퍼지고 불을 쳐야만 성질이 순하게 됨은 필연의 이치인 것이다. 『시경』에, "키 큰 암말이 3천 마리이다."[97] 하였으니, 키 큰 암말이 이렇게 많았다면 어찌 좋은 말이 많이 번식되지 않았겠는가? 나는 서양(西洋) 이야기를 들으니, "말에게 보리를 먹일지언정 콩은 먹이지 않는다. 콩을 먹이면 살만 찌게 되어 억세고 날랜 성질이 바뀌진다."고 하니, 이 말이 또한 일리가 있다. 흉년이 든 해에 사람도 콩을 매에다 갈아서 죽을 쑤어 먹으면 반드시 몸이 더 무거워지고 꿈을 자주 꾸게 되니, 이 콩이란 곡식은 쌀·보리 따위와 같지 않고 생긴 성분이 무겁고 흐리기 때문이다.

---

97) 키 큰 암말이 3천 마리이다 : 용풍(鄘風) 정지방중(定之方中)장에 보임.

「火具」

　啓禎野乘有薄珏者刱意造銅炮藥發三十里鍊丸所過三軍糜爛若此器尚在良平失其智賁育失其勇士卒之精城池之固不足恃也西方意大里國鑄巨鏡暎日注射賊艘光焰火發數百艘一時燒盡以火鏡推之意亦巧矣正統已巳之變虜薄京城時京軍隨駕出過半于謙以軍器局神鎗試之火石所及人輒成粉一炮而虜死數萬血湧如川遂解圍去有如此利器何不試之土木之野乎盖兵器之利莫如火具屠隆云其屬有十三火筒火銃火炮火櫃火匣火牌火車火弓火弩火彈火箭火磚火鎗也戚継光云聞之胡序班渠譜火攻法二三十種所未得者尚以三百餘計也此類盖多包在十三之內而續通考有火傘火毬火鼠之目不知此果何如也然皆言鳥嘴銃最猛利戚継光云嘗發地窖所蔵佛郎機永樂所蓄衛庫鳥嘴銃乃倭變未作時所有即倭人從中國得之者也我國士衆疲弱無以禦敵惟火具爲可恃而昧扵制造初不知有許多在也亦可歎

　【역문】「화구」[98]

　『계정야승(啓禎野乘)』[99]에, "박각(薄珏)[100]이란 자가 처음 만들어낸 동포약(銅砲藥)[101]은 쏘면 30리를 나가는데, 그 철환이 지나는 곳에는 삼군(三軍)[102]이 전멸된다."고 하였다. 만약 이런 무기(武器)가 아직 남

---

98) 『성호사설』권5, 萬物門
99) 『계정야승(啓禎野乘)』: 명(明) 나라 천계(天啓)~숭정(崇禎) 때의 사실을 기록한 일종의 야사(野史).
100) 박각(薄珏): 명 의종(明毅宗)의 신하. 자는 자각(子珏). 그는 천리경(千里鏡)·지뢰(地雷)·수차(水車)·수총(手銃) 따위를 만들었다.
101) 동포약(銅砲藥): 동포(銅砲)로 쓰여진 데도 있음.
102) 삼군(三軍): 대군(大軍) 또 전군(全軍)이란 뜻과 같음.

아 있다면 장량(張良)¹⁰³⁾·진평(陳平)¹⁰⁴⁾ 같은 지략도, 맹분(孟賁)¹⁰⁵⁾·하육(夏育)¹⁰⁶⁾ 같은 용맹도 모두 소용없이 될 것이고, 정예한 사졸(士卒)과 튼튼한 성지(城池)도 족히 믿을 수 없을 것이다. 서양(西洋) 의대리국(意大里國)¹⁰⁷⁾에서 만들어낸 큰 거울은, 햇빛에 비쳐서 적의 선박(船舶)에 그 광선이 닿게 하면 바로 불이 일어나서 수백 척이나 되는 선박도 일시에 다 타버린다고 한다. 이는 화경(火鏡)의 이치를 연구해서 만든 것인데 역시 교묘하다. 정통(正統)¹⁰⁸⁾ 기사년 난리 때 북쪽 오랑캐가 경성(京城)¹⁰⁹⁾을 육박해 들어오자, 경성 군사는 반수 이상이 대가(大駕)를 따르게 되었다. 이때 우겸(于謙)¹¹⁰⁾은 군기국(軍器局) 신창(神鎗)을 시험삼아 이용했는데, 그 포탄이 미치는 곳에는 사람이 가루로 되어 버렸다. 포탄 한 개에 오랑캐 수만 명이 죽어서 피가 냇물처럼 흐르게 되자, 오랑캐는 드디어 포위를 풀고서 가버렸다고 한다. 그때 이와 같은 예리한 무기가 있었는데, 왜 토목(土木)¹¹¹⁾ 들판의 싸움에서 시험하지 않았던가? 대개 병기 중에 예리한 것은 화구(火具)만한 것이 없기 때문에 도륭(屠隆)¹¹²⁾이 이르기를, "화구에는 13가지 종류가 있는데, 화통(火筒)·화총(火銃)·화포(火砲)·화궤(火櫃)·화갑(火匣)·화패(火牌)·화차(火車)·화궁(火弓)·화로(火弩)·화탄(火彈)·화전(火箭)·화박(火磚)·화

---

103) 장량(張良) : 한 고조(漢高祖)의 신하. 자는 자방(子房) 시호는 문성후(文成侯).
104) 진평(陳平) : 한 고조(漢高祖)의 신하.
105) 맹분(孟賁) : 전국 시대 제(齊) 나라의 역사(力士)의 이름.
106) 하육(夏育) : 전국 시대 위(衛) 나라의 용사(勇士)의 성명.
107) 의대리국(意大里國) : 이탈리아를 이름.
108) 정통(正統) : 명 영종(明英宗)의 연호.
109) 경성(京城) : 여기서는 중국 서울을 말함.
110) 우겸(于謙) : 명 성종(明成宗)의 신하. 자는 정익(廷益). 호는 장춘(莊椿).
111) 토목(土木) : 명 영종(明英宗)이 정통(正統) 14년, 와랄(瓦剌 : 오랄)을 정벌할 적에 토목보(土木堡)에서 와랄에게 사로잡힌 사변.
112) 도륭(屠隆) : 명 신종(明神宗)의 신하. 자는 위진(緯眞). 호는 명요자(冥寥子).

창(火鎗) 등이다."라고 하였다. 척계광(戚繼光)도 이르기를, '내 듣자니, 호서반(胡序班) 저도 20~30가지의 화공법(火攻法)을 알고 있으나 아직 깨닫지 못한 것이 3백 가지도 넘는다."고 하였다. 이런 따위는 대개 13가지란 것에 포함되어 있으나, 『속통고(續通考)』[113]에는 화산(火傘)·화구(火毬)·화서(火鼠)라는 종목이 있으니, 이는 과연 어떻게 쓰는 기구인지 알 수 없다. 그러나 모두들 말하기를, "조취총(鳥嘴銃)이 가장 사납고 날카롭다." 하고, 척계광도 이르기를, "내가 일찍이 땅굴 속에 감추어 둔 불랑기(佛郎機)[114]를 쏘아 보았다."고 하였다. 영락(永樂)[115] 때 위고(衛庫)에 저장된 조취총은 임진년 왜란이 일어나기 전에 있었던 것이니, 즉 왜인(倭人)이 중국에서 얻어 왔다는 것이 바로 그것이다. 우리나라 군사들은 힘이 약해서 적을 막아낼 수 없다면, 오직 화구만이라도 믿고 쓸 수 있어야 할 것인데, 만드는 방법도 모르고 처음부터 이런 병기가 있었다는 것도 알지 못하니 또한 탄식할 만하다.

---

113) 『속통고(續通考)』 : 명나라 왕기(王圻)가 지은 『속문헌통고(續文獻通考)』의 약칭.

114) 불랑기(佛郎機) : 일종의 대포(大砲).

115) 영락(永樂) : 명 성조(明成祖)의 연호.

「火箭」

皇明土木之役虜犯京城用火箭飛鎗殺傷甚衆一說用火箭退敵而其術燒
殺殆盡云此守城之不可闕者近聞海中有阿蘭陁國一名紅夷其所造紅夷砲
壬辰間已到我國者也又有火箭其狀如卷軸上頭有穴用心紙引火其法每一
柄用焰硝十九兩硫黃三兩麻灰六兩鉛一兩鍼二兩金銀箔各五段調合為之
一矢落地自其中迸出數十枝散作千萬枝東西縱橫村落城郭湏臾而燒倭人
畏之以妓女財寶誘致之依其法造成今遍國中戊辰信使首譯朴尚淳以銀五
百兩買二柄獻之云不知國家能留意待用耶苟如此說城池不必高深甲兵不
必堅利可坐而退敵但我國人巧扵偷安有器而無施耳且聞關伯好武遍求海
外諸邦有武技者莫不學習故其射法精妙不比曩時又有巧器名風流者亦出
自阿蘭陀其長五尺如海中及曠野無障碍處附口而語可與相去五十里人言
語相傳此恐無理聲音者氣也五尺之器何能傳氣扵五十里之遠乎此皆安百
順書中有之姑記此以為更採耳

【역문】「화전」116)

　명(明) 나라에서 토목(土木) 공사를 시작했을 때 오랑캐가 경성(京城)
을 침범했는데, 화전(火箭)과 화총(火銃)을 사용하여 사람을 많이 죽였
다고 했고, 또 일설에 명나라에서 화전을 사용하여 적을 물리쳤는데,
불로 태워서 거의 다 죽였다고 하였으니, 이 화전이란 것은 성을 지키
자면 꼭 있어야 할 기구이다.

　요즈음 들으니, 바다 가운데 아란타(阿蘭陀)117)라는 나라가 있는데,

116) 『성호사설』 권6, 萬物門
117) 아란타(阿蘭陀) : 나라 이름. 지금 서양(西洋)의 화란(和蘭)을 가리킴.

나라 이름을 또 홍이(紅夷)라고도 한다는 것이다. 그들이 만든 홍이포 (紅夷砲)라는 총은 임진년[118] 무렵에 이미 우리나라로 들어왔다는 것이다. 또는 화전도 있었는데, 그 모습은 두루마리 서축(書軸)처럼 된 것이 윗머리 구멍에다 심지(心紙)를 넣어서 불을 일으킨다. 만드는 방법은 총 한 자루에 염초(焰硝) 19냥, 유황(硫黃) 3냥, 마회(麻灰) 6냥, 납 1냥, 침 2냥, 금은박(金銀箔)은 각각 다섯 조각씩, 이 여러 가지를 모두 합쳐서 만든다. 화살 한 개만 땅에 떨어지면 그 구멍 속에서 한꺼번에 몇 십 개씩 쏟아져 나오는 바, 이리 저리 흩어져서 몇 천만 개가 이루어지게 된다. 동서로 벌여 있는 촌락(村落)과 성곽(城郭)을 순식간에 불 태워 버리므로 왜인(倭人)이 이를 두려워해서 예쁜 기생과 좋은 보물을 갖다 바치고 꾀어내서 그 방법에 따라 만들게 되었는데, 지금은 이 화총이 온 나라에 퍼졌다는 것이다. 무진년[119]에 통신사(通信使)의 수역(首譯)이었던 박상순(朴尙淳)이 일본에 갔을 때, 은(銀) 5백 냥을 주고 화총 두 자루를 사들여 와서 나라에 바쳤다고 한다. 진실인지 자세히 알 수 없으나 국가에서 혹 후일을 염려하여 대비해 놓은 것인가? 진실로 이 말이 틀림없다면 성지(城池)를 높고 깊게 할 필요도 없고 갑옷과 병기(兵器)를 단단하고 예리하게 만들 필요도 없이 편케 앉아서 적을 물리칠 수 있을 것이다. 그러나 우리나라 사람은 편한 것만 너무 좋아하기 때문에 이런 기계가 있어도 연구해보려 하지 않고 그냥 방치해 둔다. 또 듣자니, 관백(關伯)[120]은 무도(武道)를 좋아하여 모든 먼 나라에 무기(武技)가 있는 자를 두루 불러들여서 배우고 연습하는 까닭에 그들의 쏘는 기술이 지금은 옛날보다 훨씬 나아졌다는 것이다.

---

118) 임진년 : 여기서는 선조 25년인즉 1592년임.
119) 무진년 : 여기서는 영조 24년인즉 1748년임.
120) 관백(關伯) : 일본(日本)의 벼슬 이름. 천황(天皇)을 보좌하여 정치를 집행하던 중직(重職).

또는 교묘하게 생긴 기계로서 이름이 풍류(風流)[121]라는 게 있어 역시 아란타로부터 나왔는데, 길이는 다섯 자쯤 된다. 그것을 막힌 곳이 없는 바다 가운데서나, 또는 먼 들판에서 입에다 대고 말을 하면, 50리 거리가 떨어진 곳에서도 서로 말을 전할 수 있다고 하나, 이는 그런 이치가 없을 듯하다. 사람의 음성(音聲)은 기(氣)로 나오는 것인데, 다섯 자쯤 되는 기계가 어찌 50리나 먼 거리에서 말을 전할 수 있겠는가? 이는 모두 안백순(安百順)[122]의 편지 속에 있는 말인데, 아직 이렇게 적어 두었다가 다시 상고해 보아야 하겠다.

121) 풍류(風流) : 수신기(受信機)를 지칭한 듯함.
122) 안백순(安百順) : 백순은 안정복(安鼎福)의 자. 호는 순암(順菴) 또 상헌(橡軒) 성호의 문인.

「鄔若望」

鄔若望者西洋人天啓間至中國善醫究中國本草八千餘種惜未飜譯此必
有奇方異材大益人生不能傳後而泯焉可異

【역문】「오약망」123)

오약망은 서양 사람으로 천계(天啓) 연간(年間)에 중국에 와서 의술
(醫術)로 이름을 날리면서, 중국『본초(本草)』에 수록된 8천여 종(種)을
연구했는데 그것을 한문으로 번역하지 못한 것이 애석하다. 이는 반
드시 모든 기방(奇方)과 이재(異材)가 있어서 사람에게 크게 유익한 것
이 많았을 것인데 후세에 전하지 못하고 없어지게 되었으니, 이상하
다 하겠다.

---

123)『성호사설』권10, 人事門

「七克」

七克者西洋龐迪我所著即吾儒克己之說也其言曰人生百務不離消積兩
端聖賢規訓總為消惡積德之藉凡惡乘乎欲欲本非惡存護此身輔佐靈神人
惟泪之以私始乃罪譬諸惡根焉根伏於心而欲富欲貴欲逸樂此三鉅幹勃發
于外幹又生枝欲富生貪欲貴生傲欲逸樂生饕生淫生怠其或以富貴逸樂勝
我即生妬奪我即生忿此七枝也貪如握固以惠解之傲如獅猛以謙伏之饕如
壑受以節塞之淫如水溢以貞防之怠如駑疲以勤策之妬如濤起以恕平之忿
如火熾以忍熄之七枝之中更多節目條貫有序比喻切己間有吾儒所未發者
其有助於復禮之功大矣但其雜之以天主鬼神之說則駭焉若刊汰沙礫抄採
名論便是儒家者流耳

【역문】「칠극」124)

『칠극』은 서양(西洋) 사람 방적아(龐迪我)의 저술로 곧 우리 유교(儒
敎)의 극기(克己)의 논설125)과 같다. 그 말에 "인생(人生)의 백 가지 일
은 악(惡)을 사르고 선(善)을 쌓는 두 가지 일에서 벗어나지 않는 것이
므로, 성현의 훈계는 모두 악을 사르고 선을 쌓는 바탕이 되는 것이
다. 무릇 악이 욕심에서 생겨나기는 하나 욕심이 곧 악은 아니다. 이
몸을 보호하고 영신(靈神)을 도와주는 것이 바로 욕인데, 사람이 오직
사욕에만 빠지므로 비로소 허물이 생겨나고 여러 가지 악이 뿌리박는
것이다. 이 악의 뿌리가 마음속에 도사려, 부(富)하고자 하고, 귀하고

---

124) 『성호사설』 권11, 人事門
125) 극기(克己)의 논설 : 『논어』, 「안연(顏淵)」에 극기복례(克己復禮)의 구체적 조목
    에 대해서 "예가 아니면 보지 말고, 예가 아니면 듣지 말고, 예가 아니면 말하지
    말고, 예가 아니면 행동하지 말라"고 한 것을 가리킨다.

자 하며, 일락(逸樂)하고자 하는 이 세 가지의 큰 줄기가 밖에 나타나고 줄기에서 또 가지가 생겨, 부하고자 하면 탐심(貪心)이 생기고, 귀하고자 하면 오만(傲慢)이 생기며, 일락하고자 하면 탐욕(貪慾)과 음탕(淫蕩)과 태만이 생기고, 혹 부귀와 일락이 나보다 나은 자가 있으면 곧 질투심이 생기고, 내것을 탈취당하면 곧 분심(忿心)이 생기는 것이 바로 칠지(七枝)인 것이다. 탐심이 돌과 같이 굳거든 은혜로써 풀고, 오만함이 사자(獅子)와 같이 사납거든 겸손으로써 억제하며, 탐욕이 구렁[壑]과 같이 크거든 절제(節制)로써 막고, 음심(淫心)이 물과 같이 넘치거든 정절(貞節)로써 제지(制止)하며, 게으름이 지친 말과 같거든 부지런함으로써 채찍질하고, 질투심이 파도와 같이 일어나거든 너그러움으로써 평정시키고, 분심이 불과 같이 일어나거든 참는 것으로써 지식(止熄)시킬 것이다."라고 하였다. 이 칠지 가운데에는 다시 절목(節目)이 많고 조관(條款)이 순서가 있으며 비유하는 것이 절실하여 간혹 우리 유교에서 밝히지 못하였던 것도 있으니, 그 극기복례(克己復禮)의 공정(功程)에 도움이 크다고 하겠으나, 다만 천주(天主)와 마귀의 논설이 섞여 있는 것만이 해괴할 따름이니, 만약 그 잡설을 제거하고 명론(名論)만을 채택한다면, 바로 유가자류(儒家者流)라고 하겠다.

「食肉」

民吾同胞物吾與也然草木無知覺與血肉者有別可取以資活如禽獸貪生
惡殺與人同情又胡為忍以戕害就其中害人之物理宜擒殺為人畜牧者即待
吾成遂猶有所誘如山上水中自生自長者都被佃漁之毒又曷故哉說者曰萬
物皆為人生故為人所食程子聞之曰咬人人為而生耶其辨亦明矣或問扵西
洋人曰若物生皆為人則彼蟲豸之生何也苔云雀食蟲而肥人則食雀這便為
人生也其辭亦遁矣余每念佛家惟慈悲一事恐為得之既而曰大同之風雖聖
人有不能革者夫人之始生茹毛飲血衣其皮革不如此無以為生惟力所及因
以成俗前旣如此後不得不遵故養老則用祭祀則用接賓則用疾病則用不可
以一己之見遽廢之也明矣若使聖人肇生扵五穀桑麻之世而始無食肉之風
則必不若今之多殺為也然則此盖君子不得已之事亦宜不得已而食足矣若
專肆嗜慾恣殺無忌則不免為弱肉強吞之歸耳

【역문】「식육」126)

백성은 바로 나의 동포이고 만물도 다 나의 유이다. 그러나 초목만
은 지각이 없어 혈육을 가진 동물과는 차별이 있으니 그것을 취하여
삶을 자뢰할 수 있지만, 날짐승·길짐승 같은 것은 그 살기를 좋아하고
죽기를 싫어하는 정이 사람과 같은데 어찌 차마 해칠 수 있으랴? 그
중에도 사람을 해치는 동물은 이치로 보아 사로잡거나 죽일 수 있겠
고, 또 사람에게 길리는 동물은 나를 기다려 성장했으니 나에게 희생
될 수 있다 하겠지만, 저 산 위에서나 물 속에서 저절로 생장한 것들
이 마구 사냥과 그물의 독을 당하는 것은 무엇 때문일까? 어떤 이가,

126) 『성호사설』 권12, 人事門

"만물이 다 사람을 위해 생겨났기 때문에 사람에게 먹히는 것이 당연한 일이라."고 말했더니, 정자(程子)가 듣고 말하기를 "그렇다면, 이[蝨]가 사람을 물어뜯는데 사람이 이를 위해 생겨났느냐?"고 하였으니, 그 변론이 또한 분명하다. 또 누가 서양 사람에게, "만물이 다 사람을 위해 생겨났다면, 사람이 먹지 않는 저 벌레는 왜 생겨났느냐?" 했더니, 그는, "새가 벌레를 먹고 살찌는데 사람은 새를 잡아먹으니 이것이 바로 사람을 위해 생겨난 것이다." 하니, 이 말 또한 꾸며댄 말이라 하겠다. 나는 늘 불가에서 힘쓰는 자비(慈悲) 한 가지를 생각하는데 그것이 아마 옳을 것 같다. 이미 "대동(大同)의 풍속은 성인일지라도 고칠 수 없다. 사람이 처음 생겨날 때부터 동물의 피를 마시고 그 털과 가죽을 입은지라, 이렇게 하지 않으면 무엇으로 살아가겠느냐?" 하여, 그 힘의 미치는 대로 한 것이 곧 풍속을 이룩했다. 앞서 이미 그렇게 한 것을 뒤에 따르지 않을 수 없기 때문에 늙은이를 봉양하는 데에도 쓰고 제사를 받드는 데에도 쓰고 손님을 접대하는 데에도 쓰고 병을 치료하는 데에도 쓰니, 어떤 한 사람의 견해로도 갑자기 폐지할 수 없는 것이 분명하다. 만약에 성인이 일찌감치 오곡(五穀)・상마(桑麻)의 세상에 태어나서 처음부터 아예 고기 먹는 풍습을 없앴더라면 지금처럼 많은 살생은 하지 않을 것이다. 그렇다면, 이것이 대개 군자로서의 부득이한 일인 만큼, 역시 부득이한 마음으로 먹어야 족하리라. 만약에 함부로 살생을 자행하거나 기탄없이 욕심만을 채우려 한다면 그 결과는 약자의 살을 강자가 뜯어먹는 것을 면하지 못할 것이다.

「東方朔」

西方技術入中國自西京始漢書所謂善爲眩之類是也武帝內傳云王母至
宮中謂東方朔曰是我隣家小兒三来偸蟠桃昔爲太上仙官但務遊戲太上謫
斥使在人間此理之所無也方朔亦世人胚胎生此卽佛國輪迴說也假使有此
旣冒世間肉骨何以見其面而知之王母或可認得而方朔何由自知耶漢武故
事東郡送短人長七寸疑其山精常令案上行召方朔至問之朔呼短人曰巨靈
汝何忽叛来阿母還未短人不荅因指謂上曰王母種桃三千年一作子此兒不
良已三過偸之矣遂失王母意被謫来此上大驚知朔非世中人此與王母言恰
相合王母者西方國名見爾雅穆天子傳在崑崙之墟穆王嘗至其國意者非甚
遠也恐禹貢所著者是也縱有飛昇之術不過仙道之類其術亦不過鍊液久視
而已豈有謫人託胎之理蟠桃之說尤涉虛誕三千歲一結子若是稀貴而方朔
已三偸矣承華之會亦設七枚其許多費可見自周穆至此不滿千載從此二千
歲間王母將無自餌者矣余謂此必方朔大眩幻以實北宮之事欺弄一世人而
一世人都不覺也後来此術大行千奇百變不可盡述然後知方朔圈套做出怳
惚以固寵也王母所居不越崑崙而今則不但河源已窮如西洋八萬里之遠無
不通道不聞中間有如此仙界異聞何也此可以一言斷之矣凡世間奇異常理
之外者皆魔鬼所售或人以符呪役使之古今受欺不覺哀哉

【역문】「동방삭」[127)]

　서방의 기술이 중국으로 들어온 것은 서경(西京: 서한(西漢)) 시대로
부터 비롯되었다. 『한서(漢書)』에 이른바, “현혹하기를 잘한다.”는 유
가 바로 이것이다. 무제내전(武帝內傳)에, 왕모(王母)[128)]가 궁중에 와서

---

127) 『성호사설』 권25, 經史門

동방삭(東方朔)에게 '이 사람은 우리 이웃집 어린 아이로서 세 번이나 와서 반도(蟠桃)를 훔쳐 먹었다. 예전에 태상(太上)의 선관(仙官)이 되었었는데 다시 유희(遊戲)만을 힘쓰므로 태상에서 귀양을 보내어 인간에 있게 한 것이다.' 하였다." 했으니, 이는 이치에 없는 일이다. 동방삭도 역시 세상 사람에게서 태어났으니, 이는 곧 불가(佛家)의 윤회(輪回)[129]의 설에 지나지 않는다. 설사 이런 일이 있다 하더라도 이미 세간에 태어난 육골(肉骨)인데 어떻게 그 얼굴만을 보고서 알 수 있단 말인가? 왕모는 혹시 달아본다 치더라도 동방삭이 어떻게 스스로 알 수 있단 말인가? 한 무제(漢武帝)의 고사(故事)에 의하면, "동군(東郡)에서 난쟁이[短人]를 보내왔는데 키가 일곱 치였다. 그것이 산정(山精)인가 의심되어 항상 안상(案上)에서 걸음을 걷게 하였다. 그리고 동방삭을 불러와서 물으니 동방삭은 난쟁이를 불러 말하기를, '거령(巨靈)[130]아, 네 어찌 갑자기 배반하고 왔느냐? 왕모가 아직 돌아오지 않았느냐?' 하자 난쟁이는 대답을 하지 않고서 임금을 가리키며 말하기를, '왕모가 복숭아를 심어 3천 년 만에 한 번 열매를 맺었는데, 이 아이가 불량하여 이미 세 번이나 훔쳐 먹었으므로 마침내 왕모의 눈 밖에 나서 귀양으로 여기 온 것입니다.'[131] 하니, 상(上)은 깜짝 놀라서 동방삭이 세상 사람이 아니라는 것을 알았다." 하였으니, 이는 왕모의 말과 서로 합치된다. 왕모란 서방의 나라 이름으로서 『이아(爾雅)』에 보

---

128) 왕모(王母) : 서왕모(西王母)의 약칭. 중국 곤륜산(崑崙山)에 살았다는 옛 선인(仙人)으로, 성은 양(陽) 또는 후(侯)이며 이름은 회(回).

129) 윤회(輪回) : 불가(佛家)의 말. 수레바퀴가 돌고 돌아 끝이 없는 것과 같이 중생의 영혼은 육체와 함께 멸하지 않고 전전하여 무시무종(無始無終)으로 돈다는 말. 『심지관경(心地觀經)』에, "有情輪回生六道 猶如車輪無終始"라고 보임.

130) 거령(巨靈) : 한 무제(漢武帝) 때의 난쟁이 이름.

131) 왕모가~온 것입니다 : 『태평어람(太平御覽)』인사부(人事部) 단절역인(短絶域人)조에 보임.

인다. 『목천자전(穆天子傳)』132)에 "곤륜산(崑崙山)의 허(墟)에 있다. 목왕(穆王)이 일찍이 그 나라에 갔었다." 하였으니, 그다지 먼 곳이 아닌 듯하다. 아마 우공(禹貢)에 나타난 것133)가 그곳인 듯하다. 비록 비승(飛昇)의 술이 있다 하더라도 선도(仙道)의 유에 지나지 아니하며, 그 술법 역시 연액(煉液)134)로서 오래 사는 것에 지나지 않을 따름이다. 어찌 인간에 귀양 와서 태생(胎生)하는 이치가 있겠는가? 반도의 설은 더구나 허무맹랑한 것이다. 3천 년 만에 한 번 열매를 맺는다면 이와 같이 희귀한 것을 동방삭은 이미 세 번이나 훔쳐 먹었고, 승화전(承華殿)135) 모임에도 역시 일곱 개를 진설했다 했으니, 그만큼 많이 소비되었음을 볼 수 있다. 그렇다면 주목왕으로부터 지금까지 1천 년이 다 못되니 이로부터 2천 년 사이에는 왕모 자신이 먹으려 해도 먹을 것이 없을 것이다. 나의 생각에는, 이는 반드시 동방삭이 크게 현환(眩幻)의 술을 써서 북궁(北宮)의 일을 실지화하여 한 세상 사람을 속이고 희롱한 것인데 세상 사람이 모두 깨닫지 못한 것이다. 뒤에 와서 이 술수가 크게 행해져서, 백천 가지의 기변(奇變)은 이루 다 기록할 수 없게 되었으니, 이렇게 되고서야 동방삭의 수단에서 황홀한 것을 만들어내어 은총을 굳혔다는 것을 알 것이다. 왕모가 사는 데는 곤륜산을 벗어나지 않는데 지금은 다만 하수의 근원까지 다 찾았을 뿐 아

---

132) 『목천자전(穆天子傳)』: 전 6권으로 되었는데 저자는 전해지지 않음. 소설로서는 가장 오래 된 것으로, 태강(太康) 2년(281)에 부준(不準)이 위양왕(魏襄王) 묘 속에서 얻었다고 하는데, 내용은 주목왕(周穆王)의 서유(西遊)에 관한 고사가 주로 많음. 곽박(郭璞)의 주석이 있음.

133) 우공(禹貢)에 나타난 것 : 이 말은 『서경(書經)』 우공(禹貢)에, "織皮崑崙析支渠搜 西戎卽叙"를 가리킴.

134) 연액(煉液) : 불로장생(不老長生)의 약. 옛날 중국에서 도사(道士)가 진사(辰砂)로 만들었다 함.

135) 승화전(承華殿) : 궁전 이름. 이기(李頎)의 왕모가(王母歌)에, "武皇齋戒承華殿 端洪須臾王母見"이라 보임.

니라, 서양 8만 리의 먼 곳까지도 길이 다 통했는데, 중간에 이와 같은 선경이 있다는 이상한 소문이 들리지 않음은 무엇인가? 이 한 말로써 단정할 수 있는 것이다. 무릇 세간의 기이(奇異)로 상리 이외의 것은 다 마귀가 한 짓이거나 혹은 사람이 부적·주문[符呪]으로써 부린 것인데, 고금이 속임을 당하고도 깨닫지 못하니 슬픈 일이다.

「玄牝」

-(上略)- 以人喻之身體如天充體之氣總攝乎方寸之心心氣一動百體隨
而行走如志天與人一理不得乎大者宜察乎細也故曰天地之氣猶橐籥乎虛
而不屈動而愈出惟其虛也故氣從外入聲從內出也曰天地闔闢能無雌乎雌
者牝也開闔者舒翕也曰三十輻共一轂當其無有車之用輻者翕而闔也用者
舒而開也莊周曰天其運乎地其處乎日月其爭於所乎孰主張是孰綱維是孰
居無事推而行是意者其有機緘而不得已耶意者其運轉不能自止耶朱子嘗
稱之曰這數語甚好是他見得方說到此夫莊子之學出於老子究其歸則此便
是這話也此與西洋永靜不動天之說不同知者未知何取耳或曰永靜則天必
偏墜矣其言亦有理此可與知者道矣

【역문】「현빈」[136]

-(상략)- 사람을 들어 비유한다면, 신체는 하늘과 같아 몸에 충만
된 기는 방촌(方寸)의 심(心)에 총섭(總攝)[137]하여 마음과 기가 한번 움
직이면 온갖 체(體)가 따라 행주(行走)하여 뜻과 같이 되는 것이니 하
늘이나 사람은 한결같은 이치이므로 큰 데에서 터득하지 못한 것은
마땅히 작은 데에서 살펴보아야 하는 것이다. 그러므로 말하기를, "천
지의 사이는 그 탁약(橐籥)[138]과 같다 할까? 허(虛)해도 굴(屈)하지 않
고 동할수록 더욱 나간다."[139] 하였다. 오직 허하기 때문에 기(氣)가
밖으로부터 들어오고 소리가 안으로부터 나가는 것이다. 또 이르기를,

---

136) 『성호사설』 권26, 經史門
137) 총섭(總攝) : 전체를 다스림.
138) 탁약(橐籥) : 대장간의 불을 일으키는 도구, 곧 풀무를 이름.
139) 천지의 사이는~동할수록 더욱 나간다 : 『노자』 제5장에 보임.

"천문(天門)이 열리고 닫히는데 어찌 자(雌)가 없겠느냐."[140) 하였으니 자(雌)란 곧 빈(牝)이요, 개합(開闔)이란 곧 서흡(舒翕)이며, "30개의 폭 (輻)이 한 곡(轂)을 함께 하여 그 있고 없음에 해당하게 함은 수레의 용(用)이다."[141) 하였으니, 폭(輻)이란 흡(翕)하여 닫히는 것이요 용이란 펴서 열리는 것이다. 장주(莊周)는 말하기를, "하늘은 그 운행하는 것인가? 땅은 그 막혀 있는 것인가? 해와 달은 그곳을 경쟁하는 것인가? 누가 이를 주장하며 누가 이를 강유(綱維)하며 누가 무사(無事)한 데 거하여 미루어 이를 행하는 것인가? 생각건대, 그 기함(機緘)[142)이 있어서 말고자 해도 말 수 없는 것인가? 생각건대, 그것이 운전하여 능히 스스로 그치지 않는 것인가?"[143) 하였는데, 이에 대하여 주자(朱子)는 일찍이 말하기를, "이 몇 마디 말이 매우 좋다. 이는 그의 견득(見得)이 바야흐로 이에 도달했음을 말해 준 것이다." 하였다. 무릇 장자의 학이 노자의 학에서 나왔으므로 그 귀취를 구명하면 이것이 바로 그 말이다. 이는 서양(西洋)의, 하늘은 영원히 정(靜)하고 동하지 않는다는 설과는 같지 아니하니, 아는 자는 어느 것을 취할는지 모르겠다. 혹자는 말하기를, "길이 정(靜)하기만 하면 하늘은 반드시 떨어지고 만다." 한다. 그 말도 또한 일리가 있으나 이는 아는 자와 더불어 할 말이다.

〈주석 : 배주연〉

---

140) 천문(天門)이 열리고~자(雌)가 없겠느냐 :『노자』제10장에 보이는데, "天門開闔"이라고 되어 있음.

141) 30개의 폭(輻)~수레의 용(用)이다 :『노자』제11장에 보임.

142) 기함(機緘) : 기관(機關)이 닫혀지는[閉] 것임.

143) 하늘은 그 운행하는~스스로 그치지 않는 것인가 :『장자』천운(天運) 편에 보임.

『林下筆記』

「西洋曆法」1)

仁祖九年 鄭斗源 回 進西洋人陸若漢所贈治曆緣起一卷 天文略一卷
自鳴鍾一部 千里鏡一部 日晷觀一坐 西洋去中國九萬里 中州用歷 全用
其言云

---

* 『임하필기』는 조선 후기의 문신 이유원[李裕元, 자 경춘(景春), 호 귤산(橘山), 묵
농(默農), 1814~1888]이 자신의 수록류(隨錄類)와 악부시를 모아 엮은 백과사전
류의 저술이다. 39권 33책의 필사본으로 1871년 탈고하였는데 권두에 정기세(鄭
基世)의 서문, 권말에 임하노인(林下老人)과 윤성진(尹成鎭)의 발문이 있다. 경
(經)·사(史)·자(子)·집(集)·전(典)·모(謨)·소학(小學)·금석(金石)·전고(典故)·풍
속·역사·지리·산물·기용(器用)·서화·전적·시문·유문(遺聞) 등 광범한 분야에
걸쳐 서술하였다. 권1 「사시향춘관편(四時香春館編)」, 권2 「경전화시편(瓊田花市
編)」, 권3·4 「금석해석묵편(金石薢石墨編)」, 권5·6 「괘검여화편(掛劍餘話編)」, 권7
「근열편(近悅編)」, 권8 「인일편(人日編)」, 권9·10 「전모편(典謨編)」, 권11~24 「문
헌지장편(文獻指掌編)」, 권25~30 「춘명일사편(春明逸史編)」, 권31·32 「순일편(旬
一編)」, 권33·34 「화동옥삼편(華東玉糝編)」, 권35 「설려신지편(薛荔新志編)」, 권
36 「부상개황고편(扶桑開荒攷編)」, 권37 「봉래비서편(蓬萊秘書編)」, 권38 「해동
악부편(海東樂府編)」, 권39 「이역죽지사편(異域竹枝詞編)」 등이 수록되어 있다.
한국학중앙연구원, 『한국민족문화대백과』; 한국사전연구사(편), 『국어국문학자
료사전』, 1998 참조.
* 역문 : 홍승균, 안정, 김동주, 『임하필기』, 한국고전번역원 고전번역서, 1999.
1) 「西洋曆法」: 서양역법은 『임하필기』 권13 「문헌지장편(文獻指掌編)」에 실려있
다. 「문헌지장편」은 『임하필기』에서 가장 많은 부분을 차지하는데, 단군조선에
서부터 고려시대에 이르기까지의 제도와 풍속, 천문, 지리, 교육 등 광범한 분야
에 대해 해설하고 있다.

【역문】「서양의 역법」

인조 9년(1631)에 정두원(鄭斗源)[2]이 중국에서 돌아와서 서양인 제로니모 로드리게스[陸若漢][3]로부터 기증받은 『치력연기(治曆緣起)』[4] 1권, 『천문략(天文略)』[5] 1권, 자명종(自鳴鍾)[6] 1부(部), 천리경(千里鏡)[7] 1부, 일구관(日晷觀)[8] 1좌(坐) 등을 올렸다. 서양은 중국에서 9만 리나 떨어져 있는데 중국에서는 역법을 사용함에 있어 전적으로 그들의 말을 사용한다고 한다.

---

2) 정두원(鄭斗源, 1581~?) : 조선 중기의 문신으로. 1631년(인조 9) 진주사(陳奏使)로 명(明)나라에 갔다가 귀국할 때 홍이포(紅夷砲)·천리경(千里鏡)·자명종(自鳴鐘) 등 서양 기기와 여러 한문서학서를 포르투갈 출신 예수회 선교사 로드리게즈(陸若漢, Joannes Rodriguez)로부터 얻어가지고 돌아왔다. 이 17세기 초가 사행원들을 통해 서양문물이 조선에 전해지는 시기인데 정두원은 이들 가운데 이름이 알려진 최초의 인물이다.

3) 제로니모 로드리게스[陸若漢] : 로드리게즈(Johannes Rodriquez 陸若漢, ?~1634)는 포르투갈 출신 예수회 선교사로 1614년 중국에 입국하였다. 그는 1631년(인조 9) 명(明)나라에 진주사(陳奏使)로 갔다가 귀국하는 정두원에게 홍이포(紅夷砲), 천리경(千里鏡), 자명종(自鳴鐘) 등 서양 기기와 한문서학서 등 서양문물을 조선에 최초로 전해준 선교사이다. 方豪, 『中國天主敎史人物傳』 권2, 香港, 1970, 34~43쪽 참조.

4) 『치력연기(治曆緣起)』 : 중국 명나라 말기 숭정 연간(崇禎 1628~1644)에 예부상서 서광계(徐光啓)가 서양 선교사들의 도움으로 역법(曆法)을 개수(改修)한 연혁을 기록한 책.

5) 『천문략(天文略)』 : 이탈리아 출신 예수회 선교사 디아즈(Emmanuel Diaz 陽瑪諾, 1574~1659)가 1615년 북경에서 출간한 톨레미(Ptolemaeos)의 천문학 소개서. 方豪, 앞의 책, 권1, 173~175쪽 참조.

6) 자명종(自鳴鍾) : 시각에 맞추어 스스로 종을 울리는 서양 시계.

7) 천리경(千里鏡) : 망원경.

8) 일구관(日晷觀) : 해시계.

「時憲曆」

仁祖二十三年 觀象監提調金堉 請用洋人湯若望時憲曆 至孝宗四年 始
行時憲法初 金堉入燕 聞湯若望法 始得門路 爲領事 奏請行之 又遣金尙
范 重賂學術 死於途中 竟未盡得 肅宗朝始用五星法 蓋崇禎初 命徐光啓
與洋人湯若望 開局 其意大略如是

【역문】「시헌력」9)

인조 23년(1645)에 관상감 제조 김육(金堉)10)이 서양인 아담 샬(湯若
望)이 만든 시헌력을 사용할 것을 청하였는데, 효종(孝宗) 4년(1653)에
이르러서 처음으로 시헌력을 사용하였다. 처음에 김육이 중국 연경(燕
京)에 갔다가 아담 샬의 역법에 대한 것을 듣고 비로소 그 문로(門路)
를 얻었는데, 그가 영사(領事)가 되자 이를 시행하기를 주청하였던 것
이다. 또한 김상범(金尙范)을 보내 풍부한 자금을 주어 그 기술을 배워
오도록 하였으나, 그가 그만 도중에 죽어서 결국 그 기술을 모두 배워
오지 못하고 말았다.11) 그러다가 숙종(肅宗) 때에 비로소 오성법(五星

---

9) 시헌력 : 『임하필기』卷十三, 文獻指掌編에 수록. 태음력(太陰曆)에 태양력(太陽
曆)의 원리를 적용하여 24절기의 시각과 하루의 시각을 정밀하게 계산하여 만
든 역법. 명말(明末)의 『숭정역서(崇禎曆書)』, 청초(淸初)의 『서양신법역서(西洋
新法曆書)』편찬에 참여한 독일인 예수회 선교사 아담 샬(Adam Schall von Bel,
l湯若望, 1592~1666)이 주도하여 청 왕조 건국 이듬해인 1645년부터 중국, 1653
년(효종 4)부터 김육의 건의에 따라 조선에서 시행된 개정 역법이다.
10) 김육(金堉, 1580~1658) : 조선 후기의 문신, 실학자. 민생 안정을 위한 대동법(大
同法)의 시행, 유통경제 활성화를 위한 상평통보(常平通寶)의 주조, 농사기술의
개선, 수레의 사용, 시헌력(時憲曆) 사용을 통한 역법의 선진화 등을 주장한 실
학의 선구자이다.
11) 조선 인조 때의 관상감관(觀象監官) 김상범(?~?)은 관상감제조 김육이 1646년

法)을 사용하였다. 대저 숭정(崇禎) 초년에 서광계(徐光啓)에게 명하여 서양사람 아담 샬과 더불어 개국(開局)[12]을 하도록 하였는데 그 뜻이 대략 이와 같았다.

북경(北京)에서 가지고 온 역법 책을 연구 후, 1651년(효종 2) 다시 북경 흠천감 (欽天監)으로 파견되어 더욱 전문적으로 배워온 결과, 1653년부터 시헌역법을 조선에서 시행하였다. 그러나 해독하지 못한 오성(五星)에 대한 산법을 알기 위해 1655년 다시 북경으로 떠났으나 중도에 사망하여 이를 보완하지 못한 사실을 서술한 것이다.

12) 중국 명(明) 숭정제(崇禎帝 1628~1644)가 문신 실학자 서광계(徐光啓, 1562~ 1633)의 건의로 1629년 역국(曆局)을 개설하고 아담 샬(Adam Schall von Bell 湯若望, 1592~1666) 등 서양 선교사를 기용하여 『숭정역서(崇禎曆書)』편찬 등 역법을 개정한 사실을 서술한 것이다.

「購中國術書」

肅宗朝 崔錫鼎憂曆法參差 送許遠 卒究其法 監官論賞 及英宗元年 新
修時憲七政 詢問大臣 廣求諸譯官 安國麟卞重和 來往天柱堂 得日月食
籌稿 日月交食表 八線對數 八線表 對數闡微表 日月五星表 律呂正義
數理精蘊 安命說金挺豪李箕興等 購納曆象考成後編十冊 金兌瑞得清國
新法曆象考成後編一帙以納

【역문】「중국 술서의 구입」13)

숙종(肅宗) 때에 최석정(崔錫鼎)14)이 역법(曆法)이 정확하지 못함을
걱정하여 허원(許遠)15)을 중국에 보내어서 그 법을 완전히 연구하여
돌아오자 감관(監官 관상감 관원)을 논상(論賞)하였다. 영종(英宗) 1년
(1725)에 이르러 신수시헌칠정법(新修時憲七政法)을 만들었는데, 이때
대신들에게 순문(詢問)하여 널리 여러 역관(譯官)들을 구해서 안국린
(安國麟)과 변중화(卞重和)16)를 천주당(天柱堂)에 보내어 『일식주고(日食

---

13) 『임하필기』卷十三, 文獻指掌編
14) 최석정(崔錫鼎, 1646~1715)은 조선 후기 문신 학자로 숙종 후반기 10번 이상 정
    승에 임명될 정도로 정계와 사상계에서 주요 역할을 하였다. 성리학의 실천성
    에 보다 비중을 두며 성리학을 보완하는 천문, 수학, 서학(西學) 등 다양한 학문
    분야에 관심을 기우리며 실현 가능한 사회정책을 점진적으로 수행해 나간 최고
    의 정객이다. 한국학중앙연구원, 『한국민족문화대백과』참조.
15) 허원(許遠) : 숙종 때 관상감(觀象監) 관원. 중국에서 시행하던 시헌력이 수정되
    어 바뀔 때마다 조선에서는 관상감 관원들을 파견해 이를 습득하게 했는데, 김
    상범(金尙范)과 허원의 공로가 지대하였다. 이와 관련해 허원이 지은 천문서(天
    文書) 『세초유휘(細草類彙)』2책이 1710년(숙종 36) 고활자본으로 내각(內閣)에
    서 간행되었다. 역문 주석 참조.
16) 안국린(安國麟)과 변중화(卞重和) : 안국린(1709~?)은 조선 후기 천문관(天文官)

籌稿)』,『월식주고(月食籌稿)』,『일월교식표(日月交食表)』,『팔선대수표(八線對數表)』,『팔선표(八線表)』,『대수천미표(對數闡微表)』,『일월오성표(日月五星表)』,『율려정의(律呂正義)』,『수리정온(數理精蘊)』 등을 얻어 왔으며, 안명열(安命說), 김정호(金挺豪), 이기흥(李箕興)[17] 등은『역상고성후편(曆象考成後編)』 10책을 구입해서 바쳤고, 김태서(金兌瑞)[18]는 청나라의『신법역상고성후편(新法曆象考成後編)』 1질을 얻어 와서 바쳤다.

으로 1741년(영조 17) 역관(譯官) 변중화와 함께 북경의 천주당을 왕래하며 당시 흠천검 감정 예수회 선교사 쾨글러(Kogler, I., 載進賢), 부감정 페레이라(Pereyra, A., 徐懋德) 등과 교분을 맺고 많은 천문 역법 관련 도서를 갖고 귀국하였다. 이 서적들은 조선 후기 역법 발전과 우주관 확대에 큰 도움이 되었다. 한국학중앙연구원,『한국민족문화대백과』참조

17) 안명열(安命說), 김정호(金挺豪), 이기흥(李箕興) : 안명열, 김정호, 이기홍은 역관(譯官)으로 1744년(영조 20) 함께 북경에서『역상고성후편』10책을 구입해 돌아왔다. 이 책의 구입은 중국에서 개편된 역법을 조선에서 연구해 시행하는 데 크게 도움이 되었다.

18) 김태서(金兌瑞) : 관상감(觀象監) 관원. 1745(영조 21) 북경에서『신법역상고성후편(新法曆象考成後編)』1질을 반입 진정.

「外國天文人入中國之始」19)

外國人挾天文術數 乞留中國 依本教供養 利瑪竇之前 已有大慕闍 開
元七年吐火羅國王上表獻解天文人大慕闍曰 請置一法堂 依本教供養 顧
炎武曰 此與利瑪竇天主堂相似 而不得行於玄宗之時 豈非其時在朝 多有
識之人哉 按亭林此言 其罪徐光啓諸人多矣

【역문】「외국의 천문인(天文人)이 중국에 들어온 시초」20)

　천문과 기술을 가지고 중국에 머물면서 본교(本敎)에 따라 예배드리
기를 원한 외국인으로는 이마두(利瑪竇 마태오 리치) 이전에 이미 대
모도(大慕闍)21)가 있었다. 개원(開元) 7년(719, 현종7)에 토화라국(吐火
羅國)22)의 왕이 천문을 아는 대모도를 바치면서 표(表)를 올려, "법당
하나를 마련하여 본교에 따라 예배드리기를 청한다." 하였다. 고염무
(顧炎武)23)가 말하기를, "이는 마태오 리치의 천주당(天主堂)과 서로 비
슷한데, 현종(玄宗) 때에는 행할 수 없었으니 어찌 그 당시 조정에 유

---

19) 「外國天文人入中國之始」: 「외국의 천문인(天文人)이 중국에 들어온 시초」는
　　「춘명일사편」에 실려 있다. 「춘명일사편」은 총 840여 조목으로 권24까지에서
　　누락되었다고 생각한 부분을 다시 간추려 모은 것이다. 궁중 일화, 고사미담(古
　　事美談), 연행견문(燕行見聞) 등 내용을 수록하였다.
20) 『임하필기』 卷二十八, 春明逸史
21) 대모도(大慕闍) : 미상.
22) 토화라국(吐火羅國) : 중앙아시아 실크로드에 위치한 토카리스탄으로 지금의 아
　　프가니스탄 서북부 발흐(Balkh) 지역. 혜초(慧超)도 인도로 가는 길에 이곳을 거
　　친 것이 『왕오천축국전(往五天竺國傳)』에 기록되어 있다.
23) 고염무(顧炎武, 1613~1682) : 중국 명말 청초의 사상가이다. 경세치용(經世致用)
　　의 실학에 뜻을 두고 실증적(實證的) 학풍 조성에 주력하였다. 대표 저서에 『일
　　지록(日知錄)』, 『천하군국이병서(天下郡國利病書)』가 있다.

식한 사람이 많았기 때문이 아니겠는가."하였다. 살펴보건대, 정림(亭林) 고염무의 이 말은 서광계(徐光啓) 등 여러 사람을 죄준 것이 많다고 하겠다.

「火器之屬」

我東火砲 始于麗末 判事崔茂宣 學其法於元國㷭硝匠云 鳥銃 本出於
西域 用以捕鳥雀 故名鳥銃 倭奴得其制於呂宋國 以爲兵器 壬辰之變 我
國人始見而駭之 佛郞機者 本西洋紅毛番種 萬曆中 襲殺呂宋國王而據其
地 其人好用大砲 故乃爲火器之名 馬蹄着鐵 始於尹弼商 世宗朝人 或曰
金宗瑞

【역문】「화기 등 속」[24)]

우리나라 화포(火砲)는 고려 말에 처음 사용하였으니, 판사(判事) 최
무선(崔茂宣)[25)]이 원나라의 염초장(㷭硝匠)[26)]에게 방법을 배운 것이라
한다. 조총(鳥銃)은 본래 서역(西域)에서 나온 것으로 새나 까치를 잡
는 데 사용했기 때문에 조총이라고 명칭한 것이다. 왜놈들이 그 제도
를 여송국(呂宋國)[27)]에서 습득하여 병기를 만들었는데, 임진란 때 우
리나라 사람들이 처음 보고서 놀랐다. 불랑기(佛郞機)[28)]는 본래 머리
색이 붉은 서양 인종인데, 만력(萬曆) 연간[29)]에 여송국 왕을 습격해 죽
이고 그 땅을 점거하였다. 그 사람들이 대포 쓰기를 좋아하였기 때문

---

24) 『임하필기』 卷三十, 春明逸史
25) 최무선(崔茂宣, 1325~1395)은 고려 말기의 무신으로 우리나라에서 화약과 화약
    을 이용한 무기를 처음 제작한 무기 발명가이다. 화통도감(火筒都監)의 설치를
    주장해 1377년 개국하여 총 18종의 각종 화기들을 제작하였다.
26) 염초장(㷭硝匠) : 최무선이 화약제조 비법을 배웠다는 원(元)나라 출신 염초(焰
    硝) 장인(匠人) 이원(李元).
27) 여송국(呂宋國) : 필리핀.
28) 불랑기(佛郞機) : 포르투갈.
29) 만력(萬曆) 연간 : 1573~1619년

에 화기의 명칭이 된 것이다. 말굽에 철을 붙인 것은 윤필상(尹弼商)[30]
에게서 시작되었으니, 세종조(世宗朝) 때 사람이다. 혹은 김종서(金宗
瑞)[31]라고도 한다.

---

30) 윤필상(尹弼商, 1427~1504). 조선 전기의 문신.
31) 김종서(金宗瑞, 1383~1453)는 조선 전기의 문인 학자, 육진 개척의 수장으로 무
인 기상도 두루 갖춘 유능한 관료이다. 수양대군이 단종 보좌 세력이자 원로대
신 수십 인을 살해하고 정권을 잡은 계유정난 때 제거되었다.

「世界」32)

世界 見首楞嚴經 佛告阿難言 世爲遷流 界爲方位 東西南北東南西南
東北西北上下爲界 過去未來現在爲世 方位有十 流數有三 猶淮南子云往
古來今謂之宙 四方上下謂之宇也 揚子雲太玄 則謂闔天謂之宇 闢宇謂之
宙 陸績云闔天地晝夜之稱 闢謂開天地晝夜之稱 近見洋人文書 輒稱亞細
亞此謂世界之稱云

【역문】「세계」33)

　세계라는 말은 『능엄경(楞嚴經)』34)에 처음 보이는데, 부처가 아난
(阿難)35)에게 고해 준 말이다. '세(世)'는 흘러간다는 뜻이고, '계(界)'는
방위를 말한다. 동·서·남·북과 동남·서남·동북·서북·상·하는 계이
고, 과거·미래·현재는 세이니, 방위에는 열 가지가 있고, 흘러가는 것

---

32) 「世界」: 「순일편」에 수록되어 있다. 「순일편」에서는 각 궁의 유래, 어진(御眞)
　　의 봉치 연혁, 관직의 변천, 조신(朝臣)의 장례, 한성(漢城)의 옛 이름 유래(舊名
　　由來) 등 두루 여러 분야가 기술되었다.

33) 『임하필기』卷三十一, 旬一編

34) 『능엄경(楞嚴經)』: 한국불교 근본경전 중의 하나. 『금강경』·『원각경』·『대승기
　　신론(大乘起信論)』과 함께 불교 전문강원의 사교과(四敎科) 과목으로 채택되어
　　학습되었다. 인도 나란타사에 비장(祕藏)하여 인도 이외 나라에는 전하지 말라
　　는 왕명으로 당(唐) 이전에는 중국 및 우리나라에 전래되지 않았다고도 하며,
　　중국에서 후대에 찬술한 위경(僞經)이라는 설이 지배적이다. 소화엄경(小華嚴經)
　　이라 불리며 널리 독송된 이 경은 전 10권 수록 내용들이 모두 한국불교의 신행
　　(信行)에 큰 영향을 미쳤다. 한국학중앙연구원, 『한국민족문화대백과』 참조

35) 아난(阿難): 부처의 십대제자(十大弟子) 중 하나. 부처의 사촌 동생으로, 부처
　　나이 50여 세에 시자(侍者)로 추천되어 입멸 때까지 보좌하며 가장 많은 설법
　　을 들어서 다문제일(多聞第一)이라 일컫는다. 부처에게 여성의 출가를 세 번이
　　나 간청하여 허락을 받았다. 곽철환(편), 『시공 불교사전』, 시공사, 2003 참조

은 세 가지가 있다. 이것은 『회남자(淮南子)』36)에, "왕고내금(往古來今)을 주(宙)라 하고 사방과 상하를 우(宇)라 한다." 한 것과 같다. 양자운(揚子雲)37)의 『태현경(太玄經)』38)에서는, "합천(闔天)을 우라 하고, 벽우(闢宇)를 주라 한다."하였고, 육적(陸績)39)은 "합(闔)은 천지주야(天地晝夜)를 일컫고, 벽(闢)은 천지주야를 연 것을 일컫는다."하였다. 근래에 양인(洋人)의 문서를 보니, 번번이 아세아(亞細亞)라고 일컬었는데, 이는 세계를 지칭한 것이라 한다.

---

36) 『회남자(淮南子)』 : 중국 전한(前漢)의 회남왕(淮南王) 유안(劉安: 기원전 179~122)이 유학자들과 함께 지은 일종의 백과전서. 내편 21권, 외편 33권 총 54권인데 현재 내편만 전해진다. 내편은 주로 노자와 장자의 학설에 의거한 우주만물의 생성과 소멸, 변화의 근원인 도(道)와 자연 질서 및 인사의 대응을 논하였고, 외편은 선진(先秦) 및 전한(前漢) 제가(諸家)의 학설 및 천문, 지리, 의학, 풍속, 농업기술 등 제반 분야에 관해 해설하였다.

37) 양자운(揚子雲) : 중국 한(漢)나라 사상가 양웅(揚雄, BC 53~AD 18). 자운(子雲)은 양웅의 자(字). 학문이 깊고 기이한 글자(奇字)를 잘 알았다고 한다.

38) 『태현경(太玄經)』 : 전한(前漢) 말(末) 애제(哀帝, 재위: BC 6~BC 1) 때 양웅이 문을 닫아걸고 지었다는 양웅의 사상서 10권.

39) 육적(陸績, 188~219) : 중국 후한 말의 관료이자 학자. 회귤고사(懷橘故事; 육적이 6세 때 원술을 접견하는 자리에 나온 감귤 3개를 모친에게 드리려 가슴에 숨겨 나오다 떨어뜨려 원술을 감복시켰다는 고사) 등 일화로 중국 역사에서 손꼽히는 효자. 학문을 좋아해서 많은 독서를 하였고 곧은 성격으로 주장이 강했다.

「水車」

楓石 作龍尾車記曰 泰西水法 爲車者三 筩爲提焉下上焉 而激水 謂之
玉衡 筩焉 柱焉 升降焉 而趵水謂之恒升 墻焉 圍焉 環轉焉 絜水 謂之龍
尾 而龍尾於河宜 玉衡恒升 於井宜 故功用之博 龍尾爲最 三者 皆西法
而明太傅徐文定之所傳也 叙工精切 駸駸乎考工之亞 炯菴曰 余讀奇器圖
說 面互或難解 未若此記之歷歷 如觀掌文也

【역문】「수차」40)

풍석(楓石 서유구(徐有榘))41)이 용미차기(龍尾車記)에서 말하기를, "서
양(西洋)에서 물을 푸는 방법에 세 가지가 있는데, 통을 위아래로 끌어
서 물을 푸는 것을 옥형(玉衡)이라 하고, 통을 기둥으로 오르내리며 물
을 푸는 것을 항승(恒升)이라 하고, 담을 에워싸고 바퀴를 굴려서 물을
푸는 것을 용미(龍尾)라고 한다. 용미는 강물을 푸는 데 이용하는 것이
마땅하고, 옥형과 항승은 우물을 푸는 데 이용하는 것이 마땅하다. 그
러므로 효능이 광범위하기로는 용미가 최고다. 이 세 가지는 모두 서
양의 물 푸는 방법으로 명나라 태부(太傅) 서문정(徐文定)42)이 전한 것
이다. 기계 제작의 정교함에 대한 설명이 『주례(周禮)』 고공기(考工記)
에 버금간다." 하였다. 형암(炯菴, 이덕무(李德懋))43)이 말하기를, "내가

---

40) 『임하필기』卷三十四, 華東玉糝編

41) 풍석(楓石) : 풍석은 조선 후기의 문신 학자 서유구(徐有榘, 1764~1845)의 호
    (號)이다. 할아버지 서명응(徐命膺), 아버지 서호수(徐浩修)의 가학을 이어 특히
    농학(農學)에 큰 업적을 남겼다. 저서 『임원경제지(林園經濟志)』가 있다.

42) 서문정(徐文定) : 서광계(徐光啓, 1562~1633). 서광계의 시호(諡號)가 문정공(文
    定公)이다.

43) 형암(炯菴) : 형암은 조선 후기 실학자 이덕무(1741~1793)의 호(號).

『기기도설(奇器圖說)』44)을 읽을 때는 뒤얽혀 있어서 더러 이해하기가 어려웠으니, 풍석의 이책만큼 손금을 들여다보는 것처럼 분명하게 기록한 것이 없었다." 하였다.

44) 『기기도설(奇器圖說)』: 스위스 출신 예수회 선교사 테렌즈(Terenz, J., 鄧玉函, 1576~1630)가 서양의 기계와 기술을 최초로 중국에 소개한 과학기술서로 1627년 북경에서 간행되었다.

「大西洋」

肌膚雪白鼻高昂 帽折黑氈三角長 螺髮鬖鬖珠貫領 香山門澳僑夷洋 大
西洋一稱意大里亞 白晢鼻昂 以黑氈折三角爲帽 婦螺髮爲鬖 領懸金珠
僑居香山門澳 歲輸地租

【역문】「대서양」45)

살결은 눈처럼 하얗고 코는 우뚝 솟았는데 　　　　　肌膚雪白鼻高昂

검은 전46)을 삼각으로 꺾어서 모자를 만들었네 　　　帽折黑氈三角長

머리털 꼬아 북상투 틀고 옷깃엔 금주(金珠) 달았는데

　　　　　　　　　　　　　　　　　　　　　　　　螺髮鬖鬖珠貫領

향산 문오47)에 임시로 거주하던 대서양 사람들 　　　香山門澳僑夷洋

　대서양은 한편 '이탈리아[意大里亞]'라 칭한다. 살결이 하얗고 코가
우뚝하며, 검은 전(氈)을 삼각으로 꺾어서 모자를 만든다. 부녀자들은
머리털을 배배 꼬아서 북상투를 틀고 옷깃에는 금주(金珠)를 단다. 향
산 문오(香山門澳)에 임시로 거주하여 해마다 지세(地稅)를 실어 온다.

---

45) 「大西洋」: 『임하필기』 권39, 異域竹枝詞에 수록. 「이역죽지사」에서는 중국을
　　구심으로 조선과 교섭이 있었던 동남아 및 서구 여러 나라의 지리적 위치 및
　　종족, 토산물 등에 대해 간략히 소개하였다. 죽지사(竹枝詞)란 악부시(樂府詩)의
　　일종이다.
46) 검은 전 : 털로 만든 모직물.
47) 향산 문오 : 마카오(澳門).

「洋僧尼」

掌教掌治分二王 緇衣靑斗盖旛張 僧雛扈衛婦男跪 曾入京師鬚髮長 洋
有敎化治世二王 戴靑斗帽 衣緇衣 出入張盖樹旛 僧雛衛之 男女輒跪依
過 曾游京師者 留髭髮

【역문】「서양의 승려」48)

교화를 맡고 치세를 맡는 두 왕으로 나누고	掌敎掌治分二王
치의49)와 푸른 두모에 일산 받치고 깃발 꽂네	緇衣靑斗盖旛張
승추50)는 그를 호위하고 남녀는 꿇어앉으며	僧雛扈衛婦男跪
중국에 들어간 자는 수염과 모발이 길었네	曾入京師鬚髮長

서양에는 교화(敎化)와 치세(治世)를 각각 맡는 두 왕이 있다. 푸른
두모(斗帽)를 쓰고 치의(緇衣)를 입으며, 나들이할 적에는 일산을 받치
고 깃발을 꽂으며, 승추(僧雛 소승(小僧))들이 그를 호위한다. 그가 지
나갈 적에는 남녀들이 꿇어앉아서 그가 지나가기를 기다린다. 일찍이
중국에 들어간 선교사는 수염과 모발을 길렀다.

---

48) 「서양의 승려」:『임하필기』卷三十九, 異域竹枝詞에 수록. 가톨릭 교황(敎皇).
49) 치의 : 승려(僧侶)가 입는 검은 물들인 옷.
50) 승추 : 소승(小僧). 가톨릭 사제를 의미한다.

「小西洋國」

中土遙遙萬里天 西洋大小互稱傳 長衣靑帕相交錯 摺袖惟看繡譜箋 國
去中土萬里 屬於大西洋 婦靑帕蒙首 錦幅摺袖 執繡譜習針蕭

【역문】「소서양국」[51]

중국에서 만리나 먼 거리에 위치해 있는데 　中土遙遙萬里天
서양의 대소국들이 서로 칭해 전하도다 　　西洋大小互稱傳
긴 옷과 푸른 머리띠 서로 어울리는데 　　　長衣靑帕相交錯
접은 소매에서 수놓은 솜씨를 보겠네 　　　摺袖惟看繡譜箋

그 나라는 중국에서 만리나 떨어져 있는데, 대서양(大西洋)에 소속
되어 있다. 부녀들은 푸른 머리띠를 머리에 얹고 비단폭으로 소매를
꺾어 접으며, 수보(繡譜)를 가지고 뜨개질을 익힌다.

---

51) 『임하필기』卷三十九, 異域竹枝詞

「英吉利國」

重裙雜色哆囉絨 壺貯鼻煙金鏤中 未嫁女兒腰欲細 生來裝束夙成工 國屬荷蘭 男子多著哆囉絨 婦人未嫁 束腰欲其細 短衣重裙 出行 以金縷合貯鼻烟自隨

【역문】「영길리국」52)

중군53)에다가 잡색의 다라융을 입고	重裙雜色哆囉絨
금루합에 비연54)을 담아 가지고 다니네	壺貯鼻煙金鏤中
시집가지 않은 여자 허리 가늘게 하려고	未嫁女兒腰欲細
평소 허리를 꽁꽁 묶는 일 이골이 났네	生來裝束夙成工

영길리국(英吉利國 영국(英國))은 하란(荷蘭)55)에 소속되어 있다. 남자들은 대부분 다라융(哆囉絨)을 입고, 여자는 시집가기 전에는 허리를 묶어서 가늘게 만들려고 노력하고, 단의(短衣)에 중군(重裙)을 입으며, 출행할 적에는 금루합(金縷合)에 비연(鼻煙)을 담아 가지고 다녔다.

---

52) 「영길리국」 : 『임하필기』 卷三十九, 異域竹枝詞에 수록. 영국을 말한다.
53) 중군 : 겹치마.
54) 비연 : 기관(氣管)이 막혔을 때 재채기를 하기 위하여 콧구멍에 넣거나 냄새를 맡는 가루약.
55) 하란(荷蘭) : 네덜란드. 영국이 네덜란드에 소속되어 있다는 설명은 오류다.

「法蘭西國」

佛郎西卽佛郎機 美洛中分呂宋歸 合勢紅毛閩粵擅 爭雄英吉近衰微 法蘭西 一名佛郎西 屢破呂宋 與紅毛 中分美洛居 盡擅閩粵 近與英吉利 爭雄稍弱

【역문】「법란서국」56)

불랑서는 바로 불랑기인데	佛郎西卽佛郎機
미락을 중분하고 여송57)을 차지했네	美洛中分呂宋歸
홍모인과 합세하여 민58)과 월59)을 지배하고	合勢紅毛閩粵擅
영길리와 패권 다투다 근자엔 쇠미하네	爭雄英吉近衰微

법란서는 일명 '불랑서(佛郎西)'라고도 한다. 누차 여송(呂宋)을 깨뜨리고, 홍모국(紅毛國 네덜란드)과 더불어 미락(美洛)을 중분해서 살며, 민(閩)과 월(粵)을 모두 손아귀에 넣고 마음대로 하며, 근래에는 영길리와 패권을 다투는데 약간 약하다.

---

56) 「법란서국」:『임하필기』卷三十九, 異域竹枝詞에 수록. 포르투갈을 말한다.
57) 여송 : 필리핀.
58) 민 : 지금의 중국 복건성(福建省) 일대.
59) 월 : 지금의 중국 광동성(廣東省) 일대.

「嘴國」

禮拜老尊輒脫帽 藤鞭一脚衛身好 衣外束裙雙袂卷 露胸方領金花倒 嘴
亦荷蘭屬國 脫帽爲禮 執藤鞭衛身 掃方領露胸 衣外束裙

【역문】「서국」60)

어른에게 절을 하려면 얼른 모자를 벗고　　　　　禮拜老尊輒脫帽

등편61)을 가지고 다녀 몸을 호위하도다　　　　　藤鞭一脚衛身好

옷 밖에 치마를 묶어서 두 소매를 말고　　　　　衣外束裙雙袂卷

동정을 모나게 하여 가슴을 드러내도다　　　　　露胸方領金花倒

서국은 또한 하란의 속국이다. 모자를 벗어서 예의를 표하고, 등편
(藤鞭)을 가져 몸을 호위한다. 부인들은 동정을 모나게 해서 가슴을 드
러내고 옷 밖에 치마를 묶는다.

---

60) 「서국」: 『임하필기』 卷三十九, 異域竹枝詞에 수록. 스웨덴(瑞典)을 지칭하는 듯
　　하나 미상이다.

61) 등편: 무기의 하나. 무장 군인이 드는 채찍으로, 굵은 등나무 토막 머리쪽에
　　사슴가죽이나 비단 끈을 달았다. 세종대왕기념사업회(편), 『한국고전용어사전』,
　　2001 참조

「荷蘭國」

　吉利紅毛一種蕃　佛郎地近是荷蘭　蔽山大艦輕於鴨　萬水看他陸地安　荷
蘭　一稱英吉利人名紅毛番　地近佛郎機　常駕大艦

【역문】「하란국」62)

　영길리국과 홍모국63)은 같은 종족의 나라인데　　　　吉利紅毛一種蕃
　불랑기에서 가까운 것이 바로 하란국이네　　　　　　佛郎地近是荷蘭
　커다란 배를 오리보다 가볍게 모는데　　　　　　　　蔽山大艦輕於鴨
　바다를 육지보다 안전하게 보기 때문이지　　　　　　萬水看他陸地安

　하란국(荷蘭國)은 한편 '영길리(英吉利)'라고도 칭하고64) 일명 '홍모번
(紅毛番)'이라고도 하는데, 그 땅이 불란서[佛郎機]에 가깝다. 그들은 항
상 큰 배를 몰고 다닌다.

〈주석 : 장정란〉

---

62) 「하란국」:『임하필기』卷三十九, 異域竹枝詞에 수록, 네덜란드를 뜻한다.
63) 홍모국 : 네덜란드
64) "하란국(荷蘭國)은 한편 '영길리(英吉利)'라고도 칭한다."는 내용은 오류이다.

『與猶堂全書』

「辨謗辭同副承旨疏」1)

伏以臣受國厚恩 與天無極 臣豈能盡述哉 教誨若嚴師 而變化其氣質
鞠育若慈父 而保全其性命 或殿下之所默運 而臣尙不知 或殿下之所已忘
而臣獨如結 靜言思之 刻骨鏤髓 欲言則於邑而不能聲 欲書則掩抑而不能
文 臣顧何人 受恩如此 臣本草野孤寒 非有父兄之蔭 師友之力 而獨賴我
殿下作成化育之功 幼而至壯 賤而至貴 六年於泮宮之試 三年於內閣之課
玷學士之選 躐大夫之資 凡其文識之有寸進 爵祿之有沾及 無一不出於我

---

* 『여유당전서』는 정치·경제·역사·지리·문학·철학·의학·교육학·군사학·자연과학
등 분야에 500여 권의 방대한 저술을 남기며 실학(實學)을 집대성한 조선 후기의
문신, 학자 정약용[丁若鏞, 자 귀농(歸農) 미용(美庸), 호 다산(茶山) 사암(俟菴) 여
유당(與猶堂) 채산(菜山) 탁옹(籜翁) 태수(苔叟) 자하도인(紫霞道人) 철마산인(鐵馬
山人), 1762~1836]의 백과사전류 문집이다. 저자 자신의 편집 원고를 바탕으로
외현손(外玄孫) 김성진(金誠鎭)이 편차(編次)한 것을 정인보(鄭寅普) 안재홍(安在
鴻) 등이 교정하여 1934~1938년 활자본으로 간행한 『여유당전서』는 154권 76책
이며, 詩文集·經集·禮集·樂集·政法集·地理集·醫學集 등 7집으로 분류되어 있다.
제1집은 詩文集 25권으로 권1~7은 賦 2篇, 詩 1,312首, 권8은 對策 10편, 권9는
策問(11)·議(10)·疏(12)·箚子(4), 권10은 原(7)·說(19)·啓(6)·狀(8), 권11~14는 論
(65)·辨(20)·箴(13)·銘(15)·頌(2)·贊(10)·序(56)·記(62)·跋(54)·題(25), 권15~21은
敍(20)·墓誌銘(24)·墓碣銘(1)·墓表(5)·碑銘(2)·祭文(14)·誄(1)·遺事(6)·行狀(3)·傳
(5)·紀事(3)·贈言(17)·家誡(9)·書(222)·記(1), 권22는 錄(1)·雜文(10)·儷文(7)·雜評
(12)이 수록되어 있다. 제2집은 經集 48권 24책으로 四書와 「詩經」, 「尙書」, 「春
秋」, 「周易」에 대한 저술이다. 『여유당전서』에 序, 跋 등은 없다. 한국고전번역원,
『여유당전서』, 2005, 김진옥 해제 참조.
* 역문 : 한국고전번역원, 『여유당전서』, 2013~2016.
1) 「辨謗辭同副承旨疏」: 자신에 대한 세간의 비방을 변명하고 정조가 제수한 동부
승지(同副承旨) 직을 사양하는 상소문. 1797년(丁巳年) 6월에 작성하였다.

殿下至教之所陶鎔 至意之所彌綸 臣雖木石 忍負是恩洪 惟我殿下躬泝泗
洛閩之學 得堯舜禹湯之位 承千聖而集大成 黜百家而大一統 囿群物於淵
琴點瑟之間 斯其爲聖人之世也 臣旣幸而生於聖人之世 其亦幸而游於聖
人之門 雖不能入宮墻一步 窺宗廟百官之盛 若其薰炙涵沐 亦旣深矣 宜
其規行榘步 天飛淵躍 庶得令聞令名 以不負雲雨造化之天 而只緣臣不肖
無狀 十餘年來 所得梁楚 乃在於淫邪怪誕不經之說 汩沒乎膠漆之盆 宛
轉乎刀俎之上 負殿下曲遂之意 勞殿下不屑之誨 卽毋論其情實之如何 而
其罪已不勝誅殛矣 冉求孔子之寵徒也 然一有罪過 孔子曰非吾徒也 小子
鳴鼓而攻之 蓋以聖人之門 最嚴於道術趣向之際 而不能以私愛恕之也 今
臣罪過 非特冉具 而乃我殿下旣一赦之 又一誨之 不忍終棄 又重收之 知
其夷矣 思所以夏之 知其獸矣 思所以人之 知其死矣 思所以生之 眷顧拯
救 積費聲力 庇覆容忍 以冀改悔 非我父母 孰將如是 臣宜刳肝出血 卽
地溘然 以之明此恩於一世 暴此心於萬世 而蒙冒不潔 洟忍偷生 跼高蹐
厚 尚復何言 臣於所謂西洋邪說 嘗觀其書矣 然觀書豈遽罪哉 辭不迫切
謂之觀書 苟唯觀書而止 則豈遽罪哉 蓋嘗心欣然悅慕矣 蓋嘗擧而夸諸人
矣 其於本源心術之地 蓋嘗如膏漬水染 根據枝縈而不自覺矣 夫旣一番如
是 此卽孟門之墨者也 程門之禪派也 大質虧矣 本領誤矣 其沈惑之淺深
遷改之遲速 有不足論 雖然曾子曰吾得正而斃焉 斯已矣 臣亦欲得正而斃
矣 可不一言以自暴乎 臣之得見是書 蓋在弱冠之初 而此時原有一種風氣
有能說天文曆象之家 農政水利之器 測量推驗之法者 流俗相傳 指爲該洽
臣方幼眇 竊獨慕此 然其性力躁率 凡屬艱深巧密之文 本不能細心究索
故其糟粕影響 卒無所得 而乃反繳繞於死生之說 傾嚮於克伐之誠 惶惑於
離奇辯博之文 認作儒門別派 看作文垣奇賞 與人譚論 無所忌憚 見人詆
排 疑其寡陋 原其本意 蓋欲以博異聞也 然臣自來志業 只在榮達 自登上
庠 所專精壹意者 卽功令之學 而其赴月課旬試 有如鶩發 此固非這般氣
味 況自釋褐以後 尤何能游心方外哉 歲久年深 遂不復往來心頭 而漠然

若前塵影事 奈其標榜一立 涇渭無別 斷斷至今掉脫不得 慕虛名而受實禍
臣之謂矣 其書中傷倫悖理之說 固不可更僕數之 亦不敢汚穢天聽 而至於
廢祭之說 臣之舊所是書 亦所未見 葛伯復生 豺獺亦驚 苟有一分人理之
未及澌滅者 豈不崩心顫骨 斥絶亂萌 而洪流襄陵 烈火燎原 辛亥之變 不
幸近出 臣自兹以來 憤恚傷痛 誓心盟志 疾之如私仇 討之如兇逆 而良心
既復 見理自明 前日之所嘗欣慕者 反而思之 無一非荒虛怪妄 其所謂死
生之說 佛氏之設怖令也 其所謂克伐之誠 道家之伏慾火也 其離奇辯博之
文 卽不過稗家小品之支流餘裔也 外此則逆天慢神 罪不容誅 故中國文人
如錢謙益 譚元春 顧炎武 張廷玉之徒 早已燭其虛僞 劈其頭腦 而蒙然不
知 枉受迷惑 莫非幼年孤陋寡聞之致 撫躬慚忿 何嗟及矣 此心明白 可質
神明 臣豈敢一毫欺隱哉 臣之宜被威罰 實在於八九年前 而幸荷殿下之庇
廕 得逭有司之刑章 有罪未勘 如任在背 乃於再昨年七月 特蒙聖旨 出補
湖郵 尙云晚矣 何其輕也 臣手捧恩言 揮涕出城 步步思念 字字慈覆 此
生此世 云何報答 臣之得謗 方迫坑塹 而聖旨却論文章 臣之負罪 難責緦
功 而聖旨至及筆畫 何惜於臣而恩念至此 至於臣兄之橫被人言 寔緣對策
而前旣以十行絲綸 昭釋洞劈 又於責臣之教 特云無罪渠兄 是殿下一言而
活臣之兄弟也 臣與臣兄 握手號泣 不知所以圖報也 臣到湖郵 每蚤夜淸
明 必點檢身心 改革雖已久矣 而猶懼渣滓之未淨 悔悟雖已眞矣 而猶懼
稊稗之已熟 務養善端 冀副我殿下陶鑄生成之至仁大德 而況其所莅地方
卽邪說誑誤之鄕 愚氓之迷不知反者 寔繁其徒 故臣就議按道之臣 講搜捕
之方 而發其隱匿 諭禍福之義 而曉其疑怯 設斥邪之禊 而勸其祭祀 執守
邪之女 而成其婚嫁 復求一鄕之善士 而相與質疑送難 以講聖賢之書 旣
以思之 臣之所爲 殆亦有進 自幸自欣 伊誰之賜 臣自謂生平大恩 無踰於
金井一行 而曾未改歲 已蒙恩宥 生踰江漢 穩處城闉 穀無餘願 死無餘恨
臣意塡溝壑 不復見天日 不意前冬 忽蒙恩召 戴帽束帶 重入脩門 得處密
邇之地 俾與考校之役 金華燈燭 怳如夢寐 內廚珍錯 爛其輝光 遂得以滓

穢之身 進對於淸嚴之席 威顏開霽 玉音溫諄 逖違之餘 哀情條感 有淚如
雨 不知所云 至於騎曹之特除 銀臺之復入 此雖出於我殿下至恩洪造 在
臣身實恐非好消息也 以殿下曲保之念 何爲而有此也 揆以分義 宜不敢揚
揚出肅 而臣顧自念 亦安敢爲人所爲乎 有除輒膺 自同平人 而夷考其情
乃所以不自同平人也 人或謂臣不懼人言 凡有除命 宜莫逡巡 臣竊思之
豈無人言 特殿下庇覆之耳 明知其有 而幸其不露 臣實恥之 宜卽陳疏 以
自控引 而校書管試 未及周旋 旋已遞職 只自愧懼 不意今日 又奉除旨
區區賤忱 始可悉暴 臣伏念天道忌盈 人情惜屈 今臣沈塞積久 則人將曰
某也實未嘗爲邪 而枳廢至此 亦可憫也 此在臣福也慶也 生之塗也 今臣
騰騫依舊 則人必曰某也舊嘗爲邪 而揚歷如彼 亦可惡也 此在臣禍也殃也
死之術也 今臣一擧顏於朝行之間 而公卿大夫相與指點曰 彼來者爲誰 彼
固嘗溺於邪者耶 容儀一接 心想蘙起 臣將何面之可顯乎 斯其不若匿影遁
跡於山巖之間 使世之人 日相忘而不知也 故高官美爵 非臣所望 豐貲厚
祿 非臣所羨 唯此一縷未絶之前 得洗此天下所無之惡名醜目 是臣之至願
至懇也 蓋此邪學 卽幾千萬里外異域殊俗之法也 故其一毛一髮 無非罪逆
而駭怪驚怖 截然若鳥獸之在人群 不能一日而苟焉相處 斷非通籍從宦之
家 循俗交游之人 所能迬行而弗悖者也 故卑微之流 或行之無事 而若係
裾紳之族 表表可稱者 其禍立至 豈能支旬日之命哉 然其見於行事者 雖
不至觸憲干紀 若其本源心術之病 終不能釋然開豁 則雖得苟免於有司一
時之刑 誠有主斯文之權者 將斥之爲異端亂賊 而不可終逭於天下萬世之
誅也 陸九淵, 陳獻章固未嘗燒指焚頂 而禪學之目 其可辭乎 若臣者當初
染跡 有同兒戲 而知識稍長 便爲敵讎 知之旣明 斥之愈嚴 悟之旣晚 嫉
之愈甚 剔心七竅 實無餘瞖 搜腸九曲 實無遺瀋 而上而受疑於君父 下而
遭謫於當世 立身一敗 萬事瓦裂 生亦何爲 死將安歸 且臣受恩君父 亦已
甚矣 自投罟擭 號呼悲泣 則援手拯拔 置之衽席 如經疾疫 久漸蘇醒 則
又一變怪 如石壓笋 此殆臣命途崎險 福分涼薄 而雖以我殿下造命之權

亦無如之何也 今殿下憐臣而不棄 復此甄收 而每一事端 輒一追咎 則夢想不及 汚衊先至 纍然漸頓 坐受唆哄 前旣有驗 後豈或殊 審如是也 臣寧一直錮廢 無使時訕時信 徒令恩數太瀆而罪負益重也 臣竊伏念聖賢有作 則災害異端 必與竝起 使之救患拯厄 用茂厥功德 堯之水湯之旱 孟子之楊墨 朱子之蘇陸 皆其驗也 今我殿下闡道學之原 崇敎化之本 開示正路 則臨九軌而御六轡 丕變頹風 則登盟壇而執牛耳 彼其邪說之有作 殆將以彰殿下闢廓之功耳 太陽中天 魑魅蟎蝀 固無足爲國家之憂 而其於臣之一身 事無大於是者 臣安得不焦唇頓足 以冀其及時撲滅 無俾易種于斯世乎 雖然朱子之戒路德章 亟勉其不怨天不尤人 而向裏消磨 救得晚節 臣雖不敏 請事斯語 爲今之計 唯有潛心經傳 以圖桑楡之報 遠跡榮途 以效自靖之義 而至若抗顔擡頭 出入臺省 重傷淸朝之廉恥 益招一世之公議 臣不敢出也 玆敢隨牌詣闕 瀝血陳章 仰瀆崇嚴之聽 伏乞聖慈諒臣情地 察臣哀懇 亟遞臣職名 仍賜斥黜 俾得贖其罪愆 遂其性分 以卒天地生成之澤 不勝大願 臣無任瞻天望聖激切祈懇之至 六月日 答曰省疏具悉 善端之萌 藹然如春嘘物茁 滿紙自列 言足感聽 爾其勿辭察職

【역문】「비방을 변명하고 동부승지(同副承旨)를 사양하는 소」[2]

엎드려 생각하건대, 신이 국가의 두터운 은혜를 받은 것이 하늘과 같아 끝이 없으니, 신이 어찌 능히 다 기술하겠습니까. 엄사(嚴師)와 같이 가르쳐 그 기질을 변화시키고, 자부(慈父)와 같이 기르시어 그 성명(性命)을 보전하게 하셨습니다. 혹은 전하께서 묵묵히 운용(運用)하시는데 신이 오히려 모르기도 하고, 전하께서는 벌써 잊으셨는데 신은 홀로 가슴에 맺혀 있기도 합니다. 곰곰이 생각하니, 골수에 새겨져

---

2) 『여유당전서』第一集, 詩文集, 第九卷○文集, 疏

말을 하려고 하면 감격에 겨워 소리를 낼 수 없고, 글을 쓰려고 하면 감격에 억눌려 글을 만들 수가 없습니다. 신이 돌아보건대, 어떤 사람이 은혜를 이와 같이 받았겠습니까. 신은 본래 초야의 외롭고 한미한 사람으로, 부형의 음덕과 사우의 도움이 없었는데 다만 우리 전하께서 작성하고 화육해 주시는 공을 힘입어 어린 나이에서 장년(壯年)에 이르렀고, 천한 사람으로 귀하게 되어, 6년 동안 반궁(泮宮 성균관(成均館))에서 시험했고, 3년 동안 내각(內閣)에서 각과(閣課)하여, 외람되이 학사(學士)에 뽑혔고 대부(大夫)의 품계에 올랐습니다. 무릇 그 식견이 조금 진보되고 작록(爵祿)이 미친 것은, 모두 우리 전하의 지극한 가르침으로 도야(陶冶)시킨 것이고, 지극한 뜻으로 다스려 주신 때문입니다. 신이 비록 목석(木石)인들 차마 이 은혜를 저버릴 수 있겠습니까. 삼가 생각하건대, 우리 전하께서는 공(孔)·맹(孟)·정(程)·주(朱)의 학문을 몸소 닦았고, 요(堯)·순(舜)·우(禹)·탕(湯)의 지위를 얻으셨습니다. 그리하여 천성(千聖)을 계승하여 집대성하시고 백가(百家)를 축출해서 크게 통일, 온갖 만물을 안연(顔淵)의 거문고와 증점(曾點)의 비파처럼 화순한 사이에 있게 하시니, 이것이 성인(聖人)의 세상입니다. 신은 이미 다행하게도 성인의 세상에 태어났고 또한 다행스럽게도 성인의 문하에 노닐었으니, 비록 궁장(宮墻) 안으로 한 걸음 들어가 종묘(宗廟)와 백관의 융성함을 엿보지는 못했으나 교화를 입어 몸에 밴 것은 또한 깊습니다. 마땅히 그 행신을 법에 맞게 하여 보이는 데서나 보이지 않는 데서나 삼가서 훌륭한 명망(名望)을 얻음으로써 은택을 내려 주신 임금님의 지극한 공을 저버리지 않아야 할 것입니다. 그런데 신이 불초함으로 인해서 10여 년 동안 얻은 비방[3]의 내용은, 음흉하고 간사하고 괴이하고 불경(不經)스럽다는 것이어서 반목과 갈등 속

---

3) 10여 년 동안 얻은 비방 : 1791년 윤지충 권상연의 신해진산사건(辛亥珍山事件) 발생 이후 끊임없이 정약용을 서학 및 천주교에 연관시켜 비방한 정황을 말한 것.

에 빠져 늘 논란의 대상이 되었습니다. 그리하여 전하께서 곡진히 이루어 주려는 뜻을 저버리고 전하의 불설지회(不屑之誨)4)를 수고롭게 하였으니, 그 실정이 어떠한가는 논하지 않더라도, 그 죄는 이미 벌을 피할 수 없습니다. 염구(冉求)는 공자가 총애하는 제자입니다. 그런데도 한 번 잘못이 있자 공자가, "우리 무리가 아니니, 제자들아 북을 울려 성토(聲討)하라." 하였으니, 대개 성인의 문에는 도술(道術) 취향(趣向)의 즈음에 가장 엄하여, 사사로운 애정으로 용서할 수 없었기 때문입니다. 지금 신의 죄는 비단 염구가 구신(具臣) 노릇한 정도가 아닌데, 우리 전하께서 이미 한 번 용서해 주셨고, 또 한 번 교회(敎誨)하시어 차마 끝내 버리지 않으시고 또 거듭 거두어 주셨으며, 오랑캐가 된 것을 아시고는 화하(華夏)가 되게 할 것을 생각하시고, 금수가 된 것을 아시고는 사람이 되게 할 것을 생각하셨으며, 죽게 된 것을 아시고는 살게 하실 것을 생각하시어 돌봐주고 구원해 주시느라 거듭 성력(聲力)을 소비하여, 비호하고 용인하여 회개하기를 바라시니, 우리 부모가 아니면 누가 이와 같이 하겠습니까. 신은 마땅히 간(肝)을 쪼개어 피를 내고 죽어 지하에 가서, 이 은혜를 온 세상에 밝히고, 이 마음을 만대(萬代)에 드러내야 하는데도, 불결함을 뒤집어쓰고 구차스럽게 생명을 탐하여, 두려워서 몸둘 곳을 모르고 조마조마한 마음으로 살고 있으니, 그러고도 다시 무슨 말씀을 드리겠습니까. 신은 이른바, 서양(西洋) 사설(邪說)에 대하여 일찍이 그 책을 보았습니다. 그러나 책을 본 것이 어찌 바로 죄가 되겠습니까. 말을 박절하게 할 수 없어 책을 보았다고 했지, 진실로 책만 보고 말았다면 어찌 바로 죄가 되겠습니까. 대개 일찍이 마음속으로 좋아하여 사모했고, 또 일찍이 이를 거론

---

4) 불설지회(不屑之誨) : 가르치는 것을 탐탁하게 여기지 않고 가르치지 않는 것이 도리어 그 사람을 위하여 좋은 교훈이 되는 것을 말한다. 『孟子 告子下』에 나오는 문구. 역문 주석 참조.

하여 남에게 자랑하였습니다. 그 본원(本源) 심술(心術)에 있어서, 일찍이 기름이 스며들고 물이 젖어들며 뿌리가 점거하고 가지가 얽히듯 하여, 스스로 깨닫지 못했습니다. 대저 이미 한 번 이와 같이 되면, 이 것은 맹문(孟門 맹자의 문하)의 묵자(墨子 겸애설(兼愛說)을 제창한 전국시대의 사상가)요, 정문(程門 정자의 문하)의 선파(禪派 불교(佛敎)를 일컬음)입니다. 대질(大質)이 휴손되고 본령(本領)이 그릇되었으니, 그 침혹(沈惑)의 깊고 얕음과 개과천선의 빠르고 늦은 것은 논할 것이 없습니다. 비록 그렇더라도 증자(曾子)가 말하기를, "나는 정도(正道)만 얻고 죽으면 그만이다." 하였는데, 신 또한 정도를 얻고서 죽고자 하오니, 한마디 말로써 스스로를 밝히지 않을 수 있겠습니까. 신이 이 책을 본 것은 대개 약관(弱冠) 초기였는데, 이때에 원래 일종의 풍조가 있어, 능히 천문(天文)의 역상가(曆象家)와 농정(農政)의 수리기(水利器) 와 측량(測量)의 추험법(推驗法)을 말하는 자가 있으면, 세속에서 서로 전하면서 이를 가리켜 해박(該博)하다 하였는데, 신은 그때 어렸으므로 그윽이 혼자서 이것을 사모하였습니다. 그러나 성력(性力)이 조솔(躁率)하여 무릇 어렵고 깊고 교묘하고 세밀한 것에 속하는 글은, 본래 세심하게 연구하지 못했습니다. 그러므로 그 조박(糟粕)과 영향(影響)을 끝내 얻은 것이 없고, 도리어 사생설(死生說)에 얽히고, 극벌의 경계[克伐之誡]에 귀를 기울이고, 이기(離奇 비뚤어진 것을 가리킴)하고 변박(辯博)한 글에 현혹되어, 유문(儒門)의 별파(別派)로 인식하고, 문원(文垣)의 기이한 감상(鑑賞)으로 보아, 남들과 담론할 때는 기휘한 바가 없었고, 남들이 배격하는 것을 보면 과루(寡陋)해서인가 의심하였으니, 그 본의를 따져보면 대체로 이문(異聞)을 넓히고자 해서였습니다. 그러나 신은 그 동안 뜻하고 종사한 것이 영달에만 있어서, 태학(太學)에 들어온 후로 오로지 뜻을 전일하게 한 것은 곧 공령학(功令學 과문(科文))으로, 월과(月課)와 순시(旬試)에 응시하기를 새매가 먹이를 잡으려듯이 정신을 쏟았으니, 이것은 진실로 이러한 기미(氣味)가 아닙니다. 더군다나 벼슬길에 나아간 후로 어찌 방외(方外)에 마음을 쓸 수 있겠습니까. 해가 오래고 깊어갈수록 마침내 다시는 마음속에 왕래하지 않아서 막연히 지나간 먼지와 그림자처럼 느꼈는데, 어찌 그 명목(名目)을 한 번 세워 청탁(淸濁)을 분별하지 못하고서 고지식하게 지금껏 벗어나지 못하였겠습니까. 허명만 사모하다가 실화(實禍)를 받는다는 것은 신을 두고 이른 것입니다. 그 책 속에 윤상(倫常)을 상하고 천리(天理)에 거슬리는 말은 진실로 이루 다 헤아릴 수 없이 많고 또한 감히 전하의 귀를 더럽힐 수 없으나, 제사(祭祀)를 폐하는 말에 이르러서는 신이 옛날 그 책에서 또한 본 적이 없습니다. 갈백(葛伯)이 다시 태어났으니, 시달(豺獺)도 놀랄 것입니다.5) 진실로 조금이라도 사람의 도리가 미처 없어지지 않은 것이 있다면, 어찌 마음이 무너지고 뼈가 떨려서 난맹(亂萌)을 배척하여 끊어버리지 않고, 홍수가 언덕을 넘고 열화(烈火)가 벌판을 태우듯 성하게 하겠습니까. 신해(辛亥)의 변(變)6)이 불행히 근래에 나왔으니, 신은 이 일이 있은 이래로, 분개하고 상통(傷痛)하여 마음속에 맹세해서 미워하기를 원수같이 하고 성토하기를 흉역(兇逆)같이 하였는데, 양심이 이미 회복되자 이치가 자명해졌

---

5) 갈백(葛伯)이 다시 태어났으니, 시달(豺獺)도 놀랄 것입니다. : 매우 놀랄 일이라는 뜻. 갈백은 하(夏)나라 제후로 성품이 포학해 제사를 지내지 않았고, 시달은 승냥이와 수달피로 비록 미물이지만 동물을 잡아놓고 조상에게 제사를 지낸다고 한다. 즉 갈백처럼 제사도 지낼 줄 모르는 자들이 생겨났으니, 수달피 같은 짐승까지도 놀랄 일이라는 뜻이다. 『書經 仲虺之誥』, 『孟子 藤文公下』에 실린 문구. 역문 주석 참조.

6) 신해(辛亥)의 변(變) : 1791년 신해박해. 진산의 양반 천주교인 윤지충(尹持忠)이 모친상을 당해 외사촌 권상연(權尙然)과 함께 제사를 폐하고 신주를 불태우자 이에 천주교를 배격하는 공서파(攻西派)는 천주교를 신봉 또는 묵인하는 신서파(信西派)를 공격하며 정치문제로 확대시켜서 결국 조정에서 천주교도들에게 가했던 일대 박해 사건이다.

으므로, 전일에 일찍이 흠모한 것을 돌이켜 생각하니, 하나도 허황하고 괴이하고 망령되지 않은 것이 없었습니다. 거기에 이른바, 사생의 말[7]은 불씨(佛氏)가 만든 공포령(恐怖令)이고, 이른바 극벌의 경계[克伐之誠][8]는 도가(道家)의 욕화(慾火)를 없애라는 것이고, 그 이기하고 변박하다는 글은 패가(稗家) 소품(小品)의 지류(支流)에 불과한 것이니, 이 밖에 하늘을 거역하고 귀신을 경멸하는 죄는 용서받을 수 없습니다. 그러므로 중국 문인(文人)에 전겸익(錢謙益)[9]·담원춘(譚元春)[10]·고염무(顧炎武)[11]·장정옥(張廷玉)[12] 같은 무리는 일찍이 그 허위를 밝히고 그 두뇌(頭腦)를 벽파(劈破)하였는데도 어리석게 알지 못하여 잘못 미혹됨을 받았으니, 이는 모두 어린 나이로 고루 과문한 소치였습니다. 몸을 어루만지며 부끄러워하고 분하게 여기며 탄식한들 무슨 소용이 있겠습니까. 이 마음은 명백하여 신명에게 질정할 수 있습니다. 신이 어찌 감히 털끝만큼이라도 속이고 숨기겠습니까. 신이 마땅히 위벌(威罰)을 당해야 할 일은 실지로 8~9년 전에 있었는데, 다행히 전하의 비호하심을 입어서 유사(有司)의 형장(刑章)에서 피할 수 있었습니다. 죄가 있었지만 처벌받지 않아 무거운 짐을 등에 진 것 같았던 바, 이어 재작년 7월에 특별히 성지(聖旨)를 받고 호우(湖郵) 금정 찰방

---

7) 사생의 말 : 천당과 지옥, 상선벌악(賞善罰惡) 등 천주교 교리.

8) 극벌의 경계[克伐之誠] : 천주교의 십계명(十誡命)과 칠극(七極).

9) 전겸익(錢謙益, 1582~1664) : 중국 명말 청초의 문신 학자. 문학으로 명성이 자자했던 동림(東林)의 거목.

10) 담원춘(譚元春, 1586~1637) : 중국 명말의 문인으로 시를 잘 지어 당대에 명성이 높았으나 그의 문장에서는 성령(性靈)을 강조하고, 옛 것을 모방하는 것에 반대하여 이단적 견해와 강력한 개성 때문에 학자들 사이에 격렬한 비난을 불렀다. 임종욱(편), 『중국역대인명사전』, 이회문화사, 2010 참조

11) 고염무(顧炎武, 1613~1673) : 중국 명말청초의 사상가 문인 사학자, 황종희(黃宗羲), 왕부지(王夫之)와 더불어 명말청초의 삼 대유(三大儒)로 일컬어진다.

12) 장정옥(張廷玉, 1672~1755) : 청 강희(康熙) 옹정(擁正) 건륭(乾隆) 연간의 문신.

(金井察訪))로 보직[13]되었지만, 오히려 늦은 것입니다. 어찌 그리도 경(輕)하게 하셨습니까. 신이 손으로 은언(恩言)을 받들고, 눈물을 흘리면서 성문(城門)을 나서자, 걸음마다 생각하니 글자마다 자비롭고 비호해 주신 것이었습니다. 이 사람이 이 세상에서 무엇으로 보답하겠습니까. 신이 비방을 들은 것은 바야흐로 구덩이에 임박했는데도 성지는 문득 문장을 논하셨고, 신이 지은 죄는 시공복(緦功服)을 책하기가 어려운데도 성지는 필획(筆劃)에 미치셨으니, 무엇 때문에 신을 애석히 여기시어 은념(恩念)이 여기에 이르셨습니까. 신의 형이 잘못 남의 비방을 받은 것은 곧 대책(對策)으로 인한 것인데, 앞서 이미 10행(行)의 윤음(綸音)으로 밝게 판결하시었고, 또 신을 책(責)하시는 교서에 특별히 '너의 형은 죄가 없다.' 하셨습니다. 이것은 전하의 한 말씀으로 신의 형제를 살리신 것입니다. 신의 형은 손을 마주잡고 울부짖으면서 보답할 바를 알지 못했습니다. 신이 호우에 이르러서는 매양 주야로 청명(淸明)하게 하고 반드시 심신(心身)을 점검하여, 개혁한 지 오래되었으나 오히려 찌꺼기가 정화(淨化)되지 않았는가 두려워하고, 뉘우쳐 깨우침이 비록 진실하게 되었으나 오히려 잡초(雜草)가 성숙하였는가 두려워하여, 힘써 좋은 마음을 길러 우리 전하의 훈도(薰陶)하고 생성(生成)시키는 지극한 인덕(仁德)에 부응(副應)하기를 바랐습니다. 더구나 신이 부임한 지방은 곧 사설(邪說)이 그르친 지방으로서, 어리석은 백성이 현혹(眩惑)되어 진실로 돌이킬 줄 모르는 무리가 많았습니다. 그러므로 신이 관찰사(觀察使)에게 나아가 의논하여, 수색해서 체포할 방법을 강구하여 그 숨은 자를 적발하고 화복(禍福)의 의리

---

13) 호우(湖郵) 금정 찰방(金井察訪))로 보직 : 중국인 신부 주문모(周文謨)가 조선 최초의 사제로 밀입국한 사건에 연루되어 1795년 7월, 이가환(李家煥)은 충주 목사(忠州牧使)로, 정약용은 충청도 금정 찰방(金井察訪)으로 좌천되었던 사실을 말한다.

를 일깨워주어, 그들이 의심하고 겁내는 것을 효유(曉諭)하고, 척사(斥邪)하는 계(禊)를 만들어서 그들에게 제사를 권하고, 사교(邪敎)를 믿는 여자를 잡아다가 그들에게 혼인을 하도록 하고, 다시 일향(一鄕)의 착한 선비를 구해서 서로 더불어 질의하고 논란하여 성현의 글을 강론하게 하였습니다. 이윽고 생각하건대, 신이 한 일이 자못 진보가 있었으니, 스스로 다행스럽고 기쁘게 여깁니다. 이것이 누구의 은혜이겠습니까. 신은 스스로 생각하니, 평생의 큰 은혜가 금정(金井)의 한 걸음보다 나은 것이 없다고 여겼는데, 일찍이 해가 바뀌기 전에 이미 용서를 받아 살아서 한강(漢江)을 넘어와 편안히 성(城) 안에서 살게 되었으니, 살아서 여원이 없고 죽어도 여한이 없습니다. 신은 생각하기를, 신이 죽어서 다시는 천일(天日)을 뵙지 못하려니 여겼는데, 뜻밖에 지난 겨울에 갑자기 부르심을 입어, 관(冠)을 쓰고 띠(帶)를 맨 채 거듭 수문(脩門 대궐문)으로 들어가, 은밀하고 가까운 곳에 거처하면서 교정(校訂)하는 일에 참여하게 되니,[14] 금빛 찬란한 등촉(燈燭)은 황홀하기가 꿈꾸는 것 같았고, 수라간(內廚)의 진수(珍羞)는 그 빛이 찬란했습니다. 마침내 더러운 몸으로 청결하고 엄숙한 자리에 나아가 대하니, 용안(龍顔)의 위엄은 활짝 개고 옥음(玉音)이 온순(溫淳)하시므로 멀리 떨어졌던 나머지 슬픈 생각이 하나하나 감동되어, 눈물이 비오듯하여 말할 바를 모르겠습니다. 기조(騎曹 병조)에 특별히 제수하심과 은대(銀臺 승정원(承政院))에 다시 들어가게 된 것은, 이것이 비록 우리 전하의 지극한 은혜에서 나온 것이기는 하나, 신에게는 진실로 좋은 소식이 아닌듯 싶습니다. 전하께서 곡진히 보호하시는 생각을 무엇 때문에 이처럼 하십니까. 분의(分義)로 헤아려보면, 의당 감히 양양하게 나아가 숙배(肅拜)하지 못할 것이거니와, 신이 스스로 생각하건대 어

---

14) 1796년 11월 병조 참지가 되고, 12월에 초계문신으로서 「史記英選」의 교정에
    참여한 일.

찌 감히 남이 하는 바를 하겠습니까. 제수할 때마다 바로 받는 것은 스스로 평인과 같게 하는 것인데, 그 실정을 상고해 보면 곧 스스로 평인과 같을 수가 없습니다. 사람들이 혹 신에게 이르기를, "남에게 말을 듣지 않았으니, 무릇 제수의 명이 있으면 마땅히 머뭇거릴 것이 없다." 하나, 신은 삼가 생각하건대, 어찌 남의 말이 없겠습니까. 다만 전하께서 덮어주셨을 뿐입니다. 있는 것을 분명히 알면서 그것이 탄로되지 않는 것을 다행으로 여기는 것은 신은 진실로 부끄럽게 생각합니다. 마땅히 즉시 소를 올려 스스로 인책해야 할 것이었으나, 교서(校書)와 관시(箸試)로 인해 미처 주선하지 못하였는데 바로 체직되니, 다만 스스로 부끄럽고 두려웠을 뿐입니다. 그런데 뜻밖에 오늘 다시 제수하는 교지를 받고 보니, 구구한 천신의 정성을 비로소 모두 밝히게 되었습니다. 신은 생각하건대 천도(天道)는 가득 찬 것을 싫어하고, 인정(人情)은 궁굴(窮屈)하는 것을 애석하게 여깁니다. 지금 신이 오래도록 침색(沈塞)하면 사람들이 장차 말하기를, "아무개는 진실로 일찍이 사교(邪敎)[15]에 빠지지 않았는데, 벼슬길이 이토록 막히니 또한 가엾다." 할 것이니, 이것은 신에게 복이요, 경사이며, 사는 길입니다. 그러나 지금 신이 전처럼 양양하게 날개를 펴고 다닌다면, 남들이 반드시 말하기를, "아무개는 예전에 사교에 빠졌었는데도 저와 같이 좋은 벼슬을 하니 가증스럽다." 할 것이니, 이것은 신에게 화(禍)요, 앙(殃)이며, 죽는 길입니다. 지금 신이 한 번 조정에 얼굴을 들고 다니면 공경(公卿)·대부(大夫)가 서로 신을 지목하여 말하기를, "저기 오는 자는 누구인가. 저 자가 진실로 일찍이 사교에 빠졌던가." 하여, 용의(容儀)를 대할 때마다 생각이 문득 떠오를 것이니, 신은 장차 무슨 면목으로 나타날 수 있겠습니까. 이것은 차라리 산 속에 종적을 감추어 세

---

15) 사교(邪敎) : 천주교

상 사람들로 하여금 날로 잊게 하여 알지 못하도록 하는 것만 못합니다. 그러므로 고관(高官)·미작(美爵)은 신이 바라는 바가 아니며, 많은 재물과 후한 녹도 신이 부러워하는 바가 아니고, 오직 이 한가닥 목숨이 끊어지기 전에 천하에 일찍이 없었던 이 추악한 명목을 씻는 것이 바로 신의 지극한 소원입니다. 대개 이 사학(邪學)은 곧 몇 천만 리 밖, 풍속이 다른 이역(異域)의 법입니다. 그러므로 그 모발(毛髮) 하나라도 죄역(罪逆)이 되지 않는 것이 없고, 해괴하고 두려운 것이 조수(鳥獸)가 사람 속에 있는 것같이 분명하여 하루도 구차하게 함께 거처할 수 없으니, 단연코 관적(官籍)에 올라 벼슬하는 집안과 풍속을 따라 교유하는 사람으로서는 거스름없이 병행(並行)될 것이 아닙니다. 그러므로 비천하고 한미(寒微)한 사람은 혹 행하더라도 무사하지만, 사대부에 속한 종족으로서 드러나게 칭송할 만한 이는 그 화가 바로 이르니, 어찌 순일(旬日)의 명(命)인들 지탱하겠습니까. 그러나 그 행사에 나타난 것이 비록 법에 저촉되고 강기(綱紀)를 범하는 데는 이르지 않았다 하더라도 그 근본적인 심술의 병은 끝내 석연하게 열릴 수 없으니, 비록 구차하게 유사(有司)의 일시적인 형벌을 면할 수는 있다 하더라도 진실로 사문(斯文)의 권리를 주장하는 자 있으면, 장차 그를 배척하여 이단 난적이라 할 것이므로 끝내는 천하 만세의 주벌(誅罰)을 피할 수 없을 것입니다. 육구연(陸九淵)[16]과 진헌장(陳獻章)[17]은 일찍이 손가락을 불사르고 이마를 지지지는 않았으나, 선학(禪學)의 지목(指目)을 어찌 피할 수 있겠습니까. 신의 경우는, 당초에 물든 것은 아이의 장난과 같았는데 지식이 차츰 자라자 문득 적수(敵讎)로 여겨, 분명

---

16) 육구연(陸九淵, 1139~1193) : 중국 남송(南宋)의 유학자로 주자의 객관적 유심론에 대립하여 주관적 유심론을 주장하였다.

17) 진헌장(陳獻章, 1428~1500) : 중국 명(明)의 유학자로 유교경전 해석에 몰두하는 명대의 주자학에 반발하고 실천성을 강조하며 육구연의 학풍을 계승하였다.

히 알게 되어서는 더욱 엄하게 배척하였고 깨우침이 늦어짐에 따라 더욱더 심하게 미워하였으니, 칠규(七竅)[18]의 심장을 쪼개어도 진실로 나머지 가리운 것이 없고, 구곡 간장을 더듬어 보아도 진실로 남은 찌꺼기가 없는데, 위로는 군부(君父)에게 의심을 받고 아래로는 당세에 견책을 당하였으니, 입신(立身)을 한 번 잘못함으로써 만사가 와해되었습니다. 산들 무엇하며 죽은들 장차 어디로 돌아가겠습니까. 또 신이 군부에게 은혜를 받은 것이 또한 이미 큽니다. 스스로 그물과 덫에 걸려 부르짖어 슬피 울면 손을 끌어 구원하여 자리에 눕히고, 마치 질병을 앓는 사람처럼 오래되어 점점 깨어나면 또 하나의 변괴가 생겨 돌로 죽순(竹筍)을 누르는 것처럼 되니, 이것은 자못 신의 운명이 기구하고 분복이 박한 탓으로, 비록 명(命)을 조성하시는 우리 전하의 위권으로도 또한 어찌할 수 없는 것입니다. 지금 전하께서 신을 불쌍히 여기시어 버리지 않으시고 다시 이에 거두어 쓰시고는, 하나의 사건이 있을 때마다 문득 한 번 추구(追咎 일이 지나간 뒤에 그 잘못을 나무라는 것)하시면, 꿈에도 생각이 미치기 전에 오멸(汚衊 명예를 더럽힘)이 먼저 이르러 지쳐서 기운이 빠진 채 앉아서 조롱을 받게 될 것입니다. 이전에 이미 증험이 있으니, 뒤엔들 어찌 혹시라도 다르겠습니까. 진실로 이와 같으려면, 신은 차라리 한결같이 고폐(錮廢)되어서 때로 굴(屈)하고 때로 펴져서 부질없이 은혜만 너무 욕되게 하여 죄를 더욱 무겁게 지도록 하지 마소서. 신은 그윽이 생각하건대, 성현이 나오면 재해와 이단도 반드시 함께 일어나서 그로 하여금 환란과 재액을 구제하여 그 공덕(功德)을 크게 세우도록 하는 것이니, 요(堯) 임금 때의 수재(水災)와 탕(湯) 임금 때의 한발(旱魃)과 맹자(孟子) 때의 양자(楊子)·묵자(墨子)와 주자(朱子) 때의 소식(蘇軾)·육구연(陸九淵)이 모두

---

18) 칠규(七竅) : 사람 얼굴에 있는, 귀·눈·코 각 두 구멍과 입 한 구멍을 합(合)한 일곱 구멍.

그 증험입니다. 지금 우리 전하께서 도학의 본원을 천명하고 교화의 근본을 숭상하여, 정로(正路)를 열어 보이시면 구궤(九軌)에 임해서 육비(六轡)를 어거하고, 퇴풍(頹風)을 크게 변화시키면 맹단(盟壇)에 올라 소의 귀[牛耳]를 잡는 것이니, 저들의 사설(邪說)이 일어남은, 장차 전하께서 깨끗이 물리치는 공을 드러나게 하려는 것입니다. 태양이 중천에 떴으니, 도깨비와 무지개는 진실로 국가의 걱정이 될 수 없습니다. 그러나 신의 한 몸에 있어서는 이보다 더 큰 일이 없으니, 신이 어찌 입술을 태우고 발을 구르며 때에 미쳐 박멸해서, 그들로 하여금 이 세상에 종자를 남기지 못하게 하기를 기도하지 않겠습니까. 그러나 주자가 노덕장(路德章)에게 경계하기를, "빨리 하늘을 원망하지 말며 남을 탓하지 말고, 그 속에서 소마(消磨)시켜 만절(晩節)을 구원(救援)하라."하였으니, 신이 비록 불민하나 이 말씀을 실천하겠습니다. 지금의 계교는 오직 경전(經傳)에 잠심(潛心)하여 만년의 보답을 도모하고, 영도(榮途)에서 종적을 멀리하여 자정(自靖)하는 의리를 본받을 뿐이고 뻔뻔스러운 얼굴로 머리를 쳐들고 대성(臺省)에 출입하는 것은 거듭 청조(淸朝)의 염치를 손상시키고, 더욱 일세(一世)의 공의(公議)를 불러일으키는 것이니, 신은 감히 나올 수 없습니다. 이에 감히 경패(庚牌)를 따라 대궐에 나와 정성을 다하여 글로 아뢰어서 우러러 엄청(嚴聽)을 욕되게 하오니 엎드려 바라건대, 전하께서는 신의 정성을 헤아리시고 신의 가련한 충정을 살피시어 신의 직명을 바꾸시고, 곧 척출하시어 신으로 하여금 그 잘못을 속죄하고 그 성분(性分)을 이루어서 천지의 생성(生成)하는 혜택을 마치게 하시는 것이 더없이 큰 소원입니다. 신은 하늘을 바라보고 성상을 우러러보며, 격절하고 간곡한 기원을 감당할 수 없습니다. 6월 일.[19] 비답(批答)하였다. "소(疏)를 자

---

19) 6월 일 : 1797년 6월.

세히 살펴보니, 착한 마음의 싹이 마치 봄바람에 만물이 자라는 것 같다. 종이에 가득히 열거한 말은 듣는 이를 감동시킬 만하다. 너는 사양치말고 직책을 수행하라."

「城說」20)

-(上略)- 書旣徹 御批隆重 亟求甕城砲樓懸眼漏槽之制及起重諸說 仍降內藏圖書 集成一卷 卽奇器圖說也 令臣參考其制 臣謹依 聖旨 溯攷古法 爲諸圖說 以進如左 -(下略)- ◎ 起重圖說21) -(上略)- 然役小物輜何用焉 姑取其粗淺易知者 聊試之矣 玆開列作圖如左 一曰架 二曰橫梁 三曰滑車 四曰簇簇 安鼓輪輓轤而其用全矣 臣謹按 內降奇器圖說所載起重之法 凡十一條 而皆粗淺 唯第八第十第十一圖 頗爲精妙 然第十圖 須有銅鐵螺絲轉 方可爲之 今計雖國工 不能爲銅鐵螺絲轉 至於銅輪之有齒者 亦必不能 故只取第八第十一 參伍變通 制如左 -(下略)-

【역문】「성설」22)

-(상략)- 글이 올려지자 임금의 비답이 융중(隆重)하셨는데 '옹성(甕城)·포루(砲樓)·현안(懸眼)·누조(漏槽) 등의 제도와 기중(起重)의 모든

---

20) 「城說」: '설(說)'은 『여유당전서』 권10에 수록된 천문, 지리, 의학, 건축 등 여러 분야 과학 관련 이론이다. 「성자설(誠字說)」, 「애체출화도설(靉靆出火圖說)」, 「칠실관화도설(漆室觀火圖說)」, 「완부총설(椀浮靑說)」, 「외단활차설(桅端滑車說)」, 「관계추설(觀鷄雛說)」, 「용인이재설(用人理財說)」, 「지구도설(地毬圖說)」, 「자설(字說)」, 「의설(醫說)」, 「종두설(種痘說)」, 「거관사설(居官四說)」, 「성설(城說)」, 「총설(總說)」 등 총14편으로. 그 중 「성자설」, 「용인이재설」, 「자설」, 「거관사설」 4편을 제외한 기타 10편은 새로운 근대 과학 이론 및 그 응용 방법에 대해 서술하였다.
「성설(城說)」은 정약용이 정조의 명으로 수원 화성(華城)의 설계와 축성 책임을 맡으며 도시의 기본 틀과 성의 축조 방식, 축성, 새로운 기기(機器)의 발명 및 실제 활용 등 구체적 건축 방법까지 꼼꼼히 담아 정조에게 바친 보고서이다. 화성 건설에 관한 첫 번째 기록이다.

21) 起重圖說 : 「城說」 중의 한 항목. 거중기(擧重機) 제작법 등이 도면과 함께 서술되어 있다.

22) 『여유당전서』 第一集, 詩文集, 第十卷 ○ 文集, 說

설(說)을 빨리 강구하라.' 하고, 인하여 1권(卷)으로 집성(集成)된 내장 도서(內藏圖書)를 내리시니, 이는 곧 『기기도설(奇器圖說)』23)이었습니다. 신(臣)에게 그 제도들을 참고해 보게 하였으므로 신은 삼가 그 뜻에 따라 옛날의 법을 거슬러 올라가 살펴보고 다음과 같은 여러 가지 도설(圖說)을 만들어 올립니다. -(하략)- ◎ 기중도설(起重圖說) -(상략)- - 그러나 수원성의 역사(役事)는 적고 물건도 가벼우니, 어찌 꼭 그런 기계를 사용할 필요가 있겠습니까. 다만 그 가운데서 가장 간단하고 쉽게 알 수 있는 것을 골라 시험해 보겠습니다. 이에 왼편에 차례차례 그림을 그려서 설명하겠습니다. 첫번째는 가(架)이고, 두번째는 횡량(橫梁)이고, 세번째는 활차(滑車)이고, 네번째는 거(簴)인데, 거에는 고륜(鼓輪)과 녹로(轆轤)를 같이 설치해야 완전하게 사용할 수 있습니다. 신(臣)은 삼가 내려준 『기기도설(奇器圖說)』에 실려 있는 기중(起重)의 법(法)들을 살펴보니, 무릇 11조(條)나 되었습니다. 그런데 모두 정밀하지 못하고 다만 제8조·제10조·제11조의 그림만이 자못 정밀하고 신묘하였습니다. 그러나 제10조의 그림은 모름지기 구리쇠로 만든 나사(螺絲)의 도르래가 있어야 되니 지금 생각해보건대, 비록 나라 안에서 제일가는 기술자라 할지라도 능히 그것을 만들지 못할 뿐더러, 더구나 구리쇠 바퀴에다 톱니를 만드는 것은 어려울 것입니다. 때문에 제8조와 제11조를 취하여 참고해서 변통하여 만들었는데, 왼편과 같습니다. -(하략)-

---

23) 『기기도설(奇器圖說)』: 스위스 출신 예수회 선교사 테렌즈(Terenz, J., 鄧玉函, 1576~1630)가 16세기까지의 서양기술을 최초로 중국에 소개한 책. 역학(力學)의 기본원리와 그 응용기구와 장치 등을 50여 개 그림과 함께 설명하였다. 1627년 북경에서 간행되었다. 정약용은 1789년(정조 13) 한강에 배다리를 놓을 때와 1792년 수원 화성 축조 때 이 『기기도설』을 참고하였는데 정조가 직접 이 책을 정약용에게 준 것으로 기록되어 있다.

「貞軒墓誌銘」24)

　　乾隆乙卯之春 我正宗大王御極之十有九年也 奸臣旣誅【鄭東浚】王綱
復整 上御仁政門 受群臣賀 發音如洪鍾 赫怒如雷霆 曰 咨爾在廷百僚
咸聽予誥 予今日退小人進君子 以紹我皇天祖宗之眷命 予今日明示好惡
以丕定民志 群臣震慴 肅穆無譁 恭聽大號 於是起判中樞府事臣蔡濟恭爲
左議政 命同副承旨臣鏞進前 抽紙擢前 大司成臣李家煥爲工曹判書 於是
中外翕然 以爲善類彙進 旣月 上召臣家煥曁臣鏞 諭之曰 惟玆華城 卽我
莊獻衣冠之藏也 今年春 予奉壽母 往觀幽宅 後十年 予將老焉 故華城有
老來之堂 惟是華城之事 不敢不敬 松楸梧柏之植 宮殿臺榭之築 城池甲
兵之繕 穀粟錢布之蓄 亭館郵傳鹵簿餼牢之共 靡有小大 咸宜整理 悉簿
悉正 以昭邦禮 咨家煥 汝惟博識 宜掌是役 咨鏞 汝惟敏給 其與相之 惟
玆奎瀛之府 密邇王居 厥地深嚴 汝往玆宅 遊焉息焉 賜汝內醞珍饍異饁
橘柚柑橙腒鱐餈饌 是醉是飫 以沾渥恩 臣等俯伏涕泣 惟命之恭 旣數日

---

24) 「貞軒墓誌銘」: 「정헌묘지명」은 조선 후기 문신 학자 이가환 묘지명으로 정헌
　　은 이가환의 호(號)다. 이가환(1742~1801)은 이익(李瀷)의 종손이고, 이용휴(李
　　用休)의 아들이며, 이승훈(李承薰)의 외숙이다. 학문적 교우로는 정약용, 이벽
　　(李檗), 권철신(權哲身) 등이 있다. 정약용과 함께 정조가 가장 아끼고 신임한
　　대학자이며 신하다. 1784년 생질인 이승훈이 북경에서 세례 후 돌아오고 동료
　　학자들이 서학에 관심을 가지자 학문적 관심과 우려로 이벽과 논쟁을 벌이다가
　　도리어 설득되어 제자들에게도 전교하는 열렬한 천주교신자가 되었다. 그러나
　　1791년 신해박해 때에는 신앙을 버리고 광주부윤(廣州府尹)으로서 천주교를 억
　　압하였고, 1795년 주문모(周文謨) 신부 입국사건에 연루되어 충주목사로 좌천
　　되었을 때에도 천주교를 탄압하다가 파직되었다. 그러나 그 후 다시 천주교로
　　돌아와 1801년 신유박해 때 정약종, 이승훈, 권철신 등과 함께 순교하였다. 이
　　가환은 특히 천문학과 수학에 정통하여 정조로부터 '정학사(貞學士)'라 호칭된
　　대학자다. 정약용이 찬술한 묘지명은 자신을 위한 「자찬묘지명(自撰墓誌銘)」을
　　포함해 총 24편인데 『여유당전서』권15 수록 묘지명은 이가환(李家煥), 이기양
　　(李基讓), 권철신(權哲身), 오석충(吳錫忠), 정약전(丁若銓) 등 총 5편이다.

設賞花釣魚之宴 上旣乘 命進廄馬 詔臣等騎而從 臣濟恭臣家煥臣鏞 隨
上至青陽門 循牆而東 至石渠閣下馬 轉至芙蓉亭釣魚 發韻賦詩 還御映
花堂 射熊侯 旣夕 令賜燭歸院 是年秋 召試珍山縣監臣李基讓賜第 特授
弘文館修撰 當此之時 小人道消 君子道長 太和亭育 萬物煙熅 誠郁然一
治也 粤五年己未春 臣濟恭卒 厥明年夏六月 上薨 厥明年辛酉春 禍作
臣家煥瘦于獄以死 臣基讓謫端川 臣鏞謫馨 是年冬 惡人睦萬中□□□
洪樂安李基慶等用事 追奪臣濟恭爵 復議臣家煥罪請加律 又逮致臣鏞于
獄 將殺之 賴諸大臣救 徙謫于康津 此否泰消長之大略也 嗚呼！天旣生
聰明睿智若我先大王之人 立之爲君師 又生此一二賢俊之臣 使之際會相
遇 以賁一代之觀 又從而顚之覆之 使不得終其寵祿 天豈可知耶 後十有
八年戊寅之秋 臣鏞生還洌水之北 始敍列一二臣名跡 蔡公旣有碑誌 遂志
李公之事 以備幽宮之藏 公諱家煥 字庭藻 驪興之李也 李氏至我朝 世世
煇奕 其族居西城之內舊貞陵之巷 故世稱貞陵之李 十世祖繼孫 仕至兵曹
判書 後五世有少陵 尙毅 仕至議政府左贊成 其孫有梅山 夏鎭 仕至弘文
館提學 梅山之子六人 其顯者三人 長曰玉洞 漵 仕爲察訪 次曰剡溪 潛
以布衣上疏而死 後贈司憲府執義 季曰星湖 瀷 以經學薦爲繕工監役 星
湖之兄有諱沈 卽公之祖父也 出爲季父明鎭後 是生諱用休 旣爲進士 不
復入科場 專心攻文詞 淘洗東俚 力追華夏 其爲文 奇崛新巧 要不在錢虞
山袁石公之下 自號曰惠寰居士 當元陵末年 名冠一代 凡欲濯磨以自新者
咸就吞正 身居布衣之列 手操文苑之權者 三十餘年 自古以來 未之有也
然抉剔邦人先輩文字之瑕太甚 以故俗流怨之 我星湖先生 天挺人豪 道德
學問 超越古今 子弟之親炙服習者 皆成大儒 貞山 秉休治『周易』三『禮』
萬頃 孟休治經濟實用 惠寰 用休治文章 長川 嘉煥博洽如張華干寶 木齋
森煥習禮若崇義·繼公 剡村 九煥亦以繩祖武名 一門儒學之盛如此 公於
群從年最少 故其培植最深 況其強記之性 超絶古今 一經眼終身不忘 遇
有觸發 一誦數千百言 如鴟夷吐水 流丸轉阪 九經四書二十三史 以至諸

子百家詩賦雜文叢書稗官象譯算律之學　牛醫馬巫之說　惡瘡・癩漏之方
凡以文字爲名者　一叩皆輸寫不滯　又皆研精核實　一似專治者然　問者駭愕
疑其爲鬼神　弱冠之初　則遊太學　月課詩篇　連年中格　聲達遠邇　未幾中會
試兩場　正宗御極之慶　增廣試士　擢爲及第　未幾特升爲諸曹郎　中批授司
憲府持平　乙巳　授奉常寺正知制敎　命撰『大典通編』　每一登筵　敷奏詳明
引據浩博　一日上目送之曰　如彼者　人其終不能用之也　聞者大忌　知其必
大用也　時樊翁爲黨人所逐　棲遑郊坰　蔡弘履・睦萬中等　皆貳於樊翁　操守
未確者　多首鼠兩間　公獨持淸議　而與丁公範祖兪公　恒柱　尹公　弼秉　皆
堅貞不移　樊翁之十年秉軸　得有羽翼　皆數公之力也　間嘗以編摩之勞　特
陞爲承旨　旋出爲定州牧使　治理皦然　聲實竝隆　而御史希合時論　啓罷之
謫金化縣　旣還　丁父憂　廬于抱川　聞知舊貳樊翁者　日增月加　曰事急矣
衰服入京城　與兪公議　適金復仁　慨然上疏　訟樊翁之冤　遂攻諸貳者　上大
悅　下批曰　如癢得搔　時上疑樊翁盡失知舊心　遂無羽翼　及覽金公疏　始知
淸論尙多　乾隆戊申春　樊翁入相　而公亦數以承宣入院中　上每淸燕引見
問三韓・四郡以來東方故事　公輒引二十三史　應對如流　上大驚　退謂左右
曰　如李家煥者　眞學士也　辛亥冬　有湖南之獄　洪義運上書于樊翁　謂搢
紳章甫凡聰明才智者　咸溺西敎　將有黃巾・白蓮之亂　上命樊翁就公署　召
睦萬中洪義運李基慶等　查辨虛實　所謂掌樂院查事也　後數日　基慶又以草
土臣上疏　詆查事不公　上大怒　竄基慶于慶源　厥明年春　鏞入玉堂　冬　特
授公成均館大司成　開場課儒　當路子弟惡剡溪者　皆不入場　公欲罷之　上
聞之曰　渠自不入　何與於我事　嚴飭行公　公黽勉卒試　然公之禍兆於是矣
時副校理李東稷希合時論　上疏論文體　詆斥公　欲沮遏泮試事　上批曰　爾
以宰臣李家煥文體之弁髦經傳爲話欛　卽予欲一言而未得其會者　爾言之
來　如癢得搔　予於近日欲聞治世之希音　首擧一二年少文臣而撕警之　南公
轍金祖淳李相璜沈象奎等　以崔盧赫閱　瞬焉之頃　當臥占國子大司成弘藝
文館提學矣　貢擧而誤多士　潤色而辱王言　是所謂　朱絃下里　黃流瓦缶　而

蠧庳館閣之上 一任此革廟壞 則有北之投 何足以贖乎 至於家煥 未嘗非
好家數 而落拓百年 斲輪而貫珠 自分爲羈旅草莽 發之爲聲者 悲咤慷慨
之辭也 求而會意者 齊諧索隱之徒也 跡愈範而言愈詖 言愈詖而文愈詭
絺繡五采 讓與當陽「離騷」「九歌」假以自鳴 豈家煥之樂爲 伊朝廷之使
然 肆予特書燕寢之扁 曰 蕩蕩平平室 以庭衢八荒 四大字 遍題八窓之楣
昕夕顧諟 作我息壤 於是乎筆路藍縷 披自草萊 家煥特其中一人耳 今也
與公轍革瞽地悖常者流 比而同斥 家煥獨不茹鬱 又況彼而可斥而不斥 此
而不可斥單斥 其可乎 家煥方自谷而喬 化腐爲新 由心之音 何患不漸
入佳境 使家煥才鈍 三日而未刮目 若子若孫 又豈必每每讓與 不效自鳴
之盛乎 登盟壇 執牛耳 復明大一統之權於長夜醉夢之中 予以爲己任 上
知忌疾者多 敦召益急 公堅不膺命 上黜之爲開城府留守 名雖出外 實陞
二品 其眷注之不可遏如此 癸丑首春 公上疏自訟曰 臣本樗櫟冗散 鳧鴈
去來 其於當世 初無怨惡 而前後論臣者 斷斷不置 豈有他哉 其爲言也
或隱映說去 或直拈顯斥 而要其歸 蓋以臣從祖事 齮齕臣家也 嗚呼！臣
從祖臣潛 當時保護之疏 洒血剖心 爲國願忠 以身殉志 尚忍言哉 傷痛如
結 而歲月已邈 臣雖不忍泚筆追提 惟是列朝辨晰之敎 昭在國乘 照映耳
目 且臣曾伏覩『御定皇極編』歷敍事實 剖析無餘 一篇文字 皎如日星 臣
莊誦千百 涕血交迸 盥手淨寫 抱之入地 歸見從祖 字字誦傳 相對感泣於
泉臺之下 抑將永有辭於天下後世 何暇與彼革 呶呶較絜也哉 今臣則以平
生所結轖者 一暴之矣 奉踢鋒鏑 視以分內 死生禍福 付之膜外 惟有奉身
一退 歌詠聖澤 子子孫孫 隕首結草而已 尚復何恨 上溫批答之 於是右議
政金履素上箚子曰 潛之凶疏 爲鏡 夢諸賊謀危宗社 戕害善類之張本 向
於辛壬年間 醜類凶徒 動輒以先見之明 死國之忠 推許凶潛 請以褒獎 可
見脈絡之潛通 氣機之相襲 而末乃於鏡賊敎文中 直擧潛之姓名 以爲徙薪
之茂陵 今家煥敢以凶潛事 張皇爲言 其絶悖無嚴 罔有紀極 上答曰 松留
之疏 與無端訟冤有異 卽因向來中批事 不堪奉踢 久而後對章申暴 可謂

矜悶 豈必曰云云 況有先朝壬戌九月下敎及翌年夏下敎 詳載於起居注 爲
其姪子之李孟休事 聖敎猶如是鄭重丁寧 若曰 予欲蕩滌 則可用之 昔日
以防微杜漸之意 有所處分 其後至於陳達而贈職【辛壬後】褒之者 黨心
也 毀之者 黨心也 若以其姪而不用 則國家豈有可用之人 遂以建極 二字
爲敎 予命承宣考出此聖敎 然後始用家煥 意謂卿旣知之 於是大司成沈煥
之 又上疏曰 景宗大王恭臨春邸 問寢視膳 克致文王之無憂 則彼黨保護
之說 何爲而發耶?矯誣兩宮之間 欲售其壞亂義理魚肉忠賢之計 今家煥
能知此而敢爲之言乎 抑不知此而強爲之言乎 粤自先朝 一德建中 陶甄斯
世 世臣故家 言議不齊 臭味各殊 而會之以極 錫之以福 囿而化之 萬殊
一軌【謂少論】彼家煥獨底心性 偏守旁祖之兇論 血戰義理 背馳國家 必
欲以潛之心肚爲心肚 潛之口頰爲口頰乎 始我殿下 以家煥謂 是旁孫 未
必傳襲其凶論 而薄有文墨之技 不可全棄 遂洗其瑕累 薰陶拂拭 宜其革
心銘肺 益勉嚮義 而今家煥亦一潛也 使潛在而不嚴討 國無法也 宜屏諸
四裔 不與同中國 政院謂 非言官 不得擬律 而沈疏請施屏裔之典 有違格
例 却之不受 蓋上密喩之使然也 於是判中樞金鍾秀 又上疏曰 兇潛之疏
專出於間毀兩聖慈孝 屠戮一代忠賢之計 家煥雖世襲凶肚 亦一先朝之臣
子耳 戴天履地 尚何敢以 爲國殉身等語 筆之於書 進之於殿下之前哉 言
念世道 直欲痛哭 趙德鄰處分 爲聖慮一失 臣之戊申箚 謂豕非贏 今則蹢
躅之過 至於突矣 上又令政院却之 遂有嚴飭三司諸臣 磨拳繼起者 咸止
不敢動 然衆怒如山嶽 公罵如逆賊 閔鍾顯李書九等 舊相親熟 自玆別席
不與語 凡惡剡溪者 雖新進少年 皆怒目視公 公之禍 成於是矣 負大名而
慍小人者 又以是觸犯衆怒 雖童愚不慧 已知其終不免矣 是年夏 樊翁爲
領議政 上疏言某年事 金鍾秀攻之甚力 上不得已以金縢事開示近臣 厥明
年冬 群臣請加上莊獻徽號 都堂議上八字 無闡明金縢之義 上欲令改議
無以執言 詢于樊翁 樊翁無以應 召公議之 公應聲曰 開運二字 是石晉年
號 何患無辭 於是大臣以此奏改之 後數日 上聞其狀 歎曰 宰相須用讀書

人 其謂是矣 遂設都監 造玉冊 玉寶 樊翁爲都提調 而公加差爲提調 鏞爲都廳郎 俾相其役 大提學徐有臣撰玉冊文 又不言金縢事 儒臣韓光植疏論其疏略 遂命李秉模改撰 乙卯春特擢公正卿 令與臣鏞撰華城整理通考方將大用 是年夏捕將趙圭鎭執崔仁吉等三人 奉旨棍殺之 至七月初 大司憲權裕上疏論捕將徑殺之罪 後數日副司直朴長卨上疏 自稱羈旅之臣 首論徐有防奸邪 次論捕廳事 以及於公 謂公薄有文藝 變亂義理 謂訟剡溪冤 倡立邪學 背馳吾道 縱甥購書 李承薰 誘富騙財 自作敎主 廣張其術又論公曾對天文策 敢用清蒙氣等不經之說 又論公曾爲同考官 庚戌秋增廣東堂 策問五行 而解元所對 專主洋人之說 以五行爲四行 解元卽余之仲氏 請明正其罪 此皆睦萬中所恒言 隱身而陰嗾之者也 疏入上震怒 傳曰國綱雖曰不振 渠何敢若是駭悖乎 渠亦國中簪纓 非琉球日本昨今日向化之輩 則羈旅之稱 其敢萌於心而發諸口乎 工判所遭 時公尙爲工曹 亦出於乘機投石 洪樂安尙未蒙扶正之奬者 竊惡其心跡 渠說亦何異是 工判之深懲於攻異之訓 近所目覩於筵席者 人之爲言 於重臣何有 遂命朴長卨先往豆滿江 次往東萊 次往濟州 次往鴨綠江 周流四裔 以副羈旅之名 又傳曰儀軌校正之任 亦有所重 人言過情 旣知之矣 淸蒙氣雖非正論 是豈斷人平生之事 轉語一句 若非同硯 不得知之 況所謂朴長卨自稱羈旅之輩者 何以得聞 卽此一事 風俗不美 聖意謂受人指嗾 校正堂上李家煥 申飭行公 公乃上疏自辨曰 縱甥購書 是何言也 渠之辛亥供辭 明陳事實 已蒙昭晳 則在渠尙已淸脫 於臣況可拖累 誘會富人 宜有名姓 賊人斬祀 果指誰某 其有證耶 何不露出 若其無證 何故容易 至於乙巳作文之說 又何厚也 斥邪之作 謂出臣手 臣何必固讓 而臣實無作 亦安得據而有之乎 方斥以邪 又言斥邪 亦可見其急於阬陷 觸事憑虛也 蒙氣之說 出於晉著作郎束晳 歷代因之 使其言刱於西洋 自是曆象之法 無與於邪學 況古人之所已言乎 惜乎 其不講於古也 主試發策之說 卽其發語 已爽本實 臣於其時不過參試 何謂主試 何得發策 主試官朴宗岳 副試官李晩秀 公居第三座

況取魁之法 異於榜下 必衆論歸一 僉以爲可 然後始乃掄定 以此執言 不
亦疎乎 臣與長皐 本無恩怨 寧有愛惡 臣性本褊塞 嫉惡太過 積爲一二怪
鬼所齮齕 睦萬中洪樂安等 膏脣拭舌 興訛造訕 危言怖說 式月斯生 今此
長皐之疏 無非怪鬼所嘗倡動 而臣亦飫聞者也 臣於長皐何責焉 第臣凡有
橫逆 輒蒙恩造 李東稷之疏斥也 聖批勤懇 至登剞劂 事曠今古 恩及苗裔
今於長皐之疏 且聖且誨 鄭重敦複 人十己百之諭 有若慈父之詔迷子 今
臣一息未泯之前 塵刹圖報 惟有不揆愚陋 竭心對揚 剔開蒙蔀 力障汪瀾
無負大聖人陶世範俗之至意而已 上溫批答之 又傳曰所謂淸蒙氣 晉人之
說 姑舍是 問曆對曆 宜言時用 最是對策 四行之券 一番查正 斷不可已
今日取見其對策之載於臨軒功令者 屢回上下 逐句看詳 如言者云云處 初
無疑似髣髴者 始言五行 次言金木二行 次言水火土三行 次言土寄四行
又以五行申結 竝與二行三行 而若謂之妄發 猶之或可 唐一行在車書未
通之世 能正大衍曆八百歲差一日之謬 然則一行之名字 其可歸之於邪學
而一行之曆法 亦可歸之於西法乎 此一款尤可謂極孟浪 有識之士 自可立
辨 斯則爲臣兄若銓昭晳之敎也 但公實看西書 而公之疏語 專於自辨 不
歷敍本末 不足以解人惑 上又下諭曰前工判辭疏 殆涉漫漶 自歸遂非 是
豈曰有曰無 悉暴衷懇之義乎 該洽過則流而爲駁雜 其弊必然 訟前尤起新
悟 上以務盡孚感之方 下以務盡傾信之道 卽當然底事 且況筵席一奏 甚
於質言 則忽於文字 乃反護忌其委折 令政院問啓 七月卄一日 公對曰臣
於平日 粗有看書之癖 年前驟聞未見之書 自燕出來 借來耽看 語或新奇
初頗涉獵 及其漸次披閱 見其荒誕不經 猶以爲老佛之緒餘也 至其絶仕宦
廢祭祀 則悖倫亂常 無父無君 乃以闢闢爲己任 非徒避而遠之 誓欲滅而
絶之 此實親知之所共聞 其誰欺乎 至於疏本 不以此簡語鋪張者 自念臣
曾已悉暴於筵席 雖不申言 庶可洞燭 且此是滕甫辨謗之書 有異韓愈原道
之作 仍念疏章異於筵奏 頒示中外 吹毛洗瘢 若以看書爲一重罪案 則無
以自解 遂不免漫漶爲說 臣情亦云慽矣 上意乃解 後數日傳曰 未識本情

略施譴責 及見問啓 始知過中 人誰無過 改之爲貴 設有一二鹹之不涉眼
者 特緣於務寄 況改悟而力斥 則可謂橫渠之徒也 坐於酸編簡之 適爲惡
之者乘時投石 而任他戕害 亦非心分本虛應物無跡之道 旣知其本情 且當
此時 豈可不思漸拂之方 前判書李家煥敍用 仍差校正之任 牌招察任 廿
六日 公又違召命 傳曰強迫非所以禮使 委置有違於甄用 宜有一番出場之
節拍 敍其罷而仍其任 則往役所重 叩謝爲急 顚倒承召 道理則然 違牌不
進可乎 遂除忠州牧使 又黜臣若鏞補金井察道訪 又傳曰西洋之書出於東
國者 爲數百餘年 史庫玉堂之舊藏 亦皆有之 不啻幾十編帙 年前特命收
取購來之 非今斯今 卽此可知 故相忠文公李頤命文集 亦有與西洋人蘇霖
戴往復 求見其法書 其言以爲對越復性 初似與吾儒無異 不可與黃老之清
淨 瞿曇之寂滅 同日而論 然髡髦年尼之法 反取報應之論 以此易天下則
難矣 故相之言 可謂詳辨其裏面 亦或純然攻斥者有之 故察訪李溆詩至謂
夷人傳異學 恐爲道德寇 大抵近日以前博雅之士 未嘗不立言評隲 而其緩
其峻 無足有無於其時 今也正學不明也 故其爲弊害 甚於邪說 浮於猛獸
爲今日捄弊之道 莫過於益明正學 且就世人叩行彰善癉惡之政 然後庶可
責其功 刑戮之於矯俗末也 況邪學乎 時崔獻重上疏斥西學 特拜大司諫
傳曰斥邪之崔獻重 旣被擢用 購書之李承薰 息偃在家 非刑政也 承薰投
畀禮山縣 以懲其罪 此卽乙卯秋處分也 公入辭 上慰諭以遣之 是年冬 鏞
卽被召還 公亦內移 厥明年春 承薰亦解還 然時論危險 必欲永枳公 使不
得廁跡於朝班 上欲鎭靜以息紛 公亦斂跡閒居 口不言時事 及冬 丙辰冬
鏞復爲承旨 入奎瀛府校書 而公所編整理之書 遂未就緒 於是憸人蜚語
謂樊翁亦疎棄公不收用 壯士斷捥法 旬日之間 播于閭巷 達于朝著 上亦
疑之 有暄於樊翁者 乘間質問其虛實 翁默然不答 丁巳上元之夕 有雲旣
望月白 尹弼秉李鼎運諸公詣樊翁 要按例蹋橋 翁曰今日吾病矣 公等赴萊
西權台之室 諸公悉去 夜二鼓 翁遣人獨邀公至 同出廣通橋幕中 燒肉湯
餅 促膝坐 揚扢古今 談諧極歡 輸寫不可窮 於是滿城游者 市井胥吏 儒

士朝官 以至卿宰之從人 披庭近密小臣 莫不來觀 二公促坐談諧狀 皆歎
嗟相語曰 甚矣 二公之好也 於是嚮之蜚語煽惑者 一時消滅 如浮雲之無
跡 而上意亦解矣 嘗於景慕宮齋室 召樊翁從容問之曰 卿今老矣 誰可代
卿 翁對曰殿下誠欲信用者 無踰於李家煥 特因癸丑春一疏 見忤於時論
故奇怪之謗 人無敢原之者 上曰微卿言 予方圖之 每有事 詢問公可否 是
年秋 鏞以承旨出爲谷山都護 己未春 樊翁捐館舍 公益孤無可與者 上欲
令公編書 明數理曆象之原 將購書于燕京 御筆下詢 公對曰流俗貿貿 不
知數理爲何說 教法爲何術 混同嗔喝 今編是書 不唯臣謗益增 抑將上累
聖德 事遂已 然上以爲不必然也 是年夏 鏞入爲刑曹參議 理中外冤獄 數
賜對 夜分乃罷 黨人恐 益蜚語煽惑 申獻朝發啓 旋以嚴敎止 秋鏞與公
校樊翁遺集 厥明年夏 正宗大王升遐 朝局一變 黨人得志 相與日夜馳逐
治生殺簿以擬之 時蘇州人周文謨潛出廣宣已六年 水漬火燃 日滋月熾 內
而閭巷 外而鄉曲 上下男婦 相聚敎習者 動以百數 而鏞與公且漠然不聞
其動靜 但知禍機森張 朝夕必發 睦萬中 洪樂安等 密附當路 堅以公爲魁
率 使中外洶洶之聲 咸湊公身 彼聲氣相遷 不知本末 旣閭巷日滋月熾 而
又聞某某爲魁率 其感憤激烈 欲爲民除害固當 沈煥之 徐龍輔等當軸大臣
如之何其不圖也 萬中等又自造題目 以蜚以煽曰 李家煥等惡斥邪諸人 有
四凶八賊之目 半則自居 半指當路之人 相逢輒云公等愼之 朝夕且有變
於是朝廷又洶洶有疑懼 而公之禍日以急矣 辛酉首春 大妃貞純王后敎諭
中外曰 溺邪不悛者 將剿殄滅之 適漢城府捉一氓負笥 笥中有鏞家書札
遂起大獄 二月初九日 司憲府執義閔命赫等啓曰 李家煥以凶醜餘孼 包藏
禍心 引誘羣憾 自作敎主 請與李承薰 丁若鏞下獄嚴鞫 夜半而逮 厥明訊
因 委官領中樞李秉模, 時任大臣沈煥之 李時秀 徐龍輔 判義禁徐鼎修
大司諫申鳳朝 問事郞吳翰源 李安默等也 旣訊公 引先朝疏批及前後傳敎
以自辨 獄官皆不理 但云得此指目 何得掉脫 雖拷掠甚嚴 而一片之紙一
囚之招 卒無可憑 唯於亂堆中 得老人圖 問是何像 亦無以爲贓 會申鳳朝

上疏 論吳錫忠締結凶孽 而獄戶外忽聞一卒瞥過 云洪樂任卽凶孽 俄而按
獄諸大臣 問凶孽爲誰 公率口對曰吳錫忠 締結洪樂任與否 囚實不知 大
臣僉曰洪樂任三字 汝何先吐 其有締結 居然可知 於是公與錫忠 迭被拷
掠 血肉糜潰 精魄迷亂 錫忠不忍痛楚 或認或翻 語皆無倫 而公曰身以正
卿 得此指目 厥罪當死 獄官遂以爲承服 公知不免 卽絕粒不食六七日 氣
絕而死 議竟棄市 時二月二十四日也 嗚呼 自古設鞫獄 如宣廟己丑 肅廟
庚申 亦必有告者上變 有囚者招引 或文書被捉 或囚人立證 乃逮乃拷 乃
殺乃市 若夫臺啓以發之 獄訊以成之 無證無贓 而直杖殺之 遂以棄市者
己丑庚申所未有也 一二陰邪之人 鼓吻膏脣 十有餘年 蜚語煽惑 以灌當
路人之耳 彼惡知之 平日夙知其可殺斯殺之已矣 孟子曰諸大夫皆曰可殺
勿聽 國人皆曰可殺 然後察之 見可殺焉然後殺之 旣皆曰可殺 安望其又
察之耶 鄭殺其大夫良霄 春秋書之 若公者 誠以爲可殺 又焉書之 悲夫
昔乾隆甲辰之冬 亡友李檗在水表橋 始宣西教 公聞之曰噫 實義七克之書
我昔見之 雖有名喩 終非正學 檗欲以此易吾道何哉 遂往詰之 檗雄辯如
長河 固守如鐵壁 公知不可以口舌爭 遂止不往 自玆以後 吾不見其疑似
之跡 而數口含沙 萬喙吠聲 竟以魁率致辟 不亦悲乎 世局以位高才高者
爲領袖 而其法不然 以至死不變者爲頭目 吒隸所不拘也 觀公前後疏啓及
獄中爰詞 皆極口詆斥 藉使名實相當 其非至死不變審矣 何以謂之魁率也
公旣死 半國憐之 物議不齊 且曰不過五六年 聖明回照 事未可知 於是黨
人陰謀 鍛鍊湖南之獄 謂公於乙卯夏 與權日身周文謨議邀西舶 出銀二鎰
或云庚戌之秋 已有此議 獄成自捕廳上于楚府 遂請公與李承薰等加律 噫
權日身辛亥已死 能與乙卯之議乎 周文謨乙卯始來 能與庚戌之議乎 庚戌
之秋 公方手握朱筆 揚于試院 乙卯之夏 公方身任編摩 宿于奎府 象笏珩
佩 日趨于彤墀 何乃與周文謨密聚哉 誅死囚誣死人 爲後日難脫之案 其
亦不仁甚矣 公有絕異於人者數事 腹笥之藏 地負海涵 而至其述作則艱澀
峭剛之性 薑辛桂辣 而至其遇敵則怯懦 天地萬物之理 斤剖斧劈 而至其

料事則褊塞 癸丑之疏 非其所欲 亦不得已而爲之 卒以此亡 知者悲之 雅
好曆象之書 凡日月五星交食伏見之期及黃道赤道交距差互之度 悉通其
本理 竝地球圜徑諸度 另有圖說 以示後生 其得指目 凡以是也 李相時秀
嘗謂鏞曰南人固陋 庭藻所治者 必曆象之法 而固陋者謬相嗔怪 亦知言也
其爲廣州 執數旺雜治之 其爲忠州 至用夾棍之刑 此其怯懦也 我方急 雖
以惡刑臨之 民其心服哉 尙憶辛亥之冬 申獻朝上琉論洪樂安之罪曰 外託
衛正之論 內售陷人之計 不可一刻容貸 甲寅之夏 姜世靖上書于公 論洪
樂安之罪曰 意在敲撼 計出網打 不唯心絶 亦旣面絶 仍乞公收其子浚欽
及其時勢一變則再翻三覆 又復礪牙以相向 世論其有定乎 公制行嚴苦 居
喪三年 不入中門之內 位至上卿而破壁疏牖 寒儉如布衣時 所著有錦帶館
集十冊 篇數未詳 配鄭氏 故判書運維之女 育二女 長適權耆 炭翁諰之後
也 次適李龐億 茯菴基讓之子也取從祖兄九煥之子 載績爲後 載績有二男
皆已冠娶 公生於壬戌 歿於辛酉 其年六十 墓在德山長川之西負之原 銘
曰 天降英豪 秀拔人群 雜草蓊鬱 松栝干雲 嵒礮壘壘 介以瑤琨 德貌齊
同 殊者獨尊 星精月彩 萃于一門 公生最晚 聲集諸昆 胸韜萬軸 一吐千
言 句股弧角 縷析毫分 鴻毛龍鬣 風掣雲奔 際會旣密 謠諑其紛 讒夫孔
昌 睿照彌敦 登壇執牛 怨師遘屯 雲游肇擧 火烈燎原 赭衣塞路 三木收
魂 鬼騁中逵 虎守天閽 萬物同歸 公無獨冤 -(下略)-

【역문】「정헌(貞軒)의 묘지명(墓誌銘)」25)

건륭(乾隆 청 고종(淸高宗)의 연호) 을묘년26) 봄은 우리 정종대왕(正宗大王)께서 즉위하신 지 19년째이다. 간신(奸臣) 정동준(鄭東浚)27)이

---

25) 『여유당전서』 第一集, 詩文集, 第十五卷○文集, 墓誌銘
26) 을묘년 : 1795년.

이미 주살(誅殺)되니 왕강(王綱 임금이 나라를 다스리는 기강)이 다시 떨치게 되었다. 상(上)이 인정문(仁政門)에 납시어 군신(群臣)의 조하(朝賀)를 받으실 적에 대단히 노하여 큰 소리로 이르기를, "조정에 있는 백료(百僚)들은 나의 고명(誥命)을 들으라. 내가 오늘 소인을 물리치고 군자를 등용하여 황천(皇天)과 조종(祖宗)의 권명(眷命)을 받들어 호선오악(好善惡惡)을 분명히 밝힘으로써 백성의 뜻을 크게 안정시키려 하노라." 하니, 모든 신하들은 두려워 떨며 엄숙한 모습으로 삼가 왕명(王命)을 들었다. 이때 상은 판중추부사(判中樞府事) 신(臣) 채제공(蔡濟恭)[28]을 기용하시어 좌의정(左議政)에 제수하고 동부승지(同副承旨) 신 용(鏞)에게 앞으로 나와 뽑게 하시어 전(前) 대사성(大司成) 신 이가환(李家煥)을 발탁하여 공조 판서(工曹判書)에 제수하시니 중외(中外)가 흡족해 하며 '선류(善類)가 조정에 모였다.'하였다. 한 달이 지난 뒤 상께서 신 가환과 신 용을 불러 이르기를, "화성(華城)[29]은 바로 우리 장헌(莊獻)[30]의 묘소가 있는 곳이라 금년 봄에 내가 어머니를 모시고 세

---

27) 정동준(鄭東浚, 1753~1795)은 정조 때 문신인데 1795년 권유(權裕, 1745~1804)에 의해 탄핵된 후 음독자살하였다. 권유는 영조·정조 시기의 문신으로 문장력이 있고 기개가 강하여 주로 사헌부·사간원 직책을 거치며 자신이 속한 노론의 반대파를 극렬히 공격하였다. 1790년(정조 14) 좌의정 채제공(蔡濟恭)을 공격하다가 정조의 노여움을 사서 창원에 유배되었고, 1795년에는 서학을 준열히 공격하여 이가환(李家煥)을 궁지에 몰아넣었다.

28) 채제공(蔡濟恭, 1720~1799) : 18세기를 대표하는 조선 후기의 문신. 영조와 정조 두 국왕이 이끈 국정의 중심에서 의미 있는 여러 개혁을 보필하여 추진하고 성공시킨 재상이다.

29) 화성(華城) : 경기도 수원에 있는 조선 시대의 성곽. 정조가 처음부터 계획해 거주지로서의 읍성과 방어용 산성을 합해 만든 성곽도시이다. 정약용에게 도시 설계를 맡기자 정약용은 전통적 축성방법을 기초로 서양 여러 도시에 관한 한문서학서를 참고해 화성을 설계하여 1794년 1월 착공, 1796년 9월 완공시켜 단 2년 9개월 만에 성곽도시를 이루었다. 화성은 1997년 세계 유네스코 문화유산에 등재되었다.

30) 장헌(莊獻) : 사도세자(思悼世子) 이선(李愃, 1735~1762). 장헌(莊獻)은 정조가

자의 원(園)31) 을 참배(參拜)하고 왔다. 앞으로 10년이 지난 뒤 나는 거기서 노년을 보낼 것이므로 화성에 노래당(老來堂)을 지었으니 이 화성의 일은 삼가지 않아서는 안 될 것이다. 원(園) 주위의 식수(植樹)와 궁전(宮殿)·대사(臺樹 망루)의 축조(築造)와 성지(城池)·갑병 (甲兵)의 수선과 양곡·전포(錢布)의 저축에서부터 정관(亭館)·우전(郵傳)과 노부(鹵簿)·희뢰(餼牢)에 이르기까지 대소사(大小事)를 막론하고 모두 정리하고 부정(簿正)하여 나라의 전례(典禮)를 밝힐 것이다. 가환아, 그대는 박식(博識)하니 이 일을 잘 맡아하라. 용(鏞)아, 그대는 민첩하니 가환을 도와 일을 처리하라. 규영부(奎瀛府)32)는 왕의 거처와 가까우므로 매우 엄숙한 곳이니, 그대들은 이곳에 머물면서 놀고 쉬며 학문하라. 그대들에게 궁중(宮中)의 술과 진귀한 찬과 국과 귤과 등자(橙子)와 말린 고기와 엿을 내릴 것이니, 마시고 먹으며 두터운 은혜에 젖으라." 하시었다. 신들은 엎드려 은혜에 감읍하며 공손히 명을 받들었다. 며칠 뒤 상화조어연(賞花釣魚宴)33)을 베풀 적에 상께서 말에 오르신 뒤 구마(廐馬)34)를 내어오라 명하시어 우리에게 타고 따르게 하셨다. 신 제공·신 가환과 신 용은 상을 따라 청양문(靑陽門)에서 담을 끼고 동쪽으로 석거각(石渠閣)에 다다라 말에서 내렸다. 거기서 부용정(芙蓉亭)으로 가서 낚시질하며 운(韻)을 내어 시(詩)를 지었고, 영화당(映花堂)으로 돌아와서 활을 쏘았다. 저녁이 되자 상께서 촛불을 주시며 원

즉위하여 추존한 시호.

31) 세자의 원(園) : 정조가 수원 화성으로 옮긴 사도세자 무덤인 현륭원(顯隆園).

32) 규영부(奎瀛府) : 규장각(奎章閣).

33) 상화조어연(賞花釣魚宴) : 정조가 매년 봄 신하들과 함께 창덕궁 북원(北苑: 비원) 부용정 일대에서 꽃구경과 낚시를 하고 시를 짓던 연회.

34) 구마(廐馬) : 어용(御用)으로 내사복시(內司僕寺)에서 기르는 말. 일반 군마(軍馬)와 구별되며 임금이 공적(功績) 있는 신하에게 하사(下賜)하는 물품으로도 쓰였다. 세종대왕기념사업회(편), 『한국고전용어사전』, 2001 참조.

(院)으로 돌아가라 하시었다. 이해 가을에 진산 현감(珍山縣監) 이기양(李基讓)35)을 부르시어 시험해 보시고는 사제(賜第)하여 홍문관 수찬(弘文館修撰)에 특별히 제수하시니, 이때는 소인의 도가 쇠하고 군자의 도가 성하여 태화(太和 음양이 조화된 기운)가 함육(涵育)하고 만물이 왕성하던, 진실로 빛난 일치(一治)였다. 5년 뒤인 기미년36) 봄에 신 제공37)이 죽고 다음해 6월에 상이 승하하셨다. 그 다음해 신유년 봄에 화(禍)38)가 일어나서 신 가환은 옥사(獄死)하고 신 기양은 단천(端川)으로 귀양가고 나는 장기(長鬐)로 귀양갔다. 이해 겨울에 악인(惡人) 목만중(睦萬中)39)·홍낙안(洪樂安)40)·이기경(李基慶)41) 등이 용사(用事)하여 신 제공의 관작을 추탈하고 다시 신 가환의 죄를 논하여 가율(加律)을 청하고 또 나를 옥에 가두고 죽이고자 하였으나, 여러 대신이

---

35) 이기양(李基讓, 1744~1802) : 조선 후기의 문신 학자. 천주교 초기 교도로 한국 천주교회를 창설한 주역인 이벽(李檗)과 종교적 철학적 서학의 교리를 토론하다가 결국 천주교 교리의 합리성을 인정하고 은밀히 천주교를 신봉하였다. 1801년(순조 1) 대사간, 예조참판, 좌승지를 지냈으나 이 해에 일어난 신유박해 때 결국 아들 총억(寵億)이 신자인 관계로 반대파들은 그를 사학(邪學)의 교주라 비난하여 단천(端川)에 유배되었다.

36) 기미년 : 1799년.

37) 제공 : 채제공(蔡濟恭).

38) 신유년 봄에 화(禍) : 신유박해(辛酉迫害).

39) 목만중(睦萬中. 1727~1810) : 조선 후기 영조 정조 순조 시기의 문신. 1789년 태산현감(泰山縣監)으로 있으면서 불법을 자행하다 체포되어 문초를 당하였고 1801년 신유박해 때 대사간으로 당시 영의정 심환지(沈煥之)와 함께 탄압을 주도하였다.

40) 홍낙안(1752~?) : 조선 후기의 문신으로 천주교 신자들을 고발하여 1787년 정미반회사건(丁未泮會事件)과 1791년 신해박해(辛亥迫害)를 일으켰다.

41) 이기경(1756~1819) : 조선 후기 정조 순조 시기의 문신. 이승훈(李承薰)과 이벽(李檗)에게서 천주교에 관한 책을 얻어 본 후 주자학과 다름을 알고 이를 배척하여 천주교 탄압에 앞장섰다. 천주교 공격을 위해 편찬한 『벽위편(闢衛編)』은 초기 천주교사 연구의 중요 자료다.

구해준 덕에 강진(康津)으로 귀양갔으니 이것이 그동안에 있었던 영고성쇠의 대략이다. 아, 하늘은 이미 우리 선대왕(先大王 정조)같이 총명예지(聰明睿智)한 분을 내어 군사(君師)로 세우고 또 몇몇 현준(賢俊)을 내어 성군(聖君)과 현신(賢臣)이 서로 만나 일대(一代)의 장관(壯觀)을 이루게 하더니 다시 전복(顚覆)시켜 총록(寵錄)을 잘 마치지 못하게 하였으니, 하늘을 어찌 알 수 있겠는가. 18년 뒤인 무인년(1818, 순조 18)가을에 내가 살아 돌아와서 비로소 몇몇 명신(名臣)의 행적을 서열(敍列)하고자 하였다. 그러나 채공(蔡公)은 이미 묘비(墓碑)와 묘지(墓誌)가 있기에 그만두고 이공(李公)의 행적을 기록하여 지문(誌文)을 짓는다. 공의 휘(諱)는 가환(家煥), 자는 정조(廷藻)이니 여흥 이씨(驪興李氏)이다. 이씨는 조선조에 이르러 대대로 혁혁(赫赫)하였고 그 종족(宗族)이 옛 정릉골[貞陵巷]에 살았기 때문에 세상에서는 정릉 이씨(貞陵李氏)라고도 칭한다. 10대조 계손(繼孫)이 병조 판서(兵曹判書)를 지냈고, 5대조 소릉(小陵) 상의(尙毅)가 의정부 좌찬성(議政府左贊成)을 지냈으며, 그 손자 매산(梅山) 하진(夏鎭)이 홍문관 제학(弘文館提學)을 지냈다. 매산의 아들 여섯 사람 중에 셋이 현달하였으니, 맏이인 옥동(玉洞) 서(漵)는 찰방(察訪)을 지냈고, 둘째인 섬계(剡溪) 잠(潛)은 평민으로 상소(上疏)하였다가 죽음을 당하였으나 뒤에 사헌부 집의(司憲府執義)에 추증(追贈)되었으며, 막내인 성호(星湖) 익(瀷)은 경학(經學)으로 천거되어 선공감역(繕工監役)을 지냈다. 성호의 형 침(沈)이 바로 공의 조부(祖父)로서 계부(季父) 명진(明鎭)에게 출계(出系)하였다. 침이 용휴(用休)를 낳았는데, 용휴는 진사(進士)가 된 뒤로는 다시 과장(科場)에 들어가지 않고 문장에 전념하여 우리나라의 속된 문체(文體)를 도태하고 힘써 중국의 문체를 따랐다. 그의 문장은 기이하고 웅장하여 우산(虞山) 전겸익(錢謙益)[42]이나 석공(石公) 원굉도(袁宏道)[43]에 못지 않았다. 혜환 거사(惠寰居士)라 자호(自號)하였다. 원릉(元陵 영조(英祖)의

능호(陵號)) 말엽에 명망이 당시의 으뜸이어서 학문을 탁마하고자 하는 자들이 모두 찾아와서 질정(質正)하였으므로, 몸은 평민의 열(列)에 있으면서 30년 동안이나 문원(文苑 문단(文壇))의 권(權)을 쥐었으니 예부터 없었던 일이었다. 그러나 우리나라 선배들의 문자(文字)에 대해 흠을 너무 심하게 끄집어냈기 때문에 속류(俗流)들의 원망을 사기도 하였다. 우리 성호 선생은 하늘이 내신 빼어난 호걸로서 도덕과 학문이 고금(古今)을 통하여 견줄 만한 사람이 없고, 교육을 받은 제자들도 모두 대유(大儒)가 되었다. 정산(貞山) 병휴(秉休)는 『역경(易經)』과 삼례(三禮) 『예기(禮記)』·『의례(儀禮)』·『주례(周禮)』를 전공하고, 만경(萬頃) 맹휴(孟休)는 경제(經濟)와 실용(實用)을 전공하고, 혜환(惠寰) 용휴(用休)는 문장을 전공하고 장천(長川) 철환(嘉煥)은 박흡(博洽)함이 장화(張華)[44]·간보(干寶)[45]와 같았고, 목재(木齋) 삼환(森煥)은 예(禮)에 익숙함이 숭의(崇義)와 계공(繼公) 같았고, 염촌(剡村) 구환(九煥)도 조부(祖父)의 뒤를 이어 무(武)로 이름이 났으니, 한 집안에 유학(儒學)의 성함이 이와 같았다. 공은 여러 종형제 중에서 나이가 가장 어렸기 때문에 여러 형들의 보살핌이 매우 깊었다. 더구나 공은 기억력이 뛰어

---

42) 전겸익(錢謙益, 1582~1664) : 중국 명말청초의 문신, 문학가로 중국 동남지역에 명성이 자자했고, 동림(東林)의 거목이 되었다. 우산(虞山)은 강남 상해 북서쪽 약100km 떨어진 상숙(常熟)시에 있는 산으로 전겸익이 상숙 출신이므로 우산이라 하였다. 임종욱(편), 『중국역대인명사전』, 이회문화사, 2010 참조.

43) 원굉도(袁宏道, 1568~1610) : 중국 명말의 문신, 문학가로 이지(李贄) 문하에서 수학하며 복고적 문학 풍조를 비판하고 자유로운 개성을 주장하였다. 석공(石公)은 원굉도의 호(號)이다.

44) 장화(張華, 232~300) : 중국 서진(西晉) 시대의 박학하고 화려한 문장이 뛰어났던 문학자 겸 정치가.

45) 간보(干寶, ?~?) : 젊어서 부지런히 배우고 많은 책을 읽어 재기(才氣)로 이름이 났던 중국 동진(東晉) 시대 문학자 겸 정치가. 그가 지은 『수신기(搜神記)』20권은 위진(魏晉) 지괴소설(志怪小說)의 대표작품으로 후세 전기물(傳奇物)의 선구가 되는 등 문학사 발전에 큰 영향을 끼쳤다.

나 한번 본 글은 평생토록 잊지 않고 한번 입을 열면 줄줄 내리 외는 것이 마치 치이(鴟夷 호리병)에서 물이 쏟아지고 비탈길에 구슬을 굴리는 것 같았으며, 구경(九經)·사서(四書)에서부터 제자 백가(諸子百家)와 시(詩)·부(賦)·잡문(雜文)·총서(叢書)·패관(稗官)·상역(象譯)·산율(算律)의 학과 우의(牛醫)·마무(馬巫)의 설과 악창(惡瘡)·옹루(癰漏)의 처방(處方)에 이르기까지 문자라고 이름할 수 있는 것이면 무엇이든지 한번 물으면 조금도 막힘없이 쏟아놓는데 모두 연구가 깊고 사실을 고증하여 마치 전공한 사람 같으니 물은 자가 매우 놀라 귀신이 아닌가 의심할 정도였다. 약관(弱冠)의 나이에 태학(太學)에 유학(遊學)하였는데, 월과(月課) 시험에 계속 시(詩)가 합격되어 원근에 소문이 자자하였더니, 얼마 되지 않아 회시(會試) 양장(兩場)에 합격하였다. 또 정종의 즉위를 축하하는 증광시(增廣試)에도 급제하여 오래지 않아 제조(諸曹)의 낭중(郎中)이 되고, 이어 사헌부 지평(司憲府持平)에 제수되었다. 을사년(1785, 정조 9)에는 봉상시 정(奉常寺正)으로 지제교(知制敎)에 제수되어 명을 받들어 『대전통편(大典通編)』을 편찬하였는데, 어연(御筵)에 오를 적마다 자세하고 분명하게 의견을 개진(開陳)하고 인거(引據)가 해박하였다. 하루는 상이 그가 돌아가는 것을 바라보고 이르기를, "저런 사람을 어찌 끝내 등용하지 않으리오." 하니, 듣는 자들은 크게 꺼리면서도 그가 크게 등용될 것을 알았다. 이때 번옹(樊翁 채제공)이 당인(黨人 노론(老論))에게 쫓겨나 도성 밖에 살고 있으니 채홍리(蔡弘履)·목만중(睦萬中) 등이 모두 번옹을 배반하고, 지조가 확실치 않은 자들은 둘 사이를 오가며 눈치를 살폈으나 공은 홀로 청의(淸議 정론(正論))를 가지고 정범조(丁範祖)[46]·유항주(俞恒柱)·윤필병(尹弼秉)[47]

---

46) 정범조(丁範祖, 1723~1801) : 조선 후기 영조 정조 시기의 문신. 시율과 문장에 뛰어나 사림의 모범으로 명성을 얻었고, 영조와 정조의 총애를 받았다. 특히 문체반정(文體反正)에 주력하던 정조에 의해 당대 문학의 제1인자로 평가되어 78

등과 함께 지조를 굳게 지켜 변치 않았다. 뒤에 번옹이 10년 동안 집정(執政)할 때 도움이 된 것은 모두 이 몇 사람의 힘이었다. 그 간에 『대전통편』을 편찬한 공로로 승지(承旨)에 올랐으나 이내 정주 목사(定州牧使)로 나갔다. 정주로 나가서는 정치가 깨끗하고 명성이 드높았으나 시론(時論)에 영합하는 어사(御史)는 도리어 공에게 죄가 있다고 아뢰어 파직시키고 금화현(金化縣)으로 귀양보냈다. 귀양에서 풀려 돌아온 뒤 아버지의 상(喪)을 당하여 포천(抱川)에서 여묘살이를 할 적에 친구 중에 번옹을 배반하는 자가 날로 증가한다는 것을 듣고는 사태가 급박하게 되었다면서 상복을 입은 채 서울로 와서 유공(俞公)과 상의하였다. 마침 김복인(金復仁)이 개연히 상소하여 번옹의 억울함을 변명하고 드디어 배신한 무리들을 공격하였다. 이에 상이 크게 기뻐하며, "가려운 데를 긁는 것 같다." 고 비답(批答)하셨다. 이때 상은 번옹이 친구들의 마음을 다 잃어 우익이 없다고 여겼다가 김공(金公)의 상소(上疏)를 보시고는 비로소 청론(淸論)을 지키는 사람이 아직도 많다는 것을 아셨다. 건륭 무신년(1788, 정조 12) 봄 번옹이 정승이 되고, 공도 승선(承宣 승지(承旨))이 되어 자주 정원(政院)에 들어갔다. 상이 한가할 때 공을 인견(引見)하시고 삼한(三韓)과 사군(四郡) 이후의 우리나라 고사(故事)를 물으시면 공은 번번이 이십삼사(二十三史)를 인용하여 막힘없이 대답하니, 상은 크게 경탄하시고 물러나 좌우에게

세가 되던 정조 말년까지 조정에 머물며 문사(文詞)의 임무를 맡았다. 정조 사후 『정종실록』 편찬에 참여하였다. 한국학중앙연구원, 『한국민족문화대백과』 참조

47) 윤필병(尹弼秉, 1730~1810) : 조선 후기 영조 정조 시기의 문신으로 학문과 시문에 능통하였다. 각지 지방관으로서 애민을 실천하며 현저한 치적을 보였다. 1797년 정조의 총애를 받던 채제공을 서학을 옹호했다는 이유로 탄핵했다가 도리어 파직당했으나 1799년 대사간을 거쳐 강원도관찰사가 되고, 1806년 중추부 동지사를 지냈다. 서학(西學)은 배척하였다.

이르기를, "이가환 같은 사람이야말로 참으로 학사(學士)이다." 하셨다.

신해년(1791, 정조 15) 겨울에 호남옥사(湖南獄事)가 일어나자 홍희운(洪義運)⁴⁸⁾이 번옹에게 다음과 같은 편지를 올렸다. "진신(搢紳 벼슬아치)과 장보(章甫 유생) 중에 총명하고 지혜롭다는 자들이 모두 서교(西敎)에 빠졌으니, 장차 황건(黃巾)과 백련(白蓮) 같은 난이 있을 것입니다." 상은 번옹에게 명하여 관서(官署)에 가서 목만중·홍희운·이기경(李基慶) 등을 불러 호남옥사의 사실 여부를 조사하게 하였으니, 이것이 바로 장악원(掌樂院) 조사 사건⁴⁹⁾이다. 며칠 뒤 이기경이 상중(喪中)에 상소하여 조사한 일이 공정치 못하였다고 공격하니, 상은 크게 노하여 이기경을 경원(慶源)으로 귀양보냈다. 다음해 봄 내가 옥당(玉堂)⁵⁰⁾으로 들어갔고, 겨울에는 공이 성균관 대사성(成均館大司成)에 제수되었다. 공이 시장(試場)을 열어 유생들에게 시험을 보이려 하니, 섬계(剡溪 이잠(李潛)의 호임)를 미워하는 요로(要路)의 자제들이 시장으로 들어오지 않으므로 공이 과시(課試)를 그만두려 하자, 상이 그 소문을 듣고 이르기를, "저희들 스스로 들어오지 않는 것이 우리와 무슨 관계가 있단 말인가? 엄히 신칙(申飭)하여 공사(公事)를 집행하라." 하시므로 공은 애써 과시를 마쳤다. 그러나 공의 화(禍)는 실로 여기에서 비롯되었다. 이때 부교리(副校理) 이동직(李東稷)⁵¹⁾이 시론(時論)에

---

48) 홍희운(洪義運) : 홍낙안(洪樂安). 희운(義運)은 바꾼 이름.

49) 장악원(掌樂院) 조사 사건 : 이기경(편), 김시준(역), 『벽위편(闢衛編)』 「장악원(掌樂院) 사계(查啓)」, 명문당, 1987, 144~145쪽 참조.

50) 옥당(玉堂) : 경서(經書)와 사적(史籍) 관리, 문한(文翰) 처리 및 왕의 자문에 응하는 일을 맡아 학문, 문화 사업에 주도적 구실을 한 조선시대 홍문관(弘文館)을 일컫는 말.

51) 이동직(李東稷, 1749~ ?) : 조선 후기 정조 시기의 문신. 1792년 홍문관 부교리로 재직 중 박지원(朴趾源)의 『열하일기』 문체가 저속함을 상소하고, 이가환(李家煥)을 서학교도라고 공격해 충주목사로 좌천시키는 등 주자학적 전통에 입각해 신학문 배척에 앞장섰다. 한국학중앙연구원, 『한국민족문화대백과』 참조.

영합하기 위하여 상소하여 문체(文體)를 가지고 공을 헐뜯어 반시(泮試 성균관의 과시(課試)임)를 중지시키고자 하니, 상이 다음과 같이 비답하였다. "너희가, 재신(宰臣) 이가환의 문체는 경전(經傳)을 경시한다는 것으로 화파 (話欛 이야기 거리)를 삼았다. 나도 한마디 하려 하였으나 기회를 얻지 못하던참인데 그대의 말을 들으니 마치 가려운 데를 긁는 것과 같도다. 근일 내가 치세(治世)의 희음(希音)을 듣고자 하여 몇몇 젊은 문신(文臣)을 일차로 등용하여이끌어 주고 경각(警覺)시켰더니, 남공철(南公轍)52)·김조순(金祖淳)53)·이상황(李相璜)54)·심상규(沈象奎)55) 등이 혁혁한 문벌(門閥)로 인하여 순식간에 성균관 대사성과 홍문관·예문관 제학이 되어 공거(貢擧)하면서 많은 선비를 그르쳤고, 말

---

52) 남공철(南公轍, 1760~1840) : 조선 후기 정조 순조 시기의 문신. 독서를 좋아하고 경전에 통달하여 많은 금석문 비갈을 남긴 당대 제일의 문장가이다. 김조순(金祖淳) 심상규(沈象奎) 등과 함께 정조의 문체반정 운동에 동참했고 그 후 육경고문(六經古文)을 연찬함으로써 후진교육 문제에 전념한 정조 치세의 인재라는 평을 받았다.

53) 김조순(金祖淳, 1765~1832) : 조선 후기 정조 순조 시기의 문신. 문장이 뛰어나 초계문신이 되었고, 비명 지문 시책문 옥책문 등 많은 저술을 남겼다. 기량과 식견이 뛰어났고 성격이 곧고 밝아서 정조의 신임이 두터웠으며, 정조가 작고하고 1802년(순조 2) 딸이 순조 비(妃)로 책봉된 후 어린 왕을 도와 국구(國舅)로서 30년간 보필한 공적이 컸다. 당파나 세도를 형성하지 않으려 노력했으나 그를 둘러싼 척족 세력이 후일 안동 김씨 세도정치의 기반을 조성하는 결과를 초래하였다.

54) 이상황(李相璜, 1763~1841) : 조선 후기 정조 순조 헌종 시기의 문신. 여러 관직을 역임하며 지방과 중앙을 다스리며 많은 공을 세웠으나 개혁에는 소극적이었다는 평을 듣는다. 순조 치세 중기 이후로는 남공철, 심상규 등과 더불어 김조순이 이끄는 인물군(人物群)에 속하였다.

55) 심상규(沈象奎, 1766~1838) : 조선 후기 정조 순조 헌종 시기의 문신. 정조 때 초계문신이 되었으며, 정조가 이름과 자를 내려 줄 정도로 아끼고 신임하였다. 문장은 간결하고 필법에 뛰어나며 시문의 내용이 깊고 치밀하였다. 학문적으로는 북학파로 이용후생을 강조하였다. 1811년(순조 11) 병조판서로서 홍경래의 난을 진압하였다.

을 윤색하여 왕언(王言)을 욕되게 하였도다. 이는 이른바 훌륭한 악기로 비속한 음악을 연주하고 좋은 술을 와기(瓦器)에 붓는 격이었다. 태학과 관각(館閣 홍문관과 예문관)을 이들에게 맡겼다가 망쳤으니, 변방으로 귀양가는 것을 어찌 면할 수 있겠는가. 가환은 그 집안이 본래 좋은 축에 들었으나 오랜 세월을 불우하게 지냈으므로정숙(精熟)한 문예(文藝)를 쌓고도 스스로 조정의 버림을 받은 초야(草野)의 사람으로 여겼기 때문에 그가 토해 내는 말들은 하나같이 비장(悲壯)하고 강개(慷慨)한 것뿐이었고, 그 마음에 맞는 것은 제해(齊諧)[56]와 색은(索隱)[57]뿐이었다. 처신이 불안하면 할수록 말이 더욱 편벽되고 말이 편벽될수록 문장이 더욱 괴팍해졌다. 화려한 문장은 팔자 좋은 사람들에게 양여(讓與)하고 자신은 이소(離騷)와 구가(九歌)[58]를 빌어 불우한 처지를 읊었도다. 그러나 이것이 어찌 가환이 좋아서 한 것이겠는가. 이것은 조정이 그를 그렇게 만든 것이다. 내가 특별히 편전(便殿)에 탕탕평평실(蕩蕩平平室)이란 편액(扁額)을 걸고, 정구팔황(庭衢八荒)이란 네 글자를 크게 써서 여덟 창문 머리에 붙이고서 아침저녁으로 이를 바라보며 나의 맹세로 삼았다.[59] 이로부터 가난한 선비들이 먼 시 골

---

56) 제해(齊諧) :『장자(莊子)』「소요유편(逍遙遊篇)」에 나오는 제(齊)나라 해(諧)라는 사람이 쓴 괴이한 이야기. 이 책에 나오는 붕(鵬)새는 등길이가 몇 천 리인지 알 수 없을 정도로 큰데 한번에 9만 리를 날아오르며 살고 있는 북쪽 바다를 벗어나 끊임없이 남쪽 바다로 날아가려 한다. 이 붕새는 어디에도 얽매이지 않고 자유로운 정신세계를 마음껏 누리는 위대한 존재를 의미한다.

57) 색은(索隱) : 예(禮)와 의(義)를 벗어나는 비정상적 행위를 가리킨다. 색은의 본 뜻은 사물의 숨은 이치를 찾아낸다는 의미.

58) 「이소(離騷)」와 「구가(九歌)」: 중국 전국(戰國)시대 굴원(屈原, BC 343 ?~278 ?)의 『초사(楚辭)』에 실린 나라와 백성에 대한 근심을 담은 시편이다.

59) '탕탕평평'은『서경』「홍범(洪範)」의 "편벽됨이 없고 편당함이 없으면 왕도가 탕탕하며, 편당함이 없고 편벽됨이 없으면 왕도가 평평하다(無偏無黨 王道蕩蕩 無黨無偏 王道平平)"라는 말에서 비롯하였고, '정구팔황'은 "팔방을 뜰이나 앞길처럼 살핀다"는 의미이다. 정조가 침전 편액에 이 어구를 써 두고 아침저녁 돌

에서 모여들었으니, 가환도 그 중에 한 사람일 뿐이다. 그런데 지금 공철(公轍)과 같이 별안간 일어난 상도(常道)를 어긴 무리와 한가지로 여겨 배척하니 어찌 가환이 억울하지 않겠는가. 더구나 배척해야 마땅한 자는 배척하지 않고배척해서는 안 될 사람만 배척해서야 되겠는가. 가환은 바야흐로 깊숙한 곳에서 밝은 곳으로 나와 지난날을 잊고 마음가짐이 새로워지고 있으니, 마음 속으로부터 우러나오는 문장이 어찌 점점 아름다운 경지에 들어가지 않겠는가. 가령 가환의 재주가 둔하여 삼일 괄목(三日刮目)할 정도가 아니라 할지라도 그 아들이나 손자가 또 어찌 문예를 남에게 양여(讓與)하고 스스로 명성을 떨치는성대함을 본받지 않겠는가. 맹단(盟壇)에 올라 우이(牛耳)를 잡고[60] 대일통(大一統)의 대권(大權)을 어둡고 어지러운 이 세상에 다시 밝히는 것을 나는 그의임무로 여긴다." 상은 공을 미워하고 꺼리는 자가 많다는 것을 아시고 더욱 서둘러 부르셨으나공은 완강히 거절하고 명을 받들지 않으니, 상은 공을 개성 유수(開城留守)로 내보내셨다. 겉으로 보기에는 공을 내친 것 같으나 사실에 있어서는 공을 2품으로 승진시키신 것이니 상의 끊임없는 권주(眷注 은총을 베풂)가 이와 같았다. 계축년 (1793, 정조 17) 이른 봄에 공이 상소하기를, "신은 본래 아무 쓸모없는 사람으로 정처없이 떠도는 몸이니, 세상에 대하여 애당초 원망이나 미움이 없었습니다. 그러나 전후 신을 논하는 자들이 연해 헐뜯고 미워하는 것이 어찌 다른 이유이겠습니까. 혹은 드러나지 않게 배척하기도 하고 혹은 드러내놓고 배척하기도 하지만 그 핵심은 신의 종

아보며 맹세하였다는 것은 영조가 당쟁의 폐단을 제거하고 세력의 균형을 위해 탕평책(蕩平策)을 쓴 것을 이어받아 정조 자신도 폭넓게 인재를 등용하며 탕평에 힘쓴다는 것을 공표한 것이다.

60) 맹단(盟壇)에 올라 우이(牛耳)를 잡고 : 옛날 제후(諸侯)들이 맹약(盟約)할 때 맹주(盟主)가 소의 귀를 잡고 그 귀를 베어 피를 마시고 맹세한 고사(故事)에서 유래한 어구. 일을 주도하는 우두머리의 뜻.

조(從祖 이잠(李潛))의 일을[61] 가지고 신의 집안을 헐뜯는 것입니다.
아, 신의 종조 잠(潛)이 당시 세자(世子 경종(景宗)) 보호를 진달(陳達)
한 상소는 진심을 토로하여 국가에 충성하고자 했던 것인데, 끝내 이
로 인하여 죽음을 당하였으니 그 억울함을 어찌 다 말할 수 있겠습니
까. 억울한 한이 풀리지 않은 채 세월은 흘렀습니다. 신이 차마 붓을
잡고 종조의 일을 다시 제기(提起)할 수는 없습니다만, 열조(列祖)께서
분명히 변별(辨別)하신 말씀이 국사(國史)에 환히 실려 있어 이목(耳目)
으로 접할 수 있기 때문에 또 다시 이를 말씀드리는 것입니다. 또한
신이 일찍이 『어정황극편(御定皇極編)』을 보니, 사실을 차례로 서술하
시고 남김없이 분석하시어 일편(一篇)의 문자(文字)가 일성(日星)처럼
밝으므로 신은 이 글을 수없이 읽고 피눈물을 흘렸습니다. 그리고 손
을 씻고 이 글을 베껴 두었다가 죽는 날에 지하로 가지고 가서 종조를
뵙고 한자한자 전해 드리며 조손(祖孫)이 함께 천대(泉臺 구천(九天))에
서 감읍하고, 또 장차 천하 후세에 사실이 이렇노라고 밝히려 하였는
데, 어느 겨를에 저들과 시끄럽게 시비를 다투겠습니까. 그러나 지금
은 신이 평소 마음 속에 맺혔던 생각을 토로합니다. 주먹과 발길질, 칼
과 창을 분수로 알고 사생 화복을 생각 밖으로 돌리고 몸을 이끌고 물
러나 성은(聖恩)을 노래하며 자자 손손이 살아서는 목숨을 바쳐 나라
에 충성하고 죽어서는 결초보은(結草報恩)하기를 바랄 뿐인데 다시 무
엇을 한(恨)하겠습니까?" 하니, 상은 온화한 말씀으로 비답하셨다. 이
때 우의정 김이소(金履素)[62]가 차자(箚子)를 올리기를, "잠(潛)의 흉소

---

61) 신의 종조(從祖 이잠(李潛))의 일 : 1706년(숙종 32) 이잠은 진사 신분으로 서인
(西人) 중신(重臣)의 잘못을 비판하고 희빈 장씨의 복권을 청하는 상소를 올렸다
가 역적으로 몰려 47세를 일기로 옥사하고 가문은 역적으로 내몰려 몰락한 일.

62) 김이소(金履素, 1735~1798) : 조선 후기 영조 정조 시기의 문신. 문학과 재주가
비상하나 잘 드러내지 않았고, 지조가 있어 옳은 일은 끝까지 추진해 정조의 신
임이 두터웠다. 외교에 뛰어나 청나라에 다섯 번이나 다녀왔다.

(凶疏)가 역적 김일경(金一鏡)63)·박필몽(朴弼夢)64) 등이 종사(宗社)를 모해하고 선류(善類)를 해친 장본(張本)이 되었는데, 지난 신임(辛壬)연간에65) 추악한 무리들이, 선견(先見)의 지혜가 있고 국가를 위해 죽은 충신이란 말로써 흉인 잠을 추칭(推稱)하여 표창하기를 청하였으니, 흉도(凶徒)끼리 맥락(脈絡)이 서로 통하고 기미(氣味)가 서로 같다는 것을 알 수 있습니다. 끝내는 역적 김일경이 지은 교문(教文)에 바로 잠의 성명을 거론(擧論)하며 사신의 무릉[徙薪之茂陵]이라고 하였습니다. 그런데 지금 가환이 감히 흉악한 잠의 일을 가지고 장황하게 말을 하니 패악하고 무엄하기 그지없습니다." 하니, 상은 다음과 같이 비답하였다. "개성 유수(開城留守)의 상소는 아무 까닭없이 송원(訟冤)하는 자와는 다르다. 근래 중비(中批 특지(特旨)로 임명하는 것)한 일로 인한 공격을 견딜 수 없어 오랜 뒤에 상소하여 자신의 억울함을 밝혔으니, 측은하다고 할 만한데 어찌 반드시 운운(云云)하느냐. 하물며 선왕(先王

---

63) 김일경(金一鏡, 1662~1724) : 조선 후기 경종 시기의 문신. 1721년(경종 1) 노론 정권이 경종의 병약을 이유로 왕세제(王世弟) 연잉군(延礽君: 뒤의 영조)의 대리청정 실시를 반대하며 노론탄압에 앞장서 수백 명을 살상, 추방시켰다. 영조 때 노론의 재집권으로 참형되었다.

64) 박필몽(朴弼夢, 1668~1728) : 조선 후기 경종 영조 시기의 문신. 소론의 강경파로 1721년(경종 1) 김일경 등과 함께 왕세제(英祖)의 대리청정을 주장한 노론 4대신의 죄를 성토하여 신임사화를 유발하였다. 1724년 영조가 즉위하자 유배되었다. 1728년 김일경의 잔당 이인좌(李麟佐)가 난을 일으키자 배소(配所)를 탈출하였다가 반란이 진압되어 반역수괴로 몰려 참살 당하였다.

65) 신임(辛壬) 연간 : 신축년(辛丑年 1721)~임인년(壬寅年 1722)까지 왕통문제와 관련하여 소론이 노론을 숙청한 신임사화(辛壬士禍). 노론은 경종 즉위 후 연잉군(延礽君: 뒤의 영조)의 세제(世弟) 책봉을 주도하고, 대리청정을 강행하려 하였다. 소론은 노론의 대리청정 주장을 경종에 대한 불충(不忠)으로 탄핵하여 정국을 주도하고, 결국 소론정권 구성에 성공하였다. 이 때 목호룡(睦虎龍)이 노론이 숙종 말년부터 경종을 제거할 음모를 꾸며왔다고 고변함으로써 8개월에 걸쳐 국문이 진행되고, 그 결과 김창집(金昌集)·이이명(李頤命)·이건명(李健命)·조태채(趙泰采) 등 노론 4대신을 비롯한 노론 대다수가 화를 입은 사화이다.

숙종) 임술년 9월에 내린 교서(敎書)와 다음해 여름에 내린 교서가 기거주(起居注)에 자세히 실려 있음에랴. 잠의 조카인 이맹휴(李孟休)에 대한 성교(聖敎)도 그처럼 정중하고 간곡하시어 '내가 모든 일 깨끗이 씻어버리고 너를 등용할 것이다. 지난날 방미두점(防微杜漸)[66]의 뜻으로 처분(處分)한 바 있으나, 그 뒤 이잠이 무죄하다고 진달하자 다시 증직(贈職)하였노라. 신임(辛壬) 이후 잠을 포장(褒獎)하는 것도 당심(黨心)이고 잠을 헐뜯는 것도 당심이니, 만약 맹휴가 잠의 조카라 하여 등용치 않는다면 나라 안에 어찌 등용할 사람이 있겠는가.'하시고, 드디어 건극(建極)[67]이란 두 글자로 명하셨도다. 나는 승지에게 이 성교를 들이라 명하여 상고한 뒤에 비로소 가환을 등용한 것을 경(卿)도 이미 알고 있으리라 생각한다." 이때 대사성 심환지(沈煥之)[68]도 상소하기를, "경종대왕께서 동궁(東宮)으로 계실 때 숙종께 문안하시고 부왕(父王)이 드실음식을 살피시어 문왕(文王)의 무우(無憂)를 이루었는데, 저 흉인(凶人)들은 무엇 때문에 보호(保護)란 말을 하였겠습니까? 양궁(兩宮 경종과 영조)을 이간하여 의리를 괴란(壞亂)시키고 충현(忠賢)을 참살할 계획이었던 것입니다. 지금 가환은 이런 사실을 알고서 감히 그렇게 말하는 것입니까, 아니면 알지 못하고말하는 것입니까?

---

66) 방미 두점(防微杜漸) : 어떤 일이 커지기 전에 미리 막음.

67) 건극(建極) : 나라를 다스리기 위하여 나라의 법을 세움.『서경(書經)』「홍범(洪範)」에 나온다. 세종대왕기념사업회,『한국고전용어사전』참조.

68) 심환지(沈煥之, 1730~1802) : 조선 후기 영조 정조 시기의 문신. 철저한 노론계 당인으로 남인계열 채제공(蔡濟恭) 이가환(李家煥) 이승훈(李承薰) 배척에 앞장섰다. 1800년 순조가 어린 나이로 즉위하여 정순왕후(貞純王后)가 수렴청정하자 영의정에 올라 신유박해를 일으켜 반대파 인물들을 제거하였다. 심환지는 정조가 탕평책을 강화하기 위한 제도적 장치로 사용했던 장용영(壯勇營)을 혁파하는 등 정조의 개혁정치를 되돌려 무산시키기도 하였다. 그리하여 죽은 뒤 많은 무고한 인명을 살육한 죄와, 순원왕후(純元王后)의 대혼(大婚)을 방해했다는 비판을 받아 관작이 삭탈되었다. 한국학중앙연구원,『한국민족문화대백과』참조.

선왕께서 순일한 덕으로 중(中)을 세워 세상을 교화하시어 언의(言議)가 같지 않고 취미(臭味)가 다른 세신 고가(世臣故家)들을 모두 극 (極)으로 모이게 하여 복을 주시고 한 울안으로 모아 교화하여 만수 일궤(萬殊一軌)하게 하셨는데, 소론(小論)을 말함. 저 가환은 무슨 심성(心性)으로 편벽되게 일방적으로 제 방조(傍祖)의 흉론(凶論)만을 고수, 의리와 혈전을 벌이고 국가와 배치하여 잠의 심보로 제 심보를 삼고 잠의 입으로 제 입을 삼고자 한단말입니까? 처음에 전하께서 '가환은 잠의 방손(傍孫)이니 잠의 흉론(凶論)을 반드시 이어받지는 않았을 것이고, 문묵(文墨)의 재주가 있으니 완전히 버릴 수없다.' 하시고 드디어 그 잘못을 탕척하고 깊은 성덕으로 이끌어 주셨으니 가환은 마땅히 마음을 고치고 가슴에 새겨 더욱 의(義)를 힘써야 할 것인데, 지금 그렇게 하지 않으니 가환이 바로 또 하나의 잠입니다. 흉인 잠이 있는데도 엄벌하지 않는다면 이는 나라에 법이 없는 것입니다. 가환을 변방으로 내쳐 선한사람들과 함께 살지 못하게 하소서."

하였다. 정원에서는 언관(言官)이 아니면 의율(擬律)할 수 없는 것인데 심환지의 상소에 내치라고 한 것은 격례(格例)에 어긋난다 하여 상소문을 받아들이지 않았으니, 이는 상이 은밀히 그렇게 하도록 시킨 것이다. 이때 판중추(判中樞) 김종수(金鍾秀)[69]도 상소하기를, "흉인 잠의 상소는 오로지 양성(兩聖)의 자효(慈孝)를 이간하고 당시의 충현을 도륙(屠戮)할 계획에서 나온 것입니다. 가환이 비록 잠의 흉악한 심보를 이어받았다고는 하지만 역시 선왕의 신하인데 하늘 아래 살면서

---

69) 김종수(金鍾秀. 1728~1799) : 조선 후기 영조 정조 시기의 문신. 정조가 왕세손 때 성실히 보좌하며 외척의 정치 간여를 배제해야 한다는 '의리론'을 설파해 깊은 감명을 받은 정조가 뒷날 정치의 제1의리로 삼았다. 정조는 김종수를 윤시동, 채제공과 함께 자신의 의리를 조제하는 탕평의 기둥으로 지적하며 신임하였다.

어찌 감히 잠이 나라를 위하여 순절(殉節)하였다는 말을 글로 써서 어전(御前)에 바칠 수 있단 말입니까. 세도(世道)를 생각하매 다만 목놓아 울고 싶을 뿐입니다.

조덕린(趙德隣)에 대한 처분은[70] 전하의 실수였습니다. 신이 무신년에 올린 차자(箚子)에 어린 돼지가 아니라고 하였는데, 지금 그 돼지가 머뭇거리던 때를 지나 저돌(猪突)하기에 이르렀습니다." 하니, 상이 또 정원에 명하여 그 상소문을 물리치게 하시고, 드디어 삼사(三司)의 여러 신하를 엄히 신칙하시니, 사나운 기세로 계속 일어나려던 자들이 모두 감히 움직이지 못하였다. 그러나 많은 사람들의 노여움이 산처럼 쌓여 공공연히 역적처럼 꾸짖었고, 공과 사이가 좋던 민종현(閔鍾顯)[71]·이서구(李書九)[72] 등도 이때부터 갈라져서 서로 말도 하지 않았으며, 섬계(剡溪 이잠의 호)를 미워하는 자들은 젊은 신진(新進)들까지도 모두 공을 좋은 눈으로 보지 않았으니, 공의 화는 실로 여기에서 성립된 것이다. 큰 명망을 지고 소인들에게 미움을 받는 분으로서 또 이 때문에 모든 사람의 노여움을 샀으니, 어리석은 사람도 공이 끝내 화를 면치 못할 줄 알았다. 이해 여름 번옹이 영의정이 되어 상소하여 모년(某年)의 일을 말하자 김종수(金鍾秀)가 심히 공격하니, 상은 부득

---

70) 조덕린(趙德隣, 1658~1737) : 조선 후기 숙종 영조 시기의 문신. 당쟁에 휘말려 여러 번 유배당하였으나 높은 도학(道學)과 절의로 명망이 높았다. 이곳의 '조덕린에 대한 처분'이란 1788년(정조 12) 경종과 희빈 장씨를 옹호하고 영조를 비판하여 죄인이 되었던 조덕린을 탕척(蕩滌:죄명을 씻어줌)시키고 복관시킨 일을 가리킨다.

71) 민종현(閔鍾顯, 1735~1798) : 조선 후기 영조 정조 시기의 문신. 여러 관직을 두루 역임하였는데 특히 의례(儀禮)에 매우 밝아 국가의 예식(禮式)에 대한 많은 소를 올렸다.

72) 이서구(李書九, 1754~1825) : 조선 후기 정조 순조 시기의 문신이며 문인. 문학을 연마하여 사가시인(四家詩人: 이서구·이덕무·박제가·유득공)으로 불리고, 또한 연행사신 임무를 맡은 적이 없으나 홍대용과 박지원 문하에 출입하며 당시 실학파 학자들과 교유하여 실학사대가(實學四大家)로 호칭되었다.

이하여 금등(金縢)73)을 열어 근신(近臣)들에게 보여 주셨다. 다음해 겨울 모든 신하가 추가(追加)하여 장헌세자(莊獻世子)의 휘호(徽號) 올리기를 청하여 도당(都堂)에서 여덟 자를 의논해 올렸으나 장헌세자의 효의가 담긴 금등의 뜻을 천명(闡明)함이 없으므로 상은 글자를 다시 의논하게 하고자 하였으나 꼬집어 말할 수 없어 번옹에게 물었다. 번옹 역시 무어라고 대답하지 못하고, 공을 불러 물으니 공은 즉석에서, "개운(開運)이란 두 글자는 옛날 석진(石晉 석륵(石勒)이 세운 후진(後晉))의 연호(年號)였으니, 어찌 할 말이 없음을 근심하십니까." 라고 대답하므로 대신이 그대로 아뢰었다. 며칠 뒤 상은 그 사실을 아시고 이르기를, "재상에는 반드시 글 읽은 사람을 등용해야 한다는 말은 바로 가환 같은 사람을 두고 하는 말이다." 하시고, 드디어 도감(都監)을 설치하여 옥책(玉冊)과 옥보(玉寶)를 만들었는데 번옹을 도제조(都提調)로 삼고 공을 가차(加差)하여 제조로 삼고 용을 도청랑(都廳郎)으로 삼아 그 일을 돕게 하셨다. 대제학 서유신(徐有臣)74)이 옥책문(玉冊文)을 지었는데 또 금등의 일을 말하지 않았으므로 유신(儒臣) 한광식(韓光植)이 상소하여 그 소략함을 논박하니 상은 마침내 이병모(李秉模)75)에게 명하시어 옥책문을 다시 짓게 하셨다. 을묘년76) 봄 공을 정경(正卿 판서)에 발탁하시어 신 용과 함께 『화성정리통고(華城整理通考)』를 짓게 하시고 장차 공을 크게 등용하려 하셨다. 이해 여름에 포장(捕將) 조규

---

73) 금등(金縢) : 쇠 끈으로 단단히 봉해 넣어둔 비밀문서를 뜻한다. 1793년(정조 17) 정조가 그와 채제공만이 알고 있던 '금등(金縢)'을 공개했는데, 금등에는 영조가 사도세자의 처벌을 후회한다는 내용의 문서가 보관되어 있었다.

74) 서유신(徐有臣, 1735~1800) : 대대로 대제학을 지낸 명문가의 선비로 품행이 방정하고 성품이 고결하였으며 학문 특히 경사(經史)에 능하였던 조선 후기 정조 시기의 문신.

75) 이병모(李秉模, 1742~1806) : 글씨와 문장에 뛰어났던 조선 후기 정조 시기의 문신.

76) 을묘년 : 1795년

진(趙圭鎭)이 최인길(崔仁吉)[77] 등 세 사람을 잡아 왕지(王旨)를 받들어 곤장을 쳐서 죽인 일이 있었는데, 7월 초에 대사헌 권유(權裕)[78]가 상소하여 포장이 죄인을 멋대로 죽인 죄를 논박하였다. 또 며칠 뒤 부사직(副司直) 박장설(朴長卨)이 상소하여 스스로 기려(羈旅)의 신하[79]라 칭하고, 먼저 서유방(徐有防)의 간사함을 논박하고 다음으로 포청(捕廳)의 일을 논하면서 공까지 논박하기를, "가환은 약간의 글재주를 갖고서 의리를 변란(變亂)하였으며, 섬계(剡溪)의 억울함을 변명한 것을 말함. 사학(邪學)을 창주(倡主)하고 유학(儒學)을 배치(背馳)하였으며, 생질(甥姪) 이승훈(李承薰)을 보내어 사학의 책을 사오게 하여 부자들을 유혹하고 속여 제 스스로 교주(敎主)가 되어 그 사술(邪術)을 널리 전파하였습니다." 하고, 또 공이 일찍이 천문 대책(天文對策)에 감히 청몽기(淸蒙氣) 등 정도(正道)에 어긋나는 말을 하였다고 논박하고, 또 공이 일찍이 동고관(同考官)이 되어 [경술년 가을에 증광시(增廣試)가 있었음.] 오행(五行)을 책문(策問)하였는데, 해원(解元 장원(壯元)) [나의 중형(仲兄)임.] 의 대책은 전적으로 양인(洋人)의 설을 주장하여 오행을 사행(四行)으로 만들었다고 논박하며 그 죄를 밝히고 바로잡기를 청한

---

77) 최인길(崔仁吉, 1765~1795) : 초기 천주교회 신자로 심한 박해와 위험 속에서도 성직자 영입을 추진하여, 1795년 1월 중국인 신부 주문모(周文謨)를 조선에 입국시켜 서울 북촌(北村) 그의 집에 은거하여 포교활동을 시작하였다. 그러나 교인 한영익(韓永益)이 신부의 거처를 밀고하여 포졸들이 그의 집을 덮쳤지만, 신부를 다른 곳으로 피신시키고 자신이 신부인 양 꾸며 대신 잡혀갔다. 그가 신부를 입국시킨 주동자임이 드러나 역적으로 몰려 윤유일, 지황과 함께 1795년 5월 12일 처형되었다.

78) 권유(權裕, 1745~1804) : 조선 후기 영조, 정조, 순조 시기의 문신. 정치적으로 심환지(沈煥之)의 당여에 속했는데 문장력이 있고 기개가 강하여 반대파들 공격에 앞장섰다. 1795년에 서학을 준열히 공격하여 이가환(李家煥)을 궁지에 몰아넣었고, 1801년(순조 1) 신유박해도 선도하였다.

79) 기려(羈旅)의 신하 : 다른 나라 사람으로 임시로 와서 삼기는 신하. 혹은 객지 생활을 하는 떠돌이 신하.

다고 하였으니 이 말은 모두 목만중(睦萬中)이 늘 해오던 말로 저는 가만히 있고 박장설을 시켜 논박하게 한 것이다. 상소문이 들어가자 상은 크게 노하여 전교하기를,

"나라의 기강이 비록 떨치지 못한다고는 하나 저가 어찌 감히 이처럼 패악(悖惡)할 수 있단 말인가. 저 역시 나라 안에서 이름 있는 사대부(士大夫) 집안으로서 유구(琉球)나 일본서 어제오늘 귀화(歸化)한 무리가 아닐진대, 기려란 말을 어찌 감히 마음에 두고 입에 올린단 말인가. 공조 판서(工曹判書) [이때 공은 여전히 공조 판서로 있었다.] 에 대한 논박은 역시 기회를 노려 남을 해치려는 행위에서 나온 것이다. 홍낙안(洪樂安)도 오히려 부정(扶正)하였다는 칭찬을 받지 못한 것은 내가 그 마음을 미워하기 때문인데, 지금 저 박장설의 말이홍낙안의 말과 무엇이 다르단 말인가. 공조 판서가, 이단(異端)을 전공(專攻)하면 해로울 뿐이라는 훈계에 깊이 징계하는 것을 근일 경연(經筵)에서 목도(目 睹)하였으니 남들이 하는 말이 중신(重臣)에게 무슨 상관이 있겠는가?" 하시고, 드디어 박장설을 먼저 두만강으로 보내고 다음에 동래로 보내고 다음에 제주로 보내고 다음에 압록강으로 보내서 사방을 두루 돌게 하여 기려의 신하란 말에 맞도록 하라고 명하셨다. 또 전교하기를, "의궤(儀軌)를 교정(校正)하는 일은 역시 중책(重責)이라 할 수 있다. 남들의말이 사실이 아니라는 것을 이미 알았으니 청몽기(淸蒙氣)가 비록 정론(正論)은아니지만 어찌 이 한 가지를 가지고 그 사람의 평생의 일을 단정해서야 되겠는가. 전어(轉語) 한 구절은 동연(同硯 동문(同門))이 아니면 알 수 없는 것인데 하물며 기려라 자칭하는 박장설이 어찌 들었겠는가. 곧 이 한가지 일만 가지고보더라도 풍속이 좋지 못하다는 것을 알 수 있다. 상은 박장설이 남의 사주를받은 것으로 여겼다. 교정당상(校正堂上) 이가환은 각별 조심하여 공무(公務)를 행하라." 하였다. 공이 상소하여 스스로 변명하기를, "생질을 보내어 책을

사오게 했다 하니, 이 무슨 말입니까? 이승훈(李承薰)의 신해년 공사(供辭)에 명백히 사실을 진술하여 이미 소석(昭晳)의 성은을 입어, 저 이승훈도 이미 깨끗이 죄명(罪名)을 벗었는데, 하물며 신에게 그 죄를 끌어붙일 수 있습니까? 또 부자들을 유인하여 모았다 하니 모인 사람의 성명이 의당 있을 것입니다. 사람을 해치고 제사를 지내지 못하게 하였다는 것은 과연 누구를 가리켜 말한 것이며 그 증거가 있단 말입니까? 증거가 있다면 왜 드러나지 않으며 만약 증거가 없다면 어찌 그런 말을 함부로 쉽게 한단 말입니까. 또 을사년 질문(作文)의 설에 대해서는 어찌 그리 후합니까. 척사(斥邪)의 글이 신의 손에서 나왔다 하니 신이 어찌 굳이 사양하겠습니까마는 사실 신이 지은 것이 아닌데 어찌 신이 지었다고 할 수 있겠습니까. 한창 신을 사(邪)라 하여 배척하다가 또 척사(斥邪)했다 하니, 역시 신을 함정에 밀어넣기에 급급한 나머지 일마다 허튼말을 하고 있다는 것을 알 수 있습니다. 몽기(蒙氣)[80]의 설은 진(晉) 나라 저작랑(著作郎) 속석(束晳)에게서 나온 말로 역대로 인용했던 말입니다. 가령 그 말이 서양에서 창시(創始)되었다 하더라도 이것은 역상(曆象)의 법이요 사학(邪學)과는 전혀 무관한 것인데, 더구나 옛사람이 이미 말한 것이겠습니까? 사람들이 옛 글을 강론하지 않는 것이 한스러울 뿐입니다. 신이 주시(主試)로서 발책(發策 출제(出題))했다는 말은 사실과 맞지 않습니다. 신은 그때 참시관(參試官)에 불과하였는데, 어찌 주시(主試)라 할 수 있으며, 참시관이 어찌 발책할 수 있었겠습니까. 박종악(朴宗岳)이 주시관(主試官), 이만수(李晩秀)가 부시관(副試官), 공이 참시관(參試官)이었다. 더구나 장원을 뽑는 것은 보통 급제(及第)를 뽑는 것과 달라 반드시 중론(衆論)이 일치되어 모두 좋다고 해야만 결정하는 것이니, 이를 꼬투리잡는 것은 너무도 엉성

---

80) 몽기(蒙氣) : 지구를 둘러싸고 있는 대류권의 공기.

하지 않습니까? 신은본래 장설과 은혜도 원한도 없으니 어찌 밉고 곱고가 있겠습니까. 신은 본래 성품이 편색하여 악을 미워함이 너무 지나치기 때문에 귀신 도깨비 같은 한두 인간이 [목만중·홍낙안 등임.] 물고 뜯어 온갖 거짓말을 다 만들어 내어 두려운 말들이 다달이 생겨나고 있습니다. 지금 장설의 상소도 실은 귀신 도깨비 같은 자들이 일찍부터 떠들던 말로 신도 귀에 못이 박이도록 들은 바이니, 신이 장설에게 무엇을 탓하겠습니까? 신이 횡역(橫逆)을 당할 때마다 성은을 입었습니다. 이동직(李東稷)[81]이 상소하여 신을 지척할 적에도 전하의 비답은 은근하고 간곡하셨으며, 또 기궐(剞劂 교서(校書))의 역(役)을 맡게까지 하셨으니고금에 일찍이 없었던 일로 은혜가 후손에까지 미칠 것입니다. 또 지금 장설의상소에 즈음하여 한편 미워하시면서 한편 가르치시되 인십기백(人十己百)[82]의말씀으로 정중하고 돈독하게 하시어 마치 자애로운 아비가 어리석은 자식을 가르치는 것과 같이 하시니 지금 신은 이 한 목숨 다하기 전에 모든 일에 보답하기를 도모하여 어리석음도 돌보지 않고 마음을 다해 성덕을 드날리어 어리석은 백성을 깨우치고 세태(世態)의 광란(狂瀾)을 막아, 세상을 교화하시고 풍속을 바로잡으시는 전하의 지극하신 뜻에 저버림이 없게 할 따름입니다." 하니, 상은 온화한 말씀으로 비답하셨다. 또 전교하기를, "이른바 청몽기(淸蒙氣)가 진(晉) 나라 사람의 설이라는 것은 그만두고라도 역(曆)을 물어 대책할 때에는 마땅히 시용(時用)을 말할 것이다. 오행

---

81) 이동직(李東稷, 1749~ ?) : 조선 후기 정조 시기의 문신. 1783년 초계문신(抄啓文臣)에 뽑혔으며, 1792년 부교리로 재직 중 박지원(朴趾源)의 『열하일기』 문체가 저속함을 상소하였고, 다시 이가환(李家煥)을 서학교도라고 논척하여 충주목사로 좌천시키는 등 주자학적 전통에 입각하여 신학문 배척에 앞장섰다. 한국학중앙연구원, 『한국민족문화대백과』 참조
82) 인십기백(人十己百) : '다른 사람이 열 번 하면 자신은 백 번을 하라'는 가르침. 『중용』에 실린 글.

(五行)을 사행(四行)으로 만들었다는 대책의 시권(試卷)은 단연코 한 번 사정(査正)하지 않을 수 없기 때문에 임헌 공령(臨軒功令)에 실려 있는 것을 가져다가 상하의 글귀를 몇 차례에 걸쳐 자세히 보니, 애당초 공격하는 자들의 말과 비슷한 곳도 없었다. 처음에 오행을 말하고 다음 금(金)·목(木) 이행(二行)을 말하고, 다음에 수(水)·화(火)·목(木) 삼행(三行)을 말하고, 또 다음에 토(土)가 사행에 기왕(寄旺)하는 것을 말하고, 끝으로 오행을 거듭 말하여 결론지었다. 이행과 삼행으로 갈라 말한 것을 아울러 망발이라 한다면 혹 그럴싸하지만, 이 대책의 내용을 사학(邪學)·서학(西學)이라 한다면 서양과 교통하기 전에, 8백년 만에 하루씩 틀려가는 대연력(大衍曆)을 바로잡은 당(唐) 나라 일행(一行)[83]의 명자(名字)도 사학이며 일행의 역법(曆法)도 서학이란 말인가? 공격하는 자들의 말은 매우 허무맹랑하니 식견이 있는 선비라면 스스로 판단할 것이다." 하였으니, 이는 나의 형 약전(若銓)을 위하여 소석하신 전교였다. 다만 공이 서서(西書)를 본 것은 사실인데 공의 상소문은 스스로 변명하는 데만 전념하고 서서를 보게 된 본말에 대해서는 자세히 말하지 않았으므로 사람들의 의혹을 풀어 주기에는 부족하였다. 상이 또 하유하기를, "전 공조 판서의 사직소(辭職疏)는 사실을 얼버무려 넘기며 허물을 자신에게 돌리기만 하였을 뿐이니 이 어찌 그런 사실이 있다 없다 분명히 말하여 진심을 토로하는 뜻이라 하겠는가. 해박(該博)함이 지나치면 박잡(駁雜)한 폐단이 있는 것은 필연의 이치이니 전일의 허물을 반성하고 새로운 각오를 일으키어 위로는 부감(孚感)의 방법을 다하고 아래로는 경신(傾信)의 도리를 다하기에 힘쓰는 것이

---

83) 일행(一行, 683~727) : 중국 당나라 시대의 밀교 승려이며 중국 천문역법을 개혁한 과학자. 724년 역법개정작업을 시작하여 『대연력(大衍曆)』52권을 완성시켰다. 이 역법에 의한 태음력은 729년부터 전국에 배포되었다. 한국인문고전연구소, 『중국인물사전』참조

당연한 도리이다. 또 연석(筵席)에서 아뢸 때는 진실된 말을 했는데 갑자기 문자상에서는 도리어 그 사실을 숨겼으니 정원으로 하여금 문계(問啓)하게 하라."하였다. 7월 21일 공이 답하여 아뢰기를,

"신은 평소에 책 읽기를 좋아하는 벽(癖)이 있어, 연전(年前)에 신이 보지 못했던 책이 연경(燕京)에서 왔다는 말을 듣고 빌려다가 탐독했는데, 혹 신기(新奇)한 내용도 있어 처음에는 대략 섭렵했으나, 좀더 자세히 열람해 보니 그 내용이 허탄하고 바르지 못하여 노불(老佛)과 같은 것임을 알았습니다. 그들이 주장하는 '벼슬하지 말고 제사지내지 말라.'는 말은 인륜(人倫)을 거스르고 상도(常道)를 어지럽히는 무부 무군(無父無君)이기에 곧 그 잘못을 공격하여 물리칠 것을 나의 임무로 삼고 사교를 피하여 멀리할 뿐만 아니라 기필코 사교를 멸하여 없애기로 맹세하였습니다. 이는 실로 친지(親知)들도 모두 아는 바인데, 그 누구를 속이겠습니까. 소본(疏本)에 이런 말을 쓰지 않은 것은 신이 일찍 이어에서 다 실토했으므로 거듭 말하지 않아도 성상께서 통촉하시리라 믿었기 때문입니다. 또 이 상소는 비방을 변명한 등보(滕甫)의 글과 같은 것이고, 자기의 주의 주장을 역설한 한유(韓愈)의 원도(原道)와는 다릅니다. 생각하옵건대 소장(疏章)은 연주(筵奏)와 달라 중외에 반포하는 것이니, 이 소장을 보고서 꼬치꼬치 따져 만약 신이 서서(西書) 본 것으로써 중한 죄안(罪案)을 삼는다면 스스로 해명할 방법이 없겠기에 얼버무려 넘겼던 것이니, 신의 사정 또한 슬프다하겠습니다." 하니, 상의 노여움이 풀렸다. 며칠 뒤 전교하기를, "진심을 알지 못하고 견책하였도다. 문계(問啓)를 보고서야 비로소 나의 처분이 너무 지나쳤음을 알았도다. 옛말에 '허물없는 사람이 어디 있겠는가. 고치는 것이 귀하다.'고 하였으니, 설령 한두 가지 눈에 선 것이 있더라도 이것이 특히 기이(奇異)를 힘씀으로 인해서인데 하물며 깨우쳐 고치고 힘껏 지적하는 마당에 있어서는 가위 장횡거(張橫渠)의 무리라 할 것

이며 마침 편간(編簡)의 역에 있으면서 미워하는 자들이 때를 타서 돌을 던지는 것인데 그들이 해치게 내버려두는 것도 역시 '마음이란 본시 허하여 물에 응하되 자취가 없다.'라는 도가 아니다. 이미 그 본심을 알았으니 이때를 당하여 어찌 개운히 씻어 털어버릴 방법을 생각하지 아니할 수 있으랴. 전 판서 이가환은 등용하여 그대로 교정 소임을 맡겨 일을 보게 하라."하였으나, [26일임] 공은 또 소명(召命)을 받들지 않으니, 전교하기를, "벼슬에 나오도록 강압하는 것도 예(禮)로 부리는 뜻이 아니고 그대로 버려두는 것도 인재(人材)를 등용하는 도에 어긋나니, 마땅히 한번 조정으로 나오게 하는 예절이 있어야 하겠기에 그 파직(罷職)을 서용(敍用)하여 그 직에 눌러 있게 하였으니, 가서 일하는 것도 중하거니와 고두 사은(叩頭謝恩.)하는 것도 급하니 서둘러 소명(召命)에 응하는 것이 도리에 마땅할 것인데, 패초(牌招)를 어기고 나오지 않아서야 되겠는가?" 하시고 드디어 공을 충주 목사(忠州牧使)에 제수하시고, 나를 내쳐 금정도찰방(金井道察訪)으로 삼으셨다. 또 전교하였다. "서양의 책이 우리나라로 들어온 지는 수백 년이 되었다. 사고(史庫)와 옥당 (玉堂)의 장서(藏書) 속에도 모두 서양의 책이 있어 몇 십 권 정도가 아니니, 연전(年前)에 특명으로 서서(西書)를 구입해 오게 했던 것이 처음이 아니라는 것을 이로써 알 수 있다. 옛 정승 충문공(忠文公) 이이명(李頤命)[84]의 문집(文集)에서도 서양사람 소림(蘇霖, Saurez, J.), 대진현(戴進賢, Kögler, I.)[85]과 편지를 주고받으며 그들의

---

84) 이이명(李頤命, 1658~1722) : 조선 중기 숙종, 경종 시기의 문신. 성리학에 정통하고, 실학사상에도 관심이 깊어서 1720년 숙종 고부사(告訃使)로 청나라에 갔다가 천주교, 천문, 역법 책을 가지고 돌아왔다.

85) 번역문에 소림대(蘇霖戴)라 하였으나 오류이다. 소림(蘇霖, Saurez, J.)과 대진현(戴進賢, Kögler, I.)으로 임의로 역문 본문에 바로잡아 수정하였다. 사우레즈(蘇霖)는 포르투갈출신 예수회 선교사로 흠천감에서 봉직하였다. 쾨글러(戴進賢, 1682~1746)는 독일출신 예수회 선교사로 1717년 중국 입국 즉시 강희제의 명

법서(法書) 보기를 요구한 것이 있는데, 그 내용은 '하느님을 섬기고 성품의 본연(本然)을 회복하는 것은 우리 유학(儒學)과 다름이 없으니 황로(黃老)의 청정(淸淨)이나 석가(釋迦)의 적멸(寂滅)과 동일하게 여길 것이 아니다. 그러나 보응(報應)을 논함에 있어서는 도리어 모니(牟尼)의 법과 흡사하니 이런 교리(敎理)로 천하의 풍속을 바꿔놓기는 어려울 것이다.'하였으니, 충문공의 말은 서교의 내면을 자세히 분별했다 하겠다. 또한 간혹 서교를 심히 공격하는 이도 있으니, 고(故) 찰방(察訪) 이서(李漵)[86]의 시(詩)에,

| 오랑캐가 이단의 학을 전하니 | 夷人傳異學 |
| 도덕에 해가 될까 두렵네 | 恐爲道德寇 |

라고까지 하였다. 대개 근일 이전에는 박아(博雅)한 선비들이 논리(論理)를 세워 서교를 비평하기는 했으나, 그 비판이 너그럽건 준엄하건 간에 어떤 영향을 끼칠 수는 없었다. 그러나 지금은 정학(正學)이 밝지 못하기 때문에 그 피해가 사설(邪說)보다 심하고 맹수보다 더하니, 오늘날 폐해를 구제하는 길은 정학을 밝히는 것만한 것이 없으며, 세상 사람들에게 힘써 권선징악의 정사를 행한 뒤에야 그 효과를 거둘 수 있다. 형벌은 습속을 바로잡는 방법 가운데 말단인데, 하물며 사학을 다스리는 데 있어서랴. 이 때 최헌중(崔獻重)이 상소하여 서학을 배척하니, 그를 특별히 대사간에 제수하고 전교하기를, "사학(邪學)을 배척한 최헌중을 이미 발탁하여 썼으니 사서(邪書)를 사들여 온이승훈이 편안히 집에 있게 버려두는 것은 형정(刑政)이 아니다." 하시고, 이승

으로 북경 흠천감에서 종사하였고 1725년(雍正 3년) 흠천감감정(欽天監監正)에 임명되어 1746년 사망 때까지 봉직하였다.
86) 이서(李漵, ?~?) : 조선 숙종 시기의 선비. 이익(李瀷)의 형(兄).

훈을 예산(禮山)으로 유배하여 그 죄를 다스렸으니, 이것이 을묘년[87] 가을에 내린 처분이다. 공이 들어가 하직을 올리니, 상은 공을 위로하여 보내셨다. 이해 겨울 용도 부름을 받아 돌아왔고 공도 내직(內職)으로 들어왔으며, 다음해에 이승훈도 귀양에서 풀려 돌아왔다. 그러나 당시의 물론(物論)은 더욱 험악하여 공을 영원히 매장하여 조정에 발을 붙이지 못하게 하려 하므로 상은 냉각기를 두어 시끄러움을 가라앉히고자 하였고 공 역시 출입을 끊고 한가로이 지내며 시사(時事)를 말하지 않았다. 겨울에 병진년[88] 겨울 용이 다시 승지가 되어 규영부로 들어가서 교서(校書)하였는데, 공이 편찬 정리하던 책은 끝내 완성을 보지 못하였다. 이때 악인들이 뜬소문을 퍼뜨려 말하기를 "번옹도 공을 버리고 거두지 아니하니, 이는 장사(壯士)가 제 팔목을 제가 끊는 수법을 쓴 것이다."하였다. 이 소문이 며칠 사이에 온 거리에 퍼져 드디어 조정에까지 들어가니 상께서도 의심하셨다. 번옹과 가까운 자가 있어 조용한 틈을 타서 그 소문의 진부(眞否)를 번옹에게 물으니 번옹은 아무 대답도 하지 않았다. 정사년[89] 대보름날 저녁은 구름이 끼었으나 16일에는 달이 밝으니, 윤필병(尹弼秉)·이정운(李鼎運)[90] 등 여러 사람이 번옹을 찾아가서 함께 답교(踏橋)하기를 청하자, 번옹은, "오늘 내가 몸이 편치 못하니 그대들은 섭서(葉西) 권 대감(權大監 권엄(權))[91] 집으로 가라."하였다. 여러 사람이 다 물러가고 이경(二更)이 되자 번

---

87) 을묘년 : 1795년.

88) 병진년 : 1796년.

89) 정사년 : 1797년.

90) 이정운(李鼎運, 1743~1800) : 문장에 이름을 떨친 조선 후기 영조 정조 시기의 문신.

91) 권엄(權儼, 1729~1801) : 조선 후기 영조 정조 시기의 문신. 1801년(순조 1) 신유박해 때 지중추부사로 봉직하며 이가환, 이승훈, 정약용 등 천주교신자에 대한 극형을 주장하였다.

옹은 사람을 시켜 공을 청해 오게 하여 함께 광통교(廣通橋)로 나가서 장막 안에서 무릎을 맞대고 앉아 구운 고기와 떡국을 먹으며 즐겁게 고금(古今)을 담론하고 서로 진심을 말하는 것이 끝이 없었다. 이때 놀러 나온 온 장안의 백성·서리(胥吏)·유사(儒士)·조관(朝官)에서부터 경재(卿宰)의 시종(侍從)과 궁중(宮中)의 소신(小臣)들까지 두 공이 무릎을 맞대고 환담하는 것을 보고 모두 감탄하며 말하기를, "두 분의 사이가 저렇게도 좋단 말인가?"하였다. 이 뒤로는 전에 두 분의 사이가 멀어졌다고 하던 뜬소문이 일시에 사라져버리고 상의 의심도 풀렸다. 상이 일찍이 경모궁(景慕宮) 재실(齋室)에서 번옹을 불러 조용히 묻기를, "경이 늙었으니 누가 경을 대신할 만한가?" 하니, 번옹이 대답하기를, "전하께서 진실로 믿고 쓸 사람으로 이가환 만한 사람이 없습니다. 그러나 계축년 봄의 상소로 인하여 시론(時論)에 미움을 샀기 때문에 기괴한 비방이 있어 감히 용서하려는 사람이 없습니다." 하였다. 그러자 상은, "경의 말이 아니라도 내가 벌써부터 생각하고 있다." 하시고, 일이 있을 적마다 공에게 가부를 물으셨다. 이해 가을에 내가 곡산 도호(谷山都護)로 나가고, 기미년92) 봄에 번옹마저 죽으니 도와 줄 사람이 없어 공은 더욱 외로워졌다. 상이 공에게 수리(數理)와 역상(曆象)의 본원(本源)을 밝히는 책을 편찬하게 하고자 하여 연경(燕京)에서 책을 구입하려고 어필(御筆)로 공에게 하문하셨는데, 공이, "풍속이 어리석어 수리(數理)가 무엇이며 교법(敎法 서교(西敎))이 무엇인지도 모르고 한통으로 여겨 배척하고 있으니, 이 책을 편찬하면 신에 대한 비방만 더해질 뿐 아니라 위로 성덕(聖德)에까지 누가 될 것입니다." 하였으므로 그 일은 드디어 중지가 되었다. 그러나 상께서는 반드시 그렇지만도 않다고 여기셨다. 이해 여름에 내가 조정에 들어와 형조 참의(刑曹

---

92) 기미년 : 1799년.

參議)가 되어 중외의 원옥(冤獄 억울한 옥사)을 다스릴 적에 상이 자주 입대(入對)하게 하시어 밤이 깊어서야 물러나게 하시니 당인(黨人)들은 겁을 먹고 더욱 뜬소문을 퍼뜨려 선동 유혹하고 신헌조(申獻朝)가 발계(發啓)하였으나, 상은 엄명으로 막으셨다. 가을에는 내가 공과 함께 번옹의 유집(遺集)을 교정(校正)하였다. 다음해 여름에 정종대왕이 승하하시니, 조정의 판국이 일변하여 당인들이 뜻을 얻어 밤낮으로 몰려다니며 생살부(生殺簿)를 만들어 사람을 죄에 얽어 넣었다. 이때 중국 소주(蘇州) 사람 주문모(周文謨)가 몰래 우리나라로 들어와서 서교(西敎)를 선교(宣敎)한 지 이미 6년이 되었는데, 물이 스며들고 불이 붙듯이 교세(敎勢)가 점점 확장되어 서울에서부터 시골에 이르기까지 모여 교습(敎習)하는 상하 남녀가 가는 곳마다 수백 명씩이 되었으나 나와 공은 그 동정(動靜)을 전혀 알지 못하였고 다만 화기(禍機)가 만연하여 불원간 화가 닥치리라는 것만을 알았을 뿐이었다. 목만중과 홍낙안 등이 은밀히 당로자(當路者)에게 붙어 공을 괴수로 몰아 중외에 떠도는 흉흉한 말을 모두 공에게로 돌렸다. 성기(聲氣)가 서로 멀어 사정을 모르는 당로자들은 이미 서교의 형세가 날로 성해 간다는 말을 들은 터에 또 아무아무가 괴수란 말을 들었으니 격분하여 백성을 위해 해독을 제거하려는 것은 당연한 일이었다. 그러니 심환지(沈煥之)와 서용보(徐龍輔) 등 당로 대신이 어찌 그에 대한 조처를 도모하지 않겠는가. 목만중 등이 또 스스로 말을 만들어 선동하기를, "이가환이 척사(斥邪)하는 사람을 미워하여 사흉팔적(四凶八賊)이라 지목한다." 하니, 12명 중 반은 바로 만중 저희 무리이고 반은 당로자를 지목한 것이다. 만중 등은 흉적으로 지목된 당로자를 만날 적마다, "공은 조심하십시오. 머지않아 변란이 생길 것입니다."하니, 이때부터 조정이 더욱 흉흉하고 의구심이 짙어가서 공의 화가 날로 임박하였다. 신유년[93] 정월에 대비(大妃) 정순왕후(貞純王后)[94]께서 중외에 교유(敎諭)하기를,

"사교에 빠져 개전(改悛)하지 않는 자는 다 죽여 없애라." 하였다. 이때 마침 한성부(漢城府)에서 우리 집안의 편지가 든 상자를 지고 가는 한 농부를 잡아 드디어 큰 옥사(獄事)[95]가 일어났다. 2월 9일 사헌부 집의(司憲府執義) 민명혁(閔命赫) 등이 아뢰기를, "이가환은 흉추(凶醜 이잠(李潛)을 가리킴)의 여얼(餘孽)로 화심(禍心)을 품고 불평 분자들을 끌어모아 스스로 교주(敎主)가 되었으니, 이승훈·정약용도 함께 하옥하여 엄히 국문하소서."하였다. 밤중에 체포되어 이튿날 심문을 받았는데 위관(委官)은 영중추(領中樞) 이병모(李秉模)와 시임 대신(時任大臣) 심환지·이시수(李時秀)·서용보와 판의금(判義禁) 서정수(徐鼎修), 대사간 신봉조(申鳳朝)이고, 문사낭청(問事郎廳)은 오한원(吳翰源)·이안묵(李安默) 등이었다. 신문(訊問)에 임하여 공은 선조(先朝 정조)의 소비(疏批)와 전후에 있었던 전교를 이끌어 변명하였으나, 옥관(獄官)은 모두 심리(審理)하지 않고 다만, "이런 지목을 받았으니 어찌 벗어날 수 있겠는가." 할 뿐이었다. 심한 고문을 하였으나 끝내 증거가 될 만한 한 장의 문건(文件)이나 함께 잡혀 온 죄수의 공초(供招)도 없었고, 오직 어지러운 문서(文書) 속에서 노인도(老人圖)를 찾아내어 이것이 누구의 상(像)이냐고 물었다. 그러나 이 역시 증거물이 되기에는 부족하였다.

---

93) 신유년 : 1801년.
94) 정순왕후(貞純王后, 1745~1805) : 영조의 계비(繼妃)로 1759년 왕비에 책봉되었으나 소생은 없다. 사도세자를 참소하고, 아버지 김한구의 사주를 받은 나경언(羅景彦)이 사도세자의 부도덕과 비행을 상소하자 서인(庶人)으로 폐위시켜 뒤주 속에 가두어 굶어죽게 하였다. 그 뒤 당쟁에서 세자를 동정하는 시파(時派)를 미워하고, 반대 벽파(僻派)를 항상 옹호하였다. 정조 사후 어린 순조의 수렴청정을 하면서 벽파인 공서파(攻西派)와 결탁, 정치적으로 그에 반대하는 시파의 신서파(信西派)를 신유박해로 제거하였다. 이때 이가환이 옥사당하고 정약종(丁若鍾)이 처형되었으며, 정약전(丁若銓), 정약용 형제는 전라도 지방으로 귀양갔다. 그리고 사도세자의 이복동생 은언군(恩彦君)과 그 부인 및 며느리 등도 같은 이유로 사사(賜死)되었다.
95) 큰 옥사(獄事) : 신유박해(辛酉迫害).

이때 신봉조가 상소를 올려 오석충(吳錫忠)이 흉얼(凶孽)과 체결한 일을 논박하였는데, 옥문 밖에 한 졸개가 지나가며 홍낙임(洪樂任)이 바로 흉얼이라고 하는 말이 들렸다. 조금 뒤 안옥대신(按獄大臣)들이, "흉얼이 누구냐?"고 묻자, 공이, "오석충과 홍낙임의 체결 여부를 나는 실로 알지 못한다."고 대답하니, 대신들은, "홍낙임이란 세 글자를 네가 어찌 먼저 말하느냐. 이로 보아 체결한 사실을 분명히 알 수 있다."하고, 공과 석충을 번갈아 고문하니 살갗이 터지고 피가 흘러 정신을 잃을 지경이 되었다. 석충은 고문을 견디지 못하여 혹 죄를 자인하기도 하고 다시 번복하기도 하여 말에 조리가 없었으나, 공은, "정경(正卿)인 내가 이런 지목을 받았으니 죄가 죽어 마땅하다." 하니, 옥관은 드디어 승복한 것으로 여겼다. 공은 면하지 못할 줄을 알고 단식(斷食)한 지 6~7일 만에 기절(氣絕)하여 죽으니, 끝내 기시(棄市)[96]하였다. 이때가 3월 24일이었다. 아, 국문과 옥사는 예부터 있어 왔다. 그러나 선조 때의 기축옥사(己丑獄死)와 숙종 때의 경신옥사(庚申獄事) 같은 때에도 반드시 상변(上變)한 자가 있거나 죄수의 초인(招引)이 있고, 또 증거될 만한 문서가 있거나 죄수가 입증(立證)한 뒤에야 체포하여 고문하고 죽여 기시(棄市)하였는데, 이번처럼 대간의 계사(啓辭)로 발단하고 고문하여 그 옥사를 이룬 다음 증거도 없이 사람을 죽여 기시한 일은 일찍이 기축·경신 때에도 없었던 일이다. 몇몇 음사(陰邪)한 무리가 입을 놀려 10여 년 동안 근거 없는 말로 선동 현혹하여 당로자들의 귀에 못이 박이도록 하였으니, 저 당로자들이 어찌 공의 무죄함을 알겠는가. 평소부터 공을 죽여야 한다고 생각하고 있었으므로 옥사가 일어나자 공을 죽인 것뿐이다. 『맹자(孟子)』에도, "모든 대부(大夫)가 죽여야 한다고 하여도 듣지 말고 나라 사람들이 모두 죽여야 한다고 한

---

96) 기시(棄市) : 시신을 길거리에 버림.

뒤에 살펴서, 죽일 만한 잘못이 있음을 본 뒤에 죽인다."하였는데, 온 나라 사람이 이미 죽여야 한다고 하였으니, 어찌 다시 살펴주기를 바라겠는가. 정(鄭) 나라에서 그 대부(大夫) 양소(良宵)를 죽인 것을 『춘추(春秋)』에 썼거니와, 만약 공을 진실로 죽일 만하여 죽였다면 또 무엇 때문에 역사에 기록하였는가? 아, 슬프도다! 지난 건륭(乾隆 청 고종(淸高宗)의 연호) 갑진년(1784, 정조 8) 겨울 망우(亡友) 이벽(李 檗)97)이 수표교(水標橋)에서 처음으로 서교(西敎)를 선교(宣敎)할 때 공 이 이 소식을 듣고 말하기를 "나도 지난날 『천주실의(天主實義)』98)와 『칠극(七克)』99)의 책을 보니, 그 내용이 비록 좋은 가르침이기는 하나 정학(正學)은 아니었는데, 이벽이 이 서교로 오도(吾道)를 변역시키고 자 하는 것은 무엇 때문인가?"하고, 드디어 수표교로 가서 이벽을 꾸

---

97) 이벽(李檗, 1754~1785) : 한국 천주교회 창설의 주역. 이병휴(李秉休)와 그 제자 녹암(鹿菴) 권철신(權哲身)을 스승으로 받들었다. 정약전, 정약용 형제와는 1777~ 1785년 천진암에 모여 독학으로 천주교 교리를 연구하였다. 이벽은 중국 북경 으로 가는 이승훈이 세례받기를 종용하여 1784년 영세하고 돌아온 이승훈에게 서 권일신(權日身), 정약용과 함께 세례를 받았다. 이는 조선에서 거행된 최초 의 세례식으로 '한국 천주교회의 창설'로 여긴다. 이후 천주교 전파에 주력하였 는데 이벽의 주도로 1785년(정조 9) 서울 명례방(明禮坊) 김범우(金範禹)의 집 에서 열린 신앙집회 중 형조 금리들에게 적발 압송되는 추조적발사건(秋曹摘發 事件)이 발발하였다. 체포자 중 일부는 석방, 일부는 귀양을 갔는데, 석방된 이 벽은 부친에 의해 가택 연금되어 배교를 강요당하던 중 32세로 사망하였다.

98) 『천주실의(天主實義)』 : 그리스도교가 유학을 보완해 준다는 예수회의 보유론 (補儒論)적 적응주의 선교 사상을 집약한 마태오 리치(Matteo Ricci, 利瑪竇, 1552~1610) 저술 천주교 교의서(敎義書). 저술연도는 1593~1596년간인데, 간행 이전에 이미 초고본(草稿本)이 널리 소개되었다, 1603년 북경(北京)에서 간행되 었다.

99) 『칠극(七克)』 : 스페인 출신 예수회 선교사 판토하(Diego de Pantoja, 1571~ 1618)가 중국에서 선교하며 한문으로 저술한 천주교 윤리 수양서(修養書). 죄악 의 근원이 되는 일곱 가지 뿌리(교만, 질투, 탐욕, 분노, 식탐, 음란, 게으름)를 덕행(德行)으로 극복함으로써 자신을 이겨야(克己) 한다는 내용이다. 1614년 간 행되었다.

짖었으나, 이벽이 능란한 말솜씨로 서교를 설명하며 자신의 주장을 철벽(鐵壁)처럼 고수하므로 공은 말로 다툴 수 없음을 알고 드디어 발을 끊고 가지 않았다. 이 뒤로는 공에게 의심할 만한 흔적도 찾아볼 수 없었다. 그러나 몇 사람이 함사(含沙)하매 모든 사람들이 짖어대어 끝내 괴수라는 죄목(罪目)으로 죽음을 당하였으니, 어찌 슬프지 않으랴. 세상에서는 지위가 높고 재주가 높은 사람을 영수(領袖)로 삼지만 그들의 법은 그렇지 않아 신분의 귀천(貴賤)을 가리지 않고 오직 죽어도 신심(信心)을 바꾸지 않는 사람을 두목(頭目)으로 삼는다. 그런데 공의 여러 차례의 소계(疏啓)와 옥중(獄中)에서 한 말을 보면 서교를 극구 배척하였으니 가령 공이 진실로 서교를 믿었다 할지라도 죽어도 신심을 바꾸지 않는 사람이 못되는데 어찌 괴수가 될 수 있겠는가. 공이 죽은 뒤 나라 사람의 반수가 공을 가련히 여겨 물의(物議)가 비등하였으며, 또, "5~6년이 안 되어 임금의 마음이 다시 돌아설 것이니, 사태의 추이(推移)를 알 수 없다."

고 말들을 하니, 당인(黨人)들은 다시 음모하여 호남옥사(湖南獄事)를 단련(鍛鍊 없는 죄를 꾸며 얽어맴)하여, 공이 을묘년 여름에 권일신(權日身)[100]·주문모 등과 모의하여 서양 선박(船舶)을 맞아오기 위하여 은(銀) 2일(鎰)을 내었다는 말과 또 경술년 가을에 이미 이런 모의를 하였다는 말을 만들어 냈다. 옥사가 성립되어 포청(捕廳)에서 금부(禁府)

---

100) 권일신(權日身, 1742~1791) : 조선 후기의 학자, 천주교인. 권철신(權哲身)의 동생, 안정복(安鼎福)의 사위이다. 이벽의 권유로 함께 서학을 연구한 후 1784년 이승훈에게서 영세하고 이벽, 이승훈과 더불어 전교에 진력해 충청도 내포(內浦)의 이존창(李存昌), 전주의 유항검(柳恒儉) 등을 입교시켰다. 1785년 추조적 발사건 때 체포당했으나 석방되어 그 후도 더욱 열심히 포교하였다. 1791년 진산사건(珍山事件) 때 홍낙안, 목만중 등의 고발로 체포되어 제주도 유배가 결정되었으나 출발 전 정조의 명으로 당시 80세 노모와 유배지 제주의 거리를 환기시켜 유배지가 예산으로 바뀌었다. 그러나 예산 유배 도중 혹심했던 장독으로 인해 사망하였다.

로 이송되니, 드디어 공과 이승훈 등에게 가율(加律)하기를 청하였다. 아, 권일신(權日身)은 벌써 신해년에 죽었는데 어찌 4년 뒤인 을묘년의 모의에 참여할 수 있으며, 주문모는 을묘년에 처음 왔는데 어찌 5년 전인 경술년의 모의에 참여할 수 있었겠는가. 경술년 가을에는 공이 주필(朱筆)을 가지고 시장(試場)에 있었고 을묘년 여름에는 공이 편집 의 책임을 맡아 규영부(奎瀛府)에 있으면서 상홀(象笏)과 패옥(佩玉)을 차고 날마다 궁전으로 나아갔는데 어떻게 주문모와 비밀히 만났겠는 가? 사수(死囚)를 유혹하여 죽은 사람을 무함하게 하여 후일에도 무함 을 못 벗도록 안건(案件)을 만들었으니, 매우 잔인하다 하겠다. 공에게 는 보통 사람들과 매우 다른 일이 몇 가지 있으니 넓고 깊은 지식을 속에 넣고 있으면서도 저술(著述)은 난삽(難澁)하였으며, 강계(薑桂)와 같은 강직한 성품을 가졌으면서도 적을 만나면 겁을 내었고 천지 만 물의 이치를 세밀히 분석하였으면서도 일을 헤아림에는 편색(偏塞)하 였다. 계축년[101]의 상소는 그가 하고자 한 것이 아니라 부득이하여 올 린 것이다. 그러나 끝내 이로 인하여 패망하였으니, 그를 아는 사람들 이 슬퍼하였다. 공은 평소에 역상서(曆象書)를 좋아하여 일월(日月)의 교식(交蝕)과 오성(五星) 복현(伏見) 시기와 황도(黃道)·적도(赤道)의 거 리 및 차이의 도수에 대하여 모두 그 원리를 통하였으며 아울러 지구 (地球)의 둘레와 지름에 대하여서도 별도로 도설(圖說)을 만들어 후생 (後生)을 가르쳤으니, 공이 서교를 신봉한다는 지목을 받게 된 것도 실 은 이 때문이었다. 일찍이 상국(相國) 이시수(李時秀)[102]가 나에게 말하 기를 "남인(南人)들은 고루하여 정조(廷藻 이가환)가 전공(專攻)한 것이

---

101) 계축년 : 1793년.
102) 이시수(李時秀, 1745~1821). 조선 후기 정조 순조 시기의 문신. 성격이 치밀하고
    민첩하였으며, 1804년(순조 4) 정순황후가 재차 수렴청정하려 할 때 대의를 위
    해 이를 끝까지 반대하였다. 한국학중앙연구원, 『한국민족문화대백과』 참조.

역상법인 데, 고루한 자들이 이를 서교로 잘못 알고 꾸짖고 괴이하게 여긴다." 하였으니, 역시 사리를 아는 말이라 하겠다. 그가 광주 목사(廣州牧使)가 되었을 적에 몇 사람의 농민을 잡아다가 사교(邪敎)를 믿는다고 치죄하였으며 또 충주 목사(忠州牧使)가 되어서는 교인(敎人)들을 잡아다가 주리를 틀고 곤장을 치기까지 하였다. 이는 자신이 위험해지자 서교 믿는 자들을 잡아다가 심하게 다스림으로써 자신의 결백을 입증하려 한 것이니, 이것이 바로 공에게 겁이 많다는 증거이다. 내가 위험하다 하여 백성을 악형(惡刑)으로 다스린다면 그 누가 심복(心服)하겠는가? 신해년 가을 신헌조(申獻朝)가 상소하여 홍낙안(洪樂安)의 죄를 논하기를, "밖으로는 위정(衛正)의 명분을 가탁하나 안으로는 남을 무함할 계획을 하고있으니 한시라도 놓아두어서는 안 됩니다."하였다. 갑인년[103] 여름 강세정(姜世靖)이 공에게 상서(上書)하여 홍낙안의 죄를 논하기를, "남을 해치기를 생각하고 일망타진을 계획하니 마음으로만 절교(絶交)한 것이 아니라 안면(顔面)도 바꾼 것입니다. 시세(時勢)가 변하면 몇 번씩이고 다시 번복하여 이를 갈며 덤벼들 것이니, 세론(世論)이 어찌 안정될 날이 있겠습니까."하고, 공에게 자기 아들 준흠(浚欽)을 거두어 가르쳐 주기를 청하였다. 공은 행동이 엄정(嚴正)하여 거상(居喪)하는 3년 동안 중문(中門) 안에 들어가지 않았다. 벼슬이 상경(上卿)에 이르렀으나 집은 낡을 대로 낡았으며 가난하고 검소함이 포의(布衣 벼슬이 없는 선비) 때와 같았다. 저서(著書)로는 『금대관집(錦帶館集)』 10책이 있는데 편(篇) 수는 자세히 알 수 없다. 부인 정씨(鄭氏)는 고(故) 판서(判書) 운유(運維)의 따님이다. 딸 둘을 키웠는데, 큰딸은 탄옹(炭翁) 권시(權諰)의 후손인 권구(權耉)에게 시집갔고, 작은 딸은 복암(茯菴) 이기양(李基讓)의 아들 이방억(李龐億)에게

---

103) 갑인년 : 1794년.

시집갔다. 종조형(從祖兄 육촌형(六寸兄)) 구환(九煥)의 아들 재적(載績)을 양자(養子)로 삼았는데, 재적은 아들 형제를 두어 이미 모두 성취(成娶)시켰다. 공은 임술년에 나서 신유년에 죽었으니 향년 60세였다. 묘는 덕산(德山) 장천(長川 지금의 예산군 고덕면 상장리) 서쪽 언덕에 있는데 오좌자향(午坐子向)이다. 명(銘)은 다음과 같다.

하늘이 영웅 호걸 내시니	天降英豪
인류 중에 뛰어나	秀拔人群
무성한 잡초 속에	雜草蓊鬱
송백처럼 우뚝했네	松栝干雲
겹겹이 쌓인 바위 산엔	巖破壘壘
사이사이 옥돌이나	介以瑤琨
모양 같은 무리 속엔	億貌齊同
다른 것이 홀로 높네	殊者獨尊
별의 정기 달의 광채	星精月彩
한 가문에 비추었으나	萃于一門
막내인 공에게	公生最晚
명성이 이루어 졌네	聲集諸昆
속에는 만권의 책 간직했고	胸韜萬軸
한 번에 천 마디 토해 냈네	一吐千言
구고(句股)와 호각(弧角)은	句股弧角
호리(豪釐)를 분석했고	縷析毫分
훌륭한 재주로	鴻毛龍鸞
일세를 드날렸네	風製雲奔
제회가 이미 친밀하니	際會旣密
참소가 분분했네	諸諑其紛

참소가 성행으나 讒夫孔昌

임금은 더욱 후대했네 睿照彌敦

문단의 주도권을 쥐게 되니 登壇執牛

원망하는 무리 벌떼처럼 일어났네 怨師蠭屯

뜻밖에 임금이 일찍 승하하니 雲游肇擧

화가 요원의 불길처럼 일어 火烈燎原

길에 가득한 죄인들 赭衣塞路

삼목(三木)104) 찬 채 죽어갔네 三木收魂

귀신같은 무리 뜻을 얻어 활개치고 鬼魅中逵

범처럼 사나운 자가 궁문을 지키고 있네 虎守天閽

만물은 끝내 모두 죽는 것이니 萬物同歸

공만이 홀로 원통한 것은 아니리 公無獨

---

104) 삼목(三木) : 죄인의 목, 손, 발에 채우던 세 가지 형구(刑具). 곧 칼, 수갑, 차꼬.
세종대왕기념사업회, 『한국고전용어사전』, 2001.

「茯菴李 墓誌銘」105)

-(上略)- 庚申春 爲兵曹參判 爲右承旨 夏爲刑曹參判 爲漢城右尹 爲大
司諫 至六月 正廟升遐 秋爲禮曹參判 冬爲左承旨 辛酉二月初九大獄起
錦翁一隊已在囚 而十二日公猶爲承旨 至十六日 睦萬中等嗾發玉堂之疏
以誣公 憲府踵而發啓 遂逮公下獄 而物論猶復冤之 睦萬中乃自上疏曰李
基讓以名祖之裔 儕友素多愛惜 而性本陰譎 善於掩護 然基讓與權哲身,
洪樂敏, 李家煥等結姻 觀於此事 其心可知 其所懲治 尤當自別於駑蠢之
類也 獄官遂據此拷掠訊問 嗚呼 其與權洪結婚 在有譽無謗之世 其與錦
翁結姻則 先朝之所知也 公平生不見西人書一字 而乃以婚姻之故 陷害如
此 此已丑庚申之所未有也 驗之無實 遂謫端川 端川在摩天嶺下瑟海之濱
風氣寒冽 公素抱病 遂以壬戌十二月初六日 皐復于謫中 惡人之禍善類
於斯極矣 越八年己巳秋 領議政金載瓚 筵奏公無罪 遂蒙 恩諭 滌其罪名
復其官爵 越明年庚午秋 余亦蒙放 因有李基慶臺啓 後九年戊寅秋 始克生
還 卽公一事 其有冤明矣 嗚呼 鄭汝立未嘗非逆賊 而人稱己丑之冤者 爲
崔永慶, 鄭彦信等多非其罪也 許堅未嘗非逆賊 而人稱庚申之冤者 爲李元
楨, 柳赫然等多非其罪也 然則雖逆賊雜治之獄 其冤者士禍也 -(下略)-

---

105) 「茯菴李 墓誌銘」: 이기양(李基讓, 1744~1802)의 묘지명으로 복암(茯菴)은 이기
양의 호(號)다. 조선 정조 시기 학자이며 천주교도로 이가환, 권철신, 홍낙민과
는 사돈 간이며 교우가 두터웠다. 이벽과는 세계와 우주의 기원과 그 질서, 인
간 영혼과 후세 상벌에 관한 종교적 철학적 서학의 교리를 토론하다가 결국 천
주교 교리의 합리성을 인정하고 은밀히 천주교를 신봉하였다. 그러나 겉으로는
남인 공서파(南人攻西派)와 친분을 가지며 서학 반대자로 자처했다. 1801년(순
조 1) 대사간에 전임, 예조참판, 좌승지를 지냈으나 이 해에 일어난 신유박해 때
결국 아들 총억(寵億)이 신자였던 관계로 반대파들은 그를 사학(邪學)의 교주라
고 비난하고 그 자신도 친국 소에서 무답으로 웅하여 단천(端川)에 유배되었다.
한국학중앙연구원, 『한국민족문화대백과』 참조

【역문】「복암(茯菴) 이기양(李基讓)의 묘지명」106)

-(상략)- 경신년(1800, 정조 24) 봄 병조 참판이 되고 우승지(右承旨)가 되었으며, 여름에 형조 참판이 되고 한성 우윤(漢城右尹)이 되고 대사간(大司諫)이 되었다. 6월에 정종이 승하하셨고, 가을에는 예조 참판이 되고 겨울에는 좌승지가 되었다. 신유년 2월 9일에 큰 옥사(獄事)107)가 일어나 금옹(錦翁)108) 등 일대(一隊)가 이미 옥에 갇혔으나 12월까지 공은 여전히 승지로 있었다. 16일에 목만중(睦萬中) 등이 옥당(玉堂)으로 하여금 상소(上疏)하여 공을 공격하게 하니, 사헌부도 잇달아 소(疏)를 올렸다. 마침내 공이 체포·하옥되니, 물론(物論)은 공을 억울하게 여겼다. 목만중은 곧 스스로 상소하기를, "이기양은 명조(名祖)의 후손으로 평소 그를 아끼는 제우(儕友)가 많았으나, 본래 성품이 음흉하고 거짓되어 잘못을 감추는 데 능합니다. 그러나 기양이 권철신(權哲身)·홍낙민(洪樂敏)109)·이가환 등과 혼인을 맺었으니110), 이것만 보아도 그의 마음을 알 수 있으므로 그에 대한 징치(懲治)는 그저 준동(蠢動)하는 무리와는 더욱 구별이 있어야 마땅할 것입니다." 하니,

---

106) 『여유당전서』 第一集, 詩文集, 第十五卷 ○文集, 墓誌銘
107) 신유년 2월 9일에 큰 옥사(獄事) : 1801년의 신유박해(辛酉迫害).
108) 금옹(錦翁) : 이가환.
109) 홍낙민(洪樂敏, 1751~1801) : 조선 정조 시기의 문신이며 천주교도. 일찍이 진사시에 합격하고 상경하여 이승훈 등과 교유하고 1784년 천주교에 입교하였다. 1791년 신해박해 때 배교했으나 기도하며 천주교 교칙과 의례(大小齋)는 지켰다. 1795년 한영익의 밀고로 주문모 신부 추포령이 내렸을 때 이기양도 교도임이 탄로 나자 다시 왕명으로 배교를 선언하였다. 그러나 여전히 교칙(教則)을 지키고 1799년 모친상을 당하여는 신주를 모시지 않았다. 1801년 신유박해 때 이승훈, 정약종과 함께 서소문 밖 형장에서 순교하였다. 한국학중앙연구원, 『한국민족문화대백과』 참조.
110) 혼인을 맺었으니 : 이기양의 큰 아들 총억(寵億)은 권철신의 사위, 둘째 아들 방억(龐億)은 이가환의 사위이다.

옥관(獄官)은 드디어 이 목만중의 말에 의거하여 고문(拷問)하였다. 아, 공이 권씨·홍씨와 혼인한 것은 그들에게 명성만 있고 비방이 없을 때였고, 금옹과 혼인한 것은 선조(先朝)께서도 아시는 바였다. 공은 평생 동안 서서(西書 곧 기독교 서적)를 한 자도 보지 않았건만 혼인한 것 때문에 이같은 무함을 입었으니, 이런 일은 기축·경신 두 옥사(獄事) 때에도 일찍이 없었던 일이다. 옥관이 공을 끝까지 신문하였으나 증거가 나타나지 않자 드디어 단천(端川)으로 귀양보냈다. 단천은 마천령(摩天嶺) 아래 슬해(瑟海) 가에 위치한 곳이므로 기후가 차다. 공은 본래 병이 있는 몸이라서 찬 기후를 견디지 못하여 임술년(1802, 순조 2) 12월 6일에 적지(謫地)에서 죽었으니, 악인(惡人)이 선류(善類)를 해침이 이처럼 혹독했다. 그뒤 8년째 되는 기사년(1809, 순조 9) 가을에 영의정 김재찬(金載瓚)이 경연에서 공의 무죄를 아뢰어 마침내 은전(恩典)을 입어 죄명을 씻고 복작되었다. 다음해 경오년 가을 나도 방면의 은전을 받았으나 이기경(李基慶)의 대계(臺啓)로 인하여 9년 뒤인 무인년 가을에야 비로소 방면되었다. 공과 같은 죄목으로 귀양갔던 나는 살아서 돌아왔는데 공은 돌아오지 못하였으니, 공의 죽음은 실로 억울한 죽음이었다. 아, 정여립(鄭汝立)이 역적이 아닌 것이 아니나 사람이 기축옥사를 원옥(冤獄)이라 하는 것은 최영경(崔永慶)·정언신(鄭彦信) 등 죄없이 죽은 이가 많기 때문이고, 허견(許堅)이 역적이 아닌 것이 아니나 경신옥사를 원옥이라 하는 것은 이원정(李元楨)·유혁연(柳赫然) 등 죄 없이 죽은 이가 많기 때문이다. 그렇다면 비록 역적과 관련된 사람을 다스리는 옥사라 할지라도 억울하게 죄를 받은 사람이 있으면 사화(士禍)인 것이다. -(하략)-

「鹿菴權 墓誌銘」

星湖先生 篤學力行 沿乎洛 閩 溯乎洙 泗 開發聖門之扃奧 披示來學 及其晚暮 得一弟子 曰鹿菴權公 穎慧慈和 才德兩備 先生絶愛之 恃文學 如子夏 意布揚如子貢 先生旣沒 後生才俊之輩 咸以鹿菴爲歸 及西書之 出 鹿菴之弟日身 首離刑禍 死於壬子之春 盡室皆被指目 鹿菴不能禁 亦 死於辛酉之春 遂使學脈斷絶 而星湖之門 無復能紹厥美者 此世運非直爲 一家悲也 公諱哲身 字旣明 自號曰鹿菴 名其所居曰鑒湖 安東之權也 遠 祖陽村近 仕本朝 至貳相 是生踶 貳相 是生擥 左議政 是生健 弘文館提 學 其下四世以蔭仕 而吉川君盼 又仕爲兵曹判書 是生儆 承文正字 是生 蹟 以經學爲大君師傅 出爲從祖父佐郎個之後 後於宗也 個父曰睃 吉川 之兄也 師傅生諱歆 吏曹參判 於公曾祖也 祖父諱敦 進士 父諱巖 號曰 尸菴 峻於論議 好文學 有子五人 公其伯也 後世之學 溺於言談 說理氣 論情性 而疎於踐履 公之學 壹以是孝弟忠信爲宗旨 居家唯順父母養志 友昆弟如一身 是務是力 凡入其門者 但見一團和氣沖融肨響 似有薰香襲 人 如入芝蘭之房 子姪羅列在前 渾合如同胞昆弟 留其家踰旬越月 僅辨 其孰爲某子 婢僕 田園 穀粟之藏 互使骨用 漫無界別 至於雞犬馬牛 皆 馴良善順 無鬪狠踶齧之聲 遇有珍味 雖所得尠少 必銖分寸析 惠均下賤 以故親戚鄰里化之 鄕黨慕之 遠方嚮之 上游士族以文行自礪者 咸以公爲 表準 多遣子執贄 聲名藉甚 以爲程伯淳復出 乾隆甲辰 冊封文孝世子 令 卿宰各薦學行操履可爲東宮官者 洪判書秀輔 蔡參判弘履 咸薦公經明行 修 會世子五歲而薨 事遂已 然經筵官抄選 謂不可終塞也 始李檗首宣西 敎 從者旣衆 曰 鑒湖 士流之望 鑒湖從而靡不從矣 遂駕至鑒湖 旬而後 反 於是公之弟日身 熱心從檗 公作 虞祭義一篇 以明祭祀之義 辛亥冬 湖南獄起 睦萬中 洪樂安 指告日身 日身始抵死不屈 擬配濟州 旣上諭之 誨之 日身自獄中作悔悟文上之 宥配禮山 出獄未幾而死 自玆門徒皆絶

公杜門銜哀 足跡不出乎山門者十年 辛酉春 逮入獄 鞫之無驗 或言 乙卯
死者尹有一 本鑒湖徒衆 其潛行情節 宜無不知 將以是擬死 會公創巨 氣
絶而殞 遂議棄市 二月廿五日也 嗚呼 仁厚如麒麟 慈孝如虎蜼 慧識如曙
星 顏貌如春雲瑞日 而死於桎梏 肆諸市朝 豈不悲哉 尚記庚申春 我季父
在歸川草堂 忿然曰 權某寸斬無惜 繼之曰 唯家行卓異 我仲氏曰 家行卓
異者 尚當寸斬乎 嗟乎 豈唯季父然矣 其孝友篤行 雖詆斥者 不能掩也
公生於丙辰 死於辛酉 六十六歲也 所著有 詩稱 二卷 大學說 一卷 餘皆
散軼無存 然以余所聞 其論大學 以爲格物者格物有本末之物 致知者致知
所先後之知 又以孝弟慈爲明德 而舊本不必有錯簡 其論 中庸 以所不聞
所不睹 爲天載之無聲無臭 其論四端 以端爲首如趙岐之說 而仁義禮智爲
行事之成名 其論喪禮 以兄弟爲同族之通稱 以立後爲死人之後 以帶下尺
爲衣裾之長 以燕尾爲本無之物 其受弔 唯主人拜賓 衆主人不拜賓 以玆
速謗不少 其論 國風 以 鄭 衛 爲刺淫之詩 其論 尚書 以梅氏二十五篇爲
贋書 凡此諸說 雖與朱子所論不無異同 生平愛慕朱子 誦其文 述其義 津
津淫淫 不知眉毛之跳動 嘗曰 眞心慕朱子者 莫我若也 昔在庚戌冬 鏞入
對于熙政堂 與閣臣金憙等講 大學 公覽其講說 亟加獎詡 喜不自勝 今南
中所著 於詩 發蒙誦之義 於書 引儒林傳 藝文志 以證古文有二 於禮 得
大義數十 於樂知吹律之詐 於易得往來升降之義 於春秋得周禮遺文 於四
書得仁恕一貫之正旨 若使公在而鏞還 公之愉 豈有旣哉 先兄若銓 執贄
以事公 昔在己亥冬 講學于天眞菴走魚寺 雪中李蘗夜至 張燭談經 其後
七年而謗生 此所謂盛筵難再也 公旣死有月 湖南以柳恒儉等上于京 捕廳
鍛鍊 得囚招云 李家煥等 出銀招舶 而公與洪李 亦與知其謀 臺啓請加律
嗚呼 審有此謀 何必春死者四人主之乎 其必引死人者 不堪痛楚 不得不
誣招 而生者有辨 聊引死人以免其痛楚耳 公之不與乎此謀 則尺童且知之
矣 母南陽洪氏 參判尚賓女 配宜寧南氏 父墩 始公無子 家人議立後 公
曰 父在 我無重身 生不稱後 何以立矣 尸菴旣卒 取日身子相問 養之爲

子 相問亦死於辛酉 有子惧 憬 公有一女 適李寵億 墓在楊根南始面孝子
山先兆之南負壬之原 南氏祔焉 銘曰 道術之差 爭于毫髮 經衰緯興 禪機
竊發 相融桃玄 又溺詁訓 公曰不然 周孔是憲 大運旣傾 乃默乃沈 保我
天親 談笑俎磋 衆口同仇 猶曰孝友 天唯自徵 賢良是牖 讒夫孔棘 殲此
仁人 言念德容 藹藹其春 百世之後 不復知公 瘞玆菲詞 以俟天衷

　　附見 聞話 條

　公少時慕夏軒 嘗曰 退溪之後 夏軒之學 有本有末 夏軒之後 星翁之學
繼往開來 此仲氏所聞 晚年不復如是論 余所聞者 以夏軒爲迂闊 而漫筆
一卷 猶歎服不已 己亥邦禮 終以斬衰爲 公少時嚴於義理 話間或至流
涕 李義師詩曰 關門義理存 此之謂也 晚年言議公平 比前小緩 每云 朋
黨之私 痼於肺腑 滌洗極難 又以戒後生 辛酉獄起之後 知事權等上疏曰
南人搢紳疏 權哲身 卽邪賊日身之兄也 渠若有一分彝性 日身斃後 所當
痛泣刻責 一變舊染 先自渠身 宜思革心 而乃復頑不知改 曁不畏法 教授
其子 鼓黃妖說 前旣現捉於捕廳 後復滯囚於郡獄 其兇獰怙終 亦可謂人
類耶 ○ 按此疏語 公之冤可知已 當此時 治此疏 而援弟引子 卒無身犯
之語 則知舊之公議可見矣 以若邃學 以若盛名 此時聲罪 止於如此 則皦
然無犯明矣 特其孝友出天 不忍賊恩傷義以至此耳 非殺士乎 大司諫睦萬
中上疏曰 權哲身少負向學之名 頗有敏洽之稱 而一自其弟日身投入邪黨
之後 一意倡和 全家蠱惑 此其意將欲何爲 ○ 按此疏語 又摸撈爲說耳
一意倡和 全家蠱惑 非圖圄語乎 父爲子隱 兄爲弟隱 以俟天勤之日 此人
倫之至也 如之何其殺之 京畿監司李益運上疏曰 究其窩主 則權日身是耳
日身罪斃之後 渠之同黨 尙不知改 依舊爛漫 往來不絶 則權哲身之全家
稔惡 不待輸款而皎然矣 ○ 按此疏語 公之冤可知已 父子兄弟 罪不相及
古之義也 追論其弟 而冒罪於其兄可乎 混同爲說 每云全家稔惡 而終未
有 身犯二字 不孚而如是乎 大提學李晚秀作奏文 凡入獄被禍之人 不問
生死 歷擧徧指 重言復言 而鹿菴之名 獨不入焉 則春獄秋獄 終無一字之

證可知矣 棄市之日 勒加公罪 謂 知有一之情 湖南之獄 誣引公名 謂知
恒儉之情 而臺啓雖發 公議自在 故奏文無公名也 大提學李晩秀頒教文曰
哲身之一鄕皆迷 爾姻爾戚 ○ 按凡斷罪之法 先定本身所犯 乃可以家人
鄕人之罪謂出於此人 獨於鹿菴 每以鄕人家人之罪 冒之於本身 非法例也
庚申國恤之後 楊根惡黨金某等 議遣盜偸取公家四世祠版 投之水火而冒
罪於公 李義師 號醉松 有詩名 知其情 密通於公 公乃移祠版 安于室壁
中 令家人伺之 數夜果有盜二人 入廟搜索 竟無祠版 盜歸傳于惡黨 惡黨
意公先已燒毁 卽倡言于鄕中 謂公燒毁 辛酉春 郡守兪漢紀遣人審視 室
壁中具有四橫 進士趙尙兼等 發文論惡黨遣盜事 以明其誣 兪公以緩治罷
歸 新郡守鄭周誠來 捕趙尙兼等下獄 株連五十餘人 或死或配 一無免者
而惡黨盜版之罪勿問焉

【역문】「녹암(鹿菴) 권철신(權哲身)[111]의 묘지명」[112]

성호 선생(星湖先生)은 독학(篤學)·역행(力行)하여 정주(程朱)를 따르
고 근원을 찾아 공자(孔子)에까지 거슬러 올라가서 성문(聖門)의 심오
한 뜻을 계발하여 후학(後學)들에게 보여주셨다. 선생이 만년에 한 제
자를 얻었으니 그가 바로 녹암(鹿菴) 권철신(權哲身)이다. 공은 영민하

---

111)「鹿菴權 墓誌銘」: 권철신(權哲身, 1736~1801)의 묘지명으로 녹암(鹿庵)은 그의
   호(號)이다. 조선 후기 영조 정조 시기의 학자로 성호 이익의 문인이다. 1777년
   (정조1)부터 한문서학서를 접하고 천주교 신앙을 받아들여 세례를 받았다. 1791
   년 신해박해 때 그의 아우 권일신(權日身)은 체포되어 순교하였으나 권철신은
   직접 포교 활동은 하지 않았다하여 처벌되지 않았다. 1799년 대사헌 신헌조(申
   獻朝)가 다시 고발하였으나 정조의 비호로 처벌을 면하였다. 1801년(순조1) 신
   유박해가 발발하자 정약종, 이승훈 등과 함께 사형을 언도받았으나 형 집행 전
   에 옥중에서 장독으로 순교하였다.
112)『여유당전서』第一集, 詩文集, 第十五卷○文集, 墓誌銘

고 지혜로우며 어질고 화순(和順)하여 재덕(才德)을 겸비하였으므로 선생이 매우 사랑하여 문학(文學)은 자하(子夏)[113] 같고 포양(布揚)은 자공(子貢)[114] 같을 것이라 믿으셨더니, 선생이 죽은 뒤로는 과연 재주 있고 준수한 후배(後輩)들이 모두 공에게 모여들었다. 서서(西書)가 나오자 녹암의 동생 일신(日身)이 처음으로 화에 걸려 임자년(1792, 정조 16) 봄에 죽음을 당하였고 온 집안이 모두 서교(西敎)를 믿는다는 지목(指目)을 받았으나 녹암이 능히 금하지 못하였다. 그로 인해 녹암 역시 신유년 봄에 죽음을 당하여 드디어 학맥(學脈)이 단절되어 성호의 문하에 다시 학맥을 이을 만한 이가 없게 되었으니, 이는 녹암 한 집안의 비운(悲運)일 뿐 아니라 일세의 비운이었다. 공의 휘는 철신, 자는 기명(旣明)이며, 자호(自號)는 녹암이고 재호(齋號)는 감호(鑑湖)이니 안동 권씨(安東權氏)이다. 먼 조상 양촌(陽村) 근(近)이 조선조에 벼슬하여 이상(貳相)이 되었는데, 이분이 이상 제(踶)를 낳고 제가 좌의정 남(擥)을 낳고 남이 홍문관 제학 건(健)을 낳았다. 이후 4대는 모두 음사(蔭仕)하였으나 길천군(吉川君) 반(盼)이 다시 벼슬하여 병조 판서가 되었다. 반이 승문 정자(承文正字) 경(儆)을 낳고, 경이 적(蹟)을 낳았는데, 적이 경학(經學)으로 대군(大君)의 사부(師傅)가 되었고, 종조부 좌랑(佐郞) 척(倜)의 후사(後嗣)로 출계(出系)하여 종가(宗家)를 잇게 되었다. 척의 아버지는 바로 길천군의 형 준(晙)이다. 사부가 이조 참판 휘(諱) 흠(歆)을 낳았으니, 이분이 공의 증조부이다. 조부는 진사(進士) 돈(敦)이고, 아버지 시암(尸菴) 암(巖)은 논의(論議)가 준엄하고 문학을

---

113) 자하(子夏, BC 507~420 추정) : 공자(孔子)의 제자로 공문십철(孔門十哲)의 한 사람이다. 시와 예에 달통했고, 공자 제자 중 문학에 가장 뛰어났다. 임종욱(편), 『중국역대인명사전』, 이회문화사, 2010 참조.

114) 자공(子貢, BC 520~456 추정) : 공문십철(孔門十哲)의 한 사람으로 언어와 사령(辭令)에 뛰어났다. 이재가(理財家)로도 알려져 큰 재산을 모아 공문(孔門)의 번영은 그의 경제적 원조에 힘입은 바 컸다고 한다. 위의 사전 참조.

좋아하였으며 아들 다섯을 두었는데, 공이 맏이었다. 후세의 학문은 담론(談論)에 빠져 이기(理氣)와 정성(情性)만을 논할 뿐 실천에 소홀하였으나 공의 학문은 효 제 충 신(孝弟忠信)을 한결같이 종지(宗旨)로 삼아 부모에게 순종하고 뜻을 봉양하며, 친구와 형제를 한몸처럼 아끼는 데에 힘쓰니, 그 문하에 들어간 자는 다만 한 덩어리의 화기(和氣)가 사방으로 퍼져 마치 향기가 사람을 엄습하는 것이 지란(芝蘭)의 방에 들어간 것 같은 느낌을 받을 뿐이었다. 아들과 조카들이 집안에 가득하나 마치 친형제처럼 화합하니, 그 집에 10여 일이나 한 달을 머문 뒤에야 비로소 누가 누구의 아들이라는 것을 겨우 구별할 수 있을 정도였다. 노비(奴婢)와 전원(田園), 또는 비축된 곡식을 서로 함께 사용하여 내것 네것의 구별이 조금도 없으니, 집에서 기르는 짐승들까지도 모두 길이 잘 들고 순하여 서로 싸우는 소리가 없었다. 진귀한 음식이 생기면 비록 그 양이 얼마 되지 않는다 할지라도 반드시 고루 나누어 종들에게까지 돌려주었다. 그러므로 친척과 이웃이 감화(感化)되고 향리(鄕里)가 사모하였으며, 먼 곳에 사는 사람들까지 우러러 보니, 학문과 행검(行檢)을 힘쓰는 상류 사족(士族)들까지 모두 공을 사표(師表)로 삼아 자제(子弟)를 문하에 들여보냈다. 그에 따라 명성(名聲)이 자자하여 세상에서 정백순(程伯淳 명도 선생(明道先生) 정호(程顥)의 자)이 다시 태어났다고 하였다. 건륭(乾隆) 갑진년(1784, 정조 8)에 문효세자(文孝世子)를 책봉(冊封)하고 경재(卿宰)들에게 동궁(東宮)의 관원(官員)이 될 만한 학행(學行)과 조리(操履)를 가진 사람을 각각 천거하게 하니, 판서 홍수보(洪秀輔)와 참판 채홍리(蔡弘履)가 함께 경학(經學)에 밝고 행실이 닦여졌다고 공을 천거하였으나 마침 세자가 5세에 죽었기 때문에 그 일은 마침내 시행되지 못하였다. 그러나 경연관(經筵官)으로 초선(抄選)되었으니 끝내 그 벼슬길을 막을 수는 없었다. 과거 이벽(李檗)이 처음으로 서교(西敎)를 선교(宣敎)할 때 따르는 사람이 많아지자, 이벽은, "감호(鑑湖)는 사류(士類)가 우러러보는 사람이니, 감호가 교에 들어오면 들어오지 않는 자가 없을 것이다."하고, 드디어 감호를 방문하여 10여 일을 묵은 뒤에 돌아간 일이 있었는데 그때 공의 동생 일신(日身)이 열심히 이벽을 따랐다. 그러나 공은 서교를 믿지 않고 『우제의(虞祭義)』 1편을 지어 제사의 뜻을 밝혔다. 신해년 겨울 호남옥사(湖南獄事)가 일어나자 목만중(睦萬中)과 홍낙안(洪樂安)이 일신을 지적하여 고발하였으니, 일신이 끝내 죄를 자백하지 않으므로 제주(濟州)로 귀양보냈다. 상께서 타이르고 깨우치시니 일신이 옥중(獄中)에서 회오문(悔悟文)을 지어 올렸으므로 죄를 조금 감하여 예산(禮山)으로 유배지를 옮겼다. 일신이 옥에서 풀려난 지 얼마 되지 않아 죽으니, 이때부터 문도(門徒)가 다 끊어졌다. 공은 문을 닫아걸고 슬픔을 지닌 채 10여 년 동안이나 산문(山門) 밖을 나간 적이 없었다. 신유년 봄 공이 체포되어 옥에 갇혀 국문(鞫問)을 받았으나 증거가 나타나지 않자, 어떤 자가, "을묘년에 죽은 윤유일(尹有一)[115]이 본시 그의 제자였으니, 그 비밀스러운 속사정을 알지 못한 바가 없었을 것이다." 하니, 드디어 이 자의 말에 의하여 공의 사형(死刑)을 결정하였다. 그때 마침 고문의 상처로 인해 공이 죽자 드디어 기시(棄市)할 것을 논의하였으니, 그날이 2월 25일이었다. 아, 인후(仁厚)하기는 기린(麒麟

---

115) 윤유일(尹有一, 1760~1795) : 천주교 순교자. 권철신, 권일신 형제와 가까이 지내다 입교했다. 이승훈·권일신 등의 가성직(假聖職) 제도를 만들어 교회 활동을 하다가 북경주교에게 교회법상의 유권해석을 구하기 위해 1789년 밀사를 보낼 때 이 일을 맡았다. 이 때 북경에서 영세하였다. 그가 가져온 회답에 따라 조선 교회는 가성직 제도를 해체하고 성직자 영입운동을 펴나가게 되어 1790년 또 다시 성직자 파견 요청 밀사로 북경에 들어가 파견약속을 받고 돌아왔다. 그 후 1792년 세 번째로 북경교회에 들어가 선교사파견을 재요청, 1794년 주문모(周文謨) 신부 입국 때 지황(池潢)과 함께 안내를 맡아 서울로 잠입했다. 1795년 주문모 신부 체포 소동이 일어난 이른바 '을묘실포사건'이 발생하자 입국에 도움을 준 인물들이 밝혀져 지황, 최인길 등과 같이 체포되어 순교하였다.

같고 자효(慈孝)하기는 호유(虎蚰) 같고 지혜롭기는 새벽 별 같고 얼굴과 용모는 봄 구름과 상서로운 해 같은 분이 형틀에서 죽어 시체가 거리에 버려졌으니, 어찌 슬프지 않은가. 경신년[116] 봄 나의 계부(季父)가 귀천초당(歸川草堂)에 계실 때, "권철신은 갈가리 찢겨 죽어도 애석할 것 없다."하고, 이어 말씀하기를, "그러나 그가 집안에서 한 행실만은 훌륭하다." 하니, 나의 중씨(仲氏)가, "그 행실이 훌륭한 사람을 어떻게 갈가리 찢어 죽일 수 있겠습니까?"하던 말이 아직까지 기억에 새롭다. 아! 어찌 나의 계부만이 그렇게 생각했겠는가. 공의 효우(孝友)와 독행(篤行)에 대해서는 비록 공을 배척하는 사람들까지도 모두 인증하였다. 공은 병진년에 나서 신유년에 66세에 나이로 죽었다. 저서(著書)로는 『시칭(詩稱)』2권과 『대학설(大學說)』1권만이 전해지고 나머지는 모두 흩어져 없어졌다. 그러나 내가 들은 바로는, 공이 『대학(大學)』을 논함에는 격물(格物)은 물유본말(物有本末)의 물(物)을 격(格)하는 것이고, 치지(致知)는 지소선후(知所先後)의 지(知)를 치(致)하는 것이라 하고, 또 효제자(孝悌慈)를 명덕(明德)으로 삼고, 구본(舊本)에 반드시 착간(錯簡)[117]이 있지 않다고 하였다. 『중용(中庸)』을 논함에는 소불문(所不聞)・소부도(所不覩)를 상천지재 무성무취(上天之載無聲無臭)라 하였으며, 사단(四端)을 논함에는 조기(趙岐)[118]의 설을 따라 단(端)은 수(首)이며, 인의예지(仁義禮智)는 행사(行事)의 성명(成名)이라 하였다. 상례(喪禮)를 논함에는 형제(兄弟)는 동족(同族)의 통칭(通稱)이고, 입후(立後)는 죽은 사람의 후사(後嗣)가 되는 것이며, 대하척(帶下尺)은

---

116) 경신년 : 1800년.
117) 착간(錯簡) : 서책 지면(紙面)의 전후가 뒤바뀐 것.
118) 조기(趙岐, 108~201) : 중국 한(漢)나라 학자. 『논어』와 『맹자』를 매우 높이 평가해 『맹자(孟子)』주석(註釋)을 처음 달았다. 『십삼경주소(十三經注疏)』에 『맹자장구(孟子章句)』가 수록되어 있다.

옷깃의 길이이며, 연미(燕尾)는 본래 없는 물건이며, 조상(弔喪)을 받을 때 주인(主人)만이 객(客)에게 절하고 그밖의 주인은 객에게 절하지 않는 것이라 하여, 이 때문에 많은 비난을 받았다. 국풍(國風)을 논함에는 정풍(鄭風)·위풍(衛風)은 음분(淫奔)을 풍자한 시라 하고, 『서경(書經)』을 논함에는 매씨(梅氏)의 25편[119]을 위서(僞書)라 하였다. 이상의 말들이 비록 주자(朱子)가 논한 바와 다름이 없지 않으나, 공은 평생 주자를 애모(愛慕)하여 주자의 글을 외고 그 뜻을 기술(記述)하는 것을 퍽 즐겨하여, "나만큼 주자를 심모(心慕)하는 사람은 없을 것이다."하였다. 지난 경술년 겨울에 내가 희정당(熙政堂)에 입대(入對)하여 각신(閣臣 규장각(奎章閣)의 관원) 김희(金熹) 등과 『대학(大學)』을 강론(講論)한 적이 있었는데, 공이 그 강론을 보고 매우 기뻐하며 칭찬을 아끼지 않았다. 지금 내가 남중(南中)에서 지은 책에는 『시경』에서는 몽송(矇誦)의 뜻을 발명(發明)하였고 『서경』에서는 유림전(儒林傳)과 예문지(藝文志)를 인용하여 고문(古文)에도 두 종류가 있었음을 증명하였고, 『예기(禮記)』에서는 대의(大義) 수십 조항을 찾아내었고, 악(樂)에서는 취율(吹律)의 잘못된 것을 알아내었으며, 『역경(易經)』에서는 왕래(往來)와 승강(升降)의 뜻을 찾아내었고, 『춘추(春秋)』에서는 『주례(周禮)』의 유문(遺文)을 찾아내었고 사서(四書)에서는 인(仁)과 서(恕)가 일관(一貫)하는 바른 뜻을 찾아낸 것들이 있으니, 만약 공이 살아 있을 때 내가 돌아왔다면 공의 기쁨이 어찌 끝이 있었겠는가. 선형(先兄) 약전(若銓)[120]이 공을 스승으로 섬겨 지난 기해년 겨울 천진암(天眞菴) 주

---

119) 매씨(梅氏)의 25편 : 현재 『서경(書經)』에 수록되어 있는 고문(古文) 25편. 이는 동진(東晉) 때 매색(梅賾)의 위작(僞作)이라는 것이 청나라 염약거(閻若璩)의 「고문상서소증(古文尚書疏證)」에서 고증되었다. 임종욱(편), 『중국역대인명사전』, 이회문화사, 2010 참조.

120) 선형(先兄) 약전(若銓) : 정약전(1758~1816). 조선 후기 정조 시기의 문신 학자. 정약용(丁若鏞)의 형. 소년시절부터 매우 재주 있고 총명하며 작은 일에 얽매이

어사(走魚寺)에서 강학(講學)121)할 적에 이벽(李檗)이 눈오는 밤에 찾아오자 촛불을 밝혀 놓고 경(經)을 담론(談論)하였는데, 그 7년 뒤에 비방이 생겼으니, 성대한 자리는 두 번 다시 열리기 어렵다는 것이 이를 두고 한 말이 아니겠는가. 공이 죽은 지 한 달 뒤에 호남에서 유항검(柳恒儉)122) 등을 잡아 포도청으로 압송하니, 포청에서는 온갖 고문을 다하여 "이가환 등이 은(銀)을 내어 선박(船舶)을 부르려 했는데, 공도 홍낙민(洪樂 敏)·이단원(李端源)과 함께 그 계획을 알고 있었다."는 초사(招辭)를 받아내었다. 그러자 사헌부와 사간원은 대계(臺啓)123)하여

지 않아 거리낌이 없는 성격으로 이윤하, 이승훈 등과 사귀며 이익(李瀷)의 학문에 심취하였고 이어 권철신 문하에서 학문을 더 깊이 있게 배웠다. 또 이벽, 이승훈 등과 교유하며 이들을 통해 서양의 역수학(曆數學)을 접하고 천주교를 신봉하였다. 1801년 신유박해 때 아우 정약용과 함께 화를 입어 신지도(薪智島)를 거쳐 흑산도(黑山島)에 유배되었는데, 여기서 복성재(復性齋)를 지어 섬의 청소년들을 가르치고 틈틈이 저술하다 사망하였다. 저서로 유배지 흑산도 근해의 수산생물을 조사, 채집, 연구한 우리나라 최초의 수산학 관계 명저『자산어보(玆山魚譜)』가 있다.

121) 천진암(天眞菴) 주어사(走魚寺)에서 강학(講學) : 1779년(정조 3)에 권철신이 경기도 여주시 금사면(金沙面)에 있던 주어사에서 학문을 연구 강의하던 중, 정약용 등과 함께 강학회(講學會) 모임을 가졌다. 그 후 장소를 천진암으로 옮겨 10여 일 동안 강학회를 계속하였는데, 이때 참석자가 권철신, 정약용, 이벽, 정약전, 정약종, 이승훈 등이다. 이 강학회가 처음부터 천주교 교리 연구만을 위해 계획되었던 것은 아니나 천주학(天主學)을 학문에서 종교로 이끈 일대 계기가 되었다. 천진암은 경기 광주시 퇴촌면(退村面) 우산리(牛山里)에 있는 사찰터로, 현재 이벽 권철신 권일신 이승훈 정약종의 묘소가 있는 한국 천주교 성지다.

122) 유항검(柳恒儉, 1756~1801) : 윤지충, 권일신 등의 전교로 일찍 천주교 신자가 되어 신앙 실천을 선도하여 "전주(全州)의 사도(使徒)"로 불렸다. 가성직(假聖職)제도에 따라 자치적조선교회(自治的朝鮮敎會) 신부(神父) 권한을 위임받아 호남지방 전교에 힘썼는데 북경교구의 명으로 자치조선교회가 해산되자 신부 영입을 주도하여 주문모(周文謨) 신부의 입국(入國)을 도왔다. 1801년 신유박해 때 호남지방에서 제일 먼저 체포되어 대역부도죄로 능지처참 형을 받고 순교하였다. 부인 신희(申喜), 큰 아들 유중철(柳重哲), 며느리 이순이(李順伊), 둘째 아들 유문석(柳文碩), 동생 유관검(柳觀儉)과 그의 아들 유종선(柳宗善), 유문철(柳文喆) 등 일가족이 함께 순교하였다.

공에게 가율(加律)할 것을 청하였다. 아, 정말로 이런 계획이 있었다면 어찌 반드시 봄에 죽은 네 사람이 주관하였겠는가. 유항검 등이 죽은 사람을 끌어들인 것은 고문을 견딜 수 없어 부득이 거짓으로 공초(供招)하였던 것이다. 살아 있는 사람을 끌어들이면 변명할 것이므로 죽은 사람들을 끌어들여 고문의 고통을 면하고자 한 것일 뿐, 공이 이 계획에 참여하지 않았다는 것은 어린아이들까지 다 알고 있는 사실이다. 어머니는 남양 홍씨(南陽洪氏)로 참판(參判) 상빈(尙賓)의 따님이고, 배위(配位)는 의령 남씨(宜寧南氏)로 돈(墩)의 따님이다. 공에게 아들이 없어 집안에서 입후(立後)할 것을 상의하니, 공이, "아버지가 살아계시면 내게 승중(承重)이 없고, 내가 살아 있으면 후사(後嗣)를 말하지 않는 것인데, 어찌 입후를 하겠는가." 하였다. 시암(尸菴)이 죽은 뒤 일신(日身)의 아들 상문(相門)을 양자(養子)로 삼았다. 상문 역시 신유년에 죽었는데, 황(愰)과 경(憬) 두 형제를 두었다. 공은 딸 하나를 두었는데, 이총억(李寵億)에게 시집갔다. 묘(墓)는 양근(楊根) 남시면(南始面) 효자산(孝子山) 선영(先塋)의 남쪽 임좌(壬坐)의 언덕에 있다. 부인 남씨를 부장(祔葬)하였다. 명(銘)은 다음과 같다.

도술의 차이는	道術之差
털끝을 다투는 것인데	爭于毫髮
경이 쇠하고 위가 일어남에	經衰緯興
선기(禪機)[124]가 발동하였도다	禪機竊發

---

123) 대계(臺啓) : 사헌부와 사간원에서 임금에게 올리는 글. 특히 관리의 잘못을 지적하여 유죄임을 밝히려고 임금에게 올리는 계사(啓辭)를 말한다. 대계는 주로 정책의 비판과 관리들의 탄핵에 이용되었다.

124) 선기(禪機) : 선문(禪門)의 기봉(機鋒). 여기에서는 이단(異端) 곧 서교(西敎)의 칼날이 번득인다는 뜻.

세상 선비들은 조와 현을 서로 융합하고	相融祧玄
또 훈고에 빠졌으나	又溺詁訓
공은 그렇지 않고	公曰不然
주공·공자만을 본받았도다	周孔是憲
대세가 이미 기울자	大運旣傾
침묵을 지켰고	乃黙乃沈
친족을 보호하려	保我天親
형틀서도 담소했네	談笑俎礎
뭇 사람들 원수라 하면서도	衆口同仇
공의 효우는 인정하였도다	猶曰孝友
하늘이 시운(時運)을 살펴	天唯自徵
현량을 내셨으나	賢良是牖
참소하는 무리 매우 모질어	讒夫孔棘
이 어진 분 죽였도다	殲此仁人
공의 덕용 생각하니	言念德容
온화한 봄 기상일세	藹藹其春
백세 뒤엔	百世之後
다시 공을 알 사람 없겠기로	不復知公
이 변변치 못한 글을 묻어	瘞玆菲詞
천명(天命)을 기다리노라	以候天衷

부 한화

공이 젊었을 때 하헌(夏軒 윤휴(尹鑴))125)을 사모하여 일찍이, "퇴계

---

125) 하헌(夏軒 윤휴(尹鑴)) : 윤휴(1617~1680). 조선 후기 효종·현종·숙종 시기의 학
자·문신. 개혁적 성향의 청남의 영수이며 북벌론자였다. 종래의 주자(朱子) 해
석방법을 비판하고 경전을 독자적으로 해석하여 당대 가장 혁신적 학자이자 정

(退溪) 이후로는 하헌의 학이 본말(本末)이 있고, 하헌 이후로는 성호(星湖)의 학이 간 성인을 잇고 오는 학자들을 개도(開導)하였다." 했다 한다. 이는 나의 중씨(仲氏)께서 들은 말이다. 그런데 공의 말년에는 이와 같은 말을 하지 않았다. 내가 들은 바로는 공이 하헌을 오활하게 여겼으나 하헌의 만필(漫筆) 1권은 매우 좋다고 감탄하였으며, 기해예설(己亥禮說)에 대해서는 참최설(斬衰說)을 옳게 여겼다. 공이 젊었을 때 의리에 엄격하여 말하는 사이에서도 혹 눈물을 흘리기까지 하였으니, 이희사(李羲師)[126]의 시에,

관문에는 의리가 보존되었다   關門義理存

한 것이 바로 이를 일컬은 것이다. 말년에는 논의가 공정하여 젊었을 때보다 많이 누그러졌다. 공은 매양, "붕당(朋黨)의 사심(私心)이 폐부(肺腑)에 고질이 되었으니 씻어내기가 매우 어렵다."고 하고, 붕당을 후생들에게 경계시켰다. 신유년 옥사(獄事)가 일어난 뒤 지사(知事) 권엄(權)이 상소하기를, 남인(南人) 진신(縉紳)에 대한 소(疏)임. "권철신은 바로 사적(邪賊) 일신(日身)의 형이니, 저에게 만약 일말의 양심이라도 있다면 일신이 죽은 뒤 눈물을 흘리며 스스로 각책(刻責)하고 구악(舊惡)을 일변하여 자신부터 먼저 마음을 고쳐먹어야 마땅할 것인데, 도리어 완악하게도 허물을 고칠 줄 모르고 어리석게도 법을 두려워하지 않고 그 자식에게 요망한 사설(邪說)을 퍼뜨리도록 가르쳤습니다. 그 죄로 전에 포청에 잡혔었고 뒤에 다시 군옥(郡獄)에 갇혔으니, 이와 같이 흉악하고 호종(怙終)[127]하는 자를 사람이라 할 수 있습니까?" 하

치가로 평가되었다.
126) 이희사(李羲師, 1728~1811) : 조선 후기 영조 정조 순조 시기의 학자 문인.
127) 호종(怙終) : 믿는 데가 있어 전의 잘못을 뉘우치지 않고 다시 죄를 저지름.

였다. 이 상소문을 살피건대, 공의 억울함을 알 수 있다. 이 상소문에 동생과 자식을 이끌어 말했고 끝까지 공이 직접 범했다는 말이 없으니, 당시 지구(知舊)들의 공론을 알 수 있다. 그처럼 깊은 학문과 성대한 명예를 지닌 분으로서 당시 죄를 성토당함이 이 정도뿐이었으니, 공이 법을 범한 사실이 없다는 것이 분명하다. 다만 공은 효우(孝友)가 대단하여 차마 부자 형제 사이의 은의(恩義)를 해칠 수 없어서 이에 이른 것뿐이니, 어찌 무고한 선비를 죽인 것이 아닌가. 대사간(大司諫) 목만중(睦萬中)이 상소하기를, "권철신은 젊어서부터 향학(向學)의 명예를 가지고 자못 영민하고 해박(該博)하다는 칭찬이 있었더니, 그 아우 일신이 사당(邪黨)에 가입한 뒤로는 창화(倡和)에 전념하여 온 집안이 모두 서교(西敎)에 고혹(蠱惑)되었으니 이는 장차 무슨 짓을 하려는 생각이겠습니까?" 하였다. 이 상소문의 말을 살피건대, 전혀 근거없는 사실을 끌어다 붙인 것뿐이다. 창화에 전념하여 온 집안이 모두 고혹되었다는 말이 바로 모호한 말이 아닌가? 아비는 자식을 위하여 숨겨주고 형은 아우를 위하여 숨겨주어 운명(運命)의 날을 기다리는 것이 인륜(人倫)의 지극함인데, 자식과 아우의 죄를 숨겼다 하여 그를 죽여서야 되겠는가? 경기 감사(京畿監司) 이익운(李益運)[128]이 상소하기를, "그 사교(邪敎)의 우두머리를 찾아낸다면 권일신이 바로 우두머리입니다. 일신이 죄를 받아 죽은 뒤에도 그들이 허물을 고치기는커녕 여전히 기고만장하여 왕래가 끊이지 않고 있으니 권철신의 온 집안이 악

---

128) 이익운(李益運, 1748~1817) : 조선 후기 영조 정조 순조 시기의 문신. 1801년 경기도관찰사 때 주문모 신부 연관 천주교인 18인을 잡아 심문하고 그 중 3인을 참형에 처하였다. 채제공의 문인으로 채제공을 두둔하다가 여러 차례 파직되었으나 남인을 등용하려는 순조의 정책으로 다시 벼슬을 받아 봉직하였다. 1815년 대사헌 재직 때 성균관 유생들에 의해 당시 사학(邪學)을 비호한다는 탄핵을 받았고, 1816년에도 유생 양규(梁珪) 심의영(沈宜永)의 척사소(斥邪疏)에 걸려 문제가 되기도 하였다. 한국학중앙연구원, 『한국민족문화대백과』 참조.

(惡)을 계속하였다는 것은 그들의 말을 듣지 않아도 분명합니다." 하
였다. 이 상소문을 살피건대, 공의 억울함을 알 수 있다. 부자 형제 사
이는 죄를 연루(連累)시키지 않는 것이 옛뜻인데, 그 아우의 죄를 추론
(追論)하여 그 형에게 죄를 덮어씌우는 것이 옳은 일인가? 말을 혼동
하여 '온 집안이 악을 계속하고 있다.'고 하면서도 끝내 공 자신이 직
접 범했다는 말은 없으니, 공에게 죄가 없다고 믿지 않고서야 이렇게
하였겠는가? 대제학 이만수(李晚秀)[129]가 지은 주문(奏文)에 옥에 갇혀
화를 입은 사람은 생사(生死)를 막론하고 차례로 거론(擧論)하여 중언
부언(重言復言)하였으나, 녹암(鹿菴)의 이름만은 그 속에 끼지 않았으
니, 춘옥(春獄)과 추옥(秋獄)에 끝내 공이 죄를 범한 증거가 전혀 없었
다는 것을 알 수 있다. 그런데 기시(棄市)하는 날에 억지로 공에게 죄
목(罪目)을 씌워 유일(有一)[130]의 정상을 알고 있었다 하고, 호남옥사
(湖南獄事)가 일어났을 때 죄인들이 공의 이름을 끌어대자 항검(恒儉)
의 정상을 알고 있었다 하여 대계(臺啓)가 일어났다. 그래도 공론(公
論)은 여전히 공을 무죄로 여겼으므로 주문(奏文)에 공의 이름이 거론
되지 않은 것이다. 대제학 이만수(李晚秀)의 반교문(頒敎文)에, "철신(哲
身)의 고장이 모두 미혹(迷惑)되었고, 그 친척(親戚)들은……." 하였다.
단죄(斷罪)하는 법은 먼저 본인의 죄를 정하고 나서 집안과 이웃의 죄
가 바로 이 사람 때문이라고 하는 것인데, 녹암만은 매양 집안과 이웃
의 죄를 녹암에게 덮어씌웠으니 법례(法例)가 아니다. 경신년 국상(國
喪)[131] 이후에 양근(楊根)에 사는 악당(惡黨) 김모(金某) 등이 도둑을 보
내어 공의 집안 4대의 신주(神主)를 훔쳐다가 수화(水火)에 던져 넣고
서 죄를 공에게 덮어씌우려는 모의(謀議)를 하였는데, 이희사(李羲師)

129) 이만수(李晚秀, 1752~1820). 조선 후기 정조 순조 시기의 문신.
130) 유일(有一) : 윤유일.
131) 경신년 국상(國喪) : 1800년 정조의 장례.

[호는 취송(醉松)으로 시명(詩名)이 있었다.]가 그 사정을 알고 은밀히 공에게 알리니, 공은 곧 신주를 옮겨 벽장 속에 안치(安置)해 두고 집안 사람들로 하여금 지키게 하였다. 며칠이 지난 어느날 밤에 과연 도둑 둘이 사당(祠堂)에 들어와 신주를 찾았다. 신주를 못 찾은 도둑이 그냥 돌아가서 악당에게 사정을 말하니, 악당은 공이 전에 이미 신주를 태워 없앤 것으로 생각하고 온 시골에 '공이 신주를 태워 없앴다.'고 소문을 퍼뜨렸다. 신유년 봄에 군수(郡守) 유한기(俞漢紀)가 사람을 보내어 조사하게 하니, 벽장 속에 4대 신주가 봉안(奉安)되어 있었다. 진사(進士) 조상겸(趙尙兼) 등이 통문(通文)을 내어 악당이 도둑을 보낸 일을 논하고, 공이 신주를 태워 없앴다는 말이 거짓임을 밝혔으나, 군수 유공(俞公)이 그 사건을 느슨하게 다스렸다는 이유로 파면되었다. 새 군수 정주성(鄭周誠)이 와서 조상겸 등을 잡아 하옥하니, 연루된 사람 50여 명이 죽거나 유배되어 한 사람도 면하지 못했는데, 악당이 신주를 훔치려 한 죄는 불문에 부쳤다.

「梅丈吳 墓誌銘」132)

-(上略)- 乙卯間 萬中謀殺李家煥 公又移書尹愼明 家煥無罪 又大忤
於群不逞 辛酉春 睦萬中, 洪樂安等嗾大司諫申鳳朝發啓曰 吳錫忠卽家
煥護法善神 又締結凶孼 以爲聲援 所謂凶孼 陰指洪鳳漢之子洪樂任也
旣逮入獄 問締結之情 拷掠慘酷 無可比擬 公旣迷自誣云 丙申秋一往見
之 嗚呼 丙申秋者 洪麟漢賜死之時也 有往見洪樂任者乎 獄久不決 一日
獄官詢于鏞 鏞乃慷慨以辨之曰 吳錫忠與囚最親 囚受軍職祿其二斗米 必
分于梅子巷 久潦盛寒 東西販樵者絶 囚之一擔薪 必輸于梅子巷 錫忠有
締結事 千人不知 囚必知之 錫忠無締結事也 獄官問曰李家煥云問於睦萬
中 可知締結事 此說何如 鏞曰此家煥誤告也 囚最親 其次家煥 若萬中則
仇也 若有締結事 囚先知之 家煥知之 千萬人知之 然後萬中乃知也 締結
者陰祕之跡 親者不知 仇者先知乎 獄官意乃解 自玆不杖訊矣 憸人知錫
忠將脫出 陰取他囚家所捉西書一卷 雜置錫忠家文書叢中 獄官乃以此爲
贓 議配荏子島 島在靈光海中 公出獄歎曰吾祖以辛酉春下獄以死 吾又以
辛酉春入獄 此何年矣 後數年 鏞以錢二串 因海賈送于島中 公之死已有
月矣 年月未詳 墓地未詳 猶作墓誌 以俟知者 公有一女 爲權相問妻 産
二子 公遂無後 誰其知之 嗚呼悲夫 銘曰 丙寅九月卒 墓在果川錦亭先塋
之南 氣在穹壤間 正人其受之 屈之而不挫 武之而不移 至死依乎仁 象惡
所盰睢 魚賢而肉哲 樂樂以相怡 是唯梅丈墓 後世其宜知 -(下略)-

---

132) 「梅丈吳 墓誌銘」: 오석충(吳錫忠, 1743~1806)의 묘지명이다. 1801년 신유박해
때 천주교와 연루되어 전라도 신안 임자도(荏子島)에 유배되었다. 매장(梅丈)은
오석충의 호(號)이다.

【역문】「매장(梅丈) 오석충(吳錫忠)의 묘지명」133)

-(상략)- 을묘년134)에 목만중이 이가환(李家煥)을 모살(謀殺)하려 할 때 공은 또 윤신(尹愼)에게 편지를 보내어 가환의 무죄를 밝혔다가 불량배(不良輩)들에게 크게 미움을 샀다. 신유년 봄에 목만중·홍낙안 등이 대사간 신봉조(申鳳朝)를 시켜 발계(發啓)하기를, "오석충(吳錫忠)은 바로 이가환의 호법신(護法神)으로 흉얼(凶孼)과 체결(締結)하여 성원(聲援)으로 삼았다." 하였으니, 흉얼이란 바로 홍봉한(洪鳳漢)135)의 아들 홍낙임(洪樂任)136)을 지적한 것이다. 공이 체포되어 옥에 갇히자 옥관이 체결한 사실을 캐내기 위하여 말할 수 없는 참혹한 고문(拷問)을 가하니, 공은 정신이 혼미하여 거짓으로 자백하기를, "병신년137) 가을에 한 번 가서 만난 사실이 있다." 하였다. 아! 병신년 가을이라면 홍인한(洪麟漢)138)이 사사(賜死)된 때인데, 어느 누가 홍낙임을 만나보러 갔겠는가. 옥사가 오래도록 결말이 나지 않자 하루는 옥관이 나에게

---

133) 『여유당전서』第一集, 詩文集, 第十五卷○文集, 墓誌銘
134) 을묘년 : 1795년.
135) 홍봉한(洪鳳漢, 1713~1778) : 조선 후기 영조 시기의 문신으로 사도세자의 장인이며 세자빈 혜경궁 홍씨(惠慶宮洪氏)의 부친이다. 정조의 외조부로서 세손 정조를 보호하는 역할을 하였다. 영조의 탕평책을 따르며 당쟁 해소와 인재 채용을 적극 건의하였고, 영조의 정책에 순응해 백성을 위한 정치를 위해 노력하며 많은 업적을 이룩하였다.
136) 홍낙임(洪樂任, 1741~1801) : 조선 후기 영조 정조 시기의 문신. 홍봉한의 아들. 천주교인으로 1801년 신유박해 때 체포되어 제주도로 유배, 5월 사사(賜死)되었다. 한국학중앙연구원,『한국민족문화대백과』참조.
137) 병신년 : 1776년.
138) 홍인한(洪麟漢, 1722~1776) : 조선 후기 영조 시기의 문신. 홍봉한의 동생. 정후겸 등과 위탁해 세손(世孫: 정조)을 모함했으며 다른 풍산 홍씨들이 시파(時派)에 가담해 세손을 보호했으나 그는 벽파(僻派)에 가담, 정조의 즉위를 반대하였다. 1776년 정조가 즉위하자 유배, 위리안치(圍籬安置)되었다가 사사되었다. 한국학중앙연구원,『한국민족문화대백과』참조.

묻기에 내가 강개(慷慨)하게 변론하기를, "오석충은 나와 가장 친하다. 내가 군직(軍職)으로 받는 녹 중에서 2말[斗]은 반드시 매자항(梅子巷)의 오석충에게 나누어 주었고, 또 오랜 장마나 한 겨울에 나무장사가 끊기면 나는 반드시 한 짐의 나무를 매자항의 석충에게 보냈으니, 석충이 체결한 일이 있다면 다른 사람은 다 몰라도 나는 반드시 알 것이다. 석충이 체결한 일은 없다." 하니, 옥관이 묻기를, "이가환이 목만중에게 물어보면 석충이 체결한 일을 알 것이라고 하였는데, 그건 무슨 말인가?" 하기에, 내가, "그것은 가환이 거짓으로 고한 것이다. 내가 석충과 가장 친하고 가환이 다음으로 친하며 만중은 석충과 원수이니, 만약 체결한 일이 있다면 내가 제일 먼저 알고 다음에 가환이 알고 그 다음에 모든 사람이 다 알게 된 뒤에야 만중이 알게 될 것이다. 체결한 비밀스러운 일을 친한 사람도 모르고 있는데 원수가 어찌 먼저 알 수 있겠는가?" 하니, 옥관은 내 말을 납득하고서 이 뒤로는 고문을 하지 않았다. 악인(惡人)들은 석충이 죄에서 벗어나게 되리라는 것을 알고 은밀히 다른 죄수(罪囚)의 집에서 압수한 서서(西書) 1권을 가져다가 석충의 서가(書架)에 끼워 놓았다. 옥관은 곧 이것을 증거로 삼아 석충을 임자도(荏子島)로 유배시켰다. 임자도는 영광(靈光) 앞 바다 가운데 있다. 공이 귀양가기 위하여 옥에서 나와 탄식하기를, "우리 할아버지께서도 신유년 봄에 옥에 갇혀 돌아가셨고, 나 역시 신유년 봄에 옥에 갇혔으니 이 신유년은 무슨 해인가?" 하였다. 몇 해 뒤에 내가 돈 두 꾸러미를 해상(海商) 편에 부탁하여 임자도로 보냈더니, 이미 공이 죽은 지 한 달이 지난 때였다. 공의 죽은 연월도 자세치 않고 공의 무덤 역시 어디에 있는지 알 수 없다. 그러나 이 묘지(墓誌)를 지어 공의 무덤이 있는 곳을 아는 자가 나타나기를 기다리노라. 공은 딸 하나를 두었는데 권상문(權相問)139)의 아내가 되어 아들 형제를 두었다. 공은 마침내 대(代)를 잇지 못하였으니 누가 공을 알겠는가. 아,

슬프다. 명은 다음과 같다. 병인년 9월에 졸(卒)했고, 묘는 과천(果川) 금정(錦亭) 선영의 남쪽에 있다.

정대(正大)한 기운 천지 사이에 있어	氣在穹壤間
정인(正人)만이 그 기운을 받는다네	正人其受之
굴복시키려 해도 굴하지 않고	屈之而不挫
위무(威武)를 가해도 변치 않는다네	武之而不移
죽음에 이르러서도 인(仁)에서 떠나지 않으니	至死依乎仁
악한 무리의 미움을 샀네	衆惡所旰睢
현철한 분 죽이고 나서	魚賢而肉哲
소인들 날뛰며 좋아했다네	樂樂以相怡
이곳이 매장의 무덤임을	是唯梅丈墓
후세에 당연히 알게 되리라	後世其宜知

-(하략)-

---

139) 권상문(權相問, 1768~1802) : 조선 후기 정조 시기의 유학자. 권일신의 차남으로
　　권철신의 양자. 조선 천주교 창립을 주도한 인물의 하나인 생부의 영향을 받아
　　어려서 입교하였다. 1801년 신유박해 때 체포되어 1802년 1월 고향인 경기도
　　양근에서 참수당해 순교하였다.

「先仲氏墓誌銘」140)

公諱若銓字天全 樓號曰一星 齋號曰每心 入島之號曰巽菴 巽者入也
押海之丁 始顯於校理子伋 自玆繩承 副提學壽崗 兵曹判書玉亨 左贊成
應斗 大司憲胤福 觀察使好善 校理彥璧 兵曹參議時潤 皆入玉堂 自玆衰
否 三世皆以布衣終 諱道泰 諱恒愼進士 是生諱志諧 於公祖父也 先考諱
載遠 蔭仕歷典郡縣 卒於晉州牧使 有五子 公其第二也 先妣淑人海南尹
氏 德烈之女 孤山善道之後也 乾隆戊寅三月之朔 公生於馬峴之宅 先妣
夢得三男 故小字曰三雄 幼而不羈 長而桀驁 游乎京輦 博聞尚志 與李潤
夏 李承薰 金源星等 定爲石交 以承受星翁之學 李先生潭 沿乎武夷 溯
乎洙泗 揖讓講磨 相與進德修業 旣又執贄請教於鹿菴之門 權哲身 嘗於
冬月 寓居走魚寺講學 會者金源星 權相學 李寵億等數人 鹿菴自授規程
令晨起掬氷泉盥漱 誦夙夜箴 日出誦敬齋箴 正午誦四勿箴 日入誦西銘
莊嚴恪恭 不失規度 當此時 李承薰亦淬礪自強 就西郊行鄉射禮 沈溦爲
賓 會者百餘人 咸曰三代儀文 桀然復明 而聞風嚮義者蔚然以衆 癸卯秋
以經義爲進士 不屑爲擧業曰 大科非吾志也 嘗從李蘗游 聞曆數之學 究
幾何原本 剖其精奧 遂聞新教之說 欣然以悅 然不以身從事 庚戌夏 今上
誕降 設增廣別試 公曰不登科 無以事君 遂治對策入場 策問五行 公所對
擢爲第一 會試又以對策中格 旣唱名 選補承文院副正字 大臣又抄啓 以
隸奎章閣月課 時鏞已於己酉被選班在上 至冬 上曰兄隨弟後未便 許免閣
課 公閒居無事 日與韓致應尹永僖李儒修尹持訥等游歡 乙卯秋 朴長卨受
睦萬中嗾 疏擊李家煥 謂家煥主試 發策解元 所對專主西說 以五行爲四
行 而家煥擢爲第一 陰濟其門徒 語意慘刻 上取試卷覽之 傳曰對策四行
之券 一番查正 斷不可已 今日取見其對策之載於臨軒功令者 屢回上下

---

140) 「先仲氏墓誌銘」: 정약전(丁若銓, 1758~1816)의 묘지명.

逐句看詳 如言者云云處 初無疑似髣髴者 始言五行 次言金木二行 次言
水火土三行 次言土寄四行 又以五行申結之 竝與二行三行 而若謂之妄發
猶之或可 唐一行在車書未通之世 能正大衍曆八百歲差一日之謬 然則一
行之名字 其可歸之於邪學 而一行之曆法 亦可歸之於西法乎 此一款尤可
謂極孟浪 有識之士 自可立辨 後數日黜鏞爲金井察訪 傳曰渠若目不見非
聖之書 耳不聞悖經之說 無罪渠兄 何登公車 此爲仲氏出脫 上以一言活
弟兄也 然公坐是坎坷不調 丁巳秋 鏞出爲谷山都護 冬上特念公落拓 逐
以親政史官陞六品 又命銓曹調用 由成均館典籍爲兵曹佐郎 上謂廷臣曰
某也俊偉 勝其弟斌媚也 戊午冬 命撰嶺南人物考 春注不淺 己未夏 大司
諫申獻朝欲廷論公 會有嚴旨罷出 自玆益寒滯 厥明年上薨 厥明年辛酉春
禍作 鏞以臺啓下理 而公亦逮矣 首以對策事訊推不成獄 得蒙太妃酌處獄
議曰 丁若銓始溺終悔 與若鏞一般 而乙卯年間凶祕之事 不過渠之傳聞
未見參涉之跡 且若鍾抵人書 輒稱仲季之恨不同學 若銓之悔悟 似無可疑
而始溺廣訛之罪 有難全貸 又曰始雖迷溺 中間改悔之跡 明有可據之文跡
次律施行 遂配薪智島 鏞配長鬐縣 是年秋逆賊黃嗣永就捕 得黃沁帛書
凶謀滔天 於是洪羲運李基慶等謀曰 春獄殺戮雖多 不殺丁若鏞一人 吾輩
終無葬地 於是或自發臺啓 或恐動當路人 陳疏發啓 請若銓若鏞更令拏鞫
而李致薰 李學逵 李寬基 申與權 竝請同拏 其精神在鏞也 其言曰彼六人
者 與逆賊或爲切姻 或爲近戚 凶謀祕計 必無不知之理 宰臣鄭日煥以爲
不出賊招不出凶書 而勒之云必無不知之理可乎 相臣沈煥之亦以爲然 乃
春獄酌處之後 李基慶等啓請還收 更令拏鞫 煥之請允此啓 以捕六人 此
所謂冬獄也 及按事無實 獄又不成 當此時 尹友永僖欲知吾兄弟死生 往
大司諫朴長卨家探聽 適洪羲運至 尹隱于夾房中 羲運憪然語主人曰殺了
千人 不殺丁若鏞 將安用之 朴曰人之死生 係乎本人 渠生則活之 渠死則
殺之 渠所不死 何以殺之 羲運勸其論殺 朴不聽 厥明又蒙大妃酌處獄議
曰 伏奉慈旨 德意曠蕩 以嗣賊凶書之參聞與否 明示生殺之界限 臣等聚

首莊誦 不勝欽感 急於將順 不敢覆難 丁若銓兄弟則於嗣永凶書 無所參
涉 竝請減死 遂以公配黑山島 銓配康津縣 竝彎聯鑣 同出一路 到羅州城
北栗亭店 握手相別 各赴配所 時辛酉仲冬之下旬也 既別之十有六年丙子
六月六日 公沒于內黑山牛耳堡下 壽僅五十九 嗚呼悲夫 公自入海中 益
縱飲 與魚蠻鳥夷爲儔侶 不復以驕貴相加 島氓大悅 爭相爲主 間自牛耳
入黑山 聞銓蒙放 既又臺啓停止曰 不忍使吾弟涉重溟以見我 我當於牛耳
堡待之 將歸牛耳 黑山人其豪桀竝興 執公不可動 公潛令牛耳人乘夜霧中
載妾與二子刻船去 平明黑山人覺之 急以船追至中洋奪還之 無可奈何 積
歲餘 公與銓以情理哀乞 僅還牛耳 會姜浚欽疏沮之 禁府不發關 公待我
於牛耳者三年而銓不至 竟含恨以歿 既歿又三年 乃歸 由栗亭路 惡人之
積不善如是矣 銓在茶山 隔一泓以相望 其間數百里 數以書相存問 易箋
成 公見之曰三聖心微 今粲然明矣 既又易藁而送之 公曰初藁如曙星東出
今藁如太陽中天 禮箋成 公見之曰爬櫛漱瀹 如張湯治獄 物無遁情 樂書
成 公見之曰二千年長夜一夢 今大樂還魂 唯陽律陰呂 宜各以其侶 參天
兩地 如黃鍾八十一 三分損一 爲大呂五十四 大蔟七十八 三分損一 爲夾
鍾五十二 餘皆放此 不可使十二律順勢相次也 銓靜思公言 眞確不易 乃
毀前藁 悉從公所言 於是儀禮庭縣之序 周禮考工記 周語左氏傳 凡疑文
錯數 悉皆妙合 無纖毫違舛 梅氏書平成 公見之曰朱子辭聽色聽 是偏考
契券 審質劑 訟者無辭矣 四書說則公略涉篇簡 皆蒙印可 其後徧以示博
雅多聞之士 皆聽瑩焉 嗚呼 同胞兄弟而兼之爲知己 又海內一人已矣 銓
以獨夫 踽踽然畸乎人 今七年于玆矣 如之何其不悲 公懶於撰述 故所著
不多 有論語難二卷 易柬一卷 玆山魚譜二卷 松政私議一卷 皆海中所作
配豐山金氏 司書敍九之女 冢宰壽賢之後 育一男學樵 好學研經 既娶而
夭 一女適閔思儉 妾出二男曰學蘇 學牧 公之柩至自羅州 葬于忠州荷潭
先兆之東阡古塚之側子坐之原 銘曰 纍纍之叢 地又宜耕 犁刃攸觸 先獲
我銘 是固哲人之骨 毋暴毋嬰 夙慕姬孔 友不我與 游乎祿祿 待以刀俎

翶翔乎朝廷 閼而弗敍 遂遭顚躋 竄于海苦 精知慧識 默焉內斂 是唯先人
之域 遙遙來窆

　　附見 閒話條

　　昔在戊戌冬 家君宰和順縣 余與巽菴 讀書東林寺 四旬了孟子一部 微
言妙義 多所印可 氷泉漱齒 雪屋無寐 每語有堯舜君民之志 壬寅秋 余兄
弟與尹某 栖奉恩寺 習經義之科 旬有五日而反 厥明年春 伯仲季俱入格
于監試 而會試余獨爲之 及秋巽菴居首於監試 因又高參於會試 榮還于洌
上 睦佐郞萬中 吳校理大益 尹掌令弼秉 李校理鼎運 咸與同舟 游衍之盛
爲衆所豔 甲辰四月之望 旣祭丘嫂之忌 余兄弟與李德操 同舟順流 舟中
聞天地造化之始 形神生死之理 惝怳驚疑 若河漢之無極 入京又從德操見
實義七克等數卷 始欣然傾嚮 而此時無廢祭之說 自辛亥冬以後 邦禁益嚴
而畦畛遂別 唯其綰結之難理也 如藤如蔦 明知禍患之來 而亦莫之爲矣
嗚呼 與其骨肉相殘 以保其身名 曷若順受顚覆 而無愧乎天倫 後世必有
知其心者矣

【역문】「선중씨(先仲氏)[141]의 묘지명」[142]

　　공의 휘(諱)는 약전(若銓), 자는 천전(天全)이며, 누호(樓號)는 일성(一
星), 재호(齋號)는 매심(每心)이며, 섬으로 유배(流配)된 뒤의 호는 손암
(巽菴)이니, 손(巽)은 입(入)의 뜻이다. 압해 정씨(押海丁氏)는 교리(校理)
자급(子伋)에서부터 현달(顯達)하기 시작하여 계속 대를 이어가며 부제
학(副提學) 수강(壽崗), 병조 판서 옥형(玉亨), 좌찬성 응두(應斗), 대사
헌 윤복(胤福), 관찰사 호선(好善), 교리 언벽(彦璧), 병조 참의 시윤(時

---

141) 선중씨(先仲氏) : 세상을 떠난 둘째 형님.
142) 『여유당전서』第一集, 詩文集, 第十五卷○文集, 墓誌銘

潤)이 모두 옥당(玉堂)에 들어갔으나, 이 뒤로는 가운(家運)이 쇠하고 비색하여 3대가 모두 포의로 평생을 마치었다. 휘 도태(道泰)와 휘 항신(恒愼)은 진사(進士)를 하였고, 항신이 휘 지해(志諧)를 낳았으니, 이 분이 바로 공의 조부이시다. 선고(先考) 휘 재원(載遠)은 음사(蔭仕)로 여러 고을의 군수를 지내다가 진주 목사(晉州牧使)로 별세하였다. 아들 5형제를 두셨는데 공이 그 둘째이다. 선비(先妣) 숙인(淑人) 해남 윤씨(海南尹氏)는 덕렬(德烈)의 따님으로 고산(孤山) 윤선도(尹善道)의 후손이시다. 공은 건륭(乾隆) 무인년[143] 3월 1일에 마현(馬峴)[144] 사택에서 태어났는데 선비의 꿈에 아들 셋을 얻었으므로 아명(兒名)을 삼웅(三雄)이라 하였다. 공은 어려서부터 범상치 않았고 자란 뒤에는 더욱 기걸(奇傑)하였다. 서울의 젊은 사류(士類)들과 교유(交遊)하며 견문을 넓히고 뜻을 고상(高尙)히 가져 이윤하(李潤夏)·이승훈(李承薰)·김원성(金源星) 등과 굳은 친분을 맺고, 성옹(星翁) 이익(李瀷)의 학문을 전수(傳授) 받아 주자(朱子)를 붙좇고 도학(道學)의 근원을 찾아 공자(孔子)에까지 거슬러 가서 읍양(揖讓)하며 학문을 강론(講論)하고 탁마(琢磨)하여 서로 더불어 덕을 쌓고 학업(學業)을 닦았다. 얼마 뒤에는 다시 녹암(鹿菴) 권철신(權哲身)의 문하(門下)로 들어가 가르침을 받았다. 언젠가 겨울에 주어사(走魚寺)에 임시로 머물면서 학문을 강습하였는데, 그 때 그곳에 모인 사람은 김원성·권상학(權相學)·이총억(李寵億) 등 몇몇 사람이었다. 녹암이 직접 규정(規程)을 정하여 새벽에 일어나서 냉수로 세수한 다음 숙야잠(夙夜箴)[145]을 외고, 해 뜰 무렵에는 경재잠(敬齋

---

143) 건륭(乾隆) 무인년 : 1758년.

144) 마현(馬峴) : 마재. 경기 남양주시 조안면에 있는 정약전(丁若銓), 정약종(丁若鍾), 정약용(丁若鏞) 형제의 고향.

145) 숙야잠(夙夜箴) : 중국 송나라 진백(陳柏)이 자신의 정신 수양을 위한 목적으로 지은 4언의 운문(韻文) 잠언. 「숙흥야매잠(夙興夜寐箴)」의 약칭.

箴)¹⁴⁶⁾을 외고, 정오(正午)에는 사물잠(四勿箴)¹⁴⁷⁾을 외고, 해질녘에는 서명(西銘)¹⁴⁸⁾을 외게 하였는데, 장엄(莊嚴)하고 각공(恪恭)하여 법도를 잃지 않았다. 이때 이승훈도 자신을 가다듬고 노력하였으므로 공은 이와 함께 서교(西郊)로 나아가 심유(沈浟)를 빈(賓)으로 불러 향사례(鄕射禮)¹⁴⁹⁾를 행하니, 모인 사람 백여 명이 모두, "삼대(三代)의 의문(儀文)이 찬란하게 다시 밝혀졌다." 하였으며, 소문을 듣고 찾아오는 사람 또한 많았다. 계묘년¹⁵⁰⁾ 가을에 경의(經義)로 진사(進士)가 되었으나 과거(科擧)에 뜻을 두지 않고, "대과(大科)는 나의 뜻이 아니다." 하였다. 일찍이 이벽(李檗)과 종유(從遊)하여 역수(曆數)의 설을 듣고는 기하(幾何)의 근본을 연구하고 심오한 이치를 분석하였는데, 마침내 서교(西敎)¹⁵¹⁾의 설을 듣고는 매우 좋아하였으나 몸소 믿지는 않았다. 경술년¹⁵²⁾ 여름 금상(今上)¹⁵³⁾의 탄생으로 증광별시(增廣別試) 가 행해

---

146) 경재잠(敬齋箴) : 주자(朱子)가 지은 4언 40구 160자로 이루어진 일종의 잠언. 유학자들의 일상 행동지침을 담고 있다.

147) 사물잠(四勿箴) : 공자가 제자 안회(顔回)에게 극기복례(克己復禮)의 실천 조목으로 제시한 '예(禮)가 아니면 보지도, 듣지도, 말하지도, 움직이지도 말라'는 사물(四勿)에 대해 송나라 성리학자 정이(程頤, 1033~1107)가 지은 잠언(箴言). 곧 시잠(視箴), 언잠(言箴), 청잠(聽箴), 동잠(動箴)의 사물잠.

148) 서명(西銘) : 중국 송나라 성리학자 장재(張載, 1020~1077)가 지은 유교의 기본 윤리 인(仁)의 도리를 설명한 글로 서재(書齋) 서쪽 창에 걸어놓은 명문(銘文).

149) 향사례(鄕射禮) : 예(禮)와 악(樂)의 확립을 통해 성리학적 향촌 교화를 목적으로 시행하던 의례. 중국 주(周)나라에서 향대부(鄕大夫)가 3년마다 어질고 재능 있는 사람을 왕에게 천거할 때 그 선택을 위해 활을 쏘던 의식에서 유래하였다. 향사례는 단순히 활을 쏘는 기예(技藝)를 중시하는 것이 아니고, 뜻을 바로 하고 예의를 숭상하고 백성들에게 선(善)을 권면하고 악(惡)을 징계하는 풍속 교화의 목적을 가진 것이었다. 국립민속박물관(편), 『한국세시풍속사전』 참조.

150) 계묘년 : 1783년.

151) 서교(西敎) : 천주교.

152) 경술년 : 1790년.

153) 금상(今上) : 순조(純祖).

지자 공은, "과거에 급제하지 않으면 임금을 섬길 길이 없다." 하고, 드디어 대책(對策)을 지어가지고 과장(科場)에 들어갔다. 당시 책문(策問)은 오행(五行)에 대한 것이었는데, 공의 대책이 1등으로 뽑혔고, 회시(會試)에서도 대책으로 합격하였다. 급제(及第)로 성명이 발표된 뒤 승문원 부정자(承文院副正字)에 선보(選補)되었는데, 대신(大臣)의 초계(抄啓)[154]로 인하여 공을 다시 규장각(奎章閣)에 소속시켜 월과(月課)[155]케 하였다. 이때 나는 이미 기유년[156]에 선발되어 반열(班列)이 공의 위에 있었다. 겨울이 되자 상께서, "형이 아우 밑에 있는 것은 좋지 않다." 하시고, 규장각 월과를 그만두게 하셨다. 공은 일이 없어 한가할 때면 날마다 한치응(韓致應)[157]·윤영희(尹永僖)[158]·이유수(李儒修)·윤지눌(尹持訥)[159]등과 즐겁게 지냈다. 을묘년[160] 가을에 박장설(朴長卨)이 목만중의 사주(使嗾)를 받아 상소하여 이가환을 공격하기를, "이가환이 주시관(主試官)으로 발책(發策 문제를 내는 것)하여 선비를 뽑을 때해원(解元 장원(壯元)을 이르는데 여기서는 정약전(丁若銓)을

---

154) 초계(抄啓) : 특정한 일을 담당할 만한 인재를 가려 뽑아 아뢰는 것.

155) 월과(月課) : 매월 시행하는 시험. 혹은 문신들에게 한 달에 한 번씩 시문(詩文)을 지어 바치게 하는 일.

156) 기유년 : 1789년.

157) 한치응(韓致應, 1760~1824) : 조선 후기 정조 순조 시기의 문신. 여러 관직을 두루 거쳤으며 시문(詩文)에 뛰어나 정약전, 이유수(李儒修), 홍시제(洪時濟), 윤지눌(尹持訥), 채홍원(蔡弘遠) 등과 시모임 '죽란시사(竹欄詩社)'를 조직해 시로써 교유하였다. 한국학중앙연구원, 『한국민족문화대백과』참조.

158) 윤영희(尹永僖, 1761~ ?) : 조선 후기 정조 순조 시기의 문신. 이가환(李家煥) 등과 가까운 남인으로서 당론에 추종한다고 노론 측 공격을 받으며 관직생활이 순탄치 못할 때 채제공(蔡濟恭)의 비호를 받았다. 정약전, 정약용 형제와 막역하였다. 위의 사전 참조.

159) 윤지눌(尹持訥, 1762년~?) : 윤규응(尹奎應)의 다른 성명이다. 윤지눌은 윤두서(尹斗緖)의 증손으로 정약전, 정약용 형제의 모친이 윤두서의 손녀이므로 윤지눌과 정약전은 외사촌 간이다.

160) 을묘년 : 1795년.

가리킴)의 대책 (對策)은 오로지 서설(西說)을 주장하여 오행(五行)을
사행(四行)으로 만들었는데도 가환이 이를 1등으로 뽑았으니 이는 은
밀히 저의 문도(門徒)를 구제한 것입니다." 하였다. 말뜻이 매우 과격
하므로 상이 시권(試券 시험지)을 들이라 하여 한번 보시고 말씀하시
기를, "오행을 사행으로 만들었다는 대책의 시권을 한번 사정(查正)하
지 않을 수 없어 오늘 임헌공령(臨軒功令)161)에 실려 있는 것을 가져다
가 상하의 글귀를 몇차례에 걸쳐 자세히 보니, 애당초 공격하는 자의
말과 비슷한 곳도 없었다. 처음에 오행을 말하고 다음에 금목(金木) 이
행(二行)을 말하였으며 또 다음에 수화토(水火土) 삼행(三行)을 말하고,
또 다음에 토(土)가 사행에 기왕(寄旺)하는것을 말하고, 끝으로 오행을
거듭 말하여 결론을 지었다. 오행을 이행과 삼행으로 갈라서 말하였
으니, 망발(妄發)이라 한다면 가하다. 그러나 이 대책의 내용을 사학
(邪學)이고 서학(西學)이라 한다면, 서양(西洋)과 교통하기 이전에 8백
년마다 하루의 착오(錯誤)가 생기는 대연력(大衍曆)의 잘못을 바로잡은
당 나라일행(一行)도 사학(邪學)이며, 일행의 역법(曆法)도 서학이란 말
인가? 이는 매우 허무맹랑한 말이니, 지식 있는 선비라면 스스로 판단
할 것이다." 하셨다. 그리고 며칠 뒤 나를 금정도찰방(金井道察訪)162)
으로 내보내시며 전교하기를, "저가 만약 눈으로 성인(聖人) 비방하는
글을 보지 않고 귀로 경(經)에 어긋나는 말을 듣지 않았다면 무죄(無

---

161) 임헌공령(臨軒功令) : 과문(科文) 즉 과거시험 답안 중 우수작을 모아놓은 것.
162) 금정도찰방(金井道察訪) : 조선시대 충청도 청양(靑陽)의 금정역(金井驛)을 중심
　　으로 한 역도(驛道). 중심역에 역승(驛丞)을 두었는데 후에 찰방으로 승격되었
　　다. 관할범위는 청양~대흥(大興), 청양 - 결성(結城) - 홍주(洪州) - 보령(保寧) -
　　해미(海美) - 서산(瑞山) - 태안(泰安) 지역으로 연결된 역로이다. 이에 속하는 역
　　은 대흥의 광시(光時), 결성의 해문(海門), 보령의 청연(靑淵), 홍주의 세천(世川)
　　과 용곡(龍谷), 해미의 몽웅(夢熊), 태안의 하천(下川), 서산의 풍전(豊田) 등 8개
　　역인데, 금정이 그 중심 역이었다. 이 역도는 1896년(고종 33) 갑오경장 이듬해
　　에 폐지되었다. 한국학중앙연구원, 『한국민족문화대백과』 참조

罪)이다. 그리고 저의 형도 그런 말과 글을 듣고 보았다면 어떻게 과거에 올랐겠는가?" 하셨으니, 이는 중씨(仲氏)의 죄를 벗겨주시려는 말씀이다. 상은 이 한마디 말씀으로 우리 형제를 살려 주신 것이다. 그러나 공은 이로 인하여 불우하고 등용되지 못하였다. 정사년163) 가을에 나는 곡산 도호(谷山都護)가 되어 나갔으나, 공은 여전히 불우하니 상께서 특별히 생각하시어 공을 친정사관(親政史官)으로 6품에 올려주시고, 다시 전조(銓曹)에 명하여 공을 조용(調用)하라 하시니, 공은 성균관 전적(成均館典籍)을 거쳐 병조 좌랑(兵曹佐郎)이 되었다. 상이 연신(筵臣)에게 말씀하기를, "약전의 준걸한 풍채가 약용의 아름다운 자태보다 낫다." 하시고, 무오년164) 여름에 공에게 『영남인물고(嶺南人物考)』165)를 편찬하게 하셨으니 공에 대한 총애가 옅지 않았다. 기미년166) 여름에 대사간(大司諫) 신헌조(申獻朝)가 조정에서 공을 논박하고자 하다가 엄명으로 파출(罷出)되긴 했으나, 이때부터 더욱 일이 뜻과 같이 되지 않았다. 다음해에 상이 승하하시니, 그 다음해 신유년 봄에 화(禍)가 일어나 나도 대계(臺啓)로 인하여 하옥(下獄)되고 공도 체포되었다. 대책(對策)의 일로 신문(訊問)하고 추고(推考)하였으나 옥사(獄事)가 성립되지 않았으므로 대비(大妃)의 작처(酌處)167)를 입었다. 옥의(獄議 판결문(判決文))에, "정약전(丁若銓)이 처음에는 서교(西敎)에 빠졌으나 종당에는 뉘우친 것이 약용(若鏞)과 같고, 지난 을묘년 있었던 흉비(凶秘)한 일168)은 저가 전해들은 데불과할 뿐 참견한 흔적이

---

163) 정사년 : 1797년.
164) 무오년 : 1798년.
165) 『영남인물고(嶺南人物考)』 : 정약전이 채홍원 등과 더불어 정조의 명으로 영남 출신 인물 450여 명의 약전(略傳)을 기록한 10권10책의 서책.
166) 기미년 : 1799년.
167) 작처(酌處) : 죄의 경중을 참작해 처결(處決)하는 것.
168) 지난 을묘년 있었던 흉비(凶秘)한 일 : 1795년 주문모 신부의 밀입국 관련 고발

없으며, 또 약종(若鍾)이 어떤 이에게 보낸 편지에 중씨(仲氏 약전)와 계씨(季氏 약용)가 서학(西學)을 함께 하지 않는 것이 한스럽다고 하였으니, 약전이 뉘우치고 깨달은 것은 의심할 것 없을 듯하다. 그러나 처음에 서교에 빠져 바르지 못한 사설(邪說)을 널리 퍼뜨린 죄는 완전히 용서하기 어렵다." 하고, 또, "처음에는 비록 미혹되고 빠졌으나 중간에는 잘못을 고치고 뉘우쳤다는 사실을 증거할 수 있는 문적(文籍)이 있으니, 차율(次律)을 시행(施行)하라." 하고, 공을 신지도(薪智島)로, 나를 장기현(長鬐縣)으로 유배시켰다. 이해 가을에 역적 황사영(黃嗣永)[169]이 체포되어 도천(滔天)[170]의 흉계(凶計)가 담긴 황심(黃沁)[171]의 백서(帛書)[172]가 발견되자, 홍희운(洪羲運)·이기경(李基慶) 등이 모의하

과 사옥.

169) 황사영(黃嗣永, 1775~1801) : 초기 천주교회 신자이며 순교자. 1790년(정조 14) 16세에 사마시에 합격해 진사가 되었고, 정약종의 맏형 약현(若鉉)의 딸 명련(命連)과 혼인하였다. 스승이자 처숙인 정약종에게서 교리를 배워 천주교에 입교하여 진산신해박해 와중에도 신앙을 지키며 관직진출은 단념하였다. 1795년 주문모 신부 입국 후 서울 지역 교회지도자로 활동하였다. 1801년 신유박해가 일어나자 충청북도 제천의 배론(舟論)으로 피신해 은거하며 박해로 타격을 입은 조선교회의 참상과 교회재건 책을 호소하는 장문의 편지 「백서(帛書)」를 써서 북경 주교(主敎)에게 보내려 하였으나 발각, 체포되었다. 서울로 압송되어 대역부도 죄로 1801년 음력 11월 5일 서소문 밖에서 능지처참되었다.

170) 도천(滔天) : 죄악이 극에 달했다는 뜻.

171) 황심(黃沁, 1756~1801) : 본명 인철(寅喆). 이존창(李存昌)에게서 천주교 교리를 배워 천주교 신자가 된 후 1796년에는 동지사(冬至使)의 하인으로 위장해 중국 북경주교에게 주문모 신부의 서한을 전달하는 등 주로 조선 천주교회 관구인 중국과의 연락업무를 맡았다. 1801년 신유박해가 일어나자 충청북도 제천에 피신해 있는 황사영과 더불어 박해 대책을 논의하여 북경주교와 면식이 있는 황심의 이름으로 「백서(帛書)」를 써, 옥천희를 시켜 주교에게 전하기로 하고 황사영이 백서를 썼다. 그러나 발각되어 옥천희, 황심, 황사영은 체포되어 1801년 10월 23일 서소문 밖 형장에서 참수되었다.

172) 백서(帛書) : 황사영이 북경주교(主敎)에게 조선의 천주교 박해의 시말과 그 대책을 흰 명주(帛)에 황심의 이름으로 쓴 밀서(密書). 황사영은 백서를 황심과 옥천희(玉千禧)로 하여금 10월에 떠나는 동지사(冬至使) 일행에 끼어 북경에 보내

기를, "봄에 있었던 옥사(獄事) 때에 비록 많은 사람을 죽였으나 정약용 한 사람을 죽이지 않는다면 우리들이 죽어 장사지낼 곳도 없게 될 것이다."하고는, 자신들이 직접 대계(臺啓)를 올리기도 하고, 혹은 당로자(當路者)를 공동(恐動 위험한 말로 겁주는 것)하여 상소·발계(發啓)하게 하여, 약전과 약용을 다시 잡아들여 국문하고, 이치훈(李致薰)·이학규(李學逵)·이관기(李寬基)·신여권(申與權)도 함께 잡아들이기를 청하였으니, 그 뜻은 오로지 나를 죽이는 데 있었다. 그들이, "저 여섯 사람은 역적과 매우 가까운 인척(姻戚)이니, 그 흉계(凶計)를 알지 못했을 리가 없다."하니, 재신(宰臣) 정일환(鄭日煥)이, "저들의 이름이 역적의 초사(招辭)에도 나오지 않았고 흉서(凶書 백서(帛書))에도 나오지 않았는데, 반드시 알지 못했을 리가 없다는 말로써 그들을 얽어 넣어서야 되겠는가?" 하였고, 상신(相臣) 심환지(沈煥之)도 역시 그렇다고 하였다. 봄 옥사 때 이미 작처(酌處)가 내려졌는데도 이기경(李基慶) 등이 그 처분을 거두고 다시 잡아다가 국문하기를 청하니, 심환지가 이들의 계사(啓辭)를 윤허하기를 청하여 여섯 사람을 잡아들였다. 이것이 이른바 동옥(冬獄)인데, 사건을 조사하였으나 증거가 없어 옥사가 또 성립되지 않았다. 이때 벗 윤영희(尹永僖)가 우리 형제의 생사(生死)를 알려고 대사간 박장설의 집으로 탐문하러 갔더니, 마침 이때 홍희운이 왔으므로 윤영희는 옆방으로 숨었다. 홍희운이 성질을 내며 주인 박장설에게, "천 사람을 죽인들 약용을 죽이지 않으면 무슨 소용이 있는가?"하니 박장설이 "사람의 생사는 본인에게 달린 것이어서 저가 살 짓을 하면 살고 저가 죽을 짓을 하면 죽는 것이니, 저가 죽을 짓을 하

주교에게 전달하려 했는데 발각되어 이들 모두 처형당했다. 이 백서에는 우리나라를 청나라에 소속시켜 청나라 감독을 받게 할 것, 군함 수백 척과 서양 군대 5, 6만으로 전교대(傳敎隊)를 조직해 보내 박해를 중지시키고 선교를 돕게 하라는 등의 내용이 쓰여 있다.

지 않았는데 어찌 저를 죽인단 말이오." 하였다. 희운은 나를 죽일 논의(論議)를 하도록 권하였으나 박장설은 듣지 않았다. 이튿날 또 대비(大妃)의 작처(酌處)를 입었다. 옥의(獄議)에, "자지(慈旨 대비(大妃)의 전교(傳敎))를 받들매 덕의(德意)가 매우 넓으시어 역적 황사영 흉서에의 관련 여부로써 살리고 죽이는 한계를 분명히 지시(指示)하셨으니, 신들은 머리를 조아려 자지를 읽고는 이루 말할 수 없는 흠모와 감동으로 급급히 자지를 받들어 따랐을 뿐 감히 복심(覆審)과 논란(論難)을 하지 않았습니다. 정약전 형제는 황사영의 흉서에 관여하지 않았으니 모두 감사(減死)하소서." 하고, 드디어 공을 흑산도(黑山島)에 유배하고 나를 강진현(康津縣)에 유배하였다. 우리 형제는 말머리를 나란히 하여 귀양길을 떠나 나주(羅州)의 성북(城北) 율정점(栗亭店)에 이르러 손을 잡고 서로 헤어져 각기 배소(配所)로 갔으니, 이때가 신유년 11월 하순이었다. 서로 헤어진 16년 뒤인 병자년[173] 6월 6일에 내흑산(內黑山) 우이보(牛耳堡)에서 59세의 나이로 생애를 마치셨으니, 아! 슬프다. 공은 섬으로 귀양온 뒤부터 더욱 술을 많이 마시고 오랑캐 같은 섬사람들과 친구를 하고 다시 교만스럽게 대하지 않으니, 섬사람들이 매우 좋아하여 서로 다투어 주인으로 섬겼다. 간간이 우이보에서 흑산도로 나와, 내가 방면(放免)의 은혜를 입었으나 또 대계(臺啓)로 인하여 정지되었다는 소문을 듣고 "나의 아우로 하여금 나를 보기 위하여 험한 바다를 건너게 할 수 없으니 내가 우이보에 가서 기다릴 것이다." 하고, 우이보로 돌아가려 하니, 흑산도의 호걸(豪傑)들이 듣고 일어나서 공을 꼼짝도 못하게 붙잡으므로 공은 은밀히 우이보 사람에게 배를 가지고 오게 하여 안개 낀 밤을 타 첩(妾)과 두 아들을 싣고 우이보를 향해 떠났다. 이튿날 아침 공이 떠난 것을 안 흑산도 사람들은 배

---

173) 병자년 : 1816년.

를 급히 몰아 뒤쫓아와서 공을 빼앗아 흑산도로 돌아가니, 공도 어찌할 수 없었다. 1년의 세월이 흐른 뒤 공이 흑산도 사람들에게 형제간의 정의(情誼)로 애걸하여 겨우 우이보로 왔으나, 이때 강준흠(姜浚欽)[174]이 상소하여 형제의 상봉을 저지하니 금부(禁府)에서도 관문(關文)을 보내지 않았다. 공이 우이보에서 나를 3년 동안이나 기다렸으나 내가 끝내 오지 않으니 공은 한을 품고 돌아가셨다. 그 뒤 3년 만에 율정(栗亭)의 길로 운구(運柩)하여 돌아왔으니, 악인들의 불선한 행위가 이와 같았다. 내가 강진(康津) 다산(茶山)에 있을 때 흑산도와는 바다 하나를 사이에 두고 서로 바라보는 곳이었으나 그 거리는 수백리 떨어져 있으므로 자주 편지로써 문안하였다. 나의 『역전(易箋)』[175]이 완성되어 공에게 보냈더니, 이를 보시고 공은, "세 성인의 마음속 은미한 뜻이 오늘날에 와서 다시 찬란히 밝아졌다." 하였고, 얼마 뒤 다시 초고를 고쳐 보냈더니, 공은, "지난번 『역전』이 동쪽 하늘에 떠오르는 샛별이라면 이번 원고는 중천(中天)에 밝은 태양(太陽)이다." 하였다. 『예전(禮箋)』[176]이 완성되자, 공은, "정리(整理)되고 다듬어진 것이 마치 장탕(張湯)이 옥사(獄事)를 다스린 것과 같아 드러나지 않은 실정이 없다."하고, 『악서(樂書)』[177]가 완성되자, 공은 "2천 년 동안이나 계속된 긴 밤의 꿈속에서 헤매던 악(樂)이 지금에서야 정신이 들었다. 그러나 양률(陽律)과 음려(陰呂)는 각각 짝을 맞추되 천(天 양(陽))을 3,

---

174) 강준흠(姜浚欽, 1768~ ?) : 조선 후기 정조 순조 시기의 문신, 서예가. 정치적으로 공서파(攻西派 - 서학 공격파)로서 채제공(蔡濟恭)을 비난하고 정약용과도 대립 입장에 있었다. 1813년 상소로 정약용의 석방을 반대하여 유배기간이 연장되는 등 영향을 미쳤다. 시와 서화에 능해 많은 금석문을 남겼다. 한국학중앙연구원, 『한국민족문화대백과』참조

175) 『역전(易箋)』: 『주역(周易)』에 관한 정약용의 철학적 이해와 주석.

176) 『예전(禮箋)』: 『예기(禮記)』에 관한 정약용의 철학적 이해와 주석.

177) 『악서(樂書)』: 음악에 관한 역사, 이론 등을 정리한 정약용의 서책.

지(地 음(陰))를 2로 해야 마땅하니, 이를테면 황종(黃鐘)의 길이 8촌 1 푼의 $\frac{1}{3}$을 빼고난 나머지 5촌 4푼이 대려(大呂)이고, 대주(大蔟)의 길 이 7촌 8푼의 $\frac{1}{3}$을 빼고난 나머지 5촌 2푼이 협종(夾鐘)이고, 나머지도 모두 이와 같은 것이니, 십이율(十二律)을 형세에 따라 순서를 정해서 는 안 된다." 하였다. 내가 공의 말을 조용히 생각해 보니 참으로 바꾸 지 못할 확론(確論)이었다. 따라서 이미 썼던 원고를 모두 버리고 공의 말대로 다시 원고를 작성하였다. 그러고 보니 『의례(儀禮)』 정현(鄭縣) 의 순서와 『주례(周禮)』 고공기(考工記)와 『국어(國語)』 · 『좌전(左傳)』의 의심났던 글과 서로 맞지 않던 수(數)가 모두 신기하게 들어맞아 조금 도 틀림이 없었다. 『매씨서평(梅氏書平)』[178]이 완성되자 공은, "주자(朱 子)는 '사청(辭聽) · 색청(色聽)하여 문권(文券)을 두루 상고하고 질제(質 劑 계약서 또는 어음)를 살피면 송사하는 자가 변명을 하지 못한다.' 했다." 하였다. 사서설(四書說)은 공이 대략 훑어보았으나 모두 공의 인정을 받았고, 그런 뒤 다시 박학(博學)하고 다문(多聞)한 선비들에게 두루 보여 시정(是正)을 받았다. 아, 동복(同腹) 형제이면서 지기(知己) 가 된 분으로는 세상에 오직 공 한 사람뿐인데, 공이 돌아가신 7년 동 안 나만이 홀로 쓸쓸히 세상에 살고 있으니 어찌 슬프지 않겠는가. 공 은 찬술(撰述)에 마음을 쓰지 않았기 때문에 저서(著書)가 많지 않고 『논 어난(論語難)』 2권, 『역간(易柬)』 1권, 『자산어보(玆山魚譜)』 2권, 『송정 사의(松政私議)』 1권만이 있는데, 이는 모두 해중(海中)에서 지은 것이 다. 배(配)는 풍산 김씨(豐山金氏)로 사서(司書) 서구(敍九)의 따님이고 총재(冢宰) 수현(壽賢)의 후손이시다. 아들 학초(學樵) 하나를 두었는데 학문을 좋아하고 경(經)을 연구하였으나 장가들고 나서 요절하였고, 딸 하나는 민사겸(閔思儉)에게 시집갔다. 공의 첩(妾)이 학소(學蘇)와 학매

---

178) 『매씨서평(梅氏書平)』: 정약용이 매색(梅賾)본(本) 『매씨상서(梅氏尚書)』의 진 위(眞僞)를 고증해 밝힌 책. 주)110번 참조.

(學枚) 형제를 낳았다. 공의 관[柩]은 나주(羅州)에서 옮겨와 충주(忠州) 하담(荷潭)에 있는 선영(先塋)의 동쪽 고총(古塚) 옆 자좌(子坐)의 언덕에 장사지냈다. 명은 다음과 같다.

인가(人家)가 총총하고	纍纍之叢
땅도 농사짓기에 알맞으니	地又宜耕
쟁기로 갈게 되면	犂刃攸觸
이 명(銘)이 먼저 드러나리	先獲我銘
이곳은 철인의 유골이 묻힌 곳이니	是固哲人之骨
드러나게도 말고 손대지도 말라	毋暴毋嬰
일찍이 주공·공자를 사모하여	夙慕姬孔
우리들과는 벗도 하지 않았으나	友不我與
비천한 무리들과 교유하며	游乎祿祿
고관(高官)을 대하듯 하였도다	待以刀俎
조정에 들어갔으나	翱翔乎朝廷
막혀서 서용되지 못하고	閼而弗敍
마침내 불운(不運)을 만나	遂遭顚躓
섬으로 유배되니	竄于海苫
정통하고 슬기로운 지식을	精知慧識
묵묵히 마음 깊이 간직했도다	黙焉內斂
이곳이 선영의 고장이라	是唯先人之域
멀리서 와서 장사지냈도다	遙遙來窆

부 한화

지난 무술년[179] 겨울 아버님[180]께서 화순 현감(和順縣監)으로 계실 때 나는 손암(巽菴)[181]과 함께 동림사(東林寺)에서 독서(讀書)하여 40일

만에 『맹자(孟子)』 한 질(秩)을 다 마쳤는데, 은미한 말과 오묘한 뜻을 공에게서 적잖이 인가(印可)받았다. 공은 찬물로 양치질하고 눈 내리는 밤에 잠을 이루지 못할 때면 매양 임금과 백성을 요순(堯舜) 시대의 군민(君民)으로 만들 뜻이 있음을 말하였다. 임인년[182] 가을에 우리 형제는 윤모(尹某)와 함께 봉은사(奉恩寺)에서 경의과(經義科)를 익히고 15일 만에 집으로 돌아왔다. 그 이듬해 봄 백중계(伯仲季) 삼형제가 함께 감시(監試)에 합격하였으나, 회시(會試)에는 나만이 급제하였다. 그해 가을에 손암이 감시에 장원(壯元)하고 이어 또 높은 성적으로 회시에 급제하였으므로 영광스럽게 열상(洌上)[183]으로 돌아와서 좌랑(佐郎) 목만중(睦萬中), 교리(校理) 오대익(吳大益), 장령(掌令) 윤필병(尹弼秉), 교리 이정운(李鼎運) 등과 함께 배를 타고 성대하게 노니, 모든 사람들이 부러워하였다. 갑진년[184] 4월 15일에 맏형수의 기제(忌祭)를 지내고 나서 우리 형제와 이덕조(李德操)[185]가 한배를 타고 물길을 따라 내려올 적에 배 안에서 덕조에게 천지(天地) 조화(造化)의 시작(始作)과 육신과 영혼의 생사(生死)에 대한 이치를 듣고는 정신이 어리둥절하여 마치 하한(河漢)이 끝이 없는 것 같았다. 서울에 와서 또 덕조를 찾아가 『실의(實義)』와 『칠극(七克)』[186] 등 몇 권의 책을 보고는 비로소 마음이 흔연히 서교(西敎)에 쏠렸으나 이때는 제사지내지 않는다

---

179) 무술년 : 1778년.

180) 아버님 : 정재원(丁載遠, 1730~1792).

181) 손암(巽菴) : 정약전.

182) 임인년 : 1782년.

183) 열상(洌上) : 고향인 마재.

184) 갑진년 : 1784년.

185) 이덕조(李德操) : 이벽(李檗).

186) 『실의(實義)』와 『칠극(七克)』: 천주교 교리서인 마태오 리치(Ricci, M., 利瑪竇)의 『천주실의(天主實義)』와 판토하(Pantoja, D., 龐迪我)의 『칠극(七克)』.

는 말은 없었다. 신해년[187] 겨울부터 나라에서 더욱 서교를 엄금하자, 공은 드디어 서교와 결별하였다. 그러나 맺은 것은 풀기 어려운 것이어서 화(禍)가 닥친다는 것을 분명히 알았으나 피할 생각을 하지 않았다. 아! 골육(骨肉)을 서로 해쳐가면서까지 자신의 생명을 보존하는 것이 어찌 그 화를 받아들여 천륜(天倫)에 부끄럼 없이 하는 것만 하겠는가. 후세에 반드시 공의 마음을 알아줄 사람이 있을 것이다.

187) 신해년 : 1791년.

「李雅亭備倭論評」

-(上略)- 雅亭云至若阿蘭陀 雖非我之隣近 亦不可以不虞 一名荷蘭
一名紅夷 亦曰紅毛 在西南海中 距日本一萬二千九百里 其地近佛郎機
深目長鼻 鬚髮皆赤 足長尺二寸 常擧一足而尿如犬 習西洋耶蘇之敎 其
所恃惟巨舟大礮 舟長三十丈 廣六丈 厚二尺 樹五桅或八桅 置二丈巨礮
發之可洞裂石城 世所稱紅夷礮 卽其製也 爲海中諸國之患 明末據臺灣
後爲鄭成功所敗 嘗往來交易于占城 瓜哇等三十五國 自爲都綱 每年六七
月 船載各國珍品異物 來泊長碕互市 倭人以我國人蔘 詑爲土産而餌之
博其重貨 國朝寶鑑仁祖辛未 鄭斗源自京師回 獻西洋火砲及紅夷砲題本
一冊 其言曰西洋製此火砲 以滅紅夷毛夷之作梗者 故名其砲曰紅夷砲 雅
亭之云紅夷國所製者誤矣 雅亭云孝宗四年 有漂船泊于珍島 渰死幾半 餘
者三十六人 轉泊濟州 不通言語文字 我人但稱西洋 或稱南蠻 竟不知爲
何國人 先是有吉利施端者 從蠻舶來泊日本島 原以耶蘇之敎 誑惑民衆
祝天廢事 惡生喜死 關白家康捕斬之 小西行長亦坐誅 仁祖十六年 行長
家臣五人 被竄于島原者 復煽動邪敎 徒黨至三萬六千人 襲殺肥後州太守
關白發兵勦滅 仍約我國詞察餘黨之往來海沿者 至是濟州人見漂人 試以
倭語呼吉利施端 則漂人皆歡喜 朝廷遣朴延來審 延亦漂人 隷於訓局 本
名胡呑萬 改稱朴延 延見漂人 敍話垂淚 漂人皆願服屬 遂分隷于京外諸
營 有善星曆者及善鳥銃大礮者 十四年留置全羅左水營者八人 潛乘漁舟
逃至長碕 對馬島主書契有曰阿蘭陁 卽日本之屬郡 而今留貴國者八人 逃
來長碕 又曰其餘留在貴國之人 必是學習耶蘇者 執言恐喝 要索權現堂香
火之資 我國雖始知漂人爲阿蘭陁 而亦不深辨其非日本之屬郡也 日本狡
悍 爲我强隣 而駕馭蝦夷 牢籠紅毛 唯其指使 如虎傅翼 天下之事變無窮
而患生於所忽 平常無事之時 不可不商確四方蠻夷之情狀 亦不可以窮遠
荒絶 忽而易之也 島原之事見通文館志 關白染病之說 見下方 欸起火山

之說 舊本云 譎怪荒忽 變詐多端 其時我國咨文 亦云不可深信 蓋其勦滅
薙獮過當 而餘黨有浮海逃逸者 倭人慮到我境 爲此恐動之言 冀其緝捕以
送之也 外史所錄 唯二十六人 同日致命而已 無興兵接戰之事 乃倭人之
言 夸誕如此 未可準也 通文館志 仁祖十六年 戊寅 馬島倭來 稱南蠻人
吉伊施端來在肥前肥後之界島原地方 祝天惑民 衆至三十餘萬 其勢甚盛
今年正月 自江戶以執政松平伊豆守爲總督 筑前守爲副 細川越中守爲次
薩摩守又爲其次 軍總八十餘萬 相持未決 二月肥前守爲先鋒 進兵大捷
勦滅無遺 遣宣傳官柳時成 咨報兵部 咨報兵部略曰 差倭云島原賊敗之日
有四郎者年纔十六 有神術 能變幻 不知存亡 又云關白染病彌留 失職之
徒 與四郎餘黨 屯聚作亂 關白命松平伊豆守無遺勦滅 節 其所云島原生
變 虛實未詳 而四郎之變幻 語涉怪誕 且島主之往江戶 賀价之必拒塞 未
知何意 ○ 仁祖二十二年 甲申 島酋平義成書契 有云南蠻有耶蘇宗文 出
沒於里菴甫島 其島在中原朝鮮之間 宗文卽吉伊施端之餘黨 如或漂到 務
要窮捕 卽將此意 具咨兵部 ○ 二十三年 乙酉 島酋書稱有一荒唐船 泊
於長崎島 自言天川國在南蠻暹羅之間 有宗文酋長造唐船 欲自朝鮮海路
入日本 請令各鎭瞭捕 差倭又言借乘小舸 親審沿海 又言請得地圖 以爲
證據 又請水使探諸浦中異國船有無 前後四書皆此意 ○ 二十七年 己丑
留館倭等 以密書來示譯官 語殊悖逆 所謂耶蘇宗文 卽倭之叛賊也 混迹
於漢人商船 出沒沿海 倭深以爲憂 曾請本國如有漂到商船 卽令捕送 今
此漂船 直解上國 其蓄憾日深 ○ 案所論皆變詐狡譎 不可信也

-(상략)- 아정(雅亭)이 이르기를, "아란타(阿蘭陀)189)와 같은 지역에 대해서도 비록 우리나라와 인접해 있지는 않으나 또한 뜻밖의 사변을 생각하지 않아서는 안 된다. 일명 하란(荷蘭)이라고도 하고 홍이(紅夷)라고도 하며, 또 홍모(紅毛)라고도 하는데, 그들은 서남해(西南海) 가운데 있어서 일본과의 거리가 1만 2천 9백 리이며 그 지방은 불랑기(佛郎機)190)와 가깝다. 깊은 눈과 긴 코에 수염과 머리는 모두 붉으며 발은 한자 두 치나 되는데, 항상 한쪽 다리를 들고 오줌을 누는 것이 마치 개와 같다. 그리고 서양의 야소교(耶蘇教)를 믿는다. 그들이 믿는 것은 큰 배와 대포인데, 배는 길이가 30장(丈)에 폭이 6장이며, 두께가 2척으로 5개의 돛을 달기도 하고 8개의 돛을 달기도 하였으며, 2장(丈)이나 되는 큰 포를 설치하였다. 이 포를 한 번 쏘면 석성(石城)도 부술 수 있는, 세속에서 일컫는 홍이포(紅夷礮) 가바로 그들이 제작한 것으로서 해중(海中) 여러 나라들의 걱정거리가 된다. 명(明)나라 말년에는 그들이 대만(臺灣)에 웅거하였는데 뒤에 정성공(鄭成功)191)에게

---

188) 「李雅亭備倭論評」: 『여유당전서』 第一集, 詩文集, 第二十二卷 ○文集, 雜評에 수록된 잡평(雜評) 12편 중 한 편으로, 이덕무(李德懋)의 논설에 대한 정약용의 논평이다. 아정(雅亭)은 이덕무의 호이다. 이덕무(1741~1793)는 조선 후기 정조 때 실학자로 박학다식하고 문장에 개성이 뚜렷해 일세에 문명(文名)을 떨쳤으며, 특히 박지원, 홍대용, 박제가, 유득공, 서이수 등 북학파 실학자들과 깊이 교유해 많은 영향을 받았다. 1778년에는 사은겸진주사(謝恩兼陳奏使) 심염조(沈念祖)의 서장관(書狀官)으로 연경(燕京)에 가서 기균(紀均), 이조원(李調元), 이정원(李鼎元), 육비(陸飛), 엄성(嚴誠), 반정균(潘庭筠) 등 청나라 석학들과 교류하며 중국의 문물을 상세히 기록하고 많은 고증학 관련 책들을 가져옴으로써 이덕무의 북학론 발전 기초가 되었다. 근면하고 시문에 능해 정조의 사랑과 신임을 받아 14년간 규장각에 근무하며 규장각 도서 편찬에 적극 참여하며 활동하였다. 한국학중앙연구원, 『한국민족문화대백과』 참조

189) 아란타(阿蘭陀) : 네덜란드.

190) 불랑기(佛郎機) : 포르투갈.

패하였다. 그들은 일찍이 점성(占城)[192]·과와(瓜哇)[193] 등 35개국과 왕래하며 교역(交易)하였는데, 이 교역하는 자들을 자기들의 말로 도강(都綱)이라 하였다. 그들은 해마다 6~7월이면 선박에다 각국의 진기한 물건과 특이한 화물을 싣고 장기(長崎)[194]에 와서 정박하면서 서로 물건을 팔고사는데, 왜인들은 우리나라의 인삼을 자기 나라의 토산품이라고 속이고 팔아 귀중한 보화를 거두어들인다." 하였다. 『국조보감(國朝寶鑑)』에 '인조(仁祖) 신미년(1631, 인조 9)에 정두원(鄭斗源)이 중국으로부터 돌아와 서양화포(西洋火砲) 및 홍이포(紅夷砲)에 관한 제본(題本) 1책을 올렸는데, 그 책에 이르기를 『서양에서 이 포를 제작하여 작해하는 홍이(紅夷)·모이(毛夷)를 섬멸하였기 때문에 그 포를 홍이포라 한다.』고 하였다.'하였으니, 아정(雅亭)이 홍이국(紅夷國)에서 제작한 것이라고 말한 것은 잘못이다. 아정(雅亭)이 이르기를, "효종(孝宗) 4년(1653)에, 표류하던 선박이 진도(珍島)에 정박했는데 빠져 죽은 사람이 거의 절반이나 되었고 살아남은 사람은 36인이었다. 다시 제주(濟州)에 정박하였는데 언어와 문자가 통하지 않아서 우리나라 사람들은 다만 서양(西洋) 사람, 혹은 남만(南蠻) 사람이라 일컬을 뿐, 끝내

---

191) 정성공(鄭成功, 1624~1662) : 한족 아버지 정지룡(鄭芝龍)과 일본인 어머니 사이에 일본 히라도(平戶)에서 출생한 명말 청초 반청복명(反淸復明)과 대만 회복에 앞장섰던 무장. 명나라가 멸망하자 복건(福建) 최강 군벌이던 정지룡은 당왕(唐王) 주율건(朱聿鍵)을 남명(南明)황제로 옹립하였으나 곧 청에게 항복하였다. 그러나 정성공은 당시 약 40여 년간 네덜란드가 점령하고 있던 대만을 수복하여 명의 부흥을 위해 근거지로 삼았으나 넉 달 후인 1662년 병으로 세상을 떠났다.
192) 점성(占城) : 2세기 말엽 참(Cham)족이 베트남 중부에 세운 나라. 중국에서는 후한 말에서 수대(隋代)까지는 임읍(林邑)으로, 당대에는 환왕국(環王國)으로, 당말에서 송대까지는 점성(占城)으로 불렸다. 발전과 쇠퇴를 거듭하다가 17세기 안남(安南)에 병합되었다. 고대부터 남해와 중국 간 해상교역의 요충지 역할을 하였다. 정수일(편), 『실크로드 사전』, 창비, 2013 참조.
193) 과와(瓜哇) : 인도네시아 자바(Java) 섬.
194) 장기(長崎) : 일본 규슈(九州) 나가사키 현(長崎縣).

어느 나라 사람인지를 알지 못하였다. 앞서 길리시단(吉利施端)[195]이라 하는 자가 만박(蠻舶)을 따라 일본 도원(島原)에 와 정박하고 야소교(耶蘇教)로 백성을 현혹시켜, 하늘에 기도하고 일을 전폐하며 살기를 싫어하고 죽는 것을 기뻐하니, 관백(關白)인 가강(家康)[196]이 이를 잡아 죽였다. 이때 소서행장(小西行長)[197]도 사건에 연좌되어 죽임을 당하였다. 인조(仁祖) 16년(1638)에 도원(島原)에 귀양가 있던 행장(行長)의 가신(家臣) 다섯 사람이 다시 사교(邪敎)로 선동하였는데 그 도당(徒黨)이 3만6천 명에 이르렀다. 그들이 비후주 태수(肥後州 太守)를 습격하여 죽이자 관백(關白)[198]이 군사를 동원하여 섬멸하고 나서 우리나라에 청하기를 '그 남은 무리로서 바다 연변에 오가는 자들을 염탐하여 알려 달라.'고 하였다. 이때에 제주(濟州) 사람이 표류하는 사람을 보고 시험삼아 왜어(倭語)로 길리시단(吉利施端)이라 부르니 표류인들이 모두 기뻐하였다. 조정(朝廷)에서는 박연(朴延)[199]을 보내 조사해 오게 하였다. 박연 역시 표류해온 사람으로서 훈국(訓局)[200]에 예속되어 있으니, 본명이 호탄만(胡呑萬)이었던 것을 박연이라 개칭한 자이다. 박연이 표류인[201]을 보고 말을 건네면서 눈물을 흘리니 표류인들이 모

---

195) 길리시단(吉利施端) : 그리스도교 교인.
196) 관백(關白)인 가강(家康) : 도쿠가와 이에야스(德川家康, 1542~1616).
197) 소서행장(小西行長, 1558(?)~1600) : 일본 전국시대 말기의 영주로 임진왜란 Ei 선봉에 섰던 기독교도 디이묘(大名) 고니시 유키나가.
198) 관백(關白) : 도쿠가와 이에미쓰(德川家光, 1604~1651). 일본 에도 막부 제3대 쇼군.
199) 박연(朴延) : 조선 후기의 네덜란드 귀화인 벨테브레이(Weltevree, J. J.). 성명을 朴燕 으로도 쓴다. 1626년 홀란디아(Hollandia)호 선원으로 동양에 왔다가 이듬해 일본으로 향하던 중 풍랑을 만나 제주도에 표착해 조선 관헌에게 잡혀 1628년(인조 6) 서울로 압송되었다. 그 후 동료 2인과 함께 훈련도감에서 총포 제작에 종사하였고 1636년 병자호란 때는 훈련도감 군을 따라 출전하기도 하였다. 서울에서 조선 여자와 혼인해 1남 1녀를 두고 종신토록 조선에서 살았다. 한국학중앙연구원, 『한국민족문화대백과』 참조.
200) 훈국(訓局) : 훈련도감.

두 귀속하기를 원하였다. 그리하여 드디어 경외(京外)의 여러 군영(軍營)에 부속시켰는데, 그 중에는 성력(星曆)을 잘 아는 자와 조총과 대포(大礮)를 잘 만 드는 자들이 있었다. 14년간 전라 좌수영(全羅左水營)에 역류해 두었던 여덟 사람이 몰래 고깃배를 타고 도망하여 장기(長崎)로 갔다. 대마도주(對馬島主)가 서계(書契)하기를 '아란타(阿蘭陀)는 바로 일본의 속군(屬郡)인데, 지금 귀국에 머물러 있던 여덟 사람이 장기로 도망 왔다.'하고, 또 말하기를 '그 나머지 귀국에 머물러 있는 사람들은 필시 야소교(耶蘇敎)를 학습하는 자들일 것이니 집요한 말로 공갈하여 권현당(權現堂)[202] 향화(香火)의 자료로 삼게 보내주십시오.'하였다. 우리나라는 비로소 표류인이 아란타 사람인 줄 알기는 했으나 그들이 일본의 속군(屬郡)이 아니라는 것은 깊이 분변하지 못했다. 일본은 교활하고 사나운 나라로서 우리나라의 강한 이웃이 되는데, 하이(蝦夷)[203]를 능멸하고 홍모(紅毛)를 농락하여 오직 그들이 시키는 대로 하였으니 호랑이에게 날개를 붙여 준 셈이다. 천하의 사변은 무궁

201) 표류인 : 1653년(효종 4) 제주도에 표류한 하멜(Hamel, H.) 일행. 박연은 제주도에 가서 통역을 하였다. 이들이 서울로 압송되었다가 병영(兵營)으로 이송되기까지 3년 동안 함께 지내면서 조선의 풍속과 말을 가르쳤다. 하멜(1630~1692)은 네덜란드 동인도회사 소속 선박 선원으로 1653년 일본 나가사키(長崎)로 항해 중 태풍을 만나 일행 36명과 제주도에 표착하였다. 억류생활 끝에 1666년 동료 7명과 함께 탈출, 일본 히라도(平戶)를 거쳐 나가사키에 도착했다가 1668년 네덜란드로 귀국하였다. 이 해에 하멜은 『하멜표류기』로 알려진 보고서를 출판했는데 이는 그의 조선 억류 14년간 기록으로 한국의 지리, 풍속, 정치, 군사, 교육, 교역 등을 유럽에 소개한 최초의 문헌이다. 1668년 네덜란드어로 출판된 후 프랑스어, 영어로도 번역 출간되었다.
202) 권현당(權現堂) : 일본 닛코시(日光市) 일광산(日光山)에 있는 도쿠가와 이에야스(德川家康) 원당(願堂).
203) 하이(蝦夷) : 현 북해도(北海島)를 위시한 일본 동북지방. 일본 세력의 진출은 5, 6, 7세기부터다. 계속 하이라 불리다가 1869년(明治 2)에 북해도라 개칭(改稱)하였다. 한국콘텐츠진흥원, 『문화원형백과 표해록』 참조.

하고 환란은 소홀히 한 데에서 생기는 것이니 평상시 무사할 때에 헤아리지 않을 수 없으며 사방 오랑캐의 정상도 역시 멀리 떨어져 있다 하여 소홀히 여길 수 없다." 하였다. 도원(島原)의 사실[204]은 『통문관지(通文館志)』에 보인다. 관백(關白)의 염병설(染病說)은 하방(下方)에 보인다. 화산(火山)이 갑자기 일어난다는 말은 구본(舊本)에 말하였다. 기괴 황홀하고 변사 다단하여 그 당시 우리나라 자문(咨文)에도 역시 깊이 믿을 수 없다고 말하였다. 대개 섬멸했다는 것은 과장한 말이며, 해외로 도망치는 도당(徒黨)들에 대하여 왜인들은 그들이 우리나라 지경에 이르러 올 것을 염려하고 이처럼 위협적인 말을 하여 잡아 보내 주도록 요청한 것이다. 외사(外史)의 기록을 보아도 오직 26인이 같은 날에 목숨을 잃었다고 되어 있을 뿐, 군사를 일으켜 접전한 일은 없다. 왜인의 말은 이처럼 과장되어 준신(準信)할 수 없다. 『통문관지(通文館志)』의 내용은 다음과 같다. 인조(仁祖) 16년(1638) 무인에 마도왜(馬島倭)[205]가 와서 말하기를 '남만(南蠻) 사람 길리시단(吉利施端)이 비전(肥前)·비후(肥後)의 경계인 도원(島原)지방에 와 있으면서 하늘에 기도하고 백성을 현혹시키는데, 그 무리가 30여 만 명이나 되어 세력이 몹시 성대하였다. 금년 정월에 강호(江戶)[206]로부터 집정(執政) 송평이두수(松平伊豆守)로 총독(總督)을 삼고, 축전수(筑前守)로 부장(副將)을 삼고, 세천월중수(細川越中守)로 차장(次將)을 삼고, 살마수(薩摩守)로

---

204) 도원(島原)의 사실 : 1637~1638년 일본 규슈(九州) 북부 시마바라(島原)에서 천주교를 믿는 농민들이 일으킨 농민 봉기인 '시마바라의 난(島原の亂)'을 말한다. 이 반란은 시마바라 반도와 아마쿠사(天草) 열도의 지방 관리들의 횡포와 과중한 징세에 대한 불만에서 비롯되었는데 시마바라 인근 지역 대다수 농민들은 포르투갈과 스페인 선교사들에 의해 천주교신자가 된 상황이어서 이 반란은 곧 종교적 성격을 띠게 되었다. 농민 4만 명이 가담한 이 대형 농민봉기 사건은 12만 명의 진압군에 의해 4개월 만에 진압되고 천주교 금압은 더욱 가혹해졌다.
205) 마도왜(馬島倭) : 대마도(對馬島)의 사신.
206) 강호(江戶) : 에도. 도쿠가와 막부(德川幕府)의 도읍지인 동경(東京)의 옛 이름.

또 그의 차장을 삼아 소탕하게 하였는데, 그 군사 80여 만 명이 서로 버티고 결판을 내지 못하다가, 2월에 비전수(肥前守)가 선봉이 되어 진격함으로써 남김없이 소탕하였다.'고 하였다. 선전관(宣傳官) 유시성(柳時成)을 보내 병부(兵部)에 보고하였다. 병부(兵部)에 보고한 그 대략에 이르기를 '차왜(差倭)의 말에 『도원(島原)의 적이 패하던 날 사랑(四郎)[207]이란 자가 있었는데, 나이 겨우 16세로서 신통한 술법을 부려 변환하여 그 존망(存亡)을 알 수 없다.』하고, 또 말하기를 『관백(關白)의 염병(染病)이 심하여 실직(失職)한 무리들이 사랑(四郎)의 잔당과 뭉쳐 난을 일으키므로 관백이 송평 이두수를 명하여 남김없이 소탕하였다.』고 한다. 생략함. 그들이 이르는 도원(島原)에 발생한 변(變)에 대해서도 그 허실(虛實)이 자세하지 않고, 사랑(四郎)의 변환에 대해서도 그 말이 허황하다. 그리고 또 도주(島主)가 강호(江戶)로 가는 것과 하개(賀价)[208]를 기필코 거절하는 것은 무슨 의도에서인지 알 수 없다.'고 하였다. ○ 인조(仁祖) 22년(1644) 갑신에 보내온 도추(島酋) 평의성(平義成)의 서계(書契)에 이르기를 '남만(南蠻)에 야소종문(耶蘇宗文)이 있어 이암보도(里菴甫島)에 출몰하는데, 이암보도는 중원(中原)과 조선 사이에 있다. 종문(宗文)은 바로 길리시단(吉利施端)의 잔당이니, 혹시라도 표류하여 이르거든 하나도 놓치지 말고 체포하기 바란다.'하였다. 곧바로 이 뜻을 가지고 병부(兵部)에 보고하였다. ○ 23년(1645) 을유에 도추(島酋)의 글에 이르기를 '황당선(荒唐船)[209] 한 척이 장기도(長崎島)에 정박하였는데, 자신들의 말이 『천천국(天川國)이 남만(南蠻)

---

207) 사랑(四郎) : 시마바라 난의 지도자 아마쿠사 시로(天草四郎). 본명은 마스다시로도키사다(益田四郎時貞). 천주교 신자.

208) 하개(賀价) : 외국에 경사가 있을 때 축하하기 위해 보내는 사신.

209) 황당선(荒唐船) : 조선 중기 이후 조선 연안지역에 출몰하던 정체불명의 배를 가리키는 표현. 이양선(異樣船) 또는 이국선(異國船)으로도 불렀다.

과 섬라(暹羅)[210] 사이에 있는데 종문(宗文)과 추장(酋長)도 있다. 이들은 장차 당선(唐船)을 만들어 조선의 해로(海路)를 통해 일본으로 들어오려고 한다.』고 하였으니, 각 진(鎭)으로 하여금 엄히 조사해 체포하도록 하기 바란다.'하였다. 차왜(差倭)가 또 말하기를 '작은 배를 빌려 타고 친히 연해(沿海)를 살펴보겠다.'하고, 또 말하기를 '지도(地圖)를 주어 참고로 삼게 해 주기를 바란다.'고 하였다. 그리고 또 수사(水使)에게 청하여 말하기를 '모든 포구(浦口)를 탐지하여 이국선(異國船)의 유무(有無)를 확인해 달라.'고 하였으니, 이 전후 네 차례의 서계가 한결같이 이런 내용이었다. ○ 27년(1649) 기축에 왜관(倭館)에 머물고 있는 왜인들이 밀서(密書)를 가지고 와 역관(譯官)에게 보이는데 그 말씨가 몹시 불공스러웠다. 이른바 야소종문(耶蘇宗文)은 곧 왜인의 반적(叛賊)인데, 한인(漢人)의 상선(商船)에 자취를 감추고 연해에 출몰하므로 왜인들이 몹시 걱정거리로 삼았다. 일찍이 본국에 청해오기를 '만약에 상선이 표류해 오거든 즉시 체포하여 보내달라.'고 하였는데, 지금 표류해 온 배를 그들에게 알리지 않고 바로 상국(上國)에 알리므로 그 감정을 사는 것이 날로 깊어간다. ○ 상고하건대 논한 바가 모두 변사 교휼(變詐狡譎)하여 믿을 수가 없다.

---

210) 섬라(暹羅) : 태국의 옛 이름. 시암(Siam)을 한자음(漢字音)으로 표기하였다.

筆記云倭漢三才圖會 阿蘭陀至日本海上一萬二千九百里 按紅毛國 西
北之極界寒國也 凡有七大州 阿蘭陀其一州 而今爲總名 其國主號古年波
爾亞 其國人色皆毛髮紅 鼻高眼圓而有星 常提一脚去尿 貌似犬 衣服多
毛織美飾 異于它好 好商賈 交易于遠國 置代官于唉吧國 名稱世禰羅留
通市舶於日本及諸國 每十年一度爲總計勘定 其次官者每年六七月 來于
長崎 寓居於出島 翌年春 參于江戸勒年 始及交代禮 與六七月來者交代
去 乃是人質也 其人稱加比丹 其次官號閉止留 又次名米伊世年 總用横
文字 食雞猪及諸肉 皆不用箸 常食麴餅 呼之曰波年 如饅頭無餡者 又鯽
肉傳猪肉爲乾脯 呼曰羅加年 切片吃之 以爲美味 凡食間卑官鼓舞于前以
進之 其禮貌如此 然皆不長壽 凡六十歲者 似本朝百歲計而甚稀有也 五
十有餘而爲衰老 未二十者專務家業 性情巧藝 天文地理算術及外治醫療
甚良 凡阿蘭陀商舶 往三十五六箇國 交易諸品來 故異品珍器 不可勝計
如東京 滿剌加 暹羅 唉吧者 與中華人同 阿蘭陀亦往互市焉 如蘇門答剌
琶牛 榜葛剌 波斯淽泥等之諸國 總三十有餘國 阿蘭陀人常往來也 蓋其
舶皆八帆 而不厭大洋順逆風也 又崑崙層斯有野人 身如黑漆 國人鋪食誘
之 賣與番商舶作奴 按今六阿蘭陀船中所乘來人 有身如黑漆者 俗呼曰黑
防 其人輕捷 能走於檣上 蓋久以年者 崑崙之唐音也 防者無髮人之通稱
也 日本之人 專以變詐爲智 凡其地圖國史之播於他國者 多隱語 嘗見日
本地圖 釜山距對馬島 謂之二十八里 本四十八里 此二百八十里也 對馬
距壹岐島 謂之四十八里 此四百八十里也 餘皆放此 則阿蘭陀至日本一萬
二千九百里者 正亦十二萬九千里也 據云紅毛國爲西北之極界寒國 而呵
蘭陀卽其一州 則其地在歐羅巴 利未亞之間矣 西舶自本土抵廣東 水路迂
曲 至爲九萬里 而廣東距日本 要亦不減爲數萬里 則一萬二千 明是十二
萬 無可疑也 李雅亭謂在西南海中者 以距日本一萬二千 宜不在西北之極

界 故疑之如此耳 按坤輿圖歐羅巴之西 有拂郞察 其北曰喎蘭 喎蘭者阿
蘭也 其地與中國沙漠之北韃靼之地 緯度正同 其云在西北極界者果信文
也 近見淸人莊廷尃地圖 咭唎小島也 在極西以西把尼亞海中 如日本之在
大淸海中 非喎蘭也 此論有差 其俗專以商販爲業 周流四海 以船爲家 乃
於利未亞諸沿及南印度南沿 卽溫都斯坦 及西南諸國之沿 或得棄地空塊
則據之爲巢穴 留其種類以守之 斯得剽掠之名 不免賤侮之稱 又蠻蜑俗殊
不能不以火礮利兵自衛以外禦 故又得寇抄害人之目 然處十二萬里之外
者 得倭地不足以爲疆土 虜倭人不足以爲民物 何苦爲賊於東方 蓋其土俗
以船爲家 轉而爲是耳 癸丑赴燕齎咨官手本曰 咭唎國在廣東之海南外 乾
隆二十八年入貢 今年又入貢 頭目官嗎戛呢 㗊噹二人 係是該國王親戚
一行共七百二十四人 其中一百人進京 仍赴熱河 餘留天津府 進貢物十九
種 製造極巧 西洋人所不及 九月初 由天津水路回國 手本止此 按此卽紅
毛夷 倭呼吉利是段者是也 咭唎者 吉利之聲急也 㗊噹者 斯當之聲急也
然此非國名 亦非人名 卽尊稱之號也 西人東來之路 或自羅瑪府裝發者
由意大理亞前洋 或自喎蘭地裝發者 由利未亞之西 沿總經大浪山觜 以向
東洋 旣至東界 或由廣東以傳於二廣江浙 或由天津以達於北京 而其志不
同 其道不同 今與西人分而二之 蓋得其實也 其初欲達北京者 亦由廣東
意其輜重寶物 萬里陸運 崎艱不便 故今由天津 意於朝見之餘 退至西館
留下幾人及其資裝 而譯官手本 疏略未詳也 禮部則例歐羅巴 咭唎亦分而
言之者 爲其來路不同也 德化之盛 雖如堯舜 十二萬里航海入貢 無他本
情 有是理乎 吾人不知其實 常與海寇同憂 斯非過矣 嘉慶二年丁巳九月
慶尚道觀察使李亨元 三道統制使尹得逵 鱗次狀啓 異國船一隻 漂泊東萊
之龍堂浦 凡五十人 鼻高眼碧 戴白氈笠 船中貨物 石鏡 千里鏡 無孔銀
錢之屬 漢淸蒙倭話俱不通 使之書字 如雲如山 以手指東南 蹙口作吹噓
狀 似是待風之意 其語一句 有云浪加沙其 卽倭話長碕島也 留幾日 順風
揚帆而去 其疾如飛云 此乃紅毛番人 倭所謂吉利是段者也 孝宗四年 亦

嘗漂到濟州 分屬京外諸營 而今人不復知也 ○ 聞萊伯之言 其船制有蓋
板 如我國龜船 蓋板上有牖 可以出入 作螺螄梯 回旋升降 左右版內 列
房纍纍 穿板爲牕 悉用琉璃嵌之 船內朱漆晃朗 犬豕鵝鴨等牽畜之所 潔
淨異常 又有一所 貯長槍累百柄 人各佩一鳥鎗 船四隅皆安大砲 竪三桅
可斷可續 長短隨宜 其人見岸上牛行 竪兩拳於頂上 作角狀以求之 萊人
竟不與之 ○ 鳥鎗少如觷箸 火門裝石 機發而火出 造次用之

【역문】「유영재(柳泠齋) 득공(得恭) 필기(筆記)에 대한 평(評)」[211]

필기(筆記)는 다음과 같다. 『화한삼재도회(和漢三才圖會)』[212]에 의하면,
아란타(阿蘭陀)에서 일본(日本)까지의 거리는 해로(海路)로 1만 2천 9백

211) 「柳泠齋筆記評」:『여유당전서』第一集, 詩文集, 第二十二卷 ○ 文集, 雜評에 수록
된 잡평(雜評) 12편 중 한 편으로, 유득공(柳得恭)이 기술한 글에 대한 정약용의
논평이다. 영재(泠齋)는 유득공의 호이다. 유득공(1748~1807)은 조선 후기 정조
순조 시기의 문신이다. 북학파 계열 실학자로 이미 20세 전후에 숙부이자 스승
인 유련(柳璉)을 위시해 이덕무, 홍대용, 박제가, 서이수, 박지원, 이서구. 원중
거, 백동수, 성대중 등 북학파들과 깊은 교분을 나누었으며. 또한 단순한 교유에
그치지 않고 이들은 '백탑동인'이라는 시동인회(詩同人會)를 결성하기도 하였
다. 시문에 뛰어난 재질을 인정한 정조가 규장각을 세우자 이덕무, 박제가, 서이
수와 함께 유득공을 발탁해 규장각 초대 검서관(奎章閣初代檢書官)으로 임명함
으로써 유득공은 비로소 많은 책을 자유롭게 읽으며 학문의 경지를 더 높일 수
있었다. 유득공은 북경(北京) 두 차례, 심양(瀋陽) 한 차례를 공무 수행 차 여행
한 중국 견문을 바탕으로 『난양록(灤陽錄)』과 『연대재유록(燕臺再游錄)』, 그리
고 『발해고(渤海考)』를 저술하였다.
212) 『화한삼재도회(和漢三才圖會)』: 일본 에도(江戶)시대 중기에 의사(醫師) 데라시
마 료오안(寺島良安)이 편찬 1713년 간행된 105권의 백과사전(百科事典). 명(明)
의 왕기(王圻) 왕사의(王思義) 부자가 편찬한 『삼재도회(三才圖會)』를 모방해 만
든 책이지만, 일본 특유의 새롭고 풍부한 지식을 담고 있다. 천지인(天地人) 삼
재(三才)로 구분해 수많은 사물과 현상에 대해 그림으로 그리고 요약글로 서술
한 도설식(圖說式) 사전이다. 안대회, 「倭漢三才圖會와 18·9세기 朝鮮의 學問」,
國學資料院, 2002, 1~10면 참조

리가 된다 하였다. 상고하건대 홍모국(紅毛國)은 서북쪽 극변(極邊)의 추운 나라로서 모두 7개 대주(大州)가 있는데, 아란타는 그 중 하나로 지금은 7개 주를 합친 이름이 되었다. 그 나라 임금은 고모파이아(古牟波爾亞)라 부르며, 그 나라 사람의 피부는 희고 모발은 붉으며 코는 높고 눈은 둥글면서 광채가 난다. 그리고 항상 한쪽 다리를 들고 오줌을 누어 그 모습이 마치 개와 같다. 의복은 대부분이 모직물이며 장식을 많이 꾸며 다른 것들보다 아름답다. 또 먼나라와 교역하며 장사하기를 좋아한다. 그리하여 겹유파(唊吧)[213]에다 대관(代官)을 두었는데 그곳 나라 이름은 세녜라(世禰羅)라 부른다. 장삿배를 일본 및 여러 나라에 정박시켜 머물면서 통시(通市)하고는 10년에 한 차례씩 총수를 감정한다. 그리고 그 차관(次官 주재관(住在官))은 해마다 6~7월에 장기(長崎)에 와서 출도(出島)에 임시 머물러 있다가 이듬해 봄에 강호(江戸)에 참석한 다음 주년이 되어 교대할 시기가 되면 6~7월에 온 자와 교체해 가는데, 이것은 곧 인질(人質)이다. 그 사람을 가비단(加比丹)[214]이라 부른다. 그 차관(次官)은 폐지류(閉止留)라 부르고, 또 미이세모(米伊世牟)라 부르기도 한다. 모두가 횡서(橫書)의 문자(文字)를 쓰며, 닭고기·돼지고기 및 여러 종류의 고기를 먹는데 모두 젓가락을 사용하지 않는다. 그리고 항상 면병(麪餅)을 먹으면서 그것을 일컬어 파모(波牟)라 하며, 마치 만두와 같으면서 속이 없는 것이다. 또 붕어고기에 돼지고기를 붙여 건포(乾脯)를 만들어서 그것을 나가모(羅加牟)라 하는 데 찢어서 먹으면 맛이 좋다고 한다. 대개 음식을 먹는 시간에는 비관(卑官)들이 풍악을 울리고 춤을 추면서 권한다. 그 예모(禮貌)가

---

213) 겹유파(唊吧) : 지금의 인도네시아 자카르타 북부(Kota Tua)에 해당되는 바타비아(Batavia). 17세기 이후 유럽의 아시아 무역을 주도한 네덜란드 동인도회사 무역망의 중심지.

214) 가비단(加比丹) : 선장(船長). 포르투갈어 capitão의 음역(音譯).

이와 같으나 모두 장수(長壽)하지 못하여 60세가 되는 자가 우리나라의 1백 세 되는 사람만큼이나 희소하다. 50세만 넘으면 그만 노쇠해져서 20세 미만인 자들이 대개 가업(家業)을 맡아 다스린다. 그리고 기질이 모두 재주가 있어 천문(天文)・지리(地理)・산술(算術) 및 외치 의료(外治醫療)에 모두 능숙하다. 대개 아란타(阿蘭陀)의 상선(商船)은 35~36개국을 왕래하면서 모든 물품을 교역해 오기 때문에 그 이품(異品)과 진기(珍器)를 이루 헤아릴 수 없다. 동경(東京)・만라가(滿剌加)²¹⁵)・섬라(暹羅)・겹유파(唊吧) 등의 사람은 대개 중화인(中華人)과 같은데도 아란타가 왕래하며 물품을 교역한다. 그리고 소문답라(蘇門答剌)²¹⁶)・파우(琶牛)²¹⁷)・방갈라(榜葛剌)²¹⁸)・파사(波斯)²¹⁹)・발리(浡泥)²²⁰) 같은 30여 국에도 아란타 사람이 항상 왕래한다. 대개 그 배는 여덟 개의 돛을 달아 대양(大洋)의 순풍이나 역풍을 모두 관계하지 않는다. 또 곤륜층사(崑崙層斯)에 야인(野人)이 있어 그 몸이 흑칠(黑漆)과 같이 검은데, 나라 사람들이 밥을 먹여 유인해다가 상선(商船)에 팔아넘겨 노예를 만들었다. 그런데 지금 육아란타(六阿蘭陀)의 배안에 타고 온 사람을 보니 몸이 흑칠같이 새까만 사람이 있다. 세속에서 이를 흑방(黑防)이라 부르는데, 몸이 날래서 능히 담장 위로도 달린다. 대개 구리모(久呂牟)는 곤륜(崑崙)의 중국 발음이며, 방(防)이란 모발이 없는 사람의 통칭이다. 일본(日本) 사람은 오로지 변사(變詐)를 지혜로 삼는다. 대개 그들의 지도(地圖)나 국사(國史)로서 타국(他國)에 전파된 것을 보면 은어(隱語)가 많다. 일찍이 일본 지도를 보았는데, 부산(釜山)에서 대마도

---

215) 만라가(滿剌加) : 말레이시아 말레이 반도 남서부의 말라카(Malacca).
216) 소문답라(蘇門答剌) : 수마트라(Sumatra).
217) 파우(琶牛) : 바고(Bago). 미얀마 남부의 지명. 옛 이름은 페구(Pegu).
218) 방갈라(榜葛剌) : 방글라데시(Bangladesh).
219) 파사(波斯) : 페르시아(Persia).
220) 발리(浡泥) : 브루나이(Brunei).

(對馬島)까지의 거리가 28리라 하였으니 본래 48리이다. 이는 2백 80리를 말함이요, 대마도에서 일기도(一岐島)²²¹)까지의 거리는 48리라고 하였으니 이는 4백 80리를 말함이다. 모두가 다 이와 같음을 볼 때 아란타에서 일본까지 1만 2천 9백 리라는 것은 또한 12만 9천 리를 말한 것이다. 그리고 홍모국(紅毛國)은 서북쪽 주변의 추운 나라가 되며 아란타(阿蘭陀)가 그 중 1개 주라고 말하였으니, 그 땅은 구라파(歐羅巴)²²²), 리미아(利未亞)²²³) 사이에 있다. 서쪽 배가 본토에서 광동(廣東)까지 이르자면 구불구불한 수로가 9만 리나 되고 광동에서 일본까지 또한 수만 리가 더 될 것이니, 1만 2천 리는 분명 12만 리임에 의심이 없다. 이아정(李雅亭)이 이르기를 '서남쪽 해중(海中)에 있는 것은 일본까지의 거리가 1만 2천 리이다.'고 하여 의당 서북쪽 극변에 있지 않을 것이라고 여겼기 때문에 이와 같이 의심한 것이다. 곤여도(坤輿圖)²²⁴)를 상고하면, 구라파(歐羅巴)의 서쪽에 불랑찰(拂郞察)²²⁵)이 있고 그 북쪽을 와란(喎蘭)이라 하니, 와란은 아란(阿蘭)이다. 그 땅이 중국의 사막(沙漠) 북쪽 달단(韃靼)²²⁶) 땅과 위도(緯度)가 같다. 그렇다면 서북쪽 극변에 있다는 것은 과연 믿을 만한 글이다. 근래에 청(淸) 나라 사람 장정부(莊廷旉)가 만든 지도(地圖)를 보니 '영길리(暎咭唎)²²⁷)는

---

221) 일기도(一岐島) : 일기(壹岐)는 나가사키현(長崎縣) 이키시마(壹岐島)의 옛 나라 이름으로『삼국지』위지(魏志) 왜인전(倭人伝)에는 일지국(一支國)으로 기록되어 있다. 한국콘텐츠진흥원,『문화원형 용어사전』, 2012 참조.

222) 구라파(歐羅巴) : 유럽.

223) 리미아(利未亞) : 아프리카.

224) 곤여도(坤輿圖) : 서구식 세계지도. 중국에 온 예수회 선교사 마태오 리치 (Matteo Ricci, 1552~1610), 아담 샬(Adam Schall von Bell, 1592~1666), 페르비스트(Ferdinand Verbiest, 1623~1688)가 각각 곤여도를 제작하였다.

225) 불랑찰(拂郞察) : 프랑스.

226) 달단(韃靼) : 몽골(蒙古).

227) 영길리(暎咭唎) : 영국.

조그마한 섬으로 가장 서쪽의 에스파니아(以西把尼亞) 바다 가운데에 있어[228] 마치 일본(日本)이 큰 바다 가운데 있는 것같아 와란(喎蘭)이 아니다.' 하였다. 이 이론과 차이가 있다. 그 풍속은 오로지 상업으로 본업을 삼아 사해(四海)를 주류하면서 배를 집으로 삼는다. 그 리미아 (利未亞)의 모든 연안 및 남인도(南印度) 남쪽 연안, 곧 온도사탄(溫都斯 坦)이다. 그리고 서남 여러 나라의 연안에 혹시라도 버린 땅이나 공지 를 얻게 되면 그곳을 점거하여 소굴을 삼고 그의 종족을 머물러 지키 게 하였다. 그리하여 노략의 누명을 얻게 되고 천모(賤侮)의 호칭을 면 치 못한다. 또 오랑캐의 풍속이 사나와서 화포와 예리한 병기로 자기 들을 호위하며 외적을 막지 않을 수 없기 때문에 또한 침략과 살인의 지목을 받게 되는 것이다. 그러나 12만 리 밖에 있기 때문에, 왜지(倭 地)를 얻는다 하더라도 자기들의 강토로 만들지는 못할 것이요, 왜인 (倭人)을 사로잡는다 하더라도 자기들의 백성으로 만들지는 못할 것이 다. 어찌 동방(東方)에 적이 될까를 고심하겠는가. 대개 그 토속(土俗) 이 배를 집으로 삼기 때문에 전전하면서 이렇게 생활하는 것이다. 계 축년[229]에 북경으로 들어간 재자관(齎咨官)[230] 수본(手本)에 '영길리국 (暎咭唎國)이 광동(廣東)의 바다 남쪽 밖에 있는데, 건륭(乾隆) 28년 (1763, 영조 39)에 조공을 바치고 금년에 또 조공을 바쳐 왔다. 그 두 목관(頭目官)인 마알니(嗎戛呢)[231]와 시당(嘶噹)[232] 두 사람은 그 나라

---

228) 저본으로 삼은 한국고전번역원 번역에 오류가 있어 임의로 바로잡았다. 『여유 당전서』원문이 '咭唎小島也 在極西以西把尼亞海中' 인데 저본 번역에는 '영길리 는 조그만 섬으로 극서(極西)의 서쪽 파니아(把尼亞) 해중에 있어' 라고 하였다. 이는 '영국은 가장 서쪽의 에스파니아(以西把尼亞) 바다 가운데에 있어' 가 바 르다. 以西把尼亞는 '서쪽 파니아(把尼亞)'가 아니고 '에스파니아(以西把尼亞) 곧 스페인이다.

229) 계축년 : 1793년.

230) 재자관(齎咨官) : 중국 예부(禮部)에 보내는 공문서인 자문(咨文)을 가지고 가는 임시 관원. 저본 번역 '뇌자관(咨官)'은 오류여서 임의로 본문에서 수정하였다.

국왕의 친척으로서 일행이 모두 7백 24명이다. 그 중 1백 명은 경사(京師)에 나갔다가 이어 열하(熱河)로 갔고, 나머지는 천진부(天津府)에 머물러 있는데, 진공물(進貢物)은 19종으로서 제작이 극히 정교하여 서양(西洋) 사람이 따를 수 없을 정도다. 9월 초에 천진의 수로(水路)를 따라 귀국하였다.' 여기까지가 수본(手本)의 내용이다. 고 하였다. 이를 상고해 보면 홍모이(紅毛夷)는 바로 왜(倭)가 길리시단(吉利是段)이라고 부르는 자이다. 길리(咭唎)는 길리(吉利)를 강하게 내는 소리이며, 시당(嘶噹)은 사당(斯當)을 강하게 내는 소리이다. 그러나 이것은 국명(國名)이 아니고 또 인명(人名)도 아니며 바로 존칭(尊稱)하는 칭호인 것이다. 서쪽 사람이 동쪽으로 오는 길에 있어서는, 혹 라마부(羅瑪府)[233]로부터 출발하는 경우는 이대리아(意大理亞)[234]의 앞바다를 경유하고, 혹 와란(喎蘭)으로부터 출발하는 경우는 리미아(利未亞)의 서쪽 연안을 경유하는데, 모두 산더미와 같은 파도를 거쳐 동양(東洋)을 향한다. 이렇게 해서 동계(東界)에 도착한 다음에는, 혹은 광동(廣東)을 경유하여 이광(二廣 광동(廣東)·광서(廣西))·절강(浙江)에 도착하고, 혹은 천진(天津)을 경유하여 북경(北京)으로 들어가는데, 그 뜻이 다르고 그 길이 다르니, 지금의 서인(西人)과 둘로 나누어 보는 것이 옳다 하겠다. 처음에는 북경에 가려고 하는 자가 역시 광동으로 경유하였는데, 그 짐바리와 보물을 만리나 되는 육로로 운반하기에 어렵고 불편함을 염려하였기 때문에 지금 천진(天津)으로 경유하는 것이다. 생각건대 조현(朝見)한 다음에 서관(西舘)으로 물러가고 하인 몇 사람과 자

---

231) 마알니(嗎戛呢) : 매카트니(George Macartney, 1737~1806). 영국 왕 조지 3세(GeorgeIII)가 청나라 건륭제(乾隆帝)에게 파견해 1793년 중국에 왔던 외교교섭 사절단 단장.
232) 시당(嘶噹) : 스탠튼(George Stanton). 위의 외교교섭 사절단 부단장.
233) 라마부(羅瑪府) : 로마(Roma).
234) 이대리아(意大理亞) : 이탈리아.

장(資裝)만 머물러둔 것 같은데, 역관(譯官)의 수본(手本)이 소략하여 자세하지 않다. 예부(禮部)의 관례에 구라파(歐羅巴)와 영길리(暎咭唎)를 또한 나누어 말하는 것은 그 오는 길이 같지 않기 때문이다. 덕화(德化)의 성대함이 비록 요순(堯舜) 같다 하더라도 12만 리를 항해하여 조공을 바치니, 다른 속셈이 없고서야 이럴 리가 있겠는가. 우리는 그 실정을 알 수 없지만, 항상 해구(海寇)로 여기어 걱정한다면 잘못이 아닐 것이라고 본다. 가경(嘉慶) 2년(1797, 정조 21) 정사 9월에 경상도관찰사(慶尙道觀察使) 이형원(李亨元)과 삼도통제사(三道統制使) 윤득규(尹得逵)가 연이어 올린 장계(狀啓)에 '이국선(異國船) 한 척이 동래(東萊)의 용당포(龍堂浦)에 정박했는데, 사람은 모두 50명으로서 코가 높고 눈이 푸르며 흰 전립(氈笠)을 머리에 썼습니다. 그리고 배 안에 있는 화물은 석경(石鏡)·천리경(千里鏡)·무공은전(無孔銀錢 구멍이 뚫리지 않은 은전) 등이며, 한어(漢語)·청어(淸語)·몽어(蒙語)·왜어(倭語)가 모두 통하지 않아, 그들로 하여금 글자를 쓰게 하니 구름과 산같이 그립니다. 그들은 또 손으로 동남쪽을 가리키면서 입을 쪼그리고 부는 형용을 짓는데 이는 바람을 기다린다는 뜻 같았습니다. 또 그들이 말한 구절에 낭가사기(浪加沙其)[235]라고 이른 것이 있으니, 이는 왜어로 장기도(長崎島)를 말하는 것입니다. 며칠 동안 머물다가 순풍(順風)을 만나 돛을 휘날리며 가는데 빠르기가 나르는 것 같았습니다.' 라고 하였다. 이는 곧 홍모번(紅毛蕃) 사람으로서 왜인이 이르는 길리시단(吉利是段)인 것이다. 효종(孝宗) 4년(1653)에도 일찍이 제주(濟州)에 표류해 온 것을 [236] 경외(京外) 각 진영에 분속시켰던 일이 있었으나, 요즘에 와서는 다시 볼 수 없었다. ○ 동래부사의 말을 들으니 '그 선제(船制)

---

235) 낭가사기(浪加沙其) : 나가사키(長崎).

236) 네덜란드 동인도회사 소속 선박이 1653년 일본 나가사키로 가던 도중 제주도에 표착했던 하멜(Hendrik Hamel, 1630~1692) 일행 36명의 표류 사실을 말하는 것.

가 개판(蓋板)이 있어 마치 우리나라의 거북선[龜船]과 같았고, 개판 위로 창문을 내어 출입하도록 되었는데, 나사 모양의 사다리[蝶螺梯]를 만들어 빙빙 돌아서 승강하였다. 좌우의 판 안에 여러 개의 방이 배열되어 있고, 그 판을 뚫어 창문을 만들었는데 모두 유리를 붙였으며, 배 안을 들여다보니 붉은 색의 칠이 황홀하였다. 개·돼지·오리 등의 가축을 기르는 곳도 이상스럽게 정결하였다. 또 한 곳을 보니 장창(長槍) 수백 자루를 쌓아놓았고, 사람마다 조창(鳥鎗) 하나씩을 차고 있었다. 그리고 배의 네 귀퉁이에는 모두 대포를 설치하였으며, 세 개의 돛대를 세웠는데 끊을 수도 있고 이을 수도 있어 그 장단(長短)을 마음대로 조절하게 하였다. 그들은 또 언덕 위에 소가 가는 것을 보고 두 손을 이마 위에 세워 소뿔의 형상을 하면서 달라고 요구해 왔으나 동래 사람들은 끝내 주지 않았다.'하였다. ○ 조창(鳥鎗)은 조그마한 것이 마치 필률(觱篥 악기의 한 가지)과 같이 생겼는데, 화문(火門)을 돌로 장식하였으며 발사하면 불이 나간다. 그들은 이를 사용하는 솜씨가 매우 재빠르다.

〈주석 : 장정란〉

『燃藜室記述』

「曆法」

仁祖甲申 觀象監提調金堉疏曰 黃帝以來古曆六家之後 至漢武帝時 洛下閎造太初曆 迄于東漢之末 凡三改曆 自魏至隋改者十三 唐曆八改 五代諸國 曆有八家 南北兩宋 改曆十一 非但曆久而差 人之所見 各有精粗 故改曆如是之頻也 至於元初 郭守敬許衡等 明於曆法 立差甚密 有盈縮遲疾加減之差 以至元十八年辛巳爲曆元 至今行用 凡三百六十五年 而日月之蝕 不甚違錯 可謂後世之巧曆也 然天行其健 積差日多 昏曉中星 少失躔次 周天之數 旣滿當變 而西洋之曆 適出於此時 此誠改曆之幾會也 但韓興一持來之冊 有議論而無立成 蓋能作此書者 然後能知此書 不然則雖探究十年 莫知端倪矣 中國自丙子丁丑聞 己改曆法 則明年新曆 必與我國之曆 多有所逕庭 新曆之中 若有妙合處 則當舍舊圖新 今此使行 帶同日官一二人 探問於欽天監 推考其法 解其疑難處而來 則庶可推測而知之矣 文獻備考-(中略)- 萬曆時 西洋人利瑪竇入中國 天文曆法布籌運儀 絕勝於古 崇禎時 禮部尙書徐光啓 右參政李天經 按西法進日月五星曆指

---

* 『연려실기술』은 조선 후기 실학자 이긍익(李肯翊, 1736~1806)이 찬술한 조선시대 사서(史書)이다. 이긍익은 서울 출생으로 본관은 전주(全州), 자는 장경(長卿), 호는 완산(完山) 또는 연려실(燃藜室)이며 이광사(李匡師)의 아들이다. 가문은 전통적으로 소론에 속했으며, 20세 때 아버지 이광사가 나주괘서사건에 연루, 유배되어 그 곳에서 죽은 뒤 역경과 빈곤 속에서 벼슬을 단념하고 일생을 야인으로 보냈다. 이이(李珥)·김장생(金長生)·송시열(宋時烈) 등에 많은 영향을 받았다. 가학으로 강화도에서 양명학을 공부하였으며, 실학을 연구한 고증학파 학자로서 『연려실기술』에는 객관성과 공정성을 중시한 그의 역사관이 드러난다.
* 번역 : 한국고전번역DB.
* 모든 각주는 한국고전번역DB 번역문의 원 각주를 재인용하였다.

及渾天儀說 乃時憲曆之本 西洋人湯若望 作時憲曆 自崇禎初始用其法
行於中國 淸人仍用之 其法極精 金堉爲觀象監提調時 啓請學習其法 丙
戌奉使入燕時 率曆官二人 欲學於湯 而門禁甚嚴 不能出入 只買其書而
還 使金尙範等 極力精究 粗得其槩 辛卯冬 又遣金尙範 持重路學於欽天
監而還 自癸巳始用其法行曆 然五星算法 則猶未得來 故乙未又遣尙範
不幸死於道中 其法竟未盡傳 潛穀集-(中略)- 徐光啓崇禎曆指 以崇禎元
年戊辰天正冬至爲元 至我 肅宗朝 積差漸多 梅設成 推衍崇禎曆指 以崇
禎後五十七年甲子天正冬至爲元 卽我 肅宗十年甲子 七政皆從此起算 自
英宗乙巳 始依其法 步日月五星交食 近世西人噶西尼 又謂太陽地半徑差
毃成定爲三分 今測止有十秒淸蒙氣差 毃成定地平上爲三十四分 高四十
五度 止有五秒 今測地平上 止三十二分 高四十五度 尙有五十九秒日月
五星之本天 毃成定爲平圓 今爲橢圓 兩端徑長 兩腰徑短 以是三者經緯
度 俱有微差 遂取崇禎後九十六年癸卯爲元 修改日躔月離交食 自 英宗
甲子 躔離交食 從噶法 五星則仍梅法 文獻備考

【역문】「역법」1)

인조(仁祖) 갑신년에 관상감 제조(觀象監提調) 김육(金堉)2)이 상소하

---

1) 『연려실기술』別集 권15, 天文典故
2) 김육(金堉, 1580~1658) : 본관은 청풍(淸風). 자는 백후(伯厚), 호는 잠곡(潛谷)·회
   정당(晦靜堂).기묘팔현(己卯八賢)의 한 사람인 김식(金湜)의 4대손이며, 할아버지
   는 군자감관관 김비(金棐)이고, 아버지는 참봉 김흥우(金興宇)이며, 어머니는 현
   감 조희맹(趙希孟)의 딸. 대동법의 시행을 건의하는 한편, 수차(水車)를 만들어
   보급했으며, 『구황촬요(救荒撮要)』와 『벽온방(辟瘟方)』등을 편찬하였다. 중국에
   두 차례(1643년, 1645년) 다녀왔고, 그 과정에서 화폐의 주조·유통, 수레의 제
   조·보급 및 시헌력(時憲曆)의 제정·시행 등에 착안하고 노력하였다. 저서로 『유
   원총보(類苑叢寶)』·『황명기략(皇明紀略)』·『종덕신편(種德新編)』·『송도지(松都
   誌)』등이 있다. 『한국민족문화대백과』 참조.

기를, "황제(黃帝) 때 이래로 옛 역법 육가(六家)의 뒤에 한 나라 무제(武帝) 때에 이르러 낙하굉(洛下閎)이 『태초력(太初曆)』을 만들었는데, 동한 말까지에 무릇 세 번 역서를 고치고, 위나라로부터 수나라에 이르는 동안에 13번 고치고, 당 나라 역서는 8번 고치며, 오대(五代)의 여러 나라에는 팔가(八家)의 역서가 있었고, 남송과 북송 때에는 역서를 11번 고쳤습니다. 이렇게 다만 역서가 오래되어 차이가 생겼을 뿐만 아니라, 사람마다 보는 것이 각각 정밀하기도 하고 거칠기도 하여 역서를 이와 같이 자주 고쳤습니다. 원 나라 초에 이르러 곽수경·허형(許衡) 등이 역법에 밝아서 입차(立差)를 매우 정밀하게 하여 영(盈)하고 축(縮)하며 더디고 빠르며 더하고 감하는 차이가 있었습니다. 지원(至元) 18년 신사년을 역원(曆元)으로 하여 지금까지 사용하고 있는데 무릇 3백 65년이 되도록 일식·월식이 조금도 틀림이 없으니, 후세에서 교묘한 역서라 할 만합니다. 그러나 천문(天文)의 운행이 쉬지 않으므로 조그만 차이가 날로 쌓여 많아져서 저녁과 새벽의 중성(中星)의 위차(位次)가 조금씩 틀려지고, 주천(周天) 도수가 이미 꽉 찼으니 마땅히 변할 것입니다. 서양(西洋) 역서가 마침 이때에 나왔으니 이야말로 역서를 고칠 기회이나 다만 한흥일(韓興一)이 가져 온 책에 이론만 있고 입성(立成)이 없습니다. 대개 이 글을 지을 만한 사람이라야 능히 이 글을 알 것이요, 그렇지 않으면 비록 10년을 연구하여도 처음과 끝을 알지 못할 것입니다. 중국에서 병자·정축년 사이로부터 이미 역서법을 고쳤으니, 곧 내년의 신력(新曆)에는 반드시 우리나라 역서와는 틀린 것이 많이 있을 것입니다. 신력 중에 만약 묘하게 합치되는 곳이 있거든 마땅히 옛것을 버리고 새것을 도모하소서. 이번 사신 중에 일관 한두 사람을 동행시켜 흠천감(欽天監)에 탐문하여 역법을 추고하고, 의심나고 어려운 점을 알아 오면 추측하여 알 수 있을 것입니다." 하였다. 『문헌비고』

-(중략)- 만력(萬曆) 때에 서양사람 이마두(利瑪竇)가 중국에 들어왔는데, 천문력법(天文曆法)에 있어서 산법(算法)과 혼천의(渾天儀)를 운용하는 것이 옛날보다 매우 뛰어났다. 숭정(崇禎) 때에 예부 상서(禮部尚書) 서광계(徐光啓)와 우참정(右參政) 이천경(李天經)이 서양의 방법에 의거하여 『일월오성력지(日月五星曆指)』 및 『혼천의설(渾天儀說)』을 바치었으니, 이것이 『시헌력(時憲曆)』의 기본이 되었다. 서양 사람 탕약망(湯若望)이 시헌력을 만들었다. 숭정 초년에 비로소 그 법을 사용하여 중국에서 시행하였으며, 청 나라에서도 그대로 계승하여 썼는데 그 법이 매우 정묘하였다. 김육이 관상감 제조로 있을 때에 그 법을 배워 익히기를 아뢰어 청하였다. 병술년에 사신이 되어 연경에 들어갈 때에 역관(曆官) 두 사람을 거느리고 가서 탕약망에게 배우려 하였다.그러나 경비가 삼엄하여 출입할 수가 없었기 때문에 그 책만 사가지고 돌아왔다. 김상범(金尚範) 등을 시켜 힘을 다해서 정밀히 연구하여 대략 그 개요를 알았다. 신묘년 겨울에 또 김상범을 보내어 많은 뇌물을 주고 흠천감에서 배워 와서 계사년으로부터 처음으로 그 법을 사용하여 역서를 행하였다. 그러나 오성산법(五星算法)은 아직 알아 오지 못하였기 때문에, 을미년에 또 김상범을 보냈으나 불행하게도 도중에서 죽었으므로 그 법을 마침내 다 전하지 못하였다. 『잠곡집(潛谷集)』 -(중략)- 서광계가 지은 『숭정력지(崇禎曆指)』에 숭정 원년 무진 천정동지(天正冬至)를 역원(曆元)으로 삼았더니, 우리나라 숙종조에 이르러 쌓인 위차(位差)가 점점 많아졌다. 매각성(梅穀成)이 『숭정력지』를 미루어 넓혀 숭정 후 57년 갑자년 천정 동지를 역원으로 삼으니 곧 우리나라 숙종 10년 갑자이다. 칠정(七政)도 모두 여기에서부터 계산을 시작하였다.영종 을사년부터 처음으로 그 법에 의하여 일월과 오성의 교식(交食)을 추보하였다. 요즈음 서양사람 갈서니(噶西尼)가 또 말하기를, "태양과 지구가 반경(半徑)의 차이가 있다." 하고, 각성(穀成)

은 3분이라고 정하였다. 그러나 지금 추측으로는 겨우 10초(秒)의 청기(清氣)·몽기(蒙氣)의 차이가 있다. 각성은 지평상(地平上)이 34분이 되고, 높이가 45도이니 다만 5초가 있다고 정하였다. 그러나 지금 추측에는 지평상이 겨우 32분이며, 높이가 45도요, 오히려 59초가 있다. 일월·오성의 천(天)에 관한 것을 각성이 '평원(平圓)'이라고 정하였으나, 지금 추측에는 타원이 되어 두 끝의 직경이 길고 두 허리의 직경이 짧다고 하였다. 이 세 가지의 경도·위도가 모두 조금씩 차이가 있으므로 드디어 숭정 후 96년 계묘를 역원으로 삼아서 일전(日躔)·월리(月離)의 교식을 고쳤다. 영종 갑자년부터 전리 교식(躔離交食)은 갈서니의 법을 따라 하고, 오성은 매각성의 법을 썼다. 『문헌비고』

「儀象」

三十四年　觀象監進湯若望赤道南北總星圖

【역문】「의상」3)

　34년에　관상감에서　탕약망(湯若望)의　『적도남북총성도(赤道南北總星圖)』를　올리었다.

---

3)『연려실기술』別集　권15,　天文典故

「荒唐船」

顯宗丁未 對馬島酋移書曰 阿蘭陀國 在極南海中 常時來商於日本 今有
八人到長碕 自言漂到全羅道. 十四年 掠得小舸 遁逃至此云云 通文館志

【역문】「황당선」4)

현종(顯宗) 정미년(1667)에 대마도 도주(島主)가 글을 보내기를, "아
란타국(阿蘭陀國)이 극남(極南)의 바다 가운데에 있어 늘 일본에 와서
장사하는데, 지금 8명이 장기(長碕)에 도착하여 스스로 말하기를, "전
라도로 표류해 도착하여 14년 만에 조그만 배를 빼앗아 타고 이곳으
로 도망해 왔다."고 하였다. 『통문관지』

---

4) 『연려실기술』 別集 권17, 邊圉典故

「西邊」

日本之南水路數月程 有國曰仇羅婆 其國有一道 曰伎利但者 其方言事
天也 有偈十二章 其道排三教如仇敵 凡處心行事不違於天 而各畫天尊之
像 奉而事之 日本自古崇奉釋氏 至伎利但之敎入日本 擯釋氏以爲妖 向
者平行長 尊此道云 於于野談

【역문】「서변」5)

　일본 남쪽에 수로(水路)로 두어 달 동안 가면 구라파(仇羅婆 구라파
(歐羅巴))란 나라가 있고, 그 나라에 기리단(伎利但 : 기독(基督))이라는
도(道)가 있으니, 그 방언에 하늘을 믿는다는 말이다. 게(偈) 12장(章)
이 있고, 그 도는 삼교(三敎 유(儒)·불(佛)·도교(道敎))를 배척하기를 원
수같이 한다. 모든 마음 쓰는 것이나 일해 나가는 것이 하늘을 어기지
않으며, 각각 천존(天尊)의 화상을 그려 받들어 섬겼다. 일본은 옛날부
터 불교(佛敎)를 높여 받들었는데, 기리단교(伎利但敎)가 일본에 들어오
자, 불교를 요망한 교라고 배척하였으니, 그 전에 평행장(平行長)이 이
도를 믿었다고 한다. 『어우야담(於于野談)』

〈주석 : 배주연〉

---

　5) 『연려실기술』 別集 권18, 邊圉典故

『智水拈筆』

「西洋强大」

東周以後 楊墨亂天下 故孟子曰 能言距楊墨者 聖人之徒也 老聃與孔子同時 莊周與孟子幷世 雖皆異端 其說尚未及大行 自漢晉以後 佛老始盛 然老道自爲一種服丹學仙者主之 故猶未足誣惑一世 而佛則近理亂眞 其高遠玄妙 過於老道 儒之高明者 反爲薗蔔入之 或借儒而就佛 或張彼以合 此宋之張無垢輩是已 盖四十二章經 雖自東漢明帝時 始入中國 其說不過禍福誘人 示其神妙 故道安 佛圖澄 鳩摩羅什等 爲符堅 姚萇之所尊信而已 至達摩出來 始說直指人心之學 其學益高妙 傳六朝分南北宗 而宋世高明有識之士 反多陽擠陰助 遂滔滔焉 不可救矣 自漢至今 幾數千年 儒釋殆半天下 我國則自羅麗 尊尚佛學 象教遍於國中 至本朝 佛亦衰矣 近又有歐羅巴耶蘇之說 皇明萬曆間 其國人湯若望 陸若漢 利瑪竇

* 『지수염필』은 조선 후기의 문신 홍한주[洪翰周, 호 해옹(海翁), 1798~1868]가 1863년경 유배지 전남 지도(智島)에서 고금의 문물제도와 문인·학자 등에 대해 광범위한 자신의 견문을 수필 형식으로 기록한 백과사전적 문집이다. 8권 4책 총 251편의 필사본으로 서문, 발문은 없다. 제1권 32편은 조선과 중국의 문물과 서체(書體)·서적 등에 대하여, 제2권 25편은 주로 중국의 문인과 문물에 대하여, 제3권 28편은 시체(詩體) 및 조선과 중국 문인에 대하여, 제4권 29편은 문물제도, 제5권 21편은 고금의 시(詩)와 서(書), 제6권 32편은 조선의 문인·학자, 제7권 33편은 조선 문인·학자와 작품, 제8권은 조선 실학자들에 대해 서술하였다. 『지수염필』에는 정조 조에서 헌종 조에 이르는 시기의 문단동향과 일화들이 풍부하게 기록되어 있어서 조선 후기 비평사의 동향을 이해하는 데 매우 중요한 자료적 가치를 지닌다. 한국학중앙연구원, 『한국민족문화대백과』참조.
* 역문 : 김윤조, 진재교, 『19세기 견문지식의 축적과 지식의 탄생 - 지수염필』, 소명출판, 2013.

葷 次第浮海入中國 教人以天主之道 是又異端之終條理 而其滅倫悖常
害當滔天 十倍於老佛矣 盖開闢日久 宇宙至廣 治日少而亂日多 無事不
有 無變不生 則誕妄邪辟之說 易爲闖入 是亦天地間氣數 使然也 陰陽善
惡 自不能不一進一退 而堯舜已遠 孔孟不作 其將有景星卿雲乎 其將有
盲風怪雨乎 況五胡亂華之後 西羌北狄 幾與中國人遞相入主 正學邪教亦
當如是乃已 有何眞正大英雄一掃而廓淸也哉 歐羅巴有英吉利 紅毛 佛蘭
三佛齊諸國 始出於西域別種 謂之西洋瑣里 而各自强大 以舟楫爲家宅
飛行萬里 易於平地 其人巧思多才 其天文 曆學 醫藥 種樹 治圃 作農造
器械 爲宮室 靡不逞奇舞智 神鬼莫測 前古之所未有 萬國之所不能 又多
眩幻惑人之術 使人通貨財輕死生 雖愚夫愚婦聞其言習其書 輒甘心樂赴
不啻如撲燈之飛蛾 幾乎擧天下胥溺而忘返也 是豈不哀痛之最甚者乎 昔
在東漢末 路脩誣奏孔融之言曰 子之於母 如寄物瓶中物 出則離 此未知
稱正平葷眞有是言 而以今觀之 是卽洋敎之言 且唐世所謂祆敎亦洋敎也
盖耶蘇在西漢哀帝時生 年九歲有生知姿 國人男女尊信如神 擧國奔波 國
王忌之 命斬耶蘇十字街 國人哀之 以鐵鑄其像爲十字街頭車裂形 人 皆
佩之 凡近身衣服器用 亦以十字寫之刻 取不忘也 盖其崇奉如佛家之如
來 而又過之 亦一人妖也 其學尊天 而不知父母 夫乾父坤母 吾道亦言
而何嘗捨吾所生父母 專尙乾父乎 且好生惡死 昆虫猶然 而愚婦之就刑戮
者 談笑而不怕 雖脛骨盡折 亦不痛楚 但攢手呼耶蘇而已 是豈非常理人
情之外哉 純祖元年 貞純后垂簾 其時 洋敎大熾 都下士大夫男婦暗地傳
習甚多 后遂命逮捕 大行鋤治 死者亦衆 又憲宗己亥耶獄又作 亦行鋤治
然京外至今在在有之 或至全一村通一邑爲之 殆不可勝誅 故反付勿問 而
庚申秋冬 洋人陷燕京 皇帝至於出避七百里熱河之離宮 經年不返 辛酉七
月 竟崩於熱河 洋人則充滿皇城 大起天主堂 然但無殺傷 故城內市肆不
變云 殊可異也 其後我國亦聞而疑怯 尤不問洋學人有無 自古異端 但稱
害道而已 佛雖滿天下 何曾爲如此大變怪乎 洋人之所大願 本不在土地人

民 而但欲其行其教 而交其貨也 然洋人中英吉利最獰悍如猛獸 無常人心
性 近年攻滅呂宋 一國空其地云 極可怖駭也

동주 이후로 양주와 묵적이 천하를 어지럽혔다. 그러므로 맹자는
"능히 양묵(楊墨)을 물리치는 말을 할 수 있는 사람이라면 성인의 제자
이다"라 하셨다. 노담(老聃)은 공자와 같은 시기이고 장주(莊周)는 맹자
와 같은 세상을 살았는데, 모두 이단이지만 그들의 말이 아직 크게 유
행하지는 않았다. 한(漢)·진(晉)이후로 불교와 도교가 비로소 성행하
였지만, 도교는 따로 하나의 종류가 되어서 丹藥(단약)2)을 복용하고
신선술을 배우는 자들이 주로 하였으므로 아직 온 세상을 미혹시키기
에는 충분치 않았다. 그러나 불교는 이치에 가까워서 참된 가르침을
어지럽혀 高遠(고원)·현묘하기가 도교보다 나았으니, 儒家(유가)의 고
명한 자도 도리어 엉금엉금 기어 들어가서 혹은 유교를 빌려서 불교
에 나아가고 혹은 저쪽을 과장해서 이쪽에 영합하기도 하였으니, 송
나라의 장무구(張無垢)3)와 같은 무리가 그들이다. 대개『四十二章經(사
십이장경)』4)은 비록 동한 明帝(명제) 때5) 처음으로 중국에 들어왔지
만, 그 교설은 禍福(화복)으로써 사람을 꾀어 신묘한 일을 보여주는데

---

1) 「西洋强大」 : 『지수염필』 권1에 수록.
2) 단약(丹藥) : 도가(道家)에서 신선술(神仙術)을 수련하는 이들이 양생을 위해 단
   사(丹砂) 등 광물을 이용해서 만든 약물.
3) 장무구(張無垢) : 불교의 선학(禪學)에 통달하였다는 중국 송(宋) 시대의 문신 학자.
4) 『四十二章經(사십이장경)』 : 중국 후한 때 인도인 가섭마등(迦葉摩騰), 축법란(竺
   法蘭)이 번역해 최초로 중국에 전한 불경. 불교의 요지를 42장에 걸쳐 간략하게
   설명한 석가모니의 교훈집.
5) 明帝(명제) 때 : 57~75년간

불과하였다. 그러므로 道安(도안)[6]·佛圖澄(불도징)[7]·鳩摩羅什(구마라습)[8] 등은 부견(符堅)[9]이나 요장(姚萇)[10]이 높이고 믿는 바가 되었을 뿐이었다. 달마(達磨)[11]가 나옴에 이르러 비로소 직지인심(直指人心)의 학설을 설파하니 그 학설이 더더욱 고상하고 오묘하였다. 육조(六朝)에 전하여 남종(南宗)과 북종(北宗)으로 나뉘었는데, 송나라 때의 고명하고 식견이 있는 학자들이 겉으로는 배척하면서 속으로는 도와, 마침내 도도하게 흘러 구할 도리가 없어졌다. 한나라 때부터 지금까지 몇

---

6) 도안(道安, 312~385) : 중국 위진남북조 시대 동진(東晉)의 승려로 초기 중국 불교의 기초를 닦은 대표적 학승(學僧)이다. 불교 교단을 조직하고 교단의 규칙을 성문화하고 새로운 경전 연구방법을 수립하였다.

7) 불도징(佛圖澄, 232~348) : 중국 위진남북조 시대 서진(西晉)에서 활동한 서역(西域) 구자국(龜玆國) 출신 승려. 북인도 카슈미르에서 수학하고, 310년에 입국하여 중국 초기불교 발전의 중심이 되었다. 만여 명 불제자 중 도안(道安), 축법태(竺法汰), 법화(法和) 등 동진 시대를 대표하는 승려들을 배출하였다.『중국역대불교인명사전』, 이회문화사, 2011 참조.

8) 구마라습(鳩摩羅什, 344~413) : 중국 위진남북조 시대 후진(後秦)에서 활동한 서역(西域) 구자국(龜玆國) 출신 승려. 불경의 한역(漢譯)을 선도하여 현장(玄奘)·구라나타(拘羅那陀)와 함께 중국 3대 역경가의 한 사람으로 꼽힌다. 제자 3천 명 중 도생(道生)·승조(僧肇)·도융(道融)·승예(僧叡)를 습문(什門) 4철(哲)이라 한다.

9) 부견(符堅) : 부견(338~385, 재위: 357~385)은 중국 위진남북조 시대 전진(前秦)의 제3대 왕으로 법제의 정비, 상공업자의 보호, 농경의 장려, 학문의 보호 등으로 전진의 최성기를 이루었다. 372년 승려 순도를 고구려(소수림왕 2)에 보내 불경과 불상을 전하여 처음 조선에 불교를 전파하였다.

10) 요장(姚萇) : 요장(330~394, 재위 384~393)은 중국 위진남북조 시대 후진(後秦)의 건국자. 그의 아들 요흥(姚興)은 제2대 왕으로 신실한 불교신자로서 승려이자 경전번역가 구마라습을 초치하여 중국 불교의 역경사업을 국가적 차원으로 체계화시켰다.

11) 달마(達磨, ?~528?) : 중국 남북조시대에 선종(禪宗)을 창시한 남인도 향지국(香至國) 출신 승려. 520년경 중국에 들어와 북위(北魏)의 숭산(嵩山) 소림사(少林寺)에서 면벽좌선(面壁坐禪) 후 좌선을 통한 불교사상 실천을 강조하여 선종(禪宗) 제1조가 되었다. 선법(禪法)은 제자 혜가(慧可, 487~593)에게 전수하였다.

천 년간 유교와 불교가 천하를 거의 반분하고 있다. 우리나라는 신라·고려로부터 오로지 佛學(불학)을 숭상하여 불교가 온 나라에 퍼져 있었는데, 우리 조선에 이르러서는 불교가 쇠약해졌다. 근자에는 또 구라파의 야소(耶蘇)의 교설[12]이 있으니, 명나라 萬曆(만력)[13] 연간에 그 나라 사람 탕약망(湯若望)[14], 육약한(陸若漢)[15], 이마두(利瑪竇)[16] 따위 무리가 차례차례 바다로 중국에 들어가 사람들에게 천주(天主)의

---

12) 야소(耶蘇)의 교설 : 예수의 그리스도교

13) 萬曆(만력) : 중국 명나라 신종(神宗, 1563~1620, 재위: 1572~1620)의 연호.

14) 탕약망(湯若望) : 아담 샬(Adam Schall von Bell, 1592~1666). 독일 출신 예수회 선교사. 중국 최초의 공식 서양인 관리(官吏). 1622년 중국에 입국하여 명 왕조에 22년, 청 왕조에서 22년 총 44년 동안 전교하여 마테오 리치를 이은 '중국 천주교 제2 창설자'로 일컫는다. 명대에는 서광계 등과 『崇禎曆書』 편찬에 참여하고, 청 건국 후에는 1644년 흠천감 감정(欽天監監正)에 임명되고 『西洋新法曆書』를 편찬함으로써 동아시아 제국에 시헌력 반포를 주도하는 등, 명말 청초 서양역법의 중국 도입에 중심 역할을 담당하였다. 方豪, 『中國天主教史人物傳』, 권2, 香港, 1970, 1~15쪽 참조

15) 육약한(陸若漢) : 로드리게즈(Johannes Rodriquez, ?~1634). 포르투갈 출신 예수회 선교사로 1614년 중국에 입국하였다. 로드리게즈가 조선에 이름을 알린 것은 정두원이 1631년(인조 9) 명(明)나라에 진주사(陳奏使)로 갔다가 귀국할 때 그로부터 홍이포(紅夷砲), 천리경(千里鏡), 자명종(自鳴鐘) 등 서양 기기와 여러 한문서학서를 얻어가지고 왔기 때문이다. 이 17세기 초가 사행원들을 통해 서양문물이 조선에 전해지기 시작하는 시기다. 위의 책, 34~43쪽 참조

16) 이마두(利瑪竇) : 마태오 리치(Matteo Ricci, 1552~1610). 마태오 리치(Matteo Ricci, 利瑪竇, 1552~1610). 적응주의 전교방법으로 근대 동양의 그리스도교 개교에 성공한 이탈리아 출신 예수회 선교사. 1583년 중국에 입국하여 수많은 난관을 극복하고 1601년 북경을 전교 근거지로 삼아 많은 유가 사대부들의 후원과 도움을 얻어 그리스도교가 천주교로 뿌리내릴 수 있게 하였다. 『천주실의(天主實義)』를 비롯하여 『교우론(交友論)』, 『서양기법(西洋記法)』, 『이십오언(二十五言)』, 『기인십편(畸人十篇)』 등 다수의 중요 종교서를 한문으로 집필 간행하였고, 중국전교회고록 『Della entrata della compagnia Gesu e christianita nella Cina(예수회에 의한 그리스도교의 중국 전교)』, 세계지도 『곤여만국전도(坤輿萬國全圖)』, 수학서 『기하원본(幾何原本)』 등을 저작 혹은 번역함으로써 동서 문화 교류에도 크게 기여하였다. 위의 책, 권1, 72~82쪽 참조

도를 가르치니, 이는 이단 가운데 가장 몹쓸 것으로, 윤리를 멸살하고 상도를 무너뜨려 하늘에 닿는 피해가 도교·불교보다 열 배나 더하였다. 대개 개벽(開闢)한 지 오래되고 우주는 지극히 넓어 안정된 시기는 적고 혼란한 시기가 많아서, 일어나지 않는 일이 없고 생기지 않는 변괴가 없다. 그래서 허탄하고 망령되며 사악하고 편벽된 교설이 쉽사리 파고드니, 이 또한 천지간의 기수(氣數)가 그렇게 만드는 것이다. 음과 양, 선과 악이란 저절로 일진일퇴하지 않을 수 없는 것이거니와, 요순이 이미 멀고 공자·맹자와 같은 성인은 나타나지 않으니, 경성(景星)[17]·경운(卿雲)[18]이 있을까, 맹풍(盲風)·괴우(怪雨)가 있을까? 하물며 오호(五胡)[19]가 중국을 어지럽힌 뒤로 서강(西羌)[20]·북적(北狄)[21]이 거의 중국 사람과 더불어 번갈아 서로 중국의 주인이 되었으니, 정학(正學)과 사교(邪敎)도 이렇게 되고야 말 것이다. 정말로 어떤 광명정대한 영웅이 나와서 한번 쓸어 말끔하게 할 수가 있을까? 구라파에는 영길리(英吉利)[22]·홍모(紅毛)[23]·불란(佛蘭)[24]·삼불제(三佛齊)[25] 등 여러 나

---

17) 경성(景星) : 태평성세에 나타난다는 상서로운 별.

18) 경운(卿雲) : 상서로운 일, 또는 태평성세에 나타난다는 구름.

19) 오호(五胡) : 중국 한(漢)으로부터 남북조(南北朝) 시대에 이르기까지 북방에서 이주하여 열여섯 나라를 세운 다섯 이민족(異民族). 곧 흉노(匈奴) 갈(羯) 선비(鮮卑) 저(氐) 강(羌).

20) 서강(西羌) : 오호(五胡) 중 하나. 중국 서쪽 변방에 살던 티베트계(系) 유목민족으로 요장(姚萇)이 장안(長安)에 도읍하여 후진(後秦 : 姚秦)의 시조가 되었다. 요장은 주 5) 참조

21) 북적(北狄) : 중국이 북방 소수민족을 칭한 명칭. 한(漢) 이후 북적은 흉노(匈奴) 및 선비(鮮卑) 등 몇 개 민족을 일컬었다. 중국 중심의 세계관을 나타내며 한족 이외의 주변 종족을 동이(東夷), 서융(西戎), 남만(南蛮), 북적(北狄)의 오랑캐로 칭하였다.

22) 영길리(英吉利) : 영국.

23) 홍모(紅毛) : 포르투갈.

24) 불란(佛蘭) : 프랑스.

라가 있는데 처음에는 서역(西域)의 별종에서 나와서, 서양(西洋)이라 부른다. 조그만 나라들이지만 모두 강대하여 배를 집으로 삼아서 만리 길을 날듯이 다니기를 평지보다 쉽게 여긴다. 그 사람들은 생각이 교묘하고 재주가 많아, 천문·역학·의약·종수(種樹)·치포(治圃)·작농(作農)과 기계를 제작하고 건물을 짓는 것은 기이하고 지혜롭지 않음이 없어서 귀신도 헤아리지 못할 정도이니, 이전에 없었던 바이고 어느 나라도 할 수 없는 일이다. 또 사람을 현혹하는 재주가 많아서 사람으로 하여금 재화(財貨)로써 통상하고 사생(死生)을 가볍게 여기게 하여 비록 우부우부(愚夫愚婦)라도 그들의 말을 듣고 그들의 글을 익히면 곧 마음에 달게 여기고 나아가기를 등불에 날아드는 하루살이같이 할 뿐만이 아니어서, 온 천하가 서로 빠져 들어가면서도 바른 길로 돌아가기를 잊어버리게 만든다. 이 어찌 너무나 애통한 일이 아니겠는가. 옛날 후한 말에 노수(路粹)가 공융(孔融)의 말을 무고26)하여 아뢴 말에, "자식은 어미에 대해서 마치 병 속에 든 물건과 같아서, 물건이 밖으로 나오면 떨어질 뿐이다"하였다. 정평(正平)의 무리가 정말로 이런 말을 하였는지는 알 수 없지만, 지금 살펴보건대 이는 바로 서양 종교의 말이다. 또 당나라 때의 이른바 요교(祆敎)27) 또한 역시 서양 종교이다. 야소는 전한 애제哀帝 때 태어났다. 나이 9세에 생지(生知)의 자질이 있어서 나라 사람들이 남녀 모두 높이고 믿기를 신과 같이 하여 온

---

25) 삼불제(三佛齊) : 수마트라.

26) 노수(路粹)가 공융(孔融)의 말을 무고 : 공융(153~208)은 후한(後漢)의 문신 학자로 공자의 20대손이다. 성실하며 학문을 좋아하고 시문(詩文)에 능해 건안칠자(建安七子)의 한 사람으로 명성을 천하에 떨쳤다. 성품이 빈객(賓客)을 좋아하고 정치를 논할 때 격렬했는데. 세력을 확장하던 조조(曹操)를 자주 비판하자 결국 원한을 샀다. 조조는 승상군모제주(丞相軍謀祭酒) 노수(路粹)를 시켜 공융을 무고하고 상주케 하여 일족이 죽임을 당했다.

27) 요교(祆敎) : 조로아스타교(Zoroastianism).

나라가 내달려 쏠리니 국왕이 꺼려서 명령하여 야소를 십자가에서 참수하였다. 나라 사람들이 슬퍼하여 철(鐵)로써 그의 상을 주조하여 십자가 머리에 거열(車裂)당하는 형상을 만들어 사람들이 모두 패용하여, 무릇 몸에 가까이하는 의복과 기용(器用)들도 십자로 무늬를 넣고 십자 모양으로 조각하니, 잊지 않는다는 의미이다. 대개 그들이 높이고 받드는 것이 불가의 석가여래와 같지만 더 지나치니, 또한 하나의 인요(人妖)이다. 그 가르침은 하늘을 높이고 부모는 알지 못한다. 무릇 하늘을 아비삼고 땅을 어미 삼는 것은 유교에서도 말하는 바인데, 어찌하여 나를 낳아주신 부모를 버리고 오로지 하느님 아버지만을 높인단 말인가. 또, 살기를 좋아하고 죽기를 싫어함은 곤충들도 오히려 그러한데, 어리석은 부녀자로서 형벌을 받아 죽음에 나아가는 자가 담소를 하며 두려워하지 않고, 무릇 뼈가 다 부러져도 아프다 하지 않고 다만 손을 모아 야소를 부를 따름이니, 이 어찌 상리(常理)·인정(人情)을 벗어난 일이 아니겠는가. 순조 원년, 정순왕후(貞純王后)[28]가 수렴청정을 할 때 서양 종교가 크게 성행하여 서울에서는 사대부 남녀들이 몰래 전하여 익히는 자가 많았다. 왕후가 마침내 명을 내려 체포하여 크게 제거하여 없애니, 죽은 자가 많았다.[29] 또 헌종(憲宗) 기해년

---

28) 정순왕후(貞純王后, 1745~1805) : 영조의 계비(繼妃)로 1759년 왕비에 책봉되었으나 소생은 없다. 사도세자를 참소하고, 아버지 김한구의 사주를 받은 나경언(羅景彦)이 사도세자의 부도덕과 비행을 상소하자 서인(庶人)으로 폐위시켜 뒤주 속에 가두어 굶어죽게 하였다. 그 뒤 당쟁에서 세자를 동정하는 시파(時派)를 미워하고, 반대 벽파(僻派)를 항상 옹호하였다. 정조 사후 어린 순조의 수렴청정을 하면서 벽파인 공서파(攻西派)와 결탁, 정치적으로 그에 반대하는 시파의 신서파(信西派)를 신유박해로 제거하였다. 이때 이가환이 옥사당하고 정약종(丁若鍾)이 처형되었으며, 정약전(丁若銓), 정약용 형제는 전라도 지방으로 귀양갔다. 그리고 사도세자의 이복동생 은언군(恩彦君)과 그 부인 및 며느리 등도 같은 이유로 사사(賜死)되었다. 한국학중앙연구원, 『한국민족문화대백과』 참조.
29) 1801년(순조 1)에 일어났던 제1차 천주교 탄압인 신유박해(辛酉迫害).

에 사옥(耶獄)[30]이 또 일어나 역시 제거하여 없앴다. 그러나 서울과 지방에서 지금까지도 곳곳마다 남아있어서, 혹 한 마을 전체 한 고을 모두가 믿기도 한다. 그 때문에 거의 이루다 처벌할 수가 없으므로, 도리어 불문에 부친다. 경신년[31] 가을과 겨울 무렵, 서양인들이 연경(燕京)을 함락시키자 황제[32]는 도성 밖 700리나 떨어진 열하(熱河)의 이궁(離宮)으로 피난하여 해가 지나도록 돌아오지 못하였고, 신유년 7월 끝내 열하에서 작고하였다.[33] 서양인들이 황성(皇城)에 가득 차 천주당(天主堂)을 크게 세웠으나 다만 살상은 없었으므로 성 안 시장은 변함이 없었다 하니, 몹시 괴이한 일이다. 그 뒤 우리나라에서도 소문을 듣고 의심하고 겁을 내서 더더욱 서양 학문을 배운 사람들이 있고 없고를 불문에 부쳤다. 예로부터 이단은 단지 도를 해친다고만 일러졌을 뿐이었다. 불교가 천하를 가득하지만 어찌 일찍이 이와 같은 큰 변괴를 일으켰던가. 서양인들이 크게 원하는 바는 본디 토지와 인민에 있지 않고 다만 그들의 종교를 통행시키고 그들의 물건을 교역하려는 것이다. 그러나 서양인 가운데 영길리는 가장 표독스럽고 사납기가 맹수와 같아서 사람의 심성이 없다. 근년에는 여송(呂宋)[34]을 공격하여 멸망시키고 그 땅을 텅 비게 만들었다하니, 극히 두렵고 놀랍다.

---

30) 기해년에 사옥(耶獄) : 1839년(헌종 5)에 일어난 제2차 천주교 탄압인 기해박해(己亥迫害). 기해사옥(己亥邪獄)이라고도 한다.
31) 경신년 : 1860년.
32) 황제 : 청나라 제9대 함풍제(咸豊帝, 1831~1861, 재위: 1850~1861).
33) 제2차 중영전쟁(1858~1860)을 해설한 글이다.
34) 여송(呂宋) : 루손(필리핀).

「利瑪竇」

清人尤侗 康熙時 因明史纂集 作外國竹枝詞 一百首 其中有歐羅巴二
絶 一曰 三學相傳有四科 曆象今號小義和 音聲萬變都成字 試作耶蘇十
字歌 一曰 天主堂開天籟齊 鍾鳴琴響自高低 阜城門外玫瑰發 盃酒難澆
利泰西 蓋利瑪竇 造大艑 浮海周行 歷觀世界 所至圖寫其人物 禽蟲 走
獸 水族之狀 皆奇形怪類 山海經所無者亦多 又欲見東海之尾閭 水族狀
舟幾沈溺 僅免墊沒而還 瑪竇常言 吾行四海 皆無足畏 獨畏尾閭云 瑪竇
入中國 竟死中國 帝賜葬阜城外 故尤詩云

【역문】「이마두35)」36)

청나라 사람 우통(尤侗)37)은 강희제 때 『명사(明史)』편찬에 참여한
일을 계기로 「외국죽지사(外國竹枝詞)」38) 100수를 지었다. 그 가운데
「구라파(歐羅巴)」39)라는 두 수의 절구가 있는데 첫 수는,

세 종교 전해져서 사과를 두었으니   三學相傳有四科

역상40)은 이제 소희화41)라 불리네   曆象今號小義和

온갖 언어 모두 다 한자로 표현되니   音聲萬變都成字

---

35) 「利瑪竇」: 마태오 리치. 주16) 참조.
36) 『지수염필』 권1에 수록.
37) 우통(尤侗, 1618~1704) : 중국 명말청초의 문학가.
38) 「외국죽지사(外國竹枝詞)」: 죽지사(竹枝詞)란 악부시(樂府詩)의 일종이다. 죽지
   란 원래 중국 파촉(巴蜀) 지방 일대에 유포된 민가(民歌).
39) 구라파(歐羅巴) : 유럽의 음역(音譯).
40) 역상 : 역(曆)을 추산하고 천체의 운행을 관측함.
41) 소희화 : 희화(羲和)는 중국 고대 신화에 나오는 태양신.

시험 삼아 예수교 십자가를 지어본다.	試作耶蘇十字歌

라 하였고, 다른 한 수는,

천주당 열고 보니 찬송가 울리는데	天主堂開天籟齊
종소리며 현악 울림 절로 높고 낮아지네	鍾鳴琴響自高低
부성문42) 성문 밖에 장미꽃 피었는데	皐城門外玫瑰發
한 잔 술로 이마두 적셔주기 어려워라.	盃酒難澆利泰西

라 하였다. 대개 이마두(利瑪竇)는 큰 배를 만들어 바다에 떠 널리 돌아다니면서 세계를 두루 살펴보았는데, 이르는 곳마다 그곳의 인물, 금충(禽蟲), 주수(走獸), 어족[水族]의 형상을 그림으로 그린 것이 모두 기이한 형상 괴상한 종류들이어서 『산해경(山海經)』43)에 없는 것이 많았다. 또 동해(東海)의 미려(尾閭)44)를 보고자 하였으나 바닷물이 빙빙 돌아 배가 거의 가라앉을 뻔 하여 근근이 침몰을 면하고 돌아왔다. 이마두는 항상, "내가 사방 바다를 항해하면서 두려울 것이 없었으나 오직 미려는 두렵다"하였다 한다. 이마두는 중국에 들어가 끝내 중국에서 죽었는데, 황제가 부성문 밖에다 장사지내 주었으므로 우통의 시에서 그렇게 말한 것이다.

〈주석 : 장정란〉

---

42) 부성문 : 중국 북경(北京)의 서문(西門).
43) 『산해경(山海經)』 : 중국 선진(先秦) 시대 지리서 성격의 서적. 산해경은 총 18권으로 산경(山經) 5권, 해경(海經) 8권, 대황경(大荒經) 4권, 해내경(海內經) 1권이다, 신화, 지리, 동물, 식물, 광물, 무속, 종교, 고사(古史), 의약, 민속, 민족 등 기재한 내용이 폭넓고 다양하다.
44) 동해(東海)의 미려(尾閭) : 전설에 나오는 바닷물이 빠져나가는 동해에 있다는 구멍.

『青莊館全書』

「兵志備倭論」

近世東萊人 亦嘗漂到蝦夷而還 則蝦夷之境 與我北關相近 籌邊之臣
不可以不知 至若阿蘭陀 雖非我之隣近 亦不可以不虞 一名荷蘭 一名紅
夷 亦曰紅毛 在西南海中 距日本一萬二千九百里 其地近佛郞機 深目長
鼻 鬚髮皆赤 足長尺二寸 當擧一足而尿如犬 習西洋耶蘇之敎 其所恃 惟
巨舟大礮 舟長三十丈 廣六丈 厚二尺 樹五桅或八桅 置二丈巨礮 發之可
洞裂石城 世所稱紅夷礮 卽其制也 爲海中諸國之患 明末據臺灣 後爲鄭
成功所敗 嘗往來交易于占城呱哇等三十五國 自爲都綱 每年六七月 船載
各國珍品異物 來泊長碕 互市倭人 以我國人蔘 詑爲土産而餌之 博其重
貨 孝宗四年 有漂船泊于珍島 渰死幾半 餘者三十六人 轉泊濟州 不通言
語文字 我人但稱西洋 或稱南蠻 竟不知爲何國人 先是 有吉利施端者 從

* 『청장관전서』는 조선 후기 이덕무(李德懋, 1741~1793)의 저술 총서로 모두 33책
  71권이다. 이덕무는 본관은 전주(全州), 자는 무관(懋官), 호는 형암(炯庵)·아정
  (雅亭)·청장관(靑莊館)·영처(嬰處)·동방일사(東方一士)·신천옹(信天翁)이다. 문장
  에 개성이 뚜렷해 문명을 일세에 떨쳤으나, 서자였기 때문에 크게 등용되지 못
  하였다. 박지원, 홍대용, 박제가, 유득공 등 북학파 실학자들과 깊이 교유했는데,
  경제면의 급진적인 개혁 이론보다는 사색적이고 철학적인 고증학적 방법론에
  많은 관심을 가졌다. 특히 청나라 고증학에 많은 관심을 가져 1778년(정조 2)에
  는 사은겸진주사(謝恩兼陳奏使) 심염조(沈念祖)의 서장관(書狀官)으로 직접 연경
  (燕京)에 들어가 청나라 석학들과 교류하였고, 고증학에 관한 책들도 많이 가져
  왔다. 저서로 『관독일기(觀讀日記)』·『이목구심서(耳目口心書)』·『영처시고(嬰處
  詩稿)』·『예기고(禮記考)』 등이 있다.
* 번역 : 한국고전번역DB.
* 모든 각주는 한국고전번역DB 번역문의 원 각주를 재인용하였다.

蠻舶來 泊日本島 原以耶蘇之教 誑惑民衆 祝天廢事 惡生喜死 關伯家康
捕斬之 小西行長 亦坐誅

【역문】「병자비왜론」1)

　근세에 동래(東萊)에 사는 사람도 전에 표류하여 하이(蝦夷)2)에 도
착했다가 돌아왔는데, 하이의 경계는 우리나라 북관(北關)과 서로 가
까우니 변방을 맡은 신하는 알아두지 않을 수 없고, 아란타(阿蘭陀)와
같은 지역에 대해서도 비록 우리나라와 인접해 있지는 않으나 또한
뜻밖의 사변을 생각지 않아서는 안 된다. 일명 하란(荷蘭)이라 부르며,
일명은 홍이(紅夷)요, 또한 홍모(紅毛)라고도 하는데 그들은 서남해(西
南海) 가운데에 있어서 일본과의 거리가 1만 2천 9백 리며 그 지방은
불랑기(佛郞機: 포르투갈을 말함)와 가깝다. 깊은 눈, 긴 코에 수염과
머리는 모두 붉으며 발은 한 자 두 치인데, 항상 한 쪽 다리를 들고
오줌을 누는 것이 개와 같다. 그리고 서양의 야소교(耶蘇敎 : 기독교)
를 믿는다. 그들이 믿는 것은 큰 배와 대포(大礮)인데, 배는 길이가 30
장(丈)이요, 폭이 6장(丈)이며, 두께가 2척(尺)으로 5개의 돛을 달고, 어
떤 것은 8개의 돛을 달았으며, 2장(丈)이나 되는 거포(巨礮)를 설치하
였다. 한 번 쏘면 돌성을 부술 수 있는 위력을 가진 것으로 세속에서
일컫는 홍이포(紅夷礮)라는 것이 바로 그 제도로서 해중(海中) 여러 나
라들의 걱정거리가 된다. 명(明) 나라 말엽에는 그들이 대만(臺灣)에
웅거했었는데 후에 정성공(鄭成功)에게 패하였다. 그들은 일찍이 점성
(占城)·고와(呱哇) 등 35국(國)과 왕래하며 교역(交易)했는데, 이 교역하

---

1)『청장관전서』권24, 編書雜稿 4
2) 하이(蝦夷) : 고대 일본 북단에 거주하던 미개 종족.

는 자들을 자기들의 말로는 도강(都綱)이라 하였다. 그들은 해마다 6~7월이면 선박에다 각국의 진기한 물건과 특이한 화물을 싣고 장기(長崎)에 와서 정박하면서 서로 사고파는데, 왜인(倭人)들은 우리나라의 인삼(人蔘)을 자기 나라의 토산품(土産品)이라고 속이고 팔아서 귀중한 보화를 거두어들인다. 효종(孝宗) 4년(1653)에 표류하던 선박이 진도(珍島)에 정박했었는데 빠져 죽은 사람이 거의 반이나 되었고 살아남은 36인은 제주(濟州)에 정박했다. 그런데 언어와 문자가 통하지 않아서 우리나라 사람들은 다만 서양(西洋) 사람이라 일컫기도 하고 혹은 남만(南蠻) 사람이라 일컬었을 뿐, 끝내는 어느 나라 사람인지를 알지 못하였다. 이보다 앞서 길리시단(吉利施端 : 그리스도 교인)이라 하는 자가 만박(蠻舶)을 따라 일본 도원(島原)에 와 정박하면서 야소교(耶蘇敎)로 민중을 광혹(狂惑)시켜 하늘에 기도하고 일을 전폐하며 살기를 싫어하고 죽는 것을 기뻐하니, 관백(關伯)인 가강(家康)이 잡아 죽였고 소서행장(小西行長)도 연좌되어 죽었다.

「騾」

獸異種相交而生 西洋人南懷仁坤輿外紀曰 利未亞國 百獸所聚 異類相合 輒産奇形異狀之獸 德懋案此如果樹異種相接而案 然世人所見 只有馬騾之屬 騾則交骨不開 故當産而死 馬驢相合而生騾 天理巧密 釋典 有三必死 謂人抱病 竹結案 騾懷胎也 -(中略)- 坤輿外記曰 厄日多國 騾能傳種 生騾駒 此水土風氣 與他國有異 -(下略)-

【역문】「맥」3)

짐승은 다른 종류끼리 서로 교접을 해도 새끼를 낳는다. 서양사람 남회인(南懷仁)4)이 지은 『곤여외기(坤輿外記)』에, "이미아국(利未亞國)5)에는 여러 짐승들이 모여 사는데 다른 종류끼리 서로 교합하면 기이한 형상의 짐승을 낳는다." 하였다. 덕무(德懋)는 상고하건대, 이것은 과수(果樹)를 다른 종류의 나무에 접붙이더라도 열매가 여는 것과 같다. 세상 사람들이 흔히 볼 수 있는 것으로는 말과 노새 같은 것들이 있을 뿐인데, 노새는 골반(骨盤)의 교골(交骨)이 벌어지지 않기 때문에 새끼를 낳다가는 죽게 된다. 그래서 말과 당나귀를 교합시켜서 노새를 낳게 하니, 하늘의 이치가 묘하고도 정밀하다. 석전(釋典)에 '반드

---

3) 『청장관전서』 권57, 盎葉記 4
4) 남회인(南懷仁) : 벨기에 출신의 예수교 선교사(宣敎師)다. 청(淸) 나라 초엽에 중국(中國)에 들어와 포교(布敎)에 종사하는 한편, 세조(世祖)와 성조(聖祖)를 섬겨 역법(曆法)의 개혁과 대포(大砲)를 만드는 일 등을 지휘하고, 또 『곤여도설(坤輿圖說)』 등 많은 책을 저술하였다.
5) 리미아국(利未亞國) : 아프리카주의 어느 한 나라를 가리킨다. 『明史』, 「意大里亞傳」에 "천하에 5개의 대주(大洲)가 있는데 그 셋째 번의 주가 리미아주(利未亞洲)니 그곳에도 1백여 개의 나라가 있다." 하였다.

시 죽는 것이 세 가지가 있다.' 하였는데, 그것은 사람이 병들고, 대나무가 열매를 맺고, 노새가 새끼를 밴 것을 두고 한 말이다. -(중략)- 『곤여외기』에, "액왈다국(厄日多國)에는 노새끼리 교접하여 새끼를 낳는다." 하였고, 이곳은 수토(水土)와 풍기(風氣)가 다른 나라와 다르기 때문이다. -(하략)-

「天九層」

　　天有九天　肇於離騷　指九天而爲正　其後司馬相如傳　有上暢九垓　垓重
也　郊祀歌　有九閣　閣亦垓也　淮南子有九陔之上　謂九天　陔亦垓也　然則
九天之說　自古有明據　而但不詳傳其名數　淮南子所稱皥天陽天等名　恐不
當　太玄所謂中天　羨天　從天　更天　睟天　廓天　减天　沈天　成天　不得詳知
其名義之如何　朱子始有九重之論曰　離騷有九天之說　諸家妄解云　有九天
據某觀之　只是九重　蓋天運行　有許多重數　裏面重數較軟　在外則漸硬　相
到第九重　成硬殼相似　那裏轉得愈緊矣　朱子說止此　字典　康熙時諸臣所
修此一條　不知何人所言　曰　案天形如卵白　察卵白　其中之絪縕融密處　確
有七重　第八重白膜稍硬　稍後九重　便成硬殼　可見朱子體象造化之妙　今
西洋曆說　天一層　緩似一層　此七政退旋　所以有遲速也　字典說止此　西洋
人九重天之論曰　第一太陰天　月天　四十八萬二千五百二十二里　第二辰星
天　水曜　九十一萬八千七百五十里　第三太白天　金曜　二百四十萬零六百
八十一里　第四太陽天　日天　千六百零五萬五千六百九十里　第五熒惑天
火曜　二千七百四十一萬二千百里　第六歲星天　木曜　一萬二千六百七十六
萬九千五百六十四里　第七鎭星天　土曜　二萬零五百七十七萬零五百六十
四里　第八恒星天　諸星列宿　三萬二千二百七十六萬九千八百四十五里　第
九宗動天　諸天主宰　六萬四千七百三十三萬八千六百九十里　溫際　近于地
之處　冷際　溫熱之中間　熱際　近于天之處

【역문】「천구층」[6]

　하늘에 9천(天)이 있다는 것은 『이소경(離騷經)』[7]의 ‘9천을 가리키면

---

6) 『청장관전서』 권58, 盎葉記 5

서 질정(質正)한다.'는 데에서 비롯되었다. 그 후 사마상여전(司馬相如傳)에 '위로 9해(九垓) 해는 중(重), 즉 겹이다. 에 통했다.'는 말이 있다. 교사가(郊祀歌)에는 9해(閡) 해(閡) 또한 해(垓)이다. 가 있고, 『회남자(淮南子)』에는 '9해(陔)의 위를 9천(天) 해(陔)도 해(垓)이다. 이라 이른다.' 하였다. 그러므로 9천이라는 말은 예부터 명백한 전거(典據)가 있었던 것이다. 다만 그 명수(名數)가 자세히 전해지지 않았는데, 『회남자』가 이른바 호천(皞天)·양천(陽天) 등의 명칭은 부당(不當)한 듯하다. 『태현경(太玄經)』에 이른바 중천(中天)·연천(羨天)·종천(從天)·경천(更天)·수천(睟天)·확천(廓天)·감천(減天)·침천(沈天)·성천(成天)은 그 이름한 뜻이 무엇인지 자세히 모르겠다. 9중(重)이라는 논설(論說)은 주자(朱子)에게서 시작되었는데 주자는, "『이소경』에 있는 9천이라는 말을 여러 사람이 망령되게 풀이해서 9천이 있다고 일렀으나, 내가 보기에는 다만 이는 하늘이 9중임을 말한 것 같다. 대개 하늘이 운행(運行)하는 데에는 여러 겹이 있어, 안쪽 몇 겹은 비교적 연(軟)하고 바깥으로 갈수록 점점 단단해 아홉째 겹에 이르면 단단한 껍질로 되었는데, 이처럼 겉으로 갈수록 단단하다." -주자의 말은 여기까지이다.-하였다. 『자전(字典)』에는 강희(康熙) 때에 여러 신하가 편수한 것인데 이한 조목(條目)은 누가 말한 것인지 알 수 없다고 하였다. 상고하건대 하늘은 모양이 달걀과 같다. 달걀을 살펴보면 그 안에 서로 엉겨서 꼭 합쳐진 곳이 확연하게 일곱 겹이 있다. 여덟째 겹은 흰 꺼풀이 조금 단단하고 그 다음 아홉째 겹은 아주 단단한 껍질로 되어 있는데, 주자가 조화(造化)의 묘리(妙理)를 체득하여 형용한 것을 알 수 있다. 지금 서양(西洋) 역서(曆書)에는 하늘은 1층이라 말했다. 완만(緩慢)해서 1층

---

7) 이소경(離騷經) : 『초사(楚辭)』의 편명. 굴원(屈原)이 초나라에 벼슬하면서 충성을 다해 임금을 섬겼으나 상관대부(上官大夫)의 참소를 만나 임금의 따돌림을 받고 근심해서 지었다. 『史記 屈原傳』

같지만, 여기서 칠정(七政)8)이 물러가고 돌고 하여, 더디고 빠름이 있게 되는 것이다." -『자전』의 말은 여기까지이다.- 하였다. 서양 사람의 9중 하늘에 대한 논설(論說)은, "제1 태음천(太陰天) 월천(月天) 은 48만 2천 5백 22리(里)이고, 제2 신성천(辰星天) 수요(水曜) 은 91만 8천 7백 50리이고, 제3 태백천(太白天) 금요(金曜) 은 2백 40만 6백 81리이고, 제4 태양천(太陽天) 일요(日曜) 은 1천 6백 5만 5천 6백 90리이고, 제5 형혹천(熒惑天) 화요(火曜) 은 2천 7백 41만 2천 1백 리이고, 제6 세성천(歲星天) 목요(木曜) 은 1억 2천 6백 76만 9천 5백 64리이고, 제7 진성천(鎭星天) 토요(土曜) 은 2억 5백 77만 5백 64리이고, 제8 항성천(恒星天) 여러 별자리 은 3억 2천 2백 76만 9천 8백 45리이고, 제9 종동천(宗動天) 제천(諸天)을 주재(主宰)한다. 은 6억 4천 7백 33만 8천 6백 90리인데 온난한 쯤은 땅과 가까운 곳이고, 차가운 쯤은 온난하고 뜨거운 중간이고, 뜨거운 쯤은 하늘과 가까운 곳이다." 하였다.

---

8) 칠정(七政) : 일(日)·월(月)과 목(木)·화(火)·토(土)·금(金)·수(水)의 다섯 별.

「筆談」

湛軒曰 乙酉冬 余隨季父赴燕 以十一月二十七日 渡江 十二月二十七
日 入北京 留館六十餘日 欲得一佳秀才會心人 與之劇談 沿路訪問 皆碌
碌不足數 炯菴曰 想其襟懷 已是別人 余每逢入燕人 問何好 必曰 祖大
壽牌樓 甚壯麗 又問其次 必曰 天主堂壁畫 遠見如眞 余遂齒冷而止

【역문】「필담」9)

　담헌(湛軒)이 말하였다. 을유년(1765, 영조 41) 겨울에 내가 계부(季
父)를 따라 북경으로 출발했다. 11월 27일에 압록강을 건넜고, 12월
27일에 북경에 도착했으며, 여관에 머문 지는 60여 일이었다. 훌륭한
수재(秀才)로서 마음에 맞는 사람을 만나 함께 많은 이야기를 나누어
보려고 연로(沿路)에서 찾아보았다. 그러나 모두 변변치 못하여 마음
에 들지 않았다. 형암(炯菴)은 논한다. 그의 생각은 보통 사람이 할 수
있는 것이 아니었다. 내가 매양 북경에 다녀온 사람을 만나 무엇이 좋
더냐고 물으면 모두 '조대수(祖大壽)의 패루(牌樓)가 매우 장려(壯麗)해
서 좋았다.' 했고, 또 그 다음을 물어보면 반드시 '천주당(天主堂)의 벽
화를 멀리서 보면 진짜 같았다.' 했다. 그래서 나는 냉소하고 대화를
그만두었다.

---

　9) 『청장관전서』권63, 天涯知己書

「異國」

自古天竺及南蠻諸國市舶來于日本 日本人 亦無處不到 往者 諳厄利亞
以西巴尓亞及阿媽港呂宋等南蠻人 用耶蘇法 流傳日本 日本 西國人泥其
邪術 故嚴禁之 磔其魁首 斬殺黨與 若悔先非 復佛法者 赦之 寬永十五
年以來 不許南蠻船來泊 又禁日本人往來異國 但阿難陀 暹羅 交趾 東京
大寃與中華每年來泊 而占城東埔寨太泥六甲咬吧呱哇番且母羅伽淽泥莫
卧爾傍葛剌波剌斯琶牛蘇門答剌等 凡三十五箇國 阿蘭陀人 入其地交易
將來土産貨物 來賣於日本 則日本之國富兵强 雄長海中者 能通異國故也

【역문】「아국」[10]

남만(南蠻) 예전부터 천축(天竺 : 인도의 옛 이름)과 남만(南蠻) 여러
나라의 장삿배가 일본에 왔고, 일본 사람들도 가지 않은 곳이 없었다.
전에 암액리아(諳厄利亞 : 포르투갈어의 암그리아, 곧 영국)·이서파이
아(以西巴尓亞 : 에스파니아, 곧 스페인의 옛 이름)와 아마항(阿媽港 :
중국 광동(廣東)에 있는 지명)·여송(呂宋 : 루손, 곧 필리핀의 북쪽 큰
섬 이름) 등의 남만 사람들이 야소법(耶蘇法 : 예수교)을 일본에 퍼뜨
려서 일본의 서국(西國 기내(畿內) 이서 지방을 가리킴) 사람들이 사술
(邪術)에 친근하므로, 그것을 금지하여 그 괴수를 능지(凌遲)하고 당여
(黨與)를 참수(斬首)하되, 지난 잘못을 뉘우치고 불법(佛法)으로 돌아가
는 사람은 용서하였다. 관영(寬永) 15년(1638) 이래로 남만의 배가 와
서 정박하는 것을 허가하지 않고 일본 사람이 외국에 왕래하는 것도
금지하였으나, 아난타(阿難陀 : 미상)·섬라(暹羅 : 샴, 곧 타이의 옛 이

---

10)『청장관전서』권65, 蜻蛉國志 2

름)·교지(交趾 : 인도지나반도의 동북부)·동경(東京 : 인도지나반도의
동북부)·대원(大宛 : 타이완[臺灣])과 중국에서는 해마다 와서 정박하였
으며, 점성(占城 : 인도지나반도의 동남부)·간보채(柬埔寨 : 캄보디아)·
태니(太泥 : 말레이반도의 중북부)·육갑(六甲 : 말레이반도의 중남부)·
교류파(咬吧 : 카루파. 지금의 자카르타)·조와(爪哇 : 자바)·번차(番
且)·모라가(母羅伽 : 말라카. 셀레베즈의 동쪽 섬)·발니(渤泥 : 보르네
오. 타이의 남부인 바르니라고도 함)·막와이(莫臥爾 : 모우르. 옛 인도
의 한 지방명)·방갈랄(傍葛剌 : 수마트라의 벤쿨렌)·파사(波斯 : 페르시
아)·파우(琶牛 : 페구. 버마의 남부)·소문답랄(蘇門答剌 : 수마트라) 등
무릇 35개국에는 아란타(阿蘭陀 : 홀랜드) 사람들이 들어가서 교역하
여 그곳 토산의 화물을 가져와 일본에서 팔았으니, 일본이 나라가 가
멸하고 군사가 강해져 바다 가운데에서 세력을 떨치는 까닭은 능히
외국과 교통하기 때문이다.

「十四日」

十四日壬寅 雨 留館 ○午後 往天主堂 堂在順城門東 俱以覽砌成 不
藉一木 穹崇寬敞 與中國 間架甍簷之制不同 欽天監官 西洋人二員入直
圓明園不在 只有守直漢人數輩 揭簾圭竇而入 如邃洞 人語響應 仰見屋
宇 如覆釜 周遭畫人物 有一兒眼睛直上 作驚癇之狀 一婦人 撫摩憂愁
一老翁恐懼攅手 若或祈其不死 四方雲氣圍繞 小兒出頭雲中者 不知其數
屋大抵三楹 而第一楹 北壁刻木障如佛幛 又畫婦人救護病兒之狀 上有一
白鳥 張翼口吐白氣 直射婦人之頂 左右兩壁 又各設三木障 或畫婦人傳
雙翼持戟刺人者 亦有十字架 纍纍懸小兒欲墜 老人以掌向天 若將承之
怳惚幽恠 令人不樂 盖病小兒 所謂天主耶 穌也 其憂愁夫人 耶穌之母也
西洋人性甚潔 堂中甍上 排列紅木器 貯糠以承人唾 屋上又有樓 外有五
窓 設蠟紙格明 逈如玻璃 守者托以主人不在 不許其登覽 盖其上設樂 如
風罏鼓氣象 樂嘈嘈 此胡元時興隆笙法也 或云 堂近年失火 今新剏而樂
亦焚壞 未得更設 然此堂都是甍成 非火所可燒也 大抵屋則新成者也 堂
之右 有小門 門內 有小衚衕 從小門遠望 則北墻畫一大犬 鐵索罥其頂
瞥看則可怖其欲噬 其下有活犬數頭臥于陰地 渾不可辨 西墻外 有儀器之
閣 而守者竟不許其觀 甚可恨也

【역문】「14일」[11]

14일 (임인) 비가 내렸다. 관에 유숙했다. ○ 오후에 천주당(天主堂)
에 갔다. 천주당은 순성문(順城門) 동쪽에 있다. 전부 벽돌을 쌓아 지
었고 나무라고는 하나도 쓰지 않았는데, 높고 넓음이 중국의 간가(間

---

11)『청장관전서』권67, 入燕記 下

架) 맹첨(甍簷)의 제도와 같지 않았다. 흠천감관(欽天監官)[12] 두 사람은 서양 사람이라 하는데, 마침 원명원(圓明園)에 입직(入直)하러 가서 부재중이고 다만 수직하는 한인(漢人)들만 있었다. 발[簾]을 걷고 문으로 들어가니 마치 깊은 골짜기 같아 사람의 말 소리가 울렸다. 옥우(屋宇)를 바라보니 마치 가마솥을 엎어 놓은 것 같은데, 두루 인물화(人物畫)를 그렸다. 한 어린 아이는 놀란 눈을 하고 위를 쳐다보고 있고, 한 부인은 걱정스러운 모습으로 그 어린 아이를 어루만지고 있으며, 한 늙은이는 두려워하는 모습으로 손을 비비며 그 어린 아이가 죽지 않기를 바라는 듯한 모양을 하고 있는데, 사방에서 구름이 어린 아이를 감싸고 있고 그 구름 위로 머리만 내어 놓은 사람이 무수히 많이 그려져 있다. 그 집은 대개 삼영(三楹)인데 제일영(第一楹)의 북쪽 벽에 마치 불당(佛幢)과 같은 목장(木障)이 있다. 그 목장에도 부인이 병든 아이를 구호하는 그림이 있는데, 위에는 백조(白鳥) 한 마리가 날개를 펴고 입으로 백기(白氣)를 토하여 부인의 이마를 쏘아대고 있는 그림을 그렸다. 좌우의 벽에도 또다시 3개의 목장을 설치하고, 혹은 날개가 달린 여자가 창[戈]을 가지고 사람을 찌르는 그림을 그리기도 하였다. 또 한 늙은이가 두 손을 벌리고 십자가(十字架)에 매달려, 떨어지려는 어린 아이를 받으려는 모습을 한 그림도 있었는데, 황홀하고 유괴(幽怪)하여 사람으로 하여금 좋지 않은 생각이 들게 한다. 대개 병든 어린 아이는 이른바 천주(天主) 야소(耶蘇)이고, 근심하는 부인은 야소의 어미이다. 서양(西洋) 사람은 성품이 깨끗하여 집안 벽장 위에 붉은 목기(木器)에다가 왕겨 따위를 담아, 사람의 침을 그곳에 뱉게 한다. 옥상(屋上)에 또 누(樓)가 있고 밖으로 5개의 창문이 있는데, 납지(蠟紙)로 발라 광선(光線)을 차단(遮斷)한 것이 마치 유리와 같다. 지키는 자

---

12) 흠천감관(欽天監官) : 명대(明代) 이후에 천문(天文) 역수(曆數)를 맡아보던 관원(官員)인데, 서양에서 온 선교사(宣教師)들도 이 관직에 임용되었다.

가 주인(主人)이 없다는 이유로 옥상에 올라가서 구경하기를 허락하지 않았다. 대개 그 위는 풍로고(風鑪鼓)와 기상악(氣象樂) 따위의 악기(樂器)를 설치하였다 하는데 매우 시끄럽다. 이는 호원(胡元) 때의 흥륭생(興隆笙 악기이름)이다. 이 천주당은 근래에 불이 나서 새로 지었다고 한다. 이 집은 전체가 벽돌로 이루어져 있어 불에 타지 않을 듯하나, 집은 새로 지은 것이었다. 당(堂)의 오른쪽으로 작은 문이 하나 있고 문 안으로는 작은 길이 나 있다. 작은 문에서 바라보니 북쪽 벽에 철사 줄에 목이 매인 큰 개의 그림이 있는데, 언뜻 보니 물려고 덤비는 것 같아 무서웠다. 그 그림 밑에는 살아 있는 개 몇 마리가 그늘에 누웠는데, 그림의 개와 살아 있는 개가 구분이 되지 않았다. 서쪽 담 밖에 의기(儀器)를 간직하여 두는 집이 있는데, 지키는 사람이 끝내 구경하기를 허락하지 않아 보지 못하였으니 매우 한스럽다.

〈주석 : 배주연〉

한국연구재단 토대연구지원사업 총서

조선시대 서학 관련 자료 집성 및 번역·해제 5-2

초판 1쇄 | 2020년 3월 10일
초판 2쇄 | 2021년 8월 10일

지 은 이   동국역사문화연구소 편
역 주 인   배주연, 장정란
발 행 인   한정희
발 행 처   경인문화사
편   집   김지선 유지혜 박지현 한주연 이다빈
마 케 팅   전병관 하재일 유인순
출판번호   406-1973-000003호
주   소   경기도 파주시 회동길 445-1 경인빌딩 B동 4층
전   화   031-955-9300 팩 스   031-955-9310
홈페이지   www.kyunginp.co.kr
이 메 일   kyungin@kyunginp.co.kr

ISBN 978-89-499-4877-5 94810
      978-89-499-4871-3 (세트)
값 47,000원